新潮日本古典集成

芭蕉句集

今　栄蔵　校注

新潮社版

目次

凡　例

本書は、確実に芭蕉の作品と認められる発句《ほっく》のすべてを、読みやすく味わいやすい形で提供する意図のもとに編集・注解したものである。編集・注解に当っては次のような方針を取った。

〔本　文〕

Ⅰ　本文は次のような基準に従って作成した。

一、本文に掲げる句形は芭蕉作として疑問の余地のないものに限る。

(イ)　芭蕉の発句には異形句の伝わるものが少なくないが、それらの中には出典（主として江戸時代の俳諧書）の撰者の杜撰《ずさん》によるものが予想以上に多い。その点、従来も本文批判が重ねられてきているが、本書では従来以上に厳しい本文批判を試みた上で、杜撰と判断した句形はいっさい掲出しないこととした。

(ロ)　疑いはあるが杜撰と断定しきれない句形については、頭注欄の◆印以下に校異を注記する。

二、信頼に値する句形が複数にわたって伝えられている場合は芭蕉自身の推敲《すいこう》の跡を示すものと解し得る。それは芭蕉の作句態度を見る好材料ともなるので、そのすべてを次の要領で掲出する。

(イ)　原則として最終案（成案）と判断される句形を本位句として最初に掲出する。本位句にはその句頭に一連の作品番号（算用数字）をつける。
(ロ) 本位句以外の、推敲《すいこう》過程でできたと見られる異形句は、本位句の左側にやや小さな活字で掲出する。
(ハ) 前項の句形が複数である場合は、初案・再案・再々案等があったことを示すが、この場合、初案と見られる句形を左端に掲げ、以下改案の順に従って右へと各句形を配列する。
(ニ) 以上の原則によらなかったものは頭注の◆欄で断る。

三、句の前書《まえがき》は次の基準によって採用した。
(イ) 原則として芭蕉自身でつけたものに限る。但しそれと推定して支障のないものも採る。
(ロ) 出典の撰者がつけたことの明白なものは採用しない。但し句の理解に資するものは、必要に応じて頭注欄に撰者の「注」として摘記し、あるいはその要旨を紹介する。
(ハ) 但し、句の性格（「画賛」など）・成立場所・時・題など、短語句で出典の撰者の文体とかかわりないものは、必要に応じて本文に出す。
(ニ) 以上の原則によらなかったものは頭注の◆欄で断る。
(ホ) 芭蕉自身の前書でも文章に重点のある、あまり長文のものは省略する。紀行・日記などの前文も同様とする。この措置を講じた時は頭注欄で省略の旨を断る。

四、各本文は出典に忠実であることを旨としたが、読みやすくするために次の処理を施した。
(イ) 仮名遣いは歴史的仮名遣いに統一し、送り仮名に過不足あるものは標準的なものに直す。
(ロ) 意味がとりやすいよう、必要な場合は仮名表記を漢字に直す。

(ハ) 出典の漢字表記はなるべく生かす方針をとったが、読みやすさを考慮して仮名に改めたところもある。其《その》・此《この》・彼《かの》・只《ただ》・猶《なほ》・儘《まま》・迄《まで》・先《まづ》のたぐいの漢字は原則として仮名に改める。また、特殊な字体や宛字は原則として現代通行のものに改める。

(ニ) 誤字・脱字はすべて補正する。但しその旨をとくに断らない。

(ホ) 読みにくい漢字には振り仮名を施す。出典にもともとある振り仮名も区別しなかったが、とくに注意すべきものについては頭注欄に注記する。

(ヘ) 繰り返し記号「ゝ」「ゞ」「々」「〱」はもとの文字に改める（例　ほとゝぎす→ほととぎす　鳴く〱→鳴く鳴く　一日〱→一日一日）。但し漢字については一字の繰り返しに限り「々」を用いる（例　折〱→折々）。

(ト) 前書中の引用文や会話文には「　」を、書名には『　』をつける。

Ⅱ

作品の配列は、年代によって変化向上を遂げてゆく芭蕉芸術の道程が明瞭に見渡せるよう、制作年次順に構成した。なお各年次の冒頭に、元号、年、芭蕉の年齢を色刷りで示した。

年次考定と配列の基準は次のとおりである。

一、作年次（時には月日までも）が種々の傍証資料や芭蕉の動静などの状況証拠によって判明するものは、これによって確定した。考証過程の記述は避けたが、必要に応じて頭注欄に簡潔に記したものもある。

なお従来やや過信される傾向もあった土芳《とほう》編『蕉翁句集』の年次説はかなり批判的に扱った。

二、右の条件を欠くものは、原則として出典の成立・刊行の時期によって推定した。

(イ) 例えば元禄三年四月（初夏）十五日刊の其角《きかく》撰『いつを昔』に載る春の句は、他の条件がないかぎり機械的にその年の春の作と推定し、夏・秋・冬の句は前年のその季の作として掲出する、という方法を取ったものが多い。この場合は、推定した年次以前に遡《さかのぼ》る可能性のあるものも少なくないと思われるが、それについては本位句の出典欄の頭に＊印を付してその旨を示した。

(ロ) 但し右の推定基準は芭蕉の没後・後代の俳書（俳書一覧参照）には適用できないので、別途の考証手続きを取った。この場合も、その年と確定できないものには本位句の出典欄に＊印を付した。但しこの場合は、その年より以前もしくは以後に移動する可能性を含むものとする。

三、作品の配列は次のような基準に従った。

(イ) 同じ年次内でも、できる限り制作順に従って配列する。

(ロ) それを推定する手掛りを欠くものについては、季語の性格や出典の記載順を考慮して適宜取り扱う。

(ハ) 紀行文中の句には、旅行終了後か、時には数年後に成立したと推定されるものもあるが、これらは便宜的に旅行途上の該当箇所に掲出する。

(ニ) 年次考定の困難な作品は各年号の末尾に「寛文年間」等の項目を設け、およその推定に従ってそれぞれの「年間」に収める。各「年間」での掲出順は次のとおり。
(i)芭蕉の真蹟（真筆）を最初にまとめる。(ii)次に出典の成立年次順に掲出し、(iii)同一出典に数句あるときはその出典の掲載順に従って掲出する。

〔出　典〕

各句の下にその句の出典を示した。その基準は次のとおりである。

一、芭蕉の発句には複数の出典のあるものが多いが、本書では原則として最も重要と認められるものを、一点に限って示すこととする。これが掲出本文の底本である。但し必要に応じて、底本の次に〔　〕に入れて他の出典を示すこともある。この場合、句形はすべて底本と同一であるが、前書《まえがき》に関しては、その有無も含めて、同一とは限らないものとする。

二、出典としては、芭蕉の真蹟（真筆）が伝来するものはこれを第一に尊重する。また、芭蕉の真蹟類自体がひとつの芸術作品であるから、それに親しもうとする人の手引きとして前項の主旨にかかわらず、諸書に公表されて現在伝来の知りうる真蹟は、偽筆と判断したものを除きすべて列挙する。その際、

(イ)　真蹟物の形態として、短冊・色紙・懐紙・画賛（画は他筆）・自画賛（画も自筆）・扇面・句《く》切《ぎれ》・草稿・竪幅《たてふく》・大短冊・歌仙巻の称を用い、その上に「真蹟」の文字を冠する。但し「真蹟」の文字は付けないが「野ざらし紀行」「あつめ句」「鹿島詣」「芭蕉庵三日月日記」は芭蕉真蹟の巻子本《かんす》である。

(ロ)　同じ句に真蹟類が多い場合は、最も適当なものを底本とし、他は「真蹟」の文字を省略して〔　〕内に列挙する。同一形態の真蹟が二点以上あるときは〔短冊一〜二〕、〔懐紙一〜三〕などとして示す。

(ハ) 真蹟を底本とした場合は、〔 〕内に俳書の出典も併記する。併記されていないものは、その句が俳書に全く出ていないか、出ていても誤形句として切り捨てた結果による。
(ニ) 俳書の出典に、より適切な前書《まえがき》がある場合はこれを底本とし、真蹟は〔 〕内に収める。
三、俳書を出典（底本）とする場合は、原則としてその句の初出するもの一点を示した。但し、
(イ) 初出の出典が句形を誤る場合は後出の出典を採用する。
(ロ) 後出の出典に、より適切な前書がある場合も、初出に換えて採用する。
(ハ) 紀行・日記中の句については、他の出典を底本とした場合でも、〔 〕内にその紀行・日記名を欠かさず併記する。
四、出典欄に「誰々宛書簡」とあるものはすべて芭蕉書簡である（芭蕉書簡以外で採用した書簡は四九二・八〇三・八二〇番句のみ）。それらのうち真蹟の伝来する書簡には「真蹟」の文字を加えた。第二項(イ)の真蹟類が伝わらない句で真蹟書簡に見えるものは、その書簡を真蹟の証として出典欄に示した。
五、巷間《こうかん》に『芭蕉翁全伝』（川口竹人稿）と呼ばれる本は『蕉翁全伝』が正しいので、この題に従った。また服部土芳稿『芭蕉翁全伝』『蕉翁全伝』などと呼ばれる本は正式の題名は不明であるが、竹人稿『蕉翁全伝』の種本と見られるので、これを「土芳本蕉翁全伝」と仮称する。出典として「蕉翁全伝」としたものは、その句が両『全伝』にある意とする。「土芳本蕉翁全伝」としたものは土芳本だけに載る意とする。

〔頭　注〕

頭注欄には通釈（色刷り）・語釈（◇印）のほかに、釈注（鑑賞注）として、表現上の特色・ねらい・語法・本歌本説・作句の背景等々を必要に応じて解説し、本文の全円的な理解に資するよう心掛けた。記載形式は次の要領に従った。

一、各句ごとに本位句に対応する作品番号を見出しとして、その下に色刷りで本位句の通釈を掲げる。通釈はなるべく句の文脈に沿うよう心掛けたが、句のカンどころを捉えるため、意訳に及んだものが多い。但し、

(イ) 推敲《すいこう》過程の句でとくに解を要するものは、釈注で取り扱う。

(ロ) 前書の通釈は省略し、注解を要する語句にのみ語釈を施す。

二、釈注の冒頭に「春―花」などとその句の季と季語を摘記（但し、表記は必ずしも本文のそれにこだわらない）する。当季の季語が複数である場合はそのいずれをも摘記するが、その句の中心となる季語を最初に掲げる。複数の季語が同格で働く場合もあるが、そこまでは区別しなかった。季は、春、夏、秋、冬で表示する。無季の句は「雑《ぞう》（無季）」と表示する。

三、釈注欄の◆印は推敲・校異・出典・年次に関する事柄など、やや考証的事項であることを示す。但しこれは最小限度にとどめた。

四、語釈は◇の下に該当する語句を引用して施す（引用すべき字数が多い場合は下略して、「…」に換えることもある）。但し釈注の中で取り上げる方が適当と判断される場合はそれに従った。

五、本書中の他の句にふれるときは、平体漢数字をもってその句の番号を示す（例　三五八参照）。

六、引用文の表記要領は概ね本文のそれに準ずる。但し、引用文中の〈　〉は引用句・引用歌の印、（　）内の文字は語注であることを示す。

七、頭注欄における年月日はすべて旧暦である。

〔存疑編〕

本文の部のあとに、芭蕉の真作としては疑いがあるが多少真作の可能性もある作品を、「存疑編」として加えた。

〔解　説〕

解説に当っては、俳諧史上における芭蕉の位置づけや、その歴史の中で果した本質的な役割を明らかにしながら、その生涯にわたって変化発展する発句芸術の種々相を理解する手引きとなるよう配慮した。

〔付　録〕

巻末に「付録」として、「松尾芭蕉略年譜」、「出典一覧」（㈠俳書一覧　㈡真蹟図版所収文献一覧）、「初句索引」を付した。

芭蕉句集

寛文二年　十九歳

[一]二十九日立春なれば

1 春や来《こ》し年や行きけん小《こ》晦日《つごもり》

千宜理記〔真蹟短冊〕

寛文三年　二十歳

2 月ぞしるべこなたへ入《い》らせ旅の宿

*佐夜中山集

一 十二月二十九日。旧暦では、同三十日を大晦日《おおつごもり》というのに対して、二十九日を小晦日という。いわゆる「年内立春」はしばしばあるが、二十九日立春の年は、『千宜理記《ちぎりき》』刊行の延宝三年以前では寛文二年のみ。これでこの句の作年次が判明し、年次の明らかな芭蕉句中、最古のものと位置づけられる。

1 今年はまだ小晦日だというのに、もう立春だ。はてこれは、気の早い春が新年を待たずに来てしまったというべきか、それとも旧年の方が、年の内にあわてて去ったというべきか、全く妙な具合だよ。

冬―小晦日。一月一日からを春とする当時の通念と、暦の上の立春との矛盾に興じておかしく詠みなした。『古今集』の「年の内に春は来にけり一年《ひととせ》を去年《こぞ》とや言はん今年とや言はん」の心を取り、『伊勢物語』六九段の「君や来し我や行きけん思ほえず夢か現《うつつ》か寝てか覚めてか」をもじった機知のおかしみがねらい。寛文期は古歌のもじり俳諧が大流行したが、これは二つの古歌を、心と詞《ことば》の両面からもじった技巧が手柄。

2 月の光を道しるべに、さあ、こちらへ入って旅の宿をお取りなされよ。旅のお人よ。

秋―月。謡曲『鞍馬《くらま》天狗《てんぐ》』の「奥は鞍馬の山道の、花ぞしるべなる。こなたへ入らせたまへや」をふまえ、「花」の一字を「月」に切り替えたもじり俳諧。旅籠《はたご》の女あるじなどが客を招ずるさまに仕立てた。謡曲のもじりは寛文・延宝期の大流行。「旅《たび》」には「給び《たび》」（尊敬の助動詞「給ぶ《た》」の連用形）がきかせてある。

3
姥《うば》桜《ざくら》咲くや老後の思ひ出《いで》

寛文四年　二十一歳

＊佐夜中山集

4
年は人にとらせていつも若《わか》夷《えびす》

年や人にとられていつも若夷

夜の錦

寛文六年　二十三歳

＊千宜理記

3　姥桜があでやかに咲き誇っているわい。老後の思い出にひと花咲かそうとでもいうふうに。

春―姥桜。謡曲『実盛《さねもり》』の「定めて討死《うちじに》仕《つかまつ》るべし。老後の思ひ出これに過ぎじ」という実盛の言葉を、姥桜のこととしてもじった。貞門風得意の擬人的技巧。◇姥桜　彼岸桜の一種。開花期に葉がないので、歯無しに言い掛け姥(老婆)の名がついた(『大和本草』)。花は重弁で美しく、なまめかしい年増女《としまおんな》にも譬《たと》える。

4　毎年元日になると、若夷売りが「若夷、若夷」と呼んでえびす様のお札《ふだ》を売り歩くが、ああいつも「若い若い」と言ってくるのは、世間の人に年をとらせて、自分一人だけ年をとらないせいだろう。

春―若夷。元日になると人間は皆一つずつ年をとる。そこで夷神にまで年がまわりかねていつまでも若いのだ、との趣向。「若夷」は夷神の像を印刷した札。京阪地方で元日の早朝に売り歩き、家々では門口《かどぐち》や神棚《かみだな》に供えて福を祈る。

5　俗に「京は九万八千家」というが、貴賤《きせん》を問わず群集する京の花見のにぎやかさは、九万八千どころか九万九千の群集とでも言いたいところだ。

春―花見。京都の人家の多さ、繁栄ぶりを称して「京は九万八千家」という(『日本略記』)。これをふまえて「貴賤群集《くんじゅ》」なる常套語《じょうとうご》を「九千群集」にもじり、クの頭韻をふんでさらにおかしみを出した。キセン・クセンは同じカ行音の一字を切り替えただけのもじり。この種の技巧を「かすり」という。当時の常套技巧。

6 昔から鬼は賤の目に見えぬというが、鬼は鬼でも鬼薊の花は、我ら賤の目にもよく見えるわい。

春―鬼薊。『古今集』仮名序に「目に見えぬ鬼神」、謡曲『山姥《やまうば》』に「賤の目に見えぬ鬼」とある。その文学的伝統観念をひっくり返して茶化したおかしみ。◇賤　身分の低い者。◇鬼薊　いまいう野薊。葉に棘《とげ》があるので鬼の名があるが、花は鮮紅色で美しい。

7 五月雨がながながと降り続いて、お月さんにもまったくご無沙汰の限りというものだ。

夏―五月雨。「御物遠」は、御疎遠・御無沙汰と同義で、口頭の挨拶《あいさつ》や書簡用の常套語。句は、こうした挨拶語を用いて月を擬人的に扱ったおかしみ。

8 梅雨が小止《おや》みなく降り続く。その雨音を聞いていると、本当に耳も酸《す》っぱくなるよ。

夏―梅の雨。降り続く梅雨に飽きあきした気持を、「梅」の縁で「耳も酸うなる」と言ったところが貞門的なおかしみ。「耳も酸うなる」は、同じことを幾度も聞いて飽きること。その「酸」を字義どおり生かし、梅の雨だから酸いも道理と洒落《しやれ》た。「梅」と「酸」は縁語。

9 杜若の、水に映った影は本物そっくり。これぞまさしく、「似たりや似たり」だわい。

夏―杜若。中七に、謡曲『杜若』の「似たりや似たり杜若、花菖蒲《はなあやめ》」をそのまま裁《た》ち入れた技巧。もじりの一種。「似たりや似たり」は、よくもまあこれほど似ているものだ、の意。杜若はアヤメ科の多年草。池、沼、水辺など湿地に生え、花菖蒲と酷似している。

5 京は九《く》万《まん》九《く》千《せん》くんじゅの花見哉《かな》　＊夜の錦

6 花は賤《しづ》の目にも見えけり鬼《おに》薊《あざみ》　＊夜の錦

7 五《さ》月《み》雨《だれ》に御《おん》物《もの》遠《どほ》や月の顔　＊続山井

8 降る音や耳も酸《す》うなる梅の雨　＊続山井

9 杜若《かきつばた》似たりや似たり水の影　＊続山井

10
夕顔に見とるるや身もうかりひよん　＊続山井
夕顔の花に心やうかりひよん　耳無草

夕顔の花の美しさに見とれて浮かれるあまりに、ついわが身も忘れてぼんやりしてしまうよ。
夏—夕顔。「うかりひよん」（物事に気をとられてぼんやりするさま）の語調のおかしみが句眼。夕顔が秋に結実させる瓢簞《ひょうたん》は水に浮きやすいので「浮かれ」に、また「瓢」を「ひよん」に通わせた。縁語と掛詞《かけことば》。「夕顔」には、夕化粧した美女の面影をほのめかす。

11
岩《いは》躑躅《つつじ》染むる涙やほととぎ朱《しゆ》　＊続山井

血の涙を流して鳴くという時鳥《ほととぎす》が、その血涙で染めたのか。あの岩躑躅の真赤な花は。
夏—時鳥。岩躑躅は一名「杜鵑花《とけんか》」（「杜鵑」は時鳥の別名）。また「杜鵑血ニ泣クト云ヒ、血ノ涙ヲ流ス鳥ナリ」（『連集良材』）ともいう。そこから「岩躑躅」「杜鵑花」「時鳥」の縁語的連想によって仕立てた技巧句。「ほととぎ朱」は「す」のかすり（五参照）で、語調のおかしみ。また岩躑躅の花色（朱色）の縁語。

12
しばし間も待つやほととぎす千年《せんねん》　＊続山井

時鳥の初音を待つ身には、「松は千年」の諺《ことわざ》どおり、一瞬の間も数千年の思いがする。
夏—時鳥。時鳥の初音を待ち焦がれるのは古典和歌以来の伝統的美意識。それを大げさに言いたてた滑稽。「待つ」に「松」、「ほととぎす」に「数《す》」を言い掛け、「松」と「千年」の縁語で仕立てた。

13
秋風の鑓《やり》戸《ど》の口やとがり声《ごゑ》　＊続山井

秋風が遣戸《やりど》の戸口に吹き当る音は、なるほど鑓《やり》みたいに尖《とが》った、身を刺すような音だ。
秋—秋風。蕭殺《しょうさつ》たる秋風を尖り声（かん高く鋭い声）になぞらえた擬人句。「とがる」「鑓」（槍）の縁で「遣戸」（引き戸）を持ち出し、「鑓」「遣」の掛詞、「口」

「とがる」の縁語で仕立てた貞門風の遊戯句。

14　今宵は牽牛《けんぎゆう》星と織女《しよくじよ》星とが、年に一度の逢瀬《おうせ》を楽しむ七夕。うまく逢えれば有頂天《うちようてん》だろうに、雨で逢えぬ気持は雨中天というべきか。

秋―七夕。七夕の星から「有頂天」の語を着想し、これを「雨中天」ともじったおかしみ。芭蕉の造語。

15　ただひたすらに澄みわたれ、今日の名月よ。「住めば都」、いや「澄めば都」なのだ。澄んだ名月を見てこそ、京に住む甲斐《かい》があるのだよ。

秋―今日の月。「住め」「澄め」、「今日」「京」の掛詞、「都」と「京」、「都」と「月（の都）」の縁語を用い、諺「住めば都」を裁《た》ち入れた技巧句。

◇たんだ　流行歌謡の文句。「たんだ振れ振れ六尺袖をさ」（『松の葉』）等。◇今日の月　仲秋の名月。

16　月の光が天下を隈《くま》なく照らしているが、あの輝く月の顔は下照姫《したてるひめ》の顔なのか。ほんに美しい。

秋―月。「月の顔」を下照姫に見立てた擬人的表現。見立ては貞門風得意の滑稽《こつけい》的技巧。『古今集』仮名序の「久方《ひさかた》の天《あめ》にしては下照姫」云々《うんぬん》をふまえ、「天の下照る（月）」に「下照姫」を言い掛けた。

17　荻の葉のさやさやとそよぐ葉ずれの音は、いかにも秋らしい感じだが、こりゃあきっと、秋風の口真似《くちまね》をしているのだろうよ。

秋―荻の声・秋風。荻を擬人的に見立てた滑稽。「荻の声」は荻の葉が風にそよぐ音で、伝統的文学用語。

◇こや　これは…だろう、の意。

14　七夕《たなばた》の逢はぬ心や雨《う》中《ちゆう》天《てん》　＊続山井

15　たんだすめ住めば都ぞ今日《けふ》の月　＊続山井

16　影は天《あめ》の下照る姫か月の顔　＊続山井

17　荻《をぎ》の声こや秋風の口うつし　＊続山井

18
寝たる萩《はぎ》や容《よう》顔《がん》無《ぶ》礼《れい》花の顔　*続山井

19
月の鏡小《こ》春《はる》に見るや目《め》正《しやう》月《ぐわつ》　*続山井

20
時雨《しぐれ》をやもどかしがりて松の雪　*続山井

時雨をばもどきて雪や松の色　夜の錦

21
子に後《おく》れたる人のもとにて

萎《しを》れ伏すや世はさかさまの雪の竹　*続山井

18　萩の花の美しさは、まさに容顔美麗《ようがんびれい》というべきだが、そのしどけなく寝た姿は、まったく容顔無礼というほかない。

秋―萩。萩の花を美女に見立てた擬人句。常套語《じょうとうご》「容顔美麗」を「容顔無礼」ともじったおかしみ。ビとブはバ行音のかすり（五参照）。萩が根本から多数の細枝を叢生《そうせい》して伏したさまになるのを「寝る」という。「萩の寝たるに露の置きたる」（『後拾遺集』）など。

19　磨《と》ぎすまされた鏡のような美しい月を、小春の季節に見る。これこそ文字どおりの目正月だ。

冬―小春。「目正月」は、珍しいもの、美しいものを見て目を楽しませる意の諺。「小春」は旧暦十月の異称。本当の春でない小春を、わざと正月だとおかしく言った。「鏡」「見る」「目」、「春（新春）」「正月」の縁語、「小春」「春」の掛詞などを駆使した言語遊戯のおかしみ。昔の鏡は普通金属製の円形なので、輝く月をこれになぞらえ、「月の鏡」と言った。

20　多くの木々を錦《にしき》に染める時雨も、松だけは染めてくれぬ。それをもどかしがってか、松が代りに雪化粧でもしたいと待っていると、折から雪が降って、緑に白の対照美を現したよ。

冬―松の雪・時雨。松の擬人化。「時雨」は初冬から降る冷雨。古典和歌以来、木々を紅葉させるものとして扱われる。「松」に「待つ」を掛け、雪を待つ意を表す。「もどく」は、不快、不満に思う意。『夜の錦』の句形では、松は雪を待っているだけで、雪はまだ降らぬ状態。

21
竹に雪が積って撓《たわ》み伏し、節《よ》が逆さになっているように、子に先立たれて「世はさかさま」の嘆きに伏し沈んでいる。まことに無理もないことだ。
冬―雪。「世」「節」の掛詞、「節」「竹」の縁語に、諺をきかした見立て句。謡曲『竹の雪』に、竹の雪を払って凍死した子を母の嘆く場面があり、これをふまえた。

22
霰まじりに降る帷子雪は、さながら染模様の霰小紋だ。
冬―帷子雪・霰。「帷子」の縁で「小紋」を連想した。◇帷子雪　ぼたん雪。着物の帷子（ひとえ物）をきかす。◇小紋　星、霰、小花など、細かい模様を一面に染め出した織物。ここは霰小紋の意となる。

23
霜枯れ時に、まだ細々と咲き残っている花野の花の、なんともはや辛気くさいこと。
冬―霜枯。花を擬人化し、流行小歌・隆達節《りゅうたつぶし》の「辛気の花は夜々に咲く」を取り入れた趣向が句眼。◇霜枯　草木が霜で枯れてしまう季節。◇辛気　気がふさぐこと。◇花野　草花の咲き乱れる秋の野。

24
いまを盛りの桜の顔の美しさに気後《きおく》れしてか、月はおぼろに顔を隠したさまである。
春―朧月・花。朧月を擬人化したおかしみ。◇晴れうて　晴れがましい場所で気後れすること。

25
梅の花が真盛り。その梅には酸《す》があるのに免じて、風も素手《すで》を引き、花を散らさないでほしい。
春―梅。「梅」「酸《す》」は縁語、「酸」「素手」は掛詞。◇す手引く　何もせずに引き下がること。

22
霰《あられ》まじる帷子《かたびら》雪《ゆき》は小《こ》紋《もん》かな　＊続山井

23
霜《しも》枯《がれ》に咲くは辛《しん》気《き》の花《はな》野《の》哉《かな》　＊続山井

寛文七年　二十四歳

24
花の顔に晴れうてしてや朧《おぼろ》月《づき》　＊続山井

25
盛りなる梅にす手《で》引く風もがな　＊続山井

26 あち東風《こち》や面《めん》々《めん》さばき柳《やなぎ》髪《がみ》 ＊続山井

27 餅《もち》雪《ゆき》を白糸となす柳哉《かな》 ＊続山井

28 花にあかぬ嘆きやこちの歌《うた》袋《ぶくろ》 ＊如意宝珠

花の下《もと》にて発句《ほっく》望まれ侍《はべ》りて

花に明かぬ嘆きや我《われ》が歌袋 ＊続山井

26 柳の垂枝《しだれ》が、東風《こち》に吹かれてあちこち靡《なび》き乱れている。てんでんばらばらの捌《さば》き髪みたいに。

春―東風。『和漢朗詠集』に見える詩「早春」の「気霽《はレ》テハ風梳《くしけづリ》ニ新柳ノ髪ヲ一」から趣向を取り、柳を人の髪に見立てて擬人化し、掛詞を多様した滑稽《こっけい》。「東風」（春風）に「こち」（こちら）を掛ける。「面々さばき」はめいめい勝手に処置すること。これを「捌き髪」（とき乱した髪）に言い掛けた。「柳髪」は柳の細い枝の垂れるさまの比喩《ひゆ》。女の髪にも譬《たと》える。

27 柳の糸に餅雪が降りかかった。なるほど、これこそ文字どおりの白糸餅だ。

春―柳。柳が餅雪で白糸餅を作ったという擬人表現。◇餅雪　綿雪。◇白糸「白糸餅」の略。白米粉で作った糝粉《しんこ》餅《もち》を桛糸《かせいと》の形によじったもの。「餅」と縁語。「糸」と「柳」も縁語（柳の細い枝を糸という）。

28 東風《こち》が吹き、花は咲いても、こちらの歌袋はさっぱり明かず、一句もできぬ嘆かわしさよ。

春―花。『伊勢物語』二九段「花に飽《あ》かぬ嘆きはいつもせしかども今日の今宵《こよひ》に似る時はなし」のもじり。「あく」に「明く」「飽く」を掛け、花見に夢中な自分なのに、の意をこめた。◇こち「我《われ》」の俗語。「東風」（春風）を掛ける。◇歌袋　和歌の詠草を入れる袋。

29　春風に吹き出し笑ふ花もがな　＊続山井

暖かい春風が吹き出した。この春風に、花よ、一度にどっと咲き出してほしいものだ。

春―花笑ふ・春風。花を待つ心。擬人化による笑い。◇吹き出し笑ふ　爆笑する。「吹き」は「春風」と縁語。「笑ふ」を「花笑ふ」（花が咲く）に掛けた。◇もがな　願望の終助詞。

30　夏近しその口たばへ花の風　＊続山井

もうすぐ夏だ。花の風よ、しばらく風袋の口を閉じて花を荒さず、夏の涼風の用に貯えておけ。

春―花の風・夏近し。風の擬人化。「その口」の「その」は風をさす。風神の所持する風袋の口。「たばふ」には、覆う、貯える、の両意があり、その両方を掛けた。「花の風」は花を散らす風。

31　一初瀬にて人々花見けるに
うかれける人や初《はつ》瀬《せ》の山桜　＊続山井

初瀬の山は桜の名所。盛りの花にたくさんの人が浮かれだして、なんとまあにぎやかな。

一　初瀬山。歌枕。平安朝以来全国的信仰を集めた長《は》谷寺《せでら》観音の所在地。奈良県桜井市。

春―山桜。「憂《う》かりける人を初瀬の山颪《やまおろし》はげしかれとは祈らぬものを」（『千載集』）の上三句をもじった。「憂かり」「浮かれ」はラ行音のかすり（五参照）。

32　糸《いと》桜《ざくら》こや帰るさの足もつれ　＊続山井

糸桜に見とれて、帰るにも帰れぬ。こりゃあてつきり、桜の糸に足がもつれるせいだろう。

春―糸桜。「糸桜」という名辞にすがり、花への未練心を「足もつれ」とした縁語仕立てのおかしみ。◇糸桜　枝垂桜《しだれざくら》の一種。◇帰るさ　帰る時、帰る途中。

33
風吹けば尾《を》細《ぼそ》うなるや犬《いぬ》桜《ざくら》

寛文八年　二十五歳

＊続山井

33　犬桜が風に散って、次第に尾細くなってゆく。こんなふうになる桜なればこそ、これを犬桜と呼ぶのだろう。

春―犬桜。犬桜の花は、白く小さく、見栄《みば》えがしないので、下等の意で犬の名がある。その常識を破るような新奇な着想でおかしみを出した。「尾細うなる」は、物事の次第に細り衰えるさまをいう俗言。先ぼそり。その「尾」を、犬桜の「犬」に結びつけた縁語趣味。

34
波の花と雪もや水の返り花《ばな》

寛文九年　二十六歳

＊如意宝珠

34　寒い冬の海に白い波の花が立っている。もしかしたらあれは、本来水である雪がもとの水に帰り、波の花となって返り咲きしたものか。

冬―返り花・雪。波の花を、雪の返り花かと見立てた機知のおかしみ。「波の花」は波頭の白く砕けるのを花に譬《たと》える常套語《じょうとうご》。「雪」は「六花《りっか》」「銀花」「雪花」ともいい、「花」とは縁語。「行き」に掛けて「返り」とも縁語仕立て。◇波の花と　「と」は、…となって。◇雪もや　「や」は疑問の助詞。◇返り花　初冬のころ季節はずれに咲く花。返り咲きの花。「水に帰り」を掛ける。

35
桂《かつら》男《をとこ》すまずなりけり雨の月

寛文九年　二十六歳

＊如意宝珠

35　昔物語に「男住まずなりにけり」というが、雨で月の見えぬ今宵《こよい》は「男住まず」というよりも、「桂男澄まず」というほうがよろしかろう。

秋―雨の月。『伊勢物語』二三段の文句をもじった。月の縁で「桂男」を出して原文の「男」にひっかけ、「住まず」に「澄まず」を掛ける。「桂男」は月世界に生えている桂の木の下に住むという伝説上の男。転じて、美男子の意にも用いられた。「雨の月」は、仲秋の名月の夜、雨降りで月が見えぬこと。

36　広大な内山《うちやま》永久寺の山内《さんない》の花盛りのさまは、その真言秘密の行法と同様、寺外の者には窺《うかが》い知ることができぬ。

春―花盛り。「内」に「外」を対置した縁語趣味。「外様」は、身内でない者、部外者。永久寺が秘法を行ずる山伏寺なので「外様しらず」と言った。

◇うち山　奈良県天理市杣之《そまの》内《うち》にあった内山金剛乗院永久寺。鳥羽《とば》上皇の勅願寺で、近世、寺領九百七十一石の大寺。真言宗の山伏寺。

37　五月雨が、川の増水で分らなくなった瀬を探ろうと、脚を踏み入れて瀬踏みしているわい。ふだん見馴れて知ってるはずの見馴河なのに。

夏―五月雨。「見馴河」という名辞から発想した観念遊戯の作。「雨脚」という語の連想から、五月雨にも脚があると見立てた擬人的表現。実景でいえば見馴河に五月雨の降りしきるさまだが、それは主眼ではない。

◇瀬踏み　川に足を踏み入れて瀬の深さを測ること。

◇見馴河　大和（奈良県）の歌枕。

38　家ごとに注連縄《しめなわ》が飾られると、童《わらわ》どもでも正月が来たと分る。なるほど藁《わら》で作った注連縄だもの、わらわが知るのも道理の話よ。

春―春立つ・飾り縄。「わらは」に「藁」をきかせ、「藁」「縄」の縁語を操った機知のおかしみ。

36　うち山や外《と》様《ざま》しらずの花盛り　　寛文十年　二十七歳　＊大和順礼

37　五月雨《さみだれ》も瀬《せ》踏《ぶ》み尋ねぬ見《み》馴《なれ》河《がは》　＊大和順礼

38　春立つとわらはも知るや飾り縄　　寛文十一年　二十八歳　＊誹諧藪香物

39
きてもみよ甚兵《じんべ》が羽織花衣《はなごろも》

*貝おほひ

40
女夫鹿《めをとじか》や毛に毛が揃《そろ》うて毛むつかし

*貝おほひ

寛文十二年　二十九歳

41
雲とへだつ友かや雁《かり》の生き別れ

冬扇一路

39　甚兵衛さんよ。甚兵衛羽織が自慢らしいが、それを花見衣に着て花見に来て見よ。この花の見事さには我《が》折《お》ってしまうだろう。

春—花衣。流行小唄に多用の「きてもみよ」（「き」は着・来の言い掛け）をふまえ、「羽織」を「我折り」（降参する意）ともじって機知を弄《ろう》した当世風の滑稽句。

40　秋の交尾期、牝鹿《めじか》と牡《お》鹿が互いに毛と毛をすり合わす。いやはやなんとも毛むつかしいこと。

秋—鹿。小唄「さても毛に毛が揃うたえ」（『新版祇園《しんぱんぎおん》踊口説《おどりくどき》』）を取り、常用語「気《き》むつかし」ともじり、「毛」を並べ語呂を合わせたおかしみ。

41　雲のように遠く隔たって行《い》き別れになってしまう友なのか。北国の空に去りゆくあの雁たちは。だが仮の生き別れだ。また会える日もあろう。

春—雁の別れ。郷里伊賀を捨てて江戸に赴く時の作。『蕉翁全伝』に「寛文十二、子《ね》の春、二十九歳、仕官を辞して甚七《じんしち》と改め東武に赴く時、友達の許《もと》へ留別」とある。季語「雁の別れ」（旧暦二月）に惜別の情を託した。「雁の生き別れ」には「仮の行き別れ」を掛ける。◇雲と　「と」は「玉と散る」「雨と降る」等と同類の比喩《ひゆ》法に用いる助詞。◇かや　「か」は詠嘆を含む疑問、「や」は詠嘆。『全伝』には「にや」。「かや」がよい。

42　深山の中腹にこんもりした夏木立。あれは山がほんの腰塞《こしふさ》げに小太刀を差したようなものよ。

夏—夏木立。山の腰（中腹）の縁で「木立」に「小太刀」をきかせ、さらに「太刀」の縁語「佩く」（差す）と「腰ふさげ」（申し訳程度に差す粗末な刀）を導きだした擬人句。

43 瓜実《うりざね》顔の美しい姫瓜は、やがて后になるよう予定されたお方であるよ。

夏―姫瓜。「姫瓜」（真桑瓜の一種）の名に興じた擬人句。その小さな実に墨と白粉《おしろい》で顔を描いて「姫瓜雛《びな》」を作る習俗（『日次《ひなみ》紀事』）をふまえ、「姫」「后」、「瓜」「さね」（実《み》）の縁語的連想で仕立てた。王朝語「后がね」（皇后予定者）を「后ざね」ともじって滑稽化。

44 桜は咲いてすぐに散る。そこで花見ごろともなれば、やれ咲くの散るのと世間口がうるさいことだが、もっといやなのは花を散らす風の口だ。

春―花。花を惜しむ心を詠むが、「世間口」、「風の口」（風神の風袋の口）と重ねた言語技巧で滑稽化。「いやよ」は流行小唄の口調。隆達節「独り寝はいやよ」等。

45 どうも目星がちらちらする。こりゃきっと糸桜の花の早く咲くのを願って毎日みつめ暮したせいだ。なるほど星と「願いの糸」は深い縁があるわい。

春―糸桜。糸桜の開花を待つ心の滑稽化。句中に「願ひの糸」を詠み込み、その縁で目の「星」を出した機知が効果的。「花を願ひ」「願ひの糸」「糸桜」と掛詞で繋《つな》いだ。「願ひの糸」は七夕《たなばた》の夜、竹竿の先に掛けて技芸の上達などを願い、牽牛《けんぎゅう》・織女《しょくじょ》二星に手向ける五色の糸。「目の星」は、目の疲労時、眼中に星のようにちらつくもの。「目星の花が散る」（『日葡《にっぽ》辞書』）ともいうところから「目星」と「花」も縁語。

42 夏《なつ》木《こ》立《だち》佩《は》くや深《み》山《やま》の腰ふさげ　＊伊勢躍音頭集

43 美しきその姫《ひめ》瓜《うり》や后《きさき》ざね　＊山下水

寛文年間　十八歳～二十九歳

44 花にいやよ世《せ》間《けん》口《ぐち》より風の口　真蹟短冊

45 目の星や花を願ひの糸桜　千宜理記

46　諺《ことわざ》に「命が物種」というが、今年もまた命あって芋名月が眺められるのは、その芋を食って身を養ったおかげ。こりゃむしろ「命は芋種」というべきだわ。

秋―今日の月。諺の「物種」を名月の縁で「芋種」ともじった滑稽が主眼。「物種」は物事のもとになるもの。西行歌「年たけてまた越ゆべしと思ひきや命なりけり佐夜《さよ》の中山」（『山家集』）を踏む。◇今日の月　仲秋の名月。この夜、里芋の新芋を煮て食う習慣から「芋名月」ともいう。

47　いろは字で書いた火中止めの手紙は読んですぐ火にくべるが、手紙ならぬ色葉《いろは》、つまり散り落ちた紅葉《もみじ》も掻き集めて燃やすのだなあ。

秋―色葉。「文」「いろは」「火中」の縁語、「いろは」「色葉」、「書く」「掻く」の掛詞による言語遊戯句。◇火中　火にくべる。また秘密の手紙の末尾に、読後焼き捨てることを求めて記す書簡用語（火中止め）。

48　木々の下紅葉が美しく色づき、みな口々にほめそやしているが、実はその人々の口の中にだって舌紅葉、つまり赤い舌があるのだ。

秋―下栬。広く世間に言いふらされる意の「人の口にある」に「口（の中）にある舌」を掛け、その「舌」に「下紅葉」（紅葉した樹木の下葉）をきかせた滑稽。

49　児桜を植えるにはその愛すべき名にめでて、わが子のごとく大事に扱って植えよ。

春―児桜。植木の名人郭橐駝《かくたくだ》がその秘訣を説く「其蒔《ソノうウル》

46　命こそ芋《いも》種《だね》よまた今《け》日《ふ》の月　千宜理記

47　文《ふみ》ならぬいろはもかきて火《くわ》中《ちゆう》哉《かな》　千宜理記

48　人ごとの口にあるなりした栬《もみぢ》　千宜理記

49　植うる事子のごとくせよ児《ちご》桜《ざくら》　続連珠

也《や》若《ごとクセヨ》レ子《こノ》」（『古文真宝後集』種樹郭橐駝伝）を踏む。
◇児桜　山桜の一変種。「子」「児」の縁語的発想。

50　何ともうまいこの竹の子。これは、篠の露の雫がよよとばかり滴り落ちて養ったのだ。
夏—たかうな。『源氏物語』横笛の「（幼い薫君《かおるぎみ》が）たかうな（竹の子）をつと握り持ちて雫もよよと食ひ濡《ぬ》らし」を換骨奪胎したもじり。「よよ」（水・涎《よだれ》などの滴り落ちるさま）に、竹の縁で「節々《よよ》」の意もきかす。「露」は「雨露《うろ》の恵み」という、その露。

51　美女を思わせるなまめかしい女郎花を見ていると、我《が》も折れるばかり魅惑される。で、見るだけでは我慢できず、つい手折ってしまったまでよ。
秋—女郎花。遍昭「名に愛《め》でて折れるばかりぞ女郎花我《われ》落ちにきと人に語るな」（『古今集』）のもじり。「我を折る」（感服し降参する）に女郎花を折るを掛ける。

52　今日十五夜の名月の夜は、目も心も月に奪われて、とても寝るひまなどないわ。
秋—月見。『伊勢物語』「…今日の今宵に似る時はなし」（三六参照）のもじり。「寝る」「似る」はかすり。

53　今宵見る月はまだ形も整っていないが、それでも、満月になる生い先の期待されるよい月だ。
秋—宵月夜。『源氏物語』玉鬘《たまかずら》「姫君は清らにおはしませどまだ片なり（体の発育が十分でない）にて、生ひ先ぞ推し量られ給ふ」をふまえ、月の擬人化と掛詞によった技巧句。「宵月夜」は宵の間だけ出て消える新月の頃の月。「宵」に「良い」を掛ける。

50　たかうなや雫《しづく》もよよの篠《ささ》の露　　続連珠

51　見るに我《が》も折れるばかりぞ女郎花《をみなへし》　　続連珠

52　けふの今《こ》宵《よひ》寝る時もなき月見哉　　続連珠

53　見る影やまだ片なりも宵《よひ》月《づき》夜《よ》　　鳥の道

延宝二年　三十一歳

54
町《まち》医師や屋敷方《がた》より駒《こま》迎へ
＊五十番句合

54
町医者が大名屋敷からお召しを受けて迎えの馬を差し向けられた。これぞ現代版の駒迎え。

秋―駒迎へ。「駒迎へ」は中古中世期、諸国から朝廷に名馬を献上する駒牽《こまひき》の儀式に当り、左馬寮《さまりょう》の官人が逢《おう》坂《さか》の関まで出迎えた、旧暦八月の行事（四五一参照）。これを当世風にもじったおかしみ。「町医師」は民間の開業医。大名・旗本のお抱え医師に比べて地位が低い。

55
針《はり》立《たて》や肩に槌《つち》打つから衣《ころも》
＊五十番句合

55
針医者が患者の肩に小槌で針を打っているところは、ちょうど砧《きぬた》で唐衣《からごろも》を打つ感じ。いや、裸の肩だから、唐衣ならぬ空衣《からごろも》だわい。

秋―衣打つ。「槌打つ」は扁平な小槌で針を打ちたたき、体の表部に浅く刺入する鍼《しん》術の一つ。そのしぐさを当季の「衣打つ」（三〇五参照）に見立てて興じた作。「唐」「空」のもじりがおかしい。

56
武《む》蔵《さ》野《しの》や一《いっ》寸《すん》ほどな鹿《しか》の声
＊誹諧当世男

56
武蔵野はあまりにも広くて、ここの鹿は僅か一寸ほどしかない感じ。そんな鹿が鳴いている。

秋―鹿の声。武蔵野の大をいうために鹿を極端に矮小《わいしょう》化《か》し、具体的に「一寸」と限定してみせた。談林的寓言の手法。鹿の声も一寸先にしか届かぬ意を掛ける。

57
盃《さかづき》の下ゆく菊や朽《くっ》木《き》盆《ぼん》
＊誹諧当世男

57
菊模様のある朽木盆。これに載せた盃から酒がこぼれて流れるさまは、まさしく盃の「下ゆく水」、命を延ぶる「菊の水」というものだ。

秋―菊。謡曲『養老』の「夏山の下ゆく水の薬となる…げにや薬と菊の水」をもじる。「菊の水」は菊慈童《きくじどう》の不老長寿の水（一〇八参照）。「朽木盆」は滋賀県朽木地方特産の塗盆。黒漆に朱漆の花模様を描いた丸盆が多い。

延宝四年　三十三歳

58 天秤《てんびん》や京江戸かけて千代の春　＊俳諧当世男

59 この梅に牛も初音《はつね》と鳴きつべし　江戸両吟集

60 我も神のひさうや仰ぐ梅の花　＊続連珠

61 雲を根に富士は杉形《すぎなり》の茂りかな　＊続連珠

58 天秤に、京と江戸の二大都会を掛けて量れば、ちょうどうまく釣合いがとれる。それほど二都がいずれ劣らず繁昌する、めでたい新春だ。

春―千代の春。二都を天秤にかけるという奇想天外な発想の談林的寓言。「かけて」に、…にまたがって、の意も掛けた。「千代の春」は新年を寿ぐ季語。

59 天満宮の梅のすばらしさには、「梅に鶯《うぐいす》」といわれる鶯はもちろん、社前に祀《まつ》られた臥像《がぞう》の牛までも初音を鳴いて、神徳を讃《たた》えることだろう。

春―梅。天満宮奉納百韻連句の発句。常識にはない「牛の初音」が談林的寓言の滑稽。梅は菅原道真が愛したところから、彼を祀る天満宮には付き物。その「梅」に談林風の創始者西山宗因の別号「梅翁《ばいおう》」をきかせた。「牛」は天神の使者として祀られる臥像の牛。

60 天神様は「時々彼蒼《ひさう》ヲ仰グ」と詩《うた》われたが、自分も今、その天神様よろしく、「彼蒼」ならぬあの「秘蔵《ひさう》」の梅の花を仰ぎ見ているところだ。

春―梅の花。菅原道真の太宰府の配所での詩「離レテ家ヲ三四月、落ツル涙ハ百千行《かう》、万事皆如レシ夢ノ、時々仰グ二彼蒼ヲ一」(『菅家後集』)を踏む。「彼蒼」(天の意)と「秘蔵《ひさう》」を掛け、自分を道真に見立てたおかしみ。

61 新緑を纏《まと》って雲の上に聳《そび》える富士は、雲を根にして茂り立つ巨大な杉の木のようだわい。

夏―茂り。新緑の夏富士をとてつもなく巨大な杉に見立てた寓言。「杉形」は杉の木の聳えたような形。

62　富士の山蚤《のみ》が茶臼《ちゃうす》の覆《おほひ》かな　　銭龍賦

山の姿蚤が茶臼の覆かな　　蕉翁全伝

佐《さ》夜中山《よのなかやま》にて[一]

63　命なりわづかの笠の下《した》涼《すず》み　　俳諧江戸広小路

64　夏の月御油《ごゆ》より出《い》でて赤坂や　　俳諧向之岡

65　富士の風や扇にのせて江戸土産《みやげ》　　蕉翁全伝

62　俗謡に「蚤が茶臼を背たら負うて、背たら負うて、富士のお山をちょいと越えた」と歌うが、富士の形はその茶臼に覆いをかぶせたよう。

夏―蚤。俗謡をふまえつつ、巨大な富士を、極小の蚤の背負う茶臼の覆いに見立てた、談林的寓言による滑稽。『蕉翁全伝』によると延宝四年夏、伊賀上野に帰郷する途中、富士での吟。茶臼の覆いは渋紙・畳紙《たとうがみ》などで製し、茶臼にかぶせると富士山型の台形になる。◇蚤が茶臼　分不相応の大望を抱く意の諺。ただし句意には無関係。◆両句形、先案後案の順を確定する手がかりを欠くが、「富士の山」と明示するほうがよい。

一　静岡県金谷《かなや》町。東海道の有名な歌枕。

63　炎天下、佐夜の中山を越えようとすると、宿るべき木陰もない。ただ命と頼むものは、わが着る笠のほんのわずかな下陰だけである。

夏―下涼み。前句と同じ旅中の吟。佐夜の中山を過ぎるに当って、西行の「…命なりけり佐夜の中山」(四六参照)の歌詞を取り、これをもじったところが俳諧的作意。「下涼み」は木陰等で涼む意。笠の「下」に「下涼み」をきかす。

64　夏の月は御油の宿場を出て、ほんの目と鼻の先の赤坂宿に入ったのだろうよ。道理で出たと思ったら、すぐに見えなくなったわい。

夏―夏の月。月が御油・赤坂の間を歩いたと擬人化して夏の短夜《みじかよ》を寓した談林的寓言。御油・赤坂は東海道の宿駅(愛知県豊川市・同宝飯《ほい》郡音羽町)。両駅間は十六丁（約一・七キロ）で五十三次中の最短距離区間。

65 故郷への江戸土産として、涼しい富士颪《おろし》の風を扇に載せ、謹んで進呈します。

夏—扇。『蕉翁全伝』に延宝四年六月帰郷の折、旧友高畑市隠《しいん》亭で催した歌仙の発句と伝える。土産・進物などは扇に載せて出す作法をふまえ、形のない風を扇に載せるとした奇抜さ。寓言表現。「風」「扇」は縁語的発想。

66 江戸から伊賀の上野まで、百里の遠路を旅して来た。まさに「ほどは雲井」の思いだが、いまその故郷の雲の下で、安らかに涼んでおりますよ。

夏—下涼み。出典に山岸半残《はんざん》亭での歌仙の発句とある。古歌の常套句「ほどは雲井」を踏み、「雲井」（はるかな所）に雲の意をきかせた。江戸・上野間は百七里二十八丁（約四二三キロ。『三国地誌』）。

67 山国の故郷に帰り、人ごみで汚れた江戸ではけっして見られぬ、清澄な月を眺めることよ。

秋—月。出典に渡辺亭で桑名某が主催した句会での作とある。「江戸」に「穢土《えど》」（煩悩に迷う者の住む汚れた国。仏語）を掛け、美しい故郷を讃《たた》えた挨拶句。

68 今年も押しつまって、とうとう年の暮に「なりにけり、なりにけり」だわい。

冬—年の暮。謡曲のキリ（終末部）の常套句「なりにけり…」をはめ込んだ歳末の感懐。言語遊戯の滑稽。◇まで　文末に置いて確認・強調の意を表し、終助詞的に用いる近世の口語。

66 百里来たりほどは雲井の下涼み　　蕉翁全伝

67 詠《なが》むるや江戸には稀《まれ》な山の月　　蕉翁全伝

68 なりにけりなりにけりまで年の暮　　*六百番誹諧発句合

延宝五年　三十四歳

門松

69 門《かど》松《まつ》やおもへば一《いち》夜《や》三《さん》十《じふ》年《ねん》

＊六百番誹諧発句合

霞

70 大《おほ》比《ひ》叡《え》やしの字を引いて一《ひと》霞《かすみ》

大比叡やしを引き捨てし一霞

＊六百番誹諧発句合

彼これ集

猫妻恋《ねこのつまごひ》

71 猫の妻竈《へつひ》の崩れより通ひけり

＊六百番誹諧発句合

69　一夜に千本生えたという北野の一夜松じゃないが、門松を立て、一夜明けて三十の齢《よわい》を迎えると、まるで一夜のうちに急に年がふえた思いがする。

春―門松。天神の神託で京都北野の右近《うこん》の馬場に一夜にして千本生じたという一夜松の故事（『太平記』など）をふまえた。「門松」と「一夜」を縁語的に出し、「一夜千本」の観念を「一夜三十」と急転させて意外感を誘った、談林的滑稽技巧。「三十年」は、急に年がふえたことを感ずる年齢。『俳諧類船集』「弥増《いやまし》」の説明に「人の齢も三十ばかりになるを待ちつくるやうにして四十《よそぢ》の初めの老《おい》になるを驚き」とある。芭蕉自身の年を正確に詠んだとすれば、延宝元年（一六七三）の作。ただし一般論的に詠んだとも解し得る。

70　比叡《ひえい》の山腹に、一休和尚の引いた巨大なしの字のように、春霞が横に長々と棚びいているわい。

春―霞。一休が比叡山の山法師どもから読みやすい大文字を望まれ、金堂から麓《ふもと》の坂本まで紙を継がせて、七、八尺の筆に墨を含ませ、一気に駆け下って「し」の字を書いたという笑話（『一休ばなし』）による。昔の「し」は尻をはね上げず真直ぐに引くことが多い。

◆『彼これ集』の句形は誤伝か、再案か、未詳。

71　昔男の業平《なりひら》は築地《ついじ》の崩れから忍び通いをしたが、猫はやっぱり猫。発情した雌猫が雄猫を求めて、築地ならぬ竈の崩れから通ってくる。

春―猫妻恋。『伊勢物語』五段「密《みそ》かなる所なれば、門よりも得《え》入《い》らで、童部《わらはべ》の踏みあけたる築地（土塀）

の崩れより通ひけり」を俗にもじった。
一三月三日。桃の節供。当日は年中最大の潮干といわれ、各地で潮干狩が盛んであった。

72 年中最大の今日の潮干には、遠い海底の龍宮城も姿を現して、土用干をしていることだろう。

春―上巳。龍宮の土用干は、ないことをあるように作意した談林的技巧。また龍宮を俗化したおかしみ。

73 名手宜竹の吹く一節切《ひとよぎり》の上に花吹雪《ふぶき》が散りかかる。まるで宜竹の妙《たえ》なる音色を、何よりもまず花が知っているかのように。

春―花。花の擬人表現で宜竹の一節切（尺八の一種）の妙音を讃えた。宜竹は当代著名な一節切の名人で、製管の術にもすぐれた。「花の雪」は一〇四参照。

74 時鳥の暁の一声を待ちわびているのに当の時鳥は現れず、待ちもせぬ青物屋が売り声を流して菜を売りに来たとは。何と無風流なこと。

夏―時鳥。「有明《ありあけ》の月は待たぬに出でぬれどなほ山深き時鳥かな」（『新古今集』）をもじり、時鳥の声を待ちわびる伝統的美意識を滑稽化。「菜売」は俳諧的通俗。

75 今日は端午の節供で粽がもてはやされている。だが明日は、その粽を包んだ難波の芦《あし》の葉も捨てられて枯葉同然となる。まるではかない夢だわい。

夏―粽。「津の国の難波の春は夢なれや芦の枯葉に風渡るなり」（『山家集』）のもじり。難波は芦の名所。句は「芦」の抜け（八四参照）。「粽」は端午の節供を祝って食べる餅。芦または真菰《まこも》の葉で包むのが特徴。

72

上巳《じやうし》

龍《りゆう》宮《ぐう》も今日《けふ》の潮路《しほぢ》や土用干《どようぼし》

＊六百番誹諧発句合

73

花

まづ知るや宜竹《ぎちく》が竹に花の雪

＊六百番誹諧発句合

74

時鳥

待たぬのに菜売《なう》りに来たか時鳥《ほととぎす》

＊六百番誹諧発句合

75

端午《たんご》

明日は粽《ちまき》難波《なには》の枯葉夢なれや

＊六百番誹諧発句合

五月雨

76
五月雨《さみだれ》や龍燈《りゆうとう》あぐる番太郎《ばんたらう》

*六百番誹諧発句合

蚊帳《かや》

77
近江《あふみ》蚊屋《がや》汗《あせ》やさざ波夜《よる》の床《とこ》

*六百番誹諧発句合

蟬

78
梢《こずゑ》よりあだに落ちけり蟬《せみ》の殼《から》

*六百番誹諧発句合

76　降りやまぬ五月雨で町中が海の中にある感じだ。そんな夕暮どきに、龍神ならぬ町木戸の番太郎が龍燈をあげている。怪しげなこと！

夏―五月雨。番太郎（江戸の各町境に設けられた木戸の番人。傍らの番小屋に常住）が番小屋に提灯《ちようちん》を掲げるさまを龍燈（深夜、海上に点々と現れる怪火で、龍神が神仏に捧げるものとされた。実は蜃気楼《しんきろう》）に見立てた寓言。

77　暑苦しい夏の夜は蚊屋の中で汗びっしょりになるが、近江蚊屋の中に寝てかく汗は、さしずめ琵琶湖《びわこ》のさざ波といったところか。

夏―蚊屋・汗。あふれ出る汗を「近江」の縁で「さざ波」と言い立てた、見立ての寓言。「夜」に「さざ波寄る」と掛けた。近江蚊屋は近江八幡を主産地とした近江の特産物。「さざ波」は古来「近江」の枕詞にされ、近江と関係が深い。

78　梢から空しく落ちてきたことよ。それが花なら風情もあるが、蟬の殼では文字どおり、空しいというほかはない。

夏―蟬の殼。謡曲『桜川』の「梢よりあだに散りぬる花なれば、落ちても水のあはれとは」のもじり。落ちるものを花でなく蟬の殼とした意外性のおかしみ。「水のあはれ」に「淡《あは》」をきかせて蟬の「殼」に通わせた。

79　立秋の朝、寝ている枕元にひんやりとした風が忍び寄る。古歌に、秋立つ気配は風の音で分るとあるが、なるほど秋は耳を尋ねてやって来たよ。
秋―秋来る。「秋来《き》ぬと目にはさやかに見えねども風の音にぞ驚かれぬる」（『古今集』）の趣向をひねった。「音」の縁で「耳」を持ち出した卑俗化技法。原歌の「目」を「耳」に転じたのもねらいの一つ。「枕」は「驚く」の別義「目をさます」とも関係。

80　軒端の唐黍の実を取ろうとして、よく見ると荻だった。光源氏ではないけれど、これじゃまったく「軒端の荻の取り違え」よ。
秋―唐黍。光源氏が空蟬《うつせみ》の部屋に夜這いして、代りに寝ていた軒端の荻を空蟬と取り違えて契ってしまったという話（『源氏物語』空蟬）を卑俗化。人名の「軒端の荻」を植物にもじる。唐黍と荻は外形が似るところからの発想。『和漢三才図会《ずゑ》』にも「蜀黍《たうきび》　状《かたち》、芦《あし》・荻ニ似ル」とある。

81　人見出雲守よ。お前はその名に値するよう、雲に覆われた今宵の名月を雲の中から磨ぎ出して、汚れなき光を人々に見せてくれ。
秋―今宵の月。月を鏡に見立てて鏡師に磨がせる趣向。「人見出雲」は当時実在の京都の鏡師「鏡屋半兵衛」代々の名乗り（『諸職受領調』）。その「人見」「出雲」に「人が見る」「雲から出せ」の意をきかす。

82　美しく澄む満月の形は、立木を切ってその白くみずみずしい本口を見るような感じだ。
秋―今日の月。見立ての句。
◇本口　丸太材の根元の方の太い切り口。

立秋

79
秋来にけり耳を訪《たづ》ねて枕《まくら》の風
＊六百番誹諧発句合

荻

80
唐黍《たうきび》や軒端《のきば》の荻《をぎ》の取りちがへ
＊六百番誹諧発句合

月

81
今宵《こよひ》の月磨《と》ぎ出せ人見出雲守《ひとみいづものかみ》
＊六百番誹諧発句合

82
木を切りて本口《もとくち》見るや今日の月
＊俳諧江戸通り町

紅葉

83 枝もろし緋《ひ》唐紙《たうし》破る秋の風

＊六百番誹諧発句合

84 色付《づ》くや豆腐に落ちて薄《うす》紅葉《もみぢ》

真蹟短冊〔芭蕉杉風両吟百韻〕

時雨

85 行《ゆ》く雲や犬の駆《か》け尿《ばり》村《むら》時雨《しぐれ》

＊六百番誹諧発句合

行く雲や犬の逃げ吠《ぼ》え村時雨

江戸新道

86 一《ひと》時雨《しぐれ》礫《つぶて》や降つて小石川

＊俳諧江戸広小路

83 緋唐紙のように真紅《しんく》に色づいた樹々の紅葉が、惜しくも晩秋の風に散る。そのもろく破れやすいところもまた、緋唐紙そっくりの風情だ。

秋―秋の風。見立て句。唐紙は中国南部の産。書画用に珍重したが紙質はもろい。「もろし」と縁語仕立て。

84 真赤な唐辛子《とうがらし》が、散る紅葉のように豆腐の中に落ちて、豆腐が薄紅葉に色づいたよ。

秋―薄紅葉。唐辛子を混ぜて紅葉豆腐《もみじどうふ》を作るのを秋の紅葉に見立てた滑稽。句面から肝心の「唐辛子」を抜き、読者の機知で気づかせる「抜け」の手法（談林期に流行した技巧）を併用。紅葉豆腐は唐辛子の芯《しん》と種を除き酒で煮て細かく刻み、生姜《しょうが》の千切り・小麦粉と混ぜ合せて空《から》揚げにする豆腐料理（『豆腐百珍続篇』）。

85 時おりさあッと時雨を降らせながら、足早に空を通りすぎて行く雲のふるまいは、まさに犬の駆け尿といった感じである。

冬―村時雨。時雨雲の特徴を汚い犬の駆け尿に見立てて卑俗化。「犬の駆け尿」は犬が走りながら所々で少しずつ小便をしてゆく習性をいう語。またその小便。

◆『江戸新道』のは撰者の直しか。表現やや不適切。

86 小石川のあたりで礫のような時雨に打たれた。さては、小石川とは礫が降って生じた川か。

冬―時雨。「小石川」から石礫を連想、時雨の雨粒を礫に見立てた名辞的発想。「小石の流れる川」は談林的寓言。「一時雨」はひとしきり降って通りすぎる時雨。小石川は江戸の小石川村（文京区）を流れる川。

霜

87
霜を着て風を敷き寝の捨子哉《かな》

霜を着て衣《ころも》片敷く捨子哉　誹諧坂東太郎

＊六百番誹諧発句合

87　霜の白く置く筵《むしろ》をかぶり蒲団《ふとん》ならぬ冷たい風を敷いて独り寒々と寝ている捨子のあわれさよ。

冬―霜。「きりぎりす鳴くや霜夜の狭筵《さむしろ》に衣《ころも》かたしき独りかも寝ん」（『新古今集』）をふまえて哀れな捨子を虚構。「霜を着て」は「霜夜の狭筵」を転化。「風を敷き寝」は「衣かたしき」のもじり。寒風ふきすさぶ夜の意を寓するが「風を敷いて寝る」は談林的寓言。

雪

88
富士の雪盧《ろ》生《せい》が夢を築《つ》かせたり

＊六百番誹諧発句合

88　富士に雪が積って真白に輝く光景は、盧生が邯《かん》鄲《たん》の夢に見た銀《しろがね》の山にも比すべき美しさだ。

冬―雪。謡曲『邯鄲』に盧生が夢に見た楚《そ》の王宮のさまを述べて「東に三十余丈《ちゃう》に銀の山を築かせては、黄《こ》金《がね》の日輪《にちりん》を出だされたり」という。これをきかせて雪の富士の美を言い立てたもじり句。「銀の山」の語を抜き、「盧生が夢」で気づかせようとする「抜け」の手法（㈣参照）を用いている。「盧生が夢」は、蜀《しょく》の青年、盧生が、邯鄲の宿で一睡の間に楚の王位に昇り、栄耀《えよう》栄華の五十年を送ると見て夢がさめたという故事（唐李泌『枕中記』、謡曲『邯鄲』）。

炭

89
白《しろ》炭《ずみ》やかの浦島が老《おい》の箱

＊六百番誹諧発句合

89　そもそも白炭なるものは、あの浦島太郎が玉手箱をあけて忽《たちま》ち白髪頭になったようなものだ。

冬―白炭。椿《つばき》・躑躅《つつじ》などを焼いて黒炭にした後、再び焼いて赤くなったのを灰（消粉《けしこ》）に埋めると、表面に霜のように白味を帯びた白炭ができる。これを、玉手箱をあけて急に白髪になった浦島太郎になぞらえた。「箱」は浦島の玉手箱。これに、「白炭」の縁語として茶会用の「炭箱」を掛けた（白炭も茶会の用）。

90 あら何《なに》ともなや昨日《きのふ》は過ぎて河豚汁《ふくとじる》　俳諧江戸三吟

延宝六年　三十五歳

91 庭訓《ていきん》の往来《わうらい》誰《た》が文庫より今朝の春　*俳諧江戸広小路

92 甲比丹《かぴたん》もつくばはせけり君が春　*俳諧江戸通り町

93 内裏雛《だいりびな》人形《にんぎやう》天皇の御宇《ぎよう》とかや　*俳諧江戸広小路

90 ああ、何事もなくてよかった。昨日、河豚《ふぐ》の味噌汁を食って毒に当らぬかと一晩中心配したが。
冬―河豚汁。謡曲『芦刈《あしかり》』の「あら何ともなや候。…昨日と過ぎ今日と暮れ」をふまえ、河豚を食った時の人情の機微をおかしく詠んだ。「何ともなや」は謡曲の原意「困ったことだ」を「無事」の意にもじった。

91 新春、寺子たちは手箱から『庭訓往来』を出して年賀状を手習う。新春が手箱の中から出てくるようなものだが、さてどの子が真先にあけるかな。
春―今朝の春。「庭訓の往来」は寺小屋などで用いる初等教科書。擬漢文体の往復書簡文範二十五通から成り、巻頭に年賀状文範が載る。「文庫」は手箱。

92 遠い異国の使者甲比丹まで、へへえと這《は》いつくばわせる将軍様の、ご威光あまねきめでたい春。
春―君が春。「甲比丹」は長崎出島《でじま》にあったオランダ商館の長。毎春一度江戸に赴き、貿易免許の礼として将軍に献上物を捧げた。「君が春」は聖天子の春。新年を寿ぐ語。ここは「将軍の春」に転用した。

93 桃の節供の雛壇に飾り立てられた内裏雛。それは文字どおり人形天皇の御代といった感じだ。
春―内裏雛。謡曲『杜若《かきつばた》』の「仁明《にんみやう》天皇の御宇かとよ」を、「雛」の縁で「人形」にもじった滑稽。「内裏雛」は天皇・皇后の姿に似せた男女の人形（当時は紙製）。

94 諺《ことわざ》に「初物食えば七十五日生き延びる」というが、この初花を見ては、七十五日どころか七十五年ほども命の延びる思いがするよ。
春―初花。諺をもじって初花（初桜）を賞賛。「七十五日」を「七十五年」と転じて大げさに言い立てた滑稽。
一 江戸の俳人。『江戸広小路』の撰者。一六〇参照。

95 炎暑のいま、亡き母御《ははご》の霊前には、冷たい水で柔らげた道明寺を手向けて弔い給え。
夏―道明寺。「水向け」は仏前に閼伽水《あかみず》を手向けること。道明寺に水を注ぐ意をきかす。「道明寺」は餅米で製した乾飯《ほしいい》。河内の道明寺に起る。夏、暑気を避けるによい。「寺」の字を追悼に生かした。

96 節分の夜に軒端に插《さ》した鰯の頭が、髑髏《されこうべ》になって残っている。その傍らに端午の節供であやめを插してあるのを見ると、小町の髑髏ならぬ鰯の髑髏の目の穴から、薄《すすき》ならぬあやめが生え出した具合だ。
夏―あやめ。小野小町の死後、その髑髏の目の穴から薄が生え出て「秋風の吹くにつけてもあなめあなめ小野とは言はじ薄生ひけり」と詠んだという故事（謡曲『通小町《かよいこまち》』等）のもじり。節分の夜、鬼払いの呪《まじない》として鰯の頭を柊《ひいらぎ》の枝に通して戸口や窓に插す風習がある。「あやめ」には「あなめ」をきかす。

97 今宵は彦星が天の川を渡って織女と契る七夕《たなばた》だが、雨で川が荒れ模様。だが、これには水学も同情して、あの機関船《からくりぶね》を貸して渡してくれよう。
秋―天の川。機関船に彦星を乗せるとは寓言。「天」に「雨」を掛ける。七夕の星に小袖等を貸すという風習をふまえた作意。「水学」は水機関《みずからくり》の発明家。

94 初《はつ》花《はな》に命七十五年ほど
*俳諧江戸通り町

一不卜《ふぼく》亡母追悼
95 水向けて跡《あと》訪《と》ひたまへ道《だう》明《みやう》寺《じ》
*俳諧江戸広小路

96 あやめ生《お》ひけり軒の鰯《いわし》のされかうべ
*俳諧江戸広小路

97 水《すい》学《がく》も乗《のり》物《もの》貸さん天《あま》の川《がは》
*俳諧江戸広小路

98　秋が来ると七夕《たなばた》の彦星は織女星に愛を求める。同様に、秋の交尾期の牡鹿《おじか》が妻恋いするのも、きっとあの毛皮の白斑《ほし》のせいなのだ。
秋―妻恋ふ鹿・秋来る。「星」と「鹿の毛」の縁語関係（『俳諧類船集』）を利用した機知の見立て。上五・中七の優雅な古典調を下五で卑俗に落した滑稽。

99　秋雨がそぼ降り世間はどこも陰鬱《いんうつ》だが、堺町だけは世間と境を画すかのように大にぎわいだ。
秋―秋。「堺町」は江戸の芝居街。「境」を掛ける。

100　この通り町は間口一間《いつけん》値千金の繁昌ぶりだが、月もそれにふさわしく、一刻千金の眺めだ。
秋―月。通り町に近い鍛冶橋《かじばし》の俳人二葉子《じようし》亭で巻いた歌仙の挨拶句。謡曲『田村』の「春宵一刻値《あたひ》千金、花に清香、月に影、げに千金に替へじ」をもじった。「間口千金」は間口一間につき千両もする繁昌の地。当時商業地の地価は間口一間いくらで表した。通り町は日本橋を中心に南北に通ずる江戸一番の繁華街。

101　都の名に縁《ゆかり》ある武蔵《むさし》名物の都鳥を塩漬けにでもして、さあ京への土産《みやげ》として貴殿に持たせよう。
冬―都鳥。和歌優美の都鳥を塩漬けの土産物にした寓言的滑稽。在原業平《ありわらのなりひら》が隅田《すみだ》川のほとりで詠んだ歌「名にし負はばいざ言問《こと》はん都鳥わが思ふ人はありやなしやと」（『伊勢物語』九段）のもじり。出典の撰者で京の俳人春澄《はるずみ》への挨拶。「都鳥」は百合鷗《ゆりかもめ》。『伊勢』に「京には見えぬ鳥」とある。

98　秋来ぬと妻恋ふ星や鹿《しか》の革《かは》
＊俳諧江戸通り町

99　雨の日や世間の秋を堺《さかひ》町《ちやう》
＊俳諧江戸広小路

100　実《げ》にや月間《ま》口《ぐち》千《せん》金《きん》の通り町《ちやう》
俳諧江戸通り町

101　塩にしてもいざ言《こと》伝《づ》てん都鳥
俳諧江戸十歌仙

102　忘れ草菜《な》飯《めし》に摘まん年の暮
誹諧江戸蛇之鮓

102 忘憂草《ぼうゆうそう》ともいう忘れ草を摘んで菜飯を作り、一年の憂いを忘れたい、この年の暮よ。
冬―年の暮。「忘れ草」はユリ科の多年草萱草《かんぞう》の俗名。一名、忘憂草。『和漢三才図会』に「葅《しょ》トナシテ食ヘバ人ヲシテ好ンデ歓楽シテ憂無カラシム」とある。「菜飯」は油菜・蕪《かぶ》・大根等の葉を刻んで炊きこんだ飯。

103 一年を連句に譬《たと》えれば、元旦はさしずめ発句に当る。宗匠の名を得たばかりのわれ松尾桃青は、まずその発句を詠んでわが家の春を祝うものだ。
春―宿の春。旧暦で一口に一年三百六十日という。それを三十六句の歌仙連句になぞらえ、元日を発句と見立てた。芭蕉は前年ごろ宗匠立机《りつき》の披露を済ませた。

104 咲く花を待つ心は、一節切《ひとよぎり》の名手藤三郎が「吉野山」を吹く妙音を待つのと同じ思いだ。
春―花。世に鳴る藤三郎を持ち出した当世風。七三の別案か。「藤三郎」は法橋宜竹《ぎちく》（七三参照）の俗名かという。「吉野山」は一節切の代表的歌詞の題名。「吉野の山を雪かと見れば、雪ではあらで、や、これの、花の吹雪《ふぶき》よの」と歌う。七三の「花の雪」もこれをきかせた。

105 江戸は花の真盛り。この花を見に、オランダの使者も遠路長崎から馬に乗ってやって来た。
春―花。蘭人の江戸参府（九三参照。延宝七年は三月一、五の両日江戸城に登城）が花の季節に当るのを捉えて、花見に来たと言い立てた。登城は騎馬によるしきたり。句は謡曲『鞍馬天狗』の「花咲かば告げんと言ひし山里の、使ひは来たり馬に鞍」をもじる。

延宝七年　三十六歳

103 発《ほっ》句《く》なり松尾桃《とう》青《せい》宿《やど》の春

知足写江戸衆歳旦

104 待つ花や藤《とう》三《ざぶ》郎《らう》が吉野山

＊誹諧玉手箱

105 阿《お》蘭《らん》陀《だ》も花に来にけり馬に鞍《くら》

＊誹諧江戸蛇之鮓

106
雨降りければ
草《ざう》履《り》の尻《しり》折りて帰らん山桜
＊誹諧江戸蛇之鮓
［真蹟短冊］

106　花見の最中に雨が降り出した。さあ、草履の尻を折り、ついでに山桜も折って早々に帰ろう。
春―山桜。『千載集』の「一枝は折りて帰らん山桜…」のもじり。「折りて」を草履の尻と山桜の両方にきかせ、着物の尻端折《しりばしより》の意も掛けた滑稽。草履の尻を折るのはハネが上がらぬよう足半《あしなか》草履の形にするため。

107
蒼《さう》海《かい》の浪《なみ》酒臭《くさ》し今《け》日《ふ》の月
＊誹諧坂東太郎

107　青海原から満月が昇ったが、今日の海は何だか酒臭い。だがそれもそのはず、巨大な杯《つき》を海という盃洗《はいせん》で洗ったようなものだから。
秋―今日の月。「月」に「杯《つき》」(盃)を掛け、杯を洗ったから酒臭いとした。縁語的連想で海を盃洗に見立てる。海に舟を浮べ観月の酒宴を催す場面などの寓言化。謡曲『舎利《しゃり》』の「孤山の松の間には、よそよそ白《びゃく》毫《がう》の秋の月を礼すとか。蒼海の波の上に…」を踏む。

108
盃《さかづき》や山《やま》路《ぢ》の菊と是《これ》を干す
＊誹諧坂東太郎

108　酒盃に菊を浮べ、かの菊慈童《きくじどう》の山路の菊の露と思ってグッと飲み干し、長寿を祝うとしよう。
秋―菊。重陽《ちょうよう》の「菊の盃」(盃に菊花を浮べて長寿を祝う)を詠む。謡曲『俊寛』、「濡れて干す山路の菊の露の間に、我も千年《ちとせ》を経る心地」のもじり。「山路の菊」は周の穆王《ぼくおう》の侍童(菊慈童)が酈県《れきけん》の深山で菊の露をなめて八百歳の長寿を保ったという故事による。

109
見渡せば詠《なが》むれば見れば須磨の秋
芝肴

109　見渡してみても眺めてみても、見れば見るほど須磨の秋景色はあわれ深いことだろう。
秋―秋。俳友、小西似春《じしゅん》・土屋四友《しゆう》の上方《かみがた》旅行を送る餞別句。上五・中七に古歌の常套句《じょうとうく》を並べ立て、須磨の秋を「またなくあはれなるもの」(四四参照)とする

土屋《つちや》四《し》友子《いうし》を送りて鎌倉までまか

伝統的美意識を誇大に、言葉おかしく言い立てた。
一 江戸在勤の松江藩士。通称、外記《げき》。「子」は敬称。

110 朝霜を踏んで送りに出て、ついに佐野源左衛門の痩馬《やせうま》よろしく、跛《ちんば》をひくほど遠くまで来たよ。
冬—霜。「鎌倉」の縁で、「鎌倉に御大事《おんだいじ》あらば…痩せたりともあの馬に乗り」とある謡曲『鉢木《はちのき》』の佐野源左衛門の痩馬を連想させた滑稽。「ちんば」は痩馬・跛馬からの連想。惜別の情がこもる。

111 どこもかも雪で覆われた白一色の朝、わずかに頭を出す葱《ねぎ》の緑が、菜園に出る目印だ。
冬—今朝の雪・根深。叙景句だが、卑近な根深（葱）を、古歌に詠まれる「枝折」に見立てた所が俳諧的。

112 「アア春、春、大イナル春哉、云々」と物の本に注してある。まったくそれ以外に言いようがないほど、春は偉大だ。
春—春。新春祝寿の歳旦句。米芾《べいふつ》作「孔子賛《こうしさん》」の「孔子、孔子、大《ナル》哉孔子」のもじり。当時流行の漢文調。「於」は『書経』『詩経』等に多用の感動詞。「云々」は漢籍・仏典の注釈書の常套用語。句も注釈文めかす。

113 墨子は白い練糸《ねりいと》が黄にも黒にも染まりやすいのを嘆いたが、真白い芹の根が黒く変る芹焼を見てもやはり悲しむだろうか。否、喜んで食うだろう。
春—芹。墨子（中国春秋時代の思想家）の故事（『淮《え》南《なん》子《じ》』）を逆用して芹焼の美味を賞する。「芹焼」は根付きの芹に鴨《かも》・雉子《きじ》などの肉を加え、醬油と酢で煮る、一、二月ごろの料理（『和漢三才図会』）。香味に富む。

るとて

110 霜を踏んでちんば引くまで送りけり　茶の草子

111 今朝の雪根《ね》深《ぶか》を園《その》の枝《し》折《をり》哉《かな》　＊誹諧坂東太郎

延宝八年　三十七歳

112 於《ああ》春《はる》々《はる》大哉《おほいなるかな》春と云《うん》々《ぬん》　＊俳諧向之岡

113 悲しまんや墨《ぼく》子《し》芹《せり》焼《やき》を見ても猶《なほ》　＊俳諧向之岡

114
花にやどり瓢簞斎《へうたんさい》と自《みづか》らいへり　*俳諧向之岡

華にやどり瓢簞堂と自ら云《い》へり　真蹟句切

115
五月《さつき》の雨岩檜葉《いはひば》の緑いつまでぞ　*俳諧向之岡

116
蜘《くも》何《なに》と音《ね》をなにと鳴く秋の風　*俳諧向之岡

117
よるべをいつ一葉《ひとは》に虫の旅寝して　*誹諧東日記

114　花のもとに一夜を明かして、瓢簞の酒を傾けながら、かの清貧の賢者に倣《なら》って、みずから戯れに瓢簞斎と号してみる。

春―花。漢詩文調。芭蕉の志向が現れた心境句。「瓢簞斎」は架空の号。「瓢簞 屢《しばしば》空《シ》、草滋《しげシ》ニ顔淵之《ガ》巷《ちまた》ニ」(『和漢朗詠集』)と詠まれた孔子の弟子、顔淵《がんえん》を心に置く。

115　折から梅雨の季節、岩檜葉の緑が美しいが、さていつまでもつことか。それにしても長い雨だ。

夏―五月雨。「いつまでぞ」は「五月の雨」「岩檜葉の緑」を同時に受け、長雨を恨む心と岩檜葉の緑の持続を期待する心と、両立しない矛盾にじれる心を示す。◇岩檜葉　岩山などに自生する常緑多年草。乾くと葉が内側に巻きこむが湿ると開く。盆栽も流行した。

116　蜘蛛《くも》よ、お前は何と鳴く。寂しい秋風の中ではお前も鳴かずにいられまいに、なぜ黙っている。

秋―秋の風。鳴かぬ蜘蛛に鳴くことを求めるのが談林の寓言。『枕草子』に蓑虫《みのむし》(これも鳴かぬ)が秋風吹くころ「ちちよ、ちちよ」と鳴くとある故事を裏に隠した、「抜け」の手法(八四)の一。

117　いつ岸辺に寄り付くのやら。水に落ちた一葉舟に虫が乗って、風のまにまに舟旅をしている。

秋―虫・一葉。虫の旅寝は談林的寓言。貨狄《かてき》が、池水に浮んだ柳の葉に蜘蛛が乗って岸に寄りついたのを見て舟を発明した故事(謡曲『自然居士《じねんこじ》』)を裏に置き、蜘蛛を虫に転じた。「一葉」は桐・柳などの落葉。一葉舟。

118　昔の大宮人《おおみやひと》は桜をかざしにして遊んだが、ひなびた花木槿は裸で遊ぶ田舎の子にふさわしい。

秋―花木槿。山辺赤人《やまべのあかひと》「百敷《ももしき》の大宮人は暇《いとま》あれや桜かざして今日も暮しつ」（『新古今集』）の古典世界を卑俗化した作。「かざし」は髪飾りに插《さ》す草木の枝や花。出典の画賛の絵では裸子が手でさしかざしている。

119　深夜、人みな寝静まった十三夜の月光の下、栗虫は栗の実の中で独りコツコツ穴を掘り続ける。

秋―栗名月。『和漢朗詠集』の詩「夜雨《やう》偸《ひそかニ》　穿《ツ》石上《ノ》苔《こけヲ》」をもじった漢詩調。談林的だが月下の静寂感をよく捉えた佳句。「虫」は栗虫。「栗」は上の「月」と結んで栗名月を暗示。栗名月は九月十三夜の月（後《のち》の名月）。栗の季節で月見に栗を供えるのでいう。

120　愚見に従えば、薄明の中に何か悲哀と寂寥《せきりょう》の漂う秋の夕暮は、死後の世界もかくのごときものならんかと想像せしめらるるぞ。

秋―秋の暮。一物を他物に見立てる談林的発想だが、秋の暮の情感を把握《はあく》しようとする意識が息づく。「愚案ずるに」は抄物《しょうもの》（注釈書）で私見を披瀝《ひれき》する時の常套語。しかつめらしく言い立てた。「秋の暮」は本来晩秋の意。秋の夕暮の意にも用いる。ここは後者。

121　ああ、葉の落ち尽した枯木の枝に烏がとまっている。この秋の暮の何と物寂しいことか。

秋―秋の暮。古来の画題「寒鴉枯木《かんあこぼく》」の換骨奪胎。談林的発想だが、閑寂枯淡の境地を意図。初案形「とまりたるや」（「や」は強意）では、「寒鴉枯木」を「秋の

118
花《はな》木《む》槿《くげ》裸《はだか》童《わらは》のかざし哉《かな》
＊真蹟画賛〔誹諧東日記〕

119
夜《よ》ル竊《ひそか》ニ虫は月下の栗《くり》を穿《うが》ツ
＊誹諧東日記

120
愚《ぐ》案《あん》ずるに冥途《めいど》もかくや秋の暮
＊俳諧向之岡

121
枯《かれ》朶《えだ》に烏《からす》のとまりけり秋の暮
真蹟短冊〔自画賛・画賛・懐紙・阿羅野〕

枯枝に烏のとまりたるや秋の暮
真蹟自画賛〔短冊・誹諧東日記〕

枯枝に烏とまりたるや秋の暮

真蹟短冊

122 いづく時雨《しぐれ》傘《かさ》を手に提《さ》げて帰る僧

＊真蹟短冊〔誹諧東日記〕

一九年《ここのとせ》の春秋《しゅんじう》市中《しちゅう》に住み侘びて、居《きよ》を深川のほとりに移す。「二長安《ちやうあん》は古来三名利《みやうり》の地、空手《くうしゅ》にして金《こがね》なきものは行路《かうろ》難《かた》し」と言ひけん人の四かしこく覚え侍《はべ》るは、この身の乏しき故にや

123 柴《しば》の戸に茶を木《こ》の葉搔《か》く嵐《あらし》哉《かな》

続深川集

暮」の寂しさに見立てる談林的作意が露出。成案「とまりけり」で見立ての心がやわらぎ、寂しさのすなおな詠嘆になる。◆成案形の自画短冊は天和期の筆蹟で、改案の時期もそのころ。

122 どこで時雨に降られたか、一人の僧が、まだぬれている傘《からかさ》を手にさげて、夕暮の道を寺に帰って行く。

冬―時雨。『和漢朗詠集』の章句「蒼茫《さうばうタル》霧雨《ノ》霽《はれ》初《メ》…晩寺《ニ》僧帰《ル》」の趣きを換骨奪胎した。技巧的には談林の余韻を残すが、漢詩的風韻の中に時雨の季節の寂しい情景が形象化され、談林を超える傾向を示す。

一 寛文十二年の春、郷里の伊賀上野から江戸に移住以来、足掛け九年の歳月。二 白楽天「送《ル》張山人《ノ》帰《スルヲ》崇陽《ニ》」詩（『白氏文集《はくしもんじゅう》』）の一節。「長安」は唐の都。三 地位名誉や利益を重んずる土地柄で。四 尊く。共感の心を示す。

123 木枯しの風が烈しく吹いて、落葉を庭の片隅に搔き寄せる。自分はまたその葉を搔き集めて、侘《わび》しい草庵で独り茶を煮てすすっている。

冬―木の葉搔く。延宝八年冬、江戸の繁華街小田原町の借家を捨て、隅田《すみだ》川を越えた郊外の深川に隠棲《いんせい》した当時の所懐。中七にひねった技巧があるが、名利の世を捨てて侘住まいに徹しようとする主情が句の裏に脈打つ。「柴の戸」は粗末な住まい。「草の戸」も同じ。「茶を木の葉搔く」は、自分が茶を煮るための木の葉を搔く意と、嵐が木の葉を搔く意の両方をきかす。

五 冬の季節。六 川（隅田川）のほとり。七 茅葺《かやぶ》きの粗末な庵《いおり》。

124　どこかで斧《おの》の音がする。あれは消炭に作る薪を割る音か。静かな中で炭作りの斧の音を聞くと、ここも炭の名産地小野の奥の感がする。

冬―消炭。「斧」と「小野」を掛け、自分の住む近所を小野の奥に見立てた談林風。小野は京都西北郊の山間部、葛野《かどの》郡小野《おの》郷《ごう》。「小野の奥」とも。古来小野炭の産地として有名。◆『芭蕉翁真蹟拾遺』所収の詠草に、前句に続けて「其の二」として見えるので、深川の草庵での作。

◇消炭　薪を燃した燠《おき》を消して作る炭。柔らかく火付きがよい。

125　小野炭の燠《お》きている火鉢で灰ぜせりするさまは、手習い中の人の灰手習《はいてなら》いそっくりだわい。

冬―小野炭。「小野」「炭」（「墨」に掛ける）から平安時代の能書家、日本三蹟の一人小野道風《おののとうふう》を連想させ、灰ぜせりを灰手習いに見立てた。「手習」「小野」は縁語仕立て（『俳諧類船集』は「手習ひ」「小野の奥」を縁語とする）。「灰ぜせり」は慰みに火箸などで灰をいじくること。文字を書き慰むこともあるのでその意をきかす。

126　寒夜の隅田川を漕《こ》ぎゆく舟の櫓の、波を打つ音が川面にさむざむと響き、腸の底まで氷りつくような寂しさ悲しさに、覚えず涙する自分だ。

冬―氷る。十・七・五の破調。漢詩調。ともに当時の流行調だが、孤独貧寒の感情を主体的に詠んで個性的。

冬月《とうげつ》[五]江上《かうしやう》[六]に居《きよ》を移して寒《かん》を侘ぶる茅舎《ばうしや》[七]の三句　其《そ》の一

草の戸に茶を木の葉搔く嵐哉　　芭蕉翁真蹟拾遺

124　消《け》し炭《ずみ》に薪《まき》割る音かをのの奥　　続深川集

125　小《を》野《の》炭《ずみ》や手習ふ人の灰ぜせり　　*俳諧向之岡

深川冬夜《とうや》の感

126　櫓《ろ》の声波ヲ打つて腸《はらわた》氷ル夜や涙　　武蔵曲

艪《ろ》声《せい》波を打って腸氷る夜や涙　　真蹟短冊〔懐紙〕

一 富家ハ喰《くら》ヒ二肌《き》肉《にく》ヲ一丈夫ハ喫ス二菜根ヲ一。
予ハ乏し

127 雪の朝《あした》独《ひと》リ干《から》鮭《ざけ》を嚙《か》み得タリ　　*誹諧東日記〔真蹟短冊一～二〕

128 石枯れて水しぼめるや冬もなし　　*誹諧東日記

延宝年間　三十歳～三十七歳

◆両句形、先案・後案の順序は必ずしも明白でない。
一 金持ちはうまい肉を食べ、志ある男子は野菜の根をかじって粗食に堪えつつ将来大を成さんとする。自分はそのいずれでもなく、ただ貧しいのだ。明・洪自誠編『菜根譚《さいこんたん》』の精神をふまえた自作の漢文体。

127 雪の朝、さむざむとした草庵にいて、ひとりぼっちの朝飯の菜《さい》に干鮭をむしってかじることができた。わずかにこの程度が、貧しい自分にとってのせめてもの奢《おご》りなのだ。

冬―雪の朝・干鮭。六・八・五の字余り。漢詩調。個性の表れた心境句。「嚙み得タリ」の強い口調に自嘲《じちょう》の響きがある。『菜根譚』の「人常ニ咬ミ得レバ菜根ヲ則チ百事可シレ做《な》ス」を踏む。
◇干鮭　鮭の干物。寒中の薬食いとする。

128 冬で川水が枯れ、底の石がさむざむと露出して索莫《さくばく》たる光景。草木の枯れしぼむ冬景色はさびしいものだが、これはもう冬という季節感すらないほど索莫としている。

冬―冬。蘇東坡「後赤壁賦《こうせきへきのふ》」に冬景を叙する「水落チ石出ツ」の語を換骨奪胎した。普通「草や木が枯れしぼむ」というが、これに石と水を当てはめ、また「水枯れる」とあるべきところを「石枯れて」と反転した談林調。しかし冬の荒涼感を鋭く感受している点、この年次の作として新しみがある。

129 二日酔いもなんのその、桜の咲いているうちは、飲んで浮かれて暮そう。

春―花。享楽気分の即興句。大げさな物言いで滑稽味を出す談林風。『平家物語』巻五、待宵《まつよい》の小侍従《こじじゅう》の歌「待つ宵のふけ行く鐘の声聞けば帰るあしたの鳥はものかは」をかすめとった。

130　秋立つ今朝、あるかなきかの風に張子の猫が首を振っている。なるほど、秋の訪れは張子の猫さえ風によって知るものなんだな。

秋―今朝の秋。「秋来ぬと目にはさやかに見えねども風の音にぞ驚かれぬる」（『古今集』詞書「秋立つ日詠める」）の趣向を卑俗化。「張抜きの猫」の首が滑稽。

131　七夕《たなばた》の今宵《こよい》、彦星と織姫星は、さぞかし鹿の毛皮を敷物にして共寝しているだろうよ。白斑《ほし》のついた鹿の皮は、女夫《めおと》星の敷物にふさわしい。

秋―星合《ほしあひ》。『伊勢物語』三段「思ひあらば葎《むぐら》の宿に寝もしなんひじき物には袖をしつつも」を踏み、「袖」を「鹿の革」にもじって七夕の女夫星の逢瀬《おうせ》を滑稽化。「ひじき物」は引敷物。「鹿の革」は九六参照。

132　餅花にかじりついている嫁が君―鼠《ねずみ》。それは文字どおり花の小枝を髪飾りに插した新嫁だ。

春―嫁が君。鼠を新嫁に見立てた談林調。正月風景のユーモラスな一齣《ひとこま》。

◇餅花　小さく千切った餅を柳などの木の枝に多数つけ、花の咲いたようにしたもの。歳末から年明けまで歳徳神《としとくじん》の神棚や天井に插して飾る。◇嫁が君　鼠の異称。特に正月三ガ日間、「鼠」の語を嫌って用いる忌《いみ》詞《ことば》。これを人間の新嫁に掛けた。

129　二日《ふつか》酔《ゑ》ひものかは花のあるあひだ　　真蹟短冊

130　張《はり》抜《ぬ》きの猫も知るなり今朝の秋　　知足伝来書留稿

張抜きの猫も知るべし今朝の秋　　芭蕉句選拾遺

131　さぞな星ひじき物には鹿《しか》の革《かは》　　句稿断簡

132　餅花やかざしに插《さ》せる嫁が君　　堺絹

133　武蔵野の空に輝き出たこの新月は、松島の月のこぼれ種から芽吹いた若生えであろうよ。

秋—月。出典は、仙台の大淀三千風《みちかぜ》が編んだ松島関係の詩歌発句集。この句はその祝儀に送った。武蔵野の月を卑下し名勝松島の月を讃《たた》えた談林的寓言の作。「若生え」は新たに生え出た芽。「種」はその縁語で、血統の意をこめる。

134　おお素晴らしい松だ。あたりを深く包む霧がエイサラエイと退《ひ》きはじめると、見事な松の老木の姿が、次第に鮮明に現れてきたぞ。

秋—霧。『翁艸《おきなぐさ》』に「於《イテ》二君崎一古吟に」と注がある。君崎《きみがさき》は横浜市金沢区付近の臨海の景勝地。巨木の一つ松があった（『新編武蔵風土記』）。「古吟」は、芭蕉早期の作の意。「えいさらえい」は物を引く時などの掛け声。謡曲『岩船』『百万』にも見える。「引く」は霧の擬人化で、霧が松を引張り出す意を表に、霧が退《ひ》く意を裏にした技巧。五・九・五の破調。

135　春爛漫《らんまん》の花の下、花見酒に酔いしれた女が、羽織に刀の男装で浮かれ歩いている。あれは酒ならぬ花に酔っているという感じだ。

春—花。謡曲『田村』の「天も花に酔へりや。…ただ人《ひと》ならぬ粧《よそほ》ひの、その名いかなる人やらん」を裁ち入れた談林風。当時、一般に女が羽織を着る習慣はない。

136　わが草庵は万事に乏しく、元日というのに鏡餅も飾れない。せめて餅の下に敷く歯朶を折り結んで草枕とし、仮寝の夢に餅を夢見るのみだ。

133
武蔵野《むさしの》の月の若生《わかば》えや松島種《まつしまだね》　　松島眺望集

134
松なれや霧えいさらえいと引くほどに　　誹諧翁艸

上野の春興

135
花に酔《ゑ》へり羽織着て刀さす女　　続深川集

天和元年　三十八歳

元朝、心ニ感《かん》有リ

136 餅を夢に折り結ぶ歯朶《しだ》の草枕《くさまくら》　真蹟短冊一〔短冊二・誹諧東日記〕

137 藻《も》にすだく白魚《しらうを》やとらば消えぬべき　＊誹諧東日記

藻にすだく白魚やとらば消えぬべし　真蹟短冊

138 盛りぢや花に坐《そぞろ》浮《うき》法《ぼふ》師《し》ぬめり妻　＊誹諧東日記

一刈葱《かりぎ》は木賊《とくさ》に萎《しを》れ、芋《いも》の葉は蓮《はす》に破らる

139 欵冬《やまぶき》の露菜の花のかこち顔なるや　真蹟懐紙写　＊〔短冊・誹諧東日記〕

春―歯朶。深川隠棲《いんせい》後最初の歳旦句。清貧の隠者に徹する心境。「結ぶ」は夢を結ぶ、草を結ぶ、と両用に掛ける。「草枕」は山野の旅の仮寝に草を結んで作る枕。

137　海辺の藻に群がって泳ぐ小さな白魚。その清く透きとおった体は、手ですくい上げれば消えてしまいそうなはかなげな感じだ。

春―白魚。『夫木和歌抄《ふぼくわかしょう》』の「白露を取らば消《け》ぬべし…」をもじるが、談林の駄洒落《だじゃれ》を脱し、白魚の本情を捉《とら》えようとした新傾向の作。感覚的な鋭さがある。

138　ああ盛んな花だな。してまた、日ごろは浮かれることもない法師や人妻までもこの花にと、浮かれ出て、あだな姿でぞろぞろ歩いておるわ。

春―花。花盛りの江戸を、流行語を生かして描いた当世風。七・八・五の破調。俳諧のあり方を模索して試みた一方向だが、まもなく捨てる。「坐浮法師」はそわそわ浮かれ歩く坊主。既成語「浮法師」に「坐」をつけた新造語。「坐風《そぞろかぜ》」「坐雨」「そぞろ卿《ぎみ》」「そぞろ法師」等々、当時の一流行。「ぬめる」は浮かれ歩く、艶《なま》めかしく振舞う意。小唄にも見える当世語。

一　夏葱《なつねぎ》。芋の葉とともに通俗のもの。和歌にも詠まれる木賊・蓮にはかなわぬとの意を述べた。

139　同じ黄金《こがね》色でも、山吹の花の露にぬれた風情は人びとに愛されるのに、自分はなぜもてないのかと、菜の花が不服そうな顔つきだ。

春―菜の花・山吹。山吹は和歌に詠まれ、菜の花は顧みられぬことを諷刺。擬人句。七・五・八の破調句。

140
摘みけんや茶を凩《こがらし》の秋とも知らで

*誹諧東日記

141
李下《りか》、芭蕉を贈る
ばせを植ゑてまづ憎む荻《をぎ》の二葉哉《かな》

続深川集

142
郭公《ほととぎす》招くか麦のむら尾花

誹諧おくれ双六
*〔真蹟短冊・あつめ句・村尾花文台自画賛〕

143
五月雨《さみだれ》に鶴《つる》の足短くなれり

*誹諧東日記

140　茶摘みが茶の木にとっては、秋の木枯しにも等しい心ない仕業だとも知らずに、茶摘み女たちは、春から茶の葉を摘んでしまったのか。

春—茶摘み。人事を自然の業に見立てたおかしみ。七・五・七の破調句。「茶を凩」に、茶の葉を枯らす意を掛ける。凩は俳諧では冬。和歌には秋にも詠む（『藻塩草《もしおぐさ》』に「木がらし秋・冬なり」など）。

141　李下に貰った芭蕉の株を庭に植えて、その健やかな生長を願うあまり、あたりにはびこり出した、まだ可憐な荻の二葉さえ憎らしく思う。

一　江戸の蕉門。芭蕉庵の称はこの芭蕉から起る。

春—荻の二葉。「まづ」に芭蕉の生長を願う強い気持がこもる。深川は湿地で、荻の繁殖に適する所。

142　時鳥《ほととぎす》よ早く来いと手招きしているのか。薄《すすき》のように穂を垂れて、風にそよぐあの麦は。

夏—時鳥・麦。古歌に「尾花（薄）が招く」というが、句は麦の垂穂《たりほ》を薄になぞらえて俳諧化した。麦の擬人化で時鳥の初音を待つ心を詠む。「むら」は群《むら》の意。

143　長いはずの鶴の足が、五月雨で増えた水の中に立って短くなっているよ。

夏—五月雨。自然のままを良しとする『荘子』の「長キ者ヲモ不《ず》レ為《なサ》レ有リトレ余リ、短キ者ヲモ不《ず》レ為《なサ》レ不《ず》トレ足ラ。是故《このゆゑ》ニ、鳧《けり》ノ脛《はぎ》ハ雖モレ短シト、続《つ》ガバレ之ヲ則チ憂ヘン。鶴ノ脛ハ雖モレ長シト、断《た》タバレ之ヲ則チ悲シマン」を踏み、鶴が自然法則に背いたと茶化す。五・五・七の破調。

144　暗中、螢捕りに心を奪われて夢中でつかんだら螢はすでになく、つかんだのは棘《いばら》のとげだ。暗愚ゆえに痛い思いをすることよ。
夏—螢。一事に囚《とら》われて他を顧みる余裕のない人間の愚を寓意的に詠む。自嘲《じちょう》か。「愚に暗く」は「暗愚」を漢文訓み下し式に記して衒《てら》った。夜の「暗」に掛ける。

145　無気味な闇夜にまぎれて狐が好物の真桑瓜をねらい、瓜畑の中に密《ひそ》かに這い込む。
夏—玉真桑。「闇夜」の傍訓は出典のまま。ヤミノヨトスゴクと訓む。「闇夜」をまず訓読し、その語気を汲んでスゴクと再読した。漢文訓読法の一つである文《もん》選《ぜん》読み（例「細々」をサイサイトホソヤカニと訓む）に擬してもったいぶった滑稽。「下這ふ」には真桑の蔓《つる》が地を這う意も掛ける。八・七・五の破調。

146　夜更け、厠《かわや》に行こうと紙燭を燈《とも》して出ると、その光で夕顔の白い花が闇に浮き立つ。
夏—夕顔。『源氏物語』夕顔の、光源氏が従者に紙燭を取らせる場面を「後架」（小便所）で俳諧化。八・七・六の破調。漢文調。「紙燭」は紙を細く巻いて縒《よ》った上に蠟《ろう》を塗って作った小形の手燭。古典的な語。

147　月侘斎よ大いに侘びて住むがよい。その歌う奈良茶歌の声も空の月とともに侘びて澄み渡れ。
秋—月。侘びを求める心境句。表現の大げささは談林の名残り。「すめ」は「澄め」「住め」の掛詞。「月侘斎」は、隠者の雅号めかした虚構の名。芭蕉自身の生活を寓する。「奈良茶歌」は奈良茶飯を食べて歌う歌。これも造語。奈良茶飯は煎《せん》じた茶に炒大豆《いりまめ》や炒赤小《いりあず》豆《き》・焼き栗などを混ぜて炊く。

144　愚に暗く茨《いばら》を摑《つか》む螢かな　＊真蹟短冊［誹諧東日記］

145　闇夜《ヤミノヨト》《スゴク》きつね下《した》這《ば》ふ玉《たま》真《ま》桑《くは》　＊誹諧東日記

146　夕顔の白ク夜ルの後《こう》架《か》に紙《し》燭《そく》とりて　＊武蔵曲

147　侘《わ》びてすめ月《つき》侘《わび》斎《さい》が奈良茶歌　＊武蔵曲

148

一 茅舎《ばうしや》の感

芭《ば》蕉《せう》野《の》分《わき》して盥《たらひ》に雨を聞く夜哉《かな》

武蔵曲〔真蹟短冊〕

芭蕉野分盥に雨を聞く夜哉

真蹟句切〔蕉翁句集〕

149

貧《ひん》山《ざん》の釜《かま》霜に鳴く声寒し

*真蹟懐紙〔虚栗〕

150

二 茅舎買《フ》レ水《ヲ》

氷苦《にが》く偃《えん》鼠《そ》が咽《のど》をうるほせり

*虚栗〔真蹟懐紙・句切〕

151

暮れ暮れて餅を木《こ》魂《だま》の侘《わび》寝《ね》哉

天和二年歳旦発句牒〔真蹟懐紙・句切〕

一 茅葺《かやぶ》きの粗末な庵《いおり》。芭蕉庵をさす。

148 野分の風が庭の芭蕉葉を烈しく吹き荒す心細い夜中、草庵に独坐して盥に漏りおちる雨の音に耳を傾けつつ、じっと寂しさに堪える。

秋―野分。嵐《あらし》の夜の孤独寂寥《せきりよう》感。初句の字余りが強く響き、暴風の烈しさを語感で出す。漢詩の伝統的詩情「聴《ク》レ雨《ヲ》」を、「盥」の通俗味で俳諧化。◆真蹟句切は後年の改案。形は整ったが張りは喪失している。

149 霜の降る夜更け、貧寺の庫裡《くり》に湯釜のすすり泣くような音が聞えて、いかにも寒々とした感じだ。あれは釜が霜の寒気に泣く音なのだ。

冬―霜。「豊山《ほうざん》ノ鐘ハ霜降リテ自《おのづか》ラ鳴ル」(『円機活法』)という中国の故事をふまえ、「豊山」を「貧山」(「山」は寺の意)に、「鐘」を「釜」にもじって通俗化。

二 芭蕉庵のある深川は江戸市中と違って上水道がなく、水船《みずぶね》で売りに来る水を買って用いた。

150 買い置きの水が氷って、嚙《か》めば冷たさが口を刺し、苦くさえ感じる。それでも偃鼠《もぐらもち》のような、小さな存在である自分の喉《のど》をうるおすには事足りる。

冬―氷。『荘子』逍遥遊《しようようゆう》篇「偃鼠《ハ》飲《ムモ》レ河《ニ》、不《ズ》レ過《ギ》レ満《タスニ》レ腹《ヲ》」(万物みな天与の性に甘んじ、その分に応じて足ることを知っている、の譬《たと》え)をふまえた心境句。

151 年の瀬もいよいよ押しつまり、隣近所では餅つきの音がこだまする。貧しい自分は餅もつけず、わずかにその音を聞いて侘しく寝るばかりだ。

冬―餅搗《もちつき》。中七はこのころ特有の巧んだ表現。

天和二年　三十九歳

152
梅柳さぞ若《わか》衆《しゅ》かな女かな
木因宛真蹟書簡〔武蔵曲〕

上《じやう》巳《し》〔三〕

153
袖よごすらん田《た》螺《にし》の海《あ》士《ま》の隙《ひま》を無《な》み
木因宛真蹟書簡〔蕉翁句集〕

154
艶《えん》ナル奴《やつこ》今《いま》様《やう》花に弄《ろう》斎《さい》ス
木因宛真蹟書簡

152　梅が咲き柳の青む春、これを人に譬えれば、梅の凛《りん》として清い姿はまさに美少年というべく、なよやかな柳はそのまま艶《えん》な美女である。

春―梅・柳。当世風をねらった見立ての句。◇若衆　元服前の、前髪立ちの美少年。男色《なんしょく》の対象。

三　三月三日。潮干狩の最適日。三三頁注一参照。

153　農村の百姓たちは、今ごろ田圃《たんぼ》で田螺取りに忙しく、泥で袖を汚していることだろう。

春―田螺。上巳の今日、海辺では人々が盛んに蛤《はまぐり》・浅蜊《あさり》などをあさる。句はこの風俗をもじったもので、田圃で田螺を取る百姓を海士（漁師）に見立てた奇抜さが俳諧的作意。上巳は雛《ひな》の節供でもあり、田螺は酢味噌あえにして雛に供える。下五に置くべき「袖よごすらん」を倒置し、歌語を交え、七・七・五の破調で複雑に仕立てた談林末期調。「隙を無み」は、隙がないので。古歌の用語。「志賀の海士は和布《め》刈《かり》塩焼き暇《いとま》なみ」（『萬葉集』）など。

154　当世風に着飾った美少年の下部《しもべ》が、花見の酒宴に侍《じ》し、今様ならぬ弄斎節を歌っている。

春―花。「艶ナル奴」はあでやかな美服をまとった年少の下部。男色の対象にもなる。「今様」は平安中期に起った今様歌。これに「当世風」の意を掛けた。「弄斎ス」は弄斎節（近世初期の流行小唄）を歌う意。動詞化して漢文口調に仕立てた。謡曲に「今様朗《い》詠す」（『住吉踊』）などとある文句をもじった趣向。◆真蹟短冊も天和期の筆蹟。書簡の句形と成立の前後は確認できないが、あるいは短冊のほうが後案とも。

155　厳冬の河豚《ふぐ》汁と、酷暑六月の鯉の洗いは、いずれ劣らぬ季節の美味だが、両者を左右に並べて勝負を判定すれば、結局左の鯉が勝だ。

夏―水無月。句合《くあわせ》（発句を左右に番《つが》えてその優劣を判定する）の形式を、一句の中に詠みこんだ新奇さが自慢の、談林の遺風。「左勝」は句合の判定に擬した表記。五・五・七の破調。

一　芭蕉の門人、其角《きかく》の略。その句「草の戸に我は蓼《たで》食ふ螢かな」（『虚栗《みなしぐり》』夏）に応じて作った、の意。

156　自分は世人と全く変らず、朝早く起き、小庭の朝顔を眺めて飯を食う平凡な男なのだ。

秋―朝顔。其角の句は諺「蓼食う虫」をふまえ、自分が世人とは異質の、夜ふかしを好む超俗的文人であることを衒《てら》った趣きがある。これを打ち返して平凡に徹する意を述べ、俳諧もこうあるべきだとの心を寓した。

157　夕空にかかる三日月は、地上の朝顔が夕方になると蕾《つぼ》む、その蕾《つぼみ》の成り変ったものだろう。

秋―三日月。三日月も朝顔の蕾もともに細やかで、かつ、朝顔の蕾は夕方膨《ふく》らんで翌朝大輪の花を開き、三日月は膨らんでやがて満月になる。その共通点を捉《とら》え、朝顔の蕾が空の三日月になったかと言い立てた寓言表現。

158　今宵は八月十四日。月の齢《よわい》も名月の十五に一つ欠けるなら、それを見る自分も同様、四十の不《ふ》惑《わく》にはまだ一つ足らぬ、三十九歳のいわば童児だ。

艶なる奴花見るや誰《た》が歌のさま　　真蹟短冊〔蕉翁句集〕

155
雪の魨《ふく》左《ひだり》勝《かち》水《み》無《な》月《づき》の鯉《こひ》　　＊虚栗

156
和《ス》二角《ガ》蓼《たで》螢《ほたる》ノ句《ニ》一
朝顔に我は飯《めし》食ふ男哉《かな》　　虚栗　＊〔真蹟小色紙・短冊・自画賛〕

157
三ケ月や朝顔の夕《ゆふ》べ蕾《つぼ》むらん　　＊真蹟短冊一〔短冊二・虚栗〕

秋—月。高山麋塒《びじ》主催、素堂・信徳ら俳友同席の月見会での作（『三津和久美《みつわぐみ》』）。童謡「お月さま幾つ、十三七つ、まだ年ァ若い」をふまえて興じた。七・九・三の破調。「童部」は「四十不惑《しじふにしてまどはず》」（『論語』）に対し、三十代はまだ思慮が足らぬ意で用いた。西鶴にも「三十七の春も童部《わらんべ》」（『珍重集』）の句がある。

二 中国唐代の詩人、杜甫の異称。

159 冷たい秋風に髭を吹かれながら、暮秋の悲哀を嘆じている人物はいったい誰であろうか。

秋—暮秋。杜甫の詩「杖《シテ》レ藜《あかざヲ》 嘆《ズル》レ世《ヲ》者《ハ》誰《ガ》子《ソ》」をもじり、世相を慷慨《こうがい》する杜甫のイメージを描いて共感の情を表白。八・八・四の破調の漢詩調。「髭風ヲ」は「風髭ヲ」の倒置表現。漢詩の倒装法に習った、当時流行の滑稽技巧。

三「坡翁」は中国宋代の詩人蘇東坡《そとうば》。四「笠重《ハシ》呉天ノ雪」（『詩人玉屑《ぎよくせつ》』）を踏む。上の「雲天の笠」も同じ。

五 竹骨に紙を張り、柿渋と漆を塗って作る。

160 この世に生きるのも、宗祇が「時雨の宿り」と嘆いたように束の間のことで、まことに無常だ。

雑《ざふ》（無季）。中世の連歌師、宗祇の「世にふるもさらに時雨の宿りかな」（『新古今集』の「世にふるは苦しきものを槇《まき》の屋に安くも過ぐる初時雨《しぐれ》かな」をふまえた作）の一語を替えた換骨奪胎の技巧により、宗祇への共感を示した。「ふる」は「経《ふ》る」「降る」の掛詞。真蹟自画賛には長い前文があるが省略。『虚栗』には冬「時雨」の部に収める。

158
月《つき》十《じふ》四《よつ》日《か》今《こ》宵《よひ》三十九の童《わら》部《べ》

真蹟短冊〔三津和久美〕

159
髭《ひげ》風ヲ吹いて暮《ぼ》秋《しう》嘆ズルハ誰《た》ガ子ゾ

憶《おもフ》二老杜《らうとヲ》一

*虚栗

三坡《は》翁《をう》雲《うん》天《てん》の笠を傾け、老杜は呉《ご》天《てん》四の雪を戴く。草庵のつれづれ、手づから雨の渋笠《しぶがさ》五を張りて西行法師の侘笠《わびがさ》に習ふ

160
世にふるも更《さら》に宗《そう》祇《ぎ》の宿り哉《かな》

*真蹟懐紙一〔懐紙二・虚栗〕

世にふるは更に宗祇の宿り哉

真蹟自画賛〔和漢文操〕

161
夜《よ》着《ぎ》は重し呉《ご》天《てん》に雪を見るあらん

*真蹟短冊〔虚栗〕

天和三年　四十歳

歳旦[一]

162
元日や思へばさびし秋の暮

*真蹟短冊〔続深川集〕

163
鶯《うぐひす》を魂《たま》にねむるか嬌《たを》柳《やなぎ》

*虚栗

161　寒さに厚い夜着をかさねて、身に重たく感ずるほどだ。今夜はきっと雪だろう。

冬—雪・夜着。宋の詩僧、可士《かし》の「笠ハ重シ呉天ノ雪、鞋《くつ》ハ香《かんば》シ楚《そ》地《ち》ノ花」（『詩人玉屑《ぎよくせつ》』）をもじった漢詩調。「笠」を「夜着」に転じて庶民的通俗の生活を演出した。「夜着」は襟《えり》と袖のついた一種の掛け蒲団《ぶとん》。綿を厚く入れる。「呉天」は呉国の空。転じて遠い異郷の空。ここでは原詩の語を取っただけで、特に意味はない。「見るあらん」は「見ることだろう」の意の漢文口調。

一　元旦。また、年頭恒例に詠む句。歳旦句。

162　元日は花やいだ気分もある反面、あわただしかった昨日の大晦日《おおみそか》とは打って変って、人々は家を鎖《とざ》して静まり返り、街には何か寂しい感じも漂う。それはまるで秋の夕暮のような寂しさだ。

春—元日。元日を秋の夕暮になぞらえた。なぞらえ方がやや唐突なのは奇抜を好む談林調の余勢。

163　駘蕩《たいとう》たる春の昼下がり。たおやかな枝を垂れて静かに眠るがごとき青柳に鶯が宿って鳴いている。そのさまは眠る柳の精が夢の中で鶯と化し、鶯の心になって声を発しているのかと錯覚させるほどだ。

春—嬌柳・鶯。荘周《そうしゆう》が夢の中で胡蝶《こちよう》と化してヒラヒラと楽しく飛びまわり、自分は胡蝶なのか、周自身なのか、区別できなくなったという故事「荘周胡蝶の夢」（『荘子』斉物論篇）をかすめ取った作。「嬌柳」は、歌語「たをやめの柳」による造語。

鶯を魂にねぶるかたはやなぎ　真蹟短冊一〔短冊二〕

二　憂《ヒテハ》方《まさニ》知《リ》二酒《ノ》聖《ひじりヲ》一、貧《シテハ》始《メテ》覚《さとル》二銭《ノ》神《ヲ》一

164 花にうき世我が酒白く飯《めし》黒し　虚栗〔真蹟短冊〕

165 時鳥《ほととぎす》正月《むつき》は梅の花咲けり　＊あつめ句〔虚栗〕

166 清く聞かん耳に香焼《かうた》いて郭公《ほととぎす》　＊虚栗

二　白楽天「江南謫居《たくきよ》十韻」（『白氏文集』）の中の詩句。心の憂い時にこそ酒の尊さがわかり、貧乏して初めて銭という神のありがたみに気づく、の意。

164　世間は花に浮かれて楽しむ春だが、貧しい自分にはむしろ心憂《う》い世の中だ。飲む酒は濁り酒、飯は玄米飯という暮しでは。

春―花。白詩の心を受けて、貧しい世捨人の境涯を嘆じた。「うき世」は、浮かれる世の意の「浮き世」に「憂き世」を掛けた。「白」と「黒」は技巧的に対置。

165　時鳥《ほととぎす》よ。なんと初音の遅いことか。正月には梅の花は時をたがえず咲いたではないか。もう初夏だ、お前も早くその一声を聞かせてくれよ。

夏―時鳥。正月の梅にかこつけて時鳥を待つ心を詠む。かこつけたところは談林風の余波。『三冊子《さんぞうし》』に「この句は時鳥の初夏に、正月《むつき》に梅咲ける事を言ひ放して、卯月《うづき》（四月）なるが時鳥の声は、と願ふ心を余したる一体」と説く。

166　時鳥を聞くにあたっては耳に香を焼《た》き清め、うやうやしく心を澄まして聞くとしよう。

夏―時鳥。『聯珠詩格《れんじゆしかく》』巻六「杜甫心清聞《ハニクヲ》二妙香一」をもじり、時鳥の声を賞美する心を大げさに言い立てた談林調。「耳に香焼く」は実際にはない寓言。「香を聞く（嗅《か》ぐ）」の縁で「耳」とした。香はふつう嗅ぐといわず聞くという。「香」と「聞く」も縁語。

167　椹《くはのみ》や花なき蝶《てふ》の世《よ》捨《すて》酒《ざけ》

＊虚栗
〔真蹟句切〕

168　青ざしや草餅の穂に出でつらん

＊虚栗
〔真蹟短冊・句切〕

画賛

笠着て馬に乗りたる[一]坊主は、いづれの境《さかひ》より出でて、何をむさぼり歩《あり》くにや。[二]この主《ぬし》の言へる、これは[三]予《よ》が旅の姿を写せりとかや。さればこそ、[四]三界流浪《さんがいるらう》の[五]桃尻《ももじり》、落ちて誤ちすることなかれ

167　桑の実に蝶が止って蜜を吸っている。あの桑の実は、花の季節が過ぎて世を捨てたも同然の夏の蝶が、世をはかなんで飲む世捨酒なのだ。

夏―椹。蝶を世捨人に見立てた擬人句。蝶に芭蕉自身の境涯をも託した。「椹」は中国で桑の実をいい、これで桑椹酒《そうちんしゆ》を作る（『本朝食鑑』）。また「桑門《そうもん》」（出家の意）をヨステビトとも訓《よ》むところから、桑椹酒を「桑酒《よすてざけ》」（世捨酒）とひねって訓み、「椹」を蝶の「世捨酒」に見立てた。「花なき」は、春が去り遊ぶべき花がない、の意に、花やかなところなく落ちぶれた意を掛ける。

168　青ざしという菓子は、春の雛祭《ひなまつり》に供えた草餅の中のよもぎ草が、夏に至って穂に出て、あんなになったものだろう。

夏―青ざし。紙縒《こより》のような細長い青ざしを草餅から出た穂と見立てた、奇抜な連想の談林調。青ざし・草餅ともに菓子の類であることからの連想。◇青ざし　『枕草子』にも見え、古くからあった菓子の一種。まだ熟さない青麦の穂を炒《い》って碾臼《ひきうす》で挽《ひ》くと、紙縒のような、よじれた形になって出てくるもの。◇草餅　よもぎ餅。三月三日の雛祭に食べる習慣があった。もと「母子《ははこ》」の名に愛《め》でて母子草を搗《つ》き込んだが、延宝頃にはもっぱらよもぎを用いた（『日次紀事《ひなみきじ》』）。

一　画中の坊主姿の人物。二　絵を画いた当人、またはその持ち主。三　私。芭蕉をさす。四　方々さまよい

歩くこと。仏教用語。五 鞍《くら》に尻が落着かぬさま。乗馬の下手な者。

169 自分の乗った馬が、草深く茂る日盛りの夏野をのろのろと行く。その遅々《ちち》として動くともないさまはまさに一幅の絵であり、われとわが身を画中に見る思いだ。

夏―夏野。自分の馬上姿を客観的に眺め、夏野の旅の趣きをよく捉《とら》えている。「ぼくぼく」は、のろのろ歩くさま。俳諧的俗語。初案「夏馬の遅行…」は天和三年夏、甲州都留《つる》郡谷村《やむら》（山梨県都留市）の門人、谷村藩家老、高山麋塒《びじ》邸に寄寓した折の歌仙の発句。画賛の前書は後年、絵にあわせて作った文。

六 甲州都留郡の慣称。

七 最初の芭蕉庵は天和二年（一六八二）十二月二十八日の江戸大火に類焼。翌三年九月、門人・知友の喜捨によって、深川元番所森田惣左衛門方の長屋に二回目の芭蕉庵を結んだ。

170 戸外の柏の古葉を打つ霰の音にじっと耳を傾けていると、草庵は新しく変ってもわが身は元の古柏同然、何の変り栄えもしないなあと、つくづく寂しく思われてくる。

冬―霰。新庵入居後の心境句。「霰」と「柏」は縁語（『類船集』）的連想による取り合せ。

◇もとの古柏　柏の葉は枯れても落葉せず春まで枝についている。その古葉。いつまでも古いままで変らぬものにも譬《たと》える。

169
馬ぼくぼくわれを絵に見る夏野哉《かな》　水の友

馬ぼくぼくわれを絵に見ん夏野哉　真蹟短冊

夏馬《かば》ぼくぼくわれを絵に見る茂り哉　蕉翁句集草稿

甲斐《かひ》の郡内《ぐんない》[六]といふ処に至る途中の苦吟

夏馬ぼくぼくわれを絵に見る心哉　俳諧一葉集

夏馬の遅《ち》行《かう》われを絵に見る心かな　俳諧一葉集

170
[七]ふたたび芭蕉庵を造り営みて

霰《あられ》聞くやこの身はもとの古《ふる》柏《がしは》　続深川集

天和年間　三十八歳～四十歳

171 時鳥《ほととぎす》鰹《かつを》を染めにけりけらし　真蹟短冊

171 鰹は初夏随一の美味としてもてはやされるが、あの真赤な身は、時鳥が血の涙で染めたのであろうよ。

夏―時鳥・鰹。時鳥は初夏の初音を風流の第一とし、鰹も初夏の初鰹を争って賞味する。句はその両者を機知によって関連づけた談林調。時鳥の血涙は二参照。◇けらし「けり」と同意で、やわらげた表現として用いる近世文語。

172 起きよ起きよ我が友にせん寝《ぬ》る胡《こ》蝶《てふ》　あつめ句［己が光］

独酌

起きよ起きよ我が友にせん酔ふ胡蝶　真蹟短冊

172 うつらうつらと花に眠る蝶よ。さあさあ起きろ。起きてともに優遊自適を楽しもう。

春―胡蝶。「荘周胡蝶の夢」の故事（一六三参照）を背景とした作。真蹟短冊の句形は天和期の筆蹟で初案。花にとまる蝶を蜜に酔って眠っていると見、起きてわが独酌の友となれと呼びかけた。『あつめ句』は貞享四年の自筆。

拝ス二荘周ノ尊像ヲ一

173 蝶よ、お前に唐土の俳諧がどんなものかを聞いてみたいものだな。第一、お前は荘周と一にして二ならぬ身だから、周得意の寓言に詳しいはずだし、日本では俳諧は寓言なりと言っている。となると、お前には唐土の俳諧がよく分るはずではないか。

春―蝶。「荘周胡蝶の夢」（一六三参照）の故事により、蝶すなわち荘周と見立てる。寓言は奇想天外な譬《たと》え話で道を説く『荘子』独特の筆法。談林はこの奇抜さを俳諧滑稽の本質と喧伝《けんでん》した。『荘子』が寓言、俳諧の根本なり」（『俳諧蒙求《もうぎゆう》』）など。六・五・七の破調。◆『蕉翁句集』の形は後年定形に改案したもの。ただし表現上の興趣は失われた。
一 朝顔のうわごと。
174 わが朝起きの美しい顔も、日がたけるとたちまち凋《しぼ》んでしまう。そのしなびた顔はあわれと自嘲《ちよう》すべきか、はたまた一旦の栄の束の間に衰えるのを悲しむべきか。
秋―朝顔。朝顔の擬人化。芭蕉自身を朝顔に託し、朝寝がちな隠逸貧寒の生活への苦い自嘲をこめる。◆真蹟懐紙には一七四～一七六（「夕顔卑賤」の句）を列記。天和期の筆蹟。
175 昼顔は強靱《きようじん》である。心眼を開けば、雪中にあってもなお日溜《ひだま》りに枯れずに咲くさまが彷彿《ほうふつ》する。まるで雪中の芭蕉、炎天の梅花のように。
夏―昼顔。超俗の禅家の悟りの境地を示す詩句「雪裏《せつりノ》芭蕉《ハ》摩詰《まきつガ》画、炎天梅蕊《ばいずいハ》簡斎詩《ガ》」（『禅林句集』）の心をふまえ、実際にはない雪中の昼顔を虚構した。昼顔は一年草の朝顔とは異なり、地下茎で繁殖する強靱な多年草。その強靱さに焦点を当てた。
176 暑い日盛りに、米搗きの男がしばしの休息として、垣に咲く昼顔の下で汗をふきつつ静かに涼んでいるさまは、いかにもあわれ深い趣きだ。
夏―昼顔。成案（『続《つづき》の原』の形）は貞享四年。初案「夕顔」（夏季）を「昼顔」に、「休む」を「涼む」に改め、米搗き労働者の姿を情趣をこめて描き出した。

173 蝶よ蝶よ唐土《もろこし》の俳諧問はん　俳諧石摺巻物〔真蹟画賛〕

唐土の俳諧問はん飛ぶ胡蝶　蕉翁句集

一朝顔寝言

174 笑ふべし泣くべしわが朝顔の凋《しぼ》む時　真蹟懐紙

昼顔剛勇

175 雪の中は昼顔枯れぬ日影哉《かな》　真蹟懐紙

176 昼顔に米搗《つ》き涼むあはれなり　続の原

夕顔に米搗き休むあはれなり　　あつめ句

夕顔卑賤《ひせん》[一]

夕顔に米搗き休むあはれ哉《かな》　　真蹟懐紙〔短冊・自画賛〕

177
白《しら》菊《ぎく》よ白菊よ恥《はぢ》長《なが》髪《かみ》よ長髪よ　　真蹟短冊

猫[二]山

178
山は猫ねぶりて行《い》くや雪の隙《ひま》　　五十四郡

戸[三]の口

一 夕顔は古来貧家にふさわしいとされる花。句はこれと卑賤な米搗きを取り合せた作で、やや知巧的な発想となっている。

177 白菊よ。お前は白髪のような長い花弁を垂れていつまでも咲き誇っているが、「命長ければ恥多し」だ。余り長く咲いていると恥長髪と言われるぞ。

秋—白菊。花弁の細く長い品種の、大輪の白菊を白髪に見立て、諺《ことわざ》「命長ければ恥多し」（『荘子』天地篇が出典）をふまえて、菊の花期の著しく長いことを「恥長髪」と言い立てた。白菊の美と花期の長さに驚嘆する心を大げさに逆説的に表現。十・七・五の破調。

二 会津磐梯《ばんだい》山の西峰、猫間ヶ岳のことかという。

178 この山はやっぱり猫の性《しょう》があるのだな。山肌の雪がところまだらに消えているのは、きっと猫がなめて歩いた跡なのだ。

春—雪の隙。「猫山」の名から体をなめる猫の性を連想して春の雪間にかこつけた、縁語的発想による見立て句。◆以下四句、『五十四郡』所収の「陸奥名所句合」（「天和年中」と付記）に出る。◇ねぶる　なめる。◇雪の隙　積った雪のまだらに消えたところ。雪間。

三 猪苗代《いなわしろ》湖の西北岸にある舟着き場（福島県）。

179 時鳥《ほととぎす》よ。ここ戸の口に宿札を掲げて、声高らかに己《おのれ》と名を名乗り出よ。

夏—時鳥。地名「戸の口」に「戸口」の意を掛けて「宿札」を出し、「口」と「名乗る」の縁語で仕立てた談林的寓言（時鳥の宿札はありえないもの）。擬人化手法。
◇宿札　公家や大名が宿泊の折、宿場の入口と本陣の玄関に「何々様御泊」と書いて掲げた大きな木札。

四 秋田県の男鹿《おが》半島。佐竹藩で鹿を放牧したという。

180 この男鹿島では、男鹿の名に愛《め》でて牝鹿《めじか》が領巾《ひれ》を振って慕い寄るはもちろん、牝鹿ならぬ目鹿も、領巾ならぬ鰭《ひれ》を振って集まってくるよ。

秋―鹿。地名にちなんだ、掛詞の洒落《しゃれ》句。「ひれ」（領巾）は古代女性が首から肩にかけて左右に長く垂らした装身用の白布。人を招き、また別れを惜しむ時に振って親愛の情を表す。これに「鰭」を掛けた。「めじか」は「牝鹿」「目鹿」（まぐろの若いもの）の掛詞。

五 奥州に数箇所あるが、羽前西田川郡の黒森（現酒田市の内）は丘上の樹色が黒いという。

181 黒森はその名のとおり断じて黒いのだと、いくら言い張ってみても、雪に覆われた今朝の黒森は、もはや黒森とはいえまい。

冬―今朝の雪。黒森を雪の白で茶化した滑稽。

182 まっ白い白芥子の花は、去年の冬地上に降った時雨が花となって咲き出たのであろうよ。

夏―白芥子。白く清く、かつもろく散りやすい白芥子の花の特徴と、さっと降ってはやむ初冬の時雨の冷たく潔い感じとに、ある種の感覚的共通性を見出だし、白芥子を時雨の花と見立てた寓言的虚構。地上に降った時雨がそこで芽を吹き、夏になって白い花を咲かせる、との飛躍した連想のおかしみ。

179 戸の口に宿札《やどふだ》名乗れほととぎす　五十四郡

男鹿島[四]

180 ひれ振りてめじかも寄るや男鹿島《をがのしま》　五十四郡

黒森[五]

181 黒森《くろもり》をなにといふとも今朝の雪　五十四郡

182 白芥子《しらげし》や時雨《しぐれ》の花の咲きつらん　鵲尾冠

183 ほととぎす今は俳《はい》諧《かい》師なき世哉《かな》　かしま紀行

一石川北鯤生《ほくこんせい》おとうと山店子《さんてんし》、わがつれづれ慰めんとて、芹《せり》の飯《めし》煮させて二ふりはへて来《きた》る。三金泥坊底《こんでいばうてい》の芹にやあらんと、四その世の侘《わび》も今さらに覚ゆ

184 我がためか鶴《つる》食《は》み残す芹の飯　続深川集

五仙風《せんぷう》が悼《いた》み

185 手《た》向《む》けけり芋は蓮《はちす》に似たるとて　続深川集

183 時鳥《ほととぎす》の声の素晴らしさに圧倒されて、世の俳諧師は口をつぐみ、句も出ない有様。まさにこの季節は、世の中に俳諧師がいないも同然だわい。

夏―時鳥。時鳥の声を賛美する伝統的美意識を、極端に大げさに言い立てることで滑稽化した談林調。

一 石川北鯤の弟山店、の意。「生」「子」は目下の者への敬称。二人は延宝の末ごろ芭蕉に入門した。二 わざわざ。三 杜甫が「飯ニハ煮ル青泥坊底ノ芹」と詩《うた》ったあの高雅な芹だろうかと。「金」は「青」の誤り。「青泥坊」は陝西《せんせい》省にある青泥城の水を蓄える堤。「底」は堤の下。四 杜甫の時代の。

184 貧しい私のためにと、鶴が食べ残してくれたのであろうか。この芹の飯は。

春―芹。芹は鶴の好物。その縁で山店を高逸な鶴になぞらえて厚意に謝した。「食み残す」に、ユーモアと自身の卑下をこめる。

五 仙風への追悼、の意。仙風は、芭蕉の門人杉山杉《さん》風《ぷう》の父、市兵衛賢永の俳号。没年不詳。

185 御霊前には、蓮の葉の代りに芋の葉を手向けてお弔いします。芋は蓮によく似ていますから。

秋―芋の葉。普通仏前に供える蓮の葉（夏六月の季）の代りに敢えて芋の葉（秋七月の季）を供えるとしたのは、仙風の死が七月だったからか。卑近な芋（里芋のこと）の葉に俳諧味があり、故人への親愛感も漂う。

186 何事も気分一新の新年にあたって、乏しいながらも去年から持ち越した古米五升の貯えはあ

る。わが草庵の暮しは仕合せというものだ。
春―春立つ・新年。「春立つや」は、立春を迎え、新年を迎えた意に用いた（この年の立春は旧年十二月二十二日）。「新年ふるき…」は「新」に「旧」を技巧的に対置した措辞。米五升はわずかな量。それを満ち足りたとする心で詠んだ。「ふるき」には乏しい生活への苦い思いもこもる。芭蕉庵には五升入りの瓢《ひさご》の米櫃《こめびつ》があった。越人編『鵲尾冠《しやくびかん》』に「草庵（芭蕉庵）のうち茶碗十《とを》、菜刀《ながたな》一枚、米入るる瓢一つ、五升のほか入らず。名を四《し》山《ざん》と申し候」と伝える。二七四参照。『鵲尾冠』の形「似合はしや…」には自嘲的な口吻《こうふん》がある。『三冊子』に「この句、師の曰《いは》く『〈似合しや〉と初め五文字あり。口惜しき事なり』と言へり。その後は〈春立つや〉と直りて短冊にも残り侍《はべ》る」という。「我富めり…」は初案形。わずかな米の貯えを「富めり」とする逆説的表現に自虐的な貧の衒《てら》いが露骨。
六 苗村氏。通称、粕屋甚四郎。七四頁注一参照。
187 土地柄にふさわしく浅草海苔で海苔汁を作り、しかも色合いのいい浅黄椀に盛って振舞ってくれる。まことに心憎いばかりの亭主ぶりです。
春―海苔。亭主、千里の心配りを賞して歓待に応《こた》えた挨拶句。浅草は乾《ほし》海苔の名産地。「海苔汁」は海苔の味噌汁。「手際見せけり」は料理の手腕を示してくれた意に、材料・器物にも気をきかせた態度を含めていう。「浅黄椀」は黒漆《うるし》の上に浅黄（緑がかった薄藍色）や赤・白の漆で花鳥を描いた椀（『雍州《ようしゆう》府志』）。

貞享元年　四十一歳

186
春立つや新年ふるき米五升　＊真蹟短冊〔蕉翁句集〕
似合はしや新年古き米五升　鵲尾冠
我《われ》富めり新年古き米五升　真蹟短冊

187
浅草、千《ち》里《り》六がもとにて
海《の》苔《り》汁《じる》の手《て》際《ぎは》見せけり浅《あさ》黄《ぎ》椀《わん》　＊茶の草子

188
[一]文鱗生《ぶんりんせい》、[二]出山《しゅつざん》の御像《おんかたち》を送りけるを
安置して
南無《なも》ほとけ草の台《うてな》も涼しかれ
＊続深川集

189
忘れずば佐夜《さよ》の中山にて涼め
丙寅紀行

[三]貞享甲子《ぢやうきやうきのえね》秋八月、[四]江上の破屋《はをく》を出《い》[五]づるほど、風の声そぞろ寒げなり
190
野ざらしを心に風のしむ身哉《かな》
野ざらし紀行〔真蹟草稿〕

191
秋十《と》年《とせ》却《かへ》つて江戸を指す故郷
野ざらし紀行〔真蹟草稿〕

一 江戸の蕉門、鳥居文鱗。「生」は敬称。二 難行苦行のすえ成道《じょうどう》して雪山《せっせん》を出る釈尊を描いた画像。

188 有難い御仏《みほとけ》よ。こんな粗末な草の台《うてな》ではあっても、せめて涼しく安座ましませよ。

夏—涼し。「南無ほとけ」は仏に帰依する心を表して唱える言葉。仏像はふつう花の台（蓮華《れんげ》の台座）に安置するが、草庵の粗末な仏壇なので謙遜して「草の台」と言った。芭蕉庵の仏壇は壁を丸く掘り抜き、中に砂利を敷いて出山の釈迦像を安置してあった（『老の楽』）。「涼しかれ」には、煩悩解脱の境地を表す「涼しき道」の心もこめた。

189 自分はかつて、佐夜の中山で「命なりわづかの笠の下涼み」と詠んだ。炎天下の夏旅の辛さは自分にも覚えがあるが、風爆《ふうばく》よ、もし忘れなかったら、佐夜の中山でこの句を思い出して涼み給え。

夏—涼む。六三参照。伊勢神宮の御師《おし》で江戸の詰所勤務だった松葉屋風爆（『丙寅《へいいん》紀行』の著者）がこの六月帰省する時、夏旅をいたわって与えた餞別句。

三 貞享元年。「甲子」は同年の干支《えと》。四 隅田川のほとりのあばら屋。芭蕉庵。五 旅に出る意。

190 旅の途中で行き倒れて野晒《のざら》しの白骨となる覚悟で、いざ出立しようとすると、ただえさえ肌寒く物悲しい秋風が、いっそう深く心にしみるわが身だ。

秋—身にしむ。『野ざらし紀行』の旅の出立吟で、命がけの旅を思う悲壮感。「野ざらし」は風雨に晒されて白くなった骨。特に白骨化した髑髏《されこうべ》をいう。

191　十年も江戸に住み馴れてみると、いま故郷へ向けて旅立つにあたっても、むしろ江戸のほうが故郷と呼びたくなるほど懐かしい。
秋―秋。唐の賈島《かとう》「渡《ル》桑乾《さうけんヲ》」詩中の「客舎《シテ》幷州《へいしうニ》已《すでニ》十霜…却《ツテ》指《ス》幷州《ヲ》是《これ》故郷《ト》」（『聯珠詩格』）をふまえる。「秋十年」は長い歳月の意。芭蕉の江戸移住後、正確には十三年目に当る。四一参照。

192　箱根路はすべて霧時雨に閉ざされ、目近《まぢか》に望むべき富士も今日は見えぬ。しかしこんな日もまた一風変った情趣があって面白い。
秋―霧。霧時雨は時雨の降るように深く立ちこめた霧。「関」は箱根の関所。

193　雲が走り、霧が動き、富士の巨峰は刻々とその雄姿を変えてゆく。まさに千変万化のこの壮観。
秋―霧。雲・霧の動きにつれてさまざまに景を変える巨峰富士の様相をダイナミックに捉えた。出典には富士の美景千変の妙を讃《たた》えた前文（省略）がある。

194　猿の声を聞いて断腸の思いを詩《うた》った詩人達よ。富士川の急流の河原で冷たい秋風に吹かれながら泣く、この捨子の声を何と聞くか。
秋―秋の風。風流韻事とは比較にならぬ深刻な現実。出典の前文に「富士川のほとりを行くに三つばかりなる捨子の哀れげに泣くあり」とある。「猿を聞く人」は猿声の哀調を吟じた数々の中国文人を心に置いた呼び掛け。杜甫「聴《キテ》猿《ヲ》実《ニ》下《ル》三声《ノ》涙」、白楽天「猿過《ギテ》巫陽《ふやうヲ》始《メテ》断《ツ》腸《ヲ》」、謝観「巴峡《はけふ》秋深《ク》五夜之《の》哀猿叫《ブ》月《ニ》」など。

192
関越ゆる日は雨降りて、山みな雲に隠れたり
霧《きり》時雨《しぐれ》富士を見ぬ日ぞ面白き　　野ざらし紀行

193
雲《くも》霧《きり》の暫時《ざんじ》百景《ひやつけい》を尽しけり　　*芭蕉句選拾遺

194
猿《さる》を聞く人捨子《すてご》に秋の風いかに　　野ざらし紀行
途中捨子を憐《あはれ》む
猿を泣く旅人《たびびと》捨子に秋の風いかに　　真蹟草稿

195 馬に揺られながら、道端の垣根に木槿の花が咲いているなと何気なく見ていると、それが突然パクリと馬に食われ、気がついた時には花はもう影も形もなくなっていたことよ。

秋—木槿。瞬時の出来事をあるがままに捉え、無作為のうちにおかしみと果《はか》なさの交錯する微妙な境地を言い止《と》めた、新味ある俳作。『野ざらし紀行』の素堂の序に、「山路来ての菫《すみれ》(三九をさす)、道ばたの木槿こそ、この吟行の秀逸」と賞する。

一 晩唐の詩人、杜牧。二 杜牧が「早行《さうかう》」詩に「垂レ鞭ヲ信《まか》セテレ馬ニ行ク、数里未ダレ鶏鳴《けいめい》ナラ一、林下帯ビ二残夢ヲ一、葉ノ飛ブ時忽チ驚ク」(『樊川集《はんせん》』)と詩《うた》った、その「残夢」。三 静岡県金谷町。歌枕。佐夜中山とも。六三参照。四 目が覚める。杜牧の詩による語。

196 馬上うつらうつらと、まだ夢見心地で旅行く未明、ふと目を覚ますと、ほの白い有明の月は遠山の端にかかり、麓《ふもと》の家々には朝茶を煮る煙が立っている。

秋—月。◆真蹟草稿の句形「馬上落ちんとして…」は道中書きの最初案(一四四の真蹟草稿と一紙に記す)。『三冊子』に、中七の「残夢残月」は「句に拍子あり

195

馬上吟

道の辺《べ》の木槿《むくげ》は馬に喰《く》はれけり

野ざらし紀行〔真蹟自画賛・短冊一〜二〕

杜牧《とぼく》一が早行《さうかう》の残夢二、小夜《さよ》三の中山に至りて忽《たちま》ち驚く四

196

馬に寝て残夢《ざんむ》月《つき》遠し茶の煙《けぶり》

野ざらし紀行〔真蹟懐紙・自画賛〕

馬に寝て残夢残月茶の煙

三冊子

馬上眠からんとして残夢残月茶の煙

三冊子

夜深《よぶか》に宿《やど》を出《い》でて明けんとせしほどに、杜牧が馬鞍《うまくら》の吟を

て宜しからず」との理由で「残夢月遠し」と改案した、と伝える。ただし「馬上眠からんとして…」の形は誤伝の疑いもある。

五 伊勢神宮の外宮。六 「鳥居」に同じ。七 西行が「深く入りて神路《かみぢ》の山を尋ぬればまた上もなき峰の松風」(『千載集』)と詠んだ、その尊い神路山の峰の松風が、の意。八 深い感動、敬虔《けいけん》の念。

197 月のない晦日の暗闇の中で、自分は千古の杉の大樹にすがりつき、ふり仰いで、烈しく吹きめぐる嵐の音を聞く。

秋―月。八月の晦日、伊勢神宮外宮参拝の折の印象。「杉を抱く」に嵐が杉の老樹をゆるがして吹きめぐる意と、芭蕉が敬虔の思いで杉を抱く意とを掛ける。「杉」は外宮の僧尼遙拝所近くにあった「五百枝《いおえ》の杉」と称する神杉。七・七・五の破調句。

九 伊勢神宮の内宮《ないくう》神苑のある神路山の南の谷で、五《い》十鈴《すず》川が流れている。西行ゆかりの地。

おもふ

馬上落ちんとして残夢残月茶の煙

真蹟草稿〔蕉翁句集草稿〕

暮れて外宮《げくう》[五]に詣《まう》で侍《はべ》りけるに、一《いち》[六]の華表《とりゐ》の影ほの暗《ぐら》く、御灯《みあかし》ところどころに見えて、[七]また上もなき峰の松風、身にしむばかり、[八]深き心を起して

197 晦日《みそか》月なし千《ち》歳《とせ》の杉を抱《だ》く嵐《あらし》

野ざらし紀行〔真蹟懐紙〕

[九]西行谷《さいぎやうだに》の麓《ふもと》に流れあり。女どもの

198 芋洗ふを見るに

芋《いも》洗ふ女西行ならば歌よまん

野ざらし紀行〔真蹟草稿〕

ある茶店に立ち寄りけるに、蝶といひける女、[一]あが名に発句せよといひて、白き絹出《い》だしけるに書き付け侍《はべ》る

199 蘭《らん》の香《か》や蝶《てふ》の翅《つばさ》に薫《たき》物《もの》す

野ざらし紀行〔真蹟句切〕

[二]閑人《かんじん》の[三]茅舎《ばうしや》を訪《と》ひて

200 蔦《つた》植ゑて竹四《し》五《ご》本《ほん》の嵐《あらし》哉《かな》

野ざらし紀行

198 谷川で芋を洗う女どもよ。もし西行がこれを見たならば、かの江口《えぐち》の遊女にしたように、さっそく歌を詠みかけることだろうに。

秋―芋洗ふ。西行が淀川畔の江口（大阪市東淀川区）で遊女妙《たえ》に時雨《しぐれ》の宿りを請うて許されず、「世の中を厭《いと》ふまでこそ難《かた》からめ仮りの宿りを惜しむ君かな」と詠んで許されたとの故事（謡曲『江口』など）を想起して作った。西行隠棲《いんせい》の古典的な土地で、女が芋を洗うという世俗的生活が営まれていることに俳諧的感興を発した作。八・七・五の破調。

一 私の名にちなんで発句を詠んで下さい。

199 なまめかしい蘭の花の香を蝶の羽に薫《た》きこめたのだろうか。この蝶はいかにもなまめかしい。

秋―蘭。当季の蘭と女の名「蝶」を詠みこみ、秋の蝶が蘭にとまってその移り香を受けた風情に仕立てた当意即妙の挨拶句。『三冊子』によると、蝶という女はもとこの茶店の遊女で、今は主《あるじ》の妻になっている人物。先代の妻も遊女あがりで鶴といい、談林の創始者西山宗因がこの茶店を訪れた折に発句を請うたところ、宗因は「葛《くず》の葉のおつるの恨み夜の霜」と詠んで与えたという。芭蕉は蝶からこの話を聞き、宗因の句をふまえてこの句を作った。

◇薫物す　練香《ねりこう》を薫いてその香りを衣装にしみこませること。

二 俗を離れて清閑を楽しむ人。伊勢の人、廬牧《ろぼく》をさす（『笈日記』）。三 茅葺《かやぶ》きの粗末な庵。

200　庭隅に植えた蔦は色づき、四、五本ほどのわずかな竹むらを秋嵐が吹きわたる。その風情がいかにも物寂びて、閑素なよい住まいです。

秋―蔦。蔦（ここは蔦紅葉）・竹四五本・秋嵐、いずれも物寂びた趣きをにじませる道具立て。隠者らしい住みなし方を賞した挨拶句。

四 旧暦九月。五 故郷に同じ。伊賀上野。六 北の居室の庭に植えた萱草《わすれぐさ》。中国で主婦が北の室に居り、庭に萱草を植えたことから、母の意となった。前年、天和三年六月二十日に亡くなった芭蕉の母を陰喩《いんゆ》する。七 兄弟姉妹。八 兄（松尾半左衛門）が。九 長年ぶりで郷里に帰った芭蕉を浦島太郎に譬《たと》えた。上の「白髪」の縁で、浦島が玉手箱をあけて白髪になった故事を引き出し、同時に、芭蕉の白髪がふえたことに掛けて下文に続けた筆法。

201　母のこの白髪は、秋の霜のように、手に取ったら私の涙で消えてしまうだろう。それほど自分の悲しみは深く、涙は熱いのだ。

秋―秋の霜。去年亡くなったばかりの亡母を悼む哀切の情。季語「秋の霜」で母の白髪を陰喩。上五は八音の字余り。

10 奈良県北葛城《かつらぎ》郡当麻《たいま》町竹の内。

[四]長月《ながつき》のはじめ古郷[五]に帰りて、北堂《ほくだう》[六]の萱草《けんざう》も霜枯れ果てて、今は跡だになし。何事も昔に替りて、はら[七]からの鬢《びん》白く、眉皺《まゆしわ》よりて、「ただ命ありて」とのみいひて言葉はなきに、このかみ[八]の、守袋《まもりぶくろ》をほどきて「母の白髪拝めよ。浦島[九]の子が玉手箱、汝《なんぢ》が眉もやや老いたり」と、しばらく泣きて

201
手に取らば消えん涙ぞ熱き秋の霜

大和《やまと》に行脚《あんぎや》して、葛下《かつげ》[一〇]の郡《こほり》竹の内

といふ処はかの[一]千里《ちり》が旧里《ふるさと》なれば、日ごろとどまりて足を休む

202 綿弓や琵琶《びは》になぐさむ竹の奥

野ざらし紀行 〔真蹟懐紙〕

[二]二上山当麻寺《ふたかみやまたいまでら》に詣《まう》でて[三]庭上《ていしやう》の松を見るに、およそ[四]千歳《ちとせ》も経たるならん。[五]大いさ牛を隠すともいふべけん。[六]かれ[七]非常といへども、仏縁にひかれて[八]斧斤《ふきん》の罪をまぬかれたるぞ、幸ひにして尊《たつと》し

203 僧朝顔幾《いく》死に返《かへ》る法《のり》の松

野ざらし紀行

一 苗村氏。通称、粕屋甚四郎。これまで江戸浅草に寓居し（一八七参照）、この時芭蕉の旅に随って帰郷した。

202 ひっそりとした竹林の奥のこの家に宿り、ひなびた綿弓の音を琵琶の音《ね》と聞きなして、しばし旅愁を慰めることである。

秋―綿弓。「綿弓」は繰り綿を打って柔らかい打ち綿に製する道具。長さ五尺（約一五〇センチ）ほどの木を弓形に曲げ、鯨《くじら》の筋で作った絃を張ったもの（『和漢三才図会』）。小さな槌《つち》で絃を打ち弾いて綿を作る時ビンビンと音がする。真蹟懐紙はこの時、村長《むらおさ》の油屋喜右衛門に書き与えたもの。その純朴高潔な人柄を讃《たた》える前文を伴い、「琵琶になぐさむ」はその人の生活態度をほめる心で詠んでいる。『野ざらし紀行』ではこれを、芭蕉自身が旅愁を慰めている意に転用した。

二 当麻寺の正称は、二上山万法蔵院禅林寺。天平年間、中将姫が蓮糸《はすいと》で織ったと伝える曼陀羅《まんだら》で有名。

三 中将姫伝説にまつわる「来迎《らいごう》の松」。四 千年も。

五 その大きさは牛の姿を覆い隠すほどだとも言えようか。『荘子』人間世篇「匠石（名工の名）之《ゆキ》レ斉《せい》ニ…見ルニ櫟社《れきしゃノ》樹一ヲ。其大《ハ》蔽《イサおほフ》レ牛ヲ」による。六 この松。七 無常と同じ。仏教用語。本来命に限りある物。八 斧《おの》と斤《まさかり》。『荘子』逍遥遊篇の「不レ夭《えうセラレ》ニ斤斧一ニ」を踏む。

203 僧侶も所詮《しょせん》朝顔のように命ははかないもの。この寺の住持も幾たびか死んで代替りしたであろう。その長い歳月、この松は仏縁に恵まれて、かくも長い寿命を保つことができたのだ。

204 冬知らぬ宿や籾《もみ》摺《す》る音《おと》霰《あられ》　＊夏炉一路

205 ある九坊に一夜を借りて

砧《きぬた》打ちて我に聞かせよや坊が妻　野ざらし紀行

一〇西上人《さいしやうにん》の草の庵の跡は奥の院より右の方《かた》、一一二町《ちやう》ばかり分け入るほど、一二柴人《しばびと》の通ふ道のみわづかにありて、一三険《さが》しき谷を隔てたる、いと尊《たふと》し。一四かのとくとくの清水は昔に変らずと見えて、今もとくとくと雫《しづく》落ちける

秋―朝顔。千歳の松の賛美。前文に『荘子』への深い傾倒の念が息づく。

204　この家では、いまがまっ最中の籾摺りの音が霰のように勢いよく響き、一家繁栄のさまが偲《しの》ばれる。しかもあるじは老母に孝養を尽す。その心温まる家庭の雰囲気《ふんいき》は厳しい冬など知らぬかのようだ。

秋―籾摺り。前文（省略）に、家が豊かで風流心に富み、しかも老母に孝養を尽すあるじを讃える文章がある。竹の内の隣村、長尾の里の某に書き与えた。

九 吉野山の宿坊。吉野には妻帯寺があり、旅人を泊めた。

205　秋深い吉野の奥の寂しさに、「み吉野の山の秋風小夜《さよ》ふけて古里《ふるさと》寒く衣《ころも》打つなり」の古歌が心にしみる。宿坊の妻よ、その昔を偲《しの》ぶよすがに、どうか砧を打って聞かせてほしい。

秋―砧打つ。『新古今集』所収の和歌の古典的叙情を背景とし、これに「坊が妻」の通俗味をオーバーラップさせて新しい俳諧的叙情を試みた秀作。

◇砧　石または木の台に衣類を置き、木槌で打ち柔らげて光沢を出す道具。砧打ちは女の仕事で、古来、閨《けい》怨《えん》の情を示す寂しいものとされる。

一〇 西行上人隠棲《いんせい》の草庵。当時、西行堂・西行庵室と呼ばれ、中に西行の画像が安置されていた。一一 約二一八メートル。一二 木樵《きこり》。一三 けわしい。一四 西行の歌と伝える「とくとくと落つる岩間の苔清水《こけしみづ》汲《く》み干すほどもなき住まひかな」から出た名。一名、苔清水。

206　露とくとく試みに浮世《うきよ》すすがばや　野ざらし紀行

207　後《ご》[一]醍醐《だいご》帝の御廟[二]を拝む
御《ご》廟《べう》年経て忍《しのぶ》は何を忍《しのぶ》草《ぐさ》　野ざらし紀行

208　暮秋、桜の紅葉《もみぢ》見んとて吉野の奥に分け入り侍《はべ》るに、藁沓《わらぐつ》に足痛く、杖を立ててやすらふほどに
木《こ》の葉散る桜は軽し檜木《ひの》笠《がさ》　真蹟懐紙〔短冊〕

今須《います》[三]・山中《やまなか》を過ぎて、いにしへ

206　岩間からとくとくと滴り落ちるこの清冽《せいれつ》な雫《しずく》で、試みに浮世の汚れを濯《すす》いでみたい。
秋―露。西行への思慕。あわいユーモアも漂う。
一　第九六代天皇。建武親政樹立後、足利尊氏らと対立、吉野に逃れて南朝を開いたが時運恵まず、落魄《らくはく》のうちに吉野で病死。二　如意輪寺の裏山にある塔尾陵《とうびりょう》。

207　ご廟所は長い歳月の間にいたく荒廃し、忍ぶ草はおのがままにはびこっている。あの忍ぶ草はいったい何を思い偲《しの》ぶよすがとして生えているのか。
秋―忍草。荒廃を痛む心を忍ぶ草に託した。上五は七音の字余り。「忍」は「忍草」とも。樹幹・岩・屋根などに生える羊歯《しだ》類の一種。荒廃の様を表し、昔を偲ぶ意に多用される。「草」に「種《くさ》」（思いの種《たね》）を掛けた。

208　檜木笠も軽々《かろがろ》と吉野の奥に分け入ると、桜の紅葉がはらはらと軽やかにわが笠に散りかかる。
秋―木の葉かつ散る。吉野は春の桜で名高い。その桜を心に置いて秋の桜紅葉に興を駆り立てた。「軽し」は散る木の葉と檜木笠の両方に掛け用いた。「木の葉散る」は冬の季語だが、前書に「暮秋」とあり、句は秋季の「木の葉かつ散る」の意をこめた作意と見る。

三　「今須」「山中」、ともに岐阜県関ケ原町。四　源義朝の愛妾《あいしょう》、常盤御前が東国へ逃れる途中、この山中で盗賊に殺されたというその墓。五　九一頁注三参照。
六　『守武千句』中の付句《つけく》。義朝は保元の乱で父為義《ためよし》を殺し、のち平治の乱の首謀者となって敗れ、都で娘

常盤《ときは》[四]の塚あり。伊勢の守武《もりたけ》[五]がいひける「義朝殿に似たる秋風」[六]とは、いづれのところか似たりけん。われもまた

209 義《よし》朝《とも》の心に似たり秋の風　　野ざらし紀行

不破[七]

210 秋風や藪《やぶ》も畠《はたけ》も不《ふ》破《は》の関《せき》　　野ざらし紀行

美濃の国朝長《ともなが》[八]の墓にて

211 苔《こけ》埋《うづ》む蔦《つた》のうつつの念《ね》仏《ぶつ》哉《かな》　　*花の市

を殺害、東国逃走の折、美濃《みの》で二男朝長《ともなが》を殺し、最後は尾張の国で家臣に裏切られて惨殺された。

209 うそ寒い秋の風は、悪逆非道の果てに非業の死を遂げた時の義朝の心中にどこか似ている。

秋―秋の風。義朝の心事をうそ寒い秋風で象徴的に捉《とら》えた。守武の句は機知による見立て。

七 不破の関。古代三関の一。八世紀以後荒廃したが、その悲哀が好んで歌材とされた。美濃の歌枕。

210 古歌にその荒廃ぶりを歌われた不破の関屋はいまは跡形もとどめず、藪と化し畠と変じて、ただ秋風が蕭条《しょうじょう》と吹きめぐるばかりである。

秋―秋風。藤原良経《よしつね》の「人住まぬ不破の関屋の板庇《いたびさし》荒れにしのちはただ秋の風」(『新古今集』)の古典的叙情を背景に、荒廃のイメージを藪と畠で卑近化した。「藪も畠も」は、秋風が藪も畠も吹き渡る、藪も畠も往昔不破の関屋のあった跡、と上下に働かせた表現。

八 源義朝の二男。平治の乱に敗れて東国へ走る父に従ったが、途中深傷《ふかで》を負い、青墓《おおはか》の宿《しゅく》(岐阜県大垣市赤坂町)で極度に悪化。敵手にかかるよりもと父の手にかかって死ぬ。死に臨んで念仏を唱えたことが『平治物語』、謡曲『朝長』に見える。墓は青墓にある。

211 苔むして蔦の繁《しげ》く這《は》いからまる墓の中から、朝長の念仏の声がうつつに聞えてくる思いだ。

秋―蔦。『伊勢物語』九段、東下《あずまくだ》りの業平《なりひら》が宇津の山の蔦の細道で「…うつつにも夢にも人に逢はぬなりけり」と詠んだ故事から、「蔦の・うつつ」と続けた。

212　野ざらしを覚悟の旅だったが、長い旅路を辿《たど》り辿って秋も果てようとする今、どうやら死にもせずやっとここまで辿り着いたことよ。

秋—秋の暮。「野ざらし」の旅は、谷木因訪問が主目的の一つ。ここで旅が一段落したとの安堵《あんど》感から出発時の悲壮な覚悟をふりかえってみた。一九〇参照。旅寝の「果て」の措辞が「秋の暮」（秋の果て）に微妙に響く。◆『後《のち》の旅』の形は誤伝の疑いも残る。

213　戸外に霰降る中で三味線の曲を聞くさみしい初冬の夜。今宵はあたかも白楽天が「琵琶行」の詩に詠んだ、あの夜のような思いがする。

冬—霰の音。『後の旅』によると、その編者如行《じょこう》の宅で座頭の三味線を聞き、興じて詠んだ句。「琵琶行」は、白楽天が潯陽江《じんようこう》のほとりに客を送る夜、江上に漂う舟に女の独り琵琶を弾ずるを聞き、その哀情切々たる妙音に感じて作った長篇詩の題。詩中に「大絃嘈々《さうさうトシテ》如《シ》二急雨《ノ》一」とある。「音霰」は三味線の音を霰の音に擬し、現在戸外に降っている霰の音をも同時にこめた表現。三味線は琵琶に比して卑俗で俳諧的。

214　バラバラと大きな音を立てて檜木笠を打つ、この霰の音のなんと荒く、いかめしいことよ。

冬—霰の音。かぶった檜木笠に当る霰の音はことさら大きく耳に響く。「いかめしき」は、その音が、どこか心細さのかすめる厳しい冬旅の身にずしりとこたえる心情。

一　三重県桑名郡多度町にある古社。　二　武蔵の国深

武蔵野《むさしの》を出《い》づる時、野ざらしを心に思ひて旅立ちければ

212　死にもせぬ旅寝の果てよ秋の暮　　野ざらし紀行

死よ死なぬ浮身の果ては秋の暮　　後の旅

213　琵《び》琶《は》行《かう》の夜や三味線の音《おと》霰《あられ》　　*後の旅

214　いかめしき音や霰の檜《ひ》木《のき》笠《がさ》　　真蹟短冊一〔短冊二・自画賛・孤松〕

伊勢の国多度山権現《たどさんごんげん》[一]のいます清き拝殿の落書《らくがき》。武州[二]深川の隠《いん》泊船堂主芭蕉翁・濃州[三]大垣観水軒のあるじ谷木因《たにぼくいん》[四]、勢尾《せいび》[五]廻国の句商人《くあきんど》[六]、四季折々の句召され[七]候《さうら》へ

伊勢人《びと》[八]の発句すくはん落葉川　　木因

右の落書を厭《いと》ふの心

215 宮守《みやもり》よわが名を散らせ木葉川《このはがは》

桜下文集

桑名本統寺[九]にて

216 冬《ふゆ》牡《ぼ》丹《たん》千鳥よ雪のほととぎす

野ざらし紀行

川。「泊船堂」は「芭蕉庵」を号する前の、深川の草庵の号。三 美濃の国（岐阜県）大垣。四 芭蕉と同じ北村季吟門の俳人。廻船問屋を営む富豪。五 伊勢と尾張。六 俳諧師の意を戯れて言った。七 お求め下さい。物売りめかした口調。八 伊勢人の古くさい俳諧を救って、一新してやろう、の意。木因の作。「落葉」に古くさい俳諧、「すくふ」に川から掬《すく》い上げる意を掛けた。「落葉川」は、「木葉川」とともに、いずれも落葉の流れる川の意。『茂路津葉左《もろつばさ》』に「多度の御手洗《みたらし》の末、一の鳥居前の川」と注がある。

215 宮司よ、今拝殿に落書きされたわが名を、落葉もろとも社前の川に掃き散らしてほしい。

冬 木の葉。谷木因と二人づれで大垣から桑名に至る途中の作。自信過剰めいた谷木因の戯句に対して、掛合い的にまぜかえした即興吟。

九 東本願寺派別院。住職の琢恵《たくえ》は、東本願寺琢如上人の第二子。北村季吟門の俳人。

216 雪の庭に咲く冬牡丹が見事だ。この珍花を眺めていると、海辺を鳴きわたるあの千鳥も、この世に得がたい雪中の時鳥《ほととぎす》のように思われる。

冬―冬牡丹。主題は冬牡丹の賞美。その縁で牡丹から時鳥（ともに夏）を連想、千鳥（冬）を夏随一の景物時鳥になぞらえて、「雪中の時鳥」（世にない物。「雪中の筍《たけのこ》」の類）と作意した技巧句。亭主への挨拶。

◇冬牡丹　牡丹の一変種。花は小さく径一〇センチ前後。益軒『花譜』に「冬牡丹あり、珍し」とある。

まだほの暗きうちに浜のかたに出《い》でて

217
明けぼのや白魚《しらうを》しろきこと一寸《いっすん》　野ざらし紀行〔真蹟短冊〕

雪薄し白魚しろきこと一寸　桜下文集

桑名に遊びて熱田にいたる

218
遊び来《き》ぬ鰒《ふく》釣りかねて七里まで　熱田皺筥物語

熱田に移る日

鰒釣らん李《り》陵《りよう》七里の浪の雪　桜下文集

217　曙《あけぼの》の浜辺で網に掬《すく》い上げてみた、一寸ばかりの小さな白魚。その白さが目にしみる。

冬―白魚一寸。鋭い感覚的な句。桑名の東郊、浜の地蔵堂で詠む。谷木因『桜下《おうか》文集』には「手づから蛤《はまぐり》を拾うて白魚を掬ふ」とある。「白魚」は一般には春の季語（三七参照）。この句では「白魚一寸」（幼魚の意）で冬に扱った。杜甫の詩句「白小群《みな》分ツレ命ヲ、天然二寸ノ魚」を踏み、二寸よりさらに小さな幼魚を一寸と表現。「白小《はくしよう》」（白魚の意）の字の感覚を句に印象化した。初案「雪薄し…」は雪の白と白魚の白で印象が分裂する。『笈日記』に「この五文字（雪薄し）口惜しとて、後に〈明けぼの〉とも聞えし」と伝える。

218　海上の舟遊びに鰒釣りをしたが、少しも釣れぬうちについここまで七里も来てしまった。

冬―鰒。『萬葉集』巻九の長歌「水江《みづのえ》の浦島の子が鰹《かつを》釣り鯛釣りかねて七日まで家にも来ずて」（旧訓）の俳諧化。「七里」は桑名・熱田間の海上の距離。「七里の渡し」といい、東海道の旅は普通これによった。初案の「鰒釣らん…」は桑名出発時の作。後漢《ごかん》の隠士厳《げん》子陵《しりよう》（「李陵」は誤り）が七里《しちり》灘《だん》に隣る瀬で釣りをして世を送った故事（『後漢書』『連集良材』）により、七里灘と名も同じ七里の渡しで雪にまぶれて鰒釣りを楽しもうと言ったもの。再案は熱田到着後、初案とは発想を替えて、熱田俳人への挨拶句とした。

一　熱田市場《いちば》町の富裕な郷士《ごうし》、林七左衛門の俳号。熱田蕉門の中心人物。

219　冷たい時雨を笠に凌《しの》いで侘《わび》しく旅して来た自分を、亭主はすこぶる温かく遇してくれる。さあ、この海に草鞋も笠も捨てて、当分ここに逗留《とうりゅう》しよう。

冬―時雨。亭主への挨拶句。やや大げさな表現は俳諧的な笑い。「笠時雨」は笠に降りかかるしぐれの意で、「捨てん笠」に「笠時雨」と掛けた技巧的造語。

220　夜中の雪で、昨日とは打って変った白一色の冬の朝。旅人を乗せた馬が白い息を吐きながら街道を行く。ふだんなら気にもとめないそんな馬をさえ、今朝の自分は格別な気持で眺める。

冬―雪の朝。前句同様、桐葉亭での作。芭蕉自身も旅人なのに、今は亭主のもてなしで温かい家の中に安らぎつつ、雪路の旅人を人ごとのように眺めている、という心。桐葉亭は東海道に面していた。

二　熱田神宮。一二〇頁注二参照。

221　昔を偲《しの》ぶよすがとされる忍ぶ草さえ枯れて荒廃した社殿。全く昔を偲ぶによしなく、寂しい気持になり、社前の茶店に休んで餅を買い、わずかに空腹を満たす自分である。

冬―枯れ忍。熱田神宮は慶長五年（一六〇〇）以来約八十年間修復工事が行われず、このころ荒廃の極にあった。前文（省略）にはそのさまを「蓬《よもぎ》・忍、心のままに生ひたるぞ、なかなかにめでたきよりも心とどまりける」とある。「餅買ふ」に卑俗の俳諧味をこめ、また寂しさを紛らかしたい複雑な心境も動いている。

旅亭桐葉《とうえふ》[一]の主《あるじ》、心ざし浅からざりければ、しばらくとどまらんとせしほどに

219　この海に草鞋《わらんぢ》捨てん笠《かさ》時雨《しぐれ》　熱田皺筥物語

旅人を見る

220　馬をさへ眺《なが》むる雪の朝《あした》哉《かな》　野ざらし紀行

熱田[二]に詣《まう》づ

221　忍《しのぶ》さへ枯れて餅買ふ宿り哉　野ざらし紀行

222 道のほとりにて時雨に逢ひて

笠もなきわれを時雨《しぐ》るるかこは何と　あつめ句

途中時雨

笠もなきわれを時雨るるか何と何と　熱田三歌仙

笠は長途《ちやうど》の雨にほころび、[一]紙子は[二]泊り泊りの嵐《あらし》に揉《も》めたり。[三]侘びつくしたる侘人《わびびと》、我さへあはれに覚えける。昔、[四]狂歌の才士、[五]この国に辿《たど》りしことを不図《ふと》思ひ出でて申し侍《はべ》る

222　笠も持たぬ我をめがけて時雨は降りそそぐのか。これはまたなんと心ない仕業よ。

冬―時雨。時雨の仕業をなじりつつ、実は時雨の風趣に興じている、軽い風狂の句。「われを」の「を」は感動の対象を示す間投助詞から転じた格助詞で、詠嘆的気分が強い。「われに」では平板に陥る。

一 厚く漉《す》いた上質の和紙を柿渋で特殊加工して仕立てた着物、羽織など。防寒用で旅の必需品。風雅人も貧乏人も着る。二 長い旅寝の間に。「長途」と対句関係をなす。三 落ちぶれてみすぼらしくなる。四 江戸初期の滑稽小説本『竹斎』の主人公、竹斎をさす。竹斎は京都の藪《やぶ》医師で狂歌に凝りすぎ、患者も寄りつかず、貧に窮して江戸に下る途中、破れ紙子に破れ頭巾《ずきん》の尾羽うち枯らしたあわれな姿で狂歌を詠みちらしながら名古屋に着き、「天下一藪薬師《やぶくすし》」の看板を出して珍妙な治療で評判となる。五 尾張の国。

223　狂句を詠みちらし、冷たい木枯しに吹かれながら、諸国流浪のすえ、枯木のようにみすぼらしく貧寒な姿で名古屋入りするこの身は、まさにかの狂歌好きの竹斎とそっくりであるよ。

冬―木枯。蕉風樹立の第一声『冬の日』の巻頭句。うらぶれた旅姿を竹斎に擬して戯画化しつつ、世外《せがい》に風

狂する自分を描き出した。俳席に一座した野水《やすい》・荷兮《けい》・重五《じゅうご》・杜国《とこく》・正平《しょうへい》ら、初対面の名古屋俳人に対して自己を卑下する挨拶心も含む。「狂句」は俳諧の別称。竹斎の「狂歌」に対比して、特に句頭に冠した。上五は「狂句木枯の」で字余り。

224　沈々《しんしん》たる旅泊の冬夜、時雨が音を立てて通り過ぎる闇の中から、遠吠《ぼ》えの犬の声が聞える。あの犬も冷たい時雨にぬれて悲しんでいるのか。

冬―時雨。犬の声に旅愁を感じての作。名古屋あたりでの吟。

225　市に物買う人々よ。さあこの笠を売ろう。雪の積ったこの風流な笠を。

冬―雪。雪見に興ずる風狂の心。「市人」は市に集まる商人や買物客。『日葡《にっぽ》辞書』に、「イチビト　ある物を売るため、または買うために、市へ行く人」とある。ここは後者。

六　名古屋の俳人。伝不詳。この句形は当座の初案。

226　一面に降り積った雪が互いに映発しあい、その雪明りで、今宵は師走の名月かと思われるほどである。

冬―雪・師走。出典に「杜国亭にて仲悪《あ》しき人を取りつくろひて」と注する。反射しあう「雪と雪」に仲の悪い二人を、名月にその和解の意をこめて、仲裁の心を寓意的に詠む。杜国は名古屋の門人。九二頁注七・一一八頁注一参照。

223
狂句木《こ》枯《がらし》の身は竹斎《ちくさい》に似たる哉《かな》　　冬の日〔野ざらし紀行〕

224
草枕犬も時《し》雨《ぐ》るるか夜《よる》の声　　野ざらし紀行〔真蹟短冊〕

225
雪見に歩《あり》きて
市《いち》人《びと》よこの笠売らう雪の傘《かさ》　　野ざらし紀行

六
抱月《はうげつ》亭
市人にいで是《これ》売らん笠の雪　　笈日記

226
雪と雪今《こ》宵《よひ》師《し》走《はす》の名月か　　＊笈日記

海辺に日暮《くら》して

227 海暮れて鴨《かも》の声ほのかに白し　　野ざらし紀行

ここに草鞋《わらぢ》を解き、かしこに杖を捨てて、旅寝ながらに年の暮れければ

228 年暮れぬ笠着て草鞋はきながら　　野ざらし紀行

貞享二年　四十二歳

227　冬の海が寒々と暮れて、薄明の彼方に鳴く鴨の声が、どこか仄《ほの》白い感触を孕《はら》んで聞えてくる。

冬―鴨。鴨の鳴く声を仄白いとする幻想的な把握《はあく》が冬の海のうそ寒さと作者の寂寥《せきりょう》感とを感覚的に呼び起す。すぐれた感覚句。五・五・七の破調句。中七・下五は「ほのかに白し鴨の声」を倒置して曲折をつけた。談林末期に流行した破調を効果的な詩的表現に脱化させた一例。『熱田皺筥《しわばこ》物語』には「尾張《をはり》の国の熱田にまかりけるころ、人々師走の海見んとて船指しけるに」と前書あり。十二月十九日の作。

228　笠をかぶり草鞋をはいたままで、今年はとうとう暮れてしまった。

冬―年暮る。『野ざらし紀行』で初めて文学的行脚を経験した旅人としての初々《ういうい》しい実感のこもる歳暮吟。十二月二十五日、伊賀上野に帰郷したころの作。前句「海暮れて…」を発句とする熱田での歌仙中、芭蕉は「富士の嶺《ね》と笠着て馬に乗りながら」の付句《つけく》を付け、藤原定家幼少の歌「旅人の笠着て馬に乗りながら口を引かれて西へこそ行け」をふまえた作だと言ったという（『熱田皺筥物語』）。この句もこの歌をふまえて「馬」を「草鞋」に転化したか。

229　丑年《うしどし》のこの年頭、若者が鏡餅に裏白《うらじろ》を添えて牛の背につけ、その牛を追って行く。あれはどこの聟殿であろう。

一　ここは芭蕉の郷里、伊賀上野をいう。

春―丑の年・歯朶。郷里伊賀での歳旦句。正月祝儀に

新聟が嫁の里に鏡餅を届ける郷土の風習を懐かしみ、見知らぬその聟殿にもふるさと人としての親近感を催した。「負ふうしの年」は「追ふ牛」と「丑の年」を掛けた貞門風の古い修辞法。また貞門では「丑の年」など干支《えと》を用いて新年の季語とする風が流行した。その古風なスタイルの中に郷里の昔を懐かしむ思いをこめた意識的技巧（『三冊子』）。
◇歯朶　縁起物として正月飾りとする、裏白。

230　この田舎さびた郷里にも、共に子の日をしに都へ行くような、雅《みや》びの友がいてほしいものだ。
春―子の日。「子の日」は王朝貴族が正月初子《はつね》の日に山野に遊宴して小松を引き、千代の栄えを祝った優雅な年中行事。近世には民間でも様々な形で行われた。

231　自分は旅烏のように所定めぬ漂泊の身。久しぶりに故郷にもどってみると、懐かしいこの古巣は今も昔に変らず梅が咲き匂っている。
春―梅・古巣。帰郷中の作。出典に「作影亭ニテ梅烏《うめからす》ノ画屏《ぐわびやう》ヲ見テノ作」と伝える。「古巣」は古馴染《ふるなじ》みの作影の家。「旅烏」の縁語として出した比喩《ひゆ》表現だが、懐旧の心情が語感の中によく生きている。

232　ああ、もう春なのかなあ。こんな名もない平凡な山々にもうっすらと霞がたなびいている。
春―薄霞・春。歌枕の山とは異なる、なんの変哲もない田舎道の山々の霞に春を感じ取った俳諧的新着想。伊賀から奈良に至る山々の景情を活写。安らぎと一抹《いちまつ》の寂しさが漂う。「なれや」は「なればにや」。疑問を

229
一 山家《やまが》に年を越えて
誰《た》が聟《むこ》ぞ歯《し》朶《だ》に餅負ふうしの年
野ざらし紀行［あつめ句・真蹟短冊］

230
子《ね》の日《ひ》しに都へ行かん友もがな
蕉翁全伝

231
旅《たび》烏《がらす》古巣は梅になりにけり
蕉翁全伝

232
奈良に出《い》づる道のほど
春なれや名もなき山の薄《うす》霞《がすみ》
野ざらし紀行

初稿本野ざらし紀行

春なれや名もなき山の朝霞

[一]二月堂に籠《こも》りて

233 水取りや氷の僧の沓《くつ》の音

野ざらし紀行

[二]葛城《かづらき》の郡《こほり》竹の内に住む人ありけり。妻子寒からず、[三]家子《けご》豊かにして春田返し秋忙《いそが》はし。家は[四]杏花《きやうくわ》の匂ひに富みて詩人を[五]いさめ[六]愁人を慰《ゐ》す。[七]菖蒲《あやめ》に替り菊に移りて、[八]慈童が水に徳を争はんこと必《ひつ》とせり

含む詠嘆。俳諧ではこの「や」を「推量《おしはか》るや」と呼ぶ(『宇陀法師』)。

一 奈良東大寺二月堂。修二会《しゆにえ》の期間中、所願ある男女の参籠《さんろう》も許した。

233 厳しい余寒に耐えて修二会の行《ぎよう》を修する衆僧の、内陣を散華《さんげ》行道《ぎようどう》するすさまじいばかりの沓の音が、氷る夜の静寂《しじま》の中にひときわ高く響きわたる。

春—水取り。旧暦二月一日から十四日間、東大寺の僧十数名～二十名が二月堂に籠り、昼夜六時の行法を修する。これが修二会で、その七日目と十二日目の夜半、堂前の若狭井《わかさい》から霊水を汲む儀式がお水取り。転じて修二会全体をもいう。余寒の殊に厳しい季節。「氷の僧」は余寒の中で行法に心身をこらす厳粛な僧侶のイメージを象徴的に表現。「沓」は檜の厚板に鼻緒をつけた履物。衆僧がこれをはいて内陣を行道するとすさまじい音がする。

二 大和《やまと》竹の内(七三頁注一〇参照)で、造り酒屋を業とする里人に与えた句文。三 使用人も多く。四 あんずの花(春)。酒を暗喩《あんゆ》した。五 力づけ。六 詩人に同じ。七 同じ酒も夏は菖蒲酒、秋は菊酒ともてはやされて。八 不老不死の菊の水。一〇八参照。

234 当家で初春にまず売り出す酒は、この馥郁《ふくいく》たる梅花の匂いに染まった美酒である。

春—梅・初春。「酒に梅売る」は「梅に酒売る」を倒置して梅を強調した。

九 竹内村の医師、明石玄随の号。

234
初《しよ》春《しゆん》まづ酒に梅売る匂ひかな　真蹟懐紙

竹内《たけのうち》、九一枝《いつし》軒《けん》にて

235
世に匂《にほ》へ梅《ばい》花《くわ》一枝《いつし》のみそさざい　住吉物語

京に上りて一〇三井《みつゐ》秋風《しうふう》が一一鳴滝《なるたき》の山家《やまが》を訪ふ

梅林

236
梅白し昨日や鶴《つる》を盗まれし　野ざらし紀行〔真蹟懐紙一～二〕

237
樫《かし》の木の花にかまはぬ姿かな　野ざらし紀行〔真蹟懐紙一～二〕

235　一枝軒を号するこのあるじは、一巣一枝《いつそういつし》で事足れりとする鷦鷯《みそさざい》のごとく、知足安分の境地に生きる。その寡欲《かよく》高潔の人柄が、折からの梅花のように世に匂い、広く感化を及ぼしてほしいものだ。

春―梅花。一枝軒の号に因《ちな》み、「一枝」の縁語「梅花」「鷦鷯」を同時に生かした技巧。呉の陸凱《りくがい》の詩に梅花を「一枝ノ春」と詠んで以来、「一枝」すなわち「梅花」を意味する。ここではいま眼前に咲く梅花。「鷦鷯」は『荘子』逍遥遊篇「鷦鷯巣《すくフモ》深林ニ不レ過ギ二一枝ニ一」（知足安分の意）により、「一枝」と縁語になる。

一〇 伊勢松坂出身の富豪、三井三郎左衛門の養子。談林末期に名を馳せた俳人。一一 京都西北郊の地名（現右京区）。「山家」は花林園と称した別荘で広大な敷地があった（北村季吟『花林園記』）。

236　梅林の白梅が見事です。この梅を愛して山荘に籠る亭主は、孤山《こざん》に隠れて梅と鶴を無上に愛した林和靖《りんかせい》を偲《しの》ばせるが、和靖なら飼っているはずの鶴が見えぬのは、昨日あたり盗まれでもしたのですかな。

春―梅。邸内の白梅に着目して宋の林和靖の故事に結びつけ、秋風の隠者ぶりを讃《たた》えた挨拶句。「梅」と「鶴」で和靖の故事を暗示し、中七・下五でこの故事を裏からユーモラスに言った。

237　華麗に咲き誇る花の中に、飾り気もなく超然として立つ庭前の樫の木。それはまるであなたの質朴・隠逸の生活そのものですな。

春―花。前句と同じく秋風への挨拶。

238
伏見西岸寺[一]《さいがんじ》、任口[二]《にんこう》上人に逢《あ》うて
わが衣《きぬ》に伏見の桃の雫《しづく》せよ
野ざらし紀行〔真蹟懐紙〕

239
大津に出《い》づる道、山路を越えて
山《やま》路《ぢ》来て何やらゆかし菫《すみれ》草《ぐさ》
野ざらし紀行〔真蹟懐紙〕

白鳥山《はくてうざん》
何とはなしに何やらゆかし菫草
熱田皺筥物語

湖水の眺望

一 東本願寺派西岸寺（京都市伏見区深草）。二 西岸寺の第三世住職、宝誉上人の俳号。談林の著名俳人で、当年八十歳。

238 音に聞く伏見の桃の花よ。その美しい花の露を滴らせて、わたしの着物を染めてほしい。

春―桃（の花）。伏見が桃の名産地であることをふまえ、盛りの桃の花を任口の高徳になぞらえて、その徳に浴したいとの心を寓した挨拶の句。

239 春の山路を辿《たど》って来て、ふと、道端にひっそりと咲く菫を見つけた。ああ、こんなところに菫がと、その可憐さにただ理屈もなく無性に心ひかれることよ。

春―菫草。殊更な作意を弄《ろう》さず、ただ「何やら」という暗示的な表現で逆に菫草の可憐な表情の細部を匂わせたところが効果的。『野ざらし紀行』中の秀吟。一六五釈注参照。「白鳥山」は、日本武尊《やまとたけるのみこと》にゆかりある尾張の国熱田の名所白鳥山法持寺《ほうじじ》で、初案「何とはなしに…」は三月二十七日、当山で興行の歌仙の発句。『紀行』には、観念性の先行した初案を改めて具象性を加え、京～大津間の山路での作と虚構して配置した。

240 湖水一面朧《おぼ》ろに霞みわたる中、湖岸の辛崎の松は背後の山の桜よりさらに朧ろで風情が深い。

春―朧・花。「かな」などの切字《きれじ》を用いず、湖水朦朧《もうろう》の実感を出すのに「にて」と和らげて巧みに余情の効果を出した。詩的開眼につながる一句。初め、松を小野小町に見立てて「辛崎の松は小町が身の朧」と案じ

た（『鎌倉街道』）が、技巧を排してこの成案に達した。「辛崎の松」は辛崎の一つ松で歌枕。琵琶湖《びわこ》西岸、大津の北約四キロにあり近江《おうみ》八景の一つ。「花」は、具体的には古歌に名高い長良《ながら》山の山桜。

241 鄙《ひな》びた街道筋の茶店。近くの山で折って来たらしい躑躅を無造作に手桶《ておけ》に活《い》け、その傍らで、女は客膳の菜《さい》にと干鱈をむしり始める。

春―躑躅。「干鱈割く女」に俳諧的通俗の味が濃厚。

242 いかにも花見をしているといった顔つきで、雀たちが菜の花畠を飛び回っている。

春―菜の花。「雀の花見」と擬人化し、ふつう桜についていう「花見」を菜の花の上に転用してユーモラスに仕立てた。明るい春の昼景。前句とこの句は初稿本『野ざらし紀行』にはなく、再稿本（「芭蕉翁道之記《みちのき》」の題で『泊船集』に所収）で二四〇と二四三の句の間に新たに加えられている。ただし最終稿本で再び削除された。

三 大津から亀山に至る間の東海道の宿駅。滋賀県甲賀郡水口町。四 旧友。ここは伊賀上野の服部土芳《とほう》。

243 命あって奇《く》しくもめぐり会えた二人の間に、お互いに生きてきた命の証《あかし》でもあるかのように、桜が生き生きと咲き匂っている。

春―桜。土芳はこの春、播磨《はりま》（兵庫県南西部）にあり、芭蕉の離郷後入れ違いに帰国。後を慕って京に上る途中、偶然水口付近の路上で出会ったという（土芳本『蕉翁全伝』）。その時の芭蕉の感動を「命」の語にこめた。「生きたる」は「命」「桜」の両方に掛る。

240
辛《から》崎《さき》の松は花より朧《おぼろ》にて

野ざらし紀行〔真蹟短冊一～二〕

昼の休《やす》らひとて旅店に腰を懸けて

241
躑躅《つつじ》生けてその陰に干《ひ》鱈《だら》割《さ》く女

泊船集

吟行

242
菜《な》畠《ばたけ》に花見顔《がほ》なる雀《すずめ》哉《かな》

泊船集〔伝真蹟画賛〕

三水口《みなくち》にて二十年を経て故人《こじん》四に逢ふ

243
命二つの中に生きたる桜哉

野ざらし紀行

一 鳴海潟《なるみがた》眺望

244 船《ふな》足《あし》も休む時あり浜の桃　＊船庫集

野中の日影

245 蝶《てふ》の飛ぶばかり野中の日影哉《かな》　＊笈日記

246 杜若《かきつばた》われに発句の思ひあり　俳諧千鳥掛

刺棹《さしざを》書きたる扇に

247 鳥《とり》刺《さし》も竿や捨てけんほととぎす　＊俳諧千鳥掛

一 名古屋市緑区鳴海町の西方にあった海浜。

244 浜辺には桃の花が咲き満ち、はるか沖合を行く船も、時折動きを止めたような錯覚を誘う。

春―桃（の花）。春日遅々《しゅんじつちち》としたのどかな海辺の風景。

245 若草萌《も》える広野に春の陽光がいっぱいに満ちわたり、動くものとしては、わずかに二、三の蝶が飛び交うばかり。

春―蝶。のどかで明るい春の野の昼景。

246 庭前に咲く見事な杜若――杜若といえば昔、東《あずま》下りの業平《なりひら》がこの近くの八橋《やつはし》で詠んだ歌を思い起すが――自分はいまこの花を見て、発句を詠もうという思いにかられている。

夏―杜若。鳴海の下里知足亭で催した歌仙の発句。『伊勢物語』九段、東下りの在原業平が八橋で杜若の咲くのを見て「からころも着つつ馴れにしつま（妻）しあればはるばる来ぬるたびをしぞ思ふ」と「かきつはた」を歌に詠みこんだ故事を背景とする。八橋は鳴海宿の東隣、池鯉鮒《ちりゅう》宿（現知立市）付近にある。

247 この刺竿は、さすがの鳥刺も時鳥《ほととぎす》の鳴く音に感服するあまり、鳥を捕ることはもうやめようと投げ捨ててしまった、その竿なのだろう。

夏―時鳥。扇の絵の刺竿に当季の時鳥を結んだ当意即妙の画賛句。「鳥刺」は先端に鳥黐《とりもち》を塗った長い竿（刺竿）で小鳥を捕る職人。◆前書は出典の撰者の文。

二 「木食僧」は草木の実を食べて修行する僧。「盤斎」は加藤盤斎。出家で古典学者。俳諧にも長じた文壇の著名人。摂津の人。隠逸漂泊を好み、晩年は熱田に住んで延宝二年、五十四歳で没した。

248　この清高洒脱《しやだつ》な後ろ向きの像を見ていると、世に背き隠逸に徹した盤斎の境涯が偲《しの》ばれ、おのずから懐かしみと仰慕の念にかられて、団扇をもって涼しい風を送ってあげたい気持になる。

夏―団扇。星崎（名古屋市南区）の医師、欄木三節（俳号、起倒子《きとうし》）宅で盤斎の自画像を見て亭主に書き与えた懐紙（『熱田皺筥物語』）。「あふがん」は「煽《あふ》ぐ」に「仰ぐ」（仰慕する）の意をこめる。

三　松永貞徳・山崎宗鑑・荒木田守武《もりたけ》をさす。貞徳は細川幽斎門下の歌人・古典学者で、連歌俳諧にも長じた近世初期文壇の大御所。貞門俳諧の始祖。宗鑑は室町末期『新撰犬筑波集』を編んで俳諧の祖と仰がれる。天文八～九年（一五三九～四〇）頃、八十歳前後で没。四三参照。守武は伊勢神宮一禰《いちのねぎ》宜内宮長官に上り、天文十八年、七十七歳で没。大作『守武千句』で俳諧史に輝く。四　天の授けた工《たく》み。天分。五　胸中に懐《いだ》く俳諧の工夫《くふう》。六　長い年月にわたって。七　俳諧に詠む俗語。ここは俳諧の意。

249　世に俳諧の数奇者《すきしや》は多いが、俳諧の始祖たるこの三翁こそ、月花の真のあるじ達であるよ。

雑《ざう》（無季）。熱田の東藤《とうとう》に望まれ「貞徳・宗鑑・守武の画像」に賛した画賛（『熱田皺筥物語』）。「月華」は春の花、秋の月をいい、四季の自然美の象徴。風雅の道の意。「月花」と結べば連歌・俳諧では雑《ざう》となる。

248

うしろ向きたる僧の、珠数《ずず》持ちて、
「世の中をうしろになして山里に
そむき果ててや墨染《すみぞめ》の袖《そで》　[二]木食僧《もくじきそう》
盤斎《ばんさい》　自詠自画」と書す。なほそ
の狂逸《きやういつ》の俤《おもかげ》も懐かしく覚えて

団扇《うちは》もてあふがん人のうしろむき

真蹟懐紙
［桃舐集］

249

[三]三翁は風雅の[四]天工《てんこう》を受け得て、[五]心《しん》
匠《しやう》を[六]万歳に伝ふ。この影に遊ばん
もの、誰《たれ》か[七]俳言を仰がざらんや

月《つき》華《はな》の是《これ》やまことのあるじ達

熱田皺筥物語

伊豆の国蛭《ひる》が小島《こじま》の[一]桑門《さうもん》[二]、これも去年《こぞ》の秋より行脚《あんぎや》しけるに、わが名を聞きて、[三]草の枕の道連れにもと、尾張《をはり》の国まで跡をしたひ来《きた》りければ

250 いざともに穂麦《ほむぎ》喰《くら》はん草枕

円覚寺《ゑんがくじ》の[四]大顚《だいてん》和尚、[五]今年睦月《むつき》の初め遷化《せんげ》し給ふ由《よし》、まことや夢の心《ここ》地《ち》せらるるに、まづ[六]道より其角がもとへ申し遣《つかは》しける

一 静岡県田方《たがた》郡韮山《にらやま》町一帯の古称。二 僧侶。ここは斎部《いむべ》路通のこと。路通は前年の秋、もしくはこの年の春、膳所《ぜぜ》の松本（現大津市内）で、旅行中の芭蕉に入門していた。三 草枕。旅の意。

250 さあいっしょに、麦畑の穂麦でも食う覚悟で乏しい旅を続けようではないか。

夏―穂麦。「穂麦」は麦畑に生えているままの麦の穂。そのままでは食べられないが、これを当季として生かしつつ、乏しい旅に耐える意に用いた。俳諧的笑いがある。「草枕」の「草」は「穂麦」と縁語関係で生かしている。

四 鎌倉五山第二位、円覚寺の第一六四世住職。隠退後伊豆韮山の浄因寺に住んだ。其角《きかく》の門人で俳号は幻《げん》吁《く》。五 貞享二年正月三日、五十七歳で没した。「遷化」は高僧の死去をいう語。六 旅の途中から其角のもとへ。この時其角に出した四月五日付の手紙が、其角編『新山家』に載る。

251 梅の花を恋い慕ってもその季節はとうに去ってなす術《すべ》もない。せめて白梅に似た眼前の白い卯の花を拝んで、追慕の涙をそそぐことである。

夏―卯の花。早春に遷化した大顚和尚を季節の梅花で暗喩《あんゆ》した技法。梅の芳香で和尚の高徳が暗示される。七 門人、坪井杜国。名古屋の米穀商で、町代《ちようだい》も勤めた富裕な町人。この時まだ三十歳前か。一一八頁注一参照。三六、三四、三九～三四などにも、杜国関係の句がある。

251 梅恋ひて卯《う》の花拝む涙哉《かな》　野ざらし紀行

七 杜国《とこく》に贈る

252 白《しら》芥《げ》子《し》に羽《はね》もぐ蝶《てふ》の形見哉　野ざらし紀行

253 思ひ立つ木曾や四《し》月《ぐわつ》の桜狩り　幽蘭集

八 ふたたび桐葉子《とうえふし》がもとにありて、今や東《あづま》に下らんとするに

254 牡《ぼ》丹《たん》蘂《しべ》深く分け出《い》づる蜂の名残り哉　野ざらし紀行

252 美しい白芥子の花にとまっていた蝶が、やがて飛び立とうとして惜別の情に堪えず、われとわが身の羽をもいで形見に残して去る。

夏—白芥子。若い杜国を美しい白芥子に、旅に漂う芭蕉自身を花から花に飛び移る蝶に見立てる。「羽もぐ」に離別の情の切なさをこめた。

253 春の遅い山国で四月の桜狩りでも楽しもうと、こうして木曾路の旅を思い立ったことよ。

夏—四月。熱田で桐葉・東藤らの門人と巻いた連句の発句。桜狩りは三月のもの。それを「四月の桜狩り」といったところにユーモアがある。季節はずれの意。『熱田皺筥《しわばこ》物語』に「翁これより木曾に赴き深川に帰り給ふとて」と前書がある（ただし上五を「思ひ出す」と誤る）。兼好「思ひ立つ木曾の麻衣《あさぎぬ》浅くのみ染めてやむべき袖の色かな」（『名所方角抄』）をふまえた句作り。

八 去冬の長逗留《とうりゅう》に続いて、この時は三月下旬から約二週間桐葉亭に滞在。二二九参照。

254 牡丹蘂の奥深くもぐって甘い蜜を十分に吸った蜂が、やがて名残り惜しげに、その蘂の中をかき分けて這《は》い出てくることとだ。

夏—牡丹。眼前の牡丹に託して桐葉一家の厚遇に謝し、惜別の心を寓した。牡丹は古来群花中第一の花とされ、その優大豊麗な姿から一名「富貴草」ともいう。これで豪家である桐葉邸の風情を暗に匂わした。「蜂」で世話になった芭蕉自身を暗喩。二五二と同類の発想。

ふたたび熱田に草鞋《わらぢ》を解きて、
林氏桐葉子《とうえふし》の家をあるじとせ
しに、また東に思ひ立ちて

牡《ぼ》丹《たん》蘂《しべ》分けて這ひ出《い》づる蜂の余波《なごり》哉《かな》　真蹟懐紙〔熱田皺筥物語〕

一甲《か》斐《ひ》の山中に立ち寄りて

255 行く駒《こま》の麦に慰む宿り哉　野ざらし紀行

甲斐山中

256 山賤《やまがつ》のおとがひ閉づる葎《むぐら》かな　＊続虚栗

八・八・五の破調句。

一　天和三年夏にしばらく逗留した折懇意になった、甲斐《かい》の国谷村《やむら》（一六九参照）あたりの知人宅などをさすのであろう。

255　麦畑の傍らにつないで休ませてある旅の駒が、ここでは誰さまたげる者もなくのんびり穂麦を食べて、いかにも満ち足りた様子である。

夏—麦。宿の亭主の心温まるもてなしに感謝する気持を馬に託して詠んだ挨拶の句。「駒」の語も、古来「甲斐の黒駒」の名で広く知られる名馬の産地、甲斐の土地柄への挨拶ごころをこめて用いた。木曾路から甲州路を経て江戸に向う途中の作。

256　山道で山賤を見かけてものを尋ねたが、黙りこくってものも言わぬ。無理もない、葎が丈高く茂って、男の下あごをふさいでいるのだからな。

夏—葎。草深い山中の景と素朴な山人。「山賤」は木《き》樵《こり》・猟師など。「おとがひ閉づる」は、口を閉じる（沈黙）の意。葎が山賤のおとがい（下あご）の辺まで達して、これをふさぎ、ものを言えぬ意を掛けて、明るく興じた。
◇葎　八重《やえ》葎・金《かな》葎など、原野や道端に自生する雑草。

二卯月《うづき》の末庵《あん》三に帰りて、旅の疲れを
はらすほどに

257 夏衣いまだ虱《しらみ》を取りつくさず

野ざらし紀行

258 雲をりをり人をやすめる月見かな

あつめ句〔真蹟懐紙・孤松〕

四終夜の陰晴、心尽しなりければ

雲をりをり人を休むる月見かな

真蹟懐紙〔春の日〕

五霊岸島《れいがんじま》に住みける人三人《みたり》、更《ふ》けて
わが草の戸に入り来《きた》るを、案内《あない》す

二 旧暦四月。三 江戸深川の芭蕉庵。

257 長い旅の間じゅう旅衣に宿してきた虱もまだ取り尽さず、そのままほうってあることよ。

夏―夏衣。『野ざらし紀行』の巻尾をしめくくる句。長旅を終えたあとの旅疲れのもの憂さと、ほっとしてくつろぐ安らぎの気分が言外に漂う。「虱」は、古来隠逸洒脱《しゃだつ》な人のものとして漢詩などにも登場する。それを意識して用いた。芭蕉の『幻住庵記』（元禄三年）にも「空山《くうざん》に虱を捫《ひね》つて座す」とある。

258 時折雲が出て名月をさえぎり、一心に見とれている人にひと休みさせて、心にゆとりを与えてくれる。

秋―月見。西行「なかなかに時々雲のかかるこそ月をもてなす飾りなりけれ」（『山家集』）をふまえつつ、月を愛《め》でる心の深さを裏側から表現した。

四 一晩中晴れかつ曇って、雲が月見の人のために心を尽してくれたので。

五 芭蕉庵とは隅田《すみだ》川を隔てた向い側で近い。現東京都中央区。

る人にその名を問へば、一各々《おのおの》七郎兵衛となん申し侍《はべ》るを、かの二独酌《どくしやく》の興《きよう》に思ひ寄せて、いささか戯《たはぶ》れとなしたり

259
盃《さかづき》にみつの名を飲む今宵《こよひ》かな

真蹟懐紙
〔俳諧石摺巻物〕

貰《もら》うて喰《くら》ひ、乞うて喰ひ、三やをら飢《かつ》ゑも死なず年の暮れければ

260
目出度《めでた》き人の数にも入《い》らん老《おい》の暮

あつめ句
〔真蹟懐紙一〜二〕

目出度き人の数にも入らん年の暮

其角歳旦帖

一 三人とも同名で、の意。 二 李白の詩「月下独酌《ノ》」(『古文真宝前集』)の「花下《くわか》一壺酒《ノ》、独酌《リクンデ》無《シ》二相親《あひシムモノ》一、挙《ゲテ》レ盃《ヲ》邀《むかフ》二明月《ヲ》一、対《シテ》レ影《ニ》成《なル》二三人《ト》一」をさす(「三人」は自分自身と、地上のわが影と盃中に映ったわが影)。

259 名月の今宵、盃になみなみと酒を注ぎ、李白の「月下ノ独酌」にいう三つの影にあやかって、影ならぬ同じ名の三人を友として飲もう。

秋―月今宵。「盃(さかづき)」に「月」、「みつ」に「満つ」「三つ」を掛けて興じた。またこの「月」と「今宵」とを結んで季語「月今宵」(十五夜の意)とした。

三 やっと飢え死にもせず。

260 さてさて自分もこれでどうやら、仕合せ者の数に入ることになろう。老いの坂を越えて、こうして無事に年の暮を迎えるのは。

冬―年の暮。俳諧の文学的純粋を志して点者(作品に評点を加え、点料で生計を立てる人)稼業を廃し、収入源を断った芭蕉の物質生活は門人の喜捨のみで支えられた。前書の「貰うて喰ひ…」は誇張でない。それを「目出度き」という裏に苦いアイロニーがある。「老」は四十歳初老の観念による。当時芭蕉は四十二歳。

261 幾たびとなく霜にあっても気概堅固に緑の色を変えぬ松、これを芭蕉庵の松飾りとして、自分もその気概に習ってきびしくこの年を送りたい。

春―松飾り。歳旦句。年頭の決意を色変えぬ緑の松の松飾りに託した。「幾霜」は、長い歳月、霜雪を凌《しの》ぐ意。「心ばせを」は「心ばせ」(気骨ある心の働き)に

「芭蕉《ばせを》」を掛けた。『古今集』物名《もののな》「いささめに時まつ間にぞ日は経ぬる心ばせをば人に見えつつ」（傍点部に笹・松・枇杷《びわ》・芭蕉を詠み込む）をふまえるか。

262 荒れた早春の古畑を、変哲もない男どもが七種《ななくさ》の薺《なずな》を摘みながら、どやどやと通ってゆく。
春―薺摘み。早春の野の薺摘みには艶な婦女子のイメージが伴うが、無造作に摘んでゆく男どものさまに庶民の薺摘みのリアリティーを見た。新しい俳諧的視点。「古畑」が効果的に働く。薺は正月七日の七種粥《ななくさがゆ》に入れる。春の七種のうち最も主たる草。

263 ふだんは気にも止めぬ垣根の根元に、よく見ると、薺の花が目立たずひっそりと咲いている。
春―薺の花。薺は別名ペンペン草・三味線草。春たけるころ白く小さい花（直径約三ミリ）を咲かせるが、貧相で人に見向きもされない。それでも季節がくれば命の花を咲かせることに、自然の生命の不思議を見て感動した作。「よく見れば」に花の姿態が言いこめられ、自然の隠微な営みを凝視する観照態度が出る。

264 春の野に生え出たつくづくしは、坊主頭で節ごとに小さな袴を着けた感じだが、あれは真福田丸が例の袴を着て現れたものなのかなあ。
春―つくづくし。可憐《かれん》な土筆《つくし》の姿態から伝説の真福田丸のイメージを呼び起した明るいユーモア句。行基菩薩《ぎょうきぼさつ》の前世は和泉《いずみ》の国 某《なにがし》の娘で、幼時、その家に召使う下童《しもわらわ》の真福田丸が仏道に入ろうとするのに感動し、袴を縫って着せてやったという（『今昔物語』巻一一）。

貞享二年　四十二歳

261 幾《いく》霜《しも》に心ばせをの松飾り　あつめ句〔其角歳旦帖〕

262 古畑やなづな摘みゆく男ども　*あつめ句〔柱暦〕

263 よく見れば薺《なづな》花咲く垣根かな　続虚栗

264 真《ま》福《ふく》田《だ》が袴《はかま》よそふかつくづくし　花声集

265 煩《わづら》へば餅をも喰《く》はず桃の花

*夜話ぐるひ

265 桃の花咲く三月だというのに、病んで雛祭《ひなまつり》の草餅も食わず、けだるい思いで臥《ふ》せっている。

春―桃の花。「桃の花」に春愁が漂う。「餅」は『日用食性和解大全』(元禄十一年)に「糯《もちごめ》の性、粘滞にして化し難し。小児・病人にもつとも忌むべし」とある。

266 観音のいらか見やりつ花の雲

末若葉〔真蹟懐紙〕

266 はるかに遠く浅草観音の方角に目をやると、遠近一面、雲と見まがうばかり桜が咲き連なり、その中に観音の大屋根だけが黒く小さく眺められる。

春―花の雲。深川の芭蕉庵から浅草寺《せんそうじ》方面を遠望。「花の雲」は、一面の桜を雲に見立てる古来の表現法。『末若葉《うらわかば》』にこの句は二四の前年の春の吟で、病後の眺望と伝え、「一聯二句の格」をなすものと記す。

三月二十日即興

267 花咲きて七日鶴見る麓《ふもと》哉《かな》

誹諧一橋〔あつめ句・真蹟懐紙一〜二・扇面〕

267 山の麓の庭園はいま桜の真盛り。花間には鶴が舞い遊びいかにも豪華な眺めだ。「花七日」というが、この眺めを七日も楽しめるのは素晴らしい。

春―花。尾花沢の豪商、鈴木清風の江戸の仮寓における歌仙の発句。挨拶の心で気品高い鶴を清風に見立てつつ庭園の景観を賞した。「花七日」は桜の花盛りの短さをいう諺《ことわざ》。ここは十分楽しめる期間とした。

隣庵の僧宗波《そうは》一、旅に赴《おもむ》かれけるを

268 古巣ただあはれなるべき隣かな

あつめ句〔続深川集〕

一 黄檗《おうばく》派の禅僧。芭蕉庵と同じ長屋(六一頁注七参照)に住み親交があった。この時は上京修行の旅。

268 人気《ひとけ》の消えたお隣は、鳥の立った古巣のように、ただもう限りなく寂しくなりましょう。

春―古巣。「古巣」は長く住みなれた家。その人の体の温《ぬく》もりも伝わり、懐かしみもこもる巧みな比喩《ひゆ》。

二 親交のあった禅僧らしいが、伝不詳。

269
二 坦堂《たんだう》和尚を悼《いた》み奉る
地に倒れ根に寄り花の別れかな
花声集

和尚は土に帰った。散る花を惜しんで地に倒れ根本に身をすり寄せて泣くような悲しみだ。

春―花。諺「花は根に帰る」（物はみなもとに帰る）をふまえ、和尚を花になぞらえて悲嘆の意を寓した。

270
古池や蛙《かはづ》飛びこむ水の音
蛙合
［あつめ句・真蹟懐紙一〜三・短冊一〜三・自画賛一〜二・句切］

春日遅々《しゅんじつちち》たる春の昼下がり。水の淀《よど》んだ古池は森閑と静まり返っている。と、一瞬、ポチャッと蛙の飛びこむ水音がして、あとは再びもとの静寂。

春―蛙。淡々とした表現の中に閑寂枯淡の情趣が深い。『古今集』序「花に鳴く鶯《うぐひす》、水に住む蛙の声を聞けば…」を代表格として、伝統和歌では専ら「鳴く蛙」を扱ったが、伝統にない「飛ぶ蛙」の水音を詩化したところに俳諧美の発見がある。『蛙合《かわずあわせ》』はこの句に感じた門人たちが新趣向を探った蛙の句を持ち寄って芭蕉庵で催した句合《くあわせ》集。「古池」は芭蕉庵の傍らの池。

271
東《ひがし》西《にし》あはれさひとつ秋の風
真蹟懐紙

住む所は東と西に遠く隔たっても、秋風のあわれ深さはどこも同じことであるよ。

秋―秋風。去来（四三四参照）がこの八月下旬、妹千子《ちね》と伊勢参宮した折の『伊勢紀行』に芭蕉が与えた跋文《ばつぶん》に添えた句。志す風雅の道は同じ、の意を寓した。

272
名月や池をめぐりて夜もすがら
あつめ句
［孤松］

名月に誘われ、月影の宿る池の回りをただ忘我の境地で、独り黙然といつまでも歩き続ける。

秋―名月。其角編『雑談集《ぞうたんしゅう》』によると、其角ら数名の門人が芭蕉庵に会して草庵の月見をした折の作。句境自体は、孤影、月下の池辺を逍遥《しょうよう》する物思う風雅人の趣き。「夜もすがら」は一晩中の意だが、時の経過を忘れる忘我の心を現す。「池」は芭蕉庵の傍らの池。

273
座頭かと人に見られて月見哉《かな》
*木がらし

274
ものひとつ我が世は軽《かろ》き瓢《ひさご》哉
あつめ句

ものひとつ瓢は軽《かろ》き我が世かな
随斎諧話

275
あるところに旅立ちて、舟の中に
一夜《ひとよ》を明かし、[一]下弦の月のあはれ
なる暁、[二]篷《とま》より頭《かしら》出《い》だして
明けゆくや二《に》十《じふ》七《しち》夜《や》も三《み》日《か》の月
*真蹟自画賛［あつめ句・孤松］

273　月見の衆から離れ、人々から、あれは座頭かと見られながら、明月を前に独りぽつねんと瞑想《めいそう》に耽《ふけ》っている。

秋―月見。盲人の座頭に月見はできないが、芭蕉自身剃髪《ていはつ》姿で座頭に似ているので、人々に座頭かと見られて軽く興じたもの。

274　乏しい草庵の中で調度めいた物といえば、瓢が一つあるばかり。何物も持たぬわが境涯の軽さは、その軽々とした瓢にまことによく似ている。

秋―瓢。清貧と自足の境地に安んずる心境。『随斎諧話』には長い前文（省略）があり、山口素堂から「瓢《ひさご》之銘《のめい》」を贈られてこの瓢に「四山《しざん》」と名づけ、草庵の米櫃《こめびつ》にした経緯を記す。一六六所出の「四山の瓢」で米五升ほど入る。門人北鯤《ほっこん》（一八四参照）の贈物。

一 旧暦二十二、三日ごろ以後の、暁方まで空に残る月。左半円形から日ましに弓形に細る。上弦（右半円形）の三日月は、形は二十七夜月と相似形だが宵の間に消える。二 菅《すげ》や茅《かや》を菰《こも》状に編み、和船の上部や小屋などを覆うもの。

275　ほのぼのと白みかけた二十七夜の空に、淡く残る繊月《せんげつ》のあわれ深さ。だが、その形も趣きもあまりに宵の三日月に似て、おや、二十七夜も三日月が出てるよと、勘違いしてしまいそう。

秋―三日の月。軽くユーモラスな句。見立ての発想だが、二十七夜の有明月《ありあけ》（明け方まで空に残っている月）の情緒はよく捉《とら》えている。芭蕉自身も好んだ句らしく、この前後の自信作を集めた『あつめ句』(貞享四年秋自筆)にも加えた。
三 手入れせず荒れた庭。真蹟短冊には「荒園」と前書。『孤松』には「霜の後葎《むぐら》を訪ひて」と前書。

276 千草《ちぐさ》の花がみな霜枯れて荒れすさんだ庭に、草が種をこぼしているのが何とももののあわれだ。
秋―枯草。「あはれをこぼす」は、草の種がこぼれ落ちているものあわれさを強調した表現。「あはれ」には種の小ささ、春になって蘇生《そせい》するための人知れぬ営みが準備されている自然の生命力への感動がこもる。
四 伝不詳。五 出典に「涌」とあるが「酒」の誤記と認める。

277 私は水が冷たくて安らかに眠れないでいた隅田《すみだ》川の鷗です。幸いの酒をいただいて今度はぐっすり眠れるでしょう。
冬―寒し。酒をもらった折から、寒夜の隅田川に鳴く鷗の声を聞き、寒さに寝入りかねていた自分を鷗になぞらえて和尚の厚意に謝した即興句。見立てのユーモアがきいている。

278 厳しい寒気が身を刺して床の中で寝覚めている冬の夜ふけ、台所の水瓶の水も氷ってか、瓶のひび割れる音が耳に響く。
冬―氷。寂寥《せきりよう》が身にせまる冬夜の感。水が氷り、膨脹《ぼうちよう》して瓶が割れる。「夜の氷」「氷の寝覚め」と、「氷」が二重に働いて句勢にアクセントをつける。「氷の寝覚め」は、氷りつくような寒気に目が覚めた、の意。

三古《こ》園《えん》

276 花みな枯れてあはれをこぼす草の種

*あつめ句〔真蹟短冊・孤松〕

四元起《げんき》和尚より酒五を賜はりける返しに奉りける

277 水寒く寝入りかねたる鷗《かもめ》かな

*あつめ句

寒夜

278 瓶《かめ》割るる夜《よる》の氷の寝覚め哉

*真蹟懐紙〔蕉翁句集〕

我が草の戸の初雪見んと、余所《よそ》に

ありても空だに曇り侍《はべ》れば急ぎ帰ることあまたたびなりけるに、師《し》走中《はすなか》の八日、はじめて雪降りけるよろこび

279 初雪や幸ひ庵《あん》にまかりある

あつめ句
〔続虚栗〕

280 初雪や水仙の葉のたわむまで

あつめ句
*〔真蹟懐紙・色紙・自画賛〕

深川雪夜《ゆきのよ》

281 酒飲めばいとど寝られね夜の雪

*俳諧勧進牒

一 何度もあったが。二 十二月十八日。陽暦では一六八七年一月三十一日にあたる。遅い初雪。

279 待ちに待った初雪の日に、幸いにも自分の草庵に居合せたことでござるよ。

冬―初雪。大の男が自宅の庭の初雪を見たいばかりに、外出中でも空が曇れば走り帰る――そんな風狂人の心象風景。「まかりある」は「居る」の謙譲語。連体止め。改まった口調が大げさで、むしろユーモラスに興じている態度を表す。風狂の意識的表現。

280 初雪が、水仙の葉をわずかにたわませるくらいに、まことに程よく降ってくれたことよ。

冬―初雪・水仙。水仙の葉は厚みがあってすらりとした線形。「たわむまで」には、初雪が期待する分量まで降ってくれたと喜ぶ心の動きが微妙にこもる。厚葉が倒れ伏すほどでもない雪の重みを支えて均衡状態を保っている水仙の姿態に、ほどよい初雪のイメージを匂わした。白一色の庭の面に水仙の葉の緑が印象的。自画賛には白い花も描かれている。

281 酒を飲んで心の憂さを紛らそうとすると、かえってさまざまな想念が心の奥に入り乱れて、いよいよ眠れなくなる。この寂しい雪の夜は。

冬―雪。感受性の烈しい芭蕉の心の自画像。『本朝文鑑』には「閑居の箴《しん》」と題する前文があり、孤独を愛しながら時おり無性に友恋しさに襲われる自己矛盾を自問自答している。「寝られね」の「ね」は打消し「ず」の已然形で、上に「こそ」の省略された変則的係結び。

強調作用のある「いとど」が「こそ」の代理をした。 三 本名、岩波庄右衛門正字《まさたか》。通称、河合惣五郎。貞享初年芭蕉に入門、深川に住む。当年三十八歳。 四 『錦《きん》繡段《しゆうだん》』元唐卿「雪夜訪フレ僧ヲ」詩中の「童子敲《たたき》キレ氷ヲ夜煮ルレ茶ヲ」を踏む。 五 友情強固なこと。断金《だんきん》の交わり。

282 よくおいでなされた。炉の火を焚いて茶でも煮ながら温まり給え。私はよい物を作ってお目にかけよう。庭の雪で雪まるげでも作ってさ。

冬—雪まるげ。純真無垢《むく》の子供心にも等しい親愛感が雪まるげという児戯に色濃く表れる。風狂の心。「雪まるげ」は雪をころがして丸く大きな塊にしたもの。

283 しろじろと冷たく冴えてすさまじくさえある師走の月は、かの強直潔白な子路が、夜半寝覚めて見るのにふさわしい感がある。

冬—師走。月の白から同音の子路を連想して興じた気分もある。子路は孔子の弟子。純情潔白、直情径行型の強直者。衛《えい》国に仕えて内乱が起った時敵人と戦い、冠の纓《えい》（ひも）を切られると、「君子は死して冠を脱がず」と言って、纓を結ぶ間に殺された。

284 草庵の一人暮しで正月用品など買い整えることもないが、ふと年の市に出て何か買ってみようかな、と思う。買うとすれば線香くらいかな。

冬—年の市。人並みに歳末の情緒に心ひかれる隠者芭蕉の心の動き。「年の市」は歳末に、正月の飾り物その他種々の物を売るために立つ市。線香は当時まだ一般に仏前用には用いず、香を聞くための料とされた。

三 曾良《そら》何某《なにがし》はこのあたり近く仮りに居《きよ》を占めて、朝な夕なに訪《と》ひつ、訪はる。われ食ひ物いとなむ時は柴折りくぶる助けとなり、四 茶を煮る夜《よる》は来《きた》りて氷をたたく。性、隠閑を好む人にて、五 交《まじは》り金《こがね》を断つ。

ある夜、雪を訪はれて

282 君火を焚《た》けよきもの見せん雪まるげ　花膾〔真蹟色紙〕

283 月白き師《し》走《はす》は子《し》路《ろ》が寝覚め哉《かな》　＊孤松

284 年《とし》の市《いち》線香買ひに出《い》でばやな　＊続虚栗

285 月《つき》雪《ゆき》とのさばりけらし年の暮

あつめ句
［真蹟短冊・続虚栗］

285　省みればこの一年、月よ雪よと風雅三昧《ざんまい》に浮かれて、なんと勝手気ままに暮してきたことか。歳末、生業《なりわい》に追われる世上の人の厳しい現実をみると、ことさらにその思いを深くすることだ。

冬―年の暮。隠者を自認しつつも現実の凝視を怠らなかった芭蕉の生活態度の現れた心境句。「のさばる」は、横柄《おうへい》な態度でふるまう意だが、その語感には、無為徒食の隠者生活を、辛苦してつましく生きる世人に対比し反省する心のニュアンスがある。
◇けらし　詠嘆の「けり」と同義の近世文語。

貞享四年　四十四歳

286 誰《たれ》やらがかたちに似たり今朝の春

真蹟短冊
［続虚栗］

286　珍しく正月小袖なぞ着こんでみると、我ながらどこかの誰かさんの姿に似ている気がする。

春―今朝の春。歳旦句。蝶夢編『芭蕉翁発句集』に「嵐雪が贈りたる正月小袖を着たれば」と前書する。どこか改まっている自分に、いつもとは違った別人のような軽い錯覚を覚え、照れくささと晴れがましさの交錯する心理を、淡々とユーモラスに描く。
◇今朝の春　元旦を寿ぐ新年（春）の季語。

287 牡蠣《かき》よりは海苔《のり》をば老《おい》の売りもせで

老《らう》一慵《よう》

＊続虚栗

一　老いの物憂さ。

287　年老いた牡蠣売りが重い荷をかついで売り歩いているが、あの年ではもっと手軽く、仏の法《のり》にも通ずる海苔でも商えばいいのに。ああして苦しい生業《なりわい》を続けていることよ。

春―牡蠣。芭蕉自身の内部に兆す老慵を老牡蠣売りに感情移入した。深川沖は牡蠣の名産地だった（『続江戸砂子』）。『去来抄』に、「〈蛤《はまぐり》よりは牡蠣を売れかし〉

といふ西行の歌を取りて、〈牡蠣よりは海苔をば老の売りもせで〉と先師（芭蕉）の作あり。本歌は、同じ生物《いきもの》を売るとも牡蠣を売れ、牡蠣は看経《かんきん》（読経）の二字に叶《かな》ふ、といふを、先師は生物を売らんより海苔を売れ、海苔は法《のり》にかなふと、一段すり上げて作り給ふなり。〈老〉の字力あり」と説く。西行の歌とは「同じくは牡蠣をぞ刺して乾しもすべき蛤よりは名も便りあり」（『山家集』）、蛤を串《くし》に刺して売っていたのを見て、どうせ串に刺すなら蛤（栗）より牡蠣（柿《かき》・串柿）のほうが「看経」（読経）に縁があってよいと洒落《しやれ》た作をさす。

288 里の牧童らよ。牛を追う鞭にしようとてんでに梅花の枝を折り取ってゆくが、せめて少しは残しておいてほしいものだな。

春―梅。梅を惜しむ心があるが、村童らが無邪気に梅の枝を折り取ってゆくさまに農村的野趣を感じとっての作。「梅の鞭」には風流人士の趣きがあるが、村童は無意識のうちにどこかに風流心をひそませている。

二 下僕。三 じっと留守番をしていた。四 いかにも亭主然としている、これを亭主代りに眺めよう、の意。五 隣の垣根です、の意。

289 亭主の留守に訪ねてがっかりし、せめて亭主の代りに垣根の梅を眺めようとすると、その梅さえ隣の垣根の梅だとは。ほんとについていないなあ。

春―梅。二度も期待の外れた口惜しさを静かなユーモアに包みこんだ作。

288
里の子よ梅折り残せ牛の鞭《むち》

＊あつめ句〔真蹟短冊〕

里《さとの》梅《うめ》

ある人の隠れ家《が》を訪ね侍《はべ》るに、あるじは寺に詣《まう》でけるよしにて、年老いたる[二]男《をのこ》ひとり庵を[三]守り居《ゐ》暮しける。垣穂に梅盛りなりければ、「これなん[四]あるじ顔なり」と言ひけるを、かの男、「[五]余所《よそ》の垣穂にて候《さぶら》ふ」と言ふを聞きて

289
留守《るす》に来て梅さへよその垣穂《かきほ》かな

＊あつめ句

290
忘るなよ藪《やぶ》の中《なか》なる梅の花　＊初蟬

一年《ひととせ》[一]都の空に旅寝せしころ、道にて行脚《あんぎや》の僧に知る人になり侍《はべ》るに、この春みちのおく[二]見に行くとて、わが草庵を訪《と》ひければ

またも訪へ藪の中なる梅の花　あつめ句

291
花に遊ぶ虻《あぶ》な喰《くら》ひそ友《とも》雀《すずめ》　続の原

物皆自得《ものみなじとく》[三]

290　荒れた藪の中にひっそりと咲く梅の花だが、どうか忘れずに、また訪ねてほしい。

春―梅の花。芭蕉自身の謙退の心持を藪の中の梅花に託して詠んだ餞別《せんべつ》句。「またも訪へ…」は初案。やや直叙的に過ぎるので、上五を「忘るなよ」と改案した。一　ある年、先年、の意。二　みちのく。奥羽地方。

291　無心で花に遊んでいる虻を食ったりするではないよ。雀たちよ、お前たちも虻と同じ仲間なのだから。

春―花。「物皆自得」の自然観で虻と雀を見つめている。「友雀」は群れ集まっている雀の仲間の意。これに、虻とも友なる雀、の意を持たせた。三　生き物は皆それぞれに天から与えられた性に従って楽しんで生きている、の意。万物は人知をはるかに超えた宇宙意志（道の本体）の具現したもので、従って万物は一如《いちによ》、その間に価値の差別はないとする荘子哲学から出た自然観。漢詩にも「自得ノ楽シミ」など頻出《ひんしゆつ》するが、ここは程明道「秋日偶成《ぐうせい》」詩の「万物静観《スレバ》皆自得」による。貞享四年作「蓑虫説跋」にも「静かにみれば物皆自得す、といへり」とあり、当時の芭蕉にはこの観点が強い。二九五参照。

292 今を盛りと咲きほこる山桜の向うには、高い樹の上に仕懸けられた鸛の鳥の巣も目につく。いかにも塵境《じんきょう》を脱した、静かな山峡の趣きが深い。

春―花。山峡の一春景。花と同時に葉が出る桜は山桜。鸛は喬木《きょうぼく》の高い枝に巣を作る。

293 高く聳《そび》える樹の枝に鸛の鳥が巣を営む、この森閑とした山家のあたりは、山の嵐も吹き至らず、桜が静かに咲き匂っている。

春―桜。山家の亭主への挨拶を含む。前句の別案もしくは改案か。

294 遠く雲と見紛《みまが》う絢爛《けんらん》たる桜の花の中から鐘の音がかすかに響いて、朧《おぼ》ろな花の上をたゆたい、けだるそうに春の空に消えてゆく。あれは上野の寛永寺の鐘か、浅草の浅草寺《せんそうじ》の鐘か。

春―花の雲。深川の草庵から遠望した駘蕩《たいとう》たる春の情景。「上野か浅草か」の「か」は軽い疑問に詠嘆を含み、それと定めがたい鐘の音にのどかな春の気分を盛った。去来によると「鐘隔《ヘダテテ》㆓寒雲《ヲ》㆒声到《ルコト》遅《シ》」の詩句を思い寄せた作（浪化宛去来書簡）。二六六参照。

295 永い春の日、天空高く舞い上がり舞い下って、朝から晩まで一日中囀《さえず》り続け、それでもまだ囀り足らぬかのように、雲雀《ひばり》は小さな体でよくも根かぎり囀り続けることよ。

春―雲雀。雲雀の天性を捉え、同時に「自得」（前頁注三参照）の境地を深く見つめている作品。うららかな春の気分。

292 鸛《こふ》の巣も見らるる花の葉越し哉《かな》
＊続虚栗

山家《やまが》

293 鸛の巣に嵐《あらし》の外《ほか》の桜哉
＊焦尾琴

草庵

294 花の雲鐘は上野か浅草か
続虚栗〔あつめ句・真蹟懐紙一～二・短冊一～三・扇面〕

295 永き日も囀《さへづ》り足らぬひばり哉
あつめ句＊〔真蹟懐紙・続虚栗〕

296
原中《はらなか》やものにもつかず啼《な》く雲雀《ひばり》

草も木も離れ切つたるひばりかな

あつめ句
*〔真蹟短冊一〜二・続虚栗〕

泊船集書入

297
この御寺の縁起、人の語るを聞き侍《はべ》りて

笠寺や漏らぬ岩屋も春の雨

寂照宛真蹟書簡
〔俳諧千鳥掛〕

298
ほととぎす鳴く鳴く飛ぶぞ忙《いそが》はし

あつめ句
*〔真蹟懐紙・句兄弟〕

296　果てしなく広い春の野から雲雀が高く高く舞い上がり、すがる物もない無窮の天空で、すべてを離れ切ってただ無心に囀《さえず》っている。

春―雲雀。前句と同日、深川での吟。西行の「雲雀立つ荒野《あらの》に生《お》ふる姫百合の何につくともなき心かな」を踏み、無心に囀る揚《あげ》雲雀に、『荘子』逍遥遊篇の世界にも繋《つな》がる天性の自由の境地を見た。

297　「漏らぬ岩屋」ともいうべき笠寺の堂宇も、今はしとしとと降る春雨に煙っている。

春―春の雨。下里知足の依頼で送った笠寺奉納の句。寺の縁起・古歌を踏み、「笠」「漏る」「雨」の縁語仕立て。「笠寺」は名古屋市笠寺町、真言宗天林山笠覆《りゅうふく》寺《じ》の通称。本尊十一面観音が笠を被っているので有名。中古、堂宇頽廃《たいはい》して本尊が雨ざらしになっていた時、一人の貧女が笠で覆ったところ、女は果報を得て出世し、立派な堂宇を寄進したという（『笠寺縁起』）。「漏らぬ岩屋」は行尊の「草の庵を何露けしと思ひけん洩らぬ岩屋も袖はぬれけり」（『金葉集』）による。

298　時鳥《ほととぎす》が鋭く絶叫するような声で連続的に鳴きながら飛び去る。そのさまの何と忙しげなこと。

夏―時鳥。和歌連歌では、例えば「時鳥はかしましきほど鳴き候へども、稀に聞き、珍しく鳴き、待ち兼ぬるやうに詠み習はし候」（『連歌至宝抄』）という。その伝統的発想を捨て、「忙はし」と突き放して時鳥の本性を直叙し、俳諧独自の新境地を試みた作。

一　貞享四年四月八日に没した其角《きかく》の母、妙務尼《みょうむに》（五十七歳）の五七日追善の俳諧の会で、の意。

299　夏の心をすがすがしくするはずの白い可憐な卯の花も、優《やさ》しい母のいなくなったこの家では、ぞっとするほど物寂しく目に映ることだ。

夏―卯の花。垣根などに咲く眼前の卯の花を巧みに生かした。「冷じ」の語が効果的。

300　五月雨の降り続く寂しい夜更け、裏背戸の水桶の箍《たが》が、パシッと音を立てて切れた。

夏―五月雨。うっとうしい雨夜の寂寥《せきりょう》感。桶の木が長い間の水びたしで膨脹《ぼうちょう》して竹の輪が切れるのである。

301　連日陰鬱《いんうつ》な梅雨に降りこめられ、物憂さに頭髪も延びほうだいのまま、青ざめた顔で薄暗い草庵に閉じこもっている。

夏―五月雨。芭蕉自身の自画像。ふだんは剃髪《ていはつ》して坊主頭だった。五月雨の季節の陰鬱感を形象化した。

302　降り続く五月雨で今ごろは琵琶湖《びわこ》の水も増し、珍しい鳰の浮巣が浮き上がって見えるはずだ。さあこの雨を衝《つ》いて、その浮巣を見に行こう。

夏―五月雨。芭蕉自ら、句の面に俳諧の詞（通俗語など）はないが、五月雨の中をわざわざ浮巣を見に行くという酔狂・風狂の心自体に俳諧性があると言った（『三冊子』）。「鳰」は、かいつぶり。夏、葦《あし》・菰《こも》などの茂る湖沼の水面に水草を集めて巣を作る。巣は水面に浮んだまま、水の増減につれて上下動する仕掛け。鳰の浮巣は古来琵琶湖が最も有名。『笈日記』には「露沾《ろせん》公に申し侍る」と前書。

五《ご》七《しち》の日、追善《ついぜん》の会《くわい》

299
卯《う》の花も母なき宿《やど》ぞ冷《すさま》じき

続虚栗

梅雨

300
五月《さみ》雨《だれ》や桶《をけ》の輪切るる夜《よる》の声

＊真蹟懐紙〔誹林一字幽蘭集〕

貧主自《みづか》らを言ふ

301
髪生《は》えて容顔青し五月《さつき》雨《あめ》

真蹟懐紙
＊〔あつめ句・続虚栗〕

302
五月雨に鳰《にほ》の浮巣《うきす》を見にゆかん

あつめ句
＊〔真蹟懐紙・笈日記〕

303
鰹《かつを》売りいかなる人を酔はすらん

＊いつを昔

門人杉風子《さんぷうし》、夏の料《れう》とて帷子《かたびら》を調《てう》じ送りけるに

304
いでや我《われ》よき布《ぬの》着たり蟬《せみ》衣《ごろも》

＊あつめ句

納《だふ》涼《りやう》

305
酔うて寝ん撫子《なでしこ》咲ける石の上

真蹟短冊
＊「あつめ句・蕉翁句集」

303　鰹売りが威勢のよい売り声を上げて通るが、あの鰹でどんな人々を酔わすつもりだろう。

夏―鰹。江戸市民は初鰹を初夏一番の美味として競って買う風があり、値も高い。そんな初鰹を貧しい自分らには縁のないものとして、半ば羨望《せんぼう》の心で眺めつつ、鰹の毒に当る（悪酔に似た現象）意の「酔う」と、美味に「酔う」との両意をきかせたユーモアある作。

一　江戸小田原町の魚商で、幕府諸侯の魚御用も勤めた富商、杉山市兵衛の号。芭蕉最古参の門人。経済的庇護《ひご》者でもあった。　二　麻などで作る夏の単物《ひとえもの》。

304　さあ自分は素晴らしい着物を着たぞ。薄く透けて蟬の羽のような、この涼しい帷子を。

夏―蟬衣。悦びの心を句のリズムに映し、ユーモアの中に親愛感をこめた感謝の挨拶句。「蟬衣」は、紗絽《しやろ》など薄く透けて見える夏向きの衣を蟬の羽に譬《たと》える語。

305　河原に夕涼みしていると、うす闇の中にピンク色の可憐な撫子《なでしこ》がほのかに咲き乱れている。ああ、酔うてこの撫子の傍らに寝てみたい。ままよ河原の石の上なりとも。

夏―撫子。「酔うて寝ん」は「石の上」に掛る。なでしこは河原撫子の異名があるように、河原に多く咲く。その浪漫的な美しさに陶然とした気分を形象化した。

三　住んでいた人がどこかに居を移して。　四　雑草の一種。家の荒れたさまにも言う。

306
住三みける人外《ほか》に隠れて、葎《むぐら》四生ひ繁る古跡《ふるあと》を訪《と》ひて
瓜《うり》作る君があれなと夕涼み
＊あつめ句〔真蹟懐紙・芭蕉句選拾遺〕

306　瓜作りが自慢で、瓜を作って静かに暮していた君が、いまここにいてくれたらなあと思いながら、いつまでも坐って夕涼みしたことよ。

夏―夕涼み・瓜。隠逸の旧友を偲《しの》ぶ。古典的声調の中に旧友へのほのぼのとした思慕の情が漂う。西行「松が根の岩田の岸の夕涼み君があれなと思ほゆるかな」（『山家集』）をふまえた。「夕涼み」の措辞に、夕闇せまるまで懐旧の情に浸っていた時間の推移がこもる。

307
さざれ蟹《がに》足這《は》ひのぼる清水哉《かな》
＊続虚栗

307　道端の冷たい清水に足を浸して休んでいると、小さな沢蟹が無心で足を這い上ってくる。

夏―清水。
◇さざれ蟹　淡水種で甲幅二センチ前後になる沢蟹。

308
寄《よス》二五李下《りか》ニ一
稲妻を手にとる闇の紙燭《しそく》哉
＊続虚栗

五　江戸の門人。一四一参照。

308　お前は闇の中で紙燭を灯《とも》して手に持ちながら、まるで夜空に走る稲妻の閃光《せんこう》を手に取っているかのように見せかける。

秋―稲妻。『三冊子』に「この句、師の曰く〈門人この道にあやしき所を得たる者に言ひて遣す句なり〉と」とある。李下の機才縦横な句作ぶりを諷喩《ふうゆ》まじりにほめたもの。「紙燭」は小型の手燭。一四六参照。

309
嵐雪《らんせつ》六が描きしに、賛《さん》望みければ
朝顔は下手《へた》の書くさへあはれなり
＊いつを昔

六　服部嵐雪。杉風・其角とともに江戸蕉門最古参の門人。小身だが武士で、転々として諸侯に仕えた。

309　朝顔の花は、下手が描いてさえもあわれさがにじみ出す。それほどあわれ深い花だ。

秋―朝顔。中七で朝顔の本情を間接的に強調。同時に嵐雪への温かい親愛感を逆説的なユーモアで表す。

310　原一面に乱れ咲く萩の花よ。あの恐ろしい山犬を一夜なりともお前の下で寝《やす》ませてみよ。そのやさしく可憐《かれん》な美しさに化せられて、山犬もきっと心なごみ、おとなしくなることだろう。

秋―萩原。萩を賞美。鹿島詣《かしまもうで》の途中、北総（千葉県北部地方）の原野での印象。「恐ろしき猪《ゐのしし》も臥《ふ》す猪《ゐ》の床《とこ》といへばやさしくなりぬ」（『徒然草』）という古典的世界を背景にして、新しい俳諧的把握《はあく》を試みた作。

311　稲刈りが始まって、まだ半ばは刈り残しもある田面《たのも》に鶴が降り立ち、人を恐れる気配もなく餌をあさっている。いかにものどかな農村の秋。

秋―秋・田を刈る。

312　稲摺り作業に使われる農家の子も、ふと忙しい手を休めて、冴《さ》えわたる月を眺める。

秋―月・稲摺り。村の子の何気ない動作に、巧まざる風流心の現れを見た。

◇稲摺り　籾《もみ》すり。籾を磨臼《すりうす》にかけて皮を除く作業。

313　里近い焼畑には芋の葉がよく育って、豊かな収穫が目に見えるようだ。名月にこの芋を売り出そうとする里人らも、さぞ収穫が楽しみであろう。

秋―芋の葉・月。鹿島詣の途中、北総の原野での嘱目であろう。仲秋の名月は「芋名月《いもめいげつ》」ともいって必ず里芋を煮て食うのが習慣。「月待つ」ことは普通は風流の心だが、句は、収穫した芋を都会地に売り出すのに名月を待つと転じて、農民の生活に焦点を当てた。

◇芋　里芋のこと。◇焼畑　山野の草木を焼き払って

310
萩《はぎ》原《はら》や一《ひと》夜《よ》は宿せ山の犬　鹿島詣

狼《おほかみ》も一夜は宿せ萩がもと　泊船集

田《でん》家《か》

311
刈りかけし田《た》面《づら》の鶴《つる》や里の秋　鹿島詣

312
賤《しづ》の子や稲摺《す》りかけて月を見る　鹿島詣

開拓した畑。原始的農耕法の一つで、多くは蕎麦《そば》・豆類を植えるが、里芋もその一つ。

314　雨あがりの空に雲の流れが速く、雲間の月は走るように見える。地上の樹々の梢はまだ雨滴を含んで、時おり月光にきらめく。

秋—月。八月十五日、常陸《ひたち》鹿島山に月見に赴き、年来の参禅の師仏頂和尚（鹿島根本《こんぽん》寺の前住職）を山麓の隠居寺に訪ねて泊った夜の吟。『鹿島詣』によれば当夜は雨で暁方に晴れ、和尚に起されて月見をした。

◆真蹟色紙には「山家雨後月」と前書する。

315　寺に泊って清浄厳粛な空気に薫化され、いつになく敬虔《けいけん》な顔つきで月見をしている自分だ。

秋—月見。前句と同夜の吟。自分を外側から少し興ずる気持で眺める。そこに軽い俳諧的ユーモアが漂う。「まこと顔」は、ここは仏道の誠に入ったような真顔。

316　この松は遠い神代の昔に実生えしたのか。そんな思いを懐《いだ》かせるほど境内の秋は尊厳である。

秋—秋。鹿島大神宮の神前での吟。「松」は鹿島七不思議の一つといわれる境内名物「根あがりの松」。その実生えの時期を神代の昔かと思いやり、太古以来の歴史を持つ大神宮の尊厳を讃《たた》えた。「神の秋」は神社の秋の意だが、「代や神」で神代の意を示す。

◇実生え　接木・移植によらず、種子から芽生えて生長した草木。

一　閑寂の中でじっと耳をすまし、音なき音に聞き入る意。閑寂の極致を愛する心。

313　芋《いも》の葉や月待つ里の焼《やき》畑《ばたけ》　　鹿島詣

314　月はやし梢《こずゑ》は雨を持ちながら　　鹿島詣［真蹟色紙］

315　寺に寝てまこと顔なる月見哉《かな》　　鹿島詣

神前

316　この松の実《み》生《ば》えせし代や神の秋　　鹿島詣

[一]聴《ちやう》閑《かん》

317 蓑虫《みのむし》の音《ね》を聞きに来《こ》よ草の庵《いほ》

続虚栗
［あつめ句・真蹟自画賛一〜二・画賛・懐紙］

317 秋深く寂しさの極まるわが草庵に来て、ともにあわれ深い蓑虫の声を聞けよ。わが友よ。

秋―蓑虫。「蓑虫」は実際には鳴かないが、『枕草子』に「八月《はつき》ばかりになれば、ちちよ、ちちよと果《はか》なげに鳴く」とあり、以来、秋風が吹くと悲しげに鳴くものとして文学に扱われた。『あつめ句』に「草の扉《とぼそ》に住みわびて、秋風の悲しげなる夕暮、友達の方《かた》へ言ひ遣《つか》はし侍る」と、作句時の心境を前書する。

318 草庵雨《さうあんのあめ》

起きあがる菊ほのかなり水のあと

＊続虚栗

318 秋の大雨で水をかぶり、植えてあった菊もなぎ倒されてしまった草庵の庭。だが水の引いたあとを見ると、あんなか弱そうな菊が、なんと、自力で起き上がり、立ち直る気配をほのかに見せているよ。

秋―菊。菊に秘められた強靭《きょうじん》な生命力を凝視。「ほのかなり」の言外にたおやかな菊のイメージが匂う。

319 痩《や》せながらわりなき菊のつぼみ哉《かな》

＊続虚栗

319 花を咲かす余力とてなさそうな痩菊が、それでも自然の秋《とき》が来ると、なんとしても花を開かねば、とでもいうふうに、たくさんの蕾《つぼみ》をつけている。

秋―菊。「わりなき」は「理《わり》なき」。理性を越えた隠微な秘力に動かされて止《や》むにやまれず、の意。庭前の痩菊をいじらしいものと見ている、深い自然凝視の目。

320 旅人と我が名呼ばれん初時雨《はつしぐれ》

笈の小文
［真蹟懐紙・自画賛・画賛・色紙］

320 潔《いさぎよ》い初時雨にぬれながら、道々で「もうし旅のお人よ」と呼ばれる身に早くなりたいものだ。

冬―初時雨。『笈の小文』の旅の出立吟。十月十一日、其角亭の壮行連句会で詠む。『三冊子』に、旅に勇む心のはずみを、「呼ばれん初時雨」と句の調べに打ち出した作と伝える。時雨は冬の美感を代表する伝統的

不《ふ》二《じ》

景物。初時雨にぬれての旅は風雅に徹する風狂心。

321　一尾根はしぐるる雲か富士の雪

泊船集

321　全山真白に雪をまとって聳《そび》え立つ巨峰富士。その山肌を走る幾つもの稜線《りょうせん》の一つが、黒雲に覆われている。あれは時雨を降らせている雲か。

冬―時雨。一点にスポットを当て全体の雄大さを描出。

322　京まではまだ半《なか》空《ぞら》や雪の雲

笈の小文

322　京への旅はまだ半ば。中空を見上げると、雪もよいのどんよりした雲が重く垂れこめている。

冬―雪。十一月五日、鳴海（名古屋市緑区）の寺島菐言《ぼくげん》亭で、飛鳥井《あすかい》雅章《まさあきら》（従一位権大納言）が寛文二年、当地で旅先の感慨を詠んだ「今日はなほ都も遠く鳴海潟はるけき海を中に隔てて」の親筆を見、これに和した発句。「半空」に半途・中空の両意を掛けた。「雪の雲」に前途程遠い旅の心細さがこもる。

鳴海《なるみ》にとまりて

323　星崎の闇を見よとや啼《な》く千《ち》鳥《どり》

笈の小文［真蹟自画賛・短冊］

323　星崎の闇夜の景趣を見よとでもいうのか。鳴海潟の闇の奥で鳴く、あの名所の千鳥は。

冬―千鳥。十一月七日、鳴海の寺島安信亭での発句。名所の千鳥に心をひかれる、との意。「星崎」は鳴海と熱田の間にある歌枕で、千鳥の名所鳴海潟に臨む。その「星」に「闇」を結んだ縁語的発想。

吉田に泊る夜

324　寒けれど二人寝《ぬ》る夜ぞ頼もしき

笈の小文

寒けれど二人旅寝ぞ頼もしき

真蹟懐紙［阿羅野］

324　寒い冬旅、殊に知らぬ旅籠《はたご》での独り寝は侘《わび》しく心細いもの。それに引きかえ、気心の知れた同士が床を並べて二人寝る夜の、何と心強いことよ。

冬―寒し。十一月十日、伊良湖《いらご》に蟄居《ちっきょ》中の門人、杜国《とこく》（一一八頁注一参照）を訪うため、越人《えつじん》と二人づれで鳴海を立ち、その夜、吉田（豊橋市）の旅籠に泊った折の感。越人は当年三十二歳。四七〇参照。

325
旅籠《はたご》に着いて囲炉裏《いろり》を囲むと、宿の者がごを焚いてくれる。パッと勢いよく燃えるごの炎に氷った手拭をあぶっていると、強い火勢が、冬旅の寒さにこごえた体に殊に快い。

冬—寒さ。氷って堅くなった「手拭あぶる」動作に、宿に着いて暖をとりつつ安らぐ安堵《あんど》感がよく形象化されている。「ご」は、松の枯落葉。集めて燃料にする。三河方言。

一　湿った手拭が道中の寒気で氷ったのをいう。

326
冬の薄ら日の中、身を切る寒風に吹かれながら馬上にちぢこまって動かぬ自分の姿は、馬に氷りついた影法師さながらだ。

冬—冬の日・氷る。馬上の自分を客観視してシルエットふうに描く。初案「寒き田や…」、再案「冬の田の…」では刈田の面に映る自分の影法師。三案「すくみ行くや…」と成案で馬上の自分の姿そのものに改作した。

二　現豊橋市の内。冬、海からの寒風で名高い所。「**縄手**」は田中の真直ぐな道。◆再案「冬の田の」は「や」の誤写か。

旅宿

325 ごを焚《た》いて手《て》拭《ぬぐひ》あぶる寒さ哉《かな》　　笈日記

ごを焚いて手拭あぶる氷[一]哉　　如行子

326 冬の日や馬《ば》上《しやう》に氷る影法師　　笈の小文

すくみ行くや馬上に氷る影法師　　笈日記

[二]天津縄手を過ぐるまで

冬の田の馬上にすくむ影法師　　如行子

天津縄手

寒き田や馬上にすくむ影法師　真蹟懐紙

三 伊羅古《いらご》に行く道、四 越人《ゑつじん》酔うて馬に
乗る

327 雪や砂馬より落ちよ酒の酔《よひ》　真蹟懐紙〔合歓のいびき〕

328 鷹《たか》ひとつ見付けてうれしいらご崎　真蹟懐紙〔笈の小文〕

五 いらご崎ほど近ければ見にゆき侍《はべ》りて

三 ふつう、「伊良湖《いらご》」と書く。愛知県渥美《あつみ》半島の最先端の岬。四 一六七頁注八参照。

327 砂浜に雪が積って、これなら落馬しても大丈夫。酒に酔って馬上でぐらぐらしている越人よ、ひとつどすんと落ちてみろ。酔いもいっぺんにさめようぞ。

冬―雪。天津縄手から伊良湖への途中の地名「江比間《えいま》」（「酔馬《えいま》」とも書く）に掛けた即興吟。戯れの中に親愛感があふれる。越人の酒好きは有名。四七〇前書参照。◇雪や砂　「や」は並列の助詞。雪と砂、の意。

328 音に聞く鷹の名所に来て、荒涼たる自然の中に、はしなくも一羽の鷹の飛ぶ雄姿を見つけたうれしさよ。

冬―鷹。伊良湖崎は渥美半島の突端にあり、小さな丘陵が海に迫って、太平洋の怒濤《どとう》が激しく打ち寄せる所柄。鷹の渡来する場所としても知られた歌枕。その荒涼たる自然を背景にして、猛々《たけだけ》しい鷹の鋭く鳴く声を、いかにも所柄に適《かな》っていると嘆賞した。裏に、杜国に会い得た喜びの心を寓する。

五 この句は出典の真蹟懐紙に、三三の句に並べて記す。すなわちこの前書は、伊良湖崎は保美《ほび》村から近いので、の意。その間、約八キロ。

329　古来鷹の名所といわれる、ここ伊良湖崎の鷹の声は、さすがにどこの鷹とも比較にならぬほど深く心を打つものがある。

冬—鷹。前句の初案と解せなくもないが、感動の対象が名所の鷹の声に集約され、杜国に対する寓意は見られない。

一　坪井杜国。名古屋の米穀商で町代《ちょうだい》も勤めた富裕な町人だが、御禁制の空米《くうまい》売買（米相場）に手を出して御領分追放、家財没収の刑を受け、名も南彦左衛門と改めて保美村に蟄居《ちっきょ》中だった。元禄三年、当地で没。享年三十余歳。

330　頼りない夢の中で見ていた鷹よりも、現実に伊良湖に足を運び、まのあたりに雄々しい鷹を見ると、さすがに心強い思いがする。

冬—鷹。杜国をはっきり伊良湖の鷹になぞらえ、実際に会って無事を確認した喜びを寓した。「夢」と「鷹」は縁語（『俳諧類船集』）。吉夢をいう諺「一富士《いちふじ》二鷹《にたか》三茄子《さんなすび》」をふまえ、その夢の中の鷹よりも…、と作意した。

331　ああ、やっぱり心配していたとおり、荒れたい放題の霜朽ちた侘住まいで、君は厳しい冬に堪えて生きていたのだな。

冬—霜。出典に「人の庵を訪《と》ねて」と前書。十一月十三日、杜国の隠れ家を訪うた折の作。「霜」は季のほかに、荒れた家のすさまじさを強く印象づける。「さればこそ」は、予想が的中した時などに発する語。

329　いらご崎似るものもなし鷹《たか》の声　　真蹟懐紙

杜《と》国《こく》[一]が不幸を伊良古崎に訪ねて、
鷹の声を折ふし聞きて

330　夢よりも現《うつつ》の鷹ぞ頼もしき　　鵲尾冠

331　さればこそ荒れたきままの霜の宿《やど》　　阿羅野

332　麦生えてよき隠れ家《が》や畑《はたけ》村《むら》　　真蹟懐紙〔笈日記〕

麦蒔《ま》きてよき隠れ家や畑村　　真蹟懐紙〔如行子〕

この里を保美《ほび》といふ事は、むかし[二]院の帝《みかど》の褒《ほ》めさせ給ふ地なるによりて褒美《ほうび》といふ由《よし》、里人の語り侍《はべ》るを、いづれの[三]文《ふみ》に書きとどめたるとも知らず侍れども、[四]いともかしこく覚え侍るままに

333
梅《うめ》椿《つばき》早咲き褒めん保美の里　真蹟懐紙〔鎌倉街道〕

334
しばし隠れゐける人に申し遣はす

まづ祝へ梅を心の冬《ふゆ》籠《ごも》り　阿羅野

332 気候温暖な渥美《あつみ》半島は麦の二葉も伸びが早い。名も畑村という、その村の畑の麦の青さが目を慰める。まことに環境に恵まれたよい隠れ家だ。

冬―麦生ゆ。杜国亭での発句。前句とは一転して隠れ家の明るい側面を捉《とら》え、あるじを慰めた。地名を生かし、「麦」「畑」の縁語で仕立てる。「畑村」は保美村の隣村。愛知県渥美郡渥美町。杜国亭は畑村との村境近くにあった。◆初案「麦蒔きて」の真蹟には「長安はもとこれ名利の地、空手にして銭なき者は行路かたし、といへり」(一三前書参照)と前書を付す。

二 ある上皇が。三 書物。四 甚だ畏《おそ》れ多く。

333 保美の里とは、昔、上皇様がお褒めになったことから起った名と聞くが、自分もそれにあやかって、この梅と椿の早咲きを褒めよう。

冬―早咲き梅・早咲き椿。気候に恵まれ、冬も暖かな土地柄への好感を、地名の由来に掛けて詠む。

334 春がくれば他の花に先駆けて咲く梅を心に秘めて、今は厳しい冬に堪えつつじっと冬籠りしている。しかし一陽来復、春はもうすぐだ。来たるべき春を今からまず祝うがよい。

冬―冬籠り。『刷《は》毛序《けついで》』(宝永三年刊)には、「権七に示す」と題する文を伴ってこの句が出る。それによると句文は、隠宅の杜国に誠実に仕えた家僕に与えたもの。お前の主人は今は不幸の身だが、やがてよい時が来る、と前途を祝い、慰めた意になる。

鳴海《なるみ》、[一]出《で》羽守《はのかみ》氏《うぢ》雲《くも》宅にて

335 面白し雪にやならん冬の雨　　俳諧千鳥掛

336 薬飲むさらでも霜の枕かな　　如行子

[二]熱《あつ》田《た》御《み》修覆《しゅふく》

337 磨《と》ぎなほす鏡も清し雪の花　　笈の小文

ある人の会

338 矯《た》めつけて雪見にまかる紙《かみ》子《こ》哉《かな》　　笈の小文

一　鳴海の刀鍛冶《かじ》。下里知足一派の俳人、岡島佐助。俳号、自笑。

335　冷たい冬の雨の中に、白いものがちらほら混じり出した。さあ面白いぞ。この雨がいまに雪に変るだろうと思うと、何とも言えぬうれしさだ。

冬—冬の雨・雪。十一月二十日の発句。

336　旅の空で病いに臥《ふ》し、薬を飲む身の侘《わび》しさよ。そうでなくてさえ、沈《しん》々《しん》と氷りつくような霜夜の寂しい旅寝であるのに。

冬—霜。熱田で持病の積聚《しゃくじゅ》（疝《せん》気《き》。腹部のさしこみ）を起し、旧知の星崎の医師、欄木三節（三四八参照）に薬を頼んだ時の句。『如行子《じょこうし》』に「翁心地あしくて欄木起倒子へ薬の事言ひ遣はすとて」、『熱田皺《しわ》筥《ばこ》物語』に「ひとゝせこの所にて例の積聚さし出で、薬の事医師起倒子三節に言ひ遣はすとて」と注する。

二　熱田神宮は長い荒廃のあと、貞享三年、幕命によって大々的な新造、修覆（修繕）工事が営まれ、同年七月落成。

337　ご修覆成った神殿には、磨ぎ直されて曇りなく冴《さ》える神鏡が安置され、社前には真白い雪が降り敷いて、いかにも清く神々しい。

冬—雪の花。汚れなき鏡と雪で熱田神宮の神々しさを象徴した作。実景とは限らない。十一月二十四日、桐葉（八一頁注一参照）との両吟歌仙の発句。貞享元年冬、荒廃した神殿を嘆じた（三二参照）のに対応する。「雪「磨ぎなほす鏡」は、神殿修覆の意をこめた表現。「雪の花」は、雪を花に譬《たと》える語。

338　旅の途中であいにく晴着など持ちあわせぬ自分は、せめてやつれた古紙子の皺《しわ》でも伸ばし、折目正しい気持で雪見の会に臨むとしよう。

冬―雪見・紙子。十一月二十八日、名古屋の昌碧《しょうへき》亭で催された雪見会の歌仙の発句。紙子の皺を伸ばして、というところに興がる気分がある。「まかる」は「行く」の謙譲語。わざと丁重めかす言葉の裏にも興じる態度がある。「紙子」は和紙製の防寒着で旅の必需品。風雅人も貧乏人も着る。八二頁注一参照。

339　折よく雪が降り出した。さあ、それでは皆の衆、雪見に出るとしよう。道ですべって転んだらなお一興。さあ転ぶ所まで出かけよう。

冬―雪見。はずんだ調子の風狂体。十二月三日、名古屋の書籍商、風月堂孫助（俳号、夕道）亭の雪見の席で詠む。「いざ出でん…」の句形は当日の執筆で初案。上五は再案・三案と変る。

三 書籍商。四 貞享四年十二月初旬。

340　起き出てみると、夜の間の雪で今朝は一面銀世界だ。今ごろは深雪《しんせつ》の箱根の険路《けんろ》を、あえぎながら越す旅人もあることだろう。

冬―雪。十二月四日、名古屋の美濃屋聴雪《ちょうせつ》亭での歌仙の発句。雪の箱根路に悩む旅人を思いやることで、同じ旅人の自分が、いまは当家の厚遇を得て安息していることへの謝意を暗に述べた挨拶句。箱根は芭蕉もつい先日越えて来た道。

339　いざさらば雪見にころぶ所まで　花摘

いざ行かん雪見にころぶ所まで　笈の小文

三 書林《しょりん》風月と聞きしその名もやさしく覚えて、しばし立ち寄りて休らふほどに、雪の降り出でければ

いざ出でん雪見にころぶ所まで　真蹟懐紙

四 丁卯臘月初《ひのとうらふげつはじめ》、夕道何某《せきだうなにがし》に贈る

340　箱根越す人もあるらし今朝の雪　笈の小文

一 名古屋の俳人。 二 連句会を催すこと。句はその折の半歌仙の発句。

341 師走の冴《さ》えた空に夕月がかかり、冬さびた静かな庭を明るく照らす。こんな趣き深い宿に泊れる今宵は、旅寝の面白さも格別である。

冬—師走。亭主、一井への挨拶句。「夕月夜」は陰暦十日ごろまでの月。夕方から出て夜半には沈む。

342 梅の香に花のありかを求めて来てみると、真新しい白壁の土蔵の軒近くにその梅を尋ね当てた。梅も素晴らしいが蔵もまた立派だ。

冬—探梅《たんばい》。名古屋の防川《ばうせん》亭で、「探梅」を主題としつつ、亭主の風雅と富裕を讃《たた》える心で詠んだ挨拶の発句。「蔵見る」は、新築の蔵を見に行って祝う「蔵見《くらみ》」の習慣をふまえる。初案「家見る」なら家の新築の場合だが、「蔵見る」に改案して富家の印象を明確化した。

343 夜が冷えて、結んだ露もみな凍てつくほどの寒さだが、この趣き深い庭にはなお、筆の穂先に含ませるほどの清水が、わずかに涸《か》れ残っている。

冬—凍《い》つ。その綺麗《きれい》な清水を硯水《すずりみず》に汲んで、連句の懐紙を認《したた》めようとの心。名古屋の昌圭《しようけい》亭での連句の発句(『三つの顔』)。脇句《わきく》に「耳に落葉を拾ふ風の夜」とあり、句会は夜。西行の歌と伝える「とくとくと落つる岩間の苔《こけ》清水汲み干すほどもなき住まひかな」を踏み、庭の風趣を褒《ほ》める挨拶の意をこめた。三九一参照。

344 歳末をひかえて世間は煤払いで賑《にぎ》わっている。旅に明け暮れる自分は、そんな世の営みをただ

341
十二月九日、一井《いっせい》亭[一]興行[二]
旅寝よし宿《やど》は師走《しはす》の夕月夜　熱田三歌仙

342
ある人興行
香《か》を探る梅に蔵《くら》見る軒端《のきば》哉《かな》　笈の小文

防川《ばうせん》亭
香を探る梅に家見る軒端哉　笈日記

343
露凍《い》てて筆に汲み干す清水哉　三つの顔

傍観者として眺めて通り過ぎるばかりだ。
冬—煤払ひ。名古屋滞在中の十二月十三日の作。温かい家庭的雰囲気《ふんいき》も漂う煤払いとは無縁の、漂泊人《さすらいびと》としての孤独感が句裏に流れる。書簡は十二月十三日付。
◇煤払ひ　大掃除で旧暦十二月十三日の年中行事。

三 下の句を「星川の朝明《あさけ》は過ぎぬ日永なりけり」という俗歌の上の句。四 四日市市日永。五 日本武尊《やまとたけるのみこと》が杖を突いて登ったという故事（『古事記』）で有名な坂道。四日市市釆女《うねめ》と鈴鹿市石薬師の間にある。

345　徒歩の旅なら杖を突いて登るほど急な杖突坂を、好きこのんで駄賃馬に乗って落馬して、さんざんな目にあったわい。
雑《ぞう》（無季）。郷里伊賀に向う東海道の杖突坂での出来事。落馬の事実を地名に引っかけて興じた滑稽句。『笈の小文』に「物憂さのあまり言ひ出で侍《はべ》れども、終《つひ》に季詞《きことば》入らず」とあり、季語を入れそこなった雑（無季）の句として有名。

346　久しぶりで故郷の生家に帰って来た年の暮。自分の臍の緒をふと手に取ってみると、遠い幼児のころや、亡き父母の慈愛の昔がしきりに思い出されて、ただ懐旧の涙にくれるばかりである。
冬—年の暮。臍の緒は大切に保存しておくのが当時の風習。母体に直接つながった臍の緒が、亡母への思慕をなまなましいものにする。それはまた母なる故郷を偲《しの》ぶすべてのものの原点として肉体的実感を持つ。その実感の重みを生かして故郷の往時を懐かしんだ作。

344
旅寝して見しや浮世の煤《すす》払ひ

笈の小文
〔杉風宛真蹟書簡〕

三「桑名より食《く》はで来《き》ぬれば」といふ四日《ひ》永《なが》の里より馬借りて五杖突坂上《のぼ》るほど、荷鞍《にぐら》うち返りて馬より落ちぬ

345
歩《か》行《ち》ならば杖《つゑ》突《つき》坂《ざか》を落馬哉

笈の小文
〔真蹟懐紙〕

346
旧《ふる》里《さと》や臍《へそ》の緒《を》に泣く年の暮

真蹟懐紙
〔句切・笈の小文〕

貞享年間　四十一歳～四十四歳

347
吹く風の中を魚飛ぶ御祓《みそぎ》かな

真蹟画賛

この一巻は必ず[一]記行の式にもあらず、ただ[二]山橋野店《さんけうやてん》の風景、[三]一念一動を記《しる》すのみ。ここに[四]中川氏濁子《ぢよくし》、[五]丹青《たんせい》をしてその形容を補はしむ。他見恥づべきものなり

348
旅寝して我が句を知れや秋の風

野ざらし紀行画巻

347　御祓の神事が執《と》り行われるさなか、夕風の吹きわたる川面に魚が跳ねて、いかにも涼しそう。

夏―御祓。紀重就《きのしげなり》筆の御祓川《みそぎがわ》の画の画賛句。画趣に合わせて趣向した。「魚」は川を遡《さかのぼ》る鮎《あゆ》など。「御祓」は旧暦六月晦日《みそか》に諸社で行われる神事。川辺に設けた川《かわ》社《やしろ》で神官が祓《はらい》を行う。夕刻に行うのを夕祓といい、ここはその趣き。

一 紀行文の格式に適《かな》ったもの。二 杜甫の「野店山橋送ル二馬蹄《ばてい》ヲ一」等を意識した語。三 そのつど心を動かした感動。四 蕉門の俳人。通称、甚五兵衛。江戸藩邸常詰《じようづめ》の大垣藩士。画技は玄人《くろうと》の域に達した。五 画で文章を補ってくれた。「丹青」は絵の具の意。

348　旅の句の真価は、身にしむ秋風の中で旅寝して、その喜怒哀楽を体験した人にのみわかるもの。私の句を読む人よ。どうか旅をした上で味わってほしい。

秋―秋の風。前文は、濁子に清書させた『野ざらし紀行画巻《えまき》』（三康図書館蔵）の芭蕉自跋《じばつ》。「秋の風」は跋文執筆時の季節の語としてあしらったものだが、身にしむ秋風に旅寝のあわれのくまぐまを象徴させた。

349　入相《いりあい》の鐘の余韻が次第に闇の中に消えてゆく春の夕暮、心なしか花は匂いを濃くする。あの鐘に撞き出されたかのように。

春―花の香。「花の香は」は「花の香を」の強調表現。能因「山里の春の夕暮来てみれば入相の鐘に花ぞ散りける」（『新古今集』）の趣向を換骨奪胎した作。

349 鐘消えて花の香《か》は撞《つ》く夕《ゆふべ》哉《かな》　新撰都曲

350 物好きや匂はぬ草にとまる蝶《てふ》　新撰都曲

351 結ぶより早《はや》歯にひびく泉かな　新撰都曲

352 声澄みて北斗《ほくと》にひびく砧《きぬた》哉　新撰都曲

353 瓜《うり》の花雫《しづく》いかなる忘れ草　類柑子

350　百花繚乱《りょうらん》の春というのに、何を好んでか、花も香もない雑草にとまる蝶もあるものよ。

春―蝶。世俗に背いて無用の俳諧にふけっている自分自身への、苦い自嘲《じちょう》の心を寓した。

351　喉《のど》をうるおそうと掬《すく》ったとたん、口に含むより早く歯にしみこんでくる。この泉の冷たさは。

夏―泉。夏の泉の冷たさを賞して強調的に表現した。

◇結ぶより　手で掬うや否や。

352　秋の夜空に冴《さ》えざえと光を増す北斗星まで届くかのように、砧の音が澄んで響きわたる。

秋―砧。「澄みて」は北斗の光が澄む意と掛ける。砧と北斗を関連させる発想は『和漢朗詠集』所収の劉元叔《りゅうげんしゅく》の詩句「北斗《ノ》星《ノ》前《ニ》横《タハリ》二旅雁一、南楼《ノ》月《ノ》下《もとニ》擣《ウツ》二寒衣《ヲ》一」による。「砧」は「碪」とも。二〇五参照。

353　瓜の花を活《い》けた花活けから雫が絶えず滴《したた》り落ちて、いかにも涼味にあふれ、暑い夏を忘れる思いがする。主《あるじ》はいったい、いかなる憂いを忘れようとこの花を活けているのか。奥ゆかしい限りだ。

夏―瓜の花。茶人、河野松波《しょうは》の茶席に招かれた折の作。『類柑子《るいこうじ》』の其角《きかく》の文「瓜の一花」によると、松波は床の間にひび割れた古い長瓢《ながふくべ》の花活けを吊《つる》して瓜の花（黄色）を活け、下に無絃の琵琶《びわ》を置き、瓢から滴る雫が琵琶の撥面《ばちめん》に当ってポチポチと音を立てるように仕掛けて涼を味わう便りとしていた。その物数奇《ものずき》な風流を賞賛。「忘れ草」（一〇三参照）に、世俗の塵を忘れようとする亭主の高雅を讃《たた》える心をこめる。

354

人日《じんじつ》[一]

四方《よも》に打つ薺《なづな》もしどろもどろ哉《かな》　続深川集

355

毒海長老[二]、我が草の戸にして身まかり[三]侍《はべ》るを葬りて

何ごとも招き果てたる薄《すすき》哉　続深川集

356

人に米をもらうて

世の中は稲刈るころか草の庵　続深川集

一 正月七日。七種《ななくさ》の菜《な》粥《がゆ》を食べて無病を祝う年中行事の日。前夜半から早朝にかけて、「唐土《たうど》の鳥と、日本の鳥と、渡らぬ先へ、七種なづな」と囃《はや》しながら、ゆでた蕪菜《かぶな》と薺を俎板《まないた》に載せて擂木《すりこぎ》などでトントンと打つ。これを「薺打つ」という。

354 方々の家で薺を打ちはやす音が次第に入り交じり乱れあって、いかにもしどろもどろだわい。

春―薺打つ。家ごとに薺を打つ音が次第に乱れ調子に賑やかになってゆくさまを、俗語「しどろもどろ」で言い止《と》めた俳諧。

二 禅僧らしく思える名だが、伝不詳。 三 死ぬ意。

355 薄の穂が頭を垂れて秋風になびき、何かをしきりに手招きするふうだったが、力の限り招きに招いて、最後はついにみずから力尽きて倒れてしまったのか。まことにあわれである。

秋―薄。身近で看護を続けたその人の死に対する悲しみや寂しさの情を、当季の薄の持つうらさびしいイメージで象徴した。「招く」は、薄の穂の風になびくさまが人の手招きするさまに似るのでいう常套語《じょうとうご》。

356 人から新米を貰って、ああ、世間はもう稲刈り時なのだなあと気づく。世事をよそに風雅三昧《ざんまい》にふけっている、そんな自分の草庵生活だ。

秋―稲刈る。

元禄元年　四十五歳

宵《四》の年、空の名残り惜しまんと酒飲み夜ふかして、元日寝忘れたれ《五》ば

357 二日にもぬかりはせじな花の春　笈の小文
［真蹟懐紙］

初春

358 春立ちてまだ九日の野山哉　笈の小文

四 大晦日《おおみそか》の夜、行く年の名残りを惜しもうと。五 寝ていて時の過ぎるのを忘れ、初日の出を拝みそこねたので、の意。

357　元日は寝過して大しくじりをやったが、二日にはしくじらぬよう心懸けて、めでたい正月を祝いたいものよ。

春―花の春。郷里伊賀で元日を迎えての歳旦吟。郷里にくつろいだ安堵《あんど》感がユーモラスな失敗談を通して伝わる。初五は「二日には」とすべきところ、平凡を嫌って「にも」とした。『三冊子』に芭蕉の言葉として「この手爾葉《てには》、〈二日には〉といふを、〈にも〉とはしたるなり。〈には〉といひては余り平目《ひらめ》にあたりて、聞《きき》なく、賤し」とある。「花の春」は、めでたい新年を寿ぐ季語。

358　年が明けてまだ九日目の早春の野山は、冬の名残りを濃く残しながら、それでもどこかかすかに初々《ういうい》しい春の気配を漂わせている。

春―春立つ。正月九日、伊賀上野の武士、小川風麦亭《ふうばくてい》の句会での吟（土芳本『蕉翁全伝』）。その「九日」を句中に打ち出して、まだ一旬（十日）にも満たぬ早春の情を印象づけた、当意即妙の作。把握《はあく》が鋭い。「春立つ」は立春をもいうが、ここは年が改まる意。

359 あこくその心も知らず梅の花　　蕉翁句集草稿

あこくその心は知らず梅の花　　三冊子

360 香に匂へうに掘る岡の梅の花　　有磯海

伊賀の城下にうに一と言ふものあり。悪臭《わるくさ》き香なり

伊賀の山家《やまが》にありて

361 手鼻かむ音さへ梅の盛り哉《かな》　　蕉翁句集草稿

359　昔、紀貫之《きのつらゆき》が梅花に託して、「人はいさ心も知らず古里は花ぞ昔の香に匂ひける」と詠んだ心のほどは分らぬが、今わが古里の梅の花は昔のままに匂い、人の心も昔に変らず、私を温かく迎えてくれる。

春―梅の花。前句と同じく風麦亭での吟。紀貫之の童名「あこくそ」を用いて旧友への親しみをこめた。貫之の歌（『古今集』所収）の上句は、人の心の変りやすさをうち恨んだもの。その貫之の気持はともかくも、とした趣向。

一　「泥炭」の伊賀方言。

360　泥炭《うに》を掘り起した殺風景な岡の上にも、梅は美しく咲いている。梅の花よ、香ぐわしく匂って、泥炭のいやな臭《にお》いを和《やわ》らげてくれよ。

春―梅の花。土芳稿『横日記』に「この国のうに珍し」と言って詠んだとある。郷土の地方色ある素材を生かし、悪臭い泥炭をも梅の美しさでやさしく包んだ。

361　花盛りの梅の傍らで、無造作に手鼻をかむ音がする。そんなはしたない音さえも、野趣を感じさせて快い、静かな山里の春である。

春―梅。梅咲くころのさわやかな山里の風趣を、手鼻の音で言い止《と》めた。巧みな俳諧的卑俗美の世界。

362　まだ冬枯れの色のままの原野の芝の上にも、あるかなきかの陽炎《かげろう》がわずかにゆらめき、春もようやく動く気配を見せている。

春―陽炎。山野に春の動き始める微妙な徴候を捉《とら》えて鋭い。「やや」は次第に春に向う心。

363　昔、この石の台座に立たせ給うた丈六の尊像は跡形もない。ただ空しい台座の上に丈六仏の背《せ》丈《たけ》ほども高く燃え立つ陽炎が、いまはなき尊像の面影を幻のように偲《しの》ばせるばかりである。

春―陽炎。伊賀の国阿波《あわ》の庄《しよう》（三重県阿山郡大山田村）の新大仏寺での吟。寺は建仁《けんにん》二年（一二〇二）東大寺の僧、重源上人の創建。のち次第に荒廃し、寛永十二年（一六三五）の山崩れで堂舎の多くが埋没、丈六仏も大破した。『笈《おい》の小文《こぶみ》』本文にその荒廃ぶりを描く。「丈六」は一丈六尺（仏像の基準寸法、約五メートル）の仏像「丈六仏」の略語。「丈六に」は、丈六仏の高さほどに、の意。陽炎はそう高く燃えないが、像を偲ぶよすがとして表現した。「石」は「石の蓮台《れんだい》」（蓮華形に造った仏像の台）をいう。初案「かげろふに…」では詠んだ対象物が明らかでないので、再案以後「丈六」を出した。

364　何という木の花の匂いか分らないが、この神域には霊妙な花の香が漂うて、言うにいわれぬ神秘の感に打たれる。

春―花。伊勢の外宮《げくう》参拝の時の発句。西行の「何事のおはしますかは知らねども忝《かたじけ》なさに涙こぼるる」（『西行法師家集』）をふまえ、神域の名状しがたいほど神神しい気配を、目に見えぬ木の花の匂いで象徴的に捉えた。神域は鬱蒼《うつそう》たる杉の古樹に囲まれ、折しも春が兆して草木の命が息吹《いぶ》き始めた周囲の雰囲気《ふんいき》まで包みこんで、余情が深い。

362
枯《かれ》芝《しば》ややややかげろふの一二寸　笈の小文
枯芝やまだかげろふの一二寸　阿羅野

阿波《あは》大仏《だいぶつ》

363
丈《ぢやう》六《ろく》にかげろふ高し石の上　笈の小文
丈六にかげろふ高し石の跡　真蹟懐紙〔蕉翁全伝附録〕
かげろふに俤《おもかげ》つくれ石の上　三冊子

伊勢山田

364
何《なに》の木の花とは知らず匂ひ哉　笈の小文〔真蹟懐紙一～三〕

365
御《お》子《こ》良《ら》子《ご》の一《ひと》本《もと》ゆかし梅の花

笈の小文

神垣のうちに梅一木《ひとき》も見えず、いかなる故にやと人に尋ね侍《はべ》れば「ただ故はなくて昔より一木もなし。御子良子の館《たち》の後《うしろ》に一もとあり」といふを

梅稀《まれ》に一もとゆかし子良の館

真蹟懐紙〔蕉翁全伝附録〕

366
一有《いちいう》が妻

暖《の》簾《うれん》の奥ものふかし北の梅

真蹟懐紙〔菊の塵〕

365 神宮の広い神域にも梅の木は稀で、なぜか御子良子の館の後にただ一本あるだけという。その一本の梅の花が、殊にゆかしく感じられる。

春―梅の花。清浄で気品ある梅と純潔無垢《むく》の御子良子の間にしっくりと通いあうものを感じ取り、館の後にひそやかに咲く一本の梅の花に心を寄せた。「御子良子」は子良ともいい、伊勢神宮で神饌《みけ》に奉仕する未婚の少女。「館」はその詰所。初案の「梅稀に…」では「稀」と「一もと」とに同義の難点がある。

366 招じられて客間に通ると、奥の間との出入口に暖簾が掛かり、奥は物静かでしっとりとした雰囲気。暖簾の隙間から裏庭に咲く梅の花がほのかに見えるのが、殊に奥ゆかしい。

春―梅。一有夫妻の住まいの奥深い感じのするたたずまいに掛けて、妻園女の奥ゆかしい人柄を讃《たた》えた挨拶句。「奥」は妻の居室のある所。「北」に「北堂《ほくどう》」（妻の居室。七三頁注六参照）、「北の方《かた》」（妻）の意をこめ、「梅」で園女の清楚《せいそ》さを寓した。

一 伊勢の医師で俳人。斯波《しば》氏。その妻は女流俳人の園女《そのめ》。

二 網代民部《あじろみんぶ》息《そく》、雪堂会《せつだうのくわい》
父が風雅を添ふ

367 梅の木になほ宿り木や梅の花

真蹟懐紙〔笈の小文〕

三 龍尚舎《りゆうのしやうしや》

368 物の名をまづ問ふ芦《あし》の若葉哉《かな》

笈の小文

伊勢にて龍尚舎といひける有《いう》四職《そく》の人に逢ひて

物の名をまづ問ふ荻《をぎ》の若葉かな

真蹟色紙〔真蹟懐紙・笈日記〕

二「網代民部」は伊勢外宮《げくう》の高級神官、弘氏《ひろうじ》（従四位下）。天和三年、四十四歳で没したが、談林期に神風《じんぷう》館を称して活躍した著名俳人。「雪堂」はその子息、弘員《ひろかず》の俳号（神風館二世）。「網代」は正しくは「足代」。

367 立派な梅の老木《おいき》に、さらに若木の梅が宿り木して、香《かぐわ》しく花を咲かせている。

春―梅の花。足代父子二代にわたる風雅を、当季の「梅」の宿り木になぞらえて賞した挨拶句。

三 龍野《たつの》伝右衛門熙近《ひろちか》。「尚舎」は号。伊勢神宮外宮の神官で、当時著名の神道学者。俳諧も嗜《たしな》んだ。

368 折しも芦の若葉の季節ですが、諺《ことわざ》にも「物の名も所によりて変りけり難波《なには》の芦は伊勢の浜荻《はまをぎ》」などと申し、芦は呼び名が複雑のようです。幸いに博学の貴殿に伊勢でお目にかかったからには、まず早速その講釈を承りたいものです。

春―芦の若葉。当季の芦の若葉に諺をからめて、博学者への初対面の挨拶とした、当意即妙の句。初案は「伊勢の浜荻」を詠み入れたもので、「荻の若葉」が当季。

四 学問に精通した人。

369

草庵の会

芋《いも》植ゑて門《かど》は葎《むぐら》の若葉哉《かな》　　笈の小文

二乗軒といふ草庵の会

[一]藪《やぶ》椿《つばき》門は葎の若葉かな　　真蹟懐紙〔蕉翁全伝附録〕

370

菩《ぼ》提《だい》山《さん》[二]

この山の悲しさ告げよ野老《ところ》掘り　　笈の小文

菩提山即事《そくじ》[三]

山寺の悲しさ告げよ野老掘り　　真蹟懐紙〔蕉翁全伝附録〕

369　門口《かどぐち》は葎の若葉を生えるにまかせて世俗にかまわぬ庵主だが、庭前にはみずから芋を植えて、静かに晴耕雨読を楽しむふうである。

春―葎若葉。二乗軒（正しくは「二畳軒」）の句会で、亭主の質朴な隠棲《いんせい》ぶりを賞した挨拶句。「芋植ゑて」に隠者の実生活の匂いがある。「芋」は里芋。旧暦二月が植え時（『本朝食鑑』）。

一「藪椿」は藪の中に咲く椿。それが咲いて…、の意。これが初案だが「藪」「葎」と同質の語が重なって煩雑、かつ効果が薄い。

370　菩提山のほとりで、独りわびしげに野老を掘る里人よ。この山寺が荒廃に帰した、悲しい転変の歴史を物語ってくれ。

二　菩提山神宮寺。伊勢市中村町、朝熊《あさま》山の西の尾にあった聖武天皇の勅願寺。創建当時は大伽《が》藍《らん》があったが、鎌倉中期に焼失して以後、荒廃に帰した。

春―野老掘る。廃墟の悲しさ。「この」と指し示す言葉に作者と対象が一つになった、嘆息の心が宿る。「山」は寺の意。初案「山寺の」では第三者的表現になり、この味が出ない。野老掘りも寂しいわざ。

◇野老　ヤマノイモ科の蔓植物。山野に自生。根を掘って食用とする。

三　その場のことを詠ずること。

四 楠部《くすべ》

371 盃《さかづき》に泥な落しそ群《むら》燕《つばめ》　笈日記

盃に泥な落しそ舞ふ燕　真蹟

盃に泥な落しそ飛ぶ燕　砂燕

五 路草亭

372 紙衣《かみぎぬ》の濡るとも折らん雨の花　笈日記

久保倉右近会《うこんくわい》　雨降《あめふり》

紙子着て濡るとも折らん雨の花　真蹟懐紙〔蕉翁全伝附録〕

四 朝熊山の西麓《さいろく》、内宮《ないくう》の北約二キロにある村落。前句の菩提山に近い。

371 しばらく茶店に休んで酒を飲んでいると、すぐ頭の上の軒端《のきば》に巣を作っている燕が飛び立つ。おいおい燕たちよ、盃に泥を落してくれるなよ。

春―燕。燕たちにやさしく呼びかけて軽く興じたユーモア句。◆三句形の間に先案・後案の順は確定しがたい。

五 伊勢神宮外宮所属の高級神官、久保倉右近盛僚《もりとも》の俳号。宅は外宮北御門に程近い所。

372 春雨に濡《ぬ》れる花の風情の、あまりのゆかしさに、紙子の濡れるのもいとわず、庭に下りて、一枝折り取ってみようと思う。

春―花。路草亭主催の花見の連句会の発句。裏に、亭主の風雅心に愛《め》で、雨もいとわず出座したとの挨拶の意をこめた。「花」は桜。「紙衣」は「紙子」（八二頁注一参照）と同じ。紙を糊《のり》で継いであり、雨には弱い。初案の「紙子着て」は説明的で余情に欠ける。

373 十五日、外宮《げくう》の館《たち》にありて
神垣や思ひもかけず涅《ね》槃《はん》像《ざう》
真蹟懐紙〔笈の小文〕

374 二月十七日神路山《かみぢやま》を出《い》づるとて
裸にはまだ衣《き》更《さら》着《ぎ》の嵐《あらし》哉《かな》
其袋〔真蹟懐紙一～二・笈の小文〕

375 薬師寺月並《つきなみ》初会
初《はつ》桜《ざくら》折しも今日はよき日なり
蕉翁全伝

探丸子《たんぐわんし》の君、別墅《べつしよ》の花見もよほさ

一 二月十五日。涅槃会《ねはんえ》の日。二 館町《たちまち》。伊勢神宮の外宮神苑の北側に接する神官の屋敷町。

373 たまたま涅槃会の当日とはいえ、仏法禁制の神域で思いがけなく涅槃像に出会った。ハッとした。それにしても、やはり今日は仏の日なのだなあ。

春―涅槃像。『金葉集』の「神垣のあたりと思ふゆふだすき思ひもかけぬ鐘の声かな」を踏む。「涅槃像」は釈迦入滅の姿を描いた図。涅槃会に壁間に掛ける。

三 伊勢神宮内宮の神苑の山。

374 裸になるにはまだ二月の寒風が厳しく、衣をさらに重ね着したいほど。悟りのない自分に増賀《ぞうが》聖《ひじり》のまねなど、とうていできそうにない。

春―衣更着。真蹟懐紙二に三六四と並べ、「西行の涙、増賀の名利、皆これ誠の至る処なりけらし」と前書がある。増賀聖が伊勢神宮に詣でて名利を捨てよとの示現を蒙り、着衣を全部乞食に与えて丸裸で下向したという故事（『撰集抄』）による。伊勢を去るに当ってその故事を想起し、増賀の求道心《ぐどうしん》に及ばぬ自分を苦笑のうちに省みた。「衣更着」は旧暦二月。この月は寒くて衣を更に着るほど、というところから出た語とされた。句にもその意をきかした。

四 郷里伊賀上野の薬師寺で催される月例連句会の初会合で、の意。

375 境内には初桜がちらほら咲いてお天気もよく、会の発足にふさわしいまことによい日だ。

春―初桜。招かれて会の前途を祝った句。「初桜」に

せ給ひけるに、昔のあともさなが
らにて

376 さまざまの事思ひ出す桜かな

真蹟懐紙一［懐紙二・笈の小文］

七 瓢竹庵《へうちくあん》に膝《ひざ》を入れて、旅の思ひい
と安かりければ

377 花を宿に始め終りや二十日《はつか》ほど

真蹟懐紙［蕉翁句集］

旅立つ日

378 このほどを花に礼いふ別れ哉

真蹟懐紙［蕉翁句集］

「初会」の心をこめた。

五 芭蕉が寛文年間、武家奉公人として仕えた旧主家、藤堂新七郎家の当主良長《よしなが》の俳号。当年二十三歳。芭蕉を厚遇した主計良忠《かずえよしただ》（俳号、蟬吟《せんぎん》。寛文六年、二十五歳で没）の子。 六 下屋敷《しもやしき》。

376 この桜を眺めていますと、ご奉公していた昔の思い出がさまざま止めどもなく蘇《よみがえ》って来ます。

春—桜。二昔《ふたむかし》前の寛文年間、藤堂家に奉公していた時分の遠い思い出のくまぐまを、懐かしい庭の桜に託して詠んだ。「桜」の一語が活きて、淡々とした言葉の中にも尽きぬ思い出の数々が縹渺《ひょうびょう》と漂っている佳句。

七 伊賀上野の武士で俳人の岡本苔蘇《たいそ》の別荘。

377 桜の咲き始めから散り終るまでの二十日ほどを、文字通り花の中に宿って過したことよ。

春—花。滞在約二十日に及んだところから、古歌「咲きしより散り果つるまで見しほどに花のもとにぞ二十日経にける」（『詞花集』）をふまえて、亭主の手厚いもてなしに応《こた》えた挨拶句。ただしこの古歌の花は牡《ぼ》丹《たん》。それを桜のことにもじった面白み。

378 この二十日ばかり大変お世話になりましたと、花に向って頭を下げ、お礼を述べて、別れの挨拶とする次第です。

春—花。三月十九日、瓢竹庵を出て、吉野に向う日の吟。礼を亭主に対してでなく、花に向っていうところが俳諧的な笑い。

379
一 乾坤無住同行二人《けんこんむぢゆうどうぎやうににん》
吉野にて桜見せうぞ檜木《ひのき》笠《がさ》
笈の小文
［真蹟短冊］

380
二 初瀬《はつせ》
春の夜や籠《こも》り人《ど》ゆかし堂の隅《すみ》
笈の小文

381
三 臍《ほぞ》峠《たうげ》 多《た》武峰《ふのみね》より龍門へ越ゆる道なり
雲雀《ひばり》より空にやすらふ峠哉《かな》
笈の小文
［真蹟短冊］

雲雀より上にやすらふ峠かな
阿羅野

一 巡礼が笠などに書きつける常套《じょうとう》文句。天地の間にとどまるところなく、み仏と我と二人で行脚する、の意。その「二人」に、芭蕉と杜国《とこく》の二人の意をきかせて興じた。杜国については一一八頁注一参照。

379 さあいよいよ吉野見物の旅だ。檜木笠よ、音に聞えた吉野の桜をお前にも見せてやろうぞ。

春―桜。伊賀から吉野に旅立つ時の作で、『笈の小文』に「いでや門出《かどで》の戯《たはぶ》れ事せんと笠の内に落書《らくがき》す」として載る。吉野へは「万菊丸《まんぎくまる》」と戯号した若い杜国との二人旅。その軽くうきうきした気分を笠に呼びかける形で表現した戯句。

二 奈良県桜井市初瀬《はせ》。二一頁注一参照。

380 春の夜、籠《こも》りの人が、灯明も幽《かす》かなお堂のほの暗い片隅で、黙然《もくねん》と祈りを捧げている。その光景は何ともいえず艶《えん》で、心ひかれるものがある。

春―春の夜。初瀬の長谷寺での吟。長谷寺の籠り人には『源氏物語』の玉蔓《たまかずら》はじめ、平安時代以来の物語・日記に登場する女性も多い。そのイメージを眼前の籠り人に重ね合せてゆかしんだ。春夜の情調がしっとりと漂う。「堂」は本尊十一面観音を安置する本堂。

三 現在は「細峠」。桜井から吉野への途次にある。

381 空高く舞う揚雲雀《あげひばり》よりさらに高い峠の上で休みながら、眼下はるかに雲雀の囀《さえず》りを聞く。

春―雲雀。ふだんは空の上に聞く雲雀の声をはるか下の方に聞いた軽い驚きと、自分の立つ位置の高さの実感から生れた句。「空に」が、高い虚空《こくう》にいる感じをよく出している。眼下に開ける広大な眺望、雲雀の囀るうららかな山間の春景色まで言外に包みこむ。

四 吉野郡龍門嶽《だけ》の南麓にある滝。歌枕。

382 美しい龍門の滝を覆うて咲き誇る、この見事な桜の花を、酒飲みの友への土産《みやげ》にしよう。

春―花。酒仙で知られる唐の詩人、李白《りはく》が滝を愛した故事を踏み、滝の花は酒飲みの友にふさわしかろうとの心で興じた句。

383 酒飲みの友に聞かせたいものだ。こんな見事な滝のかかった上に咲き誇る、素晴らしい花の眺めを。

春―花。前句と同時同所の作で句意も同じ。別案であろう。『笈の小文』には前句と二句並べて記している。「かかる」は「斯《か》かる」(このような)の意だが、滝が「懸かる」の意をきかしてある。

384 吉野の花に行き暮れて、たまたま宿を請うた見知らぬ農家の主《あるじ》に手厚くもてなされる。思えば、爛漫《らんまん》の花の木陰を宿とする今宵の旅寝は、なにか謡の中の旅人の趣きにも似て、まことに優雅である。

春―花。吉野郡平尾《ひらお》の里での作(『阿羅野』)。桜に埋もれる吉野の農家で旅寝する自分を、謡曲に登場する旅人に擬して浪漫的に美しく描く。そこに、農夫の親切に対する謝意もおのずから籠る。謡曲『忠度《ただのり》』の「行き暮れて木の下陰を宿とせば花や今宵《こよひ》のあるじならまし」の趣きに近いが、謡曲には、『鉢木《はちのき》』など、一夜の宿を求めて厚遇される旅人の話は他にも多い。

四 龍門《りゅうもん》

382 龍門の花や上戸《じやうご》の土産《つと》にせん　笈の小文

383 酒飲みに語らんかかる滝の花　笈の小文

大和《やまと》の国を行脚《あんぎや》しけるに、ある農夫の家に宿りて一夜を明かすほどに、あるじ情け深くやさしくもてなし侍《はべ》れば

384 花の陰謡《うたひ》に似たる旅寝哉　真蹟懐紙〔阿羅野〕

385 桜花爛漫《おうからんまん》の花の木陰で浪漫的な情趣にひたっていると、いつのまにか能楽の作中人物と化した気分になり、ふと、扇で酒を汲む所作《しょさ》を真似てみる。そんな自分の上に、花がはらはらと散りかかる。

春―桜。能楽では、盃の代りに扇を傾けて酒を飲む所作をする。そのしぐさを真似るのは一種の酔興の戯れだが、そこにおのずから能の幽玄美のイメージも交錯する。

386 ああ、桜が雪のように美しく散ることよ。こんな所では、声さえよければ、自分も一曲謡ってみたいのだがなあ。

春―桜散る。落花紛々《ふんぷん》たる桜の木陰にいて、能楽的な幽玄の境地にひたり、おのずと、一曲謡ってみたいという心が動く。素材・句柄とも前句に似た境地。「謡はうものを」の「を」は、感動の間投助詞で切字《きれじ》。

一 西河の滝。別名、吉野大滝。吉野川の上流（奈良県川上村大字大滝）にある。高所から落ちる普通の滝と異なり、岩間に激して流れ下る奔流。ただし自画賛・画賛とも普通の滝を描いてある。

387 西河の滝が岩間に激して轟々《ごうごう》と鳴りわたり、岸辺をいろどる黄金《こがね》色の山吹の花が、風も待たずにほろほろと散る。

春―山吹。吉野の奥の春景。滝の音で山吹が散るといった因果関係を詠んだのではなく、両者は不即不離の微妙な関係。「か」は詠嘆の終助詞。

385 扇にて酒くむ陰や散る桜　　笈の小文

扇子《あふぎ》にて酒くむ花の木陰かな　　俳諧駒掫

386 声よくば謡《うた》はうものを桜散る　　砂燕

387 ほろほろと山吹散るか滝の音　　笈の小文［真蹟自画賛・画賛・懐紙］

一西《にじ》河《かう》

388 桜狩り奇《き》特《どく》や日《ひ》々《び》に五里六里　　笈の小文

388 桜狩りだとて、殊勝なことによくもまあ、毎日こうして五里も六里もせっせと歩きまわることよ。

春―桜狩り。桜に憑《つ》かれた自分を省みて苦笑する心。◇桜狩り　山野に桜の花を訪ねて歩き、観賞すること。桜見物。◇奇特　殊勝、感心。これに自省の諷刺《ふうし》をこめた。

389 春の一日が花見のうちに暮れようとする夕べ、残照に染まる花やかな桜の間に黒々とたたずむ翌檜《あすなろ》の姿が、歩き疲れて物憂い心にことさら寂しく映ることであるよ。

春―花。花に並ぶ夕景の翌檜のわびしい姿。「あすならう」は「翌檜」とも。ヒノキ科の常緑高木で樹姿も檜に似る。檜をねたみ、明日は檜になろうなろうと言い続けて、ついに何にもなれずに老いたあわれな木といわれ、上をねたみ下をあなどる者の蔑称《べっしょう》ともなる（『甲陽軍鑑』）。 二『枕草子』に「何の心ありて、明日は檜と付けけん」とあるのをさす。三 人生は果《はか》なく、明日のことは分らぬ、の意。四 白楽天「勧酒」詩、「身ノ後ニ堆《うづたか》クシテレ金《こがね》ヲ拄《ささ》フトモ二北斗ヲ一、不レ如《しか》二生前一樽ノ酒ニ一」による。

388
六里七里日ごとに替る花見哉《かな》
芭蕉翁真蹟拾遺

389
日は花に暮れてさびしやあすならう
笈の小文

「明日《あす》は檜《ひのき》」[二]とかや、谷の老《おい》木《き》の言へることあり。昨日[三]は夢と過ぎて明日はいまだ来《きた》らず、ただ生前一樽《いっそん》[四]の楽しみのほかに、明日は明日はと言ひくらして、終《つひ》に賢者のそしりを受けぬ

さびしさや花のあたりのあすならう
真蹟懐紙
［笈日記］

390 苔清水《こけしみづ》[一]

春雨の木《こ》下《した》につたふ清水哉《かな》　笈の小文

春雨の木下にかかる清水哉　芭蕉翁真蹟拾遺

391 苔清水

凍《い》て解けて筆に汲み干す清水哉　*芭蕉庵小文庫

392 芳野《よしの》[二]

花盛り山は日ごろの朝ぼらけ　芭蕉庵小文庫

一 吉野の奥、西行庵旧蹟の傍らにある。西行の歌と伝える「とくとくと落つる岩間の苔清水汲み干すほどもなき住まひかな」で知られる。七五頁注一四参照。

390 岩間から滴り落ちるこの清水は、しめやかな春雨が花の梢《こずえ》をぬらし、幹を伝い、樹々の下を辿《たど》り流れてきた、その花の雫《しずく》なのか。

春―春雨。西行ゆかりの苔清水の源を、花の雫と見て美しい想像を働かせた。雨は現在降っていなくてよい。「木下につたふ」は梢から幹を伝って木の下に伝わる意。

◇哉　ここの「かな」は、「か」を軽い疑問の意に用いる、「かな」の一用法。当時、「疑ひて落しつけたるいかな」(『暁山集』)などと呼んだ。

391 春の遅い吉野の奥も、岩間の氷がやっと緩《ゆる》みはじめたか。苔清水にも筆の穂先で汲み干せる程度の清い雫が、わずかに滴っている。

春―凍て解く。名古屋での前作三亖を、西行ゆかりの苔清水に来てみて、ここの句として改案したらしい。「凍て解く」は、冬中氷っていた大地が春になって解け緩むこと。

二 吉野に同じ。

392 吉野山の曙《あけぼの》は、花盛りの今も花のないふだんの季節と同じなのに、満山の花が朝日に匂うと、異常なまでの美しさを現してくる。

春―花盛り。山の朝明けそのものは常と変らぬことを述べて、花の美を強調。

三 葛城山脈の主峰。標高九六〇メートル。役行者《えんのぎょうじゃ》を開祖とする修験道最古の霊場。主神である一言主神《ひとことぬしのかみ》は、容貌が醜いという伝説で知られる（謡曲『葛城』など）。

393 花盛りの中に明ける葛城山の曙の美しさを見ると、この山の神は顔が醜かったなど、とても思えぬ。自分の目でとくと見直してみたいものだ。

春―花。一言主神の伝説を連想して明るくユーモアをこめて詠んだ。自画賛には樹下に居眠る山伏の図を描き、「これは葛城の山伏の寝言を伝へたるなるべし」と戯文を付す。句の主題は山の曙の美。

四 高野山。和歌山県西北部にある真言宗の総本山、金剛峰寺《こんごうぶじ》の所在地。

394 諺に「焼野《やけの》の雉子《きぎす》」というとおり、雉は子を思うこと切なる鳥といわれている。霊場高野でその声を聞くと、ひとしお深く亡き父母が偲《しの》ばれる。

春―雉の声。行基菩薩の歌という「山鳥のほろほろと鳴く声聞けば父かとぞ思ふ母かとぞ思ふ」（『玉葉集』）を心に置いた作。

五 紀州（和歌山県）和歌の浦に面する村の名。浦は『萬葉集』以来の歌枕。

395 今まさに海の彼方に遠ざかろうとする春に、和歌の浦の海辺ぎりぎりの所で追いついたよ。

春―行く春。三月尽《さんがつじん》に近く和歌浦に着き、風光明媚《めいび》で知られる海上のうららかな春景色を味わえた喜びを、春の擬人化によって明るくユーモラスに詠みなした。

[三]葛城山《かづらきやま》

393 なほ見たし花に明け行く神の顔

笈の小文
〔真蹟自画賛・懐紙一〜二〕

[四]高《かう》野《や》

394 父《ちち》母《はは》のしきりに恋し雉《きじ》の声

笈の小文

[五]和歌

395 行《ゆ》く春に和歌の浦にて追ひ付きたり

笈の小文

一 旧暦四月一日、綿入れを脱いで袷《あわせ》に着替える年中行事。

396 旅中のこととて、衣更の日を迎えても着替えの夏衣を持たぬ身だ。重ね着の一枚を脱いで背中に背負い、さて、これで衣更がすんだとしよう。

夏―衣更。飄々《ひょうひょう》として旅する境涯の気軽さ。◆両句形の先後は確定できないが、「脱ぎて」より「脱いで」の方に飄然たる趣きが濃い。

397 お釈迦さまの誕生を祝う灌仏会《かんぶつえ》の、ちょうどその日に生れ合せるなんて。仏縁に恵まれて、この鹿の子はほんとに果報者だよ。

夏―鹿の子・灌仏。四月八日、奈良での吟。生れ落ちたばかりの愛くるしい鹿の子をほほえましく見つめる。「灌仏」は灌仏会。旧暦四月八日、釈迦の誕生を祝う法会。

二 唐招提寺。奈良市五条町にある。三 天平勝宝六年（七五四）唐の揚州《ようしゅう》から来朝、四年後、招提寺を創建。来朝の際、渡海の難に遭って幾度も引き返し、十一年目に目的を達したが困苦のため失明。その像はいまも同寺開山堂に祀《まつ》られている。国宝。

398 折しも初夏、あたりの樹々に若葉の色がみずみずしい。この若葉でもって、和尚の盲《めし》いたお目の涙をそっと拭ってさしあげたい。

夏―若葉。「若葉」と「雫」（涙の象徴）の語が映発して初夏の美感を深め、鑑真へのいたわりをやさしいものにする。「若葉」の語に、背景に映り栄える樹々の

衣《ころも》[一]更《がへ》

396 一つ脱いで後《うしろ》に負ひぬ衣更　笈の小文〔真蹟懐紙〕

ひとつ脱ぎてうしろに負ひぬころもがへ　真蹟短冊

397 灌《くわん》仏《ぶつ》の日に生《うま》れあふ鹿《か》の子哉《かな》　笈の小文

招提寺《せうだいじ》[二]鑑真和尚《がんじんくわしやう》[三]来朝の時、船中七十余度の難をしのぎ給ひ、御目のうち潮風吹き入りて、終《つひ》に御目盲《し》ひさせ給ふ尊像を拝して

398 若葉して御目《おんめ》の雫《しづく》ぬぐはばや　笈の小文

若葉の美しさもおのずから表現されている。

四 伊賀から奈良に出て芭蕉を迎えた猿雖《えんすい》・卓袋《たくたい》ら数名の郷里の友人。

399 鹿の角がいまちょうど一節目で枝分れしはじめたように、われらもまずここらで一区切りつけてお別れするとしよう。

夏―鹿の若角。奈良の土地柄を生かし、折柄の鹿の角の枝分れに託して別れを告げた挨拶吟。鹿の角は晩春から初夏の間に生え替り、軟皮を被った若角が伸びて最初の一節目で二俣に分岐する。その角の「一節」に、「一区切りして」の意を掛けたユーモアのある仕立て。

◆「二俣に…」の形は後年の別案であろう。

400 一日の旅に疲れて旅籠《はたご》を求める黄昏《たそがれ》。晩春の暮《ぼ》色《しょく》の中に淡い紫の藤の花がおぼつかなく咲き垂れて、そこはかとない旅愁と春愁を誘う。

春―藤の花。初案は旧暦四月十一日、奈良を出て大和八木《やぎ》（橿原《かしわら》市内）に泊るころの作。夏季の時鳥《ほととぎす》が主題で、時鳥を聞きつつ宿を借りる夕闇の中に見た藤の花の印象だが、時鳥と藤の花で主題が分裂する。その夏の事実を抹殺して春の句に虚構したのが成案。成案は『笈の小文』中では三七九の次に配されている。

四旧友に奈良にて別る

399 鹿の角《つの》まづ一節《ひとふし》の別れかな　笈の小文

奈良にて故人に別る

二俣《ふたまた》に別れ初《そ》めけり鹿の角　韻塞〔真蹟画賛〕

400 草臥《くたび》れて宿借《か》るころや藤の花　笈の小文

ほととぎす宿借るころの藤の花　猿雖宛書簡

[一]蓮《はす》は花の君子なる物なり。牡丹《ぼたん》は花の富貴なる由《よし》。[二]早苗《さなへ》は汚泥《をでい》より出《い》でて蓮より清し。秋は[三]香稲実《かうたうみの》りて牡丹より富めり。一物《いちぶつ》にして二《に》草《さう》を兼ね、誠に清く富貴なり

401 里人は稲に歌詠む都かな

*真蹟懐紙写

鶯《うぐひす》宿る竹[四]の内に梅やや散りて桜咲くより、五月雨《さみだれ》の空うち晴れて、[五]早苗を取れと啼《な》く鳥の声、[六]夕暮る里の細道、肥えたる牛にまたがりて、きせるを取りて螢《ほたる》を招き、[七]瓢《ひさご》がもとは暑しなんどとて、[八]月を

一 蓮は花の中の君子、牡丹は富者、の意。北宋・周《しゆう》茂叔《もしゆく》「愛蓮説」の「牡丹花之《ノ》富貴《ナル》者也《なり》。蓮花之《ハ》君子《ナル》者也」(『古文真宝後集』)による。二 同じく「愛蓮説」の「蓮之《の》出《デテ》二汚泥《ヨリ》一不《レ》染《ラ》」を換骨奪胎した。稲の苗は蓮と同じ泥の中から出てくるが、しかも清さは蓮以上だ、の意。三 中国では稲の一品種の名。ここは、香《かぐわ》しい稲の意に用いた。

401 村人たちがにぎやかに田植歌を歌って田植えに励む。この豊かな里は、雅《みや》びの和歌をたしなむ人の多い京の都にも劣らぬ、立派な都だ。

夏―田植歌。前文は、花の美しい蓮や牡丹よりも里人が黙々と育てる稲の徳の大きいことを讃《たた》えて、土地柄への挨拶とした。句も挨拶の心。「稲に歌詠む」は田植歌の意で夏季となる。

四 竹林の中。大和《やまと》竹の内(七三頁注一〇参照)の地名を掛けていよう。五 時鳥《ほととぎす》の異名「早苗鳥」による文飾。六 以下、農民の生活風景。七 狂歌「夕顔の棚の下なる夕涼み男はててら(褌《ふんどし》)妻《め》は二布《ふたの》(腰巻)して」(『醒睡笑《せいすいしよう》』)による諧謔《かいぎやく》的表現。八 月の映った盃。その酒を飲んで歌う歌は一瓢千金の思い出になる。九 一瓢の酒が千金にも値する、の意。諺「一壺《いつこ》も千金」(水上で舟が沈没した時は、一つの瓢でも千金の価値がある、の意)のもじり。

402 一面の青田を眺めながら、田の水がちょろちょろと流れ落ちる音を聞いていると、いかにも涼

しげで楽しい気持になってくる。
夏―青田・涼む。句・文ともに挨拶心がある。出典は、求められて書いた懐紙であろう。

一〇 実は伊賀上野出身の紙屋保川弥《やすかわや》右《え》衛門《もん》のこと。俳号一笑。芭蕉在郷時代の俳諧仲間。のち大坂に住んだ。

403 庭前の杜若が美しい。それにつけても、江戸からはるばるの旅を続ける自分は、ふと東《あずま》下りの業平《なりひら》を連想するのだが、そんな話題を交えながら、旅先でめぐりあった昔友達と懐旧談にふけることができるのも、旅なればこその楽しみの一つだ。
夏―杜若。在原業平が三河の国八橋《やつはし》で、杜若に寄せて「から衣《ころも》着つつ馴れにしつま（妻）しあればはるばる来ぬるたびをしぞ思ふ」と旅の心を詠んだ故事（『伊勢物語』九段）を心に置く。

404 昔から須磨の情趣は寂しい秋に極《きわ》まるという。その須磨に夏来て見ると、秋と同じように月はあるけれど、あるじのいない留守を訪ねたようで、どこか物足らない思いがする。
夏―夏の月。『源氏物語』須磨や謡曲『松風』に、「またなくあはれなるものは、かかる所（須磨の浦）の秋なりけり」とある。そんな古典的イメージを心に秘めて訪れた須磨の情趣の、予期に反していたことへの失望感。それを「留守のやう」という軽いユーモアを含んだ擬人的表現で柔らげている。

一一 旧暦四月。

洗へる盃の曲《きょく》、げに[九]一瓢千金《いっぺうせんきん》の思ひ出《いで》

402 楽しさや青田に涼む水の音　＊真蹟懐紙写

大坂《おおざか》にて、[一〇]ある人のもとにて

403 杜若《かきつばた》語るも旅のひとつ哉《かな》　笈の小文

須磨

404 月はあれど留守のやうなり須磨の夏　笈の小文

卯《う》月《づき》[一一]の中ごろ須磨の浦一見す。後《うしろ》の山は青葉にうるはしく、

月はいまだ朧《おぼろ》にて、春の名残りもあはれながら、ただこの浦のまことは秋を旨《むね》とするにや。心にものの足らぬけしきあれば

夏はあれど[一]留守のやうなり須磨の月　　真蹟懐紙

405
月見ても物足らはずや須磨の夏　　笈の小文

時鳥《ほととぎす》鳴き出《い》づべき東雲《しののめ》[二]も、海の方《かた》より白《しら》みそめたるに、上野[三]とお

一「夏はあれど」は、夏も月はあるけれど、の意。「月」と「夏」の倒装法。

405　夏の須磨では、月を見ても、何とも物足らぬ気がする。須磨の景色はやはり秋に限るようである。

夏―夏の月。『笈の小文』に前句と二句並べて記す。句意は全く同じで表現は単調。前句の初案だろう。◆『芭蕉庵小文庫《こぶんこ》』に上五「月を見ても」とあり、どちらが正確を伝えるか、決めがたい。

二 夜明け。三 須磨の山の手。四 あちこちに。

406　芥子の花咲く漁家から出てくる朝起きの漁師の顔に、思わず、まっさきに目が引きつけられることだ。

夏―芥子の花。古歌、古物語、謡曲など、古典文学の世界にあわれ深く描かれる須磨の海士。そこに心ひかれてやってきた芭蕉の心理の現れ。「まづ」にその心理が集約されている。

407　須磨の漁師が烏《からす》をねらって構える弓の矢先に恐れを感じたのか、時鳥が鋭く鳴いて、彼方の空を飛び去ってゆく。

◇見らるる　「らるる」は自発の助動詞。

夏―時鳥。『笈の小文』によると、芭蕉が見た現実の

須磨の海士は、古典のイメージとは事変り、海辺に干している鱚子《きすご》を食い荒す鳥を弓で威《おど》すという殺風景なものであった。芭蕉はこれを嘆きながらも「もし古戦場の名残りをとどめて、かかることをなすにや」(須磨は源平合戦の戦場でもあったので、あるいはその名残りで漁師のこんな振舞いもあるのか)と感じてこの句を詠んだ。鋭い矢先と、絹を裂くような時鳥の声の鋭さが、言外に響き合って哀調をかもす。

408　須磨寺に来て境内の木陰にたたずみながら源平の昔を偲《しの》んでいると、今は吹きもせぬあの青葉の笛の音《ね》が、現《うつつ》に聞えてくる思いがする。

夏―木下闇。「須磨寺」は神戸市須磨区、福祥寺《ふくしょうじ》の通称。寺宝の青葉の笛は、源平一の谷の合戦で熊谷直実《くまがいのなおざね》に討たれた平敦盛《たいらのあつもり》が、腰に挾《はさ》んでいた遺愛の笛として有名。同寺に「吹かねども音に聞えて笛竹の代々の昔を思ひこそやれ」の古歌が伝来した(『兵庫名所記』)。句はこれによっていよう。

◇木下闇　青葉が茂って小暗くなっている木陰。

409　時鳥が鳴きながら飛び去ってゆく、そのはるかな沖合に、島影がひとつぽつんと夢のように浮んでいる。

夏―時鳥。『笈の小文』によれば、鉄拐山《てつかいざん》(須磨区)からの海上の眺望。「島一つ」で広々とした穏やかな海上の風景を強く印象づける。鉄拐山から見おろす「島」は具体的には淡路島。ただし実在の島と限定する必要もない。

ぼしきところは麦の穂浪《ほなみ》あからみ
合ひて、漁人《あま》の軒近き芥子《けし》の花の
[四]たえだえに見渡さる

406　海士《あま》の顔まづ見らるるや芥子の花　笈の小文

407　須磨の海士の矢先《やさき》に鳴くか郭公《ほととぎす》　笈の小文

408　須磨寺《すまでら》や吹かぬ笛聞く木下闇《こしたやみ》　笈の小文

409　ほととぎす消え行く方《かた》や島一つ　笈の小文

明石《あかし》夜泊《やはく》

410 蛸《たこ》壺《つぼ》やはかなき夢を夏の月

笈の小文〔真蹟懐紙〕

この境、「這《は》[一]ひわたるほど」といへるも、ここの事にや

411 かたつぶり角《つの》振り分けよ須磨明石

猿蓑

412 足洗うてつひ明けやすき丸寝《まろね》かな

芭蕉翁真蹟拾遺

山崎[二]宗鑑《そうかん》屋敷、近衛殿《このゑどの》の「[三]宗鑑が

410　夏の月が海上を明るく照らしている。海底の蛸壺の中で、蛸は明日の朝には捕えられることも知らずに、明けやすい夏の短夜《みじかよ》のはかない夢をむさぼっていることであろう。

夏―夏の月。浜辺にころがる蛸壺に触発されて海底の蛸の運命を思いやった、ユーモアとペーソスの入りまじった句境。

◇蛸壺　海底に沈めて蛸を捕る素焼きの壺。

一『源氏物語』須磨に「明石の浦はただ這ひわたるほど…」とある。須磨・明石間の近距離を言ったもの。

411　蝸牛《かたつむり》よ、その二本の角を両方に振り分けて、須磨と明石の二つの名所を、おのおの平等に指し示せ。

夏―蝸牛《かたつぶり》。『源氏物語』の言葉に興じ、「這ひわたる」から「蝸牛」を連想してユーモラスに詠む。裏に『荘子』の諺「蝸牛角上《かぎうかくじやう》の争い」の蝸牛の角（極めて狭い場所）の意をきかす。

412　旅籠《はたご》に着いて足を洗うと、急に気がゆるんで疲れが出、着のみ着のまま横になって眠りこける。気がつくと、夏の短夜はもう明けている。

夏―明けやすし。長旅の旅情の一齣《ひとこま》。「足洗うて」に、一日の旅を終えて旅籠に着いた時の、ほっとした心持がこもっている。

二 宗鑑は九一頁注三参照。「宗鑑屋敷」は京都府乙《おと》訓《くに》郡大山崎町にあった宗鑑隠棲《いんせい》の遺跡。三 痩《や》せて足もよろける老法師の宗鑑が池の杜若《かきつばた》を取ろうとするの

を、近衛公がからかって詠んだ句という。「かきつばた」を「がきつばた」ともじった滑稽。其角『雑談《ぞうたん》集』その他に種々の異同を含んで伝わる宗鑑逸話の一つ。

413　近衛公は宗鑑を「餓鬼つばた」とからかったが、そんな痩せからびた姿にこそ世に背いた風狂者の趣きがあり、いかにも俳諧の祖としてふさわしい。自分は眼前の杜若にその有難い姿を偲《しの》んで拝もう。

夏―杜若。

四　学芸と無縁な人。または出家していない在俗の人。五　大坂、大和屋甚兵衛座所属の若衆方の歌舞伎役者（貞享四年刊『野郎立役舞台大鏡《やろうたちやくぶたいおおかがみ》』）。

414　花あやめが一夜のうちに枯れしぼんだとでもいうふうに、昨日舞台であで姿を見たばかりの求馬が、今日ははや死んでしまったよ。

夏―花あやめ。京都での吟。求馬が五月五日、菖蒲《しょうぶ》の節供に死んだところから、そのあで姿を花あやめになぞらえた。「あやめ」に「もとめ」の語呂をきかす。

415　五月雨に降りこめられて、湖面も湖畔の景物も、すべて姿を消し去っている中に、瀬田の唐《から》橋《はし》だけが、墨絵のように長々と横たわって見える。

夏―五月雨。瀬田の唐橋に焦点を当てながら五月雨に煙る琵琶《びわ》湖の大観を捉《とら》えた水墨画風。支考の『葛《くず》の松原』に名所の特色を巧みに生かした典型的な句と評する。「瀬田の橋」は瀬田の唐橋、瀬田の長橋ともいい、長さ百九十六間（三五五メートル）。日本三大橋の一つで琵琶湖の水が瀬田川に流出する出口に架る。

姿を見れば餓鬼《がき》つばた」と遊ばし
けるを思ひ出でて

413　有難き姿拝まんかきつばた　　猿雖宛書簡

四俗士にさそはれて、五月《さつき》四日、吉五
岡求馬《もとめ》を見る。五日はや死す。よ
つて追善

414　花あやめ一夜に枯れし求馬《もとめ》哉《かな》　　蕉翁句集

415　五月雨《さみだれ》に隠れぬものや瀬田の橋　　阿羅野〔真蹟短冊〕

木曾路の旅を思ひ立ちて大津にとどまるころ、まづ一瀬田の螢《ほたる》を見に出でて

416 この螢田《た》毎《ごと》の月にくらべみん　三つの顔

ほたる

417 目に残る吉野を瀬田の螢哉《かな》　真蹟懐紙写

418 草の葉を落つるより飛ぶ螢哉　＊いつを昔

大津にて

一 瀬田川流域の石山寺、螢谷は全国一の螢の名所。ここの螢は普通の二倍ほど大きく、数百匹が塊をなして飛び、あるいは高さ十丈（三〇メートル）ほども群れて火焔《かえん》のように見えるという（『和漢三才図会』）。

416 瀬田の川面《かわも》に螢の大群が光を映す、この華麗な光景を、木曾路の田毎の月と比べてみたい。

夏—螢。「田毎の月」は、信州姨捨《おばすて》山の斜面に階段状に小さく区切ってつくられた水田の一つ一つに、ことごとく月が映って見える現象をいう。

417 まだ目の底に焼きついている、絢爛《けんらん》たる吉野の花の残像の中を、いまおびただしい数の瀬田の螢が、大群をなして乱舞してゆく。

夏—螢。春の旅で見た吉野の花の絢爛さと、瀬田の螢が光の群舞を演ずる眼前の眺めの華麗さ。その両者を二重写しにして豪華な美の世界を描こうとした。

418 光を点滅させながら草の葉を這《は》っていた螢が、葉末でポトリと落ちたかと見ると、地には落ちずそのまま弧を描いてすらりと宙へ飛び上がる。

夏—螢。観察の細かい写生句。

◇落つるより　落ちると見るや否や。

419 世間は暑さに苦しむ夏の盛りだというのに、湖水に臨んで、波の上に浮ぶ感じさえあるこの家はまことに涼しく、夏を忘れる思いである。

419 世の夏や湖水に浮む浪の上

誹諧前後園〔真蹟懐紙写〕

五月末、ある人の水楼《すいろう》にのぼる

420 海は晴れて比叡《ひえ》降り残す五月《さつき》哉

真蹟懐紙写

涼み

421 夕顔や秋はいろいろの瓢《ふくべ》哉

真蹟懐紙写〔真蹟短冊・阿羅野〕

元禄元歳戊《ぼ》辰《しん》[二]六月五日会

422 鼓子花《ひるがほ》の短夜《みじかよ》眠《ねぶ》る昼間哉

尚白真蹟歌仙懐紙

夏―夏。『雪の流《ながれ》』に「井狩昨卜亭に遊びて」と前書がある。句はこの亭主への挨拶句。「湖水」は琵琶湖。

420 うっとうしい梅雨が上がって、湖の一帯はさわやかな五月晴れに映え、比叡の峰のあたりだけがまだ降り残っているらしく、雨雲に覆われている。

夏―五月。一望の中に景の変化を含む琵琶湖の大観。招かれた水楼の主への挨拶心もある。「海」は琵琶湖。

421 夕顔の花はみな一様に白く、形も同じようなのに、これが秋になると、大小、長短、さまざまの形の瓢《ふくべ》になるのだなあ。

夏―夕顔。大津の俳人、苗村宰陀《さいだ》の自筆類題句集『宰陀稿本』（享保四年自跋）に、「大津なる松洞《しょうどう》がもとにて、炭取に書き付ける」と伝える。夕顔のある縁先などに涼み、瓢簞《ひょうたん》の炭取をふと見かけて即興的に詠んだ趣きの句。

二「戊辰」は元禄元年の干支《えと》。ただし改元されたのは九月三十日。この前書は改元後の記入。

422 夜はしぼみ、昼間日覚めて花を開く昼顔が、夏の短夜で寝足りなかったせいか、昼もうとうと夢見るような感じで咲いている。

夏―昼顔。大津の奇《き》香《こう》亭で催した十吟歌仙の発句。「昼顔」「短夜」「昼間」の語を結び、擬人的におかしく詠みなした。裏に、自分も昼顔同様、この昼を気楽に休息させてもらっているとの亭主への挨拶がある。出典の懐紙の筆者、尚白も連衆《れんじゅう》の一人。

◇鼓子花　昼顔の漢名の一つ。コシクヮ。

423　床の山の名に愛《め》でて、道端に咲き乱れる昼顔のもとに、ゆるりと昼寝したいのになあ。

夏—昼顔。大津から岐阜への途中、床の山の近村大堀《おおぼり》から彦根の李由《りゆう》（二五五頁注二参照）に文通した句（『泊船集』許六書入れ）。立ち寄って昼寝でもしたいのにと、会わずに過ぎる心残りを床の山に託して言い送った。「昼顔に昼寝」はおかしみ。「床の山」は中仙道沿い（彦根市に属する）。「鳥籠《とこ》の山」とも書くが、「床の山」に「寝る」を結ぶのは古歌以来の伝統。

◇せうもの　せんものを。したいのに。

一　向井去来の妹で、清水氏に嫁した千代《ちよ》の俳号。五月十五日、三十歳に満たず没。「身まかる」は死ぬ意。

二　去来のもとへ。去来は長崎出身で京に住んだ。篤実で芭蕉の信頼を得た上方《かみがた》蕉門の重鎮。当年三十六歳。

424　折からの土用干とて、つい先達て亡くなった人の形見の小袖も、いまごろは他の品々に交じって土用干されていることでしょう。

夏—土用干。千子の没後約一カ月の追悼。「無き人の小袖」という具体的表現が、土用干の衣類の中にはからずも妹の形見を見出だして悲しみを新たにする兄の心情をよく捉えている。「土用干」は夏の土用に、虫害その他を予防する目的で衣類などを干す習慣。

425　この庭に植えられた藜が伸びて杖になる秋までも、長く厄介になっていたいものです。

夏—藜。『笈日記』によると、岐阜梶川町妙照寺の住職己百《きはく》亭に逗留《とうりゅう》中の作。長く逗留したいと居心地のよ

423　昼顔に昼寝せうもの床《とこ》の山　韻塞

千子《ちね》[一]が身まかりけるを聞きて、美《み》濃《の》の国より去来[二]がもとへ申しつかはし侍《はべ》りける

424　無き人の小《こ》袖《そで》も今や土《ど》用《よう》干《ぼし》　猿蓑

425　宿りせん藜《あかざ》の杖《つゑ》になる日まで　笈日記

落梧《らくご》[三]何某《なにがし》の招きに応じて、稲葉[四]の

さを褒《ほ》め、歓待に謝した挨拶句。「藜」はアカザ科の一年草。若葉は食用。茎は直立し、生長すると木状になり、堅く軽くて老人の杖として適材。句には、それを杖について再び旅路に就く意もおのずからこもる。

三 岐阜本町の富裕な呉服商、安川助右衛門の号。元禄四年没。四 岐阜市街の東端で長良川に臨む金華山の古名。四三九釈注参照。

426 あるじは静かな山陰に瓜畠を作って清閑を楽しんでいる。自分はこの夏を忘れる閑適な住まいにしばらくとどまって、滋養に富んだ甘い瓜を馳走になり、長途の旅に疲れた身を養おうと思う。

夏―瓜。亭主の住まい（別邸であろう）を賞し、厚遇に甘えようとの挨拶をこめた。

427 花びらの散るようにもろく命を終った幼い人を、何かの花に譬《たと》えようにも、夏野には一輪の花とてなく、ただ茫々《ぼうぼう》と夏草が茂るばかり。

夏―夏野。『笈日記』に「落梧《らくご》のぬし、幼き者を失へる事を悼《いた》みて」と編者の注がある。草茫々の夏野に夢まぼろしの世の悲しみを象徴した哀悼句。「花も夏…」に「花もない」の意を掛けた。

428 鬱蒼《うつそう》たる稲葉山の全山に鳴きとよむ蟬の声。その声に誘われて、麓《ふもと》のこの寺の釣鐘《つりがね》までが今にも響き出すかと思われる。

夏―蟬の声。稲葉山麓に寺はいくつかある。

五 岐阜富茂登《ふもと》の庄屋。松橋氏。別邸が稲葉山麓梶川町にあった。

山の松の下涼みして、長途《ちやうど》の愁《うれ》ひをなぐさむほどに

426 山陰や身を養はん瓜《うり》畠《ばたけ》　真蹟懐紙［笈日記］

427 もろき人にたとへん花も夏野哉《かな》　笈日記

稲葉山

428 撞《つき》鐘《がね》もひびくやうなり蟬《せみ》の声　笈日記

五 喜《き》三郎《さぶらう》何某《なにがし》は稲葉山の麓に閑居を占めて、納涼《だふりやう》のためにたびたび招

429

かれ侍《はべ》りしかば

城《しろ》跡《あと》や古井の清《し》水《みづ》まづ訪《と》はん

真蹟懐紙［笈日記］

430

[一]名にしあへる鵜《う》飼《かひ》といふものを見侍《はべ》らんとて、暮れかけていざなひ申されしに、人びと稲葉山の木陰に席を設け、盃《さかづき》をあげて

又やたぐひ長《なが》良《ら》の川の鮎《あゆ》膾《なます》

笈日記

431

美《み》濃《の》の長良川にてあまたの鵜を使ふを見にゆき侍りて

おもしろうてやがて悲しき鵜《う》舟《ぶね》哉《かな》

真蹟懐紙一［懐紙二・短冊・阿羅野］

429 興亡の歴史を秘めた城跡に登ると、昔のことがさまざまに偲《しの》ばれるが、折からの炎暑に、今も清く湧《わ》くこの古井の清水をまず汲んで昔を偲ぼう。

夏―清水。亭主への挨拶を含めて詠む。「城跡」は稲葉山頂の岐阜城址《じょうし》。斎藤道山《どうさん》・織田信長のかつての居城。のち幾変遷して関ヶ原の役に織田信秀が拠《よ》り、徳川軍と戦って敗北、慶長七年、廃城となった。

一「あへる」は「負へる」の誤り。有名な、の意。

430 鵜飼で世に名高いこの長良川の鮎膾のおいしさは、またと類いないものでしょうよ。

夏―鮎。軽い座興の句。「長良」に「たぐひなからん」の意を掛けた技巧に即興感が表出。「鮎膾」は、鮎を細かく切り、蓼酢《たです》で調味した料理。鮎の膾。

431 鵜舟が目の前で、花やかな篝火《かがりび》を焚《た》きつつ活発な鵜飼を繰り広げる時、面白さはその極に達するが、やがて川下遠く闇の彼方に消え去るにつれて、何とも言い知れぬ空虚な物悲しさだけが心に残る。

夏―鵜舟。鵜飼は月のない闇夜、舳先《へさき》に赤々と篝火を焚き、鵜匠が一人で十二羽の鵜を手綱でさばいて鮎を獲《と》りながら、川上から川下へと、何艘《そう》も相前後して流れ下る。その作業が目の前に来て繰り広げられるとき、見物の感興は最高潮に達するが、やがて川下に流れ去り、篝火とともに闇の彼方に消える。句はその間の「歓楽尽きて哀情《あいじやう》深し」という心理を捉《とら》えた。謡曲『鵜飼』の「面白《おもしろ》の有様や。底にも見ゆる篝火に、驚く魚を追ひ回し、潜《かづ》き上げすくひ上げ、隙《ひま》なく魚を食

ふ時は、罪も報《むく》ひも後《のち》の世も、忘れ果てて面白や…鵜舟の篝、影消えて、闇路《やみぢ》に帰るこの身の名残り惜しさをいかにせん」を心に置いた作。

432　この水楼からの眺望は、野も川も森も村々も遠山も、目に見える物総てが涼気《りようき》に満ちている。

夏―涼し。『笈日記』には「十八楼《じふはちろう》の記」と題する長い文章の末に付記する。文は、稲葉山麓の賀島鷗歩《おうほ》（岐阜の油商で俳人）の水楼から見渡した長良川や、遠近の農漁村、北方の連山など、広い眺望を風景画ふうに描き、その美景を中国の瀟湘《しようしよう》八景・西湖《せいこ》十景になぞらえて、水楼に「十八楼」の名を与えたもの。句は涼感に満ちた眺望を端的にまとめて文に応じた。

433　夏になると、ほかの草木はみな枝葉を茂らせるのに、一つ葉だけは相も変らず、ひっそりと山陰に生えていて、ただ一枚の葉をつけたままでいるよ。

夏―ひとつ葉・夏。稲葉山の山道あたりでの嘱目吟。「一つ葉」は、山や谷の陰で、乾燥した岩の上や樹幹に叢生するシダ類の多年草。高さ三〇センチ前後。太い葉柄《ようへい》に長楕円《だえん》形、深緑色の葉を一枚ずつ直立させる。寂しい一つ葉の姿にあわれの情を見出だした。

434　三日月は古来さまざまな物に譬《たと》えられるが、どんな譬えもあの美しさには匹敵しない。

秋―三日の月。七月三日の作。「見立て」は比喩《ひゆ》の意。月の見立ては「月の剣《つるぎ》」「月の眉《まゆ》」「利鎌《とがま》」「娥眉《がび》」「玉鉤《ぎよつこう》」等々、和漢ともに例が多い。

二　名古屋庄広井村（西区替池町）にあった日蓮宗、

同じところ、水楼にあそびて

432　このあたり目に見ゆるものは皆涼し

真蹟懐紙［笈日記］

433　夏来てもただひとつ葉《ば》の一葉《ひとは》かな

真蹟懐紙［短冊一〜二・笈日記］

三日

434　何事の見立てにも似ず三日の月

阿羅野

ありとある見立てにも似ず三日の月

尾張円頓寺《ゑんとんじ》[二]にて

知足書留

ありとある譬《たとへ》にも似ず三日の月　　真蹟色紙〔笈日記〕

一田中の法蔵寺にて

435 刈り跡や早稲《わせ》かたかたの鴫《しぎ》の声　　笈日記

436 あの雲は稲妻を待つたより哉《かな》　　＊阿羅野

賀ス二新宅ヲ一

437 よき家や雀《すずめ》よろこぶ背戸《せど》の粟《あは》　　俳諧千鳥掛〔真蹟懐紙・草稿〕

二花も紅葉《もみぢ》もなき浦の苫屋《とまや》の秋

長久山円頓寺。いまは名古屋市西区橋詰町。

一 広井村堀川西（西区新道町）の天台宗田中山法蔵寺。貞享二年に名古屋村から移転して間もない田圃《たんぼ》の中の寺。

435 こがね色に実った早稲田の半ばは刈り取られ、片方の、落し水をたたえた刈り跡に鴫が下りて鳴いている、寂しい初秋の夕暮であるよ。

秋―鴫・早稲。西行「心なき身にも哀れは知られけり鴫立つ沢の秋の夕暮」（『新古今集』）の和歌的世界に対し、沢ならぬ田圃の鴫は俳諧の新しみ。鴫は田・沼などの泥湿地を好む水禽《すいきん》。ジャージャーという声で鳴く。

436 初秋の日暮れ時、遠空の雲行きが、いまにも稲妻を走らせそうな気配を帯びてきて、電光一閃《いっせん》の美光を待つ心を誘い出す。

秋―稲妻。初秋残暑のころの端居《はしい》、門《かど》涼みの折などに詠んだ趣きの句。「稲妻」は、貞徳『俳諧御傘《ごさん》』に夜分のものとする。「たより」は手がかり。期待する心を表した。

437 新宅の裏の畑には粟の穂がたわわに実り、雀が群れてうれしげに囀《さえず》りついばんでいる。見るからに豊かな思いのするよい住まいだ。

秋―粟。七月八日、鳴海の下里知足の弟、三郎左衛門の新宅を祝った句。戸外嘱目の田園豊饒《ほうじょう》のさまを描いて祝意を表した。席上、知足らと、この句以下表六句《おもてろっく》

（歌仙の初めの六句）が詠まれた。真蹟自画賛の句形は画に合わせた別案か。

二 藤原定家「見わたせば花も紅葉もなかりけり浦の苫屋の秋の夕暮」（『新古今集』）による。

438 秋に入って海の碧《あお》もひとしお深く、目の前に波打つ稔りの青田の向うに広がって、見わたす限り緑一色の、まことに清爽《せいそう》な眺めである。

秋―初秋。七月十日、鳴海の児玉重辰興行の歌仙（『幽蘭集』）の発句。鳴海宿《じゅく》からの鳴海潟の眺望。「鳴海潟や…」の句は「青田」で夏季に紛れるので、すぐ真蹟草稿歌仙巻の形に改めて連句の発句にしたのだろう。のち成案の形に推敲《すいこう》。

三 この年の立秋は七月十日（陽暦八月五日）。

439 旅に飽く心が兆して今日で何日になるやら。ずいぶん長い旅だった。ふと気がつくと冷やかな風が肌をなでて、季節は秋に移っている。

秋―秋の風。旅を愛する芭蕉にも旅に飽く心が兆す、夏を経てきた長旅の旅愁。秋風に時の推移を驚く立秋の日の所懐。

に品かはりて

よき家や雀よろこぶ背戸の秋　　真蹟自画賛〔記念題〕

438

鳴海《なるみ》眺望

初《はつ》秋《あき》や海も青田の一《ひと》みどり　　俳諧千鳥掛

初秋は海やら田やら緑哉　　真蹟草稿歌仙巻〔幽蘭集〕

鳴海潟や青田に変る一みどり　　かしま紀行

439

秋[三]立つ日

旅に飽きてけふ幾日《いくか》やら秋の風　　俳諧石摺巻物

440
蓮池や折らでそのまま玉《たま》祭《まつり》
俳諧千鳥掛

貞享五戊《ぼ》辰《しん》七月二十日
於《おいテ》二竹葉軒ニ一長虹《ちやうこう》興行

441
粟《あは》稗《ひえ》にとぼしくもあらず草の庵
荷兮真蹟歌仙巻〔秋の日〕

粟稗にまづしくもなし草の庵
笈日記

菊花の蝶

442
秋を経て蝶《てふ》もなめるや菊の露
*笈日記

440 この小池に咲く蓮の花は、わざわざ手折るまでもなくそのままで玉祭の供花になる風情《ふぜい》です。

秋—玉祭。『知足斎日々記』貞享四年九月六日の条に「裏に蓮池こしらへ申し候」とある。その小さな蓮池を愛《め》で、半ば興じて詠んだ句。「蓮池」は夏季だが、この句では秋の「玉祭」に引かれて季の働きを失う。◇玉祭「魂祭」とも書き、旧暦七月十三〜十六日に先祖の霊を祭る盂蘭《うら》盆《ぼん》。普通は蓮の葉に種々の食物を盛って精霊棚《しようりようだな》に供える。

一 名古屋城北、杉の薬師堂（現東区杉村町西杉の解《げ》脱《だつ》寺）の住持。

441 質素な草庵生活のうちにも、庭前屋後《おくご》に植えた粟や稗はたわわに実り、優遊自適には事欠かぬ、満ち足りた暮しぶりがよくうかがえる。

秋—粟稗。長虹の竹葉軒で催した七吟歌仙の発句。杜《と》甫《ほ》「南隣」詩、「錦里《きんり》先生烏《ウノ》角巾《かくきん》、園収《メテ》ニ芋粟《ヲ》一未《ダ》ニ全《ク》貧《シカラ》一」を踏み、長虹を隠者錦里先生に比した挨拶句。「烏角巾」は隠者のかぶる黒い角頭巾。◆『笈日記』の形は改案とされるが誤伝の恐れもある。

442 秋更《ふ》けて、菊にとまった老いた蝶。お前も齢《よわい》を延ばそうと、菊の露をなめるのか。

秋—秋の蝶・菊・露。『笈日記』に「画賛」と注する。「菊の露」といえば菊慈童の不老長寿の故事（一〇八参照）を連想するのが当時の常識。

443 菜汁に唐辛子だけの日頃の粗末な食膳を、客の前でも隠そうとせぬ。この家のあるじはまことに恬淡《てんたん》として、脱俗の風格ある人物だ。
秋—唐辛子。『猫の耳』の注によれば、吉田（豊橋市）の医師で俳人でもある加藤烏巣を名古屋近辺の寓居に訪ねての挨拶句。「菜汁」は干菜《ほしな》の味噌汁。

二 岡田氏。『冬の日』以来の名古屋蕉門の重鎮。呉服商を営む富豪で、商用のためよく上方《かみがた》旅行もした。

444 うそ寒い秋風に旅衣をひるがえしながら、別れを惜しんでとぼとぼと旅立ってゆく君。その後ろ姿が、見送る私の目にとても寂しく映る。
秋—秋の風。名古屋滞在中、上方に赴く野水に与えた送別句。別れの寂しさを「秋風」の語感で形象化。

445 長い旅の間に行く先々でさまざまな人に出会っては見送られ、別れも告げて、その果てに、これからは寂しい木曾路の秋を独り旅ゆくのだ。
秋—秋。『阿羅野』の形は名古屋の門人達の送別に答えた留別。「送りつ」は具体的には野水を送ったことをさすが、人を見送った自分がまた人々に送られて旅立つ、複雑に交錯する会者定離《えしゃじょうり》の世の寂寞《せきばく》をこめる。『更科紀行』では紀行全体の趣きに合わせて改案した。

446 秋の野の千草《ちぐさ》が、それぞれに特色のある美しい花を咲かせて手柄を競っているよ。
秋—草の花。『笈日記』岐阜部に「留別四句」として四四三〜八を列挙。ともに、岐阜で見送った門人たちへの留別吟。この句には、各人が贈った送別句を秋野の花に寓する作意がある。「緑なるひとつ草とぞ春は見し秋は色々の花にぞありける」（『古今集』）を踏む。

443 隠さぬぞ宿《やど》は菜《な》汁《じる》に唐《たう》辛《がら》子《し》　＊猫の耳

二野《や》水《すい》が旅行を送りて

444 見送りのうしろや寂し秋の風　三つの顔

445 送られつ別れつ果ては木曾の秋　更科紀行

送られつ送りつ果ては木曾の秋　阿羅野〔笈日記〕

446 草いろいろおのおの花の手柄かな　笈日記

人々郊外に送り出でて三盃《さんばい》を傾《かたぶ》け侍《はべ》るに

447 朝顔は酒《さか》盛《もり》知らぬ盛り哉《かな》　笈日記

448 ひよろひよろとなほ露けしや女郎花《をみなへし》　更科紀行〔真蹟画賛〕

ひよろひよろと転《こ》けて露けし女郎花　更科紀行真蹟草稿〔笈日記〕

449 あの中に蒔《まき》絵《ゑ》書きたし宿の月　更科紀行

447　この朝顔は、すぐ傍らで飲酒高談する我々にはまったくわれ関せずの趣きで、清くさわやかに咲き盛っている。

秋―朝顔。早朝、郊外の茶店などで、見送りの人々と別れの盃を汲み交わす場に朝顔を嘱目しての即興吟。「酒盛知らぬ」は、古来、桜や菊には宴を催しても、朝顔の宴など誰もしない事実をふまえて、面白く言いなしたもの。

448　ひょろひょろと細くか弱げな女郎花に、なおさら露がしとどに置いて、今にも倒れそうに頼りなく見えることよ。

秋―女郎花・露。露にぬれる女郎花は伝統的美意識。『更科《さらしな》紀行』には木曾路の吟として配し、山路の女郎花を描いた作とする。初案（『笈日記』）は、別れ行く身の頼りない心情を、眼前の女郎花の姿態に託した留別吟。

449　山の宿で見る大盃のような、あのまん丸い月の中に、自分も蒔絵を画いてみたいものよ。

秋―宿の月。鄙《ひな》びた木曾の旅籠《はたご》で、並みはずれて大きく武骨で、稚拙な蒔絵のある盃を出され、都会では見向きもされぬ田舎《いなか》くさい盃でも土地柄に合えば玉の盃の心地もするよ、と興じて詠んだ句（『更科紀行』本文による）。◆真蹟草稿は、初め上五を「月の中に」

と書き、あとで「あの中に」と改めている。

450　目も眩《くら》むような木曾の桟に、蔦葛が、放せば落ちんとばかり、命がけで絡《から》みついている。

秋―蔦葛。蔦葛の姿態に自ら味わった恐怖感を響かせた。「桟」は木曾の桟。上松《あげまつ》と木曾福島の間にあった木曾路の有名な難所で、歌枕。古くは鎖と藤蔓《ふじづる》で板を縛って崖道の絶えた部分に張り渡した。江戸期には橋脚がない外は普通の橋と同じ構造（『和漢三才図会』）。

451　音に聞く難所、木曾の桟に来てまず思い出すのは、中古の昔、朝廷に献上する望月《もちづき》の駒《こま》が非常な危険を冒してこの桟道を渡ってゆく場面だ。

秋―馬迎へ。「馬迎へ」は中古中世期、毎年八月十五日に、諸国から朝廷へ名馬を献上した行事。「駒迎へ」とも。五四参照。中でも信州望月の牧《まき》から献上した望月の駒は有名。その献上馬が木曾の桟の難所を越えた昔を思いやった。

一　いま「冠着山《かむりきやま》」という。当時「月は最上の名所」（『国花万葉記』）とされた。山麓《さんろく》に住む男が嫁にそそのかされて、ある月の夜、老母をこの山奥に捨てたが悲しみにたえず、「わが心慰めかねつ更科や姨捨山に照る月を見て」と詠んで連れ戻ったという姨捨伝説で有名（『大和物語』、謡曲『姨捨』他）。

452　姨捨山の月を眺めていると、月夜に捨てられてひとり泣き暮したという老婆の幻影が浮んでくる。今宵はその面影を月見の友とすることだ。

秋―月。

月の中に蒔絵書きたし宿の月　　更科紀行真蹟草稿

450　桟《かけはし》や命をからむ蔦《つた》葛《かづら》　　更科紀行

451　桟やまづ思ひ出《い》づ馬《うま》迎へ　　更科紀行

一 姨捨山《をばすてやま》

452　俤《おもかげ》や姨ひとり泣く月の友　　更科紀行

信濃の坂城《さかき》[一]といふ処に泊りて

453 いざよひもまだ更科《さらしな》の郡《こほり》哉《かな》　真蹟短冊〔更科紀行〕

454 身にしみて大根からし秋の風　更科紀行

455 木曾の橡《とち》浮世《うきよ》の人の土産《みやげ》哉　更科紀行

[二]世に居《を》りし人に取らせん木曾の橡　更科紀行真蹟草稿

善光寺[三]

456 月影や四《し》門《もん》四《し》宗《しゅう》もただ一つ　更科紀行

一 姨捨山東麓《おばすてやまとうろく》の宿場町《しゅくばまち》で埴科《はにしな》郡（現在同郡坂城町）。

453 更科の月に心を奪われて、十六夜《いざよい》の今宵もまだ更科の郡を去りかねている自分だ。

秋―十六夜。「いざよひ」に十六夜の意と徘徊《はいかい》（うろつく）の意を、「更科」に「去らぬ」意を、それぞれ掛ける。「更科の郡」は誤りだが、名月の翌十六夜も、なお飽かずに姨捨のあたりを徘徊する心を詠んだ。

454 寂しい秋風の吹きめぐるこの地では、大根の味もことさら身にしみて辛《から》く感じられる。

秋―大根・身にしむ。木曾路の旅籠《はたご》で味わった大根の辛さに、鄙《ひな》びた高原地帯の風土の秋を感受した。『芭蕉句選年考』に「かの地、からみ大根と世俗にいふあり。その形小さくして、気味至ってからし」と伝える。

455 浮世の外の感が深い木曾の山奥で橡の実を拾って、これを浮世に住む友への土産にすることだ。

秋―橡の実。木曾谷付近は橡の特産地。西行歌「山深み岩に滴る水止《と》めんかつがつ落つる橡拾ふほど」（『山家集』）をふまえた。この橡の実は名古屋の荷兮《かけい》にも送られた（『阿羅野』）。

二 「世に居りし人」は、木曾路に入る前に市井《しせい》で交わった人。荷兮ら。「取らせん」は、くれてやろう、の意。

三 長野市の名刹《めいさつ》。七世紀の創建以来、広く全国の信仰を集めた。

456
皎々《こうこう》たる明月が、四門四宗を隔てなく照らす。その真如《しんにょ》の月のごとく、善光寺は四門四宗に分れても、等しく仏道の誠に帰一している。

秋—月影。善光寺鑽仰《さんぎょう》の心。善光寺は、境内の東西南北に各一門を備え、それぞれに「定額山善光寺」「不捨山浄土寺」「南命山無量寿寺」「北空山雲上寺」の扁額を掲げる。「四門」とはこれをいい、また寺内は天台宗・浄土宗・時宗の三宗が同居する特殊な組織。そのさまを、「四門」の語呂に合わせて「四宗」と言ったのであろう。

457
浅間山に吹き荒れる野分が、山肌の石を烈しく吹き飛ばす。その石まじりの野分のものすごさが、いかにも浅間山にふさわしい。

秋—野分。荒涼とした浅間の実感を捉《とら》えるのに苦心した作。真蹟草稿に、初案「秋風や…」以下何度も書き改めた推敲《すいこう》の跡が歴然と残る。八月下旬ごろ、浅間南麓の街道筋での印象。浅間山は長野・群馬両県境にまたがる三重式活火山。上半分は草木が生えず、山には軽石が多い。嵐《あらし》に石が吹き飛ぶというのは実景に即した表現。

四 山口素堂。芭蕉が江戸に出府して以来の心友で、当時葛飾《かつしか》（墨田区）に隠棲《いんせい》。五 九月九日（重陽《ちょうよう》）の菊の節供の翌日の菊。残菊《ざんぎく》。六 素堂のこと。七 重陽の宴。晋《しん》の孟嘉《もうか》が、龍山の重陽の宴で帽子を落して嘲《ちょう》笑《しょう》されたが、優れた文を作って人々を驚嘆させた、という故事から出た語。

457
吹き飛ばす石は浅間《あさま》の野《の》分《わき》哉　　更科紀行〔更科紀行真蹟草稿〕

吹き落《おと》す石は浅間の野分哉　　更科紀行真蹟草稿

吹き落す石を浅間の野分哉　　同

吹き落す浅間は石の野分哉　　同

吹き颪《おろ》す浅間は石の野分哉　　同

秋風や石吹き颪す浅間山　　同

四素堂《そだう》亭　五十日菊《とをかのきく》

六蓮池の主翁《しゅをう》、また菊を愛す。昨日は七龍山の宴をひらき、今日《けふ》はその

酒のあまりを勧《すす》めて狂吟[一]の戯《たはぶ》れと
なす。なほ思ふ、明年[二]誰か健《すこや》かな
らん事を

458
いざよひのいづれか今朝に残る菊
十六夜《いざよひ》の月と見はやせ残る菊
笈日記
俳諧千鳥掛

459
木曾の痩《やせ》もまだなほらぬに後《のち》の月
笈日記

460
蔦《つた》の葉は昔めきたる紅葉《もみぢ》哉《かな》
＊俳諧葱摺

一 俳諧。二 杜甫「九日藍田崔氏荘《らんでんさいしガ》」詩中の句「明年ノ此会知ラン二誰カ健ナルヲ一」による。

458 十六夜《いざよい》の月と十日の朝の残菊とでは、いずれの趣きが勝るであろうか。盛りをわずかに過ぎた寂しみのほのかに漂うところ、いずれ劣らぬあわれがある。
秋―残る菊・十六夜。

459 ひと月前、姨捨山《おばすてやま》の名月を賞《め》でた木曾の旅から帰ったばかりで、まだ旅痩《たびやせ》も治らぬのに、今宵はこうして皆と後の月見を楽しんでいる自分だ。
秋―後の月。九月十三夜、芭蕉庵に素堂・杉風《さんぷう》・越人・路通・宗波《そうは》・苔翠《たいすい》・友五《ゆうご》・夕菊《せきぎく》ら俳客八名を招いて後の月見の会を主催した折の作。『笈日記』には「芭蕉庵十三夜」と題して参会者の句とともに収める。「木曾の痩」は木曾の旅で痩せたことをいう。「長旅」に「痩せる」は付物《つけもの》（『類船集』）だが、嶮峻《けんしゅん》な山岳地帯の「木曾」と「痩」の配合は殊に効果的。

460 蔦紅葉は真紅《しんく》の美しさの中にもくすんだ渋味を宿して、何となく昔めいた古色を感じさせる。
秋―蔦紅葉。

461 秋も暮れようとして夜寒が殊に身にしみるこのごろ、そぞろに悲しい思いを抱きながら、狭い三布蒲団を体にぴったり引き寄せて寝る自分である。
秋―行く秋。貧弱な三布蒲団を身に引きまとう動作を通して夜寒の候の孤独寂寥《せきりょう》感を形象化。「三布蒲団」は、幅の狭い掛蒲団。「布《の》」は反物の幅を表す語。一布は鯨尺《くじらじゃく》約八寸（約三〇センチ）。普通の掛蒲団は四〜五布を用いる。三布は普通の敷蒲団の幅。

三『庭竈集』によると、その編者越人が芭蕉庵に逗留《とうりゅう》した元禄元年秋冬の間、其角《きかく》・嵐雪《らんせつ》なども加わり、昔の聖君、賢臣を題にして句を詠んだ。四六二・四六三はその折の芭蕉の作。題詠だから季は当季とは限らない。

四 仁徳天皇が民の窮乏を救うために三年間貢《みつぎ》を免除し、三年目に高殿から民屋《みんおく》のにぎわいを眺めた時の喜びの歌。全歌形は謡曲『難波《なにわ》』参照。

462 いま新年の風習に、民の家々で庭竈を作って、にぎやかに遊び楽しんでいるのも、かの仁徳帝の有難い思召《おぼしめ》しのおかげというものである。
春―庭竈。謡曲『難波』の「〈高き屋に登りて見れば煙立つ民の竈は賑ひにけり〉と叡慮にかけまくも、かたじけなくぞ聞えけり」による。「庭竈」は正月三ガ日間、土間に新しい囲炉裏《いろり》を切って薪をたき、囲《まわ》りに主人家族・奉公人らが集まって大服茶《おおぶくちゃ》、酒、焼餅などを飲食して団欒《だんらん》する民間行事。
五 鎌倉幕府の執権《しっけん》、北条泰時。六 政治は…、の意。

463 北条泰時が御成敗式目《ごせいばいしきもく》五十一ヶ条を公布して天下の政道を明らかにしたさまは、まさに東天に明月の昇るのを思わせるものがある。
秋―明月。泰時の賢臣ぶりを讃えた題詠句。「五十一ヶ条」は、貞永《じょうえい》元年（一二三二）、泰時が時の評定衆《ひょうじょうしゅう》に命じて編纂《へんさん》した鎌倉幕府の基本法。「貞永式目」ともいう。

461
行く秋や身に引きまとふ三布蒲団《みのぶとん》　　＊韻塞

462
三仁徳天皇《にんとく》
四「高き屋《や》にのぼりてみれば」との
御製《ぎょせい》のありがたさを今もなほ
叡《えい》慮《りょ》にて賑《にぎは》ふ民の庭《には》竈《かまど》　　庭竈集

463
五武蔵守泰時《むさしのかみやすとき》
仁愛を先とし、六政《まつりごと》ハ以テレ去ルヲレ欲ヲ為スレ先ト
明月の出づるや五十一ヶ条　　庭竈集

464 菊《きく》鶏《けい》頭《とう》切り尽しけり御《お》命《めい》講《こう》

尚白宛真蹟書簡〔忘梅〕

465 冬《ふゆ》籠《ごも》りまた寄りそはんこの柱

尚白宛真蹟書簡〔阿羅野〕

466 五つ六つ茶の子にならぶ囲《ゐ》炉《ろ》裏《り》哉《かな》

茶の草子

大通庵《だいつうあん》の主《あるじ》道円居士《だうゑんこじ》一、芳名を聞くこと親しきままに目見《まみ》えん二ことを契りて、終《つひ》にその日を待たず、初冬一夜の霜と三降《ふ》りぬ。今日《けふ》はなほ四一周《ひとめぐり》にあたれりといふを聞きて

464 御命講に供えるため、庭に咲き残る最後の菊や鶏頭まで、これで全部切り尽してしまったよ。

冬—御命講。秋果てて初冬早々に迎える御命講の季感を見事に形象化した佳句。芭蕉自身この句には、「五十年来、人の見出《い》でぬ季節、愚老（自分）が口にかかり、もし上人《しやうにん》（日蓮）真霊あらば我が名を知れ、とぞ笑ひ候」（尚白宛書簡）と自信のほどをほのめかした。◇御命講　旧暦十月十三日の日蓮忌の法会。宗門の寺院で日蓮の画像を祭って説法、読経が行われ、他宗の参詣人も多い。民家でも広く営む。

465 草庵にいてはいつも柱に背をもたせて沈思する自分。去年からは長旅をして、つい寄りかかることもなかったが、今年の冬籠りは、またこの懐かしい柱に寄りかかって暮そうと思う。

冬—冬籠り。「また」「この」に、寄り馴れた柱への愛着と懐かしみがこもる。久しぶりに自庵で冬籠りするやすらいだ気持。

466 五、六人の者どもが囲炉裏のまわりに頭を並べ、茶菓子を前にしてかしこまっているわい。

冬—囲炉裏。『茶の草子』に、「木曾の秋に痩せ細り、芭蕉庵に籠り居給ひし冬」と路通の文がある。路通をはじめ庵に寄り集まった門人数人に茶を振舞った時の団欒《だんらん》の場面を、温かく親しみをこめて詠んだ。「五つ六つ」は客の頭数。「茶の子」（茶菓子）の数にひっかけてユーモラスに言った。

一　深川近所の僧侶らしいが伝不詳。 二　お目にかか

る約束をしながら。三 亡くなった、の意。「初冬」(十月)の縁でこう言った。四 ちょうど一周忌。

467 名を聞くのみで、ついに相見ることもなかった故人の姿を、せめては遺愛の枯木の杖の形から、思い偲《しの》んでみたいものだ。

冬—枯木。「枯木」に故人の厳粛でからびた風貌を思いこめた。「杖の長」は杖の主の背丈を偲ぶよすが。

五 江戸の蕉門。一四一参照。李下の妻は元禄元年、嵐雪撰『つちのえ辰のとし歳旦』に「李下婦、ゆき」として句を出す。その秋没。

468 妻亡き後に独り寝る夜は、引きかぶる蒲団もさぞ冷たかろう。寂しさも言語に絶するものがあることだろう。

冬—蒲団・寒し。李下の孤閨《こけい》を思いやることでその亡妻を悼む心を表した。冬の季語を悼意の表現に巧みに生かす。中七・下五の重層的表現も効果的。

六 岐阜の落梧か。『笈日記』所収、落梧編「瓜畠集」には「少年を失へる人の心を思ひやりて」として載る。

469 火鉢を抱いて亡き人を思うあなたの悲涙が埋み火に落ちて、ジュッと煮える音を立て、火も消してしまう。そんな様子まで私の瞼《まぶた》に浮んでくる。

冬—埋火。「涙の烹ゆる音」は遺族の悲しみの深さを思っての烈しい表現。

七 越人の俗名。八 越智氏。名古屋の染物屋で蕉門。九 北陸地方。一〇 生活の手段として。一一 諺「大隠《たいいん》(真の隠者)は朝市《てうし》(繁華の地)に隠る」の心で言った。

467
その形《かたち》見ばや枯木の杖の長《たけ》　　芭蕉庵小文庫

李下《りか》[五]が妻の悼《いた》み

468
被《かづ》き伏す蒲《ふ》団《とん》や寒き夜やすごき　　かしま紀行

ある人の追善に[六]

469
埋《うつみ》火《び》も消ゆや涙の烹《に》ゆる音　　*阿羅野

尾張の十蔵《じふざう》[七]、越人《ゑつじん》[八]と号す。越路《こしぢ》[九]の人なればなり。粟飯《ぞくはん》[一〇]・柴薪《さいしん》のたよりに市中《しちゆう》[一一]に隠れ、二日勤めて二日

遊び、三日勤めて三日遊ぶ。性、酒を好み、酔和《一すいわ》する時は平家を謡《二うた》ふ。これ我が友なり

470 二人見し雪は今年も降りけるか　　庭竈集

雪《三》の夜の戯れに題を探りて「米《こめ》買《かひ》」の二字を得たり

471 米買ひに雪の袋や投《なげ》頭《づ》巾《きん》　　路通真蹟懐紙〔雪まるげ〕

472 さし籠《こも》る葎《むぐら》の友か冬菜売り　　＊雪まるげ

一 酔ってよい気持になる。二 平家琵琶《びわ》。平曲。

470 去年の冬、伊良湖の旅で二人して見たあの雪は、今年も降ったことだろうか。懐かしい。

冬―雪。前文で、優遊自適《ゆうゆうじてき》する越人の生きざまを喜ぶ。越人との伊良湖の旅は、三四～七参照。

三 路通真蹟（元禄元年十二月十七日筆）によると、芭蕉・依水《いすい》・苔翠《たいすい》・泥芹《でいきん》・夕菊《せきぎく》・友五《ゆうご》・曾良・路通の深川八貧子《はちひんし》が探題《たんだい》の句会（「深川八貧《はっぴん》」と呼ばれた）を開き、「米買」「真木《まき》買」「酒買」「炭買」「茶買」「豆腐買」「水汲《みづくみ》」「飯炊《めしたき》」の八題中から、芭蕉には「米買」が当った。

471 雪の降る今夜は、米買いに行く途中、頭に空《から》の袋を被《かぶ》って投頭巾としゃれよう。

冬―頭巾・雪。「雪」に「行き」を掛け、「行きの袋」で空《から》の米袋の意をきかした。近所の無名俳人を相手に心なごんだ風狂心の所産。「投頭巾」は、四角い袋状に縫った頭巾で、頭に被った余りをそのまま後ろに垂らすもの。

472 冬籠りして誰訪《と》う者もないこのごろの自分にとって、時たま立ち寄る冬菜売りは殊のほか懐かしい。これが葎の宿の唯一の友というべきか。

冬―冬菜。冬菜など買うこともある草庵生活の一齣《ひとこま》。「冬菜」は野菜の少ない冬に出回る菜《な》類。小松菜など。小松菜は深川に程遠からぬ小松川村（七三参照）の名産で、百姓が深川へも振り売りに来た。

473　まだ年の暮だが、すでに新年に備えて真新しい注連縄《しめなわ》が張り渡されたこの神々しい二見が浦の夫婦岩《めおといわ》を、さあ、皆で拝めよ。

冬—年の暮。深川常連の曾良・路通・宗波・嵐竹・苔翠・友五・泥芹・夕菊と巻いた歌仙の発句で、二見が浦に日の昇る図（四七九参照）に題して詠んだと思われる句ぶり。注連縄は一定間隔ごとに藁《わら》の端を七本・五本・三本と順ぐりに垂らして作るので「七五三」とも書いた。「注連」は春季だがこの句は「年の暮」が季語。

474　去年の秋姨捨山《おばすてやま》で見た田毎の月の美しさが今も瞼《まぶた》を離れず、元日の今日、思わず、かの田毎に、月に代って花やかな初日の出の映じている光景が想像されて、再び行ってみたい恋しさに駆られる。

春—元日。「田毎の日」は華麗な想像。「田毎の月」は四二六参照。元禄二年閏《うるう》正月頃筆の猿雖《えんすい》宛書簡にも、木曾旅行の強烈な印象を記して、この句を示す。

475　今年の春もまた旅の空にあることを想像すると、もういまから楽しい思いに駆られるよ。

春—春。『去来文』所収の「夜伽《よとぎ》の詞」（元禄三年春稿）によると、二年の正月早々去来にこの句を送って、奥の細道の旅に出ることを婉曲《えんきょく》に知らせたらしい。

476　朝な夕な、松島のことが私《ひそ》かに心にかかるのは、誰ぞ私を待つ佳人があの島にいるからか。

雑《ぞう》（無季）。「まつしま」に「待つ」「松島」を掛け、松島を見たい心を詠む。門人に名所の雑の句の在り方を説いた時の作。「夜さ」は夜。「片心」は片思い。

473
皆拝め二見《ふたみ》の七《し》五三《め》を年の暮
幽蘭集

元禄二年　四十六歳

474
元日は田《た》毎《ごと》の日こそ恋しけれ
真蹟懐紙
〔橋守〕

475
おもしろや今年の春も旅の空
＊去来文

476
朝《あさ》夜《よ》さを誰《たが》まつしまぞ片《かた》心《ごころ》
＊桃舐集

477 一元禄二仲春《ちゅうしゅん》、二嗒山《たふざん》旅店にて

かげろふの我が肩に立つ紙子《かみこ》かな

真蹟歌仙巻一
〔歌仙巻二・真蹟表六句・句切・色紙・雪まるげ〕

478 紅梅や見ぬ恋作る玉簾《たますだれ》

桐葉宛真蹟書簡
〔其木枯〕

479 三二見《ふたみ》の図を拝み侍《はべ》りて

うたがふな潮《うしほ》の花も浦の春

いつを昔
〔真蹟自画賛・真蹟二見文台図一〜二〕

480 葎《むぐら》さへ若葉はやさし破れ家《いへ》

*後の旅

一 元禄二年二月。「仲春」は旧暦二月の別称。二 大垣の俳人。藩士か。その江戸滞在中の旅亭で、の意。

477 ようやく春の気配も濃く、ふと見ると、まだ冬の紙子を着たままのわが肩にも、陽炎《かげろう》がゆらめき立っている。

春—陽炎。嗒山の旅館で巻いた七吟歌仙の発句。真蹟歌仙巻二に「元禄二年仲春七日」と奥書がある。真蹟句切には「冬の紙子いまだ着かへず」と前書。「紙子」は和紙製の衣類。防寒の用。八二頁注一参照。

478 美しい玉簾を垂れた邸宅の庭に、あでやかな紅梅が咲き匂って、あの簾の奥にはどんな美女が住んでいるのかと、まだ見ぬ人に恋心を誘われる。

春—紅梅。紅梅の艶と玉簾の古雅とで王朝絵巻的な優雅艶冶《えんや》な世界を虚構。謡曲『鸚鵡《おうむ》小町』の「雲の上はありし昔に変らねど見し玉垂《たまだれ》の内ぞ床《ゆか》しき」を踏む。

三 二見が浦。伊勢神宮の垢離場《こりば》。初日の出の遥拝所。

479 この二見が浦では、夫婦《めおと》岩に砕け散る波の花までも、めでたい新春を寿《ことほ》いでいるのだ。この神境の尊さを、ゆめゆめ疑うまいぞ。

春—浦の春。「潮の花」(波の花。三四参照)を「春」の縁語としてきかし、「うたがふ」「潮」「浦」とウの頭韻を踏む。神仏の威徳を説く時の常套語《じょうとうご》「うたがふな」を生かし、厳かに仕立てた画賛句。

480 荒れはてた家にはつき物の葎でさえ、萌《も》え出たばかりの若葉には可憐な優しさがあるものだ。

春—葎若葉。『後の旅』に「此筋《しきん》に望まれて茅屋《ばうをく》の絵賛あり」と注記。此筋は大垣藩士で当時江戸勤番中。破れ家の絵を引き立てた当意即妙の画賛句。

481　日がな一日鳴きつづける雲雀の声の合間に、時折能楽の拍子のように、ケンケンと鳴く鋭い雉子の声が入って、のどかな春を感じさせる。

春―雲雀・雉子。素堂の「春風に見失ふまでは雲雀かな」に唱和した句。『三冊子』に、「この句、雲雀の鳴き続けたる中に雉子の折々鳴き入る気色《けしき》を言ひて、長閑《のどか》なる味を取らんと色々して、これに究《きはま》る」と言う。
◇拍子　笛・太鼓で奏する能楽の拍子。合《あい》の手。

482　この画中の人物は、月や花を見る様子もなく、ぽつねんとただ一人で酒を飲んでいることよ。

雑《ぞう》（無季）。絵の趣きに合わせ孤独隠逸の人物像を形象した。「月花もなくて」に工夫があり、画面にはない月花を案じ出した所が臨機の着想。「月花」で雑。

483　人生有為《うい》転変、こんな取るに足らぬ庵にも主《あるじ》の住み替る時は来るものだ。新たに住む人は世捨人同然の自分と違って妻子があり、近く来る雛祭には雛壇なぞ飾られて、花やいだ家に変るだろう。

春―雛。奥の細道の旅を前に芭蕉庵を人に譲って出る時の感懐。『俳諧世中百韻《よのなかひゃくいん》』には「遙けき旅の空思ひやるにも、いささかも心に障らん、ものむつかしければ、日頃住みける庵を相《あひ》知れる人に譲りて出でぬ。この人なん、妻を具《ぐ》し娘・孫など持てる人なりければ」と前書がある。譲受人は平右《へいう》（衛門《えもん》）といった。「雛の家」は、雛人形を飾って雛祭を祝う家、の意。

481
雲雀《ひばり》鳴く中の拍子《ひやうし》や雉子《きじ》の声　　猿蓑

482
酒飲み居たる人の絵に
月花もなくて酒のむ独り哉《かな》　　*阿羅野

483
草の戸も住み替《かは》る代《よ》ぞ雛《ひな》の家《いへ》　　おくのほそ道

娘持ちたる人に草庵を譲りて
草の戸も住み替る代や雛の家　　真蹟短冊〔俳諧世中百韻〕

484 鮎《あ》《ゆ》の子の白《しら》魚《うを》送る別れ哉《かな》　続猿蓑

484 若鮎が白魚の後を追って春の川を遡《さかのぼ》る。今、川辺で別れを惜しむ我らの光景はそれに似ている。

春―鮎の子・白魚。奥の細道出立の際の留別吟。深川から隅田《すみだ》川を舟で千住《せんじゅ》に向う時、もしくは千住での作だろう。送る門弟達を鮎の子に、送られる自分を白魚に譬《たと》えた。「鮎の子」は旧暦三月ごろ海から川に遡る若鮎。「白魚」はそれより早い一〜二月ごろ産卵のために遡る白魚の成魚で、芭蕉自身の老い姿をなぞらえた謙辞。この句は『おくのほそ道』に加えようとしたが、品位が釣合わないので四八五の句に改作したと芭蕉自ら言ったという（土芳編『蕉翁句集草稿』）。

485 行く春や鳥啼《な》き魚《うを》の目は涙　おくのほそ道

485 今まさに過ぎ去ろうとする春に別れを惜しむかのように、鳥は啼き、魚は目に涙を湛《たた》えている。

春―行く春。『ほそ道』に、三月二十七日、千住まで川舟で見送った人々への離別の句として載る。実は前句の改案。魚・鳥の惜春の情を借りて惜別の情を盛った。陶淵明「帰ル二田園ノ居一」詩の「羈《き》鳥《てう》恋ヒ二旧林ヲ一、池《ち》魚《ぎょ》思フ二故淵ヲ一」、杜甫「春望」詩の「感ジテハ レ時ニ花ニモ濺《そそ》ギ レ涙ヲ、恨ンデハ レ別レヲ鳥ニモ驚カス レ心ヲ」などを心に置いた発想か。

一 室《むろ》の八島《やしま》

486 糸《いと》遊《ゆふ》に結びつきたる煙哉　曾良書留

一 室八島明神（栃木市惣社《そうじゃ》町大神《おおみわ》神社）。祭神は木花開耶媛命《このはなさくやひめのみこと》以下六神。関東有数の歌枕。古来、煙とともに詠み習わす。

486 古人は多く、室の八島に立つ煙と詠じたが、いま来てみると、その煙が晩春の野に燃える陽炎《かげろう》ともつれあって立ち昇っているように見える。

487 入りかかる日も糸遊の名残りかな　初茄子［曾良書留］

二 入りかかる日もほどほどに春の暮　曾良書留

春―糸遊。「結ぶ」「糸遊」（陽炎）の縁語仕立て。

487　日は刻々と山の端に沈み、最後は糸のように細るころ、野に燃える陽炎も次第に消え失せる。

春―糸遊。晩春の野の夕景。「日も」に「紐《ひも》」を掛け（謡曲に多い手法）、「糸」と縁語仕立てにした。

＝ 遅々たる春日にふさわしくゆったりと暮れる意。

488　この里は入相《いりあい》の鐘も聞えず、ただひっそりと静まっている。愁《うれ》いを誘うこの春の夕暮に、里人らは何を心の支えに生きているのだろう。

春―春の暮。前句と共に鹿沼《かぬま》（栃木県、三月二十九日泊）辺りでの吟。「鐘」は寺で勤行《ごんぎよう》の合図に撞く晩鐘。

489　この里は入相の鐘も聞えず、ただひっそりとして、春は寂しく暮れて行こうとしている。

春―春の暮。前句と同時の作。句趣も同じで別案と思われるが、この方が気に入ったらしく、後に高久《たかく》の覚左衛門《かくざえもん》（五〇〇参照）に色紙を書き与えた。

490　ああ尊いことよ。日光のお山はいま初夏の陽光が燦々《さんさん》と降りそそぎ、全山鬱蒼《うつそう》たる青葉若葉が鮮やかに照り映えて、まことに荘厳である。

夏―青葉若葉。四月一日、日光東照宮参詣の折の作。『ほそ道』に東照神君家康の威徳を讃《たた》えて句を掲げる。「日の光」に地名「日光」を掛け、初夏の日に映える新緑美の中に神域の荘厳感を織り籠めた。初案「木の下闇」（夏）では小暗い木陰にまで恩沢が及ぶという神君礼賛《らいさん》の寓意が露出。成案で寓意は後退し、自然美の印象が強まる。◆曾良書留の「あな」は誤記か。

488
鐘撞《つ》かぬ里は何をか春の暮　　曾良書留

489
田家《でんか》に春の暮を侘《わ》ぶ
入《いり》逢《あひ》の鐘もきこえず春の暮　　真蹟色紙〔曾良書留〕

490
日光山《につくわうさん》に詣《まう》づ
あらたふと青葉若葉の日の光　　おくのほそ道

あらたふと木《こ》の下《した》闇《やみ》も日の光　　真蹟懐紙〔茂々代草〕

あなたふと木の下闇も日の光　　曾良書留

491 裏見の滝を見ようと岩屋に籠っていると、折しも夏行《げぎょう》初めの季節、自分もなんだか夏籠《げごも》りした気分で、しばしの間じっと身を潜めたことだ。

夏—夏《げ》。四月二日、裏見の滝で。滝は日光から西一里半（約六キロ）の峻嶮《しゅんけん》の地。『ほそ道』に「岩窟《がんくつ》に身を潜め入りて滝の裏より見れば、裏見の滝と申し伝へ侍る」と記す。「夏《げ》」は旧暦四月十六日から九十日間、僧尼が一定の場所に籠って他出せず修行する、仏教の年中行事。「夏籠り」「夏安居《げあんご》」ともいう。

492 裏見の滝の表側で時鳥《ほととぎす》が鳴いているのに、滝の裏に籠っている自分には思うように聞えぬ。表と裏に食いちがって、なんとも恨めしい次第だ。

夏—時鳥。「裏見」に「恨み」、「裏表」に「あべこべ」の意を掛け、「裏」「裏」と韻をふんで軽くユーモラスな調子に詠む。曾良書簡は元禄二年四月末の発信。

一 栃木県那須郡黒羽町余瀬。 二 黒羽大関藩の館代《かんだい》浄法寺図書《じょうぼうじずしょ》の実弟、鹿子畑豊明《かのこばたとよあきら》の号。蕉門。

493 広い那須野は夏草が深く茂り、道もさだかには見分けられぬほど。はるかに馬草を背負って家路に就く草刈男《くさかり》を目印に、ようやくこの野を分け進んで来たことです。

夏—夏野。広大な那須野の夏のイメージ。亭主翠桃への挨拶をこめる。これを発句に、当地の俳人と七吟歌仙が巻かれた。

491
暫時《しばらく》は滝に籠《こも》るや夏《げ》の初め　　おくのほそ道

492
ほととぎす裏《うら》見《み》の滝の裏《うら》表《おもて》　　誹諧曾我

日光、裏見の滝

ほととぎす隔つか滝の裏表　　杉風宛曾良書簡

493
一那《な》須《す》余《よ》瀬《ぜ》、二翠桃《すいたう》を尋ねて

秣《まぐさ》負ふ人を枝《し》折《をり》の夏野哉《かな》　　曾良書留

494
秋鴉《しうあ》[三]主人の佳景《かけい》に対す
山も庭に動き入るるや夏座敷
曾良書留

縦横《たてよこ》[四]の五尺に足らぬ草の戸を
結ぶもくやし雨なかりせば
と詠み侍《はべ》る由《よし》、[五]兼ねて物語りきこえ侍るぞ、見しは聞きしに増《まさ》りて、あはれに心澄むばかりなれば

495
木《き》啄《つつき》も庵《いほ》は破らず夏《なつ》木《こ》立《だち》
真蹟懐紙〔おくのほそ道〕

木啄も庵は食《く》らはず夏木立
曾良本おくのほそ道

三 黒羽館代、浄法寺図書の号。一七七頁注一参照。

494 開け放たれたこの夏座敷に座して広い庭を眺めると、滴るばかりの山の新緑が薫風にさやぎ、山そのものが動いて庭の中に迫って来るような感じを覚える。まことに涼しく爽快な眺めです。

夏―夏座敷。秋鴉邸の庭の景観を賞した挨拶句。「山」は庭の借景《しゃっけい》としての山。『伊勢物語』七七段「山もさらに堂の前に動き出でたるやう」という面白い表現をふまえて趣向した。◆『雪まるげ』に上五「山も庭も」とあるが誤写と推定する。

四 仏頂禅師（三四参照）が雲巌寺《うんがんじ》に籠った折の道歌《どうか》。禅的一切放下《ほうげ》、一所不住の心。五 いつぞや私に語って聞かせてくれたことが。

495 寺をつつき破るという木啄も、仏頂禅師の徳に畏《おそ》れを覚えてか、さすがにこの山庵は破らず、庵は今も深い夏木立の中に静かに残っている。

夏―夏木立。四月五日、黒羽領内の名刹《めいさつ》、臨済宗雲巌寺の奥に仏頂禅師山籠りの跡を訪ねて詠む。『ほそ道』に「石上の小庵、岩窟に結びかけたり…」とある。

◇木啄　長い鋭い嘴《くちばし》で樹に穴をあけ、中の虫を食う林禽《りんきん》。異名、てらつつき。伝説に、物部守屋《もののべのもりや》の亡魂が聖徳太子を恨んで鳥に化し、四天王寺をつつき損じたので、この名が生じたという。

496 田や麦や中にも夏のほととぎす　雪まるげ

496 田には緑の早苗《さなえ》、畑には黄色く熟した麦。いかにも初夏らしい農村風景だが、そんななかでも時鳥《ほととぎす》の一声は殊にさわやかで、夏到るの感を深くさせる。

夏―時鳥。黒羽滞在中、四月七日の作。

497 夏山に足駄《あしだ》を拝む首途《かどで》哉《かな》　おくのほそ道

黒羽《くろばね》、光明寺行者堂《くわうみやうじぎやうじやだう》

夏山や首途を拝む高足駄　曾良書留

497 奥羽の国境《くにざかい》も近いこの行者堂で、高足駄姿の役《えんの》行者《ぎようじや》の尊像を拝み、健脚で知られた行者にあやかって旅の前途の恙《つつが》なきよう、門出の祈りを捧げる。

夏―夏山。「夏山」は木深い夏木立に囲まれる光明寺行者堂の情景を印象づけて効果的な措辞。行者堂は小高い丘にあった。行者ならぬ「足駄」を拝むところが俳諧味。四月九日の作。光明寺は武家修験の寺。鹿子畑翠桃（一七四頁注二参照）とは縁戚関係にあった。行者堂は修験道の開祖、役行者の像（足駄をはくのが常）を祭る堂。

498 芭蕉に鶴ゑがけるに

鶴《つる》鳴くやその声に芭蕉破《や》れぬべし　曾良書留

498 この鶴が一声鋭く鳴いたならば、その声で芭蕉の葉はたちまち破れてしまうことだろう。

秋―芭蕉。鋭い鶴の鳴き声、破れやすい芭蕉の葉の性質に即した当意即妙の画賛。四月四～十五日、黒羽滞在中の作。当季は夏だが、絵の芭蕉を生かして秋の句にした。

[一]館代《くわんだい》より馬にて送らる。この口付《くちつき》[二]の男《をのこ》、[三]「短冊《たんじやく》得させよ」と乞ふ。やさしき事を望み侍《はべ》るものかなと

499 野を横に馬牽《ひ》きむけよほととぎす

おくのほそ道〔真蹟短冊・句切〕

みちのく[四]一見《いつけん》の[五]桑門同行二人《さうもんどうぎやうににん》、那須の篠原《しのはら》を訪ねて、なほ[六]殺生石《せつしやうせき》見んと急ぎ侍るほどに、雨降り出でければ、まづこのところにとどまり候

500 落ち来るや高久《たかく》の宿《しゆく》の郭公《ほととぎす》

真蹟懐紙一〔懐紙二・曾良書留〕

一 城持ち大名の城代家老に当る職。ここは浄法寺図書（一七五頁注三参照）をさす。「館」は城郭を持たない小大名の屋敷（陣屋）。二 馬の手綱を引く者。

三 短冊を書いて下さい。

499 広い野を横切って時鳥が一声、鋭く鳴いてはるかに飛び去った。馬子よ、あの声のする方角に馬の首を引き向けよ。

夏―時鳥。那須野の吟。夏一番の景物である時鳥の方角に馬を向けさせることで、馬子の「優《やさ》しき」風流心に応《こた》えた一句。広漠たる夏野で一瞬、時鳥の声にめぐりあった爽快感。その鋭い一声と中七の引き緊った語感が諧調をかもす。「（馬を）野を横に」で、時鳥の飛び去った方角も暗示、草深い夏野の広さも印象づけられる。

四 見物の意。謡曲に多用される語。この前書自体、謡曲の旅僧の趣きに擬した謡曲調。五 僧侶《そうりよ》。ここは芭蕉と同行の曾良。ともに剃髪《ていはつ》姿だった。「同行二人」は一三六頁注一参照。六 一七八頁注三参照。

500 高久の宿に泊ったら、高い空から時鳥の鋭い一声が、ふいに落ちて来たように聞える。なるほど、ここは「高久」という所なのだな。

夏―時鳥。地名の「高久」に「空高く」の意をきかしたユーモア。謡曲『殺生石』の間《あい》狂言「あら落ち来るわ、落ち来るわ…あの石の上に飛鳥《ひてう》が落ち申し候」を踏んだ。四月十六～十八日、那須郡高久の庄屋、覚左《かくざ》衛門《えもん》邸に宿った折の作（『曾良旅日記』）。

[一]湯泉《ゆぜん》大明神の相殿《さうでん》[二]に八幡宮を移し奉りて、両神一方《りやうじんいつぱう》に拝まれさせ給ふを

501 湯をむすぶ誓ひも同じ石清水《いはしみづ》　曾良旅日記

殺生石[三]

502 石の香《か》や夏草赤く露暑し　曾良旅日記

[四]清水流るるの柳は芦野《あしの》の里にありて、田の畔《くろ》に残る。この所の郡守《ぐんしゆ》[五]、戸部某《こほうなにがし》の、「この柳見せばやな」[六]と折々に宣《のたま》ひ[七]聞え給ふを、[八]いづく

一　那須湯本温泉にある式内社《しきないしや》。祭神、大己貴命《おおあなむちのみこと》以下三神。京都の石清水八幡宮を勧請《かんじよう》して合祀《ごうし》する。
二　二柱《ふたはしら》以上の神を祀《まつ》る社殿。

501　湯泉明神に石清水八幡を合祀する当社では、手や口を湯で清めて拝んでも、清水で清めて拝んでも、神は等しく衆生《しゆじよう》の願いを納受なさる。

夏—清水掬《むす》ぶ。「むすぶ」（手ですくう。御手洗《みたらし》で手や口を清める）は「石清水」にも掛る。「石清水」には、「石清水八幡宮」と「岩間の湧き清水」の意をきかす。「誓ひ」は、衆生を済度しようとする神仏の誓願。

三　湯泉明神の裏山にある約七尺（二メートル余）四方の石。周囲から有毒ガスが吹き出し生物も殺す。昔、鳥羽帝の寵姫玉藻《ちようきたまも》の前に化けて王位を傾けようとした金毛九尾の妖狐《ようこ》が、陰陽師《おんようじ》安倍泰成《やすなり》に見破られて那須野に逃げたが、三浦介《みうらのすけ》らに射殺され、その怨魂が殺生石に化して毒気を吐き、鳥獣を害したという伝説がある。謡曲『殺生石』などで有名。

502　殺生石は硫黄の臭《にお》いが鼻を突き、緑濃いはずの囲りの夏草も赤く枯れ、冷たくあるべき露もむんむんと暑苦しい。まことにすさまじい感じだ。

夏—夏草・暑し。

四　謡曲『遊行柳《ゆぎようやなぎ》』に、西行が「道のべの清水流るる柳陰しばしとてこそ立ちどまりつれ」と詠んだとある芦野の里の遊行の柳。五　那須郡芦野三千石の領主、芦野民部《みんぶ》資俊《すけとし》。江戸深川に下屋敷《しも》があり、芭蕉とは旧知。六　見せたいものですね。七　仰せられるのを。

八 どのあたりにあるのかとゆかしく思っていたところ。

503 西行ゆかりの柳の陰にたたずみ、しばし懐古の情にふけって、ふと気づくと、早《さ》乙女《おとめ》はすでに田一枚を植え終っている。ああ思わず時が経ったなと、思いを残して柳のもとを立ち去ったことだ。

夏—田植ゑ。西行への深い思慕の情を見せた作。

504 西風か東風か、方角もよくはわからぬ白河の関に来てみると、早苗の上を吹き渡る風の音が、まず耳にとまる。

夏—早苗。能因法師の「都をば霞とともに立ちしかど秋風ぞ吹く白河の関」を強くふまえた作。早苗を渡る薫風にも、まずこの歌（秋風の音）が思い起される、との心。「西か東か」には未知の奥羽に足を踏み入れてとまどう旅人の心情もこめる。何云宛書簡に「白河愚句〈色黒き〉（初案の形）といふ句、かく申し直し候」とある。

九 白河の関所の遺跡。一〇 初案。四月二十日の作。能因があの歌を詠んだ秋にはまだ早く、今は早苗を取る季節なのに、江戸からの旅の日数も重なって自分の顔はもう黒く日焼けしている、の意。「色黒き」は、能因は都でこの歌を作ったが、秘かに顔を日に焼き、白河に旅して詠んだと偽って世間に披露したという故事（『古今著聞集』）をふまえたユーモラスな措辞。「白河」と「日数経《ふ》る旅」は古歌による縁語（『類船集』）。それを意識して「日数」の語を用いた。

のほどにやと思ひしを、今日《けふ》この
柳の陰にこそ立ち寄り侍《はべ》りつれ

503 田一枚植ゑて立ち去る柳かな　　おくのほそ道

504 西か東かまづ早苗《さなへ》にも風の音　　何云宛真蹟書簡〔俳諧悠揩〕

みちのくの名所名所、心に思ひこめて、まづ関屋九の跡懐かしきままに古道《ふるみち》にかかり、いまの白河も越えぬ

一〇 早苗にも我が色黒き日《ひ》数《かず》哉《かな》　　曾良書留

真蹟短冊
〔おくのほそ道〕

白河の関越ゆるとて

505 風流の初めや奥の田植歌

栗《くり》といふ文字は西の木と書きて[一]西《さい》方《はう》浄土に便りありと、[二]行基菩薩《ぎやうぎぼさつ》の、一生、杖にも柱にもこの木を用ひ給ふとかや

506 世の人の見付けぬ花や軒の栗

おくのほそ道

[三]桑門《さうもん》[四]可伸《かしん》は栗の木のもとに庵《いほり》を結べり。伝へ聞く、行基菩薩の古《いにしへ》は西に縁《ゆかり》ある木なりと、杖にも柱にも用ひ給ひけると

505 白河の関を越えて奥州路に入ると、折しも田植え時、人々の歌う田植歌は鄙《ひな》びた情緒が深く、これこそみちのくで味わう風流の第一歩です。

夏—田植歌。『ほそ道』には、須賀川（福島県須賀川市）の駅に旧知、相楽等躬《さがらとうきゅう》を訪ね、「白河の関、いかに（どんな気持で）越えつるや」と問われてこの発句を詠み、歌仙を巻いたとある。鄙びたみちのく情緒を讃《たた》え、これからの旅で味わう風流への期待もこめた挨拶句。四月二十二日の作。

506 栗の花は地味で目立たず、世人も目をとめて見ることもないが、この家の主《あるじ》はそんな栗の木を軒近くに植えて、ひそかに隠れ住んでいることよ。

夏—栗の花。世塵を避けてひっそりと暮す主の奥ゆかしさを、その家の軒端の栗の花に託して詠んだ挨拶句。栗の花（雌雄同株）は雌花・雄花とも長さ約一ミリの小さな花弁六枚から成り、尾状花穂をなすが、淡緑色で葉の色にまぎれ、事実目立たない。四月二十四日、可伸亭歌仙の発句。

一 極楽浄土。娑婆《しゃば》世界の西方、十万億土を隔てた所にあるという。「便り」は縁。 二 奈良時代の僧。諸国行脚して民衆に説法したことで後世にも名高い。

三 僧侶。 四 須賀川の人。等躬の俳諧仲間。俗名、簗井《やない》弥三郎、俳号、栗斎《りつさい》。 五 すべての衆生《しゅじょう》を極楽浄土に往生させようとする阿弥陀如来の誓願。四十八願。

かや。幽棲《いうせい》心あるありさまにて、五弥陀《みだ》の誓ひもいと頼もし

隠れ家や目だたぬ花を軒の栗

俳諧伊達衣〔真蹟歌仙巻〕

六白河の風雅聞き漏《もら》したり。いと残り多かりければ、須賀川の七旅店より申し遣《つかは》し侍《はべ》る

507 関《せき》守《もり》の宿を水鶏《くひな》に問はうもの

何云宛真蹟書簡〔俳諧伊達衣〕

須賀川の駅より東二里ばかりに石《いし》八河《かは》の滝といふある由《よし》。行きて見ん

六 白河であなたの俳諧を聞けなかった（何云《かうん》に会えなかった）、の意。芭蕉は須賀川に来て等躬に聞くまで、何云（白河藩士）の存在を知らなかった。等躬と何云は平素からの俳諧仲間。七 旅籠《はたご》。旅館。

507 白河の関を越えた時、貴殿のお宅を水鶏に尋ねてでも訪えばよろしかったのに。寄らずに来てしまって残念です。

夏―水鶏。白河の住人、何云を、昔の白河の関の関守になぞらえ、風流のうちにもユーモアをこめて詠んだ。水鶏の声は古来、人家の戸をたたく音になぞらえられるので、水鶏に尋ねて貴殿の宅の戸をたたけば（訪ねれば）よかったとした。季語を生かした当意即妙の作。「問ふ」に、宿を訪う意を掛ける。

八 阿武隈《あぶくま》川に懸る滝。乙字《おつじ》の滝ともいう。福島県石川郡玉川村龍崎にある。

事を思《[一]》ひ催し侍《はべ》れば、この頃《ごろ》の雨に[二]水《み》嵩増《かさまさ》りて[三]河を越す事かなはずといひて、止《や》みければ

508 五月雨《さみだれ》は滝降り埋《うづ》むみかさ哉《かな》　曾良書留

509 早《さ》苗《なへ》とる手もとや昔しのぶ摺《ずり》　おくのほそ道

[四]文《も》字《じ》摺《ずり》の石は福島の駅より東一里ばかり、山口といふ処にあり。里人の言ひける、「[五]行き来の人の麦草をとりてこの石を試み侍るを憎みて、この谷に落し侍れば、石の面《おもて》は下

一 その気になる意。…と思ったところが。 二 水量。
三 滝の下流を向う岸に渡って見るのでこう言った。

508 このごろの五月雨は、滝を降り埋めるほど烈しく降り続いて、すごい水嵩《みずかさ》に達しているのでありましょうな。

夏―五月雨。『曾良旅日記』に、滝の個所は川幅百二十〜三十間（約二一五〜二三五メートル）、滝は斜めに百五十〜六十間にわたって懸り、高さ約一丈（約三メートル）から二丈とある。幅が広大なわりに丈は低く、「降り埋む」感じが実感的。
◇哉「か」に軽い疑問を持たせる用法。三九〇参照。

509 音に聞く忍摺《しのぶずり》のわざが絶えた今は、折しもこのあたりで早苗取りする早乙女《さおとめ》たちの手つきだけが、その昔を偲《しの》ぶせめてものよすがであるよ。

夏―早苗取る。あこがれの古典的遺跡の荒れたさまを惜しむ心情。「早苗とる」は水田に稲苗を植えるに先立って、苗代から苗を抜き取る作業。根の泥を水中でジャブジャブ洗い落し、根元をそろえて束ねる。「手もと」は、その手つき。「しのぶ摺」は、忍草の葉を布に摺りつけて染めたもの。『伊勢物語』初段にも「みちのくの忍ぶ文字摺り…」と見えて古来有名。「昔を偲ぶ」に掛けた。

四 忍文字摺りに使ったと伝える巨石。山口（福島市内）の文字摺り観音の境内にある。 五 往来の人が畑の麦を引き抜いて、この石の上で忍摺りを試《ため》してみるのを、村人が怒って。 六「早苗つかむ」は「早苗と

ざまになりて、茅萱《ちがや》の中に埋《うづも》れ侍りて、いまはさる業《わざ》する事なかりけり」となん申すを

六 早苗つかむ手もとや昔しのぶ摺

真蹟懐紙一〔懐紙二～五・扇面・句切・卯辰集〕曾良書留

七 五月乙女《さをとめ》に八 仕形《しかた》望まんしのぶ摺

曾良書留

510 笈《おひ》も太刀《たち》も五月《さつき》に飾れ紙幟《かみのぼり》

おくのほそ道

弁慶《べんけい》が笈《おひ》をも飾れ紙幟

曾良本おくのほそ道

「九 武隈《たけくま》の松見せ申せ遅桜《おそざくら》」と、一〇 挙《きよ》

る」より卑俗味があり、実体に即した表現。七 この句にも前書があるが省略。八 忍摺りのしぐさを所望したいものだ。

510 折しも端午《たんご》の節供の季節。寺宝に義経の太刀と弁慶の笈《おい》を持つこの寺では、これを紙幟《かみのぼり》とともに飾るがよい。武勇で聞えた二人の遺品は、男児の将来を祝う端午の節供に、この上なくふさわしかろう。

夏―紙幟・五月。五月二日、飯坂（福島市内）の医王寺に佐藤庄司元治《もとはる》一族の旧跡を訪ねて詠む。芭蕉の義経憧憬《どうけい》につながる作の一つ。『ほそ道』は「寺に入りて茶を乞へば、ここに義経の太刀、弁慶が笈を留《とど》めて什物《じふもつ》とす」と記してこの句を掲げる。元治は、義経をかくまった平泉の藤原秀衡《ひでひら》の臣で信夫《しのぶ》郡の庄司。二子継信《つぐのぶ》・忠信《ただのぶ》は義経側近の忠臣で義経を守護し、兄は屋島で、弟は京都で討死した。

◇紙幟　端午の節供に立てる紙製の幟。武者人形、甲《かっ》冑《ちゅう》、刀などとともに家の前などに飾る。

九「武隈の松」は、根本から二本に分れた松として古来有名な歌枕。『ほそ道』にも「根は土際《つちぎは》より二木《ふたき》に分れ」とある。武隈（岩沼市内）の武隈明神（現、竹駒神社）にあった。句は、みちのくの遅桜よ、師匠がそちらに着くころは花も散っているだろうから、代りに名所の二木の松をお見せ申し上げよ、の意。

一〇 草壁氏。江戸住の商人で、江戸蕉門の中堅的作者。

白《はく》と言ふものの餞別[一]したりければ

511 桜より松は二木《ふたき》を三月《みつき》越《ご》し　おくのほそ道

散り失せぬ松や二木を三月越し　四季千句

512 笠《かさ》島《しま》はいづこ五月《さつき》のぬかり道　おくのほそ道

奥州《あうしう》名取《なとり》の郡《こほり》に入りて、[二]「中将実方《さねかた》の塚はいづくにや」と尋ね侍《はべ》れば、「道より一里半ばかり左の方《かた》、笠島といふ処にあり」と教《をし》ゆ。降りつづきたる五月雨、[三]いとわりなく打

一 私に餞別として贈ってくれたので。

511 桜咲く弥生《やよい》三月に江戸を出る時分から期待してやってきた、武隈の二木の松。その松を三月《みつき》越しで、やっと見ることができたことよ。

夏—(句意)。江戸出立時の挙白の餞別句に答え、歌枕・武隈の松にたどりついた喜びを明るく詠んだ。「松」に「待つ」(期待)を掛け、「二」に「三」を対し、「三」に「見」を掛けて、技巧的におかしみをこらす。「三月越し」は、三、四、五月の三カ月にわたった旅をさす。橘季通《たちばなすえみち》の「武隈の松は二木をみやこ人《びと》いかがと問はば見きと答へん」(『後拾遺集』)を裁《た》ち入れて古人のひそみに倣《なら》った作。季語はないが句意から夏。武隈の松は五月四日に見物(『曾良旅日記』)。なお初案の前文は省略した。

512 実方中将の墓があるという笠島はどのあたりだろうかと、はるかに遠く見やりながら、五月雨《さみだれ》にぬかるんだ泥道をあえぎつつ過ぎゆく自分である。

夏—五月。五月雨の悪路に難渋する旅愁が、流離悲劇の貴公子、実方中将への追慕の情に微妙な陰影を添える。「笠島」を「五月雨」に縁語的にきかした。

◇笠島　宮城県名取市愛島字《めでしまあざ》笠島。道祖神の社があり、その北一キロの字塩手に実方の墓がある。

二 藤原実方。十世紀後半の公卿歌人。殿上《てんじょう》で藤原行成に乱暴して一条帝の勅勘を蒙《こうむ》り、「陸奥の歌枕見て参れ」と陸奥守《むつのかみ》に左遷され、笠島道祖神の前を下馬せず通ったため落馬して死んだという(『源平盛衰記』)。

三 何とも致し方なく、素通りするにあたって。

513 折から菖蒲《あやめ》の節供。貴殿の下さった風流な紺の染緒《そめお》の草鞋をはき、邪気払いの菖蒲草を足に引き結んだつもりで、さあ、また旅を続けよう。

夏―菖蒲草。『ほそ道』仙台の章に、「ここに画工嘉右《ぐわこうかゑ》衛門《もん》と言ふ者あり。いささか心ある者と聞きて、知る人になる。この者…紺の染緒つけたる草鞋二足餞《はなむけ》す。さればこそ風流のしれもの、ここに至りてその実《じつ》を顕はす」とある。菖蒲は病魔を避ける呪《まじない》として端午の節供に頭や腰につける。紺の染緒を同色の菖蒲の花に見立てて心のこもった贈物に謝した。嘉右衛門は仙台の版木彫刻業、北野屋。加之《かし》と号した俳人。芭蕉の仙台滞在は五月四~七日。

四 よい景色。五 日本。六 この島に深く風流の思いを寄せて、詩歌に心をこらし、絵画に技をふるった。七 珍しく、変化に富んだその有様は。八 造化の神がその不思議な技で刻みなしたように素晴らしく。

ち過ぐるに

笠島やいづこ五月のぬかり道　〔真蹟懐紙一～四〕猿蓑

513 あやめ草足に結ばん草鞋《わらぢ》の緒《を》　おくのほそ道

松島は[四]好風《かうふう》[五]扶桑《ふさう》第一の景とかや。古今の人の、[六]風情《ふぜい》この島にのみ思ひ寄せて、心を尽し工《たく》みをめぐらす。およそ海の四方《よも》三里ばかりにて、さまざまの島々、[七]奇曲《ききよく》[八]天工《てんこう》の妙を刻みなせるがごとく、おのお

514　造化の神が大地を割り刻んで散らしたかのように、大小無数の島々が紺碧《こんぺき》に輝く夏の海に浮び、島々には岸打つ波が白く砕け散っている。

夏―夏の海。雄大で変化に富む松島湾の鳥瞰《ちょうかん》。中七は地を「砕きて」、波が「砕ける」の両意に働く。松島見物は五月九日。

一　藤原秀衡《ひでひら》が義経のために築いた平泉の居館。秀衡没後の文治五年、頼朝に寝返った嫡子泰衡《やすひら》軍に襲撃され、弁慶以下僅少の側近武士は玉砕、義経は自刃した。

515　その昔、主君義経を守って奮戦した勇士らの功名も、悠久の歴史の中で一場の夢と化し、古戦場は今、ただ茫々《ぼうぼう》の夏草が深く生い茂るばかりである。

夏―夏草。『ほそ道』の前文に、「さても義臣すぐってこの城に籠り、功名一時の叢《くさむら》となる。国破れて山河《さんが》あり、城春にして草青みたりと、笠うち敷きて、時の移るまで涙を落し侍りぬ」とある。茫々たる夏草が悲劇の歴史の夢幻感をかきたてる。平泉見物は五月十三日。

516　何百年もの間、毎年降ったであろう五月雨が、この光堂だけは避けて降り残したのか。今もその名のとおり、燦然《さんぜん》と光り輝いている。

夏―五月雨。風雪に耐えて永遠を保つ光堂を礼賛。「五月雨」は当季を生かし、建物を腐蝕《ふしょく》させるものとして印象づけた。現在降っているのではない。

◇光堂　中尊寺の堂塔の一。元禄二年から五六五年前の天治元年、藤原秀衡の建立《こんりゅう》。単層三間《げん》四方の堂の内外四壁のすべてに金箔《きんぱく》を押し、堂全体が鞘堂《さやどう》で覆われ

の松生ひ茂りて、うるはしさ、花やかさ、言はんかたなし

514　島《しま》々《じま》や千《ち》々《ぢ》に砕きて夏の海

蕉翁全伝附録

奥州高館《あうしうたかだち》にて

515　夏草や兵《つはもの》どもが夢の跡

猿蓑［おくのほそ道］

516　五月雨《さみだれ》の降り残してや光堂《ひかりだう》

おくのほそ道

二 五月雨や年《とし》々《どし》降るも五百たび

曾良本おくのほそ道

517
螢《ほたる》火《び》の昼は消えつつ柱かな　　曾良本おくのほそ道

三鳴子《なるご》の湯より四尿前《しとまへ》の関にかかりて出羽《では》の国に越えんとす。この路《みち》旅人稀なる所なれば、五関守に怪《あや》しめられて、やうやうとして関を越す。大山《おほやま》を登って日すでに暮れければ、六封人《ほうじん》の家を見かけて舎《やど》りを求む。三日風雨荒れて、七よしなき山中《さんちゅう》に逗留《とうりう》す

518
蚤《のみ》虱《しらみ》馬の尿《しと》する枕もと　　おくのほそ道

蚤虱馬のばりこく枕もと　　泊船集

ている。
二 初案。「降る」に「経る」を掛けた。「五百たび」は光堂建立以来のおよその年数。

517 ほの暗い光堂の中に、スーと紛れこんだ昼の螢の弱い光が、まわりの金壁《こんぺき》をかすかに鈍く照らす。かと見ると、やがて柱の陰に消えてしまった。

夏―螢火。光堂の中の印象。「御垣守衛士《みかきもりゑじ》の焚く火は夜は燃えて昼は消えつつ物をこそ思へ」(『詞花集』『百人一首』)を踏む。曾良本には、一度書いて抹消してある。不満足で捨てた作品。

三 宮城県玉造郡の鳴子温泉。四 新庄領(山形県)との国境にある仙台領の関所。五 尿前の関の検断。これに不審尋問されたことをいう。六 国境の番人。実は新庄領堺田の庄屋、和泉《いずみ》家のこと。五月十五、十六日と二泊(『曾良旅日記』)。七 つまらぬ。

518 この辺鄙《へんぴ》な山家では、一晩中蚤や虱に責められ、おまけに寝ている枕元に馬の小便の音まで聞えるという、散々な目にあったことだ。

夏―蚤。風雨に災いされて辺境の逗留を余儀なくされたいらだち、わびしさなどの感情を、蚤や虱には食われ、寝ている部屋に馬の小便の音まで聞えてくる山中陋屋《ろうおく》の実状に即して形象化した。

◇尿　シトはふつう、子供の小便。動物の小便はバリというが、ここでは尿前の関にひっ掛けてシトと読ませ、人と同居するに等しい馬を人並みに扱ってユーモア化した。◆『泊船集』の形は初案か誤伝か。存疑。

519 涼しさを我が宿にしてねまるなり

おくのほそ道

520 這《は》ひ出《い》でよ飼屋《かひや》が下《した》の蟇《ひき》の声

おくのほそ道

這ひ出でよ飼屋が下の蟇《ひきがへる》

四季千句

521 最上《もがみ》にて紅粉《べに》の花の咲きたるを見て

眉《まゆ》掃《は》きを俤《おもかげ》にして紅粉《べに》の花

真蹟懐紙［おくのほそ道］

519 この家の涼しさをわが物にして、わが家同然の気楽な気分でねまっております。

夏―涼し。『ほそ道』に「尾花沢にて清風といふ者を尋ぬ。…日ごろとどめて長途の労《いたはり》さまざまにもてなし侍る」とある。「ねまる」（くつろいで楽に座る）という味のある東北方言を用いて家人への親近感を深めた。五月十七～二十六日、尾花沢逗留中の歌仙の発句。清風は紅粉花《べにばな》で財を成した豪商、鈴木氏。

520 飼屋の床下に隠れて鳴く蟇《ひきがえる》よ。そこからのそのそ這い出して来て、顔を見せるがよい。

夏―蟇。前句と同じく清風亭での吟。鈍重で無格好な蟇の声を聞きとめ、これに呼びかけるユーモラスな調子の中に、旅先で安らぐ心の色を表した。『萬葉集』の「朝霞かひやが下に鳴く蛙《かはづ》…」をふまえ、素朴で古代めいた東北の蚕飼《こが》いに古色を添えている。

◇飼屋　蚕を飼う作業小屋。

521 いかにも眉掃きの面影を偲《しの》ばせるように、紅粉の花が咲いているよ。

夏―紅粉の花。最上地方は全国一の紅粉花産地。その地でまのあたりに紅粉花の咲くさまを見て興じた作。女の口紅に製する紅粉花から、それとやや形の似た化粧道具の眉掃き（白粉《おしろい》をつけたあと眉を掃く小刷毛《こはけ》）を連想して艶《えん》に仕立てた。

◇紅粉の花　茎の高さ約一メートル。上部で分枝し、夏、枝先に直径約三センチの紅黄色の花をつける。

522
閑《しづ》かさや岩にしみ入《い》る蟬《せみ》の声　　おくのほそ道

寂《さび》しさや岩にしみ込む蟬の声　　初蟬

立石寺《りふしやくじ》
山寺や石にしみつく蟬の声　　曾良書留

523
五月雨《さみだれ》をあつめて早し最上川《もがみがは》　　おくのほそ道

五月の末は大石田といふ処に
とどまる。その家、最上川に
臨みていと涼しかりければ
一五月雨をあつめて涼し最上川　　真蹟懐紙写〔真蹟歌仙巻・曾良書留〕

522　全山静寂の中で、苔《こけ》むした岩に滲《し》み徹《とお》るような細く澄んだ蟬の声が、いっそう静寂感を深める。
夏―蟬。『ほそ道』には「山形領に立石寺《りふしやくじ》と云《い》ふ山寺あり…岩に巌《いはほ》を重ねて山とし、松柏《しようはく》年旧《ふ》り、土石《どせき》老いて苔滑らかに、岩上の院々扉《とびら》を閉ぢて物の音きこえず。…佳景寂寞《かけいじやくまく》として心澄みゆくのみ覚ゆ」と前文がある。静寂境の中に蟬の声を置くことで幽邃《ゆうすい》閑寂の極を描ききった絶唱。岩の内奥まで滲透する感じの「シミイル」（-i音の連続）が静寂感を醸《かも》す秘訣《ひけつ》。初案「山寺や…」は、五月二十七日、立石寺（俗に「山寺」という）参詣当日の第一印象。成案となるまで中七の表現に苦心した跡が著しい。◆初蟬の句形は誤伝か。

523　長い五月雨の期間中に長大な流域に降った、厖《ぼう》大《だい》な雨量を一つに飲みこんで増水した最上川が、濁流滔々《とうとう》、すさまじい勢いで流れ下る。
夏―五月雨。「あつめて早し」に、日本三急流の一つ、最上川の増水時の量感と速度感があふれる。『ほそ道』には、前文に「最上川は…板敷山《いたじきやま》の北を流れて、果ては酒田の海に入る。左右山覆ひ、茂みの中に舟を下《くだ》す。…白糸の滝は青葉の隙々《ひまひま》に落ちて、仙人堂、岸に臨みて立つ。水漲《みなぎ》つて舟危し」とある。
一　初案。五月二十九日、大石田（山形県）の高野一栄亭における歌仙の発句。「あつめて涼し」で、滔々と流れ下る最上川の涼感を賞して、亭主への挨拶とした。成案は、その後最上川下りの舟に乗った実感に即して、早川としての伝統的景趣に焦点を当てた作。

一 風流亭《ふうりうてい》

524 水の奥氷《ひ》室《むろ》尋ぬる柳哉《かな》　曾良書留

二 盛信亭

525 風の香《か》も南に近し最上川　曾良書留

三 羽黒山《はぐろさん》本坊において興行

526 有《あり》難《がた》や雪を薫《かを》らす南《みなみ》谷《だに》　おくのほそ道

元禄二、六月四日

一 新庄（現、新庄市）の富商、渋谷甚兵衛の俳号。

524 青々と茂る柳陰を清らかな水が流れて、いかにも涼しそうだ。この柳を目印に水上《みなかみ》を尋ねて行けば、きっと氷室に尋ねあたることだろう。

夏―氷室。涼しく居心地よい住まいの環境を賞した挨拶の発句。六月一日の作。その日が氷室の節供に当るので、季語に生かして涼しさを強調した。「氷室」は冬期、山陰に穴を掘って氷や雪を貯蔵する所。夏取り出して飲食に供する。

二 渋谷九郎兵衛。風流の本家。新庄随一の富豪。

525 やわらかい南風が薫って、まことに涼しく心地よい。この涼しさは、南に近く流れる雄大な最上川から運ばれて来るのだろう。

夏―風の香。出羽自慢の最上川を詠み入れて、涼しい家のさまを賞した挨拶の発句。六月二日の作。白楽天「薫風従《より》レ南至ル」の心を取る。

526 霊場羽黒山のこの南谷は、千古の雪を頂く囲りの山々から涼《りょう》を運んで、薫風さわやかに吹きわたる、まことに心澄むありがたいお山です。

夏―南薫《なんくん》。「薫らす南谷」に「南薫」（夏の涼風）の意をこめ、霊場の清涼感を讃えた。亭主会覚《えがく》への挨拶の発句。「南谷」は羽黒山の別当寺若王院《にゃくおういん》の別院の所在地。別当代《だい》、会覚阿闍梨《あじゃり》の居所。芭蕉もここに泊った。

三 羽黒山は古代以来の山伏修験道の霊場で、月山《がっさん》・湯殿山《ゆどのさん》とともに出羽三山という。本坊は若王院のこと。

527　黒々と横たわる羽黒山の空に、三日月がほのかに見えて、まことに涼しそうである。

夏―涼し。「涼しさ」に霊場羽黒山の清澄な雰囲気《ふんいき》を礼賛する挨拶心をこめた。中七「ほの三日月」に「ほの見える」を掛ける。『ほそ道』に、「阿闍梨《あじゃり》の需《もと》めによりて、三山順礼の句々、短冊に書く」として、以下五二九までの三句を掲げる。

528　炎天の昼間、月山《がっさん》の峰に幾度《たび》か大きな入道雲が立っては崩れて、やがて日暮れには崩れ去り、月が昇って、山頂は山の名にふさわしく月光に輝く。

夏―雲の峰。時間の推移を内にこめた作。月山礼賛。「月の山」（月に輝く山）に月山をこめ、「月」に「尽き」（雲が尽きる）を掛けた。月山は羽黒三山中の最高峰。一九八〇メートル。頂上に月山神社がある。

529　山中の様子いっさいを他言することの許されぬ、神秘不思議の湯殿山の尊さに、ただありがたくて涙を流すばかりだ。

夏―湯殿詣《まうで》。湯殿山の神秘さ。「湯殿」（浴室）の縁で「ぬらす袂」と言い、ありがたくて感涙にむせぶ意とした。この山の参詣者は山中の様子を他言しない旨、誓約させられた。『ほそ道』にも「総じてこの山の微《み》細《さい》、行者《ぎやうじや》の方式として他言する事を禁ず」と記す。湯殿山は出羽三山中最も神秘視された修験道場。神体は深い谷間の熱湯の噴き出る褐色の巨岩で、男女の性器を象徴するという。季語は句意から「湯殿詣」。

有難や雪を薫らす風の音　曾良書留

527
涼しさやほの三日月の羽《は》黒《ぐろ》山《やま》　おくのほそ道
涼《すず》風《かぜ》やほの三日月の羽黒山　真蹟短冊［曾良書留］

528
雲の峰幾つ崩れて月の山　おくのほそ道［真蹟短冊］

529
語られぬ湯《ゆ》殿《どの》にぬらす袂《たもと》かな　おくのほそ道［真蹟短冊］

530　この霊場に照る月は、仏法の不可思議な法力で、遠流《おんる》の地に眠る天宥法印《てんゆうほういん》の亡き魂を、再びこの羽黒の山に呼びもどしてくれることだろう。
秋―月。句の前文に、羽黒山第五〇代別当天宥法印の追悼文がある（省略）。当地滞在中の執筆。天宥は羽黒山境内に大土木工事を敢行、堂塔を増改築して当山興隆に尽した傑僧。のち冤罪《えんざい》を蒙《こうむ》って伊豆大島に流され、延宝二年そこで没した。「玉」は魂《たま》。

531　月か花かと、風雅の問題を問いかけても四者は答えず、返ってくるものはただ鼾ばかり。
雑《ぞう》（無季）。天宥法印遺筆の「四睡図」に賛した句。四睡図は中国天台山国清寺の豊《ぶ》干《かん》禅師と寒山《かんざん》・拾得《じっとく》・虎の四者が相寄って眠る図。この禅画の趣きを受けてややユーモラスに和した。
一　七日間、の意。

532　七日間、羽黒に参籠《さんろう》して山を出て来た目に、この初茄子の色はまことに新鮮で珍しく映る。
夏―初茄子。六月十日、羽黒を下って庄内藩鶴岡城下に藩士長山重行を訪うた折の発句。馳走に出された初茄子を賞美して挨拶とした。国名「出羽」に「出端《いでは》」（出ぎわ）を掛ける。

533　最上の大河が滔々《とうとう》と海に流れこむさまは、まことに涼感にあふれて、この川が、暑かった今日一日を海に流し入れたかのようだ。はるか沖合を見ると、今まさに真赤な夕日が波間に沈もうとしている。
夏―暑し。最上川が暑い一日を海に流し入れる意と、

530
その玉や羽黒にかへす法《のり》の月
真蹟懐紙
〔三山雅集〕

531
月か花か問へど四《し》睡《すい》の鼾《いびき》哉《かな》
真蹟画賛
〔奥羽の日記〕

元禄二年六月十日
[一]七日羽黒に参籠して

532
めづらしや山を出《いで》羽《は》の初《はつ》茄《な》子《すび》
曾良書留

533
暑き日を海に入れたり最《も》上《がみ》川《がは》
おくのほそ道

最上川自体が海に注ぐ意と、両意を表す文構造。最上川を擬人的に、能動的に捉《とら》えて、日没の日本海の晩景をダイナミックに表現した。「暑き日」には海に沈む夕陽の意をも働かせた。
二 酒田の豪商、寺島彦助の号。三 最上川河口付近の海岸。歌枕。四 この初案は安種亭連句の発句。「涼しさ」は亭主への挨拶。

534 美しさの中にも愁《うれ》いを含んだ象潟の風景。湖畔に咲く合歓《ねむ》の花が雨にぬれて打ち萎《しお》れるさまは、美女西施の悩ましげに瞼《まぶた》を閉じてうつむく姿を彷《ほう》彿《ふつ》させて、象潟の情趣を象徴するかのようだ。

夏―合歓の花。蘇《そ》東《とう》坡《ば》の詩を背景に置き、象潟の景趣を西施のイメージで象徴的に捉えた。「象潟」は、俗に八十八潟・九十九島と言われた多島湾（秋田県由利郡）で、松島と並ぶ奥羽の二大景勝地。歌枕。『ほそ道』に「江の縦《たて》横《よこ》一里ばかり、俤《おもかげ》松島に似てまた異なり。松島は笑ふが如く、象潟は恨むが如し」とある。いまは陸地と化した。
◇西施　中国古代の代表的美女。胸の痛みに眉をしかめて悩む顔が殊に魅力的という。◇合歓の花　長さ三～四センチの多数の雄蕊《おしべ》が房状に伸び、下半が白く上半が紅色。浪漫的な美感を漂わせ、**夕方から開く**。六四三参照。
五 蘇東坡の「西湖」詩。晴・雨ともに絶景を現す西湖（中国浙江省にある湖）の美を、薄化粧・厚化粧を問わぬ絶世の美女西子（西施）に比す。

二安種亭《あんしゅ》より袖の浦を見渡して三

四涼しさや海に入れたる最上川　　継尾集

534 象潟《きさがた》や雨に西施《せいし》が合歓《ねぶ》の花　　おくのほそ道

五水《すい》光《くわう》瀲《れん》灩《えん》トシテ晴レテ方《まさ》ニ好シ
山《さん》色《しよく》朦《もう》朧《ろう》トシテ雨ニモ亦奇ナリ
若《も》シ把《と》ツテ二西《せい》湖《こ》ヲ一比《ひ》セバ二西《せい》子《し》ニ一
淡《たん》粧《しやう》濃《のう》沫《まつ》両《ふた》ツナガラ相《あひ》宜シカラン

象潟の雨や西施が合歓の花　　継尾集〔真蹟懐紙一～二〕

真蹟懐紙一〔懐紙二・曾良書留〕

夕方雨やみて、処《ところ》の何がし舟にて
江《え》の中を案内《あない》せらるる

535 夕《ゆふ》晴《ばれ》や桜に涼む波の華《はな》

536 汐《しほ》越《ごし》や鶴《つる》脛《はぎ》ぬれて海涼し

おくのほそ道

真蹟懐紙〔曾良書留〕

腰長《こしたけ》の汐といふ処はいと浅く
て、鶴下《お》り立ちてあさるを

腰長や鶴脛ぬれて海涼し

537 温《あつ》海《み》山《やま》や吹《ふく》浦《うら》かけて夕涼み

おくのほそ道

一 その土地のある者が。二 象潟。

535 さわやかに晴れ上がった夏の夕晴れに、西行ゆかりの桜の下に涼んでいると、潟のさざ波が夕日に輝いて花のように美しく見える。

夏―涼む。「桜」は西行が「象潟の桜は波に埋もれて花の上漕ぐ海士《あま》の釣舟《つりぶね》」と詠んだという桜の老木。「波の華（花）」とともに歌の語をふまえる。

536 外海《そとうみ》の潮が象潟の中に注ぎ込んで来る汐越の浅瀬に、鶴が降りて餌をあさっている。その長い脛《すね》がしぶきにぬれて、海はいかにも涼しげだ。

夏―涼し。「汐越」は海と潟との境で浅瀬になった所の名。「腰長の汐」とも呼ばれた。

537 南に遠く温海山を控え、北ははるかに吹浦の浜へと続く、この雄大な袖の浦の大景を前にして、心ゆくばかりの夕涼みをすることだ。

夏―夕涼み。六月十九日、酒田の医師俳人、伊東不玉亭における歌仙の発句。「温海」に夏の暑さ、「吹浦」に涼風の吹く意をきかす。温海山は酒田の南約十五里（六〇キロ）で越後との国境に近く、吹浦は北約五里で羽後（秋田）との国境に近い。その南北両端の地名を取り入れ、中間にある酒田で出羽一国の海を広く大観する心を述べて土地柄への挨拶とした。句中には現れないが、眼前の歌枕、袖の浦が主客共通の意識の中にある。

三 酒田の町人俳人、近江屋三郎兵衛。四 夕涼みの風流な楽しみ。五 唐の李白が詩会を催した際、詩の

近江屋玉志亭《三あふみやぎよくし》にして、納涼《四だふりやう》の佳興《かきよう》に瓜《うり》をもてなして、発句《ほつく》を乞うて曰《いは》く、「句《五》なき者は喰《くら》ふ事あたはじ」と戯《たはぶ》れければ

538 初《はつ》真《ま》桑《くは》四つにや断《た》たん輪に切らん

真蹟懐紙

539 文《ふみ》月《づき》や六日《むいか》も常《つね》の夜には似ず

おくのほそ道〔真蹟懐紙〕

越後の駅出雲崎《六いづもざき》といふ処より佐渡が島を見わたして

540 荒《あら》海《うみ》や佐渡に横たふ天《あま》の河《がは》

真蹟短冊〔真蹟懐紙一～四・色紙・草稿・おくのほそ道〕

できない者には罰盃《ばつぱい》三盃を飲ませようと戯れた故事（「春夜宴《スルノ》二 桃李園《ニ》一序」）をもじった洒落《しやれ》。

538 なんともうまそうな初真桑。さあて、これを十文字に切ろうか、それとも輪切りにしようか。

夏―初真桑。浮かれる気分を語調で巧みに表している。六月二十三日の作。

539 七月も今日は六日。明日の夜は花やかな七夕《たなばた》だと思うと、今宵からもう、空の星、人の有様にも、何やらふだんの夜とはどこか違った、なまめいた趣きが感じられる。

秋―文月。「六日も」で言外に翌日の七夕祭をこめ、ほのぼのとした艶《えん》の余情を捉《とら》えた。七月六日夜、直江津の宿で、土地の俳人と巻いた連句の発句。「文月」は旧暦七月。七夕月《たなばたづき》、星合月《ほしあいづき》ともいう。

六 新潟県三島郡。佐渡を最も近く望む地。七月四日泊。句は七日、直江津で披露。

540 荒波すさぶ夜の日本海。はるかな闇の中に佐渡の島影が黒々と横たわり、その中天高く銀河が横切って、初秋の冴《さ》えた夜空に光っている。

秋―天の川。「荒海」と「佐渡」で陰鬱《いんうつ》な日本海の特質を形象化。これに銀河を配した雄大な宇宙的把握《はあく》の中に、おのずから人間の卑小感、寂寥《せきりよう》感がこもる。『本朝文選《もんぜん》』に「銀河の序」と題する長い前文を載せ、真蹟懐紙二・三・四にも同種の文があって、芭蕉は佐渡を、重罪人遠流《おんる》の哀史を背景に悲しく眺めている。その哀愁が大自然の把握に作用した心象句。

541 細川春庵《しゅんあん》亭にて 一

薬《やく》欄《らん》にいづれの花を草枕　曾良書留

542 小《こ》鯛《だひ》插《さ》す柳涼しや海士《あま》が家　真蹟懐紙［雪まるげ］

西浜 二

小鯛插す柳涼しや海士が妻　曾良書留

543 一《ひとつ》家《や》に遊女も寝たり萩《はぎ》と月　おくのほそ道

一 越後高田の医師。俳号、棟雪《とうせつ》。七月八日に一泊。

541 薬園に色々な薬草の花が咲いて美しい。今宵はどの花を草枕に結んで寝ようか。どの花でも、長途に疲れた私を医《いや》してくれよう。

秋—草の花。医師春庵への挨拶をこめた発句。◇薬欄　薬草を栽培する畑。薬園。

542 海辺で漁師の妻が、捕れたての小鯛を柳の小枝に插している。柳の緑が、見るからに涼しそう。

夏—涼し。明るく小気味よい写生ふうの作。

二 新潟県西頸《くびき》城郡の海岸一帯の称。七月十二日、この辺を通過。秋に入っているが、句は「涼し」で夏季。

543 出家姿の自分と同じ宿に、はからずも花やかな遊女が泊り合せて寝ている。折から田舎宿の庭の萩の花に、冴《さ》えた秋の月が照るのにも似て。

秋—萩・月。『ほそ道』に市振《いちぶり》（新潟県西頸城郡青海《おうみ》町）の宿屋でのこととし、「越中の国市振《いちぶり》の関に至る。…今日は親知らず・子知らず・犬戻り・駒返しなどいふ、北国一の難所《なんじょ》を越えてつかれ侍れば、枕引きよせて寝たるに、一間《ひとま》隔てて面の方に、若き女の声、二人ばかりと聞こゆ。年老いたる男《をのこ》の声も交りて物語するをきけば、越後の国新潟といふ所の遊女なりけらし…」とある。「萩と月」で花やかな遊女と風雅の世捨人芭蕉自身を象徴した。「寝る」は萩の縁語的措辞（六参照）だが、艶《えん》の余情が濃い。市振泊りは七月十二日。

544
なほ越中を経て加賀に入《い》る

早《わ》稲《せ》の香《か》や分け入る右は有磯海《ありそうみ》　おくのほそ道〔真蹟懐紙一～四〕

稲の香や分け入る右は有磯海　真蹟草稿

544
早稲の香の漂う一面の稲田。その中を分け進む右手はるかに、紺碧《こんぺき》の有磯海が開けて見える。
秋―早稲。七月十五日、越中・加賀国境の倶利伽羅峠《くりからとうげ》あたりで、眼下はるかな富山湾を眺望。大景の中に実りの秋を捉《とら》えて、加賀百万石の大国のイメージを形象。芭蕉の言に「もし大国に入りて句を言ふ時はその心得あり」（『三冊子』）などとある。
◇有磯海　富山湾伏木港西北一帯の海。『萬葉集』以来の歌枕。

545
加賀の国を過ぐるとて

熊《くま》坂《さか》がゆかりやいつの玉《たま》祭《まつり》　笈日記

熊坂がその名やいつの玉祭　曾良書留

545
遠い昔の大盗賊熊坂にも、ふるさとには今でも縁者が生き残っていて、世を憚《はばか》りながらひそかに玉祭を営んでいることだろうか。
秋―玉祭。玉祭の最中に加賀の国に入ったことから、謡曲『熊坂』で有名な同国出身の大盗、熊坂長範《ちょうはん》の昔を偲《しの》んだ。謡曲に、美濃《みの》赤坂で牛若丸を襲って逆に討ちとられた熊坂の亡霊が、通りすがりの旅僧に自分の命日の回向《えこう》を頼むところがある。その場面も心に置く。「いつ」の疑問語で子孫が人知れず玉祭を営むさまを想像。「玉祭」（「魂祭」とも）は、旧暦七月十三～十六日に、先祖の霊を祭る盂蘭盆《うらぼん》。四四〇参照。

途中吟

546 あかあかと日は難面《つれな》くも秋の風

おくのほそ道
〔真蹟自画賛一〜二・竪幅・懐紙・画賛〕

ある草庵に誘《いざな》はれて

547 秋涼し手毎《てごと》にむけや瓜《うり》茄子《なすび》

おくのほそ道

松玄庵《しょうげんあん》閑会即興

残暑しばし手毎に料《れう》[一]れ瓜茄子

西の雲

[二]一笑《いつせう》といふ者は、この道に好ける名のほのぼの聞えて、世に知る人も侍《はべ》りしに、去年《こぞ》の冬早世《さうせい》したりとて、その兄、追善を催すに

546 強い日射しが容赦なく照りつけ、残暑はなお厳しい中にも、寂しい秋風の気配が漂いはじめて、長旅の旅愁をいっそうつのらせる。

秋―秋の風。金沢入りの途中吟。七月十七日、金沢源意庵における納涼句会で発表。句の心は真蹟竪幅の前書「旅愁慰めかねて、物憂き秋もやや至りぬれば、さすがに目に見えぬ風のおとづれもいとど悲しげなるに、残暑なほやまざりければ」に尽されている。◇あかあかと 明々《あかあか》と、の意。◇難面くも 無情、冷淡。こちらの心も素知らぬげに。

547 畑から取りたての瓜や茄子がいかにも新鮮で、残暑の中にさわやかな涼気を呼ぶ。さあ、皆でてんでに皮を剥《む》いてご馳走になろう。

秋―秋涼し。七月二十日、金沢犀川《さいかわ》畔の斎藤一泉《いつせん》の松玄庵句会の発句。庵主や参会者への親愛感がこもる。

一 料理せよ。

二 小杉氏。金沢の葉茶商。金沢きっての著名俳人だったが、元禄元年十二月、三十六歳で没。芭蕉もかねて名を知り、七月十五日金沢到着後、すぐ一笑を訪ねようとして初めて死を知った。その驚きと悲しみが句に現れる。句は七月二十二日、一笑の兄、ノ松《べつしよう》が菩提所願念寺で営んだ追善会《え》で手向けた。

548 塚も鳴動してわが慟哭《どうこく》の声に答えよ。一笑よ。君を悼むわが慟哭の声がいま、蕭殺《しようさつ》たる秋風の音と化して、君の塚を吹きめぐっているのだ。

秋―秋の風。

三　石川県小松市。

549　小松とは、またなんとしおらしい感じの名だろう。その地名にふさわしく、野辺の小松を渡る秋風が、優しい萩や薄をも吹きなびかせて快い。

秋—萩・薄。地名「小松」に小さな松の意をきかせ、秋の七草の萩と花薄を取り合せて、可憐な小松の感触にマッチさせた。七月二十五日、同所、日吉神社神主、藤村鼓蟾《こせん》亭での挨拶の発句。

550　雨中の萩の花はひとしおあわれ深いが、花の中を雨にぬれて行く人も、また風情がある。

秋—萩。優しい萩の情趣が生きている。七月二十六日、小松の俳人、歓生亭における五十韻の発句。

551　ああなんと痛ましいことだ。重たい甲の下に押えつけられるようにして、こおろぎが、かぼそく哀切な声で鳴いているよ。

秋—きりぎりす。小松の多田神社で、平家の武将、斎藤別当実盛遺品の甲を拝観した折の作。実盛が加賀篠《しの》原《はら》の合戦にあたり、六十過ぎの老いの身を侮られまいと白髪を黒く染め、若やかに勇戦討死した話は有名。謡曲『実盛』に、その首実検にあたった源義仲の臣、樋口次郎が「あなむざんやな、斎藤別当にて候ひけるぞや」と感動したとある。上五にこの文句を据えて実盛の最期《さいご》を彷彿《ほうふつ》させ、甲の下のこおろぎの哀切な声で最期の痛ましさを感覚的に響かせた手法。「きりぎりす」は今のこおろぎ。成案は、初案の上五「あなむざんや」の字余りを定型に改めた。

548　塚も動け我が泣く声は秋の風　　おくのほそ道〔真蹟懐紙〕

小松[三]といふ所にて

549　しをらしき名や小松吹く萩《はぎ》薄《すすき》　　おくのほそ道〔真蹟懐紙一～二〕

歓生亭《くわんせいてい》にて

550　濡《ぬ》れて行くや人もをかしき雨の萩　　真蹟懐紙〔曾良書留〕

551　むざんやな甲《かぶと》の下のきりぎりす　　おくのほそ道

同じところ、多田の神社に実《さね》

盛《もり》の甲《かぶと》ありけるを

あなむざんや甲の下のきりぎりす

真蹟懐紙［卯辰集］

552 山中《やまなか》や菊は手《た》折《を》らぬ湯の匂ひ

おくのほそ道

〔一〕山中や菊は手折らじ湯の匂ひ

真蹟懐紙一［懐紙二・曾良書留］

553 桃の木のその葉散らすな秋の風

泊船集

山中《やまなか》十景　高瀬漁火《たかせのいさりび》

552　山中温泉はまことに効験あらたかな温泉である。かの不老長寿の霊薬と伝える山路の菊を手折るまでもなく、湧き出る湯の匂いは菊に劣らず香ぐわしく、浴するほどに命の延びる心地がする。

秋―菊。地名「山中」に「山の中」の意をきかせて「山路の菊」（一〇八参照）を暗示し、温泉の効能を讃美した挨拶句。菊の働きが効果覿面《てきめん》。山中温泉は大聖寺《だいしようじ》川上流の渓流に沿う景勝地。七月二十七日から八泊。

一　真蹟懐紙一には次の前文がある。「北海の磯伝ひして、加州山中の涌湯《いでゆ》に浴す。里人の曰《いは》く、このところは扶桑《ふさう》三《みつ》の名湯《めいたう》のその一つなりと。まことに浴することしばしばなれば、皮肉《ひにく》うるほひ、筋骨に通りて、心神ゆるく、ひとへに顔色をとどむる心地す。かの桃《たう》源《げん》も舟を失ひ、慈童《じどう》が菊の枝折《しをり》も知らず」。

553　秋風が吹いても、桃の木よ、お前はその葉を散らすでないよ。

秋―秋の風。『泊船集』に「加賀山中《やまなか》、桃妖《たうえう》に名をつけ給ひて」と注する。山中温泉で泊った旅館、和泉屋の当主で、まだ十四歳の久米之助《くめのすけ》に俳号「桃妖」を与えた折の句。その俳人としての大成を嘱望した。この俳号は「芭蕉庵桃青」から取った「桃」の字と、『詩経』の「桃之夭々《もものえうえう》」によったもの。

554　篝火《かがりび》を焚《た》いて鮴を捕る渓流の、さやさやと鳴る清い音。あれは鮴が捕られるのを怖れて、波の下でむせび鳴く声であろうか。

秋―鮴。鮴は谷川などの清流を好み、底の小石に着いて住む淡水魚。体長約一〇センチ。美味。古来、河鹿《かじか》蛙《がえる》と混同されて、夜鳴くものとされた。夜、篝火を焚き、大きな箕《み》に似た漁具で川に入って捕る。

◇下むせび　人知れずむせび泣く意。「浪の下」に掛けて、鰍の性質を生かした。

555　湯治《とうじ》もこれが最後と、滞在中何遍も入った湯にもう一度つかって名残りを惜しむ。この地を後にしてよそに泊る今宵は、さぞかし肌も冷たかろう。

秋―肌寒。『柞原集《ははそはら》』に「宿のあるじ桃妖に書きて給《た》ぶ」と後注がある。挨拶句。「桃妖」は五五三参照。

556　霧が垂れ、湯煙の中に静まる、思い出多い山の温泉場を、幾度も幾度もふりかえりながら、私は、名残りを惜しんで去ってゆく。

秋―霧。

557　君と別れて一人旅ゆく今は、「乾坤《けんこん》無住同行二人」と笠に書いた書付けも全く果《はか》ない空語になった。悲しいけれど、今日からは、笠に置く露でこの書付けを消してしまおう。

秋―露。八月五日、山中温泉で曾良と別れる際の惜別の句。『ほそ道』に、「曾良は腹を病みて、伊勢の国長島と云《い》ふ所にゆかりあれば、先立ちて行く…」とある。五八七参照。「露」が悲しみを象徴する。

ニ『芭蕉翁略伝』に「同行なりける曾良、道より心地煩しくなりて、我より先に伊勢の国へ行くとて、〈跡あらん倒れ臥《ふ》すとも花野原〉といふを書き置き侍《はべ》るを見て、いと心細かりければ」と前書。

554 漁《いさ》り火《び》に鰍《かじか》や浪《なみ》の下むせび　卯辰集

555 湯の名残り今宵《こよひ》は肌《はだ》の寒からん　柞原集

556 湯の名残り幾度《いくたび》見るや霧《きり》のもと　芭蕉翁真蹟拾遺

557 今日よりや書付《かきつけ》消さん笠《かさ》の露　おくのほそ道

ニ さびしげに書付消さん笠の露　芭蕉翁略伝

[一]那谷《なた》の観音に詣《まう》づ

558 石山の石より白し秋の風　　真蹟懐紙［おくのほそ道］

559 庭掃いて出《い》でばや寺に散る柳　　おくのほそ道

560 物書いて扇引き裂く余波《なごり》哉《かな》　　おくのほそ道

物書いて扇子《あふぎ》へぎ分《わ》くる別れ哉　　卯辰集

福井、洞栽子《とうさいし》[二]を誘《さそ》ふ

561 名月の見所《みどころ》問はん旅寝せん　　芭蕉翁月一夜十五句

一 小松市那谷町の那谷寺。境内は全山白っぽい石英粗面岩の奇岩怪石・洞窟《どうくつ》から成り、奇勝清閑で知られる古い霊場。八月五日、北枝《ほくし》同道で参詣した。

558 那谷寺境内の白く曝《さ》れた石山を吹きめぐる蕭殺《しょうさつ》たる秋風は、この石山の石よりも白々として、底知れぬ物悲しさを帯びている。

秋―秋の風。石山に秋風の吹く寂寥《せきりょう》感を鋭く感覚的に表現した。古来、秋は白で表され、秋風は「素風《そふう》」（「素」は白）「白風《はくふう》」ともいう。その白の感覚を石の白さにオーバーラップさせた。

559 今朝この寺を辞そうと庭に出る折しも、柳の葉がはらはらと散り落ちる。それでは一宿のご恩返しに、この落葉を一掃き掃き清めてゆくとしよう。

秋―柳散る。『ほそ道』に、大聖寺《だいしょうじ》（松平七万石の城下。現、加賀市）城外の全昌寺に泊った翌朝、出立のまぎわに「若き僧ども紙・硯《すずり》をかかへ、階《きざはし》のもとまで追ひ来《き》る。折節庭の柳散れば」とある。寺に泊れば寝所など清掃して去る雲水《うんすい》の作法をふまえた即興吟。

560 惜別の情のたえがたさに、扇に思い出の言葉を書きつけて二つに引き裂き、二人して記念に分けあいつつ名残りを惜しむことであるよ。

秋―扇捨つる。北枝編『卯辰《うたつ》集』に、「松岡にて翁に別れ侍りし時、扇に書きて賜はる」と前注がある。金沢から半月余り、旅を共にした北枝の真情に応《こた》えた句。季語「扇捨つる」にすがって、中七に惜別の悲痛感をこめた。初案「へぎ分くる」には、扇の表裏に張り合せた地紙を引きはがす悲痛感がある。
二 正しくは「洞哉《とうさい》」。福井俳壇の古老。『ほそ道』に、十余年前芭蕉を江戸に訪ねたとある旧知。芭蕉は洞哉宅に二泊後、敦賀《つるが》まで旅を共にする。

561 さあ、これから二人で越前の名月の見所を訪ねつつ、ともに旅寝をしようではないか。
秋―名月。「問はん旅寝せん」ははずむ心のリズム。『芭蕉翁月一夜十五句』は、この旅中の所見を敦賀滞在中に一夜で詠んだ十五句。大垣の門人、宮崎荊口の『荊口句帳』に伝写される。以下五七七までの十四句がそれで、一句は欠けている。
三 福井城下から**南へ約八キロにある歌枕**。四 世間**では**。地誌『日本鹿子』に「浅水《アサムツ》の橋（黒戸の橋）、世俗にあさうづと言ふ所なり」とみえる。五『枕草子』に「橋は、あさむつの橋、長柄《ながら》の橋…」とある。

562 月見の旅に立ってちょうど朝六ツの夜明け時分、音に聞えた浅水の橋を渡ったことだ。
秋―月見。「浅水」に「朝六ツ」（明《あけ》六ツ、午前六時頃）を掛けて興じた作。
六『日本鹿子』に「玉江 あさう津と言ふ所に江川あり。これを玉江と言ふといへり」と見える。福井市花堂町虚空蔵《こくぞう》川に遺跡がある。

563 古歌に名高い玉江の芦は、いま穂に出たところで、ちょうど見頃だ。皆の衆、この名所の芦が刈られぬ先に、穂波の彼方に浮び出る月を賞せよ。
秋―月見・芦刈る。歌枕の芦を月見に結んだ趣向。

浅水[三]の橋を渡る。時俗[四]、「あさうづ」といふ。清少納言[五]の「橋は」とある一条、「あさむつの」と書ける所なり

562 あさむつや月見の旅の明け離《ばな》れ　其袋

阿曾武津《あそむつ》の橋

あさむつを月見の旅の明け離れ　芭蕉翁月一夜十五句

玉《たま》江《え》[六]

563 月見せよ玉江の芦《あし》を刈らぬ先《さき》　芭蕉翁月一夜十五句

一「日永嶽」とも書く。武生市《たけふ》の南境に屹立《きつりつ》する日野山の古称。七九五メートル。付近での最高峰。山上に日永嶽神社があり、通力自在の飯綱《いづな》権現を祀《まつ》る。

564 明日の名月は雨か晴か、あの比那が嶽のたたずまいで占ってみよう。

秋—月。「比那が嶽」の「比」に「日」を掛けて「雨」と対し、晴雨の意をきかせた。

二 福井県南条郡今庄《いまじよう》町にある峠。

565 日ごろは人目を忍ぶ痘瘡神《いもがみ》も、この月の光にはさすがに隠れかねたかして名を現している。

秋—月。湯尾峠は茶店で痘瘡（天然痘《てんねんとう》）除《よ》けのお守りの孫杓子《まごじやくし》を売るので有名（『日本鹿子』）。店頭にはその看板を出す。それをふまえて、月の縁語「芋」（芋名月。三三参照）に「痘瘡」を掛け、痘瘡神が芋に引かれて現れたとの笑いを下心にこめた。◆『芭蕉翁月一夜十五句』には「木の目峠、痘瘡の神、宿札有り」と前書。但し「木の目峠」は誤記。

三 木曾義仲の軍が平維盛《これもり》勢に攻め落された古戦場（『平家物語』巻七）。湯尾峠の向い側、燧山《ひうちやま》にあった。

566 この山は昔、木曾の義仲が夜半の寝覚めにふり仰いで月を見た山なのか。月はいま哀愁を含んで、白々と山を照らしている。

秋—月。敗軍の義仲の心事を月に結んで偲《しの》んだ作。

四 今庄～敦賀の中間、木ノ芽峠のある大山。歌枕。

567 東海道の佐夜の中山と同じ名前の越《こし》の中山。この中山でもまた、自分は命あって月を眺める。

564

一 比那《ひな》が嶽《だけ》

明日の月雨占《うら》なはん比那が嶽

芭蕉翁月一夜十五句

565

二 湯尾《ゆのを》

月に名を包みかねてや痘瘡《いも》の神

昼寝の種〔芭蕉翁月一夜十五句〕

566

三 燧《ひうち》が城《じやう》

義仲の寝覚めの山か月悲し

芭蕉翁月一夜十五句

秋—月。芭蕉が嘗《かつ》て佐夜中山で月を詠んだ経験と、西行の「命なりけり佐夜の中山」をふまえる。一九六参照。

568　諸国をめぐり、国々の八景を見尽して、さらにいま、明月に照らされた気比の海の佳景に接することのできた仕合せさよ。

秋—月。中国の瀟湘《しようしよう》八景に擬して、日本でも近江八景ほか各地で名勝八景が選定された。ここの「八景」は「佳景」の代名詞的用法。「気比」は敦賀の古称。

五 敦賀の海辺に立つ古代以来の大社。越前の一ノ宮で北陸道の総鎮守。六 遊行宗（時宗）の開祖一遍上人の弟子、二世遊行他阿《たあ》上人。鎌倉時代の人。七 先例。故実。遊行上人が泥でぬかる気比明神の境内に土石を運び、参詣、往来の人の煩いを救った故実。以後代々の遊行上人が一生に一度は必ずこれを実行する伝統ができて神事化し、「遊行の砂持ち」と呼ばれた。元禄二年には芭蕉が来る前に第四三世尊真の砂持ちがあったらしい。

569　遠い昔、遊行二世上人がみずから社前に持ち運んだという白砂の上に、いま皎々《こうこう》たる月光が降りそそぐ、この光景はまことに清浄で神々しい。

秋—月。眼前の砂は実際は近年の遊行僧が運んだものだが、芭蕉はそこに遠い昔の二世遊行の面影を見ている。「月清し」に二世遊行の徳を讃《たた》える語感がある。八月十四日の作。『ほそ道』の前文に「十四日の夕暮、敦賀の津に宿を求む。その夜、月殊に晴れたり。〈あすの夜もかくあるべきにや〉と問へば〈越路の習ひ、

567
四 越《こし》の中山《なかやま》

中山や越路《こしぢ》も月はまた命

芭蕉翁月一夜十五句

568
気比の海

国《くに》々《ぐに》の八景さらに気《け》比《ひ》の月

芭蕉翁月一夜十五句

569
元禄二年、敦賀《つるが》の湊《みなと》に月を見て、五 気比の明神に詣で、六 遊行上人《ゆぎやうしやうにん》の七 古例を聞く

月清し遊行の持てる砂の上

気比の宮へは遊行上人の白砂

猿蓑
〔真蹟懐紙・芭蕉翁月一夜十五句・おくのほそ道〕

を敷ける古例ありて、この頃《ごろ》もさる事ありしといへば

月清し遊行の持てる砂の露　其袋

気比の宮

涙《一》しくや遊行の持てる砂の露　真蹟短冊

十五日、亭《二》主の詞《ことば》にたがはず雨降る

570 名月や北《ほく》国《こく》日《び》和《より》定めなき　おくのほそ道［芭蕉翁月一夜十五句］

同《三》じ夜、あるじの物語に、「この

なほ明夜《みやうや》の陰晴《いんせい》計りがたし〉と、あるじに酒勧められて、気比の明神に夜参《やさん》す。仲哀天皇の御廟なり。社頭神さびて、松の木の間に月の洩り入りたる御前《おまへ》の白砂、霜を敷けるがごとし」とある。

一 初案。砂に置く露を、遊行の徳に感じて流した自分の涙に見立てた作。「しく」は「頻《し》く」で、しきりに、の意。

二『ほそ道』本文に「明夜の陰晴計りがたし」とあるのをさす（五六九参照）。

570 せっかくの名月が、よりによって雨だなんて。北国の天気の変りやすさが恨めしい。

秋—月。無月を恨みつつも、「明夜の陰晴計りがたし」という亭主の詞《ことば》を奪って句に生かしたところに俳諧的ユーモア心があり、北陸の天候の特質を一言で言いきった妙味もある。

三 同じ十五夜、の意。『俳諧四幅対《しふくつい》』に五七〇の句に続

海に釣鐘《つりがね》の沈みて侍《はべ》るを、国守《くにのかみ》の海士《あま》を入れて尋ねさせ給へど、龍《りゅう》[四]の頭《づ》のさかさまに落ち入りて、引き上ぐべき便り[五]もなし」と聞きて

571 月いづく鐘は沈める海の底

俳諧四幅対〔真蹟短冊・芭蕉翁月一夜十五句〕

浜[六]

572 月のみか雨に相撲《すまふ》もなかりけり

芭蕉翁月一夜十五句

湊《みなと》

573 古き名の角鹿《つぬが》や恋し秋の月

芭蕉翁月一夜十五句

けて出す。四 釣鐘《つりがね》を鐘楼の梁《はり》に掛ける、龍の頭の形をした釣り手。五 手段。

571 今宵の月はどこに隠れているのか。雨雲に閉ざされて海は暗く、聞けばこの海底には釣鐘が深く沈んだまま、引き上げるすべもないという。

秋—月。雨月の暗く寂しい感じと、釣鐘が海底に逆さに沈んだまま動かぬという伝説の不気味さが相乗して、一種の凄味《すごみ》を形成する。真蹟短冊には「仲秋の夜は敦賀に泊りて、雨降りければ」と前書がある。

六 気比の浜。

572 名月の夜だというのに、あいにくの雨で月が見られないばかりか、浜で興行されるはずの相撲もお流れという。まことに残念なことだ。

秋—相撲・月。土地の人から例年の奉納相撲のにぎわいぶりなど聞かされて詠んだのだろう。

573 皎々《こうこう》たる月の光に照らし出される敦賀の港を眺めていると、いつのまにかこの世ならぬ気分に駆られ、遠い古代の角鹿という名が妙に恋しくなる。

秋—秋の月。「角鹿」は敦賀の古名。『日本書紀』垂仁紀に、韓人都怒我阿羅斯等《つぬがあらしと》の来朝に因《ちな》んでつけた名とある。古代からの大陸交通の要港で、和銅年間、「敦賀」の字に改められた。

574 寂しさや須磨に勝ちたる浜の秋

おくのほそ道

575 浪《なみ》の間や小《こ》貝《がひ》にまじる萩の塵《ちり》

おくのほそ道

576 種《いろ》の浜《はま》に誘引《いざな》はれて

小萩散れますほの小貝小盃

俳諧鷹獅子集〔洞哉真蹟懐紙〕

577 種の浜

衣《ころも》着て小貝拾はん種《いろ》の月

芭蕉翁月一夜十五句

574 古来あわれ深いものとして知られる須磨の浦の秋よりも、種《いろ》の浜の秋景色は、さらにもの寂しくてあわれ深い。

秋—秋。『源氏物語』須磨の巻以来寂しさの典型とされる須磨の秋（四〇四参照）を引き合いに出すことで、種の浜（注一参照）の寂しさに現実感を与えた。『ほそ道』に、「十六日、空晴れたれば、ますほの小貝拾はんと種の浜に舟を走《は》す。…浜はわづかなる海士《あま》の小家にて、侘《わび》しき法華寺《ほっけでら》あり。ここに茶を飲み、酒を温めて、夕暮の寂しさ感に堪へたり」として以下二句を掲出。寺は本隆寺。八月十六日、敦賀《つるが》の俳人、玄流（廻船問屋、天屋《てんや》五郎右衛門）の案内で種の浜に遊んだ折の句。

575 波の引いた合間に渚《なぎさ》を覗《のぞ》くと、波に洗われた萩の花屑《はなくず》がますおの小貝に入り交じって、見紛うばかり美しく散り敷いている。

秋—萩。次の句の改案か。小貝に興じる主情の勝った次句に対し、これは萩と小貝の美の客観的把握《はあく》。

一 敦賀湾の西岸、立石岬中部の海岸。敦賀市色浜《いろはま》。

576 種の浜辺に咲き乱れる小萩よ。いま渚で小盃に拾い集めたこの美しいますおの小貝の上に、はらはらと散りかかれよ。

秋—小萩。小萩・小貝・小盃と重ねて小貝の可憐《かれん》な感じを語調に生かす。ますおの小貝は、米粒ないし小豆《あずき》粒大の淡紅色の二枚貝。紫紅色の萩の小さな花弁が小貝の色や形と映え合う。洞哉真蹟懐紙の前文に「小貝を拾ひ袂《たもと》に包み、盃にうち入れなんどして…」とある。

577 西行に倣《なら》って墨染《すみぞめ》の衣をまとい、月の清く照らす種の浜辺で、ますおの小貝を拾おうと思う。
秋―月。「潮染むるますほの小貝拾ふとて色の浜とはいふにやあるらん」（『山家集』）と詠んだ西行を慕う。

578 美しい蝶に成長することもなく、秋深まる今も草葉の上で蠢《うごめ》いている菜虫の哀れさよ。
秋―秋。八月二十一日ごろ、奥の細道の旅の終点、大垣到着の直後、近藤如行《じよこう》亭に休養中の作。裏に自己謙退の心が動く。「菜虫」は紋白蝶の幼虫。青虫。
二 大垣市赤坂町。旧中仙道の宿駅。三 赤坂町金生《きんしよう》山《ざん》の山頂にある明星輪寺《みようしようりんじ》宝光院。本尊、虚空蔵菩薩《ぼさつ》。山中は奇岩怪石多く、本堂（奥の院）は、洞のある巨岩を内陣に取り込んで造られ、洞の中に本尊を祀《まつ》る。

579 木深い奥の院の岩窟《がんくつ》を前にして、寂しい山鳩の声を聞いていると、秋の冷たさがいっそう深く肌身にしみわたる思いがする。
秋―身にしむ。
四 伊吹山。大垣の西、岐阜・滋賀両県境の伊吹山地の最高峰。一三七七メートル。五 何物にも頼らず、独り毅然《きぜん》としている偉大さ。

580 巍然《ぎぜん》として聳《そび》え立つ秀峰伊吹山は、月が出て風情を添える必要などあるまい。ただ巍然として飾らぬそのままの姿で十分に美しい。
秋―月。前書の「花」「雪」を受けて句中に当季の「月」を出した趣向。雪月花は自然美の典型。大垣藩士、高岡斜嶺亭で、土地への挨拶をこめて詠む。

578
胡《こ》蝶《てふ》にもならで秋経《ふ》る菜《な》虫《むし》哉《かな》　後の旅

赤坂[二]の虚[三]空蔵《こくざう》にて、八月二十八日
奥の院

579
鳩《はと》の声身に入《し》みわたる岩戸哉　俳諧漆島

戸を開けば西に山あり、伊[四]吹といふ。花にもよらず、雪にもよらず、ただこれ孤[五]山《こざん》の徳あり

580
そのままよ月もたのまじ伊吹山《いぶきやま》　真蹟懐紙〔後の旅〕

581
恕水子《じよすいし》[一]別墅《べつしよ》[二]にて即興

籠《こも》り居て木《こ》の実《み》草の実拾はばや　後の旅

582
早く咲け九《く》日《にち》も近し菊の花　俳諧石摺巻物

早う咲け九日も近し宿[三]の菊　桃の白実

関《せき》[四]の住《ぢゆう》、素牛《そぎう》[五]何がし、大垣の旅店《りよてん》[六]を訪《と》はれ侍《はべ》りしに、かの「藤代御《ふぢしろみ》[七]坂《さか》」と言ひけん花[八]は宗祇《そうぎ》の昔に匂《にほ》ひて

一 大垣藩の家老格、戸田権太夫如水。「子」は敬称。
二 別荘。ここは下屋敷《しもやしき》。

581 この幽邃《ゆうすい》な邸内にとじ籠《こも》って、庭の草木の実などを拾い、しばらく安穏《あんのん》に暮したいものです。

秋―木の実・草の実。九月四日、如水の下屋敷に招かれた折の発句（『如水日記』）。挨拶の心で草木の茂る邸内の景趣を讃《たた》え、奥の細道の長旅に疲れきった身をここで休めたいとの意もこめた。

582 もう重陽《ちようよう》の節供も間近い。庭前の菊の蕾《つぼみ》よ、その日に遅れぬよう、早く咲けよ。

秋―菊の花。前句と同日、如水亭退参後、大垣藩士浅井左柳《さりゆう》亭に十二名会合した歌仙の発句。「九日」は、九月九日、重陽の節供の日。お九日《くにち》。◆『笈《おい》日記』には改案形で上五「はや〳〵さけ」とするが、いま真蹟を模刻した『俳諧石摺巻物』の形を採る。

三 家の庭の菊。

四 岐阜県関市。「住」は住人の意。五 広瀬源之丞。のち奇行で知られる惟然《いぜん》の前号。六 旅の宿。七 宗祇の連歌の発句「関越えてここも藤白御坂かな」をさす。逢坂《おうさか》の関を越えた坂道に咲く白藤を見て、ここも紀州の藤白御坂（海南市。『萬葉集』の歌枕）かと興じた句。八 藤の花は、むかし宗祇の句に美しく詠まれたが、それを受けて、の意。

583 美しい藤の花は昔、宗祇が連歌の句に詠んだが、私は花のあとに結ぶ藤の実を俳諧にしよう。卑俗な俳諧には素朴でわびしい藤の実がふさわしい。

秋―藤の実。関の素牛に花を持たせるため、宗祇の「逢坂の関」の句を引き、これを美濃《みの》の関にとりなした作意。宗祇連歌の伝統に繋《つな》がる俳諧に、花の後の実を生かそうとの意をこめる。

584　この隠れ家は月を賞《め》でるによく、庭前には菊を植え、その上、田も三反ほどあって、風流にも自活にも事欠かない、まことによい住まいだ。

秋―月・菊。大垣の、木因（七九頁注四参照）の別荘に招かれた折の挨拶吟。当季の菊に隠逸の意をこめる（参考、周茂叔「菊花隠逸《ハ》者《ナル》」）。「三反」は田としてはささやかな面積で、簡素な隠棲《いんせい》のさま。一休禅師の作と伝える「山居《さんきよ》せば上田《じやうでん》三反味噌八斗《はつと》小者《こもの》一人に水の良き所」によるという（蓼太『芭蕉句解』）。

585　露にぬれて秋の趣きが深いこの松の木には、西行の脱ぎ捨てた草鞋でも掛っていたら、風情もまたひとしおであろう。

秋―露。画面にないものを句で補った趣向の画賛句。

586　蛤の蓋《ふた》と身が引き剝《は》がれるようなつらい思いを残して、親しい人々に別れ、自分はいま、行く秋とともに伊勢の二見に向けてまた旅に出るのだ。

秋―行く秋。『おくのほそ道』最後の句。前文に「長月（九月）六日になれば、伊勢の遷宮拝まんと、また舟に乗りて」とある。大垣から川舟で下る時の門人衆への留別吟。伊勢の名産、蛤をふまえ、「蓋・身」に掛けて「二見」を出した技巧的修辞。「蓋・身に別れ」から「別れ行く」「行く秋」と引き出した重層的表現。

583　藤の実は俳諧にせん花の跡　　藤の実

木因《ぼくいん》亭

584　隠れ家や月と菊とに田《た》三《さん》反《たん》　　笈日記

画賛

585　西《さい》行《ぎやう》の草鞋《わらぢ》もかかれ松の露　　*笈日記

586　蛤《はまぐり》のふたみに別れ行く秋ぞ　　おくのほそ道〔真蹟懐紙一～二〕

蛤のふたみへ別れ行く秋ぞ　　杉風宛真蹟書簡〔後の旅〕

587

伊勢の国長島、大智《だいち》院《ゐん》に信宿《しんしゅく》す

憂《う》きわれを寂しがらせよ秋の寺

真蹟色紙

588

伊勢の国又玄《いうげん》が宅へとどめられ侍《はべ》る頃、その妻、男の心にひとしく、もの毎《ごと》にまめやかに見えければ、旅の心を安くし侍りぬ。かの日向《ひうがの》守《かみ》の妻、髪を切りて席《せき》を設けられし心ばせ、今さら申し出《い》でて

月さびよ明智《あけち》が妻の咄《はなし》せん

俳諧勧進牒〔真蹟懐紙〕

一 奥の細道の旅の同行者曾良の伯父、精秀法師の寺。長島は木曾川河口の近く。二 二泊の意。大智院には九月六日から三泊したが、句はその二泊目の作。

587 晩秋の暮色に包まれて、この寺には沁《し》み透《とお》るような寂しさが漂っている。心に憂いを懐《いだ》く自分はこの寂しさの中でさらに深く寂《さび》の境地に徹したい。

秋—秋。中七の呼び掛けは情感を深める手法。六六参照。

三 伊勢神宮の下級御師《おし》、島崎味右衛門の俳号。当年十九歳。十一歳で父を亡くして以来、御師仲間の苛烈《かれつ》な生存競争の間で逼塞《ひっそく》していた。四 夫と心を合わせ。五 安土桃山時代の武将明智光秀。まだ貧しくて連歌会を営む費用に窮していた時、妻がひそかに髪を切って金に換え、夫に面目を立てさせた。光秀は感激し、五十日以内に出世して必ず玉の輿《こし》に乗せてやろうと誓い、約束を果したという（真蹟懐紙の前文による）。

588 寂しい月明りのもとで、あの明智の妻の昔話をしてあげよう。あなたのその心掛けは、将来必ず報いられる日が来ますよ。

秋—月。貧しい夫又玄と心を一つにして、かいがいしく芭蕉の摂待に努める、少女のような若妻のけなげさに感動して詠んだ。上五の呼び掛けは情感を深める手法。寂しい月明りと明智の妻の昔話との間に、感覚的に深く響き合うものがあり、効果的な雰囲気《ふんいき》をかもし出す。◆真蹟懐紙には注五のような前文があり、文末に「又玄子妻に参らす」と書いてある。

六　元禄二年は二十一年に一度の伊勢遷宮の年。芭蕉も式典の奉拝を志して六日に大垣を出発、十一日に伊勢に着いたが、内宮の式は十日にすでに終り、十三日の外宮の式を拝んだ。

589　遷宮式拝観のために諸国から詰めかけた無数の群集は、みな式典の尊さに打たれ、互いに我を忘れて押し合いながら拝んだことである。

秋―御遷宮。遷宮式奉拝につどった群集の雑踏《ざっとう》を明るいタッチで描いて、敬虔《けいけん》な中にも慶祝気分で浮き立つ神都の雰囲気を形象化した佳句。中七の表現が巧妙。

七　伊勢市中村。荒木田神主の墓所がある。

590　秋風はただでさえもの悲しいのに、荒涼とした伊勢の墓原を吹きわたると、もうもの悲しさを通り越して、すごみさえ感じられる。

秋―秋の風。神国伊勢では死の穢《けが》れを極度に嫌い、早《はや》駆《がけ》といって、病人が息を引きとる寸前に墓地に葬る風習さえあった。その伊勢の墓原（墓地）で感じた秋風の蕭殺《しょうさつ》感。『去来抄』に「一時の物数奇《ものずき》なき故、古今に叶《かな》ふ」不易《ふえき》の句と評している。

591　浜辺でくぼみのある石を見つけた。おや、西行上人の使った硯かと、うれしく拾い上げてみると、くぼみにはきれいな秋の露がたまっている。

秋―露。西行は二見が浦に隠棲《いんせい》のころ、「くぼみて硯のやうなる」自然石を硯に用いていたという（『西行上人談抄』）。ゆかりの地に来てふと見つけた石にも、西行の昔を慕う芭蕉らしい心の動き。「や」は詠嘆。

589
内宮《ないくう》[六]は事納《ことをさま》りて、外宮《げくう》の遷宮《せんぐう》拝み
侍りて
尊《たふと》さに皆おしあひぬ御《ご》遷《せん》宮《ぐう》
真蹟懐紙〔泊船集〕

590
伊勢の国中村[七]といふ所にて
秋の風伊勢の墓原なほ凄《すご》し
花摘

591
二見《ふたみ》
硯《すずり》かと拾ふやくぼき石の露
杉風宛真蹟書簡〔芭蕉句選〕

守栄院《しゅえいいん》 一

592 門《もん》に入《い》れば蘇《そ》鉄《てつ》に蘭《らん》のにほひ哉《かな》

＊笈日記

593 枝ぶりの日ごとに変る芙《ふ》蓉《よう》かな

＊おくれ馳集

594 初《はつ》時《し》雨《ぐれ》猿も小《こ》蓑《みの》を欲しげなり

猿蓑
〔真蹟懐紙・色紙〕

595 人々をしぐれよ宿は寒くとも

蕉翁全伝

596 茸《たけ》狩《がり》やあぶなきことに夕《ゆふ》時《し》雨《ぐれ》

真蹟画賛
〔芭蕉句選拾遺〕

一　伊勢市浦口町にあった浄土宗の寺。『芭蕉句選年考』に「名高き蘇鉄あり」と伝える。

592　山門を一歩境内に入ると、立派な蘇鉄が目をひき、高貴な蘭の匂いがほのかに漂って来る。あたかも蘇鉄が、蘭の芳香を放っているように。

秋―蘭。蘇鉄の傍らに蘭の咲く寺。しっとりと落着いた、気品あるその寺のたたずまいを賞した挨拶句。

593　芙蓉の木は面白い。咲いては凋《しぼ》み咲いては凋みするにつれて、日ごとに枝ぶりが変ってゆく。

秋―芙蓉。『おくれ馳《ばせ》集』に「自画の芙蓉の賛に見えたり」と注する。芙蓉の花は朝咲いて夕方には凋み落ち、翌日は別の枝に花をつける。それを枝ぶりが日ごとに変ると言って、動かぬ画に動きを添えた画賛句。花は桃色・白などで径約一〇センチ。中国以来の好画材。◆『泊船集』には中七「日に日に変る」。

594　冷たさ一入《ひとしお》の初時雨に蓑笠を着けて山道を行くと、しとどに時雨にぬれた猿が、俺《おれ》も小蓑を欲しいよと言いたげに、道端で寒そうにふるえている。

冬―初時雨。九月末、伊勢・伊賀間の途中吟。『猿蓑《さるみの》』の巻頭句。同書の其角序文に「伊賀越えしける山中にて、猿に小蓑を着せて誹諧に神《しん》を入れ給ひ…懼《おそ》るべき幻術なり」と絶賛。初時雨の伝統的美感の中で、猿のペーソスとユーモアを交響させた俳諧的新境地が、多くの門人を驚嘆させた問題作。

595　句会の座敷がたとい寒くなろうともかまわぬ。時雨よ、一降り降って、風雅を求めて集まった人々に侘《わ》びた風趣を添えよ。
冬―時雨・寒し。時雨の侘《わび》。出典に「配力（藤堂藩士、杉野勘兵衛）亭ニ遊バレシ夜ナリ」と注。外来の路通を交えた伊賀門人の会での作。「人々を」の「を」は感動の対象を示す間投助詞から転じた格助詞。詠嘆的気分が強い。「人々に」の平板とは異質。

596 茸狩りから帰るとすぐ夕時雨が降り出した。山でぐずぐずしていたら、この時雨で危なくずぶぬれになるところだったよ。
冬―夕時雨。茸《きのこ》の画に色を添えた軽い即興。出典の真蹟画賛の画は許六筆で、小枝に刺した松茸二本を描く。これは後年の画賛で、初案の画とは別だろう。

597 枯れ寂びた冬庭に、生き残った秋の虫がか細い声で鳴き、空には糸のような繊月《せんげつ》が懸っている。
冬―冬庭。「いとなる」は糸のように細い意。「月」にも「虫の吟」にも掛けた技巧。『全伝』に伊賀帰郷中、一人《いちにゅう》という道心者の庵で、上野の武士山岸半残が興行した半歌仙の発句と伝える。

598 この家のあるじは山を描いた屏風を背に、炬燵《こたつ》なぞに入ってひっそりと冬籠りしているよ。
冬―冬籠り。『全伝』に「平沖《へいちゅう》（伝不詳、伊賀の人）宅ニテノ事」と注する。のちに六二一に改案。

599 初雪を喜んで跳《は》ね回っている子供らよ。白い兎の毛皮で、髭でも作ってつけたらどうだ。
冬―初雪。久しぶりの故郷で童心に帰る。◆『いつを昔』は上五「雪の中に」。再案か。ただし誤伝か。

画賛

茸狩やあぶない事に夕時雨　　土芳本蕉翁全伝

597 冬庭《ふゆには》や月もいとなる虫の吟《ぎん》　　蕉翁全伝

598 屏風《びやうぶ》には山を画《ゑ》書《が》いて冬籠《ふゆごも》り　　蕉翁全伝

山中に子供と遊ぶ

599 初雪に兎の皮の髭《ひげ》作れ　　万菊丸宛書簡〔土芳本蕉翁全伝〕

元禄二年[一]霜月朔日《しもつきついたち》、於テ二[二]良品《りやうぼん》亭ニ一

誹諧歌仙

600 いざ子供走りありかん玉《たま》霰《あられ》　　智周発句集

[三]南都にまかりしに、[四]大仏殿造営の
遙《はる》けき事を思ひて

601 初雪やいつ大仏の柱《はしら》立《だて》　　真蹟懐紙［笈日記］

南都

雪悲しいつ大仏の瓦《かはら》葺《ぶ》き　　万菊丸宛書簡［花摘］

一 旧暦十一月一日。二 伊賀城付き三百五十石の藤堂藩士、友田角左衛門の号。当年二十四歳。

600 さあ子供たちよ、霰がこんこん降ってきた。元気に走りまわろうぜ。

冬―玉霰。郷里の若い門人に囲まれ、童心の昔に帰ったようなうれしい気分をふまえて、折からの霰に興じた。当日の歌仙には良品の妻智周《ちしゆう》（二十歳）、土芳（三十四歳）、半残（三十七歳）、三園（年不詳）が一座。これらに「いざ子供」と呼びかけたのはおかしみ。

三 奈良のこと。四 東大寺大仏殿。永禄十年（一五六七）松永弾正《だんじよう》の兵火で焼失、大仏は頭が落ちて露仏となる。約百年後の貞享二年に再興の勧進がはじまり、元禄元年四月に起工式があったが、資金難で頓挫《とんざ》。同三年、大仏の頭が完成、五年に大仏修復開眼供養が行われる。しかし柱立は同十年、殿舎は宝永六年（一七〇九）ようやく落成した。

601 頭のない露座の大仏に初雪がうっすらと積って、いかにも寒々ともの悲しい。大仏殿も再建されると聞くが、いったい何時になったら柱立が行われるのだろう。

冬―雪。露座の大仏が初雪をかぶっている姿のもの悲しさと、殿舎の落成を危ぶみ嘆く心。

602 奈良から山城へ出たら井出の里で時雨にあい、折よく通りかかった駕籠《かご》を雇って先を急ぐ。

冬―時雨。「出で」に「井出」と掛け、名所で時雨に

途中吟

602 山城へ井《ゐ》出《で》の駕《か》籠《ご》借る時《し》雨《ぐれ》哉《かな》　＊焦尾琴

603 長《ちやう》嘯《せう》の墓もめぐるか鉢《はち》叩《たた》き　真蹟自画賛［いつを昔］

大津にて[五]智《ち》月《げつ》といふ老尼《らうに》のすみかを尋ねて、[六]己《おの》が音《ね》の少将とかや、老《おい》の後《のち》このあたり近く隠れ侍《はべ》りしといふを

604 少将の尼の咄《はなし》や志賀の雪　智月筆懐紙［奉納集］

あったことに興じた即興。時雨はあわただしい感じのもの。「井出」は奈良から約一五キロ。山吹・蛙《かえる》で有名な山城（京都府南部）の歌枕。

603 鉢叩きを聞こうと一晩中待ちもうけていたのに、暁方になってやっと来るとは。もしかしたら、長嘯の墓までも遠回りしていたのかな。

冬―鉢叩き。十二月二十四日の夜、哀れな鉢叩き（六七〇参照）を聞こうと京の去来宅で待機したが、なかなか現れず、暁方にやっと回って来た（去来「鉢扣《はちたたき》ノ辞」）。その遅かった理由を「鉢叩き暁方の一声は冬の夜さへも鳴く時鳥《ほととぎす》」の作がある長嘯にかこつけて興じつつ、待ちくたびれた心を詠んだ。長嘯の名がよくきいた佳句。

◇長嘯　木下長嘯子。豊太閤の甥《おい》で若狭の小浜城主だったが、関ヶ原敗戦後、洛外小《お》塩《じお》山に隠棲《いんせい》、和歌に余生を託した。慶安二年没。墓は洛東高台寺にある。

五　二四一頁注六参照。　六　鎌倉初期、後堀河帝の中宮に仕え、「己が音につらき別れはありとだに思ひも知らで鶏《とり》の鳴くらん」（『新勅撰集』）で異名を取った女流歌人。

604 昔、己が音の少将という名誉の女流歌人が老後を志賀の里に隠れて送った。そんな昔話を、いま奇《く》しくも同じ里で俳諧の風雅に遊ぶ老尼と語りあえるのは、まことに感慨深い。外は美しい雪景色だ。

冬―雪。智月尼（二四一頁注六参照）を少将の尼になぞらえる心で讃《たた》えた初対面の挨拶。

605 これや世の煤《すす》に染まらぬ古《ふる》合子《がふし》　俳諧勧進牒

606 膳所《ぜぜ》草庵を人々訪《と》ひけるに

霰《あられ》せば網《あ》代《じろ》の氷《ひ》魚《を》を煮て出さん　花摘

607 何《なに》にこの師《し》走《はす》の市《いち》にゆく烏《からす》　花摘

元禄三年　四十七歳

元禄三、元旦

605 一見古ぼけてはいるが、誠意に包まれたこの古合子こそ、世塵《せじん》に穢《けが》れぬ好もしいものなのだ。

冬―煤払《すすはら》ひ。路通が七年前大坂の旅亭に置き忘れた合子を、宿の亭主が近頃膳所滞在中の路通まで送り届けてくれたという（出典の注）。この美談に感じ路通に与えた句。「合子」は蓋つきの椀《わん》。当季の煤払ひ（三四参照）に合わせて当意即妙的に「煤に染まらぬ」とした。一　義仲寺《ぎちゆうじ》境内の草庵。この時以後、定宿となる。

606 さあ皆の衆、近江名物の網代の氷魚を煮て振舞おう。こんな折に一霰さっと降ってくれたら、風流もひとしおなのだが。

冬―網代の氷魚・霰。庵に人を迎えた喜び。霰と氷魚が潔く感合する。「せば」は「せばよからん」の心。◇網代　川瀬で氷魚を捕る装置。◇氷魚　鮎《あゆ》の稚魚。体長二～三センチ、無色半透明で、煮ると銀白色となる。網代の氷魚は瀬田川の支流、田上《たなかみ》川が著名。

607 この寒空を烏が市の方へと飛んでゆく。何を好んで、ごった返す師走の市なぞへ行くのか。

冬―師走。「この」は烏に掛り、芭蕉自身をも暗示。烏を咎《とが》める口調の奥に、孤独を愛しつつもにぎやかな歳末の市に心ひかれ、人中《ひとなか》を懐かしがる自分への嘆息がこもる。上五の表現に苦心した作（『三冊子』）。

608 花やかな新春の都にも、ひょっとして誰か尊い聖《ひじり》が、薦《こも》を着た乞食《こじき》姿に身を窶《やつ》して世を欺《あざむ》いているかも知れぬと、深く心をひかれることだ。

春―花の春。膳所での歳旦吟。芭蕉はこの句を「五百年来、西行の『撰集抄《せんじふせう》』に多くの乞食《こつじき》をあげられ候。愚眼（自分の眼が利かぬ）ゆゑ、よき人見付けざる悲しさに、再び西《さい》上人を思ひ返した」（此筋《しきん》・千川《せんせん》宛書簡）と自解。乞食に徹する求道《ぐどう》心は芭蕉日常の願望。その理想の人物が『撰集抄』に多いことを改めて痛感しての作。歳旦に乞食など詠むのは当時破天荒の発想。

609 今ごろはちょうど獺祭《だつさい》の候で、折もよし、瀬田川上流で珍しい獺の祭でも見て来給え。

春―獺の祭。獺祭の季を捉えた当意即妙の餞別句。伊賀から膳所への近道、御《お》斎越《ときごえ》で甲賀の山を抜けると瀬田の奥に通じた。獺は川岸や海岸に住み、捕えた魚を岸に並べておく習性がある。「獺の祭」はこの習性を正月に先祖を祭るさまに見立てていう季語。暦で一年七十二候の第四候（一月十六日から五日間）をいう。

610 庭先でしきりに鶯が囀《さえず》っている。そのさなか、鶯が美しい花笠を落したとでもいうふうに、椿の花がポトリと散り落ちたことよ。

春―落椿《おちつばき》・鶯。「…鶯の縫ふてふ花は梅の花笠」（『古今集』）等、古歌に、鶯は梅の花で笠を縫うという。その歌語から、眼前の落椿を梅の花笠ならぬ椿の花笠と見立てた俳諧的滑稽。土芳本『全伝』に「西島百歳子ノモトニテ…二月六日歌仙一巻有リ」と注記。百歳は藤堂探丸（三七六参照）の従弟で、西島の養子となる。

二 実家の兄、半左衛門。三 種をまく意。

611 やわらかに煙る春雨の中。庭の畑に自分の手で蒔《ま》いた茄子種が健やかに発育して、早くも可愛

608
都近きあたりに年を迎へて
薦《こも》を着て誰《たれ》人《びと》います花の春
真蹟草稿〔其袋〕

609
膳所へゆく人に
獺《かはうそ》の祭見て来《こ》よ瀬田の奥
＊花摘

610
鶯《うぐひす》の笠落したる椿《つばき》かな
真蹟色紙〔猿蓑〕

611
古里、二兄《このかみ》が園中に三草《みくさ》の種を取り三て
春雨や二葉《ふたば》に萌《も》ゆる茄子《なすび》種《だね》
岨の古畑〔真蹟草稿〕

らしい二葉を伸ばしはじめた。
春―種茄子・春雨・二葉。懐かしい生家の庭に物の種を植えてその芽生えを静かに楽しむ風情。以下三句、茄子・唐辛子・芋の三草の種蒔《たねまき》（二月）が主題。◆以下三句の真蹟草稿は一紙で、裏に六一二・六一三の初案形（各左側）、表に成案三句を書き記す。『岨《そば》の古畑《ふるはた》』は別の真蹟によって収めたものらしい。

612　こんなちっぽけな種と思いあなどるまいぞ。この唐辛子の種も秋には真赤な実を結んで、人の舌をピリリと刺す力を持つのだ。
春―種唐辛子。ユーモアを含んだ句ぶりの中に、自然のいのちの隠微さを静かに見つめる眼が働いている。
一 元禄三年。二 春の興趣、おもしろさ。

613　花やかな桜の真盛りに、種芋売りが泥にまぶれた種芋をいかにものどかそうに振売《ふりうり》してゆく。
春―種芋・花盛り。秋の名月に出盛る芋の種芋が、花盛りの頃に早くも売られることに興じた心がある。半残・土芳・良品との歌仙の発句。「種芋」は里芋の種芋。冬の間土穴の中に囲っておき、翌春旧暦二月頃植えつける。
三 伊賀城付き千五百石の藤堂藩士、藤堂修理《しゆり》長定の号。当年二十歳。城内二の丸に屋敷があった。「子」は敬称。

614　緑濃い土手の松に囲まれ、庭は桜の花に埋もれて、まことに木深い感じのする、立派なお屋敷構えですなあ。

細《こま》かなる雨や二葉のなすび種　　蕉翁全伝

612
この種と思ひこなさじ唐辛子《たうがらし》　　岨の古畑〔真蹟草稿〕

唐辛子思ひこなさじ物の種　　真蹟草稿

613
種《たね》芋《いも》や花の盛りに売り歩《あり》く　　己が光〔真蹟草稿〕

一午《うま》の年伊賀の山中《さんちゆう》　二春興

芋種や花の盛りに売り歩く　　岨の古畑〔真蹟草稿〕

三 橋木子《けうぼくし》にて

614 土手の松花や木《こ》深《ぶか》き殿造り　蕉翁句集

花見

615 木のもとに汁《しる》も膾《なます》も桜かな　〔真蹟懐紙・短冊・ひさご《ひさご》扇面〕

616 似合はしや豆《まめ》の粉《こ》飯《めし》に桜狩り　蕉翁全伝

617 畑《はたけ》打つ音やあらしの桜《さくら》麻《あさ》　花摘

春―花。橋木亭での歌仙の発句。亭主への挨拶。

615　屋敷の庭に筵《むしろ》を広げ、花盛りの桜の下で酒盛りもたけなわの席に、落花紛々《ふんぷん》として降りかかり、汁も膾も、何もかも花まみれになってしまいそう。

春―桜。三月二日、伊賀の風麦《ふうばく》（三五八参照）亭花見歌仙の発句。何もかもの意の慣用的俗語「汁も膾も」を生かし、落花紛々の中に花見の卑俗美を描破した佳句。芭蕉自ら「軽み」の句と評した（『三冊子』）最初の作。

616　握り飯に黄粉《きなこ》をまぶしただけの、質素な弁当を携えて花見に出る。鄙《ひな》びた山里の花見には、これがいかにも似つかわしい趣きだ。

春―桜狩り。伊賀の人々との花見。酒肴《しゅこう》を調えて酒宴に浮かれる花やかな花見に対比して、卑下しつつも興がっている心が、初五にある。「豆の粉飯」で素朴な花見の味が出る。

617　桜麻の種下《たねおろ》しを前に、農夫たちの盛んに畑土を打ち返す音が、まるで桜を散らす春の嵐《あらし》のように荒々しいことよ。

春―畑打ち。春らしい郊外の野良風景。「音や荒し」に「嵐」を、「桜麻」に「桜」を掛けた見立て。『蕉翁全伝』には「三月十一日、荒木村白髭ノ社ニテ」と前注がある。「桜麻」は雄麻《おあさ》の別名。種を下す（旧暦三月上旬頃）前に畑土をできる限り深く耕し、細かく砕くのが栽培のコツ（宮崎安貞『農業全書』）。

618
陽炎《かげろふ》や柴胡《さいこ》の糸の薄曇《うすぐも》り　猿蓑

619
蝶《てふ》の羽《は》のいくたび越ゆる塀《へい》の屋根　＊芭蕉句選拾遺

620
この国花垣《はながき》の庄《しやう》は、そのかみ、奈良の八重桜の料《れう》に備へられ侍《はべ》りけるとかや、物にも書き伝へられ侍れば
一里《ひとさと》はみな花守《はなもり》の子孫かや　真蹟懐紙〔猿蓑〕

618　広い野に燃え立つ陽炎の中で、翁草《おきなぐさ》の小さな銀髪頭のような白い羽毛が、こころもち、おぼろに翳《かげ》っている感じに見える。
春―陽炎・柴胡。『蕉翁全伝附録』に、野辺の柴胡を描いた真蹟自画賛の透写図を紹介。「柴胡」は漢名赤《しゃ》熊《ぐま》柴胡。和名、翁草。草原に自生し、高さ約四〇センチになる。春、花茎の先端に花をつけ、花が終ると多数の雌蕊《めしべ》が三～四センチの白い羽毛状に伸びて絹の玉のような形になり、老人の銀髪を思わせる。

619　時を得顔な春の蝶が一匹、高い築地塀《ついじべい》の屋根瓦を越えて、先ほどから幾度も幾度も舞い出たり舞い戻ったりしている。
春―蝶。永い春の一日ののどかな情景。「蝶の羽」に白い羽の翻る印象が鮮やか。伊賀、原田覚左衛門《かくざえもん》（俳号、乍木《さぼく》）亭の庭前嘱目の吟（出典の注記）。

一　中古、一条帝の后上東門院が奈良興福寺の八重桜を京に移そうとした時、僧徒らは強硬に反対、后はかえってその風流心に感じ、伊賀の国予野《よの》の庄《しょう》を寺領に寄進。花垣の庄と名づけ、花垣を結い、花盛りの七日間宿直人《とのいびと》を置いて守らせたという（『沙石集』等）。

620　王朝の昔、この花垣の庄では、花七日の間花守がついたと伝えるが、今この地に住んでいる里人たちは、みなその花守の子孫なのであろうか。
春―花守。現在の里人を美しく讃《たた》えた。

621　古歌に「妻呼ぶ雉子」、「子を思ふ雉子」、「貌佳《かほよ》鳥《どり》」などと優しく詠まれた雉子だが、蛇を食う

などと聞くと、あのほろろと鳴く声も恐ろしく聞える。
春―雉子。伝統和歌には扱われない、雉子の鳴き声の裏にひそむすごみを捉《とら》えた俳諧的新詩境。『本朝食鑑』に「雉、至《ツテ》二三四月《ニ》一食《フ》レ蛇《ヲ》」云々とある。

622 遠いみちのくに旅寝して辛酸《しんさん》を嘗《な》め、真に風雅の道にかなった花見でもして来るがよい。
春―花見。芭蕉に狂隠者ぶりを買われた路通だが、妙に素行が悪く、近頃、膳所《ぜぜ》某家の貴重な茶入を紛失した上、罪を仲間の隠桂にかぶせて芭蕉を激怒させた(曲水宛芭蕉書簡)。その頃の送別句で、言葉が辛辣《しんらつ》。

623 琵琶湖《びわこ》の回りはいま、山も湖岸もみな花盛り。四方から吹き入れてくる花吹雪《ふぶき》で、洒落堂から一望する湖面はまさに絢爛《けんらん》たる眺めである。
春―花。膳所の門人、浜田珍碩《ちんせき》(後号洒堂《しやどう》、医師)の洒落堂からの眺望。挨拶の心で誇張した表現。前文(省略)で、唐崎《からさき》・比良《ひら》山・比叡《ひえい》山・長良《ながら》山・勢田・三上《みかみ》山など近江《おうみ》の名所を左右に見渡す琵琶湖の大景を賞している。「鳰」は、「鳰の海」の意。琵琶湖の雅語。◆『卯辰《うたつ》集』に下五「鳰の海」とあるが誤伝か。

624 山腹を埋め尽す山桜の中に、黒い瓦葺《かわらぶ》き屋根の頭が二つ先《ま》ず目につく。いかにも印象的な風景。
春―山桜。叙景句だが、長嘯子(六〇三釈注参照)の「常に住む所は、瓦葺けるもの二つ」(『挙白集』所収「山家記」)をふまえて表現上の趣向とした作。「瓦葺くもの」は、瓦葺きの建物で寺院など。「まづ」で印象の強さを強調。

621 蛇《へび》食ふと聞けばおそろし雉子《きじ》の声　花摘

路《ろ》通《つう》がみちのくに赴《おもむ》くに
622 草枕まことの華見《はなみ》しても来《こ》よ　茶の草子

洒落堂記《しやらくだうのき》
623 四《し》方《はう》より花吹き入れて鳰《にほ》の波　白馬集
［真蹟短冊］

624 山桜瓦《かはら》葺《ふ》くもののまづ二つ　*笈日記

625
望《ミテ》二湖水《ニ》一惜《ム》レ春《ヲ》
行く春を近江《あふみ》の人と惜しみける　猿蓑

志《し》賀《が》唐崎《からさき》に舟を浮べて人々春
を惜しみけるに
行く春や近江の人と惜しみける　真蹟懐紙一〔懐紙二～三〕

626
独り尼《あま》藁《わら》屋《や》すげなし白《しろ》躑《つ》躅《っじ》　真蹟草稿〔芭蕉句選拾遺〕

627
勢《せ》田《た》に泊りて、暁《あかつき》石山寺に詣《まう》で、
かの源氏の間《ま》を見て
曙《あけぼの》はまだ紫にほととぎす　伝真蹟画賛

625　春光うららかに打ち霞む琵琶湖の湖上に、去りゆこうとする春の情緒がたゆとうている。この春を、自分はこの近江の国の人々とともに、心ゆくばかり惜しんだことである。

春―行く春。「近江」といえば琵琶湖のイメージがあり、その春を惜しむことでおのずから、おだやかな湖上の、いかにも琵琶湖らしい暮春の情緒を浮び上がらせる。「近江の人」は、近江を郷土とし湖水を愛する人情こまやかな人々。その人々と湖上に暮れゆく春を惜しむところに格別の情感をこめた作 『去来抄』に、去来が「湖水朦朧《もうろう》として春を惜しむに便りあるべし。…風光の人を感動せしむること、真《まこと》なるかな」と評し、芭蕉は「然り。古人もこの国に春を愛する事、をさをさ都にも劣らざるものを」と答えたとある。「を」は五九五参照。「ける」の連体止めで余情の効果を出す。

626　藁葺《ぶ》きの小庵に独り住みの尼を訪ねると、男女の隔てをひどく気にして応対がよそよそしい。白けた気持で庭先の白躑躅を眺めると、その花の白さがまた、なんともあじけなく目に映る。

春―白躑躅。尼の態度のそっけなさと、白躑躅の花のどこか冷たい寂しい感じとを響き合せた作。

一　紫式部がこの寺に籠って『源氏物語』を書いたとの伝説が中世期に生れ、「源氏の間」が設けられた。

627　明けようとして明け離れず、雲もまだ紫色を帯びている曙の空を、時鳥《ほととぎす》が鳴き過ぎる。

夏―時鳥。『源氏物語』の紫式部を心に置き、『枕草子』の冒頭「春は曙…紫だちたる雲の細くたなびきたる」をふまえた趣向。初案は、初夏第一日（四月一日）の夜も明けきらぬ曙に、早くも時鳥の声を聞く意。

628　真蹟草稿に六二六・六二七と三句並べて記し、この句は下五を欠いたままに終っている。

二 膳所《ぜぜ》の南約四キロ。六七二参照。三 膳所藩の重臣菅沼外記《げき》定常（俳号曲水）の伯父定知《さだとも》（法号幻住宗仁居士）が生前隠棲《いんせい》した庵。曲水が修理して芭蕉に提供。芭蕉は四月六日から七月二十三日まで閑居した。

629　長い漂泊の木にしばしの安住を求めてこの山庵に入ってみると、傍らの夏木立の中に大きな椎の木もあり、身を寄せ心を安んずるにまことに頼もしく、まず何はともあれ、ほっとする心地だ。

夏―夏木立。「幻住庵記」に、奥の細道の長旅で辛苦をなめた果てに、「卯月《うづき》の初め、いとかりそめに入りし山の、やがて出でじと思ひ染みぬ…」とこの山庵に入った次第を記して、文尾にこの句を掲げる。

630　君と『荘子』の大道を談じていると、意見が深く通じあい、いつの間にか、君と我が一つに化して夢心地になってしまう。はてどちらが蝶なのか荘子なのか。区別の意識を失ってしまうほどだ。

春―蝶。出典の書簡（四月十日付）によると、怒誰《どすい》と大自然の道について対談後、感想として送った句。怒誰は芭蕉と同じく『荘子』の熱心な愛読者なので、「荘周胡蝶の夢」（一六三釈注参照）をふまえ、両者志の一致する喜びを述べた。

曙やまだ朔日《ついたち》にほととぎす　　真蹟草稿〔芭蕉句選拾遺〕

628 妻恋ふて根《ね》笹《ざさ》かづくや□□□□□　　真蹟草稿

石山の奥[二]、幻住庵《げんぢゅうあん》[三]に入りて

629 まづ頼む椎《しひ》の木もあり夏木《なつこ》立《だち》　　真蹟短冊一〔短冊二・懐紙・猿蓑〕

630 君や蝶《てふ》我《われ》や荘《さう》子《じ》が夢心　　怒誰宛書簡

631 夏草に富貴《ふうき》を飾れ蛇《へび》の衣《きぬ》　洒堂宛書簡

631 ただ茫々《ぼうぼう》と風情もなく茂る夏草の中で目にとまれば、取るに足らぬ蛇の抜殻《ぬけがら》も、存外豪華な飾りに見えるかも知れぬ。蛇よ、殻を脱ぎ捨てよ。

夏―夏草・蛇の衣。幻住庵での試作吟。庵の付近は「蛇・むかでうるさき」所だった（二十一日付乙州《おとくに》宛書簡）。出典の書簡は四月十六日付。次句と二句並記し、両句どちらがよいか判断に迷っている旨を述べている。

632 夏草や我《われ》先達《さきだ》ちて蛇狩らん　洒堂宛書簡

632 夏草茫々の中に孤独に閑居する自分である。もし訪ねる人があればうれしく、喜んで先に立って蛇を狩りながら、草間《くさま》を分けて案内しよう。

夏―夏草。

633 夕《ゆふべ》にも朝《あさ》にもつかず瓜《うり》の花　真蹟自画賛［佐郎山］

633 夕とも朝ともつかず、夏の日盛りの中に咲く瓜の黄色な花は、どこか所在なげであわれだ。

夏―瓜の花。涼しい朝や夕に一時に咲いて人目を引く朝顔と夕顔を言外に置くが、単純な比較ではない。『類柑子《るいこうじ》』に「幻住庵に籠れるころ」と前注がある。

634 日の道や葵《あふひ》傾く五月雨《さつきあめ》　＊猿蓑

634 降り続く五月雨で久しく太陽の影さえ見ぬ今日このごろ。庭先の葵の葉が傾く方角を見て、わずかに日の道を知るのみである。

夏―五月雨。陰鬱《いんうつ》な五月雨の季節に、日を恋い焦がれる心。その心が、天性、日に向って傾く向日性の葵の姿態を借りて間接的に詠まれているが、葵の姿態がよく生きている。「日の道」は太陽の通る道。黄道。

635 橘《たちばな》やいつの野中の郭公《ほととぎす》　＊卯辰集

635 橘の匂うあたりで時鳥《ほととぎす》を聞いていると、いつだったか、どこか広い野中で、今とまったく同じような気分で時鳥を聞いた記憶がふと蘇《よみがえ》る。時も場所も定かでないが、あの時、時鳥の声に感じた気分だけは、妙に鮮明に思い出に残っている。

夏—時鳥・橘。おぼろげな記憶の中で、ある思い出を辿《たど》る心裡《しんり》の微妙な動き。「五月《さつき》待つ花橘の香をかげば昔の人の袖の香ぞする」(『古今集』)と歌われた橘の香りが、記憶を蘇らせる契機。

636 瀬田の流れに螢舟を出し、みんなで盃を汲み交わすうちに、船頭さんも振舞酒で棹《さお》さす手元足元もよろめき加減。なんとも危なっかしいこと。

夏—螢見。「おぼつかな」の止めが酔うた船頭を冷やかすおかしみをかもし出して効果的。勢田の螢見の名所、螢谷(一五〇頁注一参照)はやや急流。

637 木々の枝に螢がとまって光を放つ花やかさ。あの螢たちは自分の光を木々の花として、花の宿に泊ったつもりなのかなあ。

夏—螢。軽く興じた見立て。『己が光』によると、瀬田、石山辺を吟行の折、茶店に書き残した句。同書はこの句を巻頭に据え、書名もこれによった。

638 現に京にいるのに、時鳥の声を聞くと、なぜか京が懐かしいなあという思いに駆られる。

夏—時鳥。上の「京」は現実の京、下の「京」は遠い昔の古典時代の京。それを同じ「京」の語で表して両者のダブルイメージを作り上げ、古都の情緒をかみしめる複雑な心理を盛る。六月上中旬、京滞在中の作。

一 京の四条。四条河原の納涼は旧暦六月七〜十八日の十二日間。二 納涼床《すずみゆか》。

636

勢田《せた》の螢見《ほたるみ》

螢見や船頭酔《よ》うておぼつかな

＊猿蓑

637

己《おの》が火を木《き》々《ぎ》の螢や花の宿

＊己が光

638

京にても京なつかしやほととぎす

小春宛真蹟書簡［己が光］

[一]四条の川原涼みとて、夕月夜《ゆふづくよ》のころより有明《ありあけ》過ぐるころまで、川中に[二]床《ゆか》を並べて夜すがら酒飲み、物

食ひ遊ぶ。女は帯の結び目いかめ[一]しく、男は羽織長[二]う着なして、法師・老人ともに交《まじ》り、桶屋《をけや》・鍛冶屋《かぢや》の弟子子《でしご》[三]まで、暇得顔《いとまえがほ》に歌ひののしる。さすがに都の気色《けしき》なるべし

639 川風や薄柿《うすがき》着たる夕涼み

己が光
［曲水宛真蹟書簡］

難波《なには》あたりより隠士東湖《とうこ》[四]といふ人、不肖《ふせう》[五]の我を慕ひ訪《と》はれし時

640 我に似るなふたつに割れし真桑瓜《まくはうり》

真蹟懐紙
［初蟬］

一 ものものしく。二 長羽織は流行遅れだが京風の改まった身なり。三 徒弟。

639 大勢の着飾った納涼客に交じって、落着いた薄柿色の帷子《かたびら》を小ざっぱりと身につけ、川風に吹かれている人がいる。その姿が殊に涼しげで印象的。

夏―夕涼み。芭蕉が「涼みの言ひ様《やう》を少し心得て仕《し》たり」(『三冊子』)と自信を見せた作。薄柿色がきいている。「薄柿」は淡い渋色の帷子《かたびら》(麻などの単物《ひとえもの》)。

四 大坂の町人で当年三十二歳くらい。この時芭蕉に入門。のち、之道《しどう》と改号。大坂蕉門の雄として活躍。のちさらに諷竹《ふうちく》と号した。五 愚か者。

640 二つに割ったこの真桑瓜は、まったく瓜二つでよく似ているが、君は俳諧を志すにしても、私のように世を背く無用者の真似なぞするでないよ。

夏―真桑瓜。京滞在中、入門志願の東湖に与えた句。その手土産《てみやげ》か何か、二つに割って眼前に置かれた真桑瓜を捉《とら》えて、物の酷似するさまにいう譬《たと》え「瓜を二つに割ったよう」を踏み、町人の身で俳人を志す若い相手に処世態度を諷喩《ふうゆ》した当意即妙の作。謙譲の心と、世道・俳道の一致を説く芭蕉の堅実な一面も窺《うかが》える。

641 何のおもてなしもできないが、拙宅の蚊は、刺しても痛くないくらい小さいのがせめてものご馳走です。

夏―蚊。金沢の秋之坊《あきのばう》が幻住庵に来訪した折の句と伝える(『俳諧世説』)。満足な接待もできぬ意を逆説的なユーモアで示した。

六 死は思いもかけず早く来る意。芭蕉が常に好んで用いた語。

642 間もなく死ぬ様子などみじんも見えず、蟬は根《こん》限り、ただひたすらに鳴きしきっている。

夏—蟬。明日の命を知らず、ただ今日の生を必死に生きる短命の蟬の声に「無常迅速」の本質を見た。幻住庵で秋之坊に示した作（文考編『東西夜話』）。この句で芭蕉は世間から「常住ならぬ身を蟬声に知れる人」（『古蔵集《ふるくら》』）とも評された。

643 今宵は牽牛《けんぎゅう》・織女《しょくじょ》の女夫《めおと》星が、年にただ一度天の川を渡って睦言《むつごと》を交わす夜。この二星の稀な逢瀬《おうせ》を合歓の葉越しにでも覗《のぞ》き見して、せっかくの語らいを妨げてはなるまいよ。

秋—七夕。浪漫的な恋物語のある七夕の星に、なよやかで夢みるような合歓の木を取り合せて、艶冶《えんや》の美を演出した作品。「星の影」は二星の光。合歓の木は高さ六〜九メートル。葉は二十枚前後の羽片が対生し、暗くなると閉じ合さって眠ったように垂れる。花は長さ三〜四センチの多数の雄蕊《おしべ》が房《ふさ》状に伸び、下半が白く上半が紅色。夕方から開く。

七 膳所《ぜぜ》の義仲寺《ぎちゅうじ》（木曾義仲の墓がある）境内の庵。

644 先祖を迎えるお盆だというのに、今日もまた死ぬ人があるのか。焼場には煙が立っている。

秋—玉祭。無常の人の世のあわれが「焼場の煙」という具象を通してしみじみと描き出された。「玉祭り」は盂蘭盆《うらぼん》。「魂《たま》祭」に同じ。四〇参照。

641 わが宿は蚊の小さきを馳走《ちそう》かな　泊船集

無常迅速《むじやうじんそく》六

642 やがて死ぬけしきは見えず蟬《せみ》の声　真蹟句切〔猿蓑〕

七夕《たなばた》に

643 合歓《ねぶ》の木の葉越しも厭《いと》へ星の影　＊真蹟懐紙〔猿蓑〕

木曾塚草庵、墓所《むしょ》近き心七

644 玉祭り今日《けふ》も焼場《やきば》の煙哉《かな》　蕉翁句集

645
蜻蜒《とんぼう》や取りつきかねし草の上　＊笈日記

646
猪《ゐのしし》もともに吹かるる野分《のわき》かな　江鮭子

猪のともに吹かるる野分哉《かな》　曲水宛真蹟書簡

647
洛《らく》[一]の桑門《さうもん》[二]雲竹《うんちく》[三]、自《みづか》ら[四]の像にやあらん、あなた[五]の方《かた》に顔ふり向けたる法師を描きて、これに賛せよと申されければ、

君は六十年《むそぢ》余り、予《よ》は既に五十《いそ》

645　秋の野風にそよぐ草の葉末に、蜻蜒がとまろうとして、接近しては飛び退き、退《の》いては接近し、何遍も同じ試みを繰り返したあげく、ついに取りつきかねたか、ふいと遠くへ飛び去る。

秋―蜻蜒。蜻蜒の動きを細かく観察した純客観ふうの描写。

646　回りの草木とともに、猛々《たけだけ》しい猪までも烈しく吹きまくられている野分のものすごさ。

秋―野分。幻住庵滞在中の句。『幻住庵記』によると、付近には猪が出没した。ただしこの句の猪は嘱目とは限らず、野分（台風）のすさまじさを演出するための趣向とも見える。◆書簡の「猪《い》の…」は初案ではなく、推敲《すいこう》過程での一試案。

一 京都。二 僧侶。三 北向氏。京都東寺《とうじ》観智院の僧で大師流の著名な書家。当年実は五十九歳。芭蕉も書を学び、元禄二、四年の京滞在中とくに親交があった。四 自画像と思われるが、の意。五 むこう向きに。六 人生五十年、一生は唯《ただ》夢の如し、の人生観による語。七 像も夢の中に姿を現している、の意。八 戯《ざ》れ言《ごと》。俳諧の意。「夢」の縁語。

647　寂しそうに顔を向うに背けた御坊《ごぼう》よ、あなたも寂しかろうが私も寂しいのだ。ひとつこちらを向いて、寂しい老人同士慰めあいましょう。

秋―秋の暮。後ろ姿の絵柄に世をすねた孤独者の影を

見て呼びかけた趣向。呼びかけは情感を深める芭蕉得意の手法。季語「秋の暮」で寂しさに含蓄をこめる。雲竹自画像の賛。幻住庵滞在中に認《したた》めた（『笈日記』）。

648　寝そべって枕に頭をもたせ、柄鏡《えかがみ》なぞ覗《のぞ》きながら白髪を抜く静かな秋の夜長。床下に潜むこおろぎのかぼそく澄んだ声の哀切さが、心裡《しんり》に動く老いの寂しさを増幅する。

649　皎々《こうこう》と輝く名月に見惚《みと》れて、ふと我に帰り、一座の人々を見回すと美しい顔は一つもなく、どの顔もみな平凡に見えて、現実に引き戻される。

秋―きりぎりす。義仲寺《ぎちゅうじ》の草庵で之道《しどう》・珍碩《ちんせき》と巻いた半歌仙の発句。「きりぎりす」は今のこおろぎ。

秋―月見。八月十五日、義仲寺の草庵に会した門人らと月見した折の作。『初蟬』に、当夜、種々案じ返したとして三句掲出。初案「児《ちご》」の句（次頁）は、謡曲『三井寺』で住僧が児と観月する場面などを背景に、美しい寺児《てらちご》（美服を着た有髪の少年。利発な美童が多かった）が堂宇の縁に立ち並んで名月を仰ぎ見る幻想美を創造。再案「…七小町」は、名月下の琵琶《びわ》湖の美景が月の位置によって景趣を変幻させるさまに、美女小野小町の七変化の姿を思い寄せた幻想美。三案「明月や…」は虚構の作意にあきたらず、幻想を現実に引き戻して治定した。成案は上五のみの部分修正。

九『草子洗小町《そうしあらいこまち》』以下、小野小町の伝説に取材した七つの謡曲の総称。才色兼備の若い小町から老後落魄《らくはく》の小町まで、それぞれに脚色される。

年《ぢ》に近し。ともに[六]夢中にして、[七]夢の形を現はす。これに加ふるに、また[八]寝言を以《もっ》てす

647　こちら向け我もさびしき秋の暮　　蕉翁句集

648　白《しら》髪《が》抜く枕の下やきりぎりす　　泊船集

649　古寺《こじ》翫月《ぐわんげつ》

月見する座に美しき顔もなし　　夕顔の歌

明月や座に美しき顔もなし　　初蟬

名月や海に向へば[九]七《なな》小《こ》町《まち》　　初蟬

名月や児《ちご》立ち並ぶ堂の縁　　初蟬

650
正秀《まさひで》[一]亭、初会興行の時
月《つき》代《しろ》や膝《ひざ》に手を置く宵《よひ》の宿《やど》　　笈日記

651
桐《きり》の木に鶉《うづら》鳴くなる塀《へい》の内　　猿蓑

652
ある知識[二]ののたまはく、「生禅《なまぜん》[三]大《おほ》疵《きず》の基《もとゐ》」とかや。いとありがたく覚えて
稲妻に悟らぬ人の貴《たつと》さよ　　己が光〔曲水宛真蹟書簡〕

一 膳所《ぜぜ》の蕉門の主要俳人、水田孫右衛門。町人。

650 月が昇ろうとして東の空がほの白《じろ》んできた宵の口。すでに座敷には行燈《あんどん》が点《とも》され、今や始まろうとする初会興行を前に、一座の客は皆膝に手を置き、いささか緊張した面持《おももち》で威儀を正している。
秋―月代。中七で初会の改まった雰囲気《ふんいき》を巧みに描出した挨拶の発句。「月代」は、月の昇る前に東天が白く明るむこと。月の出を待つ心がある。

651 高い塀の見越しに立派な桐の木が聳《そび》え、宏壮《こうそう》な奥の屋敷のあたりから飼鶉《かいうずら》の声が聞える。
秋―鶉。風格に富む桐の木と、当時は高級趣味だった飼鶉で閑雅な富家の趣きを形象した客観句。「に」は切字《きれじ》「や」に通う働きのある俳句独特の含蓄ある用法。桐の木で鶉が鳴くのではない。「鶉鳴くなる」は藤原俊成の「夕されば野辺の秋風身にしみて鶉鳴くなり深草の里」(『千載集』)の第四句を意識した措辞。「なる」は伝聞推定の助動詞。

二 高徳の僧。　三 生悟りの禅。

652 稲妻を見ては電光朝露の人生よなどと、すぐ悟り顔でいう者のいやらしさ。それより何も思わずに、無心でいる人のほうがよほど尊いのだ。
秋―稲妻。言葉を飾るだけの俳諧で事足れりとする生半可な俳人の多いことを諷刺《ふうし》する心がある(九月六日付曲水宛書簡)。◆書簡に「たつとさよ」と仮名書き。

653 庭に茂る赤い蓼の花穂と、赤く実る唐辛子と。それが私の住む侘《わび》しい草庵の目印であることを

知ってほしい。私を訪ねておいでの人々よ。
秋―穂蓼・唐辛子。『笈日記』に「元禄三年の秋ならん、木曾塚の旧草（旧庵）にありて敲戸《かうこ》（訪問）の人々に対す」と前注がある。野趣のある穂蓼と唐辛子（ともに辛い）で、侘しい草庵を卑下する挨拶、自分の生活態度、俳境などを暗喩《あんゆ》する。

四 琵琶湖西岸の町。本福寺住職、千那《せんな》らの門人がおり、九月十三～二十五日の間滞在。

654 夜空を渡る雁の列から、一羽だけ急に舞い落ちたあの雁は、夜寒に堪えきれなかった病気の雁なのか。思わぬ所で独り侘しく旅寝するものよ。
秋―夜寒。芭蕉は堅田滞在中、「拙者散々《せつしやさんざん》風引き候而《て》、蜑《あま》の苫屋《とまや》に旅寝を侘び」（九月二十六日付茶屋与次兵衛宛書簡）という目にあった。その旅先で病む孤独感を、近江八景の一つ「堅田落雁《らくがん》」に即しつつ、落雁に託して象徴的に表現した。ここの「哉」は三九〇参照。

655 湖畔の漁家では、土間に置いた平笊《ひらざる》の中で獲《と》りたての小海老がぴちぴち飛び跳《は》ね、そこへいとどが飛びこんで一緒に跳ね回っているよ。
秋―いとど。堅田の吟。台所・縁の下など不潔な所にいるいとども新鮮な小海老も一緒くたという、侘しい漁家の写実。形の似た両者が一緒に跳ねている様子に俳諧的興趣を催した。「いとど」はえびこおろぎ。全体黄褐色。体長約二センチでえび形に湾曲している。長い髭《ひげ》があり、よく跳ねる。

五 本福寺の隣の臨済宗の禅寺。京都大徳寺の末寺。

653 草の戸を知れや穂蓼《ほたで》に唐辛子《たうがらし》　笈日記

四 堅田《かただ》にて

654 病雁《びやうがん》の夜寒《よさむ》に落ちて旅寝哉《かな》　猿蓑

655 海士《あま》の屋《や》は小海老《こえび》にまじるいとど哉　猿蓑〔真蹟句切〕

五 堅田祥瑞寺《しやうずいじ》にて

656
朝茶飲む僧静かなり菊の花
俳諧芭蕉盥

656 冴《さ》えた秋の早暁、勤行《ごんぎょう》を終えたらしい僧が方丈《ほうじょう》にくつろいで、静かに朝茶を飲んでいる。掃き清められた庭前の菊の花がさわやかに目にしみる。
秋―菊の花。静寂の中にある禅寺の朝の客観句。

[一]粟津《あはづ》に[二]日《ひ》数《かず》経《ふ》る間に、茶の湯に好《す》ける人あり。[三]一浜《ひとはま》の菊を摘ませて振舞《ふるま》ひければ

657
蝶《てふ》も来て酢《す》を吸ふ菊の鱠《なます》哉《かな》
蕉翁句集

657 菊の芳香が宿るこの風味豊かな酢和《すあえ》には、蝶も飛んで来て酢を吸うことだろう。
一 粟津の荘《しょう》。膳所《ぜぜ》城下や馬場村を含む、瀬田川西岸の湖岸部をいう古い地名。その馬場村に義仲寺がある。ここは義仲寺をさす。 二 長逗留《とうりゅう》の間に。堅田に赴いて、の言葉を略した。 三 浜辺一帯の。
秋―菊。隠逸を表す菊に「荘周の蝶」(一六三釈注参照)を想像して取り合せ、亭主の数奇《すき》を讃《たた》えた挨拶。「菊の鱠」は菊花をゆでて甘酢《あまず》で和《あ》えた酢の物。ここの「哉」は三九〇参照。
四 伝不詳。 五 八種の珍味。各種野菜の凝った料理。

湖上堅田《かただ》の何某《なにがし》木沅《ぼくげん》[四]医師の兄《このかみ》の亭に招かれて、みづから茶を立て、酒をもてなされける。野菜[五]八珍《はっちん》の中に菊花の鱠なほ香ばしければ

658
蝶も来て酢《す》を吸ふ菊の酢《す》和《あへ》哉
俳諧搠塚集

658 さあそれでは、雁の声でも聞きに、秋の京都まで行ってくるとしますか。
秋―雁。書簡は、義仲寺寄寓中の九月二十七日、日頃昵懇《じっこん》な間柄の怒誰《どすい》に、所用で一時上京の旨を連絡した

短文。句はその末尾に添え、俗用で上京するのにわざと風流らしく、古都に雁の音《ね》を聞きに行こうかな、とユーモラスに親しみの情をこめた即興吟。

659　山道沿いの田圃《たんぼ》に点々と居並ぶまだ新しい稲の刈り株が、折しも回《めぐ》り来たった潔い時雨《しぐれ》にぬれて、みるみる黒ずんだ濡《ぬ》れ色に変ってゆく。

冬―時雨。初冬らしい田圃の刈跡の情景が印象的な客観句。膳所から伊賀への帰途、甲賀の山間を抜ける御《お》斎越《ときごえ》の道での嘱目であろう。「ほど」は、…程度に、の意。適度な時雨の量感を示唆。

660　火燵にうずくまっていると、季節を過ぎたこおろぎのかぼそく鳴く声が、とだえとだえに耳に入ってくる。寂しい初冬の夜更け。

冬―火燵。伊賀での吟。土芳本『蕉翁全伝』に「此《この》句ハ初冬、氷固《ひょうこ》宅ニテ一折（半歌仙）アリ」と注する。「氷固」は伊賀上野の富商、松本長右衛門の俳号。

◇忘れ音　季節を過ぎてから思い出したように鳴く虫の声。

661　おや、草木の花がみな霜枯れた寂しい冬なのに、ここにまだこんなにして、撫子が咲いていることよ。

冬―火桶・霜。撫子の花を描いた古雅な火桶にあたりながら、それを愛《め》でる心でやさしく興じた趣きの作。「火桶」は、桐火《きりび》桶《おけ》など、木製の丸火鉢。撫子を描いた火桶は中世絵巻などによく見え、元禄当時では古風の物。

658
雁《かり》聞きに京《みやこ》の秋に赴《おもむ》かん
怒誰宛書簡

旧里《ふるさと》の道すがら

659
しぐるるや田の新《あら》株《かぶ》の黒むほど
＊記念題

660
きりぎりす忘れ音《ね》に啼く火《こ》燵《たつ》哉
蕉翁全伝

古き世をしのびて

661
霜の後《のち》撫《なで》子《しこ》咲ける火《ひ》桶《をけ》哉
＊俳諧勧進牒

662　冷たい木枯しの中を、お多福風邪で腫《ふく》れ上がった両頬をかばいながら道行く人。その大きく腫《は》れた顔が痛々しくもあり、またおかしくもある。
冬―木枯。吹きとがる木枯しの感じと、頬腫（お多福風邪）を病む顔の痛そうな感じとの間に奇妙に通いあうものがある。その感合を見据えた作。座五名詞止めでクローズアップした「人の顔」が滑稽感を誘う。

663　折から舞い出した初雪の白さが、長旅の間にすっかり色あせた聖小僧の笈の古びをことさら侘しく感じさせる。後ろ姿にも疲労の色が濃い聖小僧。
冬―初雪。色あせた笈が回国の長さを物語る。「聖小僧」は、諸国を遍歴して布教、勧進に当る高野聖。大きな笠をかぶり、笈に収めた衣類・雑品を売って路銀を稼ぎながら回国する。「笈」は旅中の用品を入れて背負う、黒漆塗の木製の箱型の容器。

664　秋七月、諏訪《すわ》神社の祭りには、青萱《あおがや》だの薄だのを刈って穂屋を作るが、いま、そのとき刈り残された枯れ薄に、雪がちらちら降りかかる。寒々とした信濃路の冬景色。
冬―雪。「穂屋」は旧暦七月、信州上下《かみしも》両諏訪神社の御射山《みさやま》祭に作られる、青萱・薄で葺《ふ》いた神事用の仮《かり》屋《や》。「穂屋の薄」は和歌伝統の詩材。『猿蓑《さるみの》』（元禄四年七月刊）の編纂《へんさん》中、故事を詠んだ句も加える方がよいとの配慮から、『撰集抄』の説話に「信濃野の穂屋の薄に雪散りて…」と見える言葉をふまえて、神事の面影を彷彿《ほうふつ》させた虚構の作。前書も虚構。

662　こがらしや頬《ほほ》腫《ばれ》痛む人の顔　＊猿蓑

旅行

663　初雪や聖《ひじり》小《こ》僧《ぞう》の笈《おひ》の色　＊俳諧勧進牒

信濃路《しなのぢ》を過ぐるに

664　雪散るや穂《ほ》屋《や》の薄《すすき》の刈り残し　猿蓑

果《はて》の朔日《ついたち》の朝から

665 気の早い節季候が出始めたが、いよいよ師走か。世間にかまわぬ我々俳諧風雅の世界も、これからどことなく慌《あわただ》しい歳末気分を帯びてくることだ。

冬―師走。節季候（二七二頁注二参照）は「都には十二月二十日より出る」（『人倫訓蒙図彙《じんりんきんもうずい》』）のだが、一日の朝から早くも出始めたことに、ことさら師走到来の感を濃くし、風雅の師走の感慨を詠んだ。

666 初夜も深まって烈しい比叡颪の吹きおろす鴨《かも》川の川面《かわも》に、群千鳥《むらちどり》が鳴いて飛び立つ。

冬―千鳥。冬の夜更けの寂寥《せきりょう》感。『伊賀産湯《いがのうぶゆ》』に「故《こ》翁《をう》、鴨川の辺《ほとり》に寓居ありて…或る日、比叡に川千鳥を画がきて」と注記がある。自画賛の句。「初夜」は戌《いぬ》の刻（午後八時）ごろ。

667 所定めず漂泊する身の不安定な心持は、いつも置場所を変えられて落着かぬ置火燵とどこか似たところがあるようだ。

一 早く出て行けと。路通の「いねいねと人に言はれつ年の暮」（『猿蓑』）をふまえて自虐的に戯れた言葉。

冬―置火燵。門人の家を渡り歩いている現状に即して詠む。「住みつかぬ」は、「心」に掛る。

668 世間は煤掃きでにぎわう季節だが、旅にあって煤掃きなぞすることのない自分にとっては、嵐が道沿いの杉の木の間を吹き抜けて落葉をきれいに吹きさらう、それが煤掃きのようなものだ。

冬―煤掃。見立ての一興。「煤掃」は煤払い。三四参照。「哉」は三九〇参照。

665
節《せ》季《き》候《ぞろ》の来れば風雅も師《し》走《はす》哉《かな》

＊俳諧勧進牒

666
千鳥立ち更《ふ》け行く初夜《しょや》の日《ひ》枝《え》颪《おろし》

＊伊賀産湯

去《い》ね一去ねと人に言はれても、なほ喰《く》ひ荒す旅の宿り、どこやら寒き居心《ゐごころ》を侘《わ》びて

667
住みつかぬ旅の心や置《おき》火《ご》燵《たつ》

俳諧勧進牒

旅行

668
煤《すす》掃《はき》は杉の木の間の嵐《あらし》哉

＊己が光

669
年忘《としわすれ》歌仙

半《はん》日《じつ》は神を友にや年忘れ

俳諧八重桜集

670
都に旅寝して、[一]鉢叩《はちたた》きのあはれなる勤めを夜《よ》毎《ごと》に聞き侍《はべ》りて

乾《から》鮭《ざけ》も空《くう》也《や》の瘦《やせ》も寒《かん》の中《うち》

真蹟懐紙
〔元禄四年俳諧三物尽〕

671
納《なっ》豆《と》切る音しばし待て鉢《はち》叩《たた》き

＊韻塞

669　こうした荘厳な神域で年忘れの句会を営む今日の半日は、畏《おそ》れながら、神を友として一年の無事を祝うようで、まことに果報なことです。

冬―年忘れ。京極の北西、鞍馬《くらま》口通り南の上御霊《かみごりよう》社の別当、法印小栗栖《おぐるす》祐玄（俳号、示右《じゆう》）亭の歌仙の発句。「誤つて仙家に入りて半日《はんじつ》の客たり」（『和漢朗詠集』、謡曲『木賊《とくさ》』など）の気分をふまえて挨拶とした。「神を友に」が句眼。

一　京都四条坊門の空也堂に属する半僧半俗の賤民《せんみん》の空也僧が、十一月十三日の空也忌から四十八夜、毎夜二、三人づれで瓢箪《ひようたん》や鉦《かね》をたたき、念仏・和讃《わさん》を唱え、洛中《らくちゆう》および洛外七所の墓所をめぐる。「鉢叩き」はその空也僧。寒夜の念仏の声や鉦・瓢箪の音に侘しい情緒がある。

670　寒中毎夜のつらい修行に瘦せからびた空也僧の姿は、木乃伊《ミイラ》のように堅くひからびた乾鮭を彷《ほう》彿《ふつ》させる。しかもその両方とも、寒の内の冷え寂びた感覚を鋭く象徴するものがある。

冬―寒の内・干鮭《からざけ》。『三冊子』に「此《この》句、師の曰く〈心の味を言ひ取らんと、数日 腸《はらわた》をしぼる〉」とある。空也僧の瘦姿に焦点を当てた句（前書）だが、意味よりも、「乾鮭」「空也の瘦」「寒の中」という三つの要素で、瘦・からび・冷・寂・老といった感覚の味を出そうとした象徴性の高い作品。「空也」は空也僧。開祖、空也上人の回国苦行に瘦せからびた姿（六波羅《ろくはら》蜜寺《みつじ》蔵の木像のイメージ）も重ねた。「寒」は小寒・大寒、

合わせて三十日。「乾鮭」は一三七参照。

671 明け方、遠くから鉢叩きの音が聞えてくる。朝《あさ》餉《げ》の支度に納豆を切る者よ、その手をしばし休めて、鉢叩きの音をしみじみと聞かせよ。

冬―鉢叩き。納豆汁を作るのに、俎板《まないた》に納豆をのせて庖丁でたたき、細かくする。これを「納豆切る」という。冬の早朝の景物。

672 白い霰の玉が、石山の堅い岩肌に烈しく降り当ってバラバラ勢いよく跳《は》ね散る。

冬―霰。江州石山寺での吟。源実朝の「武士《もののふ》の矢並《やなみ》つくろふ籠手《こて》の上に霰たばしる那須の篠原《しのはら》」（『金槐集』）を意識した措辞。石山寺は西国三十三箇所十三番札所で有名な古刹《こさつ》。『近江国輿地志略《よちしし》』に「石山　青白き石多く峙《そばだ》ち、誠に奇観なり」という。寺はその石山の山上に建つ。石は硅灰石《けいかいせき》。

673 鳴き声のやかましさに、日頃は憎く思っている烏も、雪の朝、真白い樹々の枝に黒く点々と止っているのを見ると、なかなか風情がある。

冬―雪。

二 義仲寺。三 真白い雪の花が。

674 どこもかも烈しい寒風が吹き過ぎて行く中で、取るに足らぬ小さな小山までもともに吹き荒れ、小山全体が飛乱する木の葉で騒然としているよ。

冬―木の葉。荒冷たる冬の季感を、一つの小山に焦点を当てて捉《とら》えた。「三尺の山」は、小さな山の強調表現。

672
石山の石にたばしる霰《あられ》哉《かな》　＊麻生

673
ひごろ憎き烏《からす》も雪の朝《あした》哉　俳諧鷹獅子集

今朝東雲《しののめ》のころ、木曾寺《きそでら》[二]の鐘の音枕《まくら》に響き、起きいでて見れば、白妙《しろたへ》[三]の花の樹に咲きておもしろく

つね憎き烏も雪のあした哉　真蹟自画賛

大津にて

674
三尺の山も嵐《あらし》の木《こ》の葉哉　己が光

675
比良三上《ひらみかみ》雪さしわたせ鷺《さぎ》の橋

誹諧翁艸

応《ズ》二定光阿闍梨《ぢやうくわうあじやり》〔一〕之《の》覓《もとめ》〔二〕一

〔三〕あなたふと、あなたふと。笠も貴《たふと》し、蓑《みの》も貴し。いかなる人か語り伝へ、いづれの人か写しとどめて、千歳《ちとせ》〔四〕の幻《まぼろし》、今ここに現ず。その形〔五〕あるときは、魂《たましひ》またここにあらん。

蓑も貴し、笠も貴し

676
たふとさや雪降らぬ日も蓑と笠

真蹟懐紙
〔草稿・己が光〕

675　琵琶湖《びわこ》はいま、西に聳《そび》える比良山も東に望む三上山も雪に覆われ、真白な雪景色の中にある。湖上に群れ飛ぶ白鷺よ。純白の翼を並べ、七夕《たなばた》の鵲《かささぎ》の橋のように、二つの山の間に雪の橋を架け渡せ。

冬―雪。「鷺の橋」は、七夕伝説で鵲が天の川に翼を並べて織女星を渡すという「鵲の橋」から美しく連想した空想の橋。「鵲の橋」を俳諧化して興じた気持がある。「比良」は琵琶湖西岸を走る比良山地。「三上」は東岸、野洲《やす》郡にあり、形がよく近江富士とも呼ぶ。

一　三井寺の僧、定光坊実永。「阿闍梨」は僧の尊称。二　求め。三　ああ、尊い。四　千年も昔の幻のような小野小町の姿。五　この絵に描かれた小町の姿をさす。

676　雪の降る日も降らぬ日も、破れ蓑に破れ笠の乞食《こじき》姿で放浪している老いた小町の姿は、まことに枯淡の極致ともいうべく、崇高でさえある。

冬―雪。『己が光』に「小町画讃」と前書がある。本文前書は謡曲『卒都婆小町《そとばこまち》』の「破れ蓑破れ笠、面《おもて》ばかりは隠さねば、まして霜雪雨露《しもゆきあめつゆ》、涙をだにも押《おさ》ふべき、袂《たもと》も袖もあらばこそ。今は路頭にさそらひ、往来《ゆきき》の人に物を乞ふ」をふまえ、老後零落して乞食となった小野小町の姿を念頭に置いた作。「卒兜婆《そとば》小町ノ讃」（『本朝文鑑』）ともいう。

677　湖上に浮んでいたかいつぶりが、突然ふいと水に潜って姿を消してしまった。あとはただ、師走の湖水が寒々と静まっている。

冬―かいつぶり・師走。かいつぶり（三〇三釈注参照）

677 かくれけり師《し》走《はす》の海のかいつぶり　色杉原

678 乙州《おとくに》が新宅にて（六）

人に家を買はせて我は年忘れ　猿蓑〔真蹟懐紙・短冊〕

元禄四年　四十八歳

三日口を閉ぢて、題《ス》二正月四日《ニ》一（七）

679 大津絵の筆のはじめは何《なに》仏《ぼとけ》　俳諧勧進牒

は水中の獲物を捕食する時、一瞬すばやく水に潜って姿を消すのが習性。その特有の動作が、上五にいきなり「かくれけり」と置いた表現で生き生きと捉えられた。隠れ方の俊敏さに、師走の繁忙から隠れるのかと、ふと興ずる心が動く。「海」は湖で、琵琶湖。

六 乙州の新宅にて。「乙州」は大津の伝馬役で荷問屋を営む富商、川井又七。元禄二年、母智月とともに芭蕉に入門。以後物心両面から芭蕉に尽した。智月は貞享三年、夫佐右衛門の没後、尼になった。

678 人に家を買わせておいて、自分はその新宅でのうのうと一年中の苦労を忘れようという。まことに結構なご身分であるわい。

冬―年忘れ。買ったばかりの新宅で芭蕉に年越しさせようという乙州の配慮に報いた句。「人に家を買はせて」で、自分の厚かましさへの苦笑、乙州への親愛感をこめた。

七 俳人恒例の歳旦句も詠まず、正月三ガ日間口を閉じて、四日に初めてこの句を得た、の意。ユーモラスな口ぶり。

679 大津絵には様々な仏が描かれるが、正月の筆始めに、画工たちは何仏を描くのだろう。

春―筆始め。たまたま大津で正月を迎え、土地の名物、大津絵を見てふと思ったことを口にした趣きの、軽い逸興の句。大津絵は寛文ごろから大津領大谷付近で旅人の土産《みやげ》に売った、素朴で瓢逸《ひょういつ》な彩色画。元禄以前は阿弥陀・三尊仏・十三仏・不動尊など仏画が主流。

680
木曾の情《じやう》雪や生《は》えぬく春の草

芭蕉庵小文庫

681
餞《はなむけス》二乙州《おとくにガ》東武行《ノかうニ》一

梅若菜丸子《まりこ》の宿《しゆく》のとろろ汁《じる》

猿蓑

682
梅が香やしらら落窪《おちくぼ》京《きやう》太《た》郎《らう》

＊忘梅

683
伊陽山中《いやうさんちゆう》初春

山里は万《まん》歳《ざい》遅し梅の花

真蹟懐紙〔蕉翁全伝〕

680　木曾義仲《きそのよしなか》の剛強な気情の現れか。春草は墓の周りに消え残る雪を凌《しの》いで早くも芽ぶいている。

春―春の草。一月上旬、義仲寺《ぎちゆうじ》の草庵で門人らと義仲の墓を題に詠んだ折の作。義仲の境涯を捉えて鋭い。去来『旅寝論』に芭蕉はこの時「都《すべ》て物の賛、名所等の句は先《まづ》その場を知るを肝要とす」と言ったという。

681　東海道の旅の道々には梅が咲き、若菜も青々と萌《も》えて、丸子の宿では名物のとろろ汁が食べれることとであろう。

春―梅・若菜。乙州送別歌仙の発句。早春の景物を軽妙なリズムに載せて、楽しみ多き旅であれと祈る温かい真情をこめた。「工《たく》みて云《い》へる句にあらず。ふと云ひて、宜しと後《あと》にて知りたる句」（『三冊子』）と自評。丸子は東海道の宿場。そのとろろ汁は街道屈指の名物。

682　梅の花の古典的な艶《えん》な匂いにつつまれていると、浄瑠璃《じようるり》姫のような少女が梅咲く窓辺で、「しらら」「落窪」「京太郎」といった古い物語草子を読む場面が、何となく思い浮んでくる。

春―梅が香。浄瑠璃『十二段草子』の文句「読みける草子は何々ぞ。…しらら・落窪・京太郎」を連想。

683　辺鄙《へんぴ》な山里には万歳も遅い。正月も半ば過ぎて梅も花盛りを迎えた今頃、やっと来たことよ。

春―梅の花・万歳。万歳も京都や町方は正月早々に回るが田舎はあと回し。のどかな山里の早春の情景が「万歳遅し」で巧みに描かれた。土芳本『蕉翁全伝』に「橋木子（二二一頁注三参照）ニテ会ノ時」と注記。

684 月待の講で月の出を待つ夕景。垣根の向うを、梅の一枝をかたげて小山伏が通りすぎる。あれもどこぞの月待に呼ばれて行くのだろう。

春—梅。土芳本『全伝』に「正月、卓袋《たくたい》ニテ月待ノ時」と注記。のどかそうな小山伏の姿で、室内のなごやかな雰囲気《ふんいき》まで描き取った。「月待」は月の出を待って拝む民俗信仰的行事。多く講を組んで特定の月齢の日に当番の家で夜通し遊芸や飲食を楽しみ、僧侶や陰陽師を招じて読経、祈禱《きとう》などもさせる。「小山伏」は、年功を経ず、いかつさもない若い山伏。

685 春雨の物憂さに昼近くまで蒲団《ふとん》を被《かぶ》って寝ていて、家人に体ごと抱え起されるこの不精さよ。

春—春の雨。中七の姿態が不精さにリアリティーを与えて春愁の気分が濃厚。伊賀の実家での吟。

686 麦飯ばかり食わされている上に、恋煩いでやつれ果てたのか。庭先をうろつくあの雌猫は。

春—猫の妻。「麦飯にやつるる」「やつるる恋」と二重に働かせ、発情期の雌猫をユーモラスに詠み取った。見すぼらしい痩猫《やせねこ》が侘しい田家（農家）にふさわしい。

687 花咲き花散り、根に帰っては肥《こやし》となり、年々これを繰り返してこの桜は大きく育ったのだ。

春—桜・花。出典によれば、三月二十三日、万乎《まんこ》（伊賀上野の富商、大坂屋次郎太夫）の別荘で花見が催された際の半歌仙の発句。庭に年経た桜の古樹を讃《たた》える挨拶をこめるが、自然の命の隠微な営みを見つめての作。諺《ことわざ》「花は根に帰る」を心に置く。

684
月《つき》待《まち》や梅かたげ行《ゆ》く小《こ》山《やま》伏《ぶし》　蕉翁全伝

685
不《ぶ》精《しやう》さや搔《か》き起《おこ》されし春の雨　猿蓑

不精さや抱《だ》き起さるる春の雨　珍夕宛書簡

686
田家《でんか》にありて
麦飯にやつるる恋か猫の妻　＊猿蓑

687
年《とし》々《どし》や桜を肥《こ》やす花の塵《ちり》　蕉翁全伝

688 呑《の》み明けて花《はな》生《いけ》にせん二升樽《だる》　土芳本蕉翁全伝

689 しばらくは花の上なる月夜かな　＊初蟬

690 衰ひや歯に喰《く》ひ当てし海苔《のり》の砂　己が光

嚙《か》み当つる身のおとろひや海苔の砂　西の雲

691 山吹や笠に插《さ》すべき枝の形《なり》　蕉翁全伝

688　さあ皆の衆、この二升樽を余さず飲みあけて、ちょうど真盛りの桜を活《い》ける花活けにしよう。

春―花。出典に、尾張の人から濃酒《こいざけ》一樽、木曾の独《う》活《ど》、茶一種を贈られ、門人多数にふるまった折の作と注記。その場の打ちはしゃいだ気分の句。当季の花を捉《とら》えて花活けを案じ出した当意即妙。

689　夜空をわたる月が、今ちょうど桜の真上に静止して、咲き誇る花を静かに照らし出している。

春―花。上五に、やがて西に傾く月を惜しむ心があるが、現在の静止した状態を捉えて、月と花で美しく描いた絵画風の句。◆『河内羽二重』（元禄五年一月刊）に初出（ただし中七を「花の上にも」と誤記）。

690　海苔を食べて小さな砂を歯にガキッと食い当てる時、何か急に老いの物悲しさがこみあげる。

春―海苔。初老すぎた者に共通の体験と心理。

691　黄金《こがね》色の花をたくさんつけて、なよやかにしなだれている山吹の枝。それは笠の飾りに插したらちょうど似合いそうな枝ぶりだ。

春―山吹。さぞ風流だろうと軽く興ずる心。『蕉翁全伝』に「此《この》句ニ一折（半歌仙）有リ。人ノフト参リタル時催サレシ」と注記。伊賀の実家での吟。

692　宇治の茶所《ちゃどころ》で焙炉の匂いがたけなわになる頃、各地では山吹の花が真盛りである。

春―山吹。自画賛の画は山吹の一枝が画面の左から右へ咲き垂れる墨画。山吹の名所宇治を連想しつつ伝統的美意識を一転させ、生活の匂いのする宇治の焙炉を

画賛

692 山吹や宇治の焙炉《ほいろ》の匂ふ時

*猿蓑〔真蹟自画賛〕

693 闇《やみ》の夜や巣をまどはして鳴く鵆《ちどり》

*猿蓑

694 憂《う》き節《ふし》や竹の子となる人の果《はて》

嵯峨日記

695 嵐《あらし》山《やま》藪《やぶ》の茂りや風の筋《すぢ》

嵯峨日記

取り合せた俳諧的着想。山吹の色と焙炉の匂いが微妙な余情をもって交響する。「焙炉」は茶の葉を蒸して陰乾《かげぼし》した後、炭火で乾燥させる乾燥器。新茶の匂いが芳ばしい。製茶の過程に、摘茶《つみちゃ》の時・蒸茶《むしちゃ》の時・焙炉の時・択茶《えりちゃ》の時の四段階がある（『日次《ひなみ》紀事』四月）。

693 真暗闇の中で、一度飛び立った千鳥が巣を見失い、悲しげに鳴きまどうている。

春—鳥の巣。鵆（千鳥）の声の哀切さ。当季に即して、親千鳥が卵を産み置いた巣を見失ったものと想像し、その悲しみに声の哀切感の実体を見た。千鳥は河原や磯際のくぼみに小石や木屑《きくず》を敷いて卵を産む。

694 憂き節繁《しげ》き人の世に翻弄《ほんろう》された挙句《あげく》の果てに、竹藪《たけやぶ》の中に葬られ、最後はこんな竹の子に化してしまうとは。人の末路は哀れで悲しい。

夏—竹の子。四月十九日、嵯峨野《さがの》を散策中に小督《こごう》の局《つぼね》の墓を見ての感懐。小督は高倉帝に寵愛《ちょうあい》されたが平清盛に憎まれて嵯峨野に隠れ、最後は大井川に入水自殺する（『平家物語』）。『嵯峨日記』に「墓は三軒屋（茶屋）の隣、藪の中にあり」という。筍《たけのこ》を小督の末路と見た意表を突く連想に滑稽感もあるが、余りにも変り果てた姿がむしろ哀れをそそる。「節」は「竹」の縁語。

695 嵐山を背にした緑したたる大竹藪を爽《さわ》やかな薫風が吹き抜けると、竹の葉がさやさやと吹きなびき、透明な風の筋が鮮やかに目に見える感じだ。

夏—茂り。爽やかな初夏の薫風を「風の筋」（風の通り道、風筋《かざすじ》）で視覚的に捉えた。前句と同日の吟。

696 庭先に芳《かぐわ》しく咲く柚《ゆず》の花の香を便りに、この落《らく》柿舎《ししゃ》の料理の間の、花やかなりし昔を偲《しの》ぼう。
夏―柚の花。閑居中の落柿舎の往時を偲んだ。花橘の香は古来昔を偲ぶよすがとされるが（六三五参照）、「料理」の縁で同じ柑橘《かんきつ》類の柚の花を出したのが俳諧的趣向。四月二十日の作。落柿舎は豪商の旧別邸を去来が買い取り、修理して別荘とした。「料理の間」は豪邸には付き物の、盛付けや膳立てをする部屋。◆『蕉翁句集草稿』に、初案「柚の花に昔忍べいと」とする。

697 鋭い一声を残して時鳥《ほととぎす》が飛び去った方角をふり仰ぐと、眼前に鬱蒼《うつそう》と茂り立つ大竹藪の隙間隙間を、青白い月光が幾筋も斜めに貫いている。
夏―時鳥。雄大な構図の中に夏の清夜の静寂感が生きる。四月二十日の吟。「月夜」は月光。夜は添え字。

698 閑古鳥よ。いつも何となく物憂い思いでいる私を、お前のその寂しい鳴き声で、もっと実体のある明確な閑寂境の中に誘いこんでほしい。
夏―閑古鳥。寂しさの窮極を求める心境句。五八七の改案だが、西行の「山里にこはまた誰を呼子《よぶこ》鳥《どり》独り住まんと思ひしものを」への共感から成った（『嵯峨日記』二十二日の条）新着想の作。旧作の座五「秋の寺」は説明に堕するが、「閑古鳥」は上の句の心情を深く生かす。「閑古鳥」「呼子鳥」はともに郭公《かつこう》の異名。閑古鳥は鳴く声の寂しさに重きを置いた名。

699 未明に朝起きして手水《ちようず》を使い、柏手《かしわで》を打って東の空を拝むと、冴《さ》えた大気の彼方にこだまが響

696 柚《ゆ》の花や昔忍ばん料理の間《ま》　嵯峨日記

697 ほととぎす大《おほ》竹《たけ》藪《やぶ》を漏る月《つき》夜《よ》　嵯峨日記

698 憂《う》き我をさびしがらせよ閑《かん》古《こ》鳥《どり》　嵯峨日記

699 手を打てば木《こ》魂《だま》に明くる夏の月　嵯峨日記
夏の夜や木魂に明くる下《げ》駄《た》の音　嵯峨日記

く。と、その音に応ずるかのように夏の短夜《みじかよ》が明け離れて、見上げる空の残月はすでに淡くほの白い。
夏―夏の月。清々《すがすが》しい夏の夜明けの本情。四月二十三日の作。初案「夏の夜」は、庭の踏石《ふみいし》を歩く下駄の音がこだまするうちに短夜が明けてゆくさま。

700 竹藪のあちこちに頭をのぞかせる竹の子の愛らしさ。その姿を見ると、竹の子の絵を書いて遊んだ幼いころがしきりに懐かしく回想される。
夏―竹の子。落柿舎での感懐。◆自画賛（竹の絵）は初め「すさみ」と書いて「ひ」と訂正。『嵯峨日記』は「すさみ」。上五「竹や」とあり、「の子」を脱す。

701 畑の麦が日一日と熟れて赤らみを増してゆく。季節の推移が目に見えるような初夏、麦畑のあちこちで雲雀は相変らずしきりに囀《さえず》っているが、今は声の艶《つや》もなんとなく衰えた感じで侘しく、春遠ざかるの思いはいよいよ深い。
夏―麦。初案「麦の穂」は、麦穂の赤らむのを、春を惜しんで鳴く雲雀が涙で染めたかと見立てた。三〇などに類する古い発想。改案で麦秋の野良《のら》の客観句にした。

702 けだるい初夏の永い一日。終日何をすることもない能なしの自分はただ眠たいばかり。そんな自分なのに、行々子が仰々しく鳴き立てて眠らせてくれぬ。少しは鳴きやまぬか、行々子よ。
夏―行々子。孤独無為の心に兆《きざ》す自虐的嘆息を、「行行子」「仰々し」の掛詞の滑稽で包んだ。「行々子」は葭切《よしきり》。夏は昼夜、ギョギョシとやかましく鳴く。

700 竹の子や稚《をさな》き時の絵のすさび　猿蓑〔真蹟自画賛〕

701 一日《ひと》一日《ひ》麦あからみて啼《な》く雲雀《ひばり》　嵯峨日記

麦の穂や涙《なみだ》に染めて啼く雲雀　嵯峨日記

702 能《のう》なしの眠たし我《われ》を行々子《ぎやうぎやうし》　嵯峨日記

明日は落柿舎《らくししや》を出《い》でんと名残り惜しかりければ、奥・口の一間《ひとま》一間《ひとま》

703 を見廻《めぐ》りて
五月雨《さみだれ》や色紙《しきし》へぎたる壁の跡　　嵯峨日記

704 粽《ちまき》結《ゆ》ふ片手にはさむ額《ひたひ》髪《がみ》　　猿蓑

705 一丈山之《ぢやうざんの》像謁《ニえつス》
風薫《かを》る羽織《はおり》は襟《えり》もつくろはず　　芭蕉庵小文庫

706 水《み》無《な》月《づき》は腹《ふく》病《びやう》やみの暑さかな　　*葛の松原
昼はなほ腹《ふう》病《びやう》煩《やみ》の暑さかな　　俳諧瓜作

703 梅雨期のじめじめと湿っぽい空気の漂う部屋で、壁に貼《は》った色紙の引き剝《は》がされたあとがふと目について、それが妙にもの悲しさをそそる。

夏―五月雨。『嵯峨日記』の最終日、五月四日の作。初五と下の句が微妙に交響して侘《わび》しい心情を醸《かも》し出す。

704 粽を笹の葉でくるみながら、顔に垂れてくる額髪を片手で搔《か》き上げては耳挟《ばさ》みする。

夏―粽。粽（七五参照）をてきぱきした手捌《さば》きで結う庶民の主婦・娘などの甲斐甲斐《かいがい》しい姿。『去来抄』に、『猿蓑』の編集中、芭蕉が「物語等の句少なし」と言って自らこの句を作って入集したと伝える。「額髪」は額にかかる髪。古くは額から左右の頰《ほお》に分けて垂らした。これを耳に挟むのは忙しく立ち働く時のさまで、『源氏物語』などに見える王朝風。これを江戸の現代に移して俳諧化した作。

一 石川丈山。江戸初期の高名な文人。後半生、洛北一乗寺村の詩仙堂に隠れ、寛文十二年、九十歳で没。

705 羽織の襟《えり》を広げて威儀もつくろわぬ丈山の世俗に超然とした姿は、いかにもさわやかで、折からの薫風にどこか通じあうものがある。

夏―風薫る。六月一日、曾良・去来らと詩仙堂に遊んだ折の吟。「風薫る」で高逸な風格への仰慕を象徴。

706 六月の暑さは、腹病やみの患者が高熱に苦しむような、堪えがたい暑さだ。

夏―水無月・暑さ。『源氏物語』帚木《ははきぎ》の「月ごろ風病《ふびやう》重きに堪へかねて、極熱《ごくねち》の草薬《さうやく》を服《ぶく》し」により、極暑の感じを表現した。「風病」は感冒。風病《ふうびよう》・腹病《ふくびよう》ともいう。◆初案「昼はなほ…」は出典に「腹《フウ》病煩《ヤミ》」と振り仮名を施す。

707　初秋を迎え、蚊屋は釣《つ》らずに畳んで寝たが、夜中はさすがに冷えて、畳んだ蚊屋をそのまま夜着の代りに引き寄せてかぶったことだ。

秋―初秋。萌黄《もえぎ》の麻蚊屋などをひきかぶる動作にも肌寒い初秋の季節感が色濃く漂い、物ぐさな風雅人の侘しげな面影もほの見える。「夜着」は一六二参照。

708　西瓜の実の色によく似た、美しいピンク色の秋海棠の花。それが西瓜の色を先取りするかのように、西瓜の熟するより一足早く咲いていることよ。

秋―秋海棠・西瓜。秋海棠の色に感じた軽い驚きとおかしみと、初秋の爽涼《そうりよう》感。西瓜は七月に熟し（『本朝食鑑』）、秋海棠はやや早く六～七月に咲く（『大和本草』）。膳所《ぜぜ》の曲水（二二五頁注三参照）亭での吟。

709　秋風が立って、草木がこれから色づこうという季節に、栗の毬はいつまでもうぶな淡い緑色をして、枝にぶら下がっているよ。

秋―秋風・栗。栗の毬は淡い緑色。濃緑色の葉と対照的にどこかうぶな未熟さが感じられる。そこにある種のおかしみを覚えた作。『三冊子』に「毬の青きをかしとて句にしたるなり。〈吹けども青し〉といふ所にて句とはなして置きたり」と伝える。

二　元禄四年。三　京都朱雀《すざくおおじ》大路の南端の門。早く荒廃して鬼が棲《す》むといわれた（『今昔物語』など）。

初秋

707 初《はつ》秋《あき》や畳みながらの蚊《か》屋《や》の夜《よ》着《ぎ》　真蹟懐紙［西の雲］

708 秋《しう》海《かい》棠《だう》西《すい》瓜《くわ》の色に咲きにけり　＊東西夜話

709 秋風の吹けども青し栗の毬《いが》　＊木がらし

[二]辛未《かのとひつじ》の秋、洛《らく》に遊びて、九条羅[三]生門を過ぐるとて

710 鬼が棲《す》んだという羅生門の前。秋風に吹きなびく荻の穂が頭をつかんでくるかと恐ろしい。
秋―荻の穂。渡辺綱《わたなべのつな》が鬼に甲《かぶと》の錏《しころ》をつかまれたという謡曲『羅生門』の話を連想した即興。

711 窓もなく、昼も小暗く通気の悪い牛小屋は、むっと鼻をつく悪臭がこもり、隅《すみ》の暗がりでは蚊が鳴き、ひとしお残暑の暑苦しさを感じさせる。
秋―残暑。「牛部屋には肥《こえ》を踏まするとて幾らも芥《あくた》を入れ置く」(『類船集』)。庶民生活の素材の中で残暑を捉《とら》えた俳諧的発想の佳句。中七に詩人的感覚が鋭い。初案は京都で去来らと巻いた歌仙の発句。

712 兼好法師は「後世《ごせ》を思はん者は糂粏瓶《じんだがめ》一つも持つまじきことなり」と言ったが、この兼好像には糠味噌壺一つすら見えない。まさに秋の色のように透明清澄なその人の心境を象徴するような図だ。
一 金沢の門人。義仲寺の庵を訪れて句を請うた。
秋―秋の色。絵にちなんで『徒然草』九八段の言葉をふまえ、執心を離れきった兼好の生活ぶりを思い描いた画賛句。「糂粏瓶」を同義の俗語「糠味噌壺」に替えたところが俳味。「寂しさはその色としもなかりけり槙《まき》立つ山の秋の夕暮」(『新古今集』)をふまえ、「秋の色」で清澄な心境を暗示。◆書簡に上五「庵の秋か」と別案を傍記し、次句と二案並記する。

713 床の間の釘に兼好の画像が懸《かか》り、壁の隙間でこおろぎがかぼそい声であわれげに鳴き、この草庵はしみじみとした秋の寂しさにつつまれている。

710 荻《をぎ》の穂や頭《かしら》をつかむ羅《ら》生《しやう》門《もん》
蕉翁句集草稿

711 牛部屋に蚊の声暗き残暑哉《かな》
蕉翁句集

牛部屋に蚊の声弱し秋の風
芭蕉庵小文庫

庵《いほり》に掛けんとて、句空一が書かせける兼好《けんかう》の絵に

712 秋の色糠《ぬか》味《み》噌《そ》壺《つぼ》もなかりけり
柞原集
〔句空宛真蹟書簡〕

713 淋《さび》しさや釘《くぎ》に掛《かか》けたるきりぎりす
誹諧草庵集

秋—きりぎりす。前句と趣向を変え、兼好像の懸った句空の草庵を思い描いた別案。画像を言外に収め、壁の隙間でこおろぎの鳴くさまを現した一曲《いっきょく》ある作意。

714 米を恵んで下さる最上級のよき友を月見のお客に招いて、今宵私は仕合せいっぱいですわい。

秋—今宵の月。八月十五夜、義仲寺の草庵に大津・膳《ぜ》所《ぜ》の門人を集めて月見した折の句。『徒然草』一一七段「よき友三つあり。一つには物くるる友」をもじり、生活の糧《かて》を貢《みつ》いでくれる門人らにユーモアで親愛感を示す。膳所の正秀からも米二斗貰った（正秀宛書簡）。

715 皎々《こうこう》たるこの名月に浮かれ出て三井寺まで押しかけ、月下の門を敲きたいものだ。

秋—今日の月。前句と同夜の句。賈島《かとう》の「僧敲月下門」をふまえ、賈島に倣《なら》って月下の門を敲こうというところ、逸興の余勢がこもる。謡曲『三井寺』に同じ八月十五夜の月を賞《め》でる場面があるのを連想した着想。

716 澄みわたる十六夜の月が湖上に銀波を散らして素晴らしい夜景だ。寺僧よ、堅く錠を下ろした浮御堂《うきみどう》の扉を開けて、あの月光を堂内にさし入れよ。

秋—月。堂内の有名な阿弥陀千体仏が月に輝く光景を期待した。前文（省略）に「望月《もちづき》の残興《ざんきょう》なほやまず…舟を堅田の浦に馳《は》す」とあり、八月十六日、膳所から湖上、舟で堅田に出て十六夜の月を賞した折の吟。

◇浮御堂　堅田崎の岸から湖中に約十四間《けん》突き出して建てられた方形《ほうぎょう》造りの仏堂。満月寺と号し、正面は東向きで月の眺めによい。平安中期、恵心《えしん》の創建。

静かさや絵掛かる壁のきりぎりす　句空宛真蹟書簡

十五夜

714 米《よね》くるる友を今《こ》宵《よひ》の月の客　笈日記

名月

715 三《み》井《ゐ》寺《でら》の門《もん》敲《たた》かばや今日の月　真蹟懐紙〔自画賛・西の雲〕

堅田十六夜《いざよひ》之《の》弁《べん》

716 鎖《じやう》明けて月さし入れよ浮《うき》御《み》堂《だう》　芭蕉庵小文庫

717 安々《やすやす》と出《い》でていざよふ月の雲　芭蕉庵小文庫

718 十六夜《いざよひ》や海老《えび》煎《に》るほどの宵《よひ》の闇《やみ》　笈日記

兎苓《とれい》[一]が父の別墅《べつしよ》[二]懐かしくしつらひて、園中数株の木《こ》の実《み》に富めるを

719 祖父《おほぢ》親《おや》孫の栄えや柿《かき》蜜《み》柑《かん》　*堅田集

720 名月はふたつ過ぎても瀬田の月　西の雲

717 十六夜《いざよい》の月は出る時にいざようはずなのに、思いのほかにやすやすと出て、中天に昇ってから雲の中でいざようていることよ。

秋—いざよふ月。「堅田十六夜之弁」に前句と並記。「いざよふ」は滞る意。十六夜月は十五夜よりやや遅れて出るのでこの名がある。その月が、出る時にいざよわずに、出たあとでいざようているという意外性におかしみをこめて、雲間の月を待ちわびる心を詠む。

718 今夜から宵闇になるが、十六夜の宵闇は今亭主が振舞おうとしている海老の煮え上がるまでのごく僅かな時間だ。待つほどもなく月は昇ろう。

秋—十六夜。前二句と同日の夕、堅田の門人、成秀が湖岸に宴を設けた折の吟。「宵の闇」は日没から月の出までの間の暗闇。月は十五夜には日没とほぼ同時に昇り、以後日を追って遅く出るが、十六夜は日没後三十分で昇る。そのごく短い間にご馳走の海老も煮え上がり、月が昇ることを期待した。

一 可休（釈注参照）の子か。伝不詳。二 別荘。

719 庭園の柿や蜜柑が見事に実って、祖父・親・孫の三代にわたる繁栄ぶりを、ありありと目に見せてくれるようだ。

秋—柿・蜜柑。柿も蜜柑も接木《つぎき》で育つ事実をふまえた挨拶句。『俳諧芭蕉盥《ばしようだらい》』に「堅田柳瀬可休亭にて」とある。「栄え」には樹木の肥え茂る意もある。

720 二月《ふたつき》続けて名月の美を堪能《たんのう》した後でも、瀬田の月はなお美しく、飽かず賞するに足る。

秋―月。『西の雲』所収の文考《しこう》「石山参詣序」によれば、閏《うるう》八月十八日、文考・珍碩《ちんせき》・楚江《そこう》と石山寺に詣で、瀬田川に舟を浮べた折の句。当年は八月に閏があり、八月十五夜も二度あったことになるが、一年に名月を二つ見たという心にはユーモアがある。

721 田圃《たんぼ》に群れて稲をついばむ雀どもは、茶畠を格好の逃げ場と心得てか、追われるたびに一斉に飛んできて、決って茶の木の間に身を潜める。

秋―稲雀。稲も黄熟した頃の田園風景。逃げ場を心得顔の雀を軽いユーモアの目で見る。義仲寺付近の吟。

722 日が暮れかかり、鷹の恐ろしげな鋭い目も今はきかなくなって安堵《あんど》したとでもいうふうに、草間のあちこちで鶉がふけり始めたよ。

秋―鶉。古来、鶉は秋の夕暮の草原に鳴くあわれ深さを愛された。その鶉がやっと鳴き出したとの心を、鷹の目が暮れたからだろうとユーモラスに思いなした。

三 義仲寺の南約二〇〇メートルの山ぎわ。四 龍ヶ岡の百姓、荘右衛門の号。

723 野の美しい萩にだけ見とれずに、人々よ、当家の畠の蕎麦の花も見て、萩を羨《うらや》ましがらせよ。

秋―蕎麦の花・萩。去来・丈草・乙州らと百姓山姿宅に招かれた折の挨拶句（錫馬《しゃくば》稿本『義仲寺』）。

724 隠逸をもって賞せられる高雅な菊の花も、折々は酢《す》和《あえ》にされて酒の肴《さかな》になることよ。

秋―菊。出典の自画は菊一本。◆『泊船集』には上五「折節は」。『蕉翁句集草稿』に六五七の直しかと推定。

721 稲《いな》雀《すずめ》茶の木畠《ばたけ》や逃げ処《どころ》　真蹟懐紙〔西の雲〕

722 鷹《たか》の目も今や暮れぬと鳴く鶉《うづら》　真蹟懐紙〔芭蕉庵小文庫〕

三龍《たつ》ヶ岡　四山姿亭

723 蕎《そ》麦《ば》も見てけなりがらせよ野《の》良《ら》の萩《はぎ》　続寒菊

724 折《をり》々《をり》は酢《す》になる菊の肴《さかな》かな　＊真蹟自画賛

725 草の戸や日《ひ》暮《ぐ》れてくれし菊の酒　笈日記

726 橋《はし》桁《げた》の忍《しのぶ》は月の名残り哉《かな》　己が光

727 九《ここの》たび起きても月の七ツ哉　*雑談集

728 松《まつ》茸《だけ》や知らぬ木《こ》の葉のへばり付く　*忘梅

729 煮《にう》麺《めん》の下焚《た》きたつる夜《よ》寒《さむ》哉　葛の松原

725 今日の重陽《ちょうよう》の節供、世人は早朝に菊の酒を祝うのに、不如意な草庵に暮す自分は日も暮れるころ、人から酒を貰って祝うことであるよ。

秋—菊の酒。『笈日記』に「九月九日、乙州《おとくに》が一樽《いっそん》を携へ来《きた》りけるに」と前注。「日暮れてくれし」に草庵の世離れしたさまを言いこめる。「くれし」は「貰ふ」と同義だが、くれた乙州（六七八参照）の厚意を重んじた表現。「暮れ」「くれ」と調子を取る。「菊の酒」は重陽の朝、杯に菊の花をひたし長寿を寿《ことほ》いで飲む酒。

726 冷たく蒼白《あおじろ》い十三夜の月光が、橋桁に生え着く忍ぶ草を寂しく照らしている。この忍ぶ草は、今年の月の名残りを惜しむよすがであるよ。

秋—月の名残り。大坂の之道《しどう》・車庸《しゃよう》らと石山寺に後《のち》の月見に赴いた折の句。橋は瀬田の大橋。「忍」（三〇七参照）に過去を偲《しの》ぶ意を掛ける。「月の名残り」は九月十三夜の月。帰東を直前にして、湖南滞在中にこの橋で幾度となく賞《め》でた月に名残りを惜しむ心がある。

727 寝覚めがちな秋の夜長。幾度も目覚めて、もう夜明けかと起き出してみると、月はまだ七ツ時分の様子で、夜明けにはだいぶ間があるようだ。

秋—月。秋の夜長の情趣。「九」は数多い意。「七ツ」（午前四時頃）に取り合せて興ずる心を余情とした。『蕉翁句集』に「旅窓長夜」と前書。義仲寺草庵での吟。

728 取りたての新鮮な松茸の笠に、何の木の葉か、湿った朽ち葉がべったりへばりついている。

秋—松茸。新鮮な松茸の感触。下五が殊に実感的。

729 肌寒さのひとしお加わる晩秋の夜更け。亭主は夜食に煮麺を振舞おうと、囲炉裏《いろり》に掛けた鍋《なべ》の下に榾《ほだ》を加え、盛んに火を焚きたてる。

秋―夜寒。『葛の松原』に「曲水亭にて、夜寒といへる題の発句」とある。膳所《ぜぜ》の菅沼曲水亭での吟。夜寒（晩秋）の情緒を懐かしく描き取った佳句。

◇煮麺　素麺《そうめん》をゆでて垂味噌《たれみそ》か醤油に出汁《だし》を加え、小《こ》菜《な》・葱《ねぎ》・茄子《なすび》などと煮こむ。夜食によく食べる。

730 桐の木に秋風が動いて、一葉を散らしたのがまだ昨日のように思えるのに、秋はもう終りに近く、紅葉した蔦の葉に白々と霜が降りている。

秋―秋風・蔦。季節の移る早さを驚く心。「桐」に「秋風」は、「梧一葉落ちて天下の秋を知る」（『淮南子《えなんじ》』）の心で初秋。「動きて」の下に休止を置いて解する。初案も同句意。「梧動く」は「秋」だけに掛る。

731 菊の花の匂う広い庭先で、老婆が達者で稲こきをしている。長寿のめでたさ。

秋―稲こき・菊の花。『芭蕉翁真蹟展観録』の前書（省略）によると、彦根付近の富農、北村某に一宿の折、収穫の秋を祝った挨拶句。「姥も」の言外に一家の繁昌を寿ぐ心をこめつつ、長寿の姥に延命の菊を取り合せた。

一　元禄四年。二　明照寺は彦根市平田字月沢《つきのさわ》にある浄土真宗、光明遍照寺。明徳四年（一三九三）近江多賀庄に創建。慶長四年（一五九九）当地に移って九十二年目。「李由」は第一四世住職、河野通賢の俳号。

730
秋風や桐《きり》に動きて蔦《つた》の霜　三冊子

梧《きり》動く秋の終りや蔦の霜　芭蕉庵小文庫

731
稲こきの姥《うば》もめでたし菊の花　笈日記

一元禄辛未《かのとひつじ》十月、二明照寺《めいせうじ》李《り》由子《いうし》ニ
宿《しゆく》ス

稲こきの姥もめでたし庭の菊　芭蕉翁真蹟展観録

当寺この平田に地を移されてより、已《すで》に百歳に及ぶとかや。[一]御堂奉加《みだうほうが》の辞《じ》に曰《いは》く、「竹樹密《ちくじゆみつ》に、土石《どせき》老いたり」と。誠に木立《こだち》もの古《ふ》りて殊勝に覚え侍《はべ》りければ

732 百《もも》歳《とせ》の気《け》色《しき》を庭の落葉哉《かな》

真蹟画賛〔韻塞〕

733 尊《たふと》がる涙や染めて散る紅葉《もみぢ》

笈日記

[二]庭興即事《ていきようそくじ》

734 作りなす庭をいさむる時雨《しぐれ》かな

真蹟懐紙

一 本堂建立《こんりゆう》の寄付を募る言葉。

732 庭に深く降りうずんだ落葉が、百年という長い歳月を重ねたこの寺のもの古《ふ》りた趣きを、まさしく眼前に物語っているようである。

冬―落葉。十月初め、明照寺での挨拶句。「気色」は様子。「を」は五九五、「哉」は三九〇を参照のこと。

733 この寺の尊さに思わず漏らす私の涙を紅《あか》く染めようとでもいうふうに、庭の紅葉がはらはらと散るよ。

冬―散る紅葉。前句同様、李由への挨拶。眼前嘱目の紅葉を生かす。「涙や」は「涙をや」。紅葉の色が涙に映る気がする、の意で、「や」は疑問の係助詞。

二 庭の景色を賞《め》でてその場のことを詠ずる意。

734 石や木の配置に心を凝らした趣き深い作り庭を、折から降りすぎる時雨がしっとりとぬらして、ひときわ生き生きと生気づけることだ。

冬―時雨。十月十日前後、美濃《みの》の垂井《たるい》（中仙道の宿場）に本龍寺の住職、規外《きがい》を訪うた折の挨拶吟。「いさむる」（勇むる）は、励ます、生気を与える、の意。

735 畑から抜いてきた新鮮な葱《ねぎ》の泥を庭先の井戸水で洗い落すと、たちまち真白な根が現れる。洗いあげたばかりの、水にぬれたその根の白さがいかにも寒々と目にしみる。

冬―葱・寒さ。葱の白さで凜冽《りんれつ》たる冬の寒さを視覚的に把握《はあく》したさわやかな感覚句。前句同様、規外亭での吟。自画賛は規外に与えたもので、俎《まないた》の上に葱三本を

描く。実際に食膳に供されたのだろう。垂井地方は宮《みや》代根深《しろねぶか》の名産地で、この葱は白根が一尺（約三〇センチ）に近く、葉よりも長いという（『和漢三才図会』）。◆『韻塞《いんふたぎ》』に中七「洗ひたてたる」とある。

三 大垣藩士、岡田治左衛門の号。同藩士、宮崎荊口《けいこう》（蕉門）の次男。実兄此筋《しきん》、実弟文鳥《ぶんちよう》も蕉門。

736 ここの主《あるじ》は、時折あの伊吹山の雄姿を眺めては、悠然として冬籠りを楽しんでいる。

冬―冬籠り。十月中旬頃の作。西に伊吹山（五八〇参照）を望む千川亭の眺望と、冬籠りのつれづれを救うに十分な土地の名山伊吹を讃《たた》えて亭主への挨拶とした。

四 伝不詳。「別墅」は別荘。「即時」は即座の作。

737 時ならぬ返り咲きの花が、草木を枯らす凩に色《いろ》艶《つや》を移したのか、この庭園は寂しく冬枯れた中にもどこか全体に潤いが漂っている。

冬―返り花・木枯。大垣滞在中の作。返り花を見とがめて庭の景趣を讃えた挨拶。「匂ひ」は鮮やかな色や艶。

738 障子も小ざっぱりと張り替えられた、明るく落着いた座敷に水仙が活けられ、清楚《せいそ》な花の白さが白い障子と映りあっていかにも清らかだ。

冬―水仙。『笈日記』の支考前注に、十月二十日ごろ熱田の梅人《ばいじん》亭に宿してと伝え、「塵裏《ちんり》の閑《かん》を思ひ寄せられけん」と評する。清潔に品よく暮す亭主の生活ぶりを水仙の高雅に託して讃えた挨拶の発句。九吟一巡の連句が興行された。

735 葱《ねぶか》白く洗ひあげたる寒さかな　真蹟自画賛

三千川《せんせん》亭に遊びて

736 折《をり》々《をり》に伊《い》吹《ぶき》を見ては冬《ふゆ》籠《ごも》り　後の旅

四耕雪子《かうせつし》別墅即時《べつしよそくじ》

737 凩《こがらし》に匂ひやつけし返り花　後の旅

738 水仙や白き障《しやう》子《じ》のとも移り　笈日記

739　気品ある水仙花の、その純白な色あいは、白桃などよりずっと白く清純である。

冬―水仙花。十月二十日過ぎ、三河の国新城《しんしろ》（愛知県新城市）の庄屋、太田金左衛門（俳号、白雪《はくせつ》）亭で、十四歳の長男重英、十一歳の次男孝知に、それぞれ「桃先《とうせん》」「桃後《とうご》」の号を与えた折の発句（十二吟歌仙があった）。当季の水仙花で二少年の穢《けが》れなき純心を祝いつつ、自らの号「桃青」の一字を詠み入れて「桃」の号を与える意をこめた。桃をへりくだって詠む。「桃先」「桃後」は水仙の縁語「桃前・梅後」（『円機活法』）をふまえた命名。

一　新城領主菅沼織部の臣、菅沼権右衛門。耕月と号す。

740　雅《みや》びな京の暮しにも飽きて、今こうして冬構えの整った閑静な冬住まいに落着き、戸外に吹きすさぶ木枯しの音を聞いていると、寂しい田舎のよさがしみじみと身に感じられることだ。

冬―木枯。京から江戸に下る途中の感懐をこめて、物さびた住まいの趣きを讃えた挨拶の発句。

二　注一参照。

741　雪もよいの空に時々稲光りがする。一座の酒好き達は、いよいよ雪だなと、雪見酒を期待してうれしそうな顔つきになっているよ。

冬―雪。前句と同じ席での吟。その座の空気をつかんで面白く興じた。雪見には雪見酒が付きものなのである。

739
その匂ひ桃より白し水《すい》仙《せん》花《くわ》　　笈日記

740
[一]菅沼《すがぬま》亭
京に飽きてこの木《こ》枯《がらし》や冬《ふゆ》住《ずま》ひ　　笈日記

741
[二]耕月《かうげつ》亭にて
雪を待つ上《じやう》戸《ご》の顔や稲《いな》光《びかり》　　茶の草子

742
木枯に岩吹きとがる杉《すぎ》間《ま》かな　　笈日記

742　鬱蒼《うつそう》たる杉林の絶え間から山頂をふり仰ぐと、折から吹きすさぶ烈しい木枯しに吹き削られたように、鋭く尖《とが》った岩が突兀《とつこつ》として聳《そび》え立っている。

冬―木枯。新城の東北約一五キロの鳳来寺での吟。この寺のある鳳来寺山は全山岩山で杉の原生林に覆われ、山頂付近は天狗《てんぐ》岩など鋭く切り立った岩壁が露出する。その尖り具合が、烈しい木枯しの感覚をとおして、ひときわ鋭く感覚的に強調される。「吹きとがる」は、吹かれてとがる意。語を圧縮して句勢を強める俳句的語法。「杉間」は杉の密林の絶え間。

三 愛知県南設楽《したら》郡鳳来町にある天台・真言二宗兼学の古刹《こさつ》。大宝二年（七〇二）利修仙人の開基。本尊、薬師如来（衆生の病苦を救済する仏）。四 持病の疝《せん》気《き》。

743　旅の道で持病を起して寒く心細い最中に、霊験あらたかなお寺に祈ったお陰《かげ》で、たちまち夜着が一つ現れ出て温かく旅寝することができたよ。

冬―夜着。『誹諧白眼』に「一《ひと》とせ芭蕉この山に登りて日を暮れ、麓の門谷《かどや》に一宿。白雪《はくせつ》心して山に言ひやり、臥具《ぐわぐ》借り求めて寒夜を労《いたは》る翌朝《あした》」の作と伝える。新城の白雪の口ききで借りられた夜具なのだが、自分の力で祈り出したかのようにユーモラスに詠み、白雪への親愛と謝意を表した作。「夜着」は一六一参照。「祈り出す」は、祈りによって出現させる。

五 旅愁。六 筆筒に墨壺のついた携帯用筆記具。

三河の国[三]鳳来寺《ほうらいじ》に詣《まう》づ。道のほどより[四]例の病《やまひ》起りて、麓《ふもと》の宿に一夜を明かすとて

743
夜《よ》着《ぎ》ひとつ祈り出《いだ》して旅寝かな

真蹟懐紙〔誹諧白眼〕

時雨《しぐれ》いと佗《わび》しげに降り出《い》で侍《はべ》るまま、旅の一夜を求めて、炉《ろ》に焼火《たきび》して、ぬれたる袂《たもと》をあぶり、湯を汲みて口をうるほすに、あるじ情《なさけ》あるもてなしに、暫時《ざんじ》[五]客愁《かくしう》の思ひ慰むに似たり。暮れて燈火の下《もと》にうち転《ころ》び、[六]矢立《やたて》取り出《い》でて物など

744
宿借りて名を名乗らする時雨《しぐれ》哉《かな》
書き付くるを見て、「一会《いちゑ》[一]の印《しるし》を残し侍《はべ》れ」としきりに乞《こ》ひければ
真蹟懐紙〔続猿蓑〕

745
馬方《うまかた》は知らじ時雨の大井川《おほゐがは》
泊船集

746
長月《ながつき》[二]の末、都を立ちて、初冬[三]の晦《みそ》日《か》ちかきほど、沼津に至る。旅舘《りよくわん》のあるじ所望によりて、風流捨てがたく筆を走らす
都出《い》でて神も旅寝の日《ひ》数《かず》哉
俳諧雨の日数〔曲水宛真蹟書簡〕

一 一生一度の出会いの記念。

744 思いがけず一夜の宿を借りて、とんだ迷惑をおかけしていますが、それというのもこの時雨が、私に名を名乗らせたせいなのです。
冬—時雨。島田（静岡県）の俳人、塚本如舟亭での挨拶吟。実際は芭蕉から名を告げて訪ね、如舟も有名な芭蕉と知って歓待したのだが、思わぬ時雨に降りこめられて宿を求めたかのように作意し、ユーモアをこめて亭主への親愛感を示しつつ無遠慮をわびたもの。風流な時雨が二人の初対面を媒《なかだち》したとの意も寓する。如舟は通称、孫兵衛。大井川の川越《かわごし》人足数百名を管理する島田宿《じゅく》の川庄屋《かわしょうや》。

745 私を金谷《かなや》まで運んで戻ったあの馬方は、時雨の大井川を越えた私の難儀を知るまい。
冬—時雨。『泊船集』に、「島田塚本氏に詠草有り」と伝える。前句同様、如舟に与えた句。対岸の金谷宿《じゅく》の馬方にことよせて、東海道随一の難所として知られる大井川で時雨に降られた難儀を言い、この難所を預かる川庄屋、如舟への挨拶とした。

二 旧暦九月下旬。 三 同十月の晦日。

746 私は都を発《た》ってこのかた、神々も旅に出るという神無月《かんなづき》のほぼ一月《ひとつき》、はからずも神々と時を同じくして、旅寝の日数を重ねたことです。
冬—神の旅。自分の旅が神の旅の期間にぴったり重なったことに興じた作。旧暦十月、諸国の神々が出雲《いずも》大社に参集するため旅に出るとの俗信があり、これを

「神の旅」という。諸国には神が不在となるので「神の留主」とも言い、この月を「神無月」ともいう。芭蕉は九月二十八日膳所《ぜぜ》出発、十月二十九日に江戸到着（曲水宛書簡）。沼津は二十六日ごろ。

四 この六、七年ほどの間は。『野ざらし紀行』の旅以来満七年ほどになる。五 長年親しんできた江戸の旧友・門人。六 再び。七 草庵。江戸到着直後の仮住まい、日本橋橘町の彦右衛門方の借宅をさす。

747 長い旅路の果てに、どうやら死にもせず生き長らえて帰ったことよ。雪の中でもどうにか倒れずに生え残っているこの枯尾花のような姿で。

冬—枯尾花・雪。長旅にやつれた衰老の身を白くほうけた枯尾花に譬《たと》え、上五・中七に安堵《あんど》の嘆息をこめた。「ともかくもなる」は、どうにかなってしまう、の意。特に死ぬ意をほのめかしていう。

◇枯尾花　冬になり葉も花穂も枯れ尽した薄《すすき》。枯薄。

748 神の留主の間に祠《ほこら》はすっかり荒れ寂びて、落葉が深く降り埋んでいるよ。

冬—神の留主・落葉。神無月の江戸到着をふまえ、自分の留主を神の留主（七四六参照）になぞらえて興じた作。深川旧知の人々への挨拶か。芭蕉庵はすでに人手にある（四八三参照）が、久々に懐かしい旧庵を訪れ、折からの落葉に託して詠んだのであろう。

世の中定めがたくて、この[四]六《む》とせ七《なな》とせがほどは旅寝がちに侍れども、多病苦しむに堪へ、[五]年頃因《としごろちな》み置きける旧友門人の情《なさけ》忘れがたきままに、[六]重ねて武蔵野《むさしの》に帰りし頃、人々日々《ひび》[七]草扉《さうひ》を訪れ侍るに答へたる一句

747 ともかくもならでや雪の枯《かれ》尾《を》花《ばな》　　雪の尾花

748 留《る》主《す》のまに荒れたる神の落葉哉　　芭蕉庵小文庫

749 葛《くず》の葉の面《おもて》見せけり今朝《けさ》の霜

真蹟自画賛一〔自画賛二・短冊・きさらぎ〕

750 鴈《かり》さわぐ鳥《と》羽《ば》の田《た》面《づら》や寒《かん》の雨

西華集

751 魚《うを》鳥《とり》の心は知らず年忘れ

流川集

元禄五年　四十九歳

752 人も見ぬ春や鏡の裏の梅

己が光〔真蹟短冊〕

749 葛の葉は、古来もっぱら白い葉裏の風に翻るさまが詠み習わされているが、今朝は霜が一面に置きわたして、珍しく葉面を白く見せている。

冬—霜。去来は、俳諧の目で葛の葉の面に新しい見所を発見した佳作と評し（『旅寝論』）、野坡は、一度背いた嵐雪《らんせつ》が詫《わ》びを入れて来た時、恨み（裏見）を捨てて面を見せるとの意を寓した作と伝える（『許野消息』）。

750 一群の雁が下りて立ちさわぐ鳥羽の田面に、蕭《しょう》条《じょう》たる寒の雨が降りそそいでいる。

冬—寒の雨。『西華《さいか》集』の支考評に、冬、江戸で「寒の雨」という言葉を珍しがって各自題詠を試みた経緯を述べ、「寒の字の働き、この句に及びがたし」とある。題にふさわしい情趣を雁の名所に探り当てた。

751 魚や鳥が自然の生を楽しむ境地は人には分らぬが、我々は我々なりに、風雅の友と忘年の集《つど》いを楽しんでいる。この喜びも他人には分るまい。

冬—年忘れ。深川の素堂亭に嵐蘭《らんらん》・支考らと会した忘年句会での吟。『方丈記』の「魚は水に飽かず。魚に非《あら》ざればその心を知らず。鳥は林を願ふ。鳥に非ざればその心を知らず。閑居の気味もまた同じ」による。

752 ああ、こんな、人の見もしない鏡の裏で、ひっそりと春を迎えている梅もあるのだなあ。

春—梅・春。昔の鏡は金属製（青銅など）で裏側に花鳥などの模様が鋳付けてある。ふだんは人も見ぬ、そんな鏡裏の梅に隠逸の心を見出だして共感した心境句。

753 うらやまし浮世《うきよ》の北の山桜

北の山

浮世の外を思わせる朔北《さくほく》の幽邃境《ゆうすいきょう》に山桜が絢爛《けんらん》と咲き誇っている。そんな光景も思いやられて、あなたの境涯《きょうがい》がつくづくうらやましく思われる。

春—山桜。金沢の卯辰山《うたつやま》に隠棲《いんせい》する門人句空《くくう》（七三参照）に求められて詠み送った。「浮世の北」は浮世を遠く離れた北国。北には「背く」意がある。

754 鶯《うぐひす》や餅に糞《ふん》する縁《えん》の先《さき》

杉風宛真蹟書簡［葛の松原］

正月も過ぎて、かびた餅を縁先に干し並べてある。そこへ、先ほど庭木の梢《こずえ》で囀《さえず》っていた鶯がひょいと来て、可愛らしい糞をしかけたことよ。

春—鶯。餅に糞する鶯に、和歌連歌に詠み残された新しい俳諧卑俗の美を探った。軽みの一結晶。杉風宛書簡にも「日頃工夫の所」と満足の意を伝えた。

東行《とうかうノ》餞別

755 この心推《すい》せよ花に五器《ごき》一具《いちぐ》

葛の松原

私がこの五器を餞《はなむ》けに与える心をよく推察し理解せよ。風雅の旅には、五器一つ提げて乞食《こじき》する心構えが肝要なのだ。

春—花。支考が奥の細道の旅の跡を慕って奥羽に旅立つ折、餞《はなむ》けに五器一具を与えて詠んだ句。当季の花を風雅の意に生かした。「五器」は「御器」で、修行僧や乞食が持つ蓋《ふた》つきの椀《わん》。「一具」は蓋と椀の一揃え。

756 猫の恋やむとき閨《ねや》の朧《おぼろ》月《づき》

＊己が光

庭先でやかましく鳴き交わしていた恋猫の声がはたと静まり、寝間の中には朧夜の淡い月明りがほのかにさしこんでいる。

春—朧月・猫の恋。中七の途中「やむとき」で切って句調を高潮させ、恋猫の急に鳴きやむ特徴を強調。そのあとの静寂感で「閨の朧月」を引き立て、恋猫・閨から春の夜のどこかなまめかしい情趣を引き出した。

757
緩歩《くわんぽ》
数《かぞ》へ来《き》ぬ屋《や》敷《しき》屋敷の梅《うめ》柳《やなぎ》　＊誹林一字幽蘭集

758
一桜をば、など寝所《ねどころ》にせぬぞ。花に寝ぬ春の鳥の心よ
花に寝ぬこれも類《たぐひ》か鼠《ねずみ》の巣　有磯海

759
二富ム二花月《くわげつ》一
草庵に桃桜《ももさくら》あり、門人に其《き》角嵐《かくらん》雪《せつ》あり
両《りやう》の手に桃と桜や草の餅　＊桃の実

757　武家屋敷の続く静かな屋敷町を通りかかり、あちこちの屋敷の塀越しに見える梅と柳を、興の催すままに一つ二つと数えながら歩き続けたことだ。

春―梅・柳。のどかな春の日の情緒も深い静かなたたずまい。「数へ来ぬ」で、至る所に梅が咲き柳が青みはじめた景に興を催された作者の、屈託のない姿が描き出された。清《せい》楚《そ》な屋敷町の人通りも少ない静かなたたずまい。絵画風。

一 柏木衛門《かしわぎのえもん》の督《かみ》が光源氏の浮気を諷《ふう》した『源氏物語』若菜上「いかなれば花に木伝《こづた》ふ鶯の桜をわきて塒《ねぐら》とはせぬ。春の鳥の桜ひとつに止まらぬ心よ」による。

758　寒気もゆるんだなま暖かい春の夜。巣に落着かず天井裏で浮かれさわぐ鼠は、これもせっかくの花を塒とせぬ、かの鶯と同類の浮気者なのか。

春―花。鼠のうるささに『源氏』を思いよせて興じた。

二 風流に満ち足りている意。

759　今日は、庭前に同時に花開いた桃と桜にも比すべき、わが親愛なる二人の門人を迎え、折からの雛祭の草餅を食べて祝う。まさに最良の一日だ。

春―草の餅・桃・桜。三月三日、其角と嵐雪を迎えて巻いた歌仙の発句。折からの雛祭に二人を桃と桜になぞらえ、優れた門人を二人持つ喜びを「両手に花」と興じて深い親愛感を示す。諺「両の手に花と紅葉《もみじ》」を踏む。「草の餅」は一六六参照。

三 岡村不卜。延宝以来親交のあった江戸俳人。元禄四年四月九日没。四 琴風が主催した連句会の意。琴風は柳川氏。初め不卜の門、のち其角門の俳人。

760
[三]不卜《ふぼく》一周忌　[四]琴風興行

杜鵑《ほととぎす》鳴く音《ね》や古き硯《すずり》箱《ばこ》　　陸奥鵆

故人遺愛の古い硯箱を前にして、風雅に遊んだ在りし日の面影を偲《しの》ぶ折から、時鳥《ほととぎす》の哀切な一声が、ことさらに思慕の情をかきたてることだ。

夏―時鳥。昔を偲ばせるという時鳥の声を「古き」にこめ、「古き硯箱」と掛けた。

761
ほととぎす鳴くや五尺の菖《あやめ》草《ぐさ》　　真蹟短冊〔葛の松原〕

空に時鳥がしきりに鳴く五月ともなると、地上では菖草がすくすくと五尺にも伸びて、夏もいよいよたけなわとなる。

夏―時鳥・菖蒲草《あやめぐさ》。「時鳥鳴くや五月《さつき》の菖草…」（『古今集』）を換骨奪胎。和歌連歌の仕立て方を教える古来の常套語《じょうとうご》「五尺の菖蒲《あやめ》に水を掛くるが如く」（『連歌至宝抄』など）により、「五月」を「五尺」に転じた。時鳥の声、水にぬれた菖草に爽快《そうかい》感の余情がこもる。

762
鎌倉を生きて出でけん初《はつ》鰹《がつを》　　葛の松原

鎌倉は活きて出でけん初鰹　　芭蕉翁真跡集

イキのいいこの初鰹は、鎌倉を出荷される時、きっとピンピン生きていたことだろう。

夏―初鰹。芭蕉は「（この句の）心の骨折、人の知らぬ所」（『三冊子』）と言ったが、武家の古都鎌倉と威勢のよい初鰹の間に微妙な感合がある。支考も、「鎌倉を」の五文字が絶妙と評した（『葛の松原』）。鎌倉は鰹の名産地。初鰹に目がない江戸人気質《かたぎ》を背景に置く。

763
水《み》無《な》月《づき》や鯛《たひ》はあれども塩《しほ》鯨《くぢら》　　葛の松原

豪華で美味な鯛はあっても、酷暑の六月ともなれば、塩鯨の淡白な風味にとても及ばぬ。

夏―塩鯨。塩鯨の風味を水無月の季感に調和させた爽《さわ》やかな作品。「塩鯨」は黒皮のついた鯨の脂身《あぶらみ》の塩漬。薄く切り熱湯をかけ、冷水で冷やして酢味噌などで食う。白く縮れた身が涼しげで味も淡白な庶民的食品。

764
唐《から》破《は》風《ふ》の入《いり》日《ひ》や薄き夕涼み

流川集

破《は》風《ふ》口《ぐち》に日影や弱る夕涼み

芭蕉庵三日月日記

素《そ》堂子《だうし》の寿母《じゆぼ》七十[一]《ななそぢ》あまり七年《ななとし》の秋、七月七日をことぶくに、萬葉[二]の七《なな》種《くさ》をもて題とす。これに連なる者七人、この縁にふれて、おのおのまた七叟[三]《しちそう》の齢《よはひ》に習はん

萩《はぎ》

765
七《なな》株《かぶ》の萩の千《ち》本《もと》や星の秋

鯉屋伝来横物

764　地上はすでに薄闇につつまれ、屋根の唐破風のあたりだけを赤く染めていた入日の光も次第に薄れて、涼気が漂い出す。夕涼みによい頃合いだ。

夏―夕涼み。木立に囲まれた神社の境内など、破風の日影で涼感を捉《とら》えた老熟の作。「破風」は切妻屋根の両端の︿形の部分に取り付けた合掌形の板。唐破風は彎《わん》曲《きよく》形の屋根につけた破風で神社などに見られる。◆初案「破風口に…」は、素堂と両吟和漢歌仙を巻いた際の発句で、普通の民家の破風を捉えた。

765　七《たな》夕《ばた》の今宵、七株の萩が茂り栄えて、やがて千本にもなる行く末を星に祈ろう。

秋―萩・星の秋。素堂亭に会したのは芭蕉・嵐《らん》蘭《らん》・沾《せん》徳《とく》・曾《そ》良《ら》・杉《さん》風《ぷう》・其角と素堂の七人。これを七株の萩になぞらえ、揃って素堂の母の長寿にあやかりたいとの心を寓して喜寿を祝った。前文とともに「七」ずくめの趣向。「星の秋」は旧暦七月七日の七夕。

一 七十七歳、すなわち喜寿の秋。二「萩の花尾《を》花《ばな》葛《くず》花《ばな》撫《なで》子《しこ》の花女《をみな》郎《へ》花《し》また藤《ふぢ》袴《ばかま》朝顔の花」と、萬葉歌に詠みこまれた秋の七草をさす。三 唐の白楽天が催した尚《しよう》歯《し》会《かい》の七人のメンバー。ともに七十歳以上の老翁。「叟」は翁。

766　可《か》憐《れん》で涼しげな野菊の花を見ていると、つい先ごろのことなのに、撫子がしきりに咲いてい

た、あの夏の暑さを忘れてしまう思いがする。

秋―野菊。撫子は六月（晩夏）ごろ咲くので、そのピンク色の花もいくぶん暑苦しいイメージを持つ。それを「撫子の暑さ」と言って、初秋の野菊のいかにもさわやかで涼しげな趣きを引き立てた画賛句。野菊は当時、黄色い品種をさした（『和漢三才図会』）。

767　広々とした蕎麦畠に見わたす限り咲き続く白い花が、夕空にほっそりと懸《か》かる三日月の光に淡く照らされて、地上は一面にほの白く、おぼろに霞みわたっているような趣きである。

秋―三日月・蕎麦の花。縹渺《ひょうびょう》とした趣き深い風景句。深川界隈《かいわい》の実景だろう。

768　庭に移し植えた芭蕉の葉を一枚折り取って、新築成ったばかりの草庵の真新しい柱に懸け、月見に興を添えるための粧《よそお》いとしよう。

秋―芭蕉・月。芭蕉はこの年の五月中旬、門人らの出資で深川の旧芭蕉庵の近くに新築された三度目の芭蕉庵に、橘《たちばな》町の借家（二六一頁注七参照）から移り、八月、新庵の庭に芭蕉の樹を移し植えた。その次第を述べたのが「移二芭蕉一詞」（本文省略）。その文中に「明月の粧《よそほ》ひにとて芭蕉五本《いつもと》を植《い》ゑ」たとある。芭蕉の大きな葉は実際には花活けに插《さ》すなどして柱に懸けるわけにいかないが、新庵に芭蕉を植えて、奥の細道に出立以来三年半ぶりに味わう懐かしい思いに興じてそのように詠みなした。

766　題《ス》二野菊《ノ》画《ニ》一

撫子《なでしこ》の暑さ忘るる野菊かな　旅館日記

767　三日月に地は朧《おぼろ》なり蕎《そ》麦《ば》の花　浮世の北

三日月や地は朧《おぼろ》なる蕎麦畠《ばたけ》　芭蕉庵三日月日記

移《ス》二芭蕉《ヲ》一詞《ことば》

768　芭蕉葉を柱に懸《か》けん庵《いほ》の月　焦翁文集

769 満潮に達して脹《ふく》れ上がった大潮が河口を逆流して、川面にあふれるばかりの潮が草庵の門のそばまでひたひたと押し寄せる。その潮先が、一点の曇りもない満月に照らされて夜目にもしるく見える。
秋―名月。芭蕉庵は隅田川河口に近く、すぐ南は小名《おな》木《ぎ》川が隅田川に注ぐ水郷地帯。仲秋の名月の夜、東京湾は年中最大の大潮となる。名月下の特異な自然現象を見据えた清新の俳作。

770 美しい芙蓉の花が煙るような霧雨に露を帯びて、いちだんと趣き深く見える。霧雨の空を芙蓉はよい天気と心得ているかのようだ。
秋―芙蓉・霧雨。画の趣きを生かした画賛。画は森川許六筆。「芙蓉」は五九三、「を」は五九五、「哉」は三九〇参照。

771 青いままでいてもよいのになあ。唐辛子は秋になると、真赤に色づくことよ。
秋―唐辛子。九月、膳所《ぜぜ》の洒堂《しやどう》（六三参照）を芭蕉庵に迎えて嵐蘭《らんらん》・岱水《たいすい》と巻いた四吟歌仙の発句。庭前の真紅の唐辛子を好感をこめて見つめた作。俳道修行のためはるばる訪れた若い洒堂の焦りを諷喩《ふうゆ》しつつも、熱意を喜ぶ心が動く。
一 小名木川（注二参照）のほぼ中間（江東区猿江町二丁目）、老木の五本松があった景勝地。

772 この五本松に舟をさして名月を賞するにつけても、ああこの川上には、今ごろ同じ心で月を仰ぐ風雅の友がいるのだなあと、事改めて思うことだ。
秋―月の友。同じ川水で上下に繋《つな》がっているとの感興。

769
名月や門《もん》に指し来《く》る潮《しほ》頭《がしら》
真蹟短冊［芭蕉庵三日月日記］

770
霧《きり》雨《さめ》の空を芙《ふ》蓉《よう》の天気哉《かな》
＊韻塞［真蹟画賛］

771
深川夜《や》遊《いう》
青くてもあるべきものを唐《たう》辛《がら》子《し》
俳諧深川

772
深川の末、一五《ご》本《ほん》松《まつ》といふ所に船をさして
川《かは》上《かみ》とこの川《かは》下《しも》や月の友
＊続猿蓑

二　西の隅田川と東の中川を結ぶ全長一里十町（約五キロ）の運河、小名木川の別称。西端の北側が芭蕉庵。

773　川の水も岸の風物も、めっきり秋の色を深めた女木沢。この川筋に添うて秋を探りながら、どこまでも行ってみよう。川末の小松川までも。

秋―秋。桐渓・洒堂との三物《みつもの》の発句（『芭蕉句選年考』に「九月尽《じん》の日、女木三野に舟さし下して」の前書で載る）。「小松川」は中川の別称。東岸は小松川村。

774　万物が凋落《ちようらく》に向う晩秋の寂びた景色の中に、青蜜柑が青々と実っている。その青さの中に、秋がまだ止《とど》まっているようで何か頼もしい思いを誘う。

秋―青蜜柑・行く秋。晩秋の澄んだ空を背景とした青蜜柑の爽涼美《そうりようび》。初案「行くもまた…」は、乙州（二四一頁注六参照）の旅の道々に青蜜柑が枝もたわわに実る光景を想像して、青い蜜柑がやがて黄熟するように、君の前途も末頼もしいことだと祝った送別吟。

775　冷え込みが厳しくなると霜害を防ぐのに菊に着せ綿をする、ちょうどそんな季節に、私は腰綿を貰って腰の冷えを防ぐことができました。

秋―菊・冷ゆる。『荒小田《あらおだ》』は秋の部に収め「羽紅《うこう》（京の凡兆の妻）のもとより腰綿を作りて送られし返事なり」と注記。その季節に合わせて句裏に「菊の着せ綿」をきかせ、当意即妙的に謝意を表した。「冷え初むる」は「菊」「腰」の両方に掛る。「初霜」は冬の季語だが秋の詞と結べば秋の霜となる（『滑稽雑談』）。

773
　二女木沢《をなぎざは》、桐渓《とうけい》興行
秋に添うて行かばや末《すゑ》は小松川　陸奥鵆

774
　乙州《おとくに》が首途《かどで》に
行く秋のなほ頼もしや青蜜柑《あをみかん》　浮世の北
行くもまた末頼もしや青蜜柑　猿丸宮集

775
初霜や菊冷え初《そ》むる腰の綿　荒小田

776
元禄壬申《みづのえさるのふゆ》冬十月三日、許六《きよりく》亭一興行
今日《けふ》ばかり人も年寄れ初時雨《はつしぐれ》
韻塞〔真蹟自画賛・短冊〕

777
炉《ろ》開《びら》きや左《さ》官《くわん》老い行《ゆ》く鬢《びん》の霜《しも》
*韻塞

778
文梁《しりやう》亭二口切三
口《くち》切《きり》に堺《さかひ》の庭ぞなつかしき
俳諧深川

779
御《お》命《めい》講《こ》や油のやうな酒五升
*芭蕉庵小文庫

一 許六亭は赤坂御門外彦根藩邸の中屋敷。七九九参照。

776 時雨の寂しさは枯淡の境地に達した老いの心にふさわしい。折から降り出した初時雨に、若い人々よ、今日ばかりは年寄りの心境になって、この寂びた情趣をしみじみ味わってほしい。

冬—初時雨。五吟歌仙の発句。一座の許六らに呼びかける形で時雨の寂びを愛《め》でる。「初」は賞美の心。

777 毎年炉開きの季節には呼んで、壁の破れなど繕わせてきた馴染《なじ》みの左官だが、今年は鬢の髪にめっきり白髪が目立つようになった。

冬—炉開き・霜。冬支度の季節を背景に、鬢の霜（白髪の比喩《ひゆ》）で老いゆくことの寂寥《せきりよう》感を象徴。「炉開き」は、塞《ふさ》いでいた囲炉裏《いろり》を開き火を入れる初冬の行事。茶の湯では十月一日、一般民家では亥《い》の日に行った。

二 小名木川界隈《かいわい》の住人。伝不詳。 三 初冬十月、新茶を詰めておいた茶壺の口を切り茶会を催すこと。

778 いま口切の茶会に列して見わたすに、茶室も茶庭も数奇《すき》をこらしてまことに趣きが深く、泉州堺の利休の茶庭が、懐かしく思い合わされます。

冬—口切。口切の席での八吟歌仙の発句。茶庭を賞した挨拶吟。「堺の庭」は、千利休が松島の雄島の景を取り入れて設計した有名な茶庭。「に」は六三一参照。

779 今日の御命講には、日蓮上人の喜びなさる、とろりとした油のような美酒五升を供えよう。

冬—御命講。「日蓮上人報書」の「新麦一斗《しんむぎいつと》、筍《たかんな》三本、油のやうな酒五升。南無妙法蓮花経と回向《あかう》いたし候」というユーモラスな文句をふまえた作。「油のやうな酒」が御命講（四六四参照）の季感と溶け合う。

780　冬ざれの街の魚屋にわずか数匹の塩鯛が並んでいる。その剝《む》き出した歯ぐきが寒々と凄《すさま》じい。

冬―寒し。其角句「声嗄《か》れて猿の歯白し峰の月」に感じた作。「巴峡《はけふ》の哀猿《あいゑん》」（一九四参照）などによるこの観念句に対し日常の中に厳冬の季感を探った。其角はこの「魚の店」で活語の妙を知ったと驚嘆（『句兄弟』）。

781　庭に積った雪を掃きながら、この人物は、雪のことも帚のこともすっかり忘れている様子だ。

冬―雪。自画の寒山像に加えた画賛句。寒山は唐代の禅僧。拾得《じつとく》とともに文殊《もんじゆ》・普賢《ふげん》の化身とされた。禅画の好画題ともされ、普通寒山が経巻を開き、拾得が帚を持つ。芭蕉は寒山が帚を持った斜め後ろ向きの姿を墨画し、句で禅的忘我の境地を表した。

782　火《ひ》桶《おけ》の埋み火を囲んで主と客が言葉少なに対座している寂しい冬の夜更け。仄《ほの》かな行燈《あんどん》の光が後ろの壁に客の影法師を黒々と映し出している。

冬―埋火。江戸勤番の曲水を南八丁堀の膳所《ぜぜ》藩邸内に訪《と》うた折の作。影法師に寂しい冬の夜の余情が濃い。

783　現実の外で一年中、花よ月よと浮かれ興じた愚かしさ。この愚に針を立てたい寒の入りだ。

冬―寒の入り。鍼術《しんじゆつ》用の針で風雅三昧の病いを治したいという。針の痛みが厳しい寒の季感と響きあって痛恨の情を深める。二八五と似た心境。この年の寒の入りは十一月二十九日。「月花」は二四九参照。

780　塩鯛《しほだひ》の歯ぐきも寒し魚《うを》の店《たな》　俳諧鷹獅子集

781　庭掃《は》きて雪を忘るる帚《ははき》哉《かな》　＊真蹟自画賛〔篇突〕

782　埋《うづみ》火《び》や壁には客の影法師　続猿蓑

783　月花の愚《ぐ》に針《はり》立てん寒《かん》の入り　俳諧鷹獅子集

784
壬申《みづのえさる》十二月二十日即興
打ち寄りて花入《はないれ》探《さぐ》れ梅《うめ》椿《つばき》　句兄弟

785
なかなかに心をかしき臘月《しはす》哉《かな》　馬指堂宛書簡

786
忘年書懐《しよくわい》（一）　素堂亭
節季候《せきぞろ》（二）
節季候を雀《すずめ》の笑ふ出《で》立《たち》かな　俳諧深川

787
蛤《はまぐり》の生けるかひあれ年の暮《くれ》　真蹟自画賛［俳諧鷹獅子集］

784 さあ皆で近く寄って、花活《はない》けに活けられた早咲きの梅と椿を賞《め》でよ。

冬―探梅。其角の門人、青地彫棠《ちようとう》亭に、其角・桃隣その他と会した六吟歌仙の発句。詩歌を詠むために山野に梅花を尋ねるのを探梅という。それを室内の花活けに活けられた早咲きの梅・椿を賞でることに転用してユーモアをこめ、亭主への挨拶とした。

785 師走《しわす》という月は世俗の事に追われてあわただしいが、そこにむしろ、ふだんとは違った独特な情緒がある。

冬―臘月。江戸勤番中の曲水（二二五頁注三参照。出典の「馬指堂」は別号）から酒一樽《たる》が届けられた礼状の端に即興的に認《したた》めた句。
◇臘月　普通ロウゲツと読む。十二月の異称。

一　思うところを書く意。二　歳末の物貰いの一種。笠の上に歯朶《しだ》の葉をさしてかぶり、赤布で顔を覆って両目だけ出し、尻からげして「節季ぞろ、節季ぞろ」と言い、種々の祝詞《のりと》を囃《はや》しながら二、三人づれで舞い歩いて米銭を乞う。貝原益軒『日本歳時記』には十二月中旬より後に出るとある。六六五参照。

786 節季候のまわりで雀が囀《さえず》っているが、あれは節季候の一風変った身なりをおかしがって笑っているのだろうよ。

冬―節季候。忘年句会には嵐蘭・曾良・洒堂と一座。
◇出立　身なり。扮装《ふんそう》。

787　歳末とあって、町では蛤の売れ行きがふだんより格段によい。これで蛤も今まで生き長らえてきた甲斐が大いにあるというものだ。

冬—年の暮。自画は藻《も》の上に三箇の蛤を淡彩で描く。その「蛤」の縁で「甲斐」に「貝」をきかせて軽く興じた歳暮吟。蛤は秋冬が美味で歳末や正月には吸物などにもてはやされる。「甲斐」には芭蕉自身の、一年を無事に生きた感懐もこもる。中七は「こそあれ」の略。深川は蛤の名産地。『続江戸砂子』江戸名産に「深川蛤　佃《つくだ》沖・弁天沖、秋の末より冬に至る」と見える。

788　猿に猿の面を着せたとて何の変りばえもしないが、思えば人間もそんな猿と同様、毎年同じような愚《ぐ》を気づかずに繰り返しているのだ。

春—(句意)。正月の猿回しから着想した歳旦の観相句。「ふと歳旦に猿の面よかるべし」と思って詠んだという(『俳諧問答』)。去来は「表に季(季語)見えずして季になる句」とする(『旅寝論』)。『三冊子』に「此《この》歳旦、師の曰く〈人同じ所に止《とど》まりて、同じ所に年々《としどし》落ち入る事を悔いて言ひ捨てたる〉となり」とある。

789　七種《ななくさ》の日だというので、さすがに今日は蒟蒻《こんにゃく》より、若菜のほうが抜群によく売れる。

春—若菜。年中売りにくる蒟蒻売りと、七種の折だけの若菜売りを競わせる趣向で、若菜の景気よく売れる街頭風景を面白く描く。「若菜」は正月七日(人日《じんじつ》)の七種粥《ななくさがゆ》に入れる春の七草の総称。薺《なずな》など。◆『三冊子』に、「蛤に」が初案とある。

元禄六年　五十歳

788
元旦
年《とし》々《どし》や猿《さる》に着せたる猿の面《めん》
真蹟懐紙
〔俳諧薦獅子集〕

789
七《なな》種《くさ》
蒟《こん》蒻《にやく》に今日《けふ》は売り勝つ若菜哉
俳諧薦獅子集

蛤《はまぐり》に今日は売り勝つ若菜かな
真蹟懐紙

790　月は朧《おぼろ》に霞み、梅は花をほころばせて、春もようやくその気配を調えてきたようである。

春―梅。厳しい冬が過ぎて徐々に春めいてくる早春の情趣を、月と梅の取り合せで描き出す。画賛句として芭蕉が好んだ作で、自画賛は四幅、画賛は二幅伝来。

一　蜆子は奇行で名高い中国五代の禅僧。毎日河岸で蜆《えび》子を掬《すく》って腹を満たしたので蜆子和尚と呼ばれ、網を携えてえびを握った図が禅画の好画題とされた。

791　白魚が蜆子和尚に掬われて、その黒い目を網の中でぱっちり明けているよ。

春―白魚。蜆子のえびを白魚に替えて俳諧化。白魚の黒目が印象的でおかしみもあり俳趣に富む。「法の網」は仏法の救いの網。「目を明く」に開悟の意を寓する。

792　亡き人のために、折からの梅の花を一枝手折り、蒟蒻の刺身も少し手向けたことだ。

春―梅の花。去来宛に亡き人のことを悼んで言い送った句（『蕉翁句集』）。蒟蒻は芭蕉も好物（『俳諧問答』）。

793　当帰という薬草は「当《まさ》ニ帰ルベシ」と読まれ、望郷の心を思わせてあわれ深いが、もっとあわれなのは旅先で急死した、呂丸の墓に咲く菫草だ。

春―菫草。門人、呂丸のあわれな身の上を墓辺に咲く当季の菫で象徴。呂丸は羽黒山麓手向《とうげ》村の人で、奥の細道の旅の折、芭蕉のために羽黒山の案内役を勤めた。この二月二日、京都で客死。「当帰」は薬用植物。句はその名辞による発想。

790　春もやや気《け》色《しき》ととのふ月と梅

真蹟自画賛一（自画賛二～四・画賛一～二・旅館日記）

791　題ス㆓蜆子《けんす》ノ像ニ㆒

白《しら》魚《うを》や黒き目を明《あ》く法《のり》の網《あみ》

旅館日記

792　去来子《きよらいし》へ遣《つかは》す

蒟《こん》蒻《にやく》の刺《さし》身《み》もすこし梅の花

*芭蕉庵小文庫

793　当《たう》帰《き》よりあはれは塚の菫《すみれ》草《ぐさ》

笈日記

794
二月吉日とて是橋《ぜきつ》[二]が剃髪《ていはつ》、入《いル》ニ医門一[二]を賀す

初《はつ》午《うま》に狐《きつね》の剃《そ》りし頭《あたま》哉《かな》　＊末若葉

795
[三]僧専吟《せんぎん》餞別之詞《せんべつのことば》

鶴《つる》の毛の黒き衣《ころも》や花の雲　芭蕉句選拾遺

796
[四]城主の君《きみ》、[五]日光御代参《ごだいさん》勤めさせ給ふに扈従《こしよう》[六]す、岡田氏某《なにがし》に寄す

篠《ささ》の露袴《はかま》に掛けし茂り哉　後の旅

二 其角の従僕で、其角の父東順に医を学び、のちに鵜沢《うざわ》長庵と名乗って外科医となる。

794 初午の日に頭を剃るとはまあ。お稲荷《いなり》さんの使いの狐が、剃ってくれたのかも知れないな。

春—初午。狐に化《ばか》されて髪を剃られるという俗信をふまえ、ユーモラスに親愛感をこめて、医者への門出を祝った。「初午」は稲荷の縁日。「哉」は三九〇参照。

三 深川住の俳僧。この時、伊勢・熊野詣でに赴く。

795 鶴が大きな翼を広げ、黒い羽先を翻して悠然と花の雲の上を飛び翔《か》けるように、君は黒衣を翻しつつ桜花爛漫《らんまん》の中を旅ゆくことだろう。

春—花の雲。白衣の上に墨染の衣を纏《まと》った専吟の姿を、丹頂鶴の気高さに譬《たと》え、胸中塵《ちり》なき人柄を讃《たた》える。前文（省略）に「別れに臨みて共に岸上（隅田川畔）に立ちて箱根山遥《はる》かに見やる」とあり、花（花の雲、三六六参照）の箱根を越える専吟の姿を思いやった。

四 大垣藩主、戸田侯。五 譜代大名が将軍の代理で東照宮祭に参拝する。戸田侯は四月九日拝命、二十四日帰参復命（『徳川実紀』）。六 貴人につき従うこと。

796 笹《ささ》の葉におく朝露に官袴《かんこ》もぬらして、君はかいがいしく行列の先駆《さきがけ》を勤めることであろう。

夏—茂り。二十歳足らずの若い千川《せんせん》（七三六参照）への送別吟（以下、大垣藩邸で八吟歌仙を興行）。「袴」で仕官の身分、「露」で先払いの姿を表す。過去の助動詞「し」は、それを既定の事実と見て用いた。

797 郭《ほと》公《とぎす》声《こゑ》横たふや水の上　藤の実〔荊口宛真蹟書簡〕

ほととぎす声や横たふ水の上　荊口宛真蹟書簡

一声《ひとこゑ》の江《え》に横たふやほととぎす　荊口宛真蹟書簡

798 風《ふう》月《げつ》の財《ざい》も離れよ深《ふか》見《み》艸《ぐさ》　*雪の棟

799 一許六《きよりく》が木曾路《きそぢ》に赴《おもむ》く時

旅人の心にも似よ椎《しひ》の花　続猿蓑

木曾路を経て二旧里《きうり》に帰る人は、森川氏許六と云《い》ふ。古《いにしへ》より風

797 時鳥《ほととぎす》が鋭く鳴いて広い大川の上を飛び過ぎた、そのあとしばらくの間は、声の余韻が水の上に横たわって、消えずにたゆとうている感じである。

夏―時鳥。書簡(四月二十九日付)に「水辺の時鳥」の題詠といい、「横たふ、句眼《くがん》なるべしや…白露横レ江と云《い》ふ奇文(すぐれた詩文)を味合《あぢあ》ひて御覧可レ被レ下候《くださるべく》」と自解。蘇東坡《そとうば》「前赤壁賦《ぜんせきへきのふ》」の「白露《はくろ》横《タハリ》レ江、水光接《ス》レ天」をふまえ、「白露」(水蒸気)を「時鳥の声」に換骨奪胎して、その鋭い声が長く尾を引いて水の上に揺《よう》曳《えい》している爽涼《そうりよう》感を演出した。◆書簡には三つの句形を並記。いずれをよしとするかに迷い、沾徳・素堂の意見に従って成案をきめた次第を述べている。

798 花の王といわれる牡丹《ぼたん》は、まことに豪華で美しい。この花を見る者は、しばらく詩歌の才も忘れて、ただその美しさに酔うがよい。

夏―深見草。『雪の棟』によると、許六筆の牡丹花の画賛句。「風月」は自然の風物、風流の意。ここでは文才に富むことを「風月の財」と言った。「深見艸」は牡丹の異名。

一 森川許六。彦根藩士。禄三百石。江戸勤番の機に、前年八月芭蕉に入門。この年五月六日、帰国の途に就いた。以後、彦根蕉門の開拓者となる。画技も専門家の域に達した。七七六・七九八等参照。

799 風雅の侘《わ》びを尋ねて山深い木曾路を行く旅人の心にこたえて、その侘しくつつましい花をひっそりと咲かせよ。椎の花よ。

雅に情《なさけ》ある人々は後《うしろ》に笈《おひ》[三]を懸け、草鞋《わらぢ》に足をいため、破れ笠に霜露《しもつゆ》を厭《いと》うて、己れが心を[四]責めて物の実《まこと》を知る事を喜べり。今、仕官公《おほや》け[五]のためには長剣《ちやうけん》を腰にはさみ、乗懸《のりかけ》[六]の後《うしろ》に鑓《やり》を持たせ、歩行《かち》[七]若党《わかたう》[八]の黒き羽織の裳裾《もすそ》は風に翻へしたるありさま、この人の本意《ほい》[九]にはあるべからず

椎《しひ》の花の心にも似よ木曾の旅　韻塞

800
憂《う》き人の旅にも習へ木曾の蠅《はへ》　韻塞

夏―椎の花。椎の花に呼びかける形で、許六が風雅の侘びに徹した人物であることを称揚しつつ、暗に、侘びに徹せよとの諷喩《ふうゆ》をこめた送別句。◆初案「椎の花の」は、長文の前書を受けて、仕官公務の旅ながら風雅の侘びを忘れるなと、やや直接的に訓戒の心を表す。再改はその露骨を嫌って間接表現とした。

二 故郷。ここは彦根。 三 六六三参照。 四 苦しめて。苦行の意。 五 立場、身分上からは。 六 乗懸馬。宿駅の駄賃馬。許六が馬に乗り、後ろに槍持を従え、の意。 七 歩行侍《かちざむらい》。下級武士。 八 軽輩の家従。 九 本心であるはずがない。

800 夏の木曾路は、むさくるしい田舎宿に蠅も多かろう。だがそれを厭《いと》わず、旅の苦しみの中で風雅の誠を求めた古人に習って、厳しい旅に徹せよ。

夏―蠅。前句の初案「椎の花の」の別案。『韻塞《いんふたぎ》』に二句並記し、芭蕉が二句のうちいずれか一句に決定せよと許六に任せた旨を記す。「憂き人」は、初案前文中の「風雅に情ある人々」をさす。

801 夕顔や酔《よ》うて顔出す窓の穴　　続猿蓑

夕顔に酔うて顔出す窓の穴　　白雪宛書簡

801　暑い夏の夕暮。晩酌《ばんしゃく》のほろ酔い機嫌《きげん》に浮かれ、暗い穴から首を出す仕種《しぐさ》で小窓からひょいと顔を出すと、垣の夕顔がほの白く咲き出ている。

夏―夕顔。芭蕉庵での即興。おかしみの中に寂しみもある。白雪宛書簡は八月二十日付。「此《この》夏の句」として次の句と並記する。

802 子《こ》供《ども》等《ら》よ昼顔咲きぬ瓜《うり》剝《む》かん　　藤の実

いざ子供昼顔咲きぬ瓜剝かん　　真蹟短冊

いざ子供昼顔咲かば瓜剝かん　　白雪宛書簡

802　昼顔が咲いて、今日も暑い日盛りになった。さあ子供らよ、水に冷やした真桑瓜を剝《む》いてあげよう。みんな寄っておいで。

夏―昼顔・瓜。近所の子供に囲まれてにこにこ顔の老芭蕉。麦水《ばくすい》の評「瓜・昼顔の季《き》文字はあれども、題とすべきは老心の子孫を愛するのみ」（安永二年刊『蕉門一夜口授《いちやくじゅ》』）が的中。

一　中国東晋時代の田園詩人、陶淵明。一度官に仕えて県令となったが、役人の形式主義を嫌い、「我五斗米ノ為ニ腰ヲ折ルコト能《あた》ハズ」と言って『帰去来辞』を賦し、農耕生活に帰した。

[一]晋《しん》の淵明《えんめい》をうらやむ

続猿蓑

芭蕉宛去来書簡〔蕉翁句集〕

803 窓《まど》形《なり》に昼寝の台《だい》や簟《たかむしろ》

窓形に昼寝の莫《ご》蓙《ざ》や竹《たか》筵《むしろ》

一元禄六、文月《ふみづき》七日の夜、風雲《ふううん》天に満ち、白浪《はくらう》銀河の岸をひたして、三烏鵲《うじやく》も橋杭《はしくひ》を流し、四一葉《いちえふ》五梶《かぢ》を吹き折る気色《けしき》、二星《じせい》も六屋形を失ふべし。今宵なほ、ただに過《すぐ》さんも残り多しと、七一燈《いつとう》かかげ添ふる折節、八遍昭・小町が歌を吟ずる九人あり。これによつてこの一〇二首を探りて一一雨星《うせい》の心をなぐさめんとす

803 明け放した窓に添わせて寝台を据え、ひんやりした竹筵を敷いて昼寝したいものだ。

夏―簟。陶淵明の遺語「夏日虚閑《ニシテ》、高二臥《ス》北窓之《の》下《もとニ》一。清風颯《さつトシテ》至《ル》。自《ラ》謂《いフ》、羲皇上人《ぎくわうしやうにんト》」（『蒙求』陶潜帰去）を思いやり、その清爽《せいそう》高逸の境涯《きやうがい》に習いたいとした。「台」（寝台）で中国風を演出。羲皇上人は太古の人民。世事を忘れて安逸を楽しむ者の譬《たと》え。初案は莫蓙《ござ》に替えて竹筵を敷く意。莫蓙は日本の庶民風。◇簟　竹筵。細く割った竹で編む。冷たい肌ざわりが夏に好適。これも中国風。

一 元禄六年、七月七日の夜。二 かささぎ。鵲《かささぎ》の橋は、七夕《たなばた》の夜、鵲が天の川に翼を並べ、織女星を渡して牽牛星と相逢《あ》う媒《なかだち》をするという伝説の橋。それが天の川にあふれる白浪《しらなみ》に押し流される、と想像した。六七五参照。四 一葉舟《ひとはぶね》。五 舟の「舵」に、七夕祭に詩歌を書いて星に手向ける「梶の葉」を掛けた。六 二星の逢う家の意。「舟」の縁語（舟屋形）。七 星を祭るためである。八 僧正遍昭と小野小町の歌。二人が奈良の石上寺《いそのかみでら》に泊り合せた時、小町が「岩の上に旅寝をすればいと寒し苔《こけ》の衣を我に貸さなん」と詠みかけたところ、僧正は「世を背く苔の衣はただ一重《ひとへ》貸さねばうとしいざ二人寝ん」と詠み返したという（『後撰集』）、その歌。九 杉風をさす。一〇 出典の真蹟懐紙に、芭蕉の句に続けて、杉風の「遍昭歌　七夕に貸さねばうとし絹合羽《きぬがつぱ》」を記す。その二句をさす。一一 雨に崇《たた》られた二星。

804 せっかくの七夕《たなばた》がこの荒れ模様だ。天の川もきっと大水《おおみず》が出てあの鵲《かささぎ》の橋を押し流し、織姫も渡るに渡れず、小野小町よろしく川原の冷たい岩の上でひとり寂しく旅寝しているだろうよ。

秋—星合。雨に祟《たた》られた七夕祭への軽い失望感を、小町の歌をふまえながら、星の擬人化でユーモラスに詠んだ。これに対して杉風が前頁注一〇の句を唱和。

805 美しい花をつけ、露をいっぱいためた細長い萩の枝が、秋風に微かにうねりながらも、その露を落さずにいることよ。

秋—萩・白露。「白露もこぼさぬ」で萩のしなやかにうねるさまが繊細に描き出された。杉風の採茶庵《さいとあん》の垣根の嘱目吟。

806 秋に入ってまだ幾日もたたぬのに、早くも松林の中に生え出ている初茸の珍しさ。露をかぶった、その新鮮な感触。

秋—初茸・秋・露。中七は「初茸」「秋」の両方に掛けた。深川、岱水《たいすい》亭五吟歌仙の発句。

一 門を閉じて客を断る意。禅道の用語。

807 毎朝門の垣根に咲く朝顔を唯一の友として眺める外は、昼も固く鎖を下ろして人に会わず、頑《かたく》なに草庵に籠《こも》っている今日このごろである。

秋—朝顔。朝顔が朝咲いて昼は閉じることをきかせて「昼は…」とした。七月中旬から約一カ月、閉関した折の句。その心境は『小文庫』所収「閉関之説」に詳しく、文末を「人来《きた》れば無用の弁あり。出でては他の

804
小町が歌
高《たか》水《みづ》に星も旅寝や岩の上
真蹟懐紙〔芭蕉庵小文庫〕

805
白露もこぼさぬ萩《はぎ》のうねり哉《かな》
真蹟自画賛一＊〔自画賛二・芭蕉庵小文庫〕

806
初《はつ》茸《たけ》やまだ日《ひ》数《かず》経《へ》ぬ秋の露
芭蕉庵小文庫

元禄癸酉《みづのととり》の秋、人に倦《う》んで[一]閉《へい》関《くわん》す

807
朝顔や昼は鎖《じやう》おろす門《もん》の垣
真蹟自画賛〔芭蕉庵小文庫〕

家業をさまたぐるも憂《う》し。…友なきを友とし、貧しきを富めりとして、五十年の頑夫《ぐわんぷ》、自書し、みずから禁戒となす」と結んでこの句を掲げる。

808　門を閉ざして朝顔を唯一の友として暮してみたが、所詮、朝顔では心の痛みは癒《い》せないのだ。
秋—朝顔。深い孤独のつぶやき。

809　釣人でも捨てて行ったのか、水際の小菜葱の葉に腸《はらわた》をさらけ出した鮠がひっかかったまま、生ぐさい臭いを放っている。
秋—小菜葱。嘱目の実景から残暑の本情をつかんだ句。『笈日記』に、「小なぎの鮠の腸は残暑なるべし」との支考評を芭蕉が適評だと賞したとある。
◇小菜葱　水田・沼沢に自生する水草。晩夏から秋の間、淡紫色の小花を開く。◇鮠　体長一五センチ前後の淡水魚。やまべ。

810　今年は夏からずっと酷暑が続き、今宵仲秋の名月もなお残暑が厳しく、月見の会もまるで納涼のような趣きである。
秋—名月。名月下の納涼という、変った経験に興じた軽い即興句。今年の酷暑については芭蕉書簡にも「当夏暑気つよく」（曲水宛）、「夏中甚暑《じんしよ》に痛み」（荊口宛）などとある。

811　今宵十六夜の月は、昨日の満月とさして変らず、明るく冴《さ》え渡っている。だがほんの心もち欠けて、月の出もわずかに遅く、これから日一日と闇夜に向う最初の徴候が疑いもなく現れている。

深川閉関の頃

808　蕣《あさがほ》や是《これ》も又我が友ならず　　今日の昔

809　なまぐさし小菜葱《こなぎ》が上の鮠《はえ》の腸《わた》　　*笈日記

残暑

810　夏かけて名月暑き涼み哉　　萩の露

811　十六夜《いざよひ》はわづかに闇《やみ》の初め哉　　続猿蓑

十六夜はとりわけ闇の初め哉《かな》　韻塞

秋—十六夜《いざよい》。十六夜の月（七八参照）の微妙な移ろいに着目した。初案は芭蕉庵における七吟歌仙の発句。「とりわけ」がきつすぎた。

悼《いたむ》松倉嵐蘭《まつくららんらん》ヲ

812 秋風に折れて悲しき桑《くは》の杖《つゑ》　笈日記

一 最古参の門人の一人。板倉侯に仕えた三百石取りの武士だが、老荘思想を通じて芭蕉と意気投合し、三年前、官を辞して俳諧一筋に生きた。八月二十七日、四十七歳で急病死。前文（省略）に痛恨の悼詞がある。

812　うそ寒い秋風が寂しさをそそる折も折、老いの頼みと縋《すが》りつく桑の杖が脆《もろ》くぽっきりと折れてしまった、その悲しみのやるせなさよ。

秋—秋風。嵐蘭に擬した桑の杖は芭蕉が日ごろ実際に愛用していたもの（『芭蕉庵小文庫』）だけに、悼意の真情が分る。

九月三日、詣《まうヅ》墓ニ

813 見しやその七日《なぬか》は墓の三日《みか》の月　笈日記

813　君の初七日に墓詣でに来てみると、夕べの空に三日月がほっそりと寂しく光っている。泉下の君は、私と一緒にこの月を見てくれたであろうか。

秋—三日の月。「悼松倉嵐蘭」に前句と並記。

二 其角の父、榎本《えのもと》東順。膳所《ぜぜ》藩、本多侯の侍医も勤めた医師で、晩年の十年は読書と文筆を殊に愛した。八月二十九日、七十二歳で没。「東順伝」はその追悼文（省略）。

東順《とうじゅん》伝

814 入る月の跡《あと》は机の四《よ》隅《すみ》哉　句兄弟

814　月はすでに沈み、そのあとは、暗い部屋にさしこむ夜明けの微光が、何もないがらんとした机の四隅を、寂しく照らし出しているだけである。

秋—月。東順の死を「入る月」に擬し、遺愛の机のみ空しく残るさまを描いて悲嘆の情を間接に表現。

三 宝生《ほうしよう》流八世の能太夫で累代中屈指の名人。貞享二年八月没。沾圃《せんぽ》の父。四 先例とすべき優れた演技。

815 今は亡き名人古将監が『鉢木』を演じた日も、今宵と同じく月光が冴《さ》えざえと輝き、その崇高な顔を美しく照らしていたことであろう。

秋―月。沾圃・其角との三物《みつもの》の発句。沾圃を前に父の名演技を讃《たた》えた挨拶。「した面」は「直面《ひたおもて》」の訛《なま》り。能楽で面をつけず素顔で演ずること。現在物の男ジテは直面で、『鉢木』の佐野源左衛門もこれに該当する。五 沾圃の能太夫名。古将監の三男。

816 己れに四十という初老の名のあることも一向知らぬげに、四十雀はああして機敏に飛びまわり、楽しそうに囀《さえず》っていることよ。

秋―四十雀。「四十」の名に興じた眼前嘱目の軽い逸興。微かに人間の身の上をも寓する。出典の書簡（十月九日付）に「少将の尼の歌の余情《よせい》に候」と自注。己が音の少将の「己が音につらき別れのありとだに思ひも知らで鶏の鳴くらん」（二一七頁注五参照）をふまえたことを示す。沾圃亭三吟連句の発句。

817 菊薫る今宵の影待は、ご馳走の田楽豆腐にさした青竹の串にまで、庭前の菊の香がしみこんでいる感じでまことにさわやかな思いがする。

秋―菊の香。優雅な菊香の中に豆腐串の俳諧的通俗味がよく生きている。「影待」は正・五・九月の吉日に懇意の客を招き、徹夜して日の出を拝む行事。遊芸飲食が楽しみの一つ。「岱水」は六六参照。

815
古将監《こしやうげん》[三]の古実《こじつ》[四]を語りて
月やその鉢木《はちのき》の日のした面《おもて》
誹諧翁艸

816
宝生佐太夫《ほうしやうさだいふ》[五]三吟に
老《おい》の名のありとも知らで四十雀《しじふがら》
許六宛真蹟書簡〔続猿蓑〕

817
岱水《たいすい》亭にて
影待《かげまち》や菊の香のする豆腐《とうふ》串《ぐし》
＊杉丸太

818 菊の花咲くや石屋の石の間《あひ》

＊藤の実

819 琴《こと》箱《ばこ》や古《ふる》物《もの》店《だな》の背《せ》戸《ど》の菊

＊住吉物語

820 行く秋の芥《け》子《し》に迫《せま》りて隠れけり

芭蕉宛去来書簡

贈ル二洒堂《しやだう》一[三]

野馬《やば》[一]と云《い》ふもの四吟[二]に

821 金《きん》屏《びやう》の松の古さよ冬《ふゆ》籠《ごも》り

許六宛真蹟書簡〔炭俵〕

818 石屋の石材があちこちごろごろと乱雑に積み重ねられている、いかにも殺風景な石の合間合間に、黄色い野菊がさわやかに咲き出ていることよ。

秋―菊の花。町場《まちば》での嘱目吟。『誹諧翁艸《おきなぐさ》』に「八町堀にて」と前書がある。江戸北八町堀河岸《がし》は石屋が多かった（貞享四年『江戸鹿子《かのこ》』）。

819 街並みの古道具屋で、ふと古雅な趣きの琴箱《ことばこ》に心ひかれて覗《のぞ》きこむと、裏口の方には、店の主《あるじ》の丹精したらしい立派な菊の花が咲いている。

秋―菊。『蕉翁句集草稿』に「大門通《おほもんどほ》り過ぐるに」と注記。大門通りは元吉原の大門に通ずる道で、古道具屋町（『江戸鹿子』）。現在の日本橋大伝馬町付近）。そんな町場で予期せず見つけた奥ゆかしいもの。元吉原と古い琴箱が由《よし》ありげだ。

820 行く秋が芥子の種蒔《ま》きを急《せ》き立てるようにして、つい待ちきれなかったか、芥子粒の中に隠れる具合に姿を消してしまった。なんと気忙《きぜわ》しい秋。

秋―行く秋。芥子は八月半ばが種蒔きの適期。冬中は間引いて菜とし、翌夏実を採って料理用とする（宮崎安貞『農業全書』）。句は、うかうかして播種《はしゆ》期を逸した失敗を秋の擬人化でユーモラスに詠んだ。下五に諺「芥子に須弥山《しゆみせん》を隠す」（極小の中に極大の物が入るの譬《たと》え）をきかした。

一 後年の蕉門の雄、志田野坡《やば》の前号。『炭俵』の撰者。本職は越後屋両替店の手代。二 四人で巻く連句。ただしこの四吟の作品は伝わらない。

湖水の磯を這《は》ひ出でたる田螺《たにし》一疋《いつぴき》、芦間《あしま》四の蟹《かに》の鋏《はさみ》を恐れよ。牛五にも馬にも踏まるる事なかれ

822
難波津《なにはづ》や田螺の蓋《ふた》も冬ごもり　市の庵

元禄辛酉六之《の》初冬七九日、素堂

菊園之遊《きくゑんのあそび》

八重陽《ちようやう》の宴を神無月《かんなづき》九の今日《けふ》に設け侍《はべ》る事は、一〇その頃は花いまだ芽《め》ぐみもやらず、「一一菊花ひらく時則《すなはち》重陽」といへる心により、かつは展《てん》一二重陽《ちようやう》一三のためしなきにしもあらねば、なほ秋菊《しうきく》を詠じて人々を勧められ

821　渋くどっしりと落着いた座敷に、堂々たる老松を描いた金屏風を回《めぐ》らし、この家《や》の主《あるじ》は、ゆったり静かに冬籠りしていなさる。

冬―冬籠り。富家の趣き。松の古さで金屏の古さも暗示。金屏の温かみのある感じと、時代が付いて渋みを帯びた感じとで、冬籠りの寂びた情趣を巧みに形象した秀吟。「金屏」は地紙全体に金箔《きんぱく》を置いた屏風《びやうぶ》。◆『三冊子』によると五九八の改作。書簡は十月九日付。

三 六二三・七二一参照。四 芦で名高い難波の地を暗喩。三六八参照。五「牛の子に踏まるな庭の蝸牛《かたつむり》角あればとて身をな頼みそ」（『夫木和歌抄』）を踏む。

822　難波の海では田螺ももう蓋を閉じて冬籠りする季節。洒堂よ、君も静かに冬籠りするがよい。

冬―冬籠り。この夏、湖南膳所《ぜぜ》から繁華の地、大坂に進出して俳諧の門戸を構えた、若い洒堂（二十六歳か）のその後を気遣って贈った句文。洒堂を琵琶湖の田螺に擬し、「難波津に咲くやこの花冬籠り…」（『古今集』序）の歌詞をふまえたユーモラスな仕立てで親愛の情を示しつつ、焦って失敗するなと戒めた。

六「癸酉《みずのととり》」（元禄六年）の誤記。七 旧暦十月の九日。八 九月九日の菊の節供。九 旧暦十月。一〇 重陽のころは花の蕾《つぼみ》もまだ固く。一一 暦の重陽に関係なく、菊の花が開く時はいつでも重陽だ、の意。蘇東坡の詩句の引用。一二 宮中で国忌などのため重陽の宴を十月に繰り延べること。一三 先例がないわけではないので。

ける事になりぬ

823 菊の香や庭に切れたる履《くつ》の底

続猿蓑〔真蹟扇面〕

824 寒《かん》菊《ぎく》や粉《こ》糠《ぬか》のかかる臼《うす》の端《はた》

炭俵〔真蹟画賛・短冊〕

825 寒菊や醴《あまざけ》造る窓の前《さき》

荊口宛真蹟書簡

一范蠡《はんれい》が長男の心を言へる『二山家《さんか》集』の題に習ふ

826 一露《ひとつゆ》もこぼさぬ菊の氷かな

＊続猿蓑

823 菊の香の漂う庭先に、緒《お》も尻《しり》も切れた古草履《ぞうり》が、裏返しのまま無造作に放り出されている。

秋―菊の香。庭の切れ草履に俳意をこめつつ、物に構わぬ亭主、素堂の隠士然とした風格をほのめかした。菊は隠逸の花。「履」は、草履を中国風に言った。

824 寒菊のひっそりと咲く庭先で、男が米搗《こめつき》をしている。搗くたびに臼から粉糠が舞い上がり、傍らの寒菊の花や葉に白っぽく降りかかる。

冬―寒菊。平凡な庶民の日常生活に取材。粉糠のかかった寒菊が侘しい。芭蕉庵で野坡と両吟連句の発句。

825 台所の窓際で甘酒を作っているすぐ目の前の小庭に、寒菊の花が侘しく咲いている。

冬―寒菊。貧しい中にもそれなりのゆとりと楽しみを見出だす平凡な庶民の生活。甘酒は糯米《もちごめ》の粥《かゆ》に麹《こうじ》をまぜてとろ火で温めて作る。寒夜、熱くして飲む。

一 范蠡の長男の心を、の意。范蠡は越王勾践《こうせん》を助けて宿敵呉を破り、会稽《かいけい》の恥を雪《そそ》がせた忠臣。のち商人となって巨富を築いた。かつて次男が殺人を犯した時、千金をもって償おうとしたが、長男が金を惜しんだため処刑されたという（『史記』）。二 西行『山家集』に「范蠡長男の心を」と題して「捨てやらで命を恋ふる人は皆千々《ちぢ》の黄金を持《も》て帰るなり」とある。

826 黄色い寒菊に置いた露がびっしりと氷りつき、まるで一滴たりともこぼすまいという風情だ。

冬―氷。西行の題に習い、黄菊で黄金を、「こぼさぬ」で范蠡の長男のしわい心を寓した。

827 鴨の短い脚《あし》が、ふっくらした毛衣のような腹毛に包まれて、見るからに温かそうだ。

冬―鴨。『旅寝論』に「此句《この》は殊に一物の上にて作したり」と語ったとある。芭蕉は発句の発想法として他物を二つ三つ取り合せる法も教えたが、一物の属性を生かす方法も示した。「毛衣」は鳥の羽で作った衣。

828 家族総出で大根引きの最中、畑の傍らに繋《つな》いだ馬の鞍壺に小さな男の子がちょこんと乗っけられたまま、こわがるふうもなくおとなしくしている。

冬―大根引。「小坊主」に焦点を当てて、素朴な農村ののどかな大根引き風景を活写した、軽みの秀吟。

三 正称、新大橋。芭蕉庵にすぐ近い深川六間堀から隅田《すみだ》川の対岸浜町《はまちょう》に架された。長さ百八間（約二〇〇メートル）。元禄六年七月着工、同十二月七日竣工《しゅんこう》。

829 着々と工事が進んで半ば形を調えた橋桁《はしげた》の上に初雪が積り、大橋の姿がくっきりと白く見える。

冬―初雪。完成後は芭蕉にも江戸市中への往来が至便となる大橋への期待。「初」の字に喜びの心を託す。

四 『菜根譚』の「丈夫《ハ》喫《ス》二菜根《ヲ》一」による。

830 武家衆の話は、大根がピリリと辛《から》いように、凜《りん》乎《こ》としてまことに物堅いことでござります。

冬―大根。伊賀城付き千五百石の藤堂藩士、藤堂玄虎《げんこ》を江戸藩邸に訪うた折の発句。八五〇参照。馳走に出た大根の浅漬《あさづけ》などを捉《とら》えて玄虎の高級武士らしい折目正しさを讃《たた》えた当意即妙の挨拶。「苦き話」に自己を卑下したおかしみがある。

827 毛衣《けごろも》につつみて温《ぬく》し鴨《かも》の足

＊続猿蓑

大根引といふ事を

828 鞍《くら》壺《つぼ》に小《こ》坊《ばう》主《ず》乗るや大《だい》根《こ》引《ひき》

炭俵
〔荊口宛真蹟書簡〕

三 深川大橋半《なかば》かかりける頃

829 初雪や懸けかかりたる橋の上

其便

四 菜根《さいこん》を喫《きつ》して終日丈夫《ぢやうふ》に談話す

830 もののふの大《だい》根《こん》苦《にが》き話《はなし》哉《かな》

真蹟懐紙
〔蕉翁全伝〕

831　めでたい恵美須講の日を当てこんだ鴈の振売りが、街を呼び売りして行く。その棒の先に数羽、だらりと首を垂れて釣《つ》るされた鴈の姿が、町のにぎわいと対照的にひとしおあわれの情をそそる。
冬—恵美須講。正統的詩歌には扱われなかった食用の鴈を見つめ、市井生活の中に新たな俳諧ぶりの詩趣を探った。言外にしがない振売りの百姓男のあわれさもちらつく。芭蕉庵での四吟歌仙の発句。「振売」は売物を手に提げたり棒につるして呼び売りする行商。「恵美須講」は十月二十日、商家で恵美須神を祭り、親類や定客を招いて酒食を振舞い、商売繁昌を祝う行事。

832　今日は商家にとってめでたい恵美須講の祝いとあって、しがない行商の酢売りまで、いつになく袴なぞ着けてめかしている。恵美須講が酢売りに袴を着せた格好で、板に着かぬ姿が何とも微笑《ほほえ》ましい。
冬—恵美須講。前句と同類の対象をユーモラスに。

833　温く香気に満ちた芹焼の風味を味わうにつけても、この芹は、初氷のうっすらと張ったあの裾輪の田井で摘まれたものかとゆかしく思いやられる。
冬—初氷。大垣藩邸内の濁子《じょくし》亭歌仙の発句。「裾輪の田井」は山裾の周りの田の意だが、『萬葉』以来の古典的歌語。裾輪の田井の芹摘みは『方丈記』や『挙白集』にも見える古典的風物。その心をふまえ、馳走の芹焼（一三参照）の風味と亭主の風雅心を愛《め》でた。

834　老いも若きも挙《こぞ》って繰り出し、橋の有難さに手を合わせながら足跡一つない霜を踏んで渡る。

831
神無《かんな》月《づき》二十日《はつか》、深川にて即興
振《ふ》売《うり》の鴈《がん》あはれなり恵《ゑ》美《び》須《す》講《こう》　炭俵

832
恵美須講酢《す》売《うり》に袴《はかま》着せにけり　*続猿蓑

833
芹《せり》焼《やき》や裾《すそ》輪《わ》の田《た》井《ゐ》の初《はつ》氷《ごほり》　其便

834
新両国の橋かかりければ
皆出《い》でて橋を戴《いただ》く霜《しも》路《ぢ》哉《かな》　泊船集書入

冬―霜。新両国橋（新大橋の別称。二八七頁注三参照）の渡り初《ぞ》め風景。初五に橋の恩恵に喜悦する民衆の姿を言いこめ、「霜路」で橋の新しさを印象づける。

835　台所元の桶《おけ》の中で、尻も頭も見分けのつかない海鼠が何匹も重なりあい、あわれにも生きたまま、一つになって氷りついているよ。

冬―海鼠・氷る。海鼠の姿態を通して厳冬酷寒の感じを捉《とら》えた。身辺の素材。岱水《たいすい》との両吟未完歌仙の発句。

836　いつもは他人の家ばかり造っている大工だが、今日は歳末の煤掃きとあって、珍しく自分の家で棚なぞ釣っているわい。

冬―煤掃。年中行事の煤掃き（三四参照）とて珍しく家庭の人に戻っている大工のくつろいだ姿を描き、年の瀬、あわただしい中にも安らぎに満ちた庶民家庭の情緒を醸《かも》し出す。平凡な素材を用いて軽みの一典型を示した佳句。

837　有明の空に残る糸のような繊月《せんげつ》が、三十日ももう近いことを示している。まだ暗いうちにあちらこちらで餅搗《もちつ》きの音がするのを聞くと、いよいよ年の暮も迫った感が深い。

冬―餅搗《もちつき》。深い孤独感を含む。『笈日記』『芭蕉翁行状記』ともに、兼好の「ありとだに人に知られで身のほどや晦日《みそか》に近き有明の月」をふまえた作と指摘する。「有明」は有明月。「月代」は六五〇参照。◆『行状記』の形は杜撰《ずさん》か。

ありがたやいただいて踏む橋の霜　　芭蕉句選

835　生きながら一つに氷る海鼠《なまこ》哉　　＊続別座敷

836　煤《すす》掃《はき》は己《おの》が棚《たな》つる大工かな　　炭俵

その年の冬

837　有《あり》明《あけ》も三《み》十《そ》日《か》に近し餅《もち》の音　　真蹟自画賛〔笈日記〕

月《つき》代《しろ》や晦《み》日《そか》に近き餅の音　　芭蕉翁行状記

838 盗人に逢《あ》うた夜もあり年の暮　＊続猿蓑

元禄七年　五十一歳

839 蓬《ほう》萊《らい》に聞かばや伊勢の初便り　真蹟自画賛〔画賛・短冊・炭俵〕

840 一《ひと》とせに一《いち》度《ど》摘まるる薺《なづな》かな　泊船集

838 この一年を振り返ってみると、盗人に入られるという意外な出来事もあった。だがそれでも、どうやら生き長らえて年の暮を迎えたことよ。

冬—年の暮。異常な事件で事繁かった一年を暗示。

839 元日の朝、床の間の蓬萊飾りに向っていると、おのずから厳粛な気分に誘われる。この蓬萊を前にして、神代にも似た神々しい儀式の営まれる伊勢神宮の神域あたりから、初便りを聞きたいものだ。

春—蓬萊。元日の神々しい清浄感を象徴的に表現した歳旦句。正月二十九日付曲翠《きよくすい》宛書簡に「〈伊勢に知る人音づれて便りうれしき〉と詠み侍る慈鎮和尚の歌より〈便り〉の一字を窺《うかが》ひ候。其《その》心を加へたるにては無二御座《ござなく》一、唯《ただ》神風や伊勢のあたり、清浄《しやうじやう》の心を初春《はつはる》に打ちさそひたるまでに御座候」と自解。慈鎮の「この頃は伊勢に知る人音づれて便りうれしき花柑子《はなかうじ》かな」（『詞林采葉抄』）から「伊勢の便り」を生かし、「初」を加えて新春に合わせた。「蓬萊」は三方《さんぽう》の上に白紙・歯朶《しだ》・昆布など敷き、熨斗鮑《のしあわび》・伊勢海老・馬尾藻《ほんだわら》・勝栗・橙《だいだい》などを飾った正月飾り。「に」は六五一参照。

840 ふだんはペンペン草といって人に無視されどおしの薺も、正月だけは七種粥《ななくさがゆ》に欠かせぬ菜《な》として必ず摘まれる。年にただ一度だけ摘まれてもてはやされる薺の宿命。思えば不思議でもあわれでもある。

春—薺。「薺」は二六二・二六三参照。

841 早春、梅の香の馥郁《ふくいく》と匂う未明の山路を辿《たど》っていると、行く手の山の頂から赤い大きな朝日が急にのうっと昇りはじめた。
春―梅が香。清爽《せいそう》感あふれる早春の山路の風景を平明な句調で捉えた。軽みの代表作。俗語「のつと」（ぬっと）の語感を巧みに生かしている。野坡と両吟歌仙の発句。

842　青みはじめた柳の細くなよやかな枝垂《しだれ》が、春のそよ風にかすかに揺れている。そのしなやかな風情は、腫物に恐る恐るソッと触るかのようだ。
春―柳。「撓」はしなやかに撓《たわ》んだ枝。二句形について『去来抄』に、書簡の形から「柳の撓」が実際に腫物に触ったと解する去来と、「触る柳」が正しく、比《ひ》喩《ゆ》だとする支考・丈草・許六との議論が載る。書簡の方は初案。『宇陀法師《うだのほうし》』は「自筆の短尺《たんじやく》」による。

843　鶯が柳の後ろ、藪の前と、あちこちに飛び移り、互いに頻《しき》りに鳴き交わしている。
春―鶯・柳。春もたけなわの頃ののどかな田園風景。

844　梅の香をかぐと、去年の今ごろ亡くなった故人が偲《しの》ばれ、梅の香に昔を慕った古歌の「昔」の一字が、ことさらしみじみとあわれに感じられる。
春―梅が香。『笈日記』に、大垣俳人梅丸《ばいがん》の子新八の一周忌追善句と注し、二月十三日付の梅丸宛芭蕉書簡「一歳の夢のごとくにして、なほ俤《おもかげ》立ち去らぬ嘆きのほど、思ひやるばかりに候」を掲出。該当する古歌に紀貫之《きのつらゆき》の「人はいさ心も知らず古里は花ぞ昔の香に匂ひける」（『古今集』）などがある。

841　梅が香にのつと日の出る山路《やまぢ》哉《かな》　炭俵〔真蹟短冊〕

842　腫《はれ》物《もの》に触《さは》る柳の撓《しなへ》哉　宇陀法師

腫物に柳のさはるしなへ哉　去来宛真蹟書簡〔芭蕉庵小文庫〕

843　鶯《うぐひす》や柳のうしろ藪《やぶ》の前　＊続猿蓑

844　梅が香に昔の一字あはれなり　笈日記

845　涅槃会のにぎやかに営まれる寺で、信心深い老人たちは皺のよった手を合わせ、珠数をすりながら一心に涅槃像を拝んでいる。
春―涅槃会。中七で老人たちの信心深い姿を活写。「涅槃会」は二月十五日、諸寺で涅槃像（三七三参照）を掲げ、遺教経《いきようぎよう》を誦して釈迦《しやか》の入滅を追悼する法会。「灌仏」は三九七参照。◆『三冊子』に「灌仏や…」を後案とするが、やや疑問。むしろ先案の可能性が多い。

846　芽吹き始めた青柳の糸が春雨にぬれて雫《しずく》を滴らせ、玉簾《たますだれ》のように美しい。興に駆られるまま傘を半分ほどすぼめて柳の簾をそっと押し分けてみる。
春―柳。逸興の姿。傘で押し分けるさまが柳の風情をよく表す。濁子・野坡ら常連との八吟歌仙の発句。

847　絹のような細い春雨もやみ、清らかな陽光が射しはじめる中で、八、九間も高く空に枝葉を広げた柳の大木の頂あたりからは、まだ雨が降っているように、雨雫《あましずく》がきらきら光りながら滴り落ちている。
春―柳。緑したたる大柳の雨後の風情を活写。「八九間」は、陶淵明「帰ル二田園ノ居ニ一」詩の「草屋八九間、楡柳《ゆりう》蔭《おほフ》二後簷《こうえんヲ》一」（『古文真宝前集』）を心に置いた措辞。

848　しめやかに降り続く春雨がいつのまにか屋根を漏って、軒下の蜂の巣に伝わり、そこからポトリ、ポトリと、静かに滴り落ちている。
春―春雨・蜂の巣。春雨の静かさに焦点をあてた細かい観察。芭蕉庵での嘱目吟（『許野消息』）。

一「行く」の謙譲語。二「幕打つ」は幔幕《まんまく》をめぐら

845
涅《ね》槃《はん》会《ゑ》や皺《しわ》手《で》合《あは》する珠《じゆ》数《ず》の音　＊続猿蓑
灌《くわん》仏《ぶつ》や皺手合する珠数の音　三冊子

846
傘《からかさ》に押し分けみたる柳かな　炭俵

847
八《はつ》九《く》間《けん》空で雨降る柳かな　続猿蓑〔真蹟草稿歌仙巻〕

848
春雨や蜂《はち》の巣つたふ屋根の漏り　炭俵

す意。三 管絃の音。四 寂しい松の木陰。

849 派手に浮かれる世人の花見とは対照的に、酒肴《しゅこう》も乏しいこちらの花見気分は、四つ揃《ぞろ》いの五器すら揃っていないと同様、いかにも世間さまとはちぐはぐな感じだ。

春―花見。世外人《せがいびと》の花見心。苦い笑いも。「四つ五器」は大小四箇の椀《わん》を入れ子式に重ねた食器。七五五参照。

850 緑したたる柳原の土手に沿うて花見舟がゆっくりと棹《さお》さしてゆく。春日遅々《しゅんじつちち》としてまことに春らしいのどかな眺めです。

春―花見。藤堂玄虎（八三〇参照）邸で春の神田川の眺望を賞した挨拶の発句。『蕉翁全伝』に八三〇と並べ、「此《この》二句ハ玄虎武江《ぶかう》ノ旅館ニ会ノ時ナリ。大根ハ酉《とり》ノ冬、花は戌《いぬ》ノ春トナリ。大根ニ一折。花、六句ニテ終ル」と注記。「柳原」は神田川の筋違橋《すじかえ》から浅草橋に至る南側約十丁（一・一キロ）の土手の名称。北側、和泉《いずみ》橋筋の向柳原《むかいやなぎはら》の藤堂藩上屋敷《かみやしき》が玄虎の宿所。

851 潮干で大きく水が引き、日頃は水面《みなも》に枝垂《しだ》れる青柳の枝が、今日は泥まで届いて汚れている。

春―潮干・青柳。川底の泥で汚れた柳に俳諧味を発見した作。許六はこれを不易《ふえき》の発句と推賞（『俳諧問答』）。「潮干」は上巳の潮干。三三三頁注一参照。

852 春雨の恵みで道端の若草が日に日に伸びる。なかでも蓬の生長は際立って早い。

春―春雨。春の自然の息吹《いぶ》きを細かく観察。深川の雨の日の吟（『艸の道』序）。

上野の花見にまかり一侍《はべ》りしに、人人幕二打ちさわぎ、物の音《ね》三、小歌の声さまざまなりける傍らの松陰《まつかげ》四を頼みて

849 四つ五《ご》器《き》のそろはぬ花《はな》見《み》心《ごころ》哉《かな》　真蹟小色紙写〔炭俵〕

850 花見にと指す船遅し柳《やなぎ》原《はら》　蕉翁全伝

851 青《あを》柳《やぎ》の泥《どろ》にしだるる潮《しほ》干《ひ》かな　炭俵

852 春雨や蓬《よもぎ》をのばす艸《くさ》の道　艸の道

一　天野桃隣。伊賀出身で芭蕉の血縁者。元禄五年、芭蕉の肝煎《きもいり》で江戸の俳諧点者となった。

853　秋の露は冷たいものだが、この牡丹の花に宿る甘い蜜は、寒からぬ露ともいえようか。

夏―牡丹。自画の牡丹花に即して蜜を露（秋季）に擬し、「寒からぬ露」に、冷たい露の秋にも安住できる新宅を得たとの祝意をこめた。

854　今ごろは、茶畑で茶の木の間に見え隠れしながら茶摘みに忙しい茶摘み女たちも、そこらを鳴き過ぎる時鳥《ほととぎす》を聞いていることだろうか。

夏―時鳥。『俳諧別座敷』の素龍跋《ばつ》に芭蕉庵での吟とあり、全体、想像によった作。茶摘みの情景を捉《とら》えて「木隠れて（時鳥を）聞く」としたところが面白い。茶摘みは旧暦三月だが、ここは五月ごろの二番茶。

855　真白な卯の花の匂う垣根の傍らに、小暗いほど葉を茂らせた柳の枝垂《しだれ》が揺れている。まるで、及び腰で卯の花にさわろうとするふうに。

夏―卯の花。柳の姿態に興を催して擬人的に詠んだ初夏の景。明と暗の対照。出典の素龍跋に『碧巌録《へきがんろく》』の「柳暗《ク》花明《カナリ》」の面影がある句と評する。「暗き柳」は柳の葉が茂って小暗いこと。

856　この離れ座敷の庭は、藪をそのまま眺めとして取り入れた質素な小庭だが、折から紫陽花《あじさい》の青い花が咲いて、いかにも清閑の趣きが深い。

夏―紫陽草。深川の子珊《しさん》亭別座敷で巻いた芭蕉帰郷送別五吟歌仙の発句。庭前の嘱目そのままに、亭主への

贈《ル》二桃隣[一]《たうりん》ノ新宅《ニ》一　自画自賛

853　寒からぬ露や牡丹《ぼたん》の花の蜜《みつ》　俳諧別座敷

854　木《こ》隠《がく》れて茶摘みも聞くやほととぎす　俳諧別座敷

855　卯《う》の花や暗き柳の及び腰《ごし》　俳諧別座敷

856　紫陽草《あぢさゐ》や藪《やぶ》を小庭の別《べつ》座《ざ》敷《しき》　俳諧別座敷

挨拶をこめた。出典の子珊自序に、芭蕉は「今思ふ体《てい》は浅き砂川を見るごとく、句の形、付心《つけごころ》、ともに軽きなり」と「軽み」を説いてこの句を詠んだとある。

二 元禄七年五月の頃。「仲夏」は旧暦五月の別称。

857 別れの悲しさに体の力も抜けてよろけそうになるのを、道端の麦の穂に取りすがって支えながら、やっと挨拶を交わす私だ。

夏―麦の穂。五月十一日、帰郷の途に就く際の留別吟。当時、老衰と持病で弱っていた芭蕉の姿が浮彫りされている。「力」に実感がある。離別の場所について『陸奥鵆《むつちどり》』『芭蕉翁行状記』は品川とし、『有磯海《ありそうみ》』は川崎とする。◆『行状記』の形は初案・再案とも決めがたい。

858 ちょうど目に入るあたりまで来た時、五月晴れの富士がことさらのように美しく、その雄姿を現してくれたことよ。

夏―五月富士。『行状記』に「箱根の関越えて」と前書。「ことさら」は、五月雨《さみだれ》の季節であきらめていたのに運よく雲が晴れたことへの喜びを強調。

859 空には今にも降り出しそうな雨雲がどんよりと低く垂れこめ、道端の樗の木には薄紫色の小さな花がもの憂《う》げに咲いている。

夏―樗の花。五月雨の季節のもの憂い情趣。俗語「どんみりと」（「どんよりと」に近い）の味が効果的。出典に箱根と島田の間の作とし、「しどけなく道芝に休らひて」と前書する。「樗」は梅檀《せんだん》の古名。夏、梢に薄紫の五弁小花が円錐花序《えんすいかじょ》に咲く。

[二]元禄七、仲夏のころ、江戸を出《い》で侍《はべ》りしに、人々送りけるに申し侍りし

857 麦の穂を力につかむ別れ哉《かな》　真蹟懐紙〔陸奥鵆〕

麦の穂を便りにつかむ別れかな　芭蕉翁行状記

858 目にかかる時やことさら五月富士《さつきふじ》　芭蕉翁行状記

859 どんみりと樗《あふち》や雨の花曇り　芭蕉翁行状記

860 鶯《うぐひす》や竹の子藪《やぶ》に老《おい》を鳴く　　俳諧別座敷

861 五《さ》月《み》雨《だれ》や蚕《かひこ》煩《わづら》ふ桑《くは》の畑《はた》　　続猿蓑

862 駿河の国に入りて
駿《す》河《るが》路《ぢ》や花《はな》橘《たちばな》も茶の匂ひ　　真蹟懐紙一〔懐紙二・俳諧別座敷〕

五月《さつき》の雨風しきりに落ちて、大井川水出《みづい》で侍《はべ》りければ、島田にとどめられて、如舟《じよしう》・如竹《じよちく》などいふ人

860　あちこちと竹の子が頭を出している初夏の竹藪で、季節を過ぎた鶯がいかにも老いを嘆くかのように、もの憂《う》げに鳴いている。

夏―老鶯・竹の子。初夏の候のもの憂い気分。老鶯(夏の鶯)に芭蕉自身の老いを思い寄せた。支考『十論為弁抄《いべんしよう》』に、この句は『白氏文集《はくしもんじゆう》』に見える「老鶯《らうあう》」の語に、次句は同じく「病蚕《びやうさん》」の語に興味を引かれて詠んだと伝える。◆『俳諧別座敷』には「道中より聞《きこ》ゆ」と注して八六三と二句並記。

861　じめじめと降り続く五月雨に病害を起した蚕が桑畑に捨てられて、青白い体を雨にさらしたまま蠢《うごめ》いている。

夏―五月雨。病蚕に焦点をあてて五月雨の季節の陰鬱《いんうつ》さを形象化。

862　駿河路はさすがに茶所。折からの新茶に紛れて、香り高い花橘もお茶の匂いがする。

夏―花橘。五月の花で古歌にも香り高いものとして詠まれる花橘(六三五参照)を取り合せ、新茶どきの駿河路の気分を形象化。茶の名産地、駿河の国への挨拶。

◆真蹟懐紙一には八六三・八六四を並記する。

一　七四四参照。如竹は、如舟の俳諧仲間。

863　夏も半ばというのに、春野菜の苣《ちさ》をまだ若い青葉のままで付け合せ、しかもはやばやと初物の茄子汁を振舞ってくれることとよ。

夏―茄子汁。いわゆる「終り初物」と「初物」との二拍子揃った馳走を捉えて歓待の誠意に応《こた》えた挨拶句。

◇苣　春、葉が育つに従って下から順次掻きとって食べる野菜。萵苣《ちしゃ》。掻萵苣《かきじしゃ》ともいう。初夏には頭部に黄色の花をつけ、葉は食べられなくなる。

864　暗澹《あんたん》と低く垂れこめるぶあつい五月雨雲を、大井川よ、空ごと吹き落してしまえ。

夏―五月雨。「空吹き落せ」は「雲吹き落せ」の意を強めた表現。いつまでも降りやまぬ土砂降りの大雨で濁流轟々《ごうごう》と渦《うず》まく大井川の力感を捉えた豪句。五月十五日、島田の如舟亭に到着。その夜大雨風で当年最大の出水となり、川留めにあって三日間足止めされた。その間の作。

865　この絵に描かれた竹のたわみ具合は、いかにも雪の降るのを待ちこがれている格好だ。

冬―雪。閏《うるう》五月二十一日付曾良宛書簡に、島田で「竹など書きてとらせ」たとある、その自画賛。季は「雪」で冬だが、竹の図柄に合わせた即興の作。

866　生涯を旅に暮した自分は、思えば、いま向うの田の中で代掻きをしている農夫が、休む間もなく行きつ戻りつしているようなものだった。

夏―代掻き。荷兮《かけい》亭の十吟歌仙の発句。漂泊の生涯を顧みた嘆息。「行き戻り」に、貞享元年冬以来の旅の往還に訪れて六回目となる名古屋の門人達への挨拶をこめた。荷兮亭には五月二十二日着、三泊した。
◇代掻く　田植え前に田に水を入れ、牛馬に馬鍬《まぐわ》を引かせて土塊を砕きながらどろどろに掻き均《なら》す作業。

のもとにありて

863　苣《ちさ》はまだ青葉ながらに茄子汁《なすびじる》　真蹟懐紙〔笈日記〕

864　五月雨《さみだれ》の空吹き落《おと》せ大井川　真蹟懐紙一〔懐紙二・有磯海〕

865　たわみては雪待つ竹の気色《けしき》かな　真蹟自画賛一〔自画賛二・画賛・笈日記〕

尾張《をはり》の名古屋にて

866　世を旅に代掻《しろか》く小田《をだ》の行き戻り　真蹟懐紙〔笈日記〕

867
[一]野水《やすい》、隠居所支度《いんきよじよしたく》の折ふし
涼しさを飛騨《ひだ》の工《たくみ》が指図《さしづ》かな　杉風宛書簡〔陸奥衛〕
涼しさの指図に見ゆる住《すま》ひ哉《かな》　杉風宛書簡

868
隠士山田氏の亭にとめられて
水鶏《くひな》啼《な》くと人のいへばや佐屋《さや》泊《どま》り　笈日記〔真蹟懐紙〕

869
涼しさや直《すぐ》に野松の枝の形《なり》　蕉翁全伝

870
柴《しば》付けし馬のもどりや田《た》植《うゑ》樽《だる》　蕉翁全伝

一　名古屋蕉門の重鎮。一五九頁注二参照。

867　設計図を見ただけで、いかにも涼しげなよい住まいの趣きが窺《うかが》える。これは涼しさを旨として、かの飛騨の名工が引いた図面なのでしょうよ。
夏―涼し。隠居所新築準備中の野水への挨拶。『徒然草』五五段「家の作りやうは夏を旨《むね》とすべし」を心に置く。五月二十三日の作。杉風宛書簡（閏《うるう》五月二十一日付）に二句並記し、越人《えつじん》に相談して「住ひ」の方を成案としたが、「飛驒の工まさり可《まうすべく》レ申候や」とある。芭蕉自身は「飛驒の工」の方に未練があったらしい。「飛驒の工」は王朝期、飛驒の国から宮廷に召された工匠。転じて優れた大工。「指図」は設計図。

868　佐屋は水鶏のよく鳴く所だと連れの者がいうので、つい心ひかれてお邪魔に上がりました。
夏―水鶏。折から川辺に鳴く水鶏の侘びた声を捉《とら》えて隠士山田氏（伝不詳）への挨拶とした。この時、名古屋から露川《ろせん》・素覧《そらん》の両門人が同道。訪問を二人のせいにかこつけた笑いがある。「佐屋」は愛知県海部《あま》郡佐屋川畔の宿駅。東海道の脇道で、遠回りにもなる。

869　この庭の松は野松をそのまま移し植えた趣きで、人工を凝らさぬ自然のままの伸びやかな枝ぶりが、いかにも野趣に満ちて涼しげだ。
夏―涼し。土芳本『全伝』に「閏五月十一日ノ夜、雪芝《せっし》庵ニ遊ビテ、庭ノ松ノ物好《ものずき》モナク植ヱタルヲ興ジラレシナリ。歌仙有リ」と注記。「雪芝」は伊賀上野の富商（酒造業）広岡七郎左衛門。「直に」は、「そのまま」の意に、枝ぶりの素直な意をきかす。

870 馬の背に柴を積んで運んできた農夫が、戻りにはねぎらいの田植樽を乗せて、さもうれしそうに帰って行くことよ。

夏―田植ゑ。土芳本に「猿雖《えんすい》方ニ遊ビテノ事」と注。「猿雖」は上野の富商窪田惣七郎。芭蕉の心友。句は地主の窪田家が小作人などに温情をかける場面。◇田植樽　田植えじまいの祝いの振舞酒を詰めた樽。

二 身分・年齢に構わず出勝ちに付句《つけく》を付けること。

871 柳行李《やなぎごうり》と振り分けにした片方の荷は、見るからに新鮮で涼しげな初真桑のお土産《みやげ》だ。

夏―初真桑。嵯峨の落柿舎に去来ら門人五人と会した六吟歌仙の発句。遠来の洒堂（八三参照）を迎える喜びを土産物の初真桑に託した。「柳行李」は着替等を入れる旅行用の小型の柳行李。肩に振り分けて担ぐ。

三 もと筑前黒田藩士、坂井善六の号。浪人して嵯峨に住み、去来に俳諧を学んだ。

872 嵯峨には竹藪が多いが、その目にも爽《さわ》やかな竹の緑は、まるで涼しさを絵に書いた感さえする。

夏―涼し。亭主、野明への挨拶。

873 清滝川の清冽《せいれつ》な水を汲ませて冷やしたのか、この心太《ところてん》のなんと冷たく爽やかな口触《くちざわ》りよ。

夏―心太。野明に与えた句（『泊船集』）。馳走の心太に近くの清滝川の「清」の語感を思い寄せて清涼の風味を賞した。清滝川は桟敷《さじき》ヶ岳に発し、高雄・愛宕《あたご》山麓を流れて嵐山の上流で大堰《おおい》川に注ぐ渓流。

閏《うるふ》五月二十二日、落柿《らくし》舎《しや》乱吟《らんぎん》二

871 柳《やなぎ》行《ご》李《り》片《かた》荷《に》は涼し初《はつ》真《ま》桑《くは》　市の庵〔許六宛真蹟書簡〕

野《や》明《めい》亭三

872 涼しさを絵にうつしけり嵯《さ》峨《が》の竹　泊船集

873 清《きよ》滝《たき》の水汲ませてやところてん　泊船集

嵯峨

874 六《ろく》月《ぐわつ》や峰に雲置く嵐《あらし》山《やま》

杉風宛真蹟書簡
〔句兄弟〕

875 清滝や波に散り込む青松葉

笈日記

清滝や波に塵《ちり》なき夏の月

杉風宛真蹟書簡
〔其便〕

876 夕顔に干《かん》瓢《ぺう》むいて遊びけり

杉風宛真蹟書簡
〔有磯海〕

877 朝露によごれて涼し瓜《うり》の土

続猿蓑

朝露や撫《な》でて涼しき瓜の土

杉風宛真蹟書簡

874 炎天の六月、深緑鬱蒼《うつそう》たる嵐山の山頂に、雄大な入道雲がどっかりと居座って動かず、万象寂《せき》として静まり返っている。

夏—六月。豪快で男性的な盛夏の気分を格調高く形象した秀吟。其角は「豪句」と称した（『句兄弟』）。杉風宛書簡（六月二十四日付）に「六《ロク》月」と振り仮名してミナヅキと訓読しない旨を明示。音読の語勢に炎天の感じを響かせた。『三冊子』に「雲置く嵐山」の表現に骨折ったと伝える。落柿舎滞在中の作。◆書簡には以下四句並記。

875 幽邃《ゆうすい》な清滝渓流の青い波の中に、強い風に吹き散った岸の松の青葉がはらはらと散り込む。

夏—松葉散る。初・改案とも清滝の清澄感が主題。初案は塵《ちり》一つない川波を夏の月が照らす夜景。落柿舎滞在中の吟。改案は十月九日、死の三日前、大坂の病床での着想。九月二十七日、園女《そのめ》亭での発句九一九と「塵なし」など類想の難があるとし、「是れも亡き跡の妄執《まうしふ》と思へば…」と語って改めた（『笈日記』）。◆『笈日記』には初案を「大井川波に塵なし夏の月」とするが、誤伝だろう。大井川（大堰川）は嵐山の前の川。

876 暑い夏の夕暮、白い花のほのかに咲く夕顔棚の下で涼みがてら、戯れに干瓢でもつくるように、夕顔の実を細く、長く長く剝《む》いて遊んだことだ。

夏—夕顔・干瓢むく。夕顔の花の下でその実を剝くおかしさ。夕顔の実を輪切りにし、その白肉を薄く長くむいて紐《ひも》状に作り、これを乾燥したのが干瓢。

877
真桑瓜が畑の中で土にまみれたまま、しとどに朝露にぬれている。そのさまの何と涼しげな。
夏―瓜・涼し。初案は触覚的で直接的、成案は視覚的で客観的。◆『笈日記』は成案形で下五「瓜の泥」。『三冊子』はこれを最終案かとするが考証的には存疑。

878
いつぞや格別甘い瓜の皮を剝き剝き食べた所、そうだ、あの蓮台野も瓜の名所に入りますぞ。
夏―瓜。瓜の名産地でなく、甘い瓜を食べた所を名所に数えたてたおかしさ。中七は茶店などで食べた場面を面白く言った。蓮台野（京都北区）は古来の墓地。
一 京都嵯峨《さが》、小倉山麓の常寂光寺。藤原定家の小倉山荘の跡と伝え、境内の老松は定家が歌に詠んだ「時雨の松」といわれて有名だった（『雍州府志《ようしゅうふし》』）。

879
小倉山に年経た松と杉を褒《ほ》めそやすつもりか、薫風が梢をわたって涼しげな音をたてている。
夏―風薫る。定家の「頼むかなその名も知らぬ深山木《みやまぎ》に知る人得たる松と杉とを」（『拾遺愚草』）を心に置き、その松杉を褒めて吹くのかと風を擬人化した趣向。

880
興宴に歓を尽して気がつくと、夏の短夜《みじかよ》は白々と明けて、涼しげに盛り付けてあった冷し物も今は形が崩れ、残骸のみ暑苦しく卓上に残っている。
夏―夏の夜。六月十六日、曲水亭で酒宴に夜を明かした後の五吟歌仙の発句。歓楽の興尽きて忍び寄る哀感を崩れた冷し物の形で象徴した軽みの佳句。「冷し物」は、瓜・茄子・梨その他季節の菜菓を、錫《すず》か陶器の鉢に盛って冷やした料理。酒宴の終りに出す。

人々集《つど》ひ居て、瓜の名所《などころ》なん数多《あまた》
言ひ出でたる中に

878
瓜の皮剝《む》いたところや蓮台野《れんだいの》

笈日記

一小倉《をぐら》の山院《さんゐん》

879
松《まつ》杉《すぎ》をほめてや風のかをる音

＊笈日記

曲水亭

880
夏の夜や崩れて明けし冷し物

杉風宛真蹟書簡〔続猿蓑〕

一曲翠《きよくすい》亭に遊ぶとて、「田家《でんか》」といへる題を置きて

881 飯《めし》あふぐ嚊《かか》が馳《ち》走《そう》や夕涼み　笈日記

882 皿《さら》鉢《ばち》もほのかに闇《やみ》の宵《よひ》涼み　*其便

元禄七年六月二十一日、大津木節《ぼくせつ》二庵《あん》にて

883 秋近き心の寄るや四畳半　鳥の道

一 曲水。二二五頁注三参照。前書は出典の編者の文。

881 嚊《かかあ》は炊きたての熱い飯を、渋団扇《しぶうちわ》であおいでさましている。乏しい食膳《しよくぜん》だが、野良《のら》から戻った亭主は、愛妻のそんな心遣いを何よりの馳走と、褌《ふんどし》ひとつで涼みながら飯を待っている。

夏—夕涼み。題に即して、「飯」「嚊」の卑俗語で平和な田家（農家）の夕飯時の情景を演出した軽み調。

882 夕食後、灯《ひ》もつけず端近に出て静かに涼んでいると、日はいつの間にかとっぷりと暮れて、膳の上に取り散らされた皿鉢の白さだけが、宵闇の中にほのかに浮き出して見える。

夏—宵涼み。日常卑近の生活に取材して、視覚で涼感を捉えた巧みな表現。「皿鉢」は皿や鉢など、陶製の食器。

二 望月氏。大津の医者。

883 もう秋も近く、どこか寂しさの忍び寄る気配に、四畳半の灯火《とうか》の下で膝《ひざ》を交えて語る互いの心は、次第にしんみりと寄り合ってゆく。

秋—秋近し。心知る人々の和やかな集い。寂しさに相寄る魂。惟然・文考を交えた四吟歌仙の発句。初五は「秋近し」を柔らげて余情を出す手法。「近き」で半ば切れる。「四畳半」は茶室。◆『蕉翁句集草稿』に中七「心のより（寄り）や」とある。

884 さらさらと湖岸を洗うさざ波の音が、さわやかに吹きわたる薫風と互いに拍子を取り合っている感じで、いかにものどかで涼しそうだ。

夏—風薫る。『笈日記』に「游刀《いうたう》亭に遊ぶとて」と注し、次句とともに掲出。游刀は膳所《ぜぜ》の能太夫。さざ波（琵琶湖《びわこ》の縁語）と風を擬人化し、能楽用語「拍子」を生かして游刀の住まいの涼しさを賞した挨拶句。

885　湖上はるかな雲の峰は、昼の炎暑を惜しむかのようにいつまでも崩れずに立っているが、湖は夕風がわたって、すっかり涼しくなった。

夏—雲の峰・暑さ。雲の峰が暑さの消えるのを惜しむとの擬人法。間接に夕景の到来を暗示、昼から夕への時の推移をこめた。雲の峰は本来炎暑の気分を持つ。

三　大津の能太夫。俳号、丹野《たんや》。

886　太夫の仕舞に、手に白扇《はくせん》をひらひらと翻しつつ高く掲げるさまは、折から夏空に白く浮き立つ雲の峰のごとく高々と、健《すく》よかに見えることです。

夏—雲の峰・扇。主馬亭での発句。主馬の演じた仕舞の妙技を、湖上嘱目の雲の峰に擬して讃えた当意即妙の挨拶。『笈日記』に「太夫が家名を称して」と注する。これによれば、中七に家名を挙げる意もこめた。

887　貴殿はこの舞台で能を演ずる時は、お池のすばらしい蓮の香も自分の鼻で嗅《か》がずに、面の鼻を通して目で嗅ぐのですか。いやはや何とも面白い。

夏—蓮。『誹諧翁艸』に「丹野が仕舞の教談に」の前書がある。能楽で面をつけた演者が下を見る時には、面の瞳《ひとみ》を通さずに、鼻穴を通して覗《のぞ》くという。句は、丹野から初めて聞くそんな芸談に興じつつ、丹野亭の蓮池の花を賞《め》でる心をユーモラスに表現した。

納涼《だふりやう》　二句

884　さざ波や風の薫《かをり》の相《あひ》拍《びやう》子《し》　笈日記

885　湖や暑さを惜しむ雲の峰　笈日記

三 本間氏主馬《しゆめ》宅に遊びて

886　ひらひらと挙《あ》ぐる扇や雲の峰　真蹟短冊〔笈日記〕

887　蓮《はす》の香《か》を目にかよはすや面《めん》の鼻　真蹟短冊

[一]本間主馬《しゆめ》が宅に、骸骨《がいこつ》どもの笛鼓《ふえつづみ》を構へて能《のう》する処《ところ》を画《ゑ》がきて、舞台の壁にかけたり。まことに生前《しやうぜん》[二]の戯《たはぶ》れ、など[三]かこの遊びに異ならんや。かの髑髏《どくろ》[四]を枕として終《つひ》に夢[五]うつつを分《わか》たざるも、ただ[六]この生前を示さるるものなり

888 稲妻や顔のところが薄《すすき》の穂　続猿蓑

889 ひやひやと壁をふまへて昼寝哉《かな》　笈日記

890 道ほそし相《す》撲《も》取《と》り草《ぐさ》の花の露　笈日記

一 前頁注三参照。二 人間生前の所業。これを、いっときの果《はか》ない戯れとする見方。三 どうしてこの遊び（骸骨の能）に異なるところがあろうか、の意。四 荘子が髑髏《どくろ》を枕《まくら》にして寝た夢の中で、髑髏が、人間の生前は煩いが多いが死後の世界こそ無為自然にして永遠至楽の境地だと語った故事（『荘子』至楽篇）。五 夢か現実か区別がつかなかったのも。六 ひとえにこの人間生前の世界の果なさを示したものなのだ。

888 闇を裂いて稲妻がピカッと閃《ひらめ》くと、次の瞬間には今まで姿美しく踊っていると見えた人間が骸骨と化し、顔のところが小野小町の髑髏のように薄の穂になっている。
秋—稲妻・薄の穂。骸骨の踊る画に人生無常を観じた観相の句だが、凄絶《せいぜつ》の感覚美を形成する。「薄の穂」は、小町の髑髏の目の穴から薄が生い出たとの故事（九六参照）をふまえた語。

889 壁に足の裏を持たせて仰向けに寝転び、ひんやりした感触を楽しみながらとろとろと眠りに落ちる、残暑のころの昼寝の快さ。
秋—ひやひや。日ごろ誰もが経験するありふれた生活の一齣《ひとこま》を巧みに詩化した佳吟。壁の冷やかさに秋の訪れを感じている。七月上旬、大津の木節《ぼくせつ》亭での作。「昼寝」は江戸末期ごろ夏の季語となるが、元禄当時は季語としては扱われない。

890 庭いっぱいに茂った相撲取草が、花穂に露をためて草道の左右から傾き、道は踏み入りがたい

までに細くなってしまっていることよ。

秋―相撲取草・露。『笈日記』に「文月《ふみづき》（七月）の始め、再び旧草《きうさう》に帰りて」と前書。三年ぶりで義仲寺の旧庵を訪れた所懐。陶淵明「帰去来辞」の「三径就《ツク》レ荒《くわう》」の趣き。「相撲取草」は、雄日芝《おひしば》の異名。原野・路傍の日当りのよい所に自生する繁殖力旺盛なイネ科の雑草。高さ五〇センチまで。初秋ごろ、放射状に広げた分枝の上方に多数の緑色の小穂をつける。

891 七夕になると、星の光も夜気の肌ざわりもひときわさわやかに、秋らしくなる。この夜を待って、秋は初めて本格的に定着するという感が深い。

秋―七夕・秋。七月七日、京都の蕉門、野童《やどう》（仙洞《せんとう》御所《しよ》勤務の役人）亭での吟。中七の表現が巧み。◆『蕉翁句集草稿』によると「はじめの夜」の句形が初案。

七 元禄七年の干支《えと》。八 芭蕉の兄、松尾半左衛門。

九 便りを寄こす意。一〇 故郷、伊賀上野。一一 盂蘭盆《うらぼん》会《ゑ》。

892 兄弟親族も今はみな年老いて、杖にすがり白髪頭を連ねて、ご先祖様の墓参りをすることだ。

秋―墓参り。淡々とした、感情を交えぬ客観的叙法の中に、長い歳月を経て故郷の親族みな年老いてしまった寂しさ、平和に生き永らえて睦《むつ》まじく先祖の墓参をする懐かしい喜び、若かりし昔への回顧の情などを巧みに交響させた。軽みの一極致を示す作。主情の勝った三〇一・三四六と対照的。

891 七夕《たなばた》や秋を定むる夜《よ》のはじめ　　笈日記

野童《やどう》亭

七夕や秋を定むるはじめの夜　　泊船集

七甲戌《かふじゆつ》の夏大津に侍《はべ》りしを、八兄《このかみ》のもとより九消息《せうそこ》せられければ、一〇旧里《きうり》に帰りて一一盆会《ぼんゑ》を営むとて

892 家はみな杖に白髪《しらが》の墓参り　　続猿蓑

893　一 尼寿貞《あまじゅてい》が身まかりけると聞きて

数《かず》ならぬ身とな思ひそ玉《たま》祭《まつり》　有磯海

894　稲妻や闇《やみ》の方《かた》行く五《ご》位《ゐ》の声　続猿蓑

895　風《かざ》色《いろ》やしどろに植ゑし庭の秋　蕉翁句集草稿

896　里古《ふ》りて柿の木持たぬ家もなし　蕉翁全伝

一　当年六月初めに没。芭蕉の若い頃の愛人とする説と、甥桃印《おいとういん》の嫁とする説がある。桃印は十六の年から芭蕉が江戸に引取り、養子として育てた最愛の甥。人生に恵まれず最後は結核を病み、三十三歳の元禄六年三月芭蕉庵で死亡。いずれにせよ寿貞の生涯は不遇。

893　生涯を不仕合せに終ったお前だが、決して取るに足らぬ身だなどと思うでないよ。玉祭には、多くの仏達と同等に祭られているではないか。
秋―玉祭。寿貞の追善句。静かに語りかける口調に、深いいたわりと悲しみがこもる。「玉祭」は四四〇参照。

894　稲妻がしきりに閃《ひらめ》き、反対側の暗闇の中を五位鷺《さぎ》が無気味な声で鳴き立てながら飛び過ぎる。
秋―稲妻。凄味《すごみ》を含んだ秋の夜の叙景句。土芳本『蕉翁全伝』に、七月ごろ猿雖《えんすい》宅に土芳と泊り、稲妻を題にして寝入るまでに作句しようと言って詠んだとある。五位鷺の声は烏《からす》に似て、夜、群飛して鳴く。

895　作り構えたふうもなく無造作に植え込まれた庭の草花や木の葉も、ようやく秋の色を深め、吹きわたる風にもどこか秋らしい色合いが感じられる。
秋―秋。土芳本『全伝』に、玄虎（八三〇参照）邸に遊び造園半ばの庭を詠んだと注記。表六句の挨拶句。◆猿雖本『三冊子』等に下五「庭の萩」とあるが誤写か。

896　枝もたわわに実をつけた大きな柿の木が、どの家にもある。そんな古い家々のもの静かなたたずまいが、平和に栄えてきた里の豊かさを窺《うかが》わせる。
秋―柿。土芳本『全伝』に「望翠《ばうすい》方ニ八月七日ノ夜会アリテ云《い》ヒ出デラレシナリ。歌仙有リ」と注。挨拶をこめた。「望翠」は上野の町人、井筒屋片野新蔵。

897　長年を経て郷里に帰ってみると、昔の友達も自分も互いに年老い、若い時分とは顔つきも変って、どこやら可愛げのない冬瓜《かもうり》に似た趣きだ。

冬—冬瓜。老醜の顔を当季の冬瓜に見立てたユーモアと一抹《いちまつ》の侘しさ。出典に伊賀での作という。

898　皎々《こうこう》たる明月の下、はるかな山の麓《ふもと》沿いに夜霧が白じろと濃くたなびき、手前の田の面《も》のあたりではうっすらと霞んでいるように見える。

秋—名月・霧。霧の深い上野盆地の秋の夜景。土芳本『全伝』に以下三句を並べ、伊賀の門人が芭蕉の実家の裏庭に新築して贈った無名庵に門人多数を招き、新庵披露を兼ねた月見を催した際の句と注する。上野丘陵の東北端に近い庵からは盆地の眺望がよくきく。

899　広い綿畠一面に、熟しきった綿の実が白い綿を吹き出している。それが明るく冴《さ》えた名月の光を浴びて、白い花かと疑われるほど美しい。

秋—名月。前句の素直な叙景に対して白い綿の実を花に見立てた趣向の作。「名月の」は「名月や」を柔らげて余情を醸《かも》す俳句独特の用法。ここで半ば切れる。

900　ここから吉野へは十六里を隔てるが、今宵の名月は吉野の山にも冴えていよう。今時分、どんな風雅人がその月を眺めているだろうか。

秋—月今宵。源三位頼政《げんざんみよりまさ》「今宵誰篠《すず》吹く風を身にしめて吉野の嶽《たけ》の月を見るらん」（『新古今集』）を踏む。

897　冬瓜《とうがん》やたがひに変る顔の形《なり》　西華集

898　名月に麓《ふもと》の霧や田の曇り　続猿蓑

899　名月の花かと見えて綿畠《わたばたけ》　続猿蓑

八月十五日

900　今宵《こよひ》誰《たれ》吉野の月も十六里　笈日記

901
鶏《けい》頭《とう》や鴈《かり》の来る時なほあかし
*続猿蓑

902
顔に似ぬ発《ほっ》句《く》も出《い》でよ初桜
続猿蓑

903
新《しん》藁《わら》の出《で》初《そ》めて早き時《し》雨《ぐれ》哉《かな》
蕉翁全伝

904
伊勢の斗従《とじゅう》[一]に山家《やまが》を訪《と》はれて
蕎《そ》麦《ば》はまだ花でもてなす山路《やまぢ》かな
続猿蓑

901 北の国から雁《かり》が渡って来る、仲晩秋の頃になると、鶏頭の葉色はいよいよ紅《あか》く鮮やかになる。

秋—鶏頭・雁。葉鶏頭の漢名「雁来紅《がんらいこう》」をそのまま句にした趣きもあるが、座五「なほあかし」で印象鮮明な、実感のこもった独立の詩となりえた。

902 初々《ういうい》しい初桜を見ては、年老いた者でも、顔に似合わぬ若やいだ句が詠みたくなるものだ。

春—初桜。秋、伊賀での作。土芳本『全伝』注に、無名庵で『続猿蓑』の編集最中に、作句法や人の情など語り合ううちにふと思いついた句という。『三冊子』には、まず上の五七が出来、これにふさわしい座五を探るうち「初桜」に思い当り、「初の字の位よろし」として決ったとある。当季でない季語を用いた。

903 稲刈が済み、稲扱《いねこき》が始まって新藁が出始めたばかりなのに、早くも時雨が回《めぐ》って来たことよ。

秋—新藁。盆地特有の季節の推移のあわただしさに、改めて郷里の風土感を味わった作。時雨は初冬のもの。土芳本に「秋ノ内、猿雖《えんすい》ニ遊ビシ夜、山家《やまが》ノ景色云《い》ヒ出《い》デシ次手《ついで》、フト云ヒテ可笑《ヲカシ》ガラレシ句」と注。

904 切角《せっかく》のお越しで、山家の馳走に蕎麦切りでも振舞いたいが、ご覧の通り蕎麦はまだ花の最中。せめて蕎麦切りならぬ花の眺めで貴殿をもてなそう。

秋—蕎麦の花。いま最中の蕎麦の花に即した挨拶吟。ユーモアの中に、芭蕉を慕って訪ねた斗従への親愛感も、山家の貧しいもてなしを卑下する心もこもる。

一 伝不詳。九月三日、支考に従って芭蕉を訪ねた。

905 行く秋や手をひろげたる栗《くり》の毬《いが》

続猿蓑

906 びいと啼《な》く尻《しり》声《ごゑ》悲し夜《よる》の鹿《しか》

杉風宛真蹟書簡〔笈日記〕

907 菊の香《か》や奈良には古き仏《ほとけ》達《たち》

杉風宛真蹟書簡〔真蹟自画賛・笈日記〕

908 菊の香や奈良は幾《いく》代《よ》の男ぶり

杉風宛真蹟書簡〔泊船集〕

くらがり峠にて

905 晩秋の山道には栗の毬が大きく割れたまま梢《こずえ》に残っている。去り行く秋を惜しみ、手のひらをいっぱいに広げて秋を押し戻そうとでもするように。

秋―行く秋・毬栗。離郷を三日後に控えた九月五日、元説亭での半歌仙の発句（『全伝』）。郷里の人々が自分を押し止めるさまを寓して、惜別の情をこめた。

906 静かな秋の夜更け、闇の彼方で牝《めす》を呼ぶ牡鹿《おじか》の、ビィーと末を長く引いて鳴く声がいかにも悲しげで、あわれ深いことよ。

秋―鹿。九月八日の夜、奈良での吟。『笈日記』に、「その夜はすぐれて月も明らかに、鹿も声々に乱れてあはれなれば、月の三更《さんかう》（午前零時前後）なる頃、かの池（猿沢）のほとりに吟行す」と前注。古来、交尾期の鹿の声の悲しさを詠んだ詩歌は多いが、肉声を擬声音で捉《とら》えた点に俳諧としての新しみと強みがある。

907 清浄な菊の香の漂うこの奈良には、遠い昔から多くの仏達が慈顔うるわしく鎮座まします。

秋―菊の香。九月九日、奈良で重陽《ちようよう》の節供を迎えての吟。菊の香と古都の古仏との間に微妙に通い合う匂いを感合させ、古雅な詩的世界を創り出した秀吟。

908 高雅な菊の香が遠い昔の奈良の都を偲《しの》ばせ、美男業平《なりひら》の男ぶりにも似た雅《みやび》な面影を蘇《よみがえ》らせる。

秋―菊の香。前句と同日の吟。俗語「男ぶり」に軽いおかしみを託す。業平は美男で知られ、奈良との縁は春日《かすが》の里の姉妹女《きようだいおんな》に恋をしかけた『伊勢物語』初段で有名。◆以上三句、九月十日付杉風宛書簡に列記。

909
菊の香《か》にくらがり登る節句《せっく》かな
菊の香

九日南都《なんと》をたちける心を

910
菊に出《で》て奈良と難波《なには》は宵《よひ》月《づき》夜《よ》
意専・土芳宛書簡〔笈日記〕

911
猪《ゐのしし》の床《とこ》にも入《い》るやきりぎりす
三冊子

酒堂《しやだう》が、予《よ》が枕元にて鼾《いびき》をかき候を

床に来て鼾に入るやきりぎりす
正秀宛真蹟書簡〔三冊子〕

909　あたかも重陽の佳節の朝まだき、さわやかな菊の香を慕いつつ、ほの暗い山路を踏み分けて、名も暗がりの峠を登ったことである。

秋—菊の香。「くらがり」は奈良～大坂の旧街道八里(三二キロ)のほぼ中間、生駒《いこま》山地にある峠。峠越えは実際には昼過ぎだったろうが、峠の名をきかせて未明の山路に菊の香をきくさわやかさを演出した。

一　奈良のこと。

910　菊薫る重陽の朝、古都奈良を出て、難波の旧都に着いた時分は日もすでに暮れ、空には九日の宵の半月が美しく光っていた。

秋—菊・宵月夜。「奈良は菊に出て難波入りは宵月夜のころ」の意を、中七に「奈良と難波」と二つの古都を並べて曲折もつけ、拍子面白く詠みなした。「宵月夜」は五三参照。この夜、大坂高津《こうず》(大阪市南区)の酒《しや》堂《どう》(八三参照)亭に泊る。◆出典の書簡は九月二十三日付。九月二十五日付正秀宛真蹟書簡には「重陽の朝奈良を出て大坂に至り候故」と前書してこの句を示す。

911　こおろぎが猪の寝ている床の中にでも入りこんだかのように、酒堂のかく大鼾の合間合間に、かぼそい声であわれげに鳴いてるよ。

秋—きりぎりす。酒堂の大鼾を親しみをこめて揶揄《やゆ》したユーモア句。「床に入る」は『詩経』の「十月蟋蟀《しつしゆつ》入ル二我ガ牀下一」(「蟋蟀」はきりぎりす)を思い寄せて、当季のきりぎりす(今のこおろぎ)の声のあわれを添えた。猪は茅《かや》・葦《あし》や枯草を敷いて寝床を作る。和歌の常套《じょうとう》句「臥《ふ》す猪《ゐ》の床」（三〇参照）の俳諧化。
二 毎年九月十三日、大坂、住吉大社の神事として社頭で催される「宝の市」。升を売るので有名。

912 今夜は十三夜の月見に赴く約束だったのに、途中、升市で名物の升を買ったら、急に世帯気《しょたいぎ》が起きて了簡《りょうけん》が変り、月見はやめて戻ってきたわい。
秋―月見。当夜、長谷川畦止《けいし》亭の月見会に出座を約束していたが、住吉の升市を見物中に激しい悪寒に襲われ、途中から宿に戻った。その言い訳にユーモアをこめて詠んだ句。翌日、これを立句《たてく》に七吟歌仙を巻く。
三 大坂の蕉門俳人。

913 秋も早や終りに近く、ばらばらっと降り過ぎる時雨《しぐれ》模様の雨にも、雲間にのぞく月の夜ごとに細りゆく形にも、寂しい秋の気配はいよいよ濃い。
秋―秋・月。九月十九日、其柳亭で興行の八吟歌仙の発句。◆『笈日記』に「昨日から」の形を初案として併出。俗語調の軽みをねらったが、やや平板に堕した。
四 旧暦九月の別名。五 通称、長兵衛。大坂の蕉門。富裕な町人らしい。

914 ひしひしと身に迫る秋の夜の寂しさを、互いにくつろいで語り合う明るい談笑の声が打ち崩してしまう。まことに和やかな楽しい集いだ。
秋―秋の夜。七吟半歌仙の発句。亭主への挨拶に和気藹々《あいあい》たる談笑の場を描いて、しかも秋の夜の寂しさが言外の余情として深く残る。複雑な陰影の宿る作。

912
十三日は住吉[二]の市《いち》に詣《まう》でて
升《ます》買《か》うて分《ふん》別《べつ》替《かは》る月見哉《かな》
正秀宛真蹟書簡〔住吉物語〕

913
[三]其《き》柳《りう》亭
秋もはやばらつく雨に月の形《なり》
笈日記
昨日からちよつちよと秋も時雨《しぐれ》かな
笈日記

914
[四]菊月《きくげつ》二十一日、潮江《しほえ》車庸《しやよう》[五]亭
秋の夜を打ち崩したる咄《はなし》かな
まつのなみ〔曲翠宛真蹟書簡〕

あるじは夜あそぶことを好みて、朝寝せらるる人なり。一宵寝《よひね》はいやしく、朝起きは忙《せは》し

915 おもしろき秋の朝寝や亭主ぶり　　まつのなみ

916 所思《しよし》
この道や行く人なしに秋の暮　　其便

人声《ひとごゑ》やこの道帰る秋の暮　　曲翠宛真蹟書簡［笈日記］

秋暮《あきのくれ》
この道を行く人なしに秋の暮　　意専・土芳宛書簡

一 宵のうちから寝てしまうのは灯の油をけちるようで賤しい。早起きは勤勉すぎて気ぜわしい。

915 肌寒い秋の頃の朝寝は気持よく、言うにいわれぬ面白さがあるが、この亭主は自分からいつまでも朝寝して、客にも心安く朝寝させてくれる。なんともはやものわかりのよい亭主ぶりだことよ。

秋―秋。前句の翌朝、車庸への親愛感を軽いユーモアの中にこめて詠んだもの。

916 晩秋の日は暮れて、誰ひとり行く人もないこの野中の一本道は、いい知れぬ深い寂しさにつつまれている。

秋―秋の暮。晩秋の風景の中に漂う孤独と寂寥《せきりよう》。言外に人生そのものの孤独と寂寥が深く息づく。九月二十六日、大坂の景勝地、新清水《しんきよみず》の料亭「浮瀬《うかむせ》」における十吟半歌仙の発句。初案「この道を」（九月二十三日付意専・土芳宛書簡以前に成る）は題が「秋暮」とあり、秋暮の自然現象が誘い出す寂寥感を主題とした叙景的発想の作と解されるが、その後「この道や」と改め、さらに「所思」の題を置くことによって、人生詠嘆的心境句の色彩を明確化させた。厳しい芸術と人生の道における孤独と寂寥を象徴。「人声や…」は初案の別案で九月二十五日以前の作（同日付曲翠宛書簡）。初案と同じ主題を、家路を急ぐ二、三の人の話し声を配することによって別の角度から描いた。

917　松の梢《こずえ》を鳴らす秋風が寒々と軒端に吹きあたって、秋はいよいよ暮れようとしている。

秋—秋暮る。前句と同日、浮瀬の主人、四郎左衛門の所望で書き与えた即興吟（『笈日記』）。松籟《しょうらい》の寂しさは古来詩歌に詠まれたが、「めぐつて」の口語調で俳諧味を出した。

918　思えば多年、漂泊の旅を重ねてきたが、この秋はなんでこうも深く老いの衰えを感ずるのか。孤独な思いでふり仰ぐと、遠くはるかな雲間に消えてゆく鳥の姿が、たまらなく寂しい。

秋—秋。前二句と同じ句会での吟。『笈日記』に「此《この》句はその朝より心に籠めて念じ申されしに、下の五文字、寸々《すんずん》の腸《はらわた》を裂かれけるなり」と注する。「雲に鳥」で、漂泊の生涯と、衰老の寂しさと、さらには孤独の思いとを見事に象徴した、作者一代の絶唱の一。

919　白菊の花は心《しん》から純白で、よく目をこらして見ても一片の塵もない清らかさです。

秋—白菊。九月二十七日、斯波《しば》園女《そのめ》亭の九吟歌仙に、眼前の白菊に託して女主人の清楚《せいそ》な人柄を讃《たた》えた挨拶の発句。挨拶を越えて、白菊の清浄純白の美が把握《はあく》されている。西行の「曇りなき鏡の上にゐる塵を目に立てて見る世と思はばや」（『山家集』）をふまえた。「白菊の」は「白菊や」を柔らげて余情を醸《かも》す俳句独特の用法。ここで半ば切って読む。

二　大坂の俳人。長谷川氏。

917　松風や軒をめぐつて秋暮れぬ　　笈日記

旅《りょ》懐《くわい》

918　この秋は何《なん》で年寄る雲に鳥　　笈日記

919　白《しら》菊《ぎく》の目に立てて見る塵《ちり》もなし　　菊の塵

白菊や目に立てて見る塵もなし　　真蹟草稿〔矢矧堤〕

畦止《けいし》亭[二]において即興

月下ニ送ルレ児ヲ

920
月澄むや狐《きつね》こはがる児《ちご》の供《とも》　其便

月のすごいほど冴《さ》えた夜。美童の供をして寂しい野道を行くと、叢《くさむら》の彼方で狐が鳴く。美童は鼻声で怖いようと言いながら寄り縋《すが》ってくる。

秋―月。九月二十八日夜の題詠句会での吟。恋の題（前書）の中に狐を案出して妖艶《ようえん》な男色《なんしょく》の場面を空想。

921
秋深き隣は何をする人ぞ　笈日記

秋深く、身に迫る旅愁を懐《いだ》いて都会の片隅に宿っていると、隣人は物音一つたてずひっそりと暮している。一体何を生業《なりわい》に世を渡っているのだろう。

秋―秋深し。晩秋の深い寂しさの底で、顔も名も知らぬ隣人にすら人懐かしさを覚える心情と、互いに隣り合せて住みつつ係わり合うこともない人生の孤独とを交錯させ、人間存在そのものの寂しさを表現した高次元の人生詩。前句と同日、西横堀東入ル本町の薬種商、之道《しどう》宅での吟と推定。「秋深き」で半ば切り、含蓄をこめる俳句的技法。「何をする人ぞ」は詠嘆調。

922
病中吟
旅に病んで夢は枯野をかけ廻《めぐ》る　笈日記

旅先で死の床に臥《ふ》しながらも、見る夢はただ、あの野この野と知らぬ枯野を駆け回《めぐ》る夢だ。

冬―枯野。旅の詩人にふさわしい最期《さいご》の作。大坂南御堂前、花屋仁右衛門方の貸座敷の病床で危篤状態にあった十月八日深更八ツ（九日午前二時）、ふと夢から覚めて看病中の呑舟《どんしゅう》にこの句を口述し、最後に「病中吟」と前書させた（『笈日記』）。「辞世」ではない。

貞享～元禄年間　四十一歳～五十一歳

923
景清《かげきよ》も花見の座には七《しち》兵《びやう》衛《ゑ》　真蹟扇面〔誹諧翁艸〕

さすが豪勇の景清も、なごやかな花見の座では武張った様子をすっかり崩し、ただのやさしい七兵衛さんになりすましているわい。

春―花見。「景清」は平家の侍大将《さむらいだいしょう》、悪《あく》七兵衛景清

924 散る花や鳥も驚く琴《こと》の塵《ちり》　真蹟画賛〔末若葉〕

925 降らずとも竹植《う》うる日は蓑《みの》と笠《かさ》　真蹟自画賛一〔自画賛二・笈日記〕

降らずとも竹植うる日や蓑と笠　真蹟画賛〔木がらし〕

一柴《しば》の庵《いほ》と聞けば賤《いや》しき名な
れども世に好もしきものに
ぞありける
この歌は二東山《ひがしやま》に住みける僧を訪ね

（「悪」は剛強の意）。『平家物語』や謡曲・舞の本などで有名。その通称「七兵衛」の平俗味を生かし、寛《くつろ》いだ武士の花見をユーモラスに詠んだ。九四〇参照。

924　昔から、素晴らしい楽《がく》の音《ね》は梁《はり》の上の塵さえも動かすというが、この琴の妙音に感じては花も慕って散り、鳥も驚いて飛び立つことだろう。

春―散る花。松山藩家老、久松粛山子《しゅくざんし》（其角門下）の求めに応じ、狩野探雪筆の琴の画に加えた賛。『末若葉《うらわかば》』に、『源氏物語』若菜上で北山の僧都が光源氏に琴《きん》を勧めていう言葉「御手《みて》ひとつ遊ばして山の鳥をも驚かし給へ」を取ったと付記。中七はこれをふまえて画の琴を讃えた趣向。「塵」は巧妙な音楽を譬《たと》えていう中国の故事「動《カス》二梁塵《ヲ》一」による措辞。◆この琴画賛は其角（笙《しょう》）、素堂（太鼓）の画賛と三幅対で伝わる。

925　蓑笠を着た姿は、竹を植えるのにまことに似つかわしい。たとえ雨は降らずとも、竹を植える日には蓑と笠とを着て植えたいものである。

夏―竹植うる日。中国以来、旧暦五月十三日を竹酔日《ちくすいじつ》といい、竹を植えるとよく繁茂する日とされる。ただし俳諧の季題に用いたのはこの句が初めてだと門人らに取沙汰された（『去来抄』等）。◆「画賛」の画は北向雲竹筆の一本竹。両句形の先後関係は決めがたい。

一　六家集本『山家集』に「いにしへ頃、東山に阿弥陀坊と申しける上人の庵室《あんじつ》にまかりて見けるに、あはれに覚えて詠みける。柴の庵と聞くは賤しき名なれども世に好もしき住居《すまひ》なりけり」とある。二　京都東山。

て西行上人《しやうにん》の詠ませ給ふ由《よし》、『山《さん》家集《か》』にのせられたり。[一]いかなるあるじにやと好もしくて、ある草庵の坊[二]に遣《つか》はしける

926 柴《しば》の戸の月やそのまま阿弥陀坊《あみだばう》

真蹟懐紙〔芭蕉庵小文庫〕

草の戸の月やそのままあみだ坊

真蹟懐紙

927 見《み》所《どころ》のあれや野《の》分《わき》の後《のち》の菊

真蹟自画賛〔扇面・芭蕉庵小文庫〕

みどころもあれや野分の後の菊

真蹟自画賛

一 西行の訪ねた東山の庵主がどんな奥ゆかしい人柄だったのかと心引かれて、自分も…。二 僧。

926 清らかな月の照らす草庵で静かに行い澄ますこの庵主は、恐らくかの西行が訪うた東山の阿弥陀坊そのままの奥ゆかしいお人なのでしょう。

秋―月。西行の故事を借りて草庵の坊の隠逸を讃《たた》えた。「柴の戸」は粗末な住まい。「草の戸」も同じ。一三参照。◆「草の戸の」（前書略）の方が後か。ただし真蹟は二点とも元禄初めごろから三、四年ごろまでの書風。

927 野分の吹き荒れたあと、庭などにしどろに倒れ伏した菊の姿は、痛ましい中にもどこかあわれ深く、なかなかに風情のあるものだ。

秋―菊・野分。『徒然草』一九段「野分の翌朝《あした》こそをかしけれ」に通う情趣。◆筆蹟は三点とも晩年の書風。「見所の」を記した扇面は、金地に極彩色の菊の図。「みどころも」の自画賛は萎《しお》れた竹と小菊の水墨画。

928 寒さの殊にきびしかった昨夜来、夜通し竹を氷らせてきたのか、今朝は竹の葉が真白に見えるまで霜が深く降りている。

冬―霜・氷る。厳しい霜を凌《しの》いで立つ竹の姿を描いて峻烈《しゆんれつ》の風韻がある。『芭蕉翁真跡集』には「自画賛」と注する。竹の自画賛だろう。

929 今を盛りと咲き乱れる桃の花にまじって、初桜がいかにもういういしく咲きはじめた。

春―初桜・桃。ピンク色の桃の花と白に近い桜の色とが対照的。◆『泊船集』には上五「最中の」とある。

930 寒い冬の日、熱い雑炊をすすりながら、バラバラッと軒端を打つ霰の音を琵琶の音《ね》とも聞きなして、わずかに貧しい生活を慰めることだ。

冬―霰。「雑水」は雑炊。野菜を細かく刻んで炊きこんだ粥《かゆ》。貧しい食事。

931 普通の草木は春に花咲き、秋に実を結ぶというのに、真桑瓜だけは、夏の間に花を咲かせ、実を結んでしまう。まさに一度にどっと盛りを迎えると言わんばかりだ。

夏―瓜。真桑瓜の特性に着目して興じた句。ただし、親子ともども揃って豊かに栄える家族への挨拶など、眼前の瓜に託して何らかの寓意をこめた作であろう。

932 春まだ浅く、草木も枯れ色の荒涼とした古川端で、柳だけが日に日に若芽を脹《ふく》らませ、しなやかな枝を春風に揺れなびかせている。そのさまはまるで艶《なま》めかしい女性が古川に流し目を使っている趣きだ。

春―芽張り柳。柳を艶めかしい女に見立ててユーモアをこめた擬人句。早春のころ芽《も》が萌え出ようとする柳を芽張り柳という。これを擬人化して目を見張る意を掛けた。「こびて」は古川に向って媚態《びたい》を示す意。これも擬人表現。

928 夜すがらや竹氷らする今朝の霜　真蹟短冊〔芭蕉翁真跡集〕

929 咲き乱す桃の中より初桜　芳里袋

930 雑《ざふ》水《すい》に琵《び》琶《は》聴く軒の霰《あられ》哉《かな》　有磯海

931 花と実と一《いち》度《ど》に瓜《うり》の盛りかな　木がらし

932 古川にこびて目を張る柳かな　矢矧堤

933 榎《え》の実散る椋《むく》の羽《は》音《おと》や朝《あさ》嵐《あらし》　笠日記

934 この宿《やど》は水《く》鶏《ひな》も知らぬ扉《とぼそ》かな　笠日記

935 雪間より薄《うす》紫《むらさき》の芽《め》独《う》活《ど》哉《かな》　誹諧翁艸

圃《ほ》角《かく》一、扇ニ賛ヲ望ミテ

936 前髪もまだ若《わか》艸《くさ》の匂ひかな　誹諧翁艸

933　榎《えのき》の大樹を塒《ねぐら》としていた無数の椋鳥が一斉に飛び立つ。その羽音が一しきり、朝の静寂《しじま》を破って嵐のように響き、榎《え》の実がはらはら散りこぼれる。

秋―榎の実・椋鳥。椋鳥が大群をなして飛び立つ時の大音を朝嵐になぞらえる。榎《えのき》の実は小豆《あずき》大紅褐色の球状果。椋鳥が殊に好む。◆『泊船集』に下五「初嵐」。

934　草深くひっそりと住みなすこの住まいは、人はもとより、湖辺の水鶏さえ気がつかぬ、世俗の喧騒《けんそう》を離れきった、まことに好ましい住まいである。

夏―水鶏。『笠日記』に、大津の俳人湖仙《こせん》亭での吟と注する。当季の水鶏を詠み入れて幽棲《ゆうせい》のさまを賞した当意即妙の挨拶句。水鶏は人家の戸をたたくようにカタカタと鳴くので古来、人を訪ねるさまに言いなす。◆元禄元年もしくは三、四年か七年の夏の作。

935　雪の絶え間から柔らかな薄紫色の独活の若芽が頭を出して、早くも春の訪れを告げているよ。

春―芽独活・雪間。

一　伝不詳。前髪姿、すなわち元服前の少年だろう。

936　そなたは前髪姿もまだういういしく、春の若草の匂いやかな感じにも似て、若く末頼もしい。

春―若草。草の絵など書いた扇に当意即妙的に記し与えた趣きの賛。「前髪」は頭頂を中剃《なかぞ》りし、前髪を額《ひたい》の上部で束ねる元服前の少年の髪形。

937　春の夜は次第に明けそめ、やがて万朶《ばんだ》の桜をあでやかな曙《あけぼの》の光が美しく染め出したその時に、すっかり明け離れてしまった。

937 春の夜は桜に明けてしまひけり　誹諧翁艸

938 分《ふん》別《べつ》の底たたきけり年の昏《くれ》　誹諧翁艸

939 二 正成之《まさしげの》像《ざう》
三 鉄肝石心此人之情《てつかんせきしんこのひとのじやう》
撫子《なでしこ》にかかる涙や楠《くす》の露　芭蕉庵小文庫

940 昔聞け秩《ちち》父《ぶ》殿《どの》さへすまふとり　芭蕉庵小文庫

春―春の夜・桜。春の曙の美しさ。「春の夜は桜で明けて、それでおしまいになった」という文脈。

938 いずこも同じ世智辛《せちがら》さ。年の瀬を越す遣繰《やりくり》に、われ人ともに分別のありったけをたたき出す。

冬―年の暮。年中最大の節季（借金返済期）を前に、言い逃れ、居留守、出違い等、悲喜交々《こもごも》の人間模様が繰り広げられる歳末の世態人情を、俗語表現でユーモラスに描く。「底たたく」は、全部出し尽す意。

939 楠の木の葉末から滴り落ちる露は、木陰に咲く可憐な撫子の花にかかる慈愛の涙なのだ。

二 楠《くすのき》正成の画像。三 鉄や石のように堅い節操。

夏―撫子。楠公《なんこう》父子桜井駅の訣別《けつべつ》の故事（『太平記』巻一六）を思い描いた趣きの画賛。撫子をその時十一歳の正行《まさつら》に、楠の露を父正成の慈愛の涙になぞらえた。

940 昔話を聞いてみろ。かの名だたる大名の秩父殿も、長居《ながい》という大力《だいりき》と取っ組んで相撲《すもう》を取ったというから、言ってみれば、昔は秩父殿さえただの相撲取りだったのだ。なんと素朴《そぼく》な話ではないか。

秋―相撲取《すもうとり》。源頼朝に仕え武勲を重ねた勇将畠山重忠（本姓秩父）が、関東八カ国中最強といわれた力士長居を相撲で負かした史実（『古今著聞集』巻一〇）から、秩父殿を相撲取りに仕立てたユーモア句。支考『俳諧古今抄』に九三と並べて「即興体」とし、「右二章は一座の談笑にして…前章は七兵衛の平懐《へいくわい》（平俗味）ををかしがり、後章は殿《どの》の慇懃《いんぎん》を崩す。ここを諧語の滑利（滑稽の滑らかさ）と知るべし」と評する。

941 鬼灯《ほほづき》は実も葉も殻《から》も紅葉《もみぢ》哉《かな》
芭蕉庵小文庫

942 菊の露落ちて拾へば零余子《ぬかご》かな
芭蕉庵小文庫

943 わが宿は四角な影を窓の月
芭蕉庵小文庫

座《ざ》右之《いうの》銘《めい》
一人の短《たん》をいふ事なかれ
己《おのれ》が長《ちやう》をとく事なかれ

944 物いへば唇《くちびる》寒し秋の風
芭蕉庵小文庫〔真蹟懐紙一〜二・大短冊一〜二〕

941 鬼灯は秋になると実はもちろん、葉も殻も、みな紅葉のように真赤に色づくことよ。
秋―鬼灯・紅葉。鬼灯の特性を捉《とら》えて口拍子面白く詠みなした。

942 菊の露がハラリと落ちたよと、よく見ると、それは零余子が落ちたのだったが、その小さな粒に何となく心をひかれて拾い上げて見る。
秋―菊・露・零余子。山芋の蔓の纏《まと》いつく垣根の傍らに菊のある景。小さな自然現象に心をとめた作品。「零余子」は山芋の葉腋《ようえき》に生ずる肉芽。成熟すると自然にこぼれ落ちて繁殖する。

943 わが庵は窓から差しこむ明るい月光が、窓の形そのままに、畳の上に四角な影を落している。
秋―月。円い月が四角に映ると興じつつも一抹《いちまつ》の寂しさがある。
一『文選《もんぜん》』所収、崔瑗《さいえん》の座右銘「無レ道《カレイフコト》二人之短《ヲ》一、無レ説《カレクコト》二己之長《ヲ》一」による。

944 人はよく、言わでものことを口にしたあとで、うそ寒い秋風で唇をなでられたような、ぞっとした思いに襲われるものだ。
秋―秋の風。無用の弁を弄して後悔臍《ほぞ》を噛《か》む思いを、「秋の風」で巧みに象徴。「唇寒し」は、中国伝来の諺「唇亡びて歯寒し」(『春秋左伝』等)による。

945 物ぐさな性質《たち》で自分から忘年の句会などすることもないのだが、門人たちから、やいやいとうるさく勧められて会を設けてみると、それはそれでやはり歳末情緒も懐かしく、いつのまにか楽しい気分になっている。

冬―年忘れ。隠者芭蕉の生活態度の一齣《ひとこま》。「せつかれて」の俗語がよくきいている。

946 ひとしきり竹の葉をざわつかせていた木枯しが、そのまま竹林の中に吸い込まれて姿を隠したかのように、急にしんと静まってしまったよ。

冬―木枯。中七が木枯しの動きを描き得て絶妙。画から離して、独立した一箇の写生句としても十分の詩美を持つ佳句。

947 紫陽花《あじさい》は人が帷子を着るのと同じ季節に、帷子の色と同じような薄浅黄色の花を咲かせて、いかにも涼しげな趣きがある。

夏―紫陽草・帷子。帷子と同季に同色の花を咲かせる紫陽花に興を発した作。「帷子」は、麻または苧麻《からむし》で作る夏用の単物《ひとえもの》。旧暦五月五日から九月一日まで着るが、端午《たんご》には浅黄色、七夕《たなばた》・八朔《はっさく》には白帷子を用いる習慣があった（『和漢三才図会』）。

948 菊の花が終ったあとは、さらに見るべき花とてなく、ただ風味愛すべき大根があるのみだ。

冬―大根。『和漢朗詠集』の菊の詩「不《あらズ》ニ是《これ》花中ノ偏《ひとへ》ニ愛スルニハレ菊ヲ、此花開イテ後《のち》更ニ無ケレバナリレ花」を一転して卑俗な俳諧に仕立てた。古人は菊の高雅を愛し、菊の後には賞すべき花がないと言ったが、我々庶民には花ならぬ大根があるというユーモア句。

945 せつかれて年忘れする機嫌《きげん》かな　芭蕉庵小文庫

竹画賛

946 木《こ》枯《がらし》や竹に隠れてしづまりぬ　鳥の道

947 紫《あ》陽《ぢ》草《さゐ》や帷《かた》子《びら》時《どき》の薄《うす》浅《あさ》黄《ぎ》　陸奥鵆

948 菊の後《のち》大根の外《ほか》更《さら》になし　陸奥鵆

949
雀《すずめ》子《こ》と声鳴きかはす鼠《ねずみ》の巣　韻塞

949　のどかな春の日。軒先の巣に鳴く雀の子と、天井裏の巣に鳴く鼠の子とが、互いに鳴き交わすとでもいうふうに、よく似た声で鳴きあっているよ。
春―雀子。可憐さとおかしみの交錯。上五の「子」を下五に、下五の「巣」を上五にもきかせた手法。

950
烏賊《いか》売《うり》の声まぎらはし杜宇《ほととぎす》　韻塞

950　風雅の佳境に入ろうと、時鳥《ほととぎす》に耳を澄ましているのに、通りを触れ流してゆく烏賊売りの甲高《かんだか》い声で、聞きもらしてしまいそうだ。
夏―時鳥・烏賊。俗中の雅、雅中の俗。伝統的風雅の時鳥に卑俗な烏賊売りの声を配して市井《しせい》の風流を捉えた。軽いおかしみを持つ晩年の風調。烏賊は初夏最も風味よく産もまた多い（『滑稽雑談』）。

951
奈良七重《ななへ》七堂《しちだう》伽藍《がらん》八重《やへ》ざくら　泊船集

951　奈良は七代の帝都として栄え、七堂備わった大伽藍も多く、さらに古歌に名高い八重桜もある。まさに絢爛《けんらん》たるめでたい古都である。
春―八重桜。名詞だけで一句を成す。「七重《なな》」で「奈《な》良」と頭韻をふみ、「七堂」「八重桜」を呼び出した技巧。「七堂伽藍」は金堂・講堂以下の七堂を完備した寺。八重桜は「古《いにしへ》の奈良の都の八重桜今日九重《ここのへ》に匂ひぬるかな」（『詞花集』）で有名。

952
露沾《ろせん》公にて
西行《さいぎやう》の庵《いほり》もあらん花の庭　泊船集

一　磐城国平《いわきのくにたいら》、七万石の藩主内藤義泰（俳号風虎）の子息。家督争いに敗れ、若くして江戸六本木に隠居、俳諧を愛して点者も勤めた。芭蕉とは長いつきあい。

952　花も盛りのこのお庭は、吉野に名高い西行の庵でもありそうな奥ゆかしい趣きのお庭です。
春―花。挨拶句。「西行の庵」は七五頁注一〇参照。

953
秋も深まり、家々では女どもが砧を打って冬支度にかかるころ、猿回しの男は、猿に着せる小さな衣装を砧にかけることだろうよ。
秋―砧。猿を頼りに世を渡る貧しい猿回しの細やかな愛憐を思い描き、人生的ペーソスに俳諧的ユーモアを交錯させた。「砧」は三〇五、「哉」は三九〇を参照。

954
恋に目がくらんだ猫が、日頃は恐れている犬も見境なく踏みつけてうろつきまわる。愚直な犬は寝そべったまま、ただポカンとするばかり。
春―猫の恋。発情期の猫の行状を愚直な犬との対照でユーモラスに捉えた。「またうど」は「全人《まとうど》」。きまじめな人。また度をすぎて律義なさま。

955
ちらほらと落葉しはじめた柳の木陰に、今にもひしげそうな小家が一軒、侘しく立っている。一体この家の者は何を食って生きているのだろう。
秋―秋。川の土手際などに見かけた侘しげな小家。「なに喰うて」という俗語がその生活の貧しさ、あわれさを奇妙にリアルに描き出す。嘆息のこもった語。人生そのものの寂しさ、悲しさが句裏をかすめる。

956
この絵に描かれた一把の柴は何に使うのか。定めて須磨の漁師が年取り物にするのだろうよ。
冬―年取り物。『茶の草子』に「海ある所に束ねたる柴を絵書《ゑが》きて」の前書で出す画賛句。画中の海辺を古典的な須磨の浦に見立てて風流をきかせ、須磨の海士《あま》の年取り物（歳末に用意する正月用の飾物や必需品）として画面にアクセントをつけた。

953
猿引《さるひき》は猿の小袖を砧《きぬた》哉《かな》
続有磯海

954
またうどな犬ふみつけて猫の恋
茶の草子

955
なに喰《く》うて小《こ》家《いへ》は秋の柳陰
茶の草子

956
須《す》磨《ま》の浦の年取り物や柴《しば》一《いち》把《は》
茶の草子

957 さほど大きくもないこの寺は、芭蕉の葉が大きく伸び広がって前庭をふさぐほどだ。
秋―芭蕉。軽い絵画ふうの風景。中七の表現に俳諧的アクセントをつけた。芭蕉は蘇鉄《そてつ》（五九二参照）などと同様、寺によく植えられ、釣り合いもよい。

958 松茸は、傷ついた所がかぶれている様子まで、松の姿によく似ていることよ。
秋―松茸。松茸には傘や柄が傷んで変色している部分がよくある。その様子を、松の樹に青黒く苔《こけ》がついたり、樹皮が剝《は》げたりするさまに思い寄せた。両者の相似に興じつつも、松茸の特色をうまく捉えた。

959 浮世は今や桜の盛りで、鳥も浮かれて囀《さえず》っている。いつも暗い洞穴《ほらあな》に閉じ籠《こも》っている蝙蝠よ、お前もこの花に浮かれ出るがよい。
春―花。『西華集』に「此《この》句はある僧の旅立ちけるに、かく言はばやと申されしが、餞別《せんべつ》なくてよからんとて、言はずなりぬ」と付記する。黒衣の僧を蝙蝠になぞらえた趣向。

一 中国後梁時代の禅僧。大きな腹を出し、大きな袋を背負って、片手で天を高く指さして微笑する姿が禅画の好画題とされた。日本では七福神の一。

960 布袋和尚が大きな袋を背負っている姿を見ると、あの中には月花の風雅の材がいっぱい詰っているように思えて、そぞろ物ほしい気持になるよ。
雑《ぞう》（無季）。俳諧的ユーモアをこめた画賛句。「月と花」で無季となる。二四九参照。

957 この寺は庭一盃《いっぱい》のばせを哉《かな》　誹諧曾我

958 松茸《まつだけ》やかぶれたほどは松の形《なり》　誹諧曾我

959 蝙蝠《かうもり》も出《い》でよ浮世《うきよ》の華《はな》に鳥　西華集

一布袋《ほてい》の絵賛《ゑさん》

960 物ほしや袋のうちの月と花　続別座敷

961 葉にそむく椿《つばき》の花やよそ心　放鳥集

961 椿は葉も花も強々《こわごわ》しい感じで、花は葉に対して勝手によそを向いて咲いているさまだが、あれは何かよそ心でも懐《いだ》いているのだろうかな。

春—椿。擬人化による軽い笑いをこめつつ椿の花の姿態を捉える。『放鳥集《はなしどり》』に「此《この》句、武陵《ぶりよう》のコ斉が〈恨めしやあちら向きたる花椿〉といふ先作ありと、門人何某《なにがし》が言ひて、捨て給ふとかや」と注記。江戸の蕉門、浅野コ斉（貞享五年七月没）の作との等類《とうるい》を指摘されて捨てた意。「よそ心」はよそよそしい冷淡な心。

962 春雨や蓑《みの》吹きかへす川《かは》柳《やなぎ》　裸麦

962 若葉の茂りはじめた土手の枝垂柳《しだれ》が、春雨にぬれながら風に吹きあおられている。あたかも強い風が人の着ている蓑を吹き翻すように。

春—川柳・春雨。荒れ模様の春の一情景を捉えた絵画風の作。

963 借りて寝ん案山子《かかし》の袖や夜半《よは》の霜　其木枯

963 霜の降る寒夜の旅寝には、田圃の案山子の着物でも借りて寝たいものだ。

冬—霜。冬の旅寝の心細さを嘆いた趣き。『新古今集』の「きりぎりす鳴くや霜夜の狭莚《さむしろ》に衣《ころも》片敷き独りかも寝ん」を踏み、「案山子の袖」に俳諧的逸興をこめる。

964 梅が香《か》に追ひもどさるる寒さかな　荒小田

964 芳《かぐわ》しい梅の花が厳しい余寒の中に凜《りん》として咲き匂っている。そのさまを見ると、この梅の香に寒さが追い戻されて来たかとさえ思える。

春—梅が香。「追ひもどさるる」は、すでに去ってしまったはずの寒さを再び逆に戻す、の意。今さらのような余寒の厳しさを、多少のおかしみをこめて擬人的に扱った表現。「かな」は三九〇参照。

965 別れ端《ば》や笠《かさ》手に提《さ》げて夏羽織　白馬集

966 日にかかる雲やしばしの渡り鳥　渡鳥集

967 朝な朝な手習ひすすむきりぎりす　摩詰庵入日記

一岱水亭影待《たいすいていかげまち》二に

968 雨折《をり》々《をり》思ふ事なき早《さ》苗《なへ》哉《かな》　木曾の谿

965 いよいよ人々と別れて旅立つ別れ際に、笠は脱いで手にさげ、夏羽織をきちんと身に着けて最後の挨拶を交わすことだ。

夏―夏羽織。中七・下五の慇懃《いんぎん》な姿を通して惜別の情を形象化した留別吟。別れたあと夏羽織は畳んで旅荷物の中に入れ、笠はかぶる。

966 渡り鳥の大群が、しばらくの間、雲かと見えるばかりに太陽を暗く遮《さえぎ》り、やがてはるかな空の彼方《かなた》に消えて去ってゆく。

秋―渡り鳥。秋晴れの日の静かなひと時の情景。小鳥の大群が遠い空の彼方に消えてゆくさまに寂しいイメージがある。

967 毎朝手習いに励んで、日一日と腕があがってゆく楽しさ。戸外はこおろぎが涼やかに鳴いて快い秋だ。

秋―きりぎりす。「きりぎりす」は、こおろぎの古名。その異名「筆津虫《ふでつむし》」を「手習ひ」にきかせた。

一 深川の芭蕉庵に軒を並べ、親交の深かった門人。ただし姓氏・伝記不詳。 二 八一七参照。

968 田植時の天候がまことに順調で、雨も時を得て適度に降り、早苗は青々とよく育って何の心配もない。今年は豊作に恵まれたよい年になろう。

夏―早苗。五月の影待の夜の作。

969 春たけなわ、桜の花が雲かと見紛うばかり咲きわたるころになると、蝶も鳥もすっかり浮き浮きして落着かなくなることよ。

春―花の雲・蝶。「花の雲」は二六六参照。

三 貞門俳諧の開祖、松永貞徳。名は勝熊。幼名、小熊。号、逍遊軒。承応二年（一六五三）八十三歳で没。六十三歳で命期《めいご》を観じ、翌年から一歳に戻って姿を童形に変え、号も長頭丸《ちょうずまる》・延陀丸・保童坊などと改めた。中でも長頭丸が広く知られる。貞徳像には童形で蓮《はす》の葉を持ったものが多い。

970 逢ったことのない貞徳翁だが、その丸頭巾をかぶった福徳円満の温顔は無心の童子に近く、幼名にも似た長頭丸の名にふさわしいさまである。

冬―頭巾。「知らぬ翁」は、『拾遺集』の旋頭歌《せどうか》「ます鏡そこなる影に向ひゐて見る時にこそ知らぬ翁に逢ふ心地すれ」以下、古歌で知られる慣用語。「丸頭巾」は大黒頭巾。老人や僧が用いる。

971 子沢山で、子を育てるのにはもう飽きたなどという人には、花を愛する真の風雅は分らぬ。

春―花。「花」は自然美と風流の象徴。

972 折から今年の初時雨がいかにも潔く降り出しましたが、私はこの初時雨のように、お初にあなたの御意《ぎょい》を得ることでございます。

冬―初時雨。『誹諧粟津原』（芭蕉十七回忌追善集）に、江戸の俳人一蜂が「その翁、ある方へ伴ひし頃、初めてなれば」として掲げる。初時雨に興じて口拍子よく即興的に詠んだ初対面の挨拶句。◆『誹諧粟津原』には、上記の年から「はや句の字数（十七）と年経る事よ」との付記があるので、句は最晩年の作となる。

969 蝶《てふ》鳥《とり》の浮《うは》つき立つや花の雲　やどりの松

三 貞徳翁の姿を賛して

970 幼《をさな》名《な》や知らぬ翁《おきな》の丸《まる》頭《づ》巾《きん》　菊の塵

971 子に飽《あ》くと申す人には花もなし　類柑子

972 初《はつ》時《し》雨《ぐれ》初《はつ》の字を我が時雨哉　誹諧粟津原

973 世に盛《さか》る花にも念《ね》仏《ぶつ》申しけり　　蕉翁句集

974 松風の落葉か水の音涼し　　蕉翁句集

一仙化《せんくわ》が父追善

975 袖《そで》の色よごれて寒し濃《こい》鼠《ねずみ》　　蕉翁句集

二悦堂《えつだう》和尚の隠室《三》にまゐりて

976 香《か》を残す蘭《らん》帳《ちやう》蘭のやどり哉《かな》　　鹿子の渡

973　今を時めく真盛りの桜の花にさえ、有難がって手を合わせ、念仏を唱えていることよ。あのご老人は。

春―花。老人などには有難いもの、美しいもの、何事によらず念仏を唱える人がいる。そんなさまを軽い笑いの中で捉《とら》えた。

974　松の葉を吹き散らす松風の音が響いてか、谷川の水音はいかにもさわやかで涼しげだ。

夏―涼し。渓流のあたりの情景。「松風の落葉か」は曲折をつけた技巧的表現。『蕉翁句集』に貞享元年の作とする。貞享風の観もあるが、なお確定的でない。

一 江戸の蕉門。『蛙合《かわずあわせ》』の撰者。その父の追善句。

975　鼠色の喪服の袖が、父の死を嘆き暮す涙で濃い鼠色にぬれて、おそろしく寒々と見える。

冬―寒し。悲しみに沈む仙化の姿を通して故人を悼《いた》む。四六八・四六九等と同手法。鼠色は喪服の色。『貞丈雑記』凶事の部に「忌服…その色は薄墨色とて鼠色の布の服を用ふるなり」とある。「濃鼠」は色の名。

二 伝不詳。三 隠遁《いんとん》して住む部屋。

976　隠室の御厨子《みずし》には蘭帳がかかり、室内には蘭の芳香が漂い、ご隠退後の今もなお、和尚は高徳の香を高くとどめておいでなさる。

秋―蘭。蘭を植えて静かに余生を送る高徳の和尚の風格を、蘭の高雅に託して讃《たた》えた当意即妙の挨拶句。

◇蘭帳　清雅な趣きの立派な帳《とばり》。「蘭」はほめことば。

977 古《こ》法《ほふ》眼《げん》出どころあはれ年の暮

杵《きね》の折れ

「杵の折れ」と名付くるものは、[四]上《うへ》つ方《かた》に愛《め》でさせたまひ、かしこく[五]扶《ふ》桑《さう》の奇《き》物《ぶつ》となれり。汝《なんぢ》、いづれの山に生《お》ひ出でて、いづれの里の[六]賤《しづ》が[七]碪《きぬた》の形見なるぞや。昔は[八]横《よこ》槌《づち》たり。今は花入《はないれ》と呼びて、[九]貴《き》人《にん》頭上の具に名を改む。[一〇]下《くだ》れるものは上《あが》り、上《うへ》なるものは必ず下《くだ》るといへり。人またかくのごとし。[一一]高

977 歳末の市に古法眼の古画が売物に出ている。それを見るにつけても、こんな名画を誰が手放したのだろう、没落に瀕《ひん》した旧家が年の瀬をしのぎかねて売りに出したのだろうかなどと、その出所が偲《しの》ばれて、しみじみとあわれな思いにさそわれる。

冬―年の暮。ふと目にした売物の古法眼に浮沈の激しい世相を感受。芭蕉の対人生態度も窺《うかが》える。中七が効果的。

◇古法眼　室町後期の高名な画家、狩野元信。永禄二年（一五五九）、八十五歳で没。

四　高貴な身分の人。五　日本の名物。六　身分の低い者。七　石または木の台に衣類を置き、木槌《きづち》で打ち柔らげ、光沢を出す道具。二〇五参照。「形見」は後身。生れ変りの意。八　碪や藁《わら》などを打つのに用いる槌。丸木で頭部を太い円筒状にし、下半分の把手《とつて》の部分を細く削って作ったもの。頭部の側面で打つので横槌という。両端が太く中央がくびれた形の手杵を真中で二つに折った形に似ているので、「杵の折れ」と呼んだのだろう。九　貴人の頭上に飾られる道具として…。花入れが釣《つり》花入れか掛花入れだったのでこう言ったもの。一〇　何事も下にあるものはいつかは上に上がり、上のものは必ず下がるといわれる。「必ず」は、出典に「心」とあるが、誤植とみて改めた。一一『易《えき》』の「居《テ》二上位《ニ》一而不《ズ》レ驕《ラ》、在《リテ》二下位《ニ》一而不《ズ》レ憂《ヘ》」による。

きに居て驕《おご》るべからず。低《ひき》きにありて恨むべからず。ただ世の中は[一]横槌なるべし

978 この槌《つち》のむかし椿《つばき》か梅の木か

[二]嗒山《たふざん》、[三]産業のために[四]江府《かうふ》に居る事三月《みつき》。[五]予は彼が朝寝を驚かせば、彼は予が宵寝《よひね》をたたきて[六]方寸《はうすん》を汲み知り、寝食をともにしたる人に似たり。今日《けふ》や故郷へ帰るを見送らんと、杖を曳《ひ》きてよろぼひ出《い》でたるに、秋の名残りもともに惜しまれて

一 この横槌のように、有為転変の激しいものであろう。

978 かつて碪《きぬた》を打つ横槌だったものが、今は花入れになっている。いったいこの槌のそもそもの昔は、椿の木だったのか、それとも梅の木だったのか。

春―椿・梅。前文は「杵の折れ」を擬人化したユーモラスな文体の中に、人生観照をこめた典型的な俳文。句はその結び。文を書いた季に即して椿と梅を持ち出した発想。

二 大垣の俳人。天和初年ごろからの門人。四七参照。三 家業。生業。四 江戸。五 私が彼の朝寝をたたき起すと。「驚かす」は目を覚まさせる意。六 お互いに心の底を知り尽し。

979 秋深く、広い武蔵野も草々はすでに末枯《うら》れ、旅行く君の笠には触るものもない。そのように君の旅は、なに妨げるものなく、恙《つつが》ないことであろう。

雑《ざふ》(無季)。「さはる」に「触る」「障る」(支障をきたす)の両意をきかせて旅路の無事を祝した送別句。前文の「秋の名残り」を受けて、句には季語を省略。「笠にさはるものなき」で草の末枯れた季節を暗示した。武蔵野の広さを讃《たた》えた著名な俗歌「武蔵野は月の入るべき山もなし草より出でて草にこそ入れ」(『扇の草子』など)をふまえた作意がある。

979 武蔵野《むさしの》やさはるものなき君が笠《かさ》　続寒菊

980 梅が香や見ぬ世の人に御意《ぎよい》を得る　続寒菊

980 梅の香が馥郁《ふくいく》と匂って、古い昔が恋い慕われる折から、「見ぬ世の人」ともいうべき雅《みや》びな昔人を思わせるお方に御意を得た幸いよ。

春—梅が香。『続寒菊』に「此句《この》は楚《そ》舟《しう》亭におはしたる時、〈初めて見《まみ》えたる人に対して〉との端書《はしがき》あり」と注記。初対面の挨拶とわかる。『徒然草』一三段「独り灯のもとに文《ぶん》を広げて見ぬ世の人を友とするぞ、こよなう慰むわざなる」を念頭においた。◇梅が香　古来、過ぎし昔を偲《しの》ぶよすがとされた。『徒然草』一九段「梅の匂ひにぞ、古《いにし》への事も立ち返り恋しう思ひ出でらるる」、『古今集』紀貫之「人はいさ心も知らず古里は花ぞ昔の香に匂ひける」などその例。◇見ぬ世の人　遠い昔の故人。句は現実の相手を雅びな昔人になぞらえて面白く言った。◇御意を得る　貴人にお目にかかる意。ユーモラスな口調で相手に親しみを示した作意。

存疑編

本文に採用した作品のほかに、主として江戸期の諸書に芭蕉の発句として載るものは七百数十句を数える。その内二百余句は他作者の作品を誤伝したことが立証されているが、残る五百数十句も芭蕉の真作と認めるには疑問のあるものや、殆んど偽作と断じてよいものを含んでいる。

本編には、右の内、真作の可能性のあるもののみを選んで掲げ、参考に供した。なお、昭和三十年以降、芭蕉発句の本文研究に重要な役割を果した左記の五書に、真作として扱われた句の内、本書において真作と認めなかったものは、参考のためにすべてこの項に加えた。

朝日古典全書『芭蕉句集』(昭和33年刊)、『校本芭蕉全集』発句篇(昭和37・38年刊)、『定本芭蕉大成』(昭和37年刊)、岩波文庫『芭蕉句集』(昭和45年刊)、古典俳文学大系『芭蕉集・全』(昭和45年刊)。

本編の編集要領は次の通りである。

イ、作品の表記要領は本文編に準じた。ただし異形句のあるものは、煩をさけて代表的な句形を出すにとどめた。

ロ、配列は索引を兼ねて、初句の表音式五十音順とした。

ハ、各々の句の下に掲げたのは、それらの出典である。

（前文略）

曙《あけぼの》や霧にうづまく鐘の声　続句空日記

暑き日や水ただよはず樹うごかず　つのもじ

油氷りともし火細き寝覚め哉《かな》　甚左衛門宛書簡

遊ブ二素堂ノ蓮池ニ一

雨の矢に蓮《はす》を射る芦戦へり　伝真蹟

いさみたつ鷹引き据《す》ゆる霰《あられ》哉　続深川集

いざ落花眼裏《がんり》の埃《ほこり》払はせん　旨原百歌仙

粟津にて

稲妻や海の面《おもて》をひらめかす　蕉翁句集

鶯や茶袋かかる庵《いほ》の垣《かき》　続寒菊

うとまるる身は梶原《かぢはら》か厄《やく》払ひ　射水川

木曾の桟《かけはし》の辺りにて落馬致しければ

馬士《うまかた》に落さるる身は木の子かな　杉風筆芭蕉翁像賛

北国にて

海に降る雨や恋しき浮身《うきみ》宿《やど》　藻塩袋

画賛

存疑編

この画書きたる人は外記《げき》何某《なにがし》とて、いまだ十一になり侍《はべ》るよし。まことにやさしき筆のすさみに、興もよほされて、ざれ句書き付け侍る

霞やら花の雲やら煙《けぶり》やら　禹柳伊勢紀行

風薫《かを》る越《こし》の白根を国の花　柞原集

からからと折ふしすごし竹の霜　甚左衛門宛書簡

刈り跡やものにまぎれぬ蕎麦《そば》の茎　芭蕉句選拾遺

春吟《しゆんぎん》

勢《きほ》ひあり氷消えては滝津《たきつ》魚《うを》　新みなし栗

来てみれば獅子《しし》に牡丹の住居《すまひ》哉《かな》　新修大垣市史

八橋《やつはし》にて

ここも駿河《するが》むらさき麦のかきつばた　伝真蹟短冊

藤川

爰《ここ》も三河《みかは》むらさき麦のかきつばた　俳諧伊良胡崎

こだまぐさ呼ぶは山辺の柿の本　年々艸

米のなき時は瓢《ふくべ》に女郎花《をみなへし》　七柏集

皀角子《さいかし》の実はそのままの落葉哉　続寒菊

夢想

捧げたり二月中旬初茄子《はつなすび》　俳諧一葉集

しぐれ行くや船の舳綱《へづな》に取り付きて　柱暦

新《しん》麦《むぎ》や筍《たけのこ》時《どき》の草の庵　蕉句後拾遺

煤掃之《すすはきの》説《せつ》（文略）

すすはきや暮れゆく宿の高《たか》鼾《いびき》　芭蕉庵小文庫

簟《たかむしろ》鱠《なます》喰《く》うたる坊主哉《かな》　頭陀袋

頼むぞよ寝酒なき夜の古《ふる》紙《かみ》子《こ》　その浜ゆふ

蝶鳥の知らぬ花あり秋の空　芭蕉句選拾遺

柳陰軒にて

散る柳あるじも我も鐘を聞く　俳諧一葉集

月の夜や汲まぬ野井戸も覗《のぞ》かるる　伝真蹟画賛

つつしみは花の中なる柊《ひらぎ》哉　六芸

金龍寺の桜は古曾部《こそべ》の能因、入相《いりあひ》の鐘に風情《ふぜい》を残されしもゆかしと、見にまかり侍《はべ》るとて

当山《たうざん》は散りけるをこそ花盛り　花のちり

鳴く鹿や似合はぬ角の二本まで　宰陀稿本

根は月に枯れてその芋殻《いもがら》や雪の飯《めし》　伝真蹟短冊

美濃の山中にて

剝がれつつ身には砧《きぬた》のひびき哉　誹諧箱伝授

萩の露米つく宿の隣かな　泊船集書入

初月《はつづき》や向ひに家のなき所　俳諧古選

羽《は》箒《ばうき》の妻もやあらん帰る雁　年々艸

半《はん》日《じつ》の雨より長し糸桜　卓袋宛書簡

濁子《ぢよくし》が妻の許《もと》より、冬籠《ふゆごも》りの料とて進ぜければ

火を焚いて今宵は屋根の霜消さん　ばせを翁略伝

東よりめぐむや梅の年男《としをとこ》　あさくのみ

昼見れば首筋赤きほたる哉　芭蕉句選

拾ふ年貰ひてもがなただくりう　己年歳旦

富士に行き椿に隠れ家に出づ　俳諧反古集

降る雪の山に山をぞ重ねける　伝真蹟短冊

松島や夏を衣裳に月と水　衣裳塚

峰過《すご》す別れも鷹の眼《まなこ》かな　花膾

武蔵野に広ごる菊のひとかぶた　伝真蹟自画賛

無常哉《かな》脂《し》燭《そく》の煙破れ蚊《が》屋《や》　伝真蹟短冊

名月の夜や重《おも》々《おも》と茶臼山　射水川

門《もん》に入《い》れば梅が香にほふ藪の中　真蹟懐紙

山ざくら象《しやう》戯《ぎ》の盤《ばん》を片荷かな　旨原百歌仙

長崎山に信宿して

山里はまた静かなる明けの春　伝真蹟自画賛

山鳥よ我もかも寝ん宵まどひ　雪の尾花

行くすゑは誰《た》が肌ふれん紅の花　西華集

田家《でんか》に宿りて

嫁はつらき茄子《なすび》枯るるや豆名月　宝の市

我が黒髪撫で付けにして頭巾《づきん》かな　俳諧真澄の鏡

我が宿の淋《さび》しさ思へ桐一葉　旨原百歌仙

解説

芭蕉の発句――その芸境の展開

今 栄蔵

総説──俳諧史の中の芭蕉

芭蕉の郷里伊賀上野（三重県上野市）の門人服部土芳《とほう》のつぎの一文は、芭蕉俳諧を歴史的に端的に位置づけたものとして、けだし古今の名言である。

それ、俳諧といふことはじまりて、代々《よよ》利口のみに戯れ、先達《せんだつ》つひに誠を知らず。中ごろ難波の梅翁《ばいをう》（西山宗因）、自由をふるひて世上に広しといへども、中分《ちゆうぶん》（中程度）以下にして、いまだ詞《ことば》をもつてかしこき名なり。しかるに亡師芭蕉翁、この道に出《い》でて三十余年、俳諧はじめて実《じつ》を得たり。師の俳諧は、名は昔の名にして、昔の俳諧にあらず。誠の俳諧なり。

されば、俳諧の名ありて、そのものに誠なきがごとく代々押し移ることいかにぞや。……わが師は誠なきもの（俳諧）に誠を備へ、永く世の先達となる。まことに、代々久しく過ぎて、このとき俳諧に誠を得ること、天まさにこの人の腸《はらわた》を待てるや。師はいかなる人ぞ。（『三冊子《さんぞうし》』）

ここにいう「誠」はいわゆる「風雅の誠」にほかならないが、それは現代ふうにいえば、自然や人生の実相に深く迫ろうとする純粋至高の詩精神とも翻訳できようか。芭蕉の俳諧が『万葉』『新古今』とならぶ日本詩歌史上の三大高峰の一つとして高く評価され、没後三百年になろうとする今日もなお依然として人の心をうつものをもつに至ったのも、この詩精神によって、貴族支配階級の文学として栄えてきた和歌連歌の優美とはまた別趣の、庶民詩としての新たな生命を俳諧に吹きこむことができたからであった。

しかしその芭蕉といえども、はじめから「誠の俳諧」を自覚したわけではなかった。そこに至るまでには長い道程が必要であった。それは一種の歴史的宿命を背負った道程であった。

そもそも「俳諧」とは土芳のいう「利口」、すなわち弁舌巧みにおどけ・しゃれをいうこと、つまりは機知・滑稽を意味する普通名詞であった。それがひとつの文学ジャンルの名称として本格的に定着するのは室町時代も後期のことと見てよかろう。明応八年（一四九九）に史上最初の俳諧単独の集『竹馬《ちくば》狂吟集』（撰者未詳）が編まれ、つづいて天文（一五三二〜五四）初年に山崎宗鑑《そうかん》撰の『誹諧之連《はいかいのれん》歌抄《がしよう》』（いわゆる『犬筑波集』）が現れたり、同九年に荒木田守武《もりたけ》の大作『誹諧之連歌』（いわゆる『守武千句』）が出たりして、この道が勃興《ぼつこう》期に入った十五世紀の末から十六世紀の前葉にかけての時代である。「誹諧之連歌」は文字どおり「滑稽な連歌」の意味でそのころから慣用された言葉でもあった。事実、これらの集に収められた作品をみると、俗語を自由に駆使し、縁語・掛詞・もじり・比喩《ひゆ》見立て、非論理・反常識の意外性、卑猥《ひわい》・不道徳など、滑稽化のためのあらゆる表現手段が自然発生的な形ですでに自在に試行しつくされている観さえあった。そしてそれが、当時全盛期だった連歌が和歌的優美の世界を理想としていたのに対して、文学形式はそれと同じでありながら、言葉の洒落《しやれ》滑稽をもてあそぶ卑俗な連歌の意味で「誹諧之連歌」と呼びならわされたのである。この「誹諧之連歌」がやがて単に「誹諧」と略称され、のちに「俳諧」という表記に統一される。

要するに俳諧は本来的に滑稽文学であった。土芳は「代々利口のみに戯れ、先達つひに誠を知らず」というけれども、その「利口の戯れ」がとりもなおさず俳諧本来の姿であった。従って、室町後期に出来あがった風調は、俳諧が江戸期を迎えて一大発展期に入ってからも、何の疑いもなく踏襲される。具体的にいえば、寛永（一六二四〜四三）の初めごろから約半世紀にわたって全国の俳調を支配した貞門流も、延宝（一六七三〜八〇）元年前後から約十年の全盛期を誇った宗因風（いわゆる談林）も、その風調に多少の曲折はあるものの、基本的には室町俳諧の延長という点で一貫した体質を持っていた。『竹馬狂吟集』を起点として数えるならば、同じ風調の俳諧がほぼ二世紀にわたって連綿として繰り返されたということになる。

そして芭蕉もまた、はじめはこの大きな潮流に揉《も》まれざるをえなかったのである。というよりも、若き日の芭蕉はむしろこの滑稽専一の文学に異常な情熱を燃やしてこの道を選んだ。郷里の少年時代、寛文元年（一六六一・芭蕉十八歳）前後から当時流行の貞門風を学び、情熱の赴くところ、寛文十二年二十九歳で俳諧宗匠を志して江戸に出てから延宝の末までは、貞門に代って新たな流行勢力となった宗因風に心酔しつつ宗匠の地位を確立し、一派を築くなど、みずから積極的に滑稽の時流に棹《さお》さした。その間ほぼ二十年。土芳もいうとおり、芭蕉の俳諧人生は「三十余年」におよぶが、その三分の二をしめる歳月を、芭蕉もまた「利口」の俳諧に費やしたわけで、図式的にいえば、「誠の俳諧」の創造に費やした時間は最後の十年間にすぎなかったということにもなる。

しかし芭蕉はやはり俳諧史上もっとも恵まれた時代に生れあわせたというべきだった。歴史の歯車はまるで芭蕉の天才を引き出す好機をねらって回転していたかのようである。そしてその機会は芭蕉が俳諧に入って二十年、ようやく言葉の滑稽のむなしさを感じはじめたちょうどそのころ、二百年来の言語遊戯俳諧そのものがついにその滑稽の種を食い尽したかのごとくに、宗因風の末期に当って完全にゆきづまり、俳壇全体が俳諧の在り方に新たな転換を強いられるという形でやってきた。問題はいわば芭蕉の外側から不可避的に迫ってきたのだともいえる。

俳壇ではこのゆきづまりを突破するための種々さまざまな革新案が一挙に入り乱れて起った。ある者は極端な字余り・字足らずの異常な破調句を試み、ある者は正常な語順をわざと転倒させる倒語趣味を打ち出し、あるいは漢文訓読の表記を導入し、漢詩口調に特色を求める者、あるいは謎《なぞ》句を巧んで新しがる者等々が現れ、それらが二重三重にからみあって、天和(一六八一～八四)を中心とする四、五年の間、俳壇の新流行体とさえなった。しかしその実態はゆきづまりの原因となった言語遊戯の体質をそのままにしておいて、ただ末梢《まつしよう》的な外形の変革に奔走したというにすぎなかった。先の見通しのない暗中模索。それがこのときの俳壇の趨勢《すうせい》であった。芭蕉もまたその渦中にあって同じ模索を繰り返していたかに見える。

しかし芭蕉がその真価を発揮しはじめるのもまた、じつにこの模索をきっかけにしてであった。俳壇人の一人として同じような模索をつづけながらも、大多数の俳諧師たちの目標が俳諧をどう作るかという技術面の問題に終始していたのに対して、芭蕉は、人間とは何か、人生とは何かという、文学・芸術の根本問題から俳諧を問いなおしていた。そして俳諧の新しい道への蘇生はここからはじまる。

それにしても芭蕉をそういう思索に駆りたてたものは何であったか。それは中国古代の『荘子《そうじ》』の宇宙哲学・人生哲学による啓示と、中国・日本の古典に見られる理想的文人像とその純粋高雅な文学精神への熾烈《しれつ》な憧憬《どうけい》の情にほかならなかった。もっとも、『荘子』は宗因風の理論的裏付けとされた「寓言」(三五六頁参照)をとおして当時一般の俳人に広く親しまれ、和漢の古典の詩歌文章は本歌本《ほんかほん》説《ぜつ》取りの材料として、これまた俳人必須《ひっす》の教養とされていたから、芭蕉だけが特殊な本を読んだというわけではない。ただ、大多数の人々にとってはそれが本歌本説取りのための単なる知識の対象でしかなかったのに対して、芭蕉がひとりその奥に流れる思想・精神の根元に魂の触手でじかに触れることができたところに、天地霄壌《しょうじょう》の大きなちがいがあった。そして、時代の平均的な享受の態度とは異質のこの対応の仕方にこそ、芭蕉の持って生れた独特の個性の光があった。

芭蕉における最も特質的な個性——。それは芭蕉みずからが己れの本質を告白した、「百骸九竅《ひゃくがいきゅうけう》の中に物あり、仮りに名づけて風羅坊《ふうらばう》といふ。まことに羅《うすもの》の風に破れやすからんことをいふにやあらん」（私の体の中になにか得体の知れぬ或る物が住んでいる。私はその内なる物を仮りに名づけて風羅坊と呼んでいる。じっさいそれは薄い絹織物が風に破れやすいようにすぐ傷み疵《きず》ついてしまうことをいうのでもあろうか——『笈の小文』の一文に端的に象徴されている。いうなればそれは肉体の底から己れを衝き動かす、強烈にしてしかも鋭敏繊細な感受性であった。芭蕉の芸術創造の秘密をとく最後の鍵は、おそらくこの天与の個性の美質をぬきにして考えられないであろうが、この個性が、歴史的なゆきづまりに瀕《ひん》した俳諧の転換を模索する中で豁然《かつぜん》として目覚め、人々にとって知識の形骸にすぎなかった古典の、内なる思想と精神を鋭く感受することができたのである。

芭蕉の個性の歯車と歴史の歯車とが、〝時の女神〟の手でうまくかみあわされたとでもいおうか。土芳にいわせるならば「このとき俳諧に誠を得ること、天まさにこの人の腸を待てるや」であって、いわゆる「誠の俳諧」はここにおいて芽生え、俳諧は言語遊戯の戯笑文学から、自然と人生と言葉の詩性とに深く根をおろした純粋詩へと大きく転換しはじめるのである。

芭蕉が模索の数年を乗りこえて「誠の俳諧」に第一歩をふみだすのは、貞享元年（一六八四）、四十一歳の『野ざらし紀行』の旅からである。「誠の俳諧」としての純粋詩の基本的性格はこのとき定まった。しかしそれはあくまで第一歩にすぎなかった。土芳は「(誠を)責むる者はその地(同じ所)に足を据ゑがたく、一歩自然に進む理《ことわ》りなり」(『三冊子』)と言ったが、これはとりもなおさず芭蕉の精神にほかならなかった。「誠」は固定した形ではなく、「責める」ことによって無限に深化するという自覚――芭蕉はこの自覚のもとに言葉の芸術としての俳諧のあらゆる可能性をさぐることに、残る十年間の人生のすべてを賭けることになる。その詳細については後述の各論にゆずるが、大局的観点から見れば、超俗的な唯美主義へと飛翔《ひしよう》する貞享期から、奥の細道の旅を経たあと、唯美主義にまつわる弊を超克して現実なるものへの回帰を志すいわゆる『猿蓑《さるみの》』期における初期「かるみ」への展開、さらにこの風調を徹底深化させつつ世俗の卑近な庶民生活の哀歓の中に実人生の真理を求め、これを日常の平淡な言葉の中に捉《とら》え尽すことによって、庶民詩としての俳諧を完成の域まで高めた、最晩年の「かるみ」の風《ふう》へと、ほぼ三段階の発展をとげることになる。

一方、俳壇的にみれば、『野ざらし紀行』の旅中作、中でも貞享二年の初頭に刊行された連句集『冬の日』の新風調は、模索の中で途方を失っていた俳壇にしずかなブームを呼び起した。もっとも、当時の俳壇は天下の著名人だった宗因の没後、飛び抜けた権威者はいなくなり、知名度の相似た俳諧師のいわば群雄割拠時代に入っていた。芭蕉もまたその芸術の質はともあれ、俳壇的には群雄――俳壇中とくに抜きん出た名士の意でいうのだが――の一人にすぎなかった。かつては貞徳や宗因の発言がそのまま全俳壇的に信奉されたものだったが、いまは群雄の一人の発言によってたちまちセンセーションが起る時代ではなくなっていた。そういう状況の中では『冬の日』の新調も、芭蕉身辺の知友門人はともかくとして、俳壇一般にはただちに〝芭蕉風〟の名で普及することはなく、いわば主《ぬし》のない風とでもいうように、漠然と「優美体」とか「連歌調」とかの評語で流布するにすぎなかった。

にもかかわらず、行き場を見失っていた俳壇はしずかに、しかしゆるぎなくこの方向へと流れを変えはじめ、元禄（一六八八〜一七〇三）に入ると、当時なお依然として全国文化界の中枢をにぎっていた京都からこの風の解説者が年々続々と現れ、これを元禄の「当流」という言葉で説く解説書が重版に重版をかさねて、この名のもとに急速に広く俳壇に定着してゆくという経過をたどった。その結果、当時の歴史的実況としては芭蕉自身の蕉風もこの元禄風という一般的風調の中に組み込まれてしまうという外観を呈した。

俳壇がこの元禄風のそもそもの初めの開拓者は芭蕉だったのだと冷静にふり返って見直すようになるのは、芭蕉の没後であったといってよい。むろんその芸境の高さは生存中にすでに注目され、中でも俳壇の世俗にかかわらぬ変った隠者としていちもく置かれた存在だったのは確かである。しかしその〝偉大さ〟がにわかに見直されるようになるのは、やはり没後であった。元禄十年に、生前の芭蕉とは縁もなかった京の鷺水という俳諧師が芭蕉を「日東《にっとう》の杜子美《としみ》（日本の杜甫）、今の世の西行」（『誹林良材』）とまで絶賛しているのは、俳壇一般がそのころ、芭蕉俳諧の群を抜く質の高さを今更のように見直しはじめていた証拠の一例であるが、元禄十五年に至って京の轍士が元禄風の起ってきた発端のころを歴史的に回顧して、「武州深川松尾桃青（芭蕉）出でて、意味深長なることを述べて美《うる》はしく仕《し》なしたるより、国々思ひつきて」この風が広く流行したのだ（『花見車』）と、先駆者としての芭蕉を明確に位置づけたのも、これまた全俳壇的な認識を代弁したものにほかならなかった。

芭蕉はこうしてその没後、元禄の後半になって、芸境そのものの質の高さと、転換期の俳諧に果した先駆者としての役割とを再認識され、全俳壇的な人気を一挙に高めることになる。そしてこの人気上昇気運をバックにした芭蕉直門の強力な俳諧師たちが全国各地に活発な〝伝道活動〟を繰り広げたことによって蕉門は年を追って巨大な俳壇勢力に発展し、その権威に追従、あるいはこれを利用する者が後世いよいよ盛んに繁殖して蕉門は末広がりに世に栄え、芭蕉はその頂点に祭り上げられて「俳聖」と仰がれることになるのである。

ところで、ここでふりかえって芭蕉三十余年の俳諧生活を展望してみるならば、もっとも興味ぶかいことのひとつは、芭蕉がその必ずしも長かったとはいえない時間の中で、俳諧という形式の文学にとって可能な、ほとんどあらゆる表現方式を身をもって経験し尽しているということであろう。俳諧の風調は芭蕉以後も時代時代によってさまざまな変遷を繰り返すが、それらの原型はすべて、芭蕉が最初期から終焉《しゅうえん》までの間に経験したものの中に含み込まれているといっても過言ではなかった。それだけのバリエーションを持ちえたのは、芭蕉が言語遊戯俳諧の歴史の末期からこの道に入ってその歴史的宿命的なゆきづまりの時代に際会し、みずから先頭を切ってこれを新しい純粋詩へと方向転換させるという、歴史的な曲り角の時代にめぐりあわせたからにほかならないのである。芭蕉生涯の全作品――といっても本書の場合、それは発句の分野に限ってのことだが――を読むことは、その意味においても興味ぶかいものがある。

以下、芭蕉発句における作風の展開を順を追って解説する。各章標題下の数字は本文の作品番号であって、その章の対象となる作品の範囲（時代区分）を示すために加えたものである。

貞門風と芭蕉　　本文一～五三番句

俳諧は室町期に言語遊戯の滑稽文学として、その技法を自然発生的にすでに十分整えていた観があり、以後織豊時代も含めて年を追って全国的に流行の輪を広げてきたが、それはあくまで、連歌の会の余興や茶前酒後の座興にその場限りで言い捨てにされる戯れごととしてであった。つまり独立した文学とは認められず、従って作品として記録される習慣もなかった。しかしこうした蔑視《べっし》観も、十七世紀初頭、江戸時代に入ったころから急に変ってくる。要するに、その伝統的蔑視観とはうらはらに、気楽な息抜きとして愛好する人々がますます急増してゆく情勢の中で、その価値を積極的に評価しようとする気風が広く強まり、さらにこれを独立の価値ある文学として自立させようとする気運が高まってきたのである。そしてその推進の中核となり、やがて全国の俳壇と俳風の支配者となったのが、京都の松永貞徳を最高指導者と仰ぐ、いわゆる貞門の一派であった。

貞門の活動が表面化するのは寛永（一六二四～四三）の初めごろからで、やがて同十年、当代の新文明である木版印刷というマスコミ発達の波に乗って、史上初の出版俳諧集『犬子《えのこ》集』（重頼《しげより》撰）を公《おおやけ》にしたのを皮切りに、寛永の末から約十年の間に、貞徳以下、徳元・立圃《りゅうほ》・重頼・貞室・西武《さいむ》・季吟らの指導者がつぎつぎと俳諧の作法指南書を出版したことによって、これまで確かな理論も作法基準もなかった俳諧の指針がはじめて広く大衆作者の間に浸透し、俳諧は飛躍的な発展期を迎える。

このいわゆる貞門風は、本質的には、室町俳諧以来の言語遊戯の体質をそのまま受けついでいるが、これを「俳諧は俳言《はいごん》をもつて賦《ふ》する連歌」だと規定したところに、その基本的性格が見られる。すなわち、俳言とは優美を理想とする伝統和歌や連歌では用いられない俗語や漢語のことだが、これによって連歌とは異なる俳諧の通俗性を確保し、庶民文学としての性格を特色づけようとしたのである。しかし一方、言い捨てにすぎなかった俳諧の権威を高めるために、伝統連歌に近づく必要も認めた。その結果、室町俳諧の滑稽手法のうち、文体的に当時の連歌界の好みに合わなかったもの――非論理・反常識の意外性による笑い——を切り捨て、あるいは卑猥・不道徳的なものによる笑いを否定もしくは抑制して、上品な俳諧を志向するようになった。「貞徳老人の俳諧はやさしきを体として、をかしきを用とす」（『玉くしげ』）ともいわれたゆえんだが、「やさしき」とは連歌風の温雅な文体を意味する言葉であった。

その作調を重頼著の作法書『毛《け》吹《ふき》草』（正保二年一六四五刊）によって見ることにしよう。

(1)皆人《みなびと》の昼寝の種や秋の月　（心の発句）
(2)川岸の洞《ほら》は蛍の瓦灯《ぐわとう》かな　（見立て）
(3)雨露《あめつゆ》は木々のいろはの師匠かな　（言ひ立て）
(4)恙《つつが》なく咲くや卯木《うつぎ》の穴かしこ　（秀句）
(5)いろいろに変ずる花はつばけかな　（五音相通）
(6)実も入《い》らで竹にすがるやがきささげ　（清濁）
(7)猫足の膳で食はばや鼠茸《ねずみたけ》　（対物）
(8)蚊食ふばかり寝がたく見ゆる夜中《よなか》かな　（本歌の俤《おもかげ》）
(9)折らずんば空し宝の山桜　（世話）
(10)ほととぎはまだ巣籠《すごも》りか声もなし　（なぞ）

これらは同作法書に、俳諧発句の望ましい姿として掲げられているもので、下の（　）内の語は重頼によって分類された表現手法の名目である。(1)は、秋になると人々はみな月見で夜ふかしして翌日は昼寝せねばならぬ、というもので、秋月の美を讃《たた》える主旨だが、その秋月を昼寝の種（原因）と見なした見なし方、つまりは「見立て」の機知におかしみがあった。(2)は、川岸の洞穴の中に蛍が光っているのを瓦灯（灯火をともす陶製の道具）に見立てたもの。⑶は、雨露が木々の葉を染めて紅や黄に色づかせるので、木々を色葉――「いろは」に導く師匠だと擬人的に言い立てた作。これも見立ての類である。⑷は真白な卯木の花が美しく咲いたのを「あなかしこ」と謹んで眺めるさまだが、感動詞の「あな」を、卯木（茎の中が空洞で空木とも書く）の縁語「穴」に言い掛けた洒落、すなわち「秀句《しゅうく》」である。⑸は品種改良で種々変った花を咲かせるツバキをツバケ（化《ば》け）ともじったおかしみ。この種、語中の一音を五十音図の同じ行の他の音にもじるのが五音相通《ごいんそうつう》で、俗に「かすり」とも呼ばれた。⑹は実の入らぬ垣《かき》の大角豆《ささげ》を餓飢《がき》大角豆だと、清を濁に変えたもじりの滑稽。⑺は「猫が鼠を食う」の常識をふまえて、猫足膳（脚部が猫の脚形に湾曲した膳）で鼠茸を食いたいものだとした、機知の連想による滑稽。⑻は「かくばかり経がたく見ゆる世の中にうらやましくも澄める月かな」（『拾遺集』）という古歌のもじり。⑼は諺《ことわざ》（世話）「宝の山に入《い》りながら手を空しうして帰る」をふまえた作で、「宝の山」に「山桜」と掛け、「山に入らずんば」を「折らずんば」とかすらせ、一枝なりと折って帰らねば心残りだとした。⑽は「ほととぎす」の「す」を「巣」の中に隠したところが謎だが、要するに言葉の分解遊びであり、ほととぎすがなかなか初音を鳴かぬのを恨んで、まだ巣籠《ごも》りの不完全な雛という心で「ほととぎ」という中途はんぱな言い方をしたぎごちなさに滑稽味がある。

『毛吹草』はほかにも多くの名目を示すが、基本的には右の手法と大同小異で、貞門の言語遊戯は一般的傾向としておよそ以上のようなものだったと見てよい。中でも見立てと、縁語・掛詞の機知による滑稽が主流をなした。また俳諧が単なるばさらごと（戯れ事）でない証《あかし》として古典の知識をふまえた作品が推奨され、これが俳諧を嗜《たしな》む人々の教養を向上させ、伝統の浅い俳諧の文学的地位を権威あるものに高める基にもなった。

芭蕉が生れたのは、この貞門俳諧がまさに新興の気に満ちあふれていた最中の正保元年（一六四四）のことだった。貞門派の勢力はその後いよいよ急速に盛大となり、その風は全国津々浦々に浸透していった。芭蕉の郷里伊賀上野は山深い田舎町であったが、津の藤堂藩が支城を置いて伊賀一国の政治・経済の中心地とした城下町でもあり、京都にも近かっただけに、新興俳諧の洗礼を受けることも比較的早かった。

そんな中で、芭蕉は十代の末ごろから俳諧を学びはじめた。その正確な年齢は不明だが、寛文二年十九歳の作と確定できる作品(一)があるところを見れば、遅くもその年か、実際上はこれを多少遡《さかのぼ》る十七、八歳ごろには習作をはじめていたと想像される。それからの俳歴は「付録」の略年譜に見られるように、二十一歳で『佐夜中山集』に初入集以後、寛文年間に九書、延宝に入って三年までの三書も江戸に移住する寛文十二年以前の投句だったから、在郷中の入集は合わせて十二書となる。

この成績は二十代の地方俳人としては、当時抜群の部に入った。もちろん、俳諧といえば仲間と連句を巻くことが主体だった時代であるから、芭蕉――当時は宗房《そうぼう》と号す――にも当然仲間がいた。その交渉の明らかな者に、上野の富商で先輩俳人の保川《やすかわ》一笑・窪田正好の二人がおり、芭蕉の俳諧入門もこの人々の導きによるものと推測される。二人はまた、伊賀城付き五千石の侍大将《さむらいだいしょう》藤堂新七郎良《よし》精《きよ》の御曹子で俳諧好きの主計良忠《かずえよしただ》・俳号蟬吟《せんぎん》とも俳交があり、芭蕉も二先輩に加わって蟬吟邸に伺候するうちに、同家の奉公人としてはじめて職を得るという経緯もあった。

それはさておき、この四人は上野中で最も熱心な俳諧グループを形成し、寛文五年ごろにはそろって京の北村季吟の直系俳人に加わっていた。そして七年、宗房も発句二十八句・付句《つけく》三句という大量入集を見せた季吟監修『続山井《ぞくやまのい》』には、他の伊賀作者がほとんど一、二句から数句どまりという中で、一笑四十八・正好四十一・蟬吟三十三とそろって大量入集している。この人々の寛文末までの入集回数を見ると、蟬吟は同六年に早世しているからさておいて、正好は十三回、一笑は十二回を記録する。大多数の伊賀俳人は一ないし三回、多くて五回という状態だったから、グループの成績は明らかにずばぬけており、そこにこの仲間に伍《ご》して活躍していた若き宗房の姿が如実にうかがえるのである。

むろんその作品は時代の風調に忠実なものであった。俳壇は寛文期も依然として貞門風の支配下にあったが、千篇一律で変化に乏しかったその風にも、それなりの流行の変化があり、寛文初年ごろからは本歌本説取りの風が非常な勢いで流行していた。

宗房時代の発句作品で現存するもの五十三句。その手法を見ると、当然、貞門風の基本骨法である縁語・掛詞による機知の滑稽を主体としているが、その中でも二つの主傾向が目につく。一つは「見立て」の作が多いことで、二十句あまりあり、そのうち擬人的見立てが八割ほどと圧倒的に顕著な傾向を示している。しかしそれは『毛吹草』の例(1)(2)(3)にも見られる貞門風の基本的骨法であって、俳壇一般に根強く広まっていた風調にほかならなかった。

もう一つがすなわち本歌本説取りの作である。本歌本説をもじることの滑稽は『毛吹草』の例(8)(9)にも見られた貞門初期からの——遡れば室町俳諧以来の——一風であったが、それが散文界や狂歌界で盛んになりはじめたもじり趣味の影響を受ける形で、俳壇でも寛文初年から一挙に大流行をまき起し、中でも古歌と謡曲のもじりが主流をなした。宗房においては、『古今集』『伊勢物語』その他の古典の和歌や文章のもじり十一句、謡曲によるもの四・諺四・小歌三・漢文学一と、計二十三例を見るが、そこに寛文期の新流行を懸命に追いかけていた宗房の姿勢をかいまみることができるであろう。

『貝おほひ』の創造性

総じて貞門風の言語遊戯には限られた一定の型があり、作者個人の特色を発揮できる部分はきわめて少なかった。できるだけ珍しい素材を、人のまだ試みたことのない新奇な機知で色づけするのが秀作の決め手となったが、その可能性は、連句ではともかく、とくに発句には一般に著しく限られていた。宗房の作品が基本や流行に忠実で、さしたる特色がないように見えるのも、必ずしも、まだ二十代の素人俳人だからという理由だけで片付けられない部分もあった。それというのも、宗房は発句の場を離れた自撰の句合《くあわせ》集『貝おほひ』では、自由自在に、エネルギッシュにその個性を発散させているからである。

『貝おほひ』は、上野の小俳壇では最有力俳人として自他ともに許す存在になっていたであろう宗房が寛文十二年の正月、土地の俳人三十六名から、流行小歌や奴《やっこ》言葉などの流行語を詠みこんだすこぶる当世風な発句をつのり、これを三十番の発句合《ほっくあわせ》に仕立て、みずから判者となってこれに勝負の判詞(判定の言葉)を加え、一巻となして郷土の文学の神・菅原社に奉納したものである。それは発句も当世風なら、判詞では発句をさらに上回る当世風を発散させ、参加作品と判詞との交響で全編を笑いの坩堝《るつぼ》に化した観さえある滑稽作品であった。二十五番目を一例として引こう。

左　　　　　　　　　　　　　　鼻毛

しやうことがたまらぬ物はみぞれ哉《かな》

右勝　　　　　　　　　　　　　一入

みぞれ酒元来《ぐわんらい》水ぢやと思《おぼ》し召せ

左の句、「しやうことがたまらぬ」と言はれしは、霙《みぞれ》のふる句とも見えず、我も面白うてたまらぬに、右は「元来水ぢや」といふ小歌を霙酒に作られたるは、桶《をけ》の底意《そこい》深く言ひ立てられ樽《たる》の鏡ともなるべき句なれば、燗鍋《かんなべ》のふた目とも見ず、かちのかちと定めぬ。されど判者もひとつ過ぎて、耳熱《ねつ》し、目もちろちろりの見ぞれ酒、飲みこみ違へもありやせん。かやうに賞むるとも、さのみ勿体《もったい》つけさすな。

〔注〕左句の「しやうことがたまらぬ」はしようがない意の流行語。これに「溜まらぬ」の意を掛けて、霙は降るとすぐ消えて雪のように白く溜まらぬ、全くしようがないものよ、とした。右句、「みぞれ酒」は麹《こうじ》を霰《あられ》のように浮べた、奈良名産の酒。「元来水ぢや」は流行歌の文句。「みぞれ」に「見逸《そ》れ」と掛けて、甘い霙酒も元来はただの水だ、そこを見誤るなと茶化した作。

判詞はもともと勝負を宣告し、またその宣告の理由を述べる実用的な目的のものであるが、宗房の場合は、その実用性だけに終らず、むしろ、句中の文句に巧みに引っかけた縁語・掛詞を縦横無尽に操って面白おかしく洒落のめす、その滑稽味を読ませようとする創作意識がすこぶる顕著である。本文は、負けた左句については、「霙の降る」に「古」と掛けて「古句」(陳腐な古臭《くさ》い句)とは見えぬと慰め、句中の語を逆用して「面白うてたまらぬ」と顔を立ててやる。右句では酒の縁語を息も継がせずつぎつぎと繰り出し、「桶の底」に「底意」(下心)、「樽」には「言ひ立てられたる」と利かせ、樽から「鏡」(樽の蓋《ふた》と物事の手本の掛詞)を出し、「燗鍋の蓋」に「二」を掛けて「二目とも見ず」勝を決定したと主旨を述べつつも、さらに酒の縁で「判者もひとつ過ぎ」(一杯やりすぎ)、目も「ちろちろり」(酒を燗する銚釐《ちろり》を掛ける)で「見逸《そ》れ」の危険もあるぞというところで「みぞれ酒」を利かせ、重ねて「飲みこみ違へ」に判者の了簡《りようけん》違いもあるぞの意を利かせて、勝ってもあまりもったいぶるなと、勝者をも揶揄《やゆ》してギャフンといわせる始末である。

『貝おほひ』は全巻すべてこの調子で、洒落とおどけと機知と才気に満ちた一つの統一的な滑稽的創作として成功をかち得ている。そこに才気煥発《かんぱつ》の宗房の個性を見ることができると同時に、滑稽という一つの文芸価値に向けてひとすじに自己を統御してゆく、徹底した創造的意志の強さを認めざるをえない。そしてそこには後年の芭蕉の創造的個性が早くもその片鱗《へんりん》をのぞかせている観すらあるのである。

若い宗房は本書の出来ばえに大きな自信を持ったに相違ない。宗房はこのあといくほどもない春のうちに、俳諧師として雄飛すべく大望を抱いて江戸に移住するが、そのとき本書の原稿をたずさえて、移住後まもなくこれを出版するのである。

宗因風（談林）と芭蕉　　本文五四～一三五番句

芭蕉が江戸に移住したちょうどそのころ、俳壇は旧貞門体制がくずれて宗因風――後世これを談林風と呼び習わす――の時代に変ろうとしていた。

この半世紀、俳壇は貞門風一色のように見えながら、底辺ではかなり早いころから若い世代の不満がくすぶりつづけていた。その目立った原因の一つは、貞門が俗語を俳諧に不可欠のものと定めながらも、反面では新しすぎる俗語や卑俗すぎる俗語の使用を極力抑えようとしたことにあった。もう一つは、「やさしきを体」として連歌に近い上品さを志向した結果、勢い滑稽味が微弱なものに終らざるをえない点にあった。いずれも、俳諧の地位を高めようとした建設期の指導者たちの配慮だったが、遊廓・歌舞伎・浄瑠璃《じょうるり》芝居の繁昌に象徴される寛濶《かんかつ》な新時代の若い庶民感覚の前では、それはすでに時代遅れに帰していたのである。

この大衆的不満に応《こた》えたのが西山宗因の俳諧である。宗因は本職が連歌師で、それも格式の高い大坂天満宮連歌所の宗匠として大名貴紳の間にも文名の高い文壇の名士でもあったから、連歌より次元の低い俳諧はむろん気楽な余技でしかなかった。しかしその気楽さが宗因の俳諧観に自由さを与え、貞徳のように連歌に近づけることで俳諧の地位向上を計ろうなどとは考えずに、むしろ俳諧は俳諧なりに本来の通俗と滑稽に徹すべきものだとした。そしてその手本を室町期の『守武《もりたけ》千句』に求めたのである。

『守武千句』の特徴的な傾向は、貞徳が連歌界の好みに合わずとして排斥した、非論理・反常識の意外性から醸し出される、強烈な滑稽味にあった。たとえば、

瘡《かさ》の治るは平《へい》家《け》なりけり

幼いに大《お》原《はら》御《ご》幸《かう》や飲ますらん

という付句《つけく》がある。前句《まえく》は源平藤橘と並び称される名家の平家を瘡かきに仕立てた滑稽で、それが治ったとしたものだが、付句は、前句の瘡かきを平家の幼児（昔は子供の瘡かきが多かった）と見なし、瘡が治ったのはその子に大原御幸を飲ませたからだろうよ、と茶化したのである。「大原御幸」はいうまでもなく『平家物語』中の有名な章の名であるから、そんな物が飲ませられるはずもないが、わざとそうした奇想天外な非常識を言って笑わせるのが、『守武千句』得意の滑稽手法なのである。この例では「大原」に「お腹」、「御幸」に「五《ご》香《こう》」（幼児の胎毒を下す薬）を利かせてあるが、五香を飲ませて瘡が治るなら当り前で、おかしくも何ともない。実際にないことをでっちあげたそらごとの意外性に強い滑稽感があったのである。

この手法を自在にこなす宗因の俳諧は、貞門風の微弱な滑稽にとって代るものとして、すでに寛文年中から地元大坂の新進俳人の人気を集め、貞門への不満が強まるのと逆比例して、寛文末年には〝守武流儀の宗因風〟の名で熱烈な支持を受けていた。そして、芭蕉が江戸に移った翌年の寛文十三年（九月、延宝と改元）、大坂の井原西鶴《さいかく》がこの風を推進するために数百の同志を集めて興行した『生《いく》玉《だま》万句』が発火点となって、燎原《りようげん》の火のようにたちまち全国俳壇に押し広まり、延宝の末ごろまで全盛期を展開する。宗因はその象徴的存在として全国俳人の人気を一身に集めた。

江戸の芭蕉もまたこの新情勢に進んで棹《さお》さした。職業俳諧師としての独立を志す者にとって、俳壇の流行に遅れることは許されなかった。殊に延宝三年の五月、芭蕉は、折から江戸に下って滞在中の宗因（この年七十一歳）を囲む百韻連句の席に一座する機を得て、ますます宗因風礼賛の熱意を高めたふうである（本文五九参照）。そうした背景からいっても、江戸移住後の芭蕉——号を宗房から桃青に改めていた——の作品が宗因風の特色を大いに発揮していることは言をまたない。

宗因風の特色について、宗因自身は「そもそも俳諧の道、虚《きよ》を先として実《じつ》を後とす」といい、「俳諧は……連歌の寓言ならし。荘周《そうしゅう》が文章に習ひ、守武が余風を仰がざらんや」ともいっている。「虚」とは実際にないこと、つまり守武流儀のそらごとをさす。「寓言」は中国古代の哲学者荘周の著『荘《そう》子《じ》』の文章の特異さを示す言葉として日本でも古来有名なものだったが、その意義については、当時の啓蒙小説家浅井了意の『浮世物語』に、「荘子は、寓言とて無き事をあるやうに書きたる道人」とあるのが広く常識的な理解の仕方だった。煎《せん》じつめればこれもそらごとであって、宗因はこれを、守武流の特色を説くに格好の言葉として利用したわけである。

宗因門の論客惟中《いちゅう》はこれを、「荘子が寓言、俳諧の根本なり」、「思ふままに大言《たいげん》をなし、かいて回るほどの偽りを言ひ続くるをこの道の骨子と思ふべし」、「ある事ない事取り合せて、活法自在の句体をまことの俳諧と知るべし」、「歌・連歌においては、一句の義あきらかならず、異《い》なことのやうに作り出せるは無心所着《むしんしょぢゃく》の病と判ぜられたり。俳諧はこれに変り、無心所着を本意と思ふべし」などと敷《ふ》衍《えん》した。具体的には、西鶴が「富士の煙に茶釜を仕掛け、湖を手盥《てだらひ》に見立て、目の覚めたる作意」と言ったようなもので、巨大な富士の噴煙で茶釜の湯をわかすとか、大きな湖を小さな手盥に見なすとか、事実の法則から大きく脱線させる連想の機知に、寓言俳諧のおかしみはあった。

延宝期の芭蕉の作品には、頭注で指摘したように、当然この手法がきわめて多い。しかし西鶴の語にもあるように、寓言は一種の「見立て」でもある点で、貞門風と共通の基盤の上にあった。ただ、貞門ではある事物を他の事物に見立てる際に、連想の範囲を、事実の法則から逸脱しない常識的な枠《わく》に収めようとしたのに反して、宗因風はその範囲を常識の枠外に大いに飛躍させようとした。つまり、両者の相違は連想の機知の振幅の大小にあっただけともいえる。従ってその振幅が大きく働かない時は、寓言的発想の作品でも貞門の見立てと全く同じものになり終る。しかも実作上では、寓言法は連句においてその機能を十全に発揮するのに対して、発句ではやや弱まる傾向があった。これは俳壇に広く見られた現象だが、芭蕉の場合、「天秤《てんぴん》や京江戸かけて千代の春」(五八)などは寓言趣味がよく利いているのに対して、「消炭《けしずみ》に薪《まき》割る音かをのの奥」(一二四)になると事実性からの飛躍が弱く、貞門の見立てと選ぶところがない。このように、寓言表現には強から弱へと、さまざまな段階があることに留意して鑑賞する必要がある。

ところで宗因風のもう一つの著しい特色は、典型的なもじり詩的性格にあった。総じて宗因風は言語遊戯という同じ基盤を貞門風と共有しているが、寓言がそうであるように、すべての要素においてその機知の度合いをよりいっそう徹底させたところに特色があり、もじり方式はその最も目立った側面であった。とくに謡曲のもじりは一世を風靡《ふうび》した観がある。芭蕉の場合、延宝年間の発句八十二句のうち本歌本説によるもの、謡曲十三、古歌十一、漢詩文七、物語の言葉三、故事二、俗謡・諺各一で、計三十八と一応指摘できる。そのもじり方式は本歌本説の文句を逐語的にもじるもの（七一・九三などの類）と、その主旨・趣向をもじる〝心のもじり〟（七九・一三〇などの類）との二系列に整理できるが、両者を融合させたものもあることに気づくであろう。もちろん寓言法と併用するものも少なくない。

この時代はまた、言語機知の徹底化の副産物という形で、「抜け風」と称する技巧が一流行となった。

(1)車胤《しやいん》が窓《まど》今この席に飛ばされたり　宗因

(2)鹿を追ふ猟師か今朝《けさ》の八重《やへ》霞《がすみ》　舟中

(1)の車胤は螢の光で勉強した故事で有名な中国古代の人物。句は俳諧の夜会の席に螢が飛びこんだ喜びを亭主に対して述べた挨拶で、肝心の「螢」の語を抜き、車胤の窓でそれと気づかせようとするもの。(2)は、今朝の八重霞は鹿を追う猟師だろうかという擬人句。その心は、今朝の八重霞で「山見えず」である。それを諺「鹿を追う猟師（山を見ず）」と、裏に隠しておいて考え出させようという趣向である。芭蕉もこの流行を試みていたことは、八四・八六・一二六によって知られるであろう。

この時代、芭蕉はこのようにして時流に棹さしながら、俳壇にひしめく職業俳諧師の間に伍して着々と地位を固め、延宝六年ごろには、正式に俳諧宗匠として立机《りつき》することを俳壇に披露するための、俳壇慣例の万句俳諧を興行し、同八年四月には『桃青門弟独吟二十歌仙』を刊行して粒より強力な門人二十一名を抱える桃青門の存在を世に問い、同じ秋、桃青判・其角《きかく》自《じ》句合《くあわせ》『田舎《いなかの》句合』、同・杉風《さんぷう》自句合『常盤屋《ときわやの》句合』の姉妹編によって時流の先端を行く自派の技倆を誇示するなど、積極的な俳壇活動を展開する中で、延宝末年にはすでに江戸俳壇屈指の点者として衆目を集めるようになっていた。

混沌たる俳壇

本文一一二〜一八五番句

しかしその時分には、延宝期の俳壇を風靡した宗因風もすでに大きなマンネリズムの壁に突き当っていた。総説でふれたように、その本質的な原因は、言葉の機知の新しさを命の綱と頼む言語遊戯俳諧が、二百年におよぶ歴史の中で、手を替え品を替えて繰り返されてきた結果、もはや打つべき新しい手を見いだせなくなったところにあるが、直接的には宗因風の寓言法ともじり詩のゆきづまりに帰せられる。機知を非論理・反常識の世界まで飛躍させて新奇をねらう寓言の手法も、一定の型ができてしまえば陳腐なものになる。もじりも、そのもとになる古歌や物語や謡曲の文句には限りがあるから、あちこちに似たり寄ったりの、ときには全く同じ作品すら現れるようになる。そういう傾向が積み重なって宗因風は新鮮味を失い、ゆきづまった。

ここにおいて俳壇には、このゆきづまりから脱出するためのさらに新奇な風を求める気運が一挙に巻き起り、その結果新流行となったのが、極端な破調句、漢詩文調、倒語趣味、晦渋《かいじゅう》さを衒《てら》う謎句等々の風調である。それらは延宝八年に入ってにわかに盛んになるが、芭蕉もまたその推進派の一人で、みずから「詩は漢より魏《ぎ》に至るまで四百余年、詞人・才士、文体三たび変るといへり。……俳諧、年々《としどし》に変り、月々に新たなり」(『常盤屋句合』跋)と、この変風時代の到来を積極的に意義づけ、前記『桃青門弟独吟二十歌仙』や其角・杉風の『句合』、さらに延宝九年(九月、天和と改元)の『俳諧次韻』、天和三年の其角撰『虚栗《みなしぐり》』など、一門の集においてつぎつぎとこの風を展開した。

従ってその発句にも、延宝八年からこの傾向が顕著になってくる。延宝八年と天和の三年間の作品計五十二句（一二三〜一三八、一三六〜一七〇）について見れば、破調句は三十四句と三分の二にのぼっている。

櫓《ろ》の声波ヲ打つて・腸氷《はらわた》ル・夜や涙　（一三六）
五月雨《さみだれ》に・鶴《つる》の足・短くなれり　（一四三）
髭《ひげ》風ヲ吹いて・暮秋《ぼしう》嘆ズルハ・誰《た》ガ子ゾ　（一五九）

などがその代表的なものといえる。

漢詩文調の流行は、変風流行の中で伝統的和文調に代る新奇を求めた結果の所産だが、ひとつには、古歌・物語・謡曲を本歌本説とするもじり俳諧にゆきづまったあげく、新たな本説を漢詩文に求めたことにもよる。芭蕉の場合、延宝期には前述のとおり謡曲と古歌が圧倒的に多く、漢詩文は七句にすぎなかったが、そのうち六句までが延宝八年に集中している。天和に入ると、本歌本説取りは全三十五句中八句と激減する中でも、漢詩文は六句（頭注参照）と支配的で、明らかに時流との対応を示す。むろん本説取りに限らず、「櫓の声」（一三六）・「愚に暗く」（一四四）・「夕顔の白ク」（一四六）などの語調・表記、「芭蕉野分《ばせうのわき》して」（一四八）の漢詩的風韻などにおいても、その傾向を見ることができる。

倒語趣味の作は「髭風ヲ吹いて」（一五九）や「石枯れて」（一三八）に見られる。「櫓の声波ヲ打つて」（一三六）も「櫓の波を打つ声」の意だが、声（音）の印象を強めるために倒置した手法である。文脈を複雑にひねって晦渋《かいじゅう》を巧む風調は、「柴《しば》の戸に」（一三三）・「餅を夢に」（一三六）・「暮れ暮れて」（一五一）などに見ることができるであろう。俳壇一般における変風趣味はまだまだ多種多様であったが、その流行の波に乗じて、「花を被《かづ》く時や・枯れたる柴嬶《しばかか》の歩みも若木に返る・大原女《おはらめ》の姿」といった和歌よりも長い発句や、「稲磨歌《イネスリウタ》・妹平鶏塒乃羽々多々幾《イモガトキノハバタタキ》・明奴良牟加毛《アケヌラムカモ》」（片仮名ルビは原文のまま。以下同）

といった万葉仮名表記の変った発句など、極端な異風の作すら続出し、漢詩文調の発句には「春立つや生《ナツテ》ニ大服釜《おほブクカマニ》一暁《ゲウ》‐炉《ロ》燃《モユ》」、「さや豆や在《アリテ》ニ釜《フ》‐中《チユウニ》一月を鳴《ル》」のような、漢文訓読の形式を取り入れることも盛んに行われた。こうしたラジカルな革新派に比べれば、芭蕉の発句は穏当の限度を保っていると言っていいのだが、その芭蕉も連句になると、「白《シロキ》親仁《おやぢ》紅葉村《こうえふソン》に送《ル》レ聟《ヲ》」（延宝九年『俳諧次韻』）、「冬《とう》‐湖《こ》日暮れて駕《ノスル》レ馬《ニ》鯉」（『虚栗』）のような句を作っていたところに、この変風時代一般の雰《ふん》囲気《いき》も察せられるであろう。

しかしこれらの風も、しょせんは宗因風と同じ言語遊戯の舞台の上でただ多少の衣装を替えて躍っていたに等しく、取っつきやすい末梢《まつしよう》的な形式面に新奇を求めていたにすぎず、そこには何の理念もなかった。ある者は「綴るところは詩にあらず、歌にあらず。歌に似たり、詩に似たり。烏の黒くして賢く、狐のきよろきよろとして赤し。生れぬ先の父に問はまく、我も知らず、友も知らず」（『五百韻三歌仙』）などと放言し、また字余りを作るのは、「十七字（定型）につまりたる句はまづ下手《へた》らしく文盲《もんまう》なりとて、わざと言ひても言はでもの言葉を加へて余す」という具合だった（『祇園拾遺物語』）。しかもやたらな珍奇・異体の風の横行はむしろ健全な俳壇人に倦怠《けんたい》感を懐《いだ》かせ、このため俳諧をやめる者まで続出して俳壇はまさに存亡の危機に直面する事態となった。この辺の事情については、その目撃的経験者である京の俳諧師轍士の「……天が下なびきあひて宗因風とはあがめたり。その後、時と変れる世の様なれば、あるいは南京《なんきん》流とて、讃岐《さぬき》を敷くと言ひて円座になし（いわゆる抜け風）、三《み》輪《わ》を冷すと述べて索麺《さうめん》になりたる一体（同上）、半年ばかり言ひしらひ、また一句四十二、三字に余して発句と言ひ、または声（音読漢詩文調）につかひて漢句のやうになりたり。この時多くは、俳諧は埒《らち》なきものとてやめたる者多し」（『花見車』）という証言に明らかである。俳壇はまさに崩壊の危機に瀕していたと言っても過言でなかった。

転換期の芭蕉

本文一一二〜一八九番句

ところで、この期の芭蕉の作品で注目しなければならないのは、同じ時流の中にありながらも、そこに他の俳人には見られない著しい特色が現れてきていること、具体的にいえば、自己の境涯を深く見詰める主情的な作が急に、目立って多くなっていることである。

櫓《ろ》の声波ヲ打つて腸《はらわた》氷ル夜や涙 （一二六）
雪の朝《あした》独リ干《から》鮭《ざけ》を嚙《か》み得タリ （一二七）
侘《わ》びてすめ月《つき》侘《わび》斎《さい》が奈良茶歌 （一四七）
氷苦《にが》く偃《えん》鼠《そ》が咽《のど》をうるほせり （一五〇）
暮れ暮れて餅を木《こ》魂《だま》の侘《わび》寝《ね》哉 （一五一）
花にうき世我が酒白く飯《めし》黒し （一六四）

これらの作は表現形式の上では大なり小なり時流の衣を被っているが、その内面には悲愁と寂寥感と、中でも貧《ひん》の生活を侘びる強い主情が脈打っている。この種の作は、これまでの俳諧史上には見られないものだった。

だいたい言語遊戯俳諧は作者の外側にある事物（本歌本説も含めて）を言葉の機知によって操作する理知の産物であって、作者の主情を表出するには適さない文学であった。主情を詠もうにも、それは笑いの言語技巧によってたちまち理知の対象と化してしまう。というよりも、その素質上、主情を吐露するという発想自体が歴史的に存在しなかったといっても過言ではなかった。

それだけにこれらの句の新傾向性が目立つわけだが、しかし重要なことは、これが作風の新しさをねらうというような、単なる観念先行の作意から生れたものではなく、実生活の現実体験に触発されて起った、巧まざる実感の声だったということである。観念や言語概念のもてあそびとは異質の、生ける人間的実感の目覚め。これぞまさしく「誠の俳諧」の原点、芭蕉文学の将来を卜《ぼく》する重大な分岐点にほかならなかった。しかしそれをいうためにはやはり、作品の背後にあった現実の芭蕉の姿を掘り起してみなくてはなるまい。

じっさい、宗匠立机《りつき》、一門成長という一見花やかな宗匠生活の裏で、現実の芭蕉は人間的にも文学的にも深刻な苦悶《くもん》と懐疑の思いにさらされていた。そのことは、「ある時は倦《う》んで放擲《ほうてき》せんことを思ひ、ある時は進んで人に勝たんことを誇り、是非胸中に戦うて、これがために身安からず」(『笈の小文』)といい、「九年《ここのとせ》の春秋市中《しゅんじうしちゅう》に住み侘びて、居《きょ》を深川のほとりに移す。「長安《ちやうあん》は古来名利《みやうり》の地、空《くう》手《しゅ》にして金《こがね》なきものは行路《かうろ》難《かた》し」と言ひけん人のかしこく覚え侍《はべ》るは、この身の乏しき故にや」(本文〔三〕)という、芭蕉自身の言葉に端的に現れている。『笈の小文』の文は煩悶《はんもん》の日々を送ったこのころの心境を、後になって回想したものである。

「進んで人に勝たんことを誇り」とは、俳諧宗匠としての立身を志して江戸に出、意欲的俳壇活動の中で点者の地位を確立し、門人を集めて一派の勢力を築き、江戸中屈指の有名点者へとのし上がった過程でのみずからの心境をさすが、その初志がせっかく実を結んでゆく中で、しかも「倦んで放擲せん」——いや気がさして俳諧など捨ててしまおうと思ったり、それかこれかと生き方を模索し、煩悶を繰り返した心事を、この文は物語っている。ここに最も芭蕉らしい感受性の在り方がうかがえるのだが、その苦悶とはいったい何であったのか。それは俳壇生活への懐疑と、現実生活の苛酷《かこく》さとの、二重の苦しみからもたらされたもののようである。

芭蕉は江戸移住以来、平和な山国の故郷とはちがって利害得失・毀誉《きよ》褒貶《ほうへん》の生存競争のうずまく大都会の現実の厳しさを身をもって体験してきた。俳壇もまた生存競争の修羅場にほかならなかった。そもそも俳諧とは、幾人かの愛好者で連句を巻き、これを点者のもとに持参して各句に加点を受け、その個人別得点に応じて金品を賭けて損得を争う、いわゆる点取《てんとり》俳諧の興味によって支えられていた側面の大きい文学であり、点者はその加点料で生活を営むという仕組みになっていた。従って点者の間では陰に陽に俳客の争奪戦が行われる中で、純粋の文芸愛よりも幇間《ほうかん》のように俳客の好みにおもねる点者が繁昌して、利得を占めるのも世の習いであった。

そんな中で芭蕉ももちろん加点の筆を執った。しかし清廉を堅持したためか、点料だけでは生活を維持できないという苦杯を嘗《な》める。そのことは、俳名ようやく高まった延宝五年から八年のころでさえ、四年もの間、神田上水修復工事の書記役という俳諧師にはそぐわない職を副業としてまで生活の資を補わねばならなかった事実が、てきめんにこれを物語っている。——こんな生活でよいのかという懐疑と苦悶。その強烈さが「倦んで放擲せん」の思いに駆り立てたのであり、この思いを現実体験に即してより直接的に吐露したのがすなわち、「九年の春秋」の一文である。「市中に住み侘び」「名利の地」「空手にして金なきもの」「行路難し」「この身の乏しき」。どの一語も、年来の酷薄な現実の中で嘗めた苦悩の表出でないものはないが、先に掲げた句々の主情も、こうした酷薄な現実との直面によってゆさぶり起された感受性が、既成の俳諧の殻を破ってほとばしり出た声として理解できる。

ところで「ある時は倦んで放擲せん」とまで絶望的になった芭蕉の懐疑と苦悶に答え、文学に生きる決定的な指針を与えたのは『荘子《そうじ》』の人生哲学である。『荘子』は、天地の間にある森羅《しんら》万象——

木も草も石ころも虫けらも美しい鳥も人も——の一切を等しく根源的な宇宙意志（大自然の理法）のおのずからなる顕現であるとして、万物みな平等に所を得ていると見る世界観において、自然哲学の色彩を濃厚にもっているが、その根本精神は人間を俗物化の渦中からときはなして根源的な人間性の純粋を奪回することにあった。そして現実の人間が実利万能、功利最優先の世の中を作って利害得失を争い、毀誉褒貶を事とし、いたずらに貴賤・賢愚・貧富・栄辱の別を立てて対立抗争を繰り返しながら天然自然の純粋を摺りへらしてゆくことの無意味さを徹底的に説きあかし、利害を破却し世俗的な価値観の束縛から脱して自由無礙《むげ》の心の世界——いわゆる「無何有之郷《むかうのさと》」——に住むことこそが理想的な生き方なのだと説く。

　この人生観と人間観は、同じような現実認識の中で煩悶していた芭蕉に問題の所在を明確に教え、これこそ真の生き方だと心をゆさぶるに足りたのであろう。芭蕉はこのときから『荘子』の熱烈な信奉者と化すのである。そのさまがはっきり現れるのは延宝八年秋の『田舎句合』『常盤屋句合』の姉妹編においてである。その嵐亭治助（嵐雪）序文「桃翁（桃青翁）、栩々斎《くくさい》に居まして、為に俳諧無尽経を説く。……判詞、荘周が腹中《ふくちゅう》を呑《の》んで、希逸が弁も口に蓋《ふた》す」は、芭蕉の荘子熱を言下に伝える（希逸は当時広く読まれた『荘子』の注釈書『荘子鬳斎口義《けんさいこうぎ》』の著者中国宋代の林希逸《りんきいつ》）。事実、芭蕉の判詞には『荘子』の詞句が縦横無尽に駆使される。のみならず、みずから栩々斎《くくさい》主桃青・華桃園と自署するが、「栩々」は『荘子』斉物論から取った語、「華桃」は荘周の別称南華老仙と桃青による号であるというふうで、このことからだけでも『荘子』への傾倒ぶりは察せられよう。さらにいえば連句集『次韻』などにも同じ傾向が強く見られ、本文発句一四三・一五〇・一六三・一七二・一七三もまたその一端につながる。

しかし『荘子』の影響の何よりも顕著な現れは、かの世俗的な点者の生活を放棄してみずから生活の根本革新を断行したことにあった。すなわち延宝八年の冬、芭蕉は江戸一番の繁華街に属する小田原町の住居を捨てて、隅田川《すみだ》を越えた郊外の深川村に転居する。俳客相手の客商売である点者にとって最も地の利を得た都心——多くの点者はこの界隈《かいわい》に住んだ——を去り、わざわざ辺鄙《へんぴ》な郊外に移ることは、点料収入で暮す点者の立場からは自殺行為にもひとしく、誰の目からみても異常な行動だったにちがいない。しかもあえてこれを断行したのは、世俗的な価値観を放棄し、あの点者社会に生きることの矛盾を清算して反俗の中に生きることこそが、真実につながる生き方であることを深く確信したからにほかならなかったのである。そしてそれが『荘子』思想への共鳴に発したことは、無用の生存競争にあくせくすることの無意味さを最も熱烈に説くのが『荘子』であり、『荘子』の根本を貫くものが徹底した反俗精神であることを思えば、ほとんど言を要しないところであろう。

芭蕉における『荘子』の影響は甚大であった。これからの芭蕉は世俗的な価値観の束縛をかなぐり捨てて、一切の功利主義的なものと絶縁して隠者の境涯に徹し、一筋に、純粋に、文学の真実を求めることだけに生涯を捧げることになるのである。もっとも、この当時の芭蕉の『荘子』理解はその原理への熱狂的共鳴が先行した形で、自身の文学への反映もその詞句を取るにとどまっているきらいがある。しかし芭蕉は絶えざる文学的思索の中で次第にこの思想の真髄に深く触れるようになり、これを文学創造の糧として生かすことになる。『荘子』は芭蕉にとってまさに人生の書であり、芭蕉の文学が単なる花鳥風詠の文学に終らず、人生の深淵を覗《のぞ》かせるような深みを帯びたものになるのも、芭蕉自身が『荘子』によって、みずから真の意味の哲学を持つに至ったからなのである。

『荘子』の価値の発見は要するに芭蕉における〝心眼〟の目覚めに由来するものといえるが、心眼の目覚めはさらに広く新たなる精神価値への開眼《かいげん》につながる。芭蕉の眼には、これまで俳諧を作るための知識として読んできた和漢の古典文学の文字が、心の痛みを救い、人間の根底に直接鋭く訴える文字となって飛びこんでくる。西行・宗祇《そうぎ》・杜甫《とほ》・李白・白楽天・蘇東坡《そとうば》・黄山谷《こうざんこく》。そこには浮薄な駄《だ》洒落《じゃれ》俳諧とはまったく次元を異にする蒼古・高雅な文学の世界があり、世俗的価値観を捨て功利の世に背いて純粋に文学一途に生きようとする者の、生涯を賭けるに足るだけの高次元の価値世界が豊かに開かれていた。この発見はこの時点の芭蕉の心を殊につよく打ったのであろう。芭蕉は『荘子』とならんでこれらの古人たちに情熱的な傾倒を示しはじめる。

その一端は本文一六〇の句文にも見ることができる。また深川転居のころ芭蕉は新居を「泊船堂」（後の芭蕉庵）と号したが、これは杜甫の詩「窓《ニハ》含《ム》西嶺千秋雪《ノ》　門《ニハ》泊《ス》東呉万里船《ノ》」によったものであり、且つこの詩に寄せて「我その句を識《し》りてその心を見ず。その侘《わび》を量《はか》りてその楽しみを知らず。ただ老杜にまされるものは、ひとり多病のみ。閑素茅舎《ばうしや》の芭蕉に隠れて、みづから乞食《こつじき》の翁《おきな》と呼ぶ」との感懐も漏らしている。杜甫の真境地にはほど遠い自分を嘆いているわけだが、「その心」を求めようとする姿勢は明らかである。古典の心読である。芭蕉はまた杜甫の詩に「侘」を感ずる。侘は芭蕉が世俗に背いてあえて貧窮に徹しようとしたときから――「乞食の翁」とはまさにその実感が生んだ苦《にが》い自称だ――、精神生活の核を占めることとなった情念であり、前掲句（三六二頁）をはじめこの時期の発句作品の多くにその心の色が隠顕するゆえんでもあるのだが、芭蕉はその自己の情念で杜詩を読んでいる。いわゆる感情移入的な読み方をしているのである。

こうして古典と古人の魂に直結し、さらにこれに現実体験の中からつかんだ実感・感受性が相乗されて精神価値への上昇志向が高まってくると、言葉や観念の知的遊戯、古典の詞句のもじり趣味など、もはや無意味なものに帰するのも必然であろう。あまつさえ、もじり俳諧には俳壇全体が興ざめの色を深めていた時代である。そんな中で、芭蕉は時流に先んじて本歌本説取りからの脱皮を志し、まともな感受をストレートに表現する方法を探りはじめる。のちの門人山本荷兮《かけい》は延宝九年の『次韻』から「古語古歌にかかはらぬ」風が起ったとし、「これより宗因流変れるなり」(『橋守』)というが、天和に入って本歌本説取りが急に激減する(三六〇頁)のも、まさにその一環として現れた新傾向であったし、実感の表出をさまたげる寓言的非論理も次第に影をひそめ、知巧を洗い流した正常な文体の中で自己の感受を表出する道に到達する。

ばせを植ゑてまづ憎む荻《をぎ》の二葉哉《かな》　(一四一)
霰《あられ》聞くやこの身はもとの古柏《ふるがしは》　(一七〇)

これらの中にはもはや知巧の影はない。沈静した文体の中に心がかよっている。これがこの模索期の中で芭蕉の探りあてた新俳諧の最初の典型的な姿だったといえる。

新風樹立——野ざらしの旅　　本文一九〇〜二五七番句

貞享元年になると、芭蕉は心機一転を計るかのように、はじめての文学行脚《あんぎや》に旅立つ。同年八月に江戸を発って翌二年四月に帰庵するまでのいわゆる『野ざらし紀行』の旅がそれだが、この旅は、延宝八年以来深川の草庵にあって——その間天和二年十二月には江戸の大火で丸焼けになるという衝撃的な出来事もあったが——人間的にも文学的にも真剣な思索を重ねたすえにようやく目に見えてきた文学的新境地を、日々新たに繰り広げられる新鮮な経験の中で実践するに格好の場となった。

ここで芭蕉が志した最大の課題は、俳諧における新しい表現法の探究にあったであろう。しかし反俗の中で厳しく純粋に生きようとする年来の求道《ぐどう》的姿勢はここでいっそうの鮮明度を加え、その精神的緊張感が作品の色調を支配して独特の崇高美を現出させるもとになっている事実に、まずもって注目しなければならない。

『野ざらし紀行』の冒頭「千里に旅立ちて路粮《みちかて》を包まず、三更《さんかう》月下無何《むか》に入る、と言ひけん昔の人の杖にすがりて、貞享甲子……」（以下本文一九〇の前文につづく）は、この旅の背景にあった精神的支柱を示唆して象徴的である。「千里に旅立ちて」とは『荘子』逍遥遊《しょうようゆう》篇の「千里ニ適《ゆ》ク者ハ三月《みつき》糧《かて》ヲ聚《あつ》ム」を踏んだ言葉だった。「路粮を……」は中国禅僧の詩集『江湖《ごうこ》風月集』に収める広聞和尚《こうぶんおしょう》の詩句「路粮ヲ齎《つつ》マズ笑ヒテ復《また》歌フ、三更月下無何ニ入ル」から来ている。すなわち芭蕉はこの二人の古人の旅の心を心とし、食糧の準備に三月も要するという千里の旅に、途中の食糧を何一つ持たず、しかもそれを苦難と思うことなく、深夜皎々《こうこう》たる月光を浴びながら心楽しく無心忘我の境地に入る心掛けで旅に出ようというのである。これは乏しさに耐える強靭《きょうじん》な生き方へのあこがれである。「無何」とは『荘子』逍遥遊篇にいう「無何有之郷《むかうのさと》」、すなわち有無を超越し一切の執着を離れきった、人間精神の理想郷であり、広聞の言葉はそのまま『荘子』の境地を目指す芭蕉の願いに通ずるものであった。

『荘子』はいうまでもなく芭蕉年来の人生の書である。一方、『江湖風月集』は中世以来日本五山の禅僧の間で愛読されてきた、いわば禅文学の書であったが、芭蕉がこれを読んだのも禅修行と関連があるようだ。芭蕉は延宝末年の人間的煩悶の中で己れの弱さに悩み、「学んで愚を暁《さと》らん」（『笈の小文』）として、仏頂禅師について参禅修学をしてきた。芭蕉の文学のあるものに禅機が感じられるのはここに由来するものであろうし、その人間的強靭さもこれに負うところが少なくなかったが、この旅に臨んだ姿勢にはその禅機が明らかに現れているのである。そういえば、『荘子』の林希逸注釈本を宋から輸入して盛んに愛読したのも中世五山の禅僧たちで、禅林にはその伝統があったから、芭蕉の読み方が寓言俳諧式の興味とは次元を異にする、きわめて本質的なものに深化しているのも、禅修行の中で本格的な読み方を学んだ結果と見る可能性が大である。いずれにせよ、この旅にははじめから人間探究的な情念が強烈であり、従ってそれはさまざまな形で随所に姿をあらわすことになる。

富士川の捨子（一九四）に慟哭《どうこく》の涙をそそぎつつも、「いかにぞや汝《なんぢ》、父に憎まれたるか、母にうとまれたるか。父は汝を憎むにあらじ。母は汝をうとむにあらじ。ただこれ天にして、汝が性《さが》の拙《つたな》きを泣け」（『野ざらし紀行』）と言い放し、ただ「袂より喰物《くひもの》投げて通る」だけだったのもそれで、一見非情にみえるこの行為も実は、人の生死、運命は人知の手の届かない遥《はる》かなる宇宙意志（大自然の理法）によって動かされているとする、荘子哲学のぎりぎりのところで捨子を見つめ、人間個人の無力に痛恨をいだいて慟哭している姿なのである。こうした『荘子』への傾倒の強さは、当麻寺で巨木の老松を見ては人間世篇の「ソノ大イサ牛ヲ蔽フ」を思い（二〇三）、一枝軒を号する大和竹内《やまとたけのうち》の医師を訪ねては逍遥遊篇の「鷦鷯《みそさざい》ノ一枝」を引き合いに出してその住居を讃《たた》える（二三五）など、物に触れ事につけては頭をもたげ出すというふうである。

吉野で、年来思慕を深めてきた西行の庵跡に粛然の感を催すのは当然だったろうが、その「とくとくの清水」（二〇六）からたちまち、「もしこれに扶桑《ふさう》（日本）に伯夷《はくい》あらば必ず口をすすがん。もしこれ許由《きよいう》に告げば耳を洗はん」（『紀行』）と、中国の高士を連想する。伯夷は周の武王の不義の戦を戒めて容れられず、周の禄を食《は》むを恥として首陽山に隠遁《いんとん》し、蕨《わらび》で飢《うえ》をしのいだがついに餓死したという高潔の士である。許由は時の聖君堯帝《ぎょうてい》がその人格高潔を見込んで天下を譲ろうと言ったとき、汚れた話を聞いたとして穎川《えいせん》の水で耳を洗い、箕山《きざん》に隠れたという高士である。いずれも有名な話だが、芭蕉の言葉にはひたすら人間の純粋を希求する精神状況が感傷的なまで強く露出している。
以上のような理想的な精神価値への絶えざる憧憬《どうけい》は、当然、作品の世界に色濃く投影する結果となった。

野ざらしを心に風のしむ身哉《かな》（一九〇）
狂句木枯《こがらし》の身は竹斎《ちくさい》に似たる哉《かな》（三三）
いざともに穂《ほ》麦《むぎ》喰《くら》はん草枕（三五〇）

これはその精神状況が旅の姿勢そのものに現れた場合である。野ざらしを覚悟の悲壮なまでの旅立ちの心。当時の東海道の旅にそれほど多くの危険が予想されたかどうか、それは大した問題でない。旅をそのような厳しいものと受け止める捨身《しゃしん》の身構え、「路粮を包まず、三更月下無何に入る」という古人の悟りの境地に肉迫しようとして弱い己れを引き締めようとする緊張感が、この悲壮感を呼び起しているのだ。うらぶれ果てた「木枯の身」の旅姿はとりもなおさずその延長であり、虚栄に囚われた世間的価値観に抗し、反俗的風狂に徹して新しい〝侘の美〟を追求しようとする己れの烈しさを照れかくすための戯画的自画像である。それをややストレートに表現すれば、「穂麦喰はん草枕」といった形になって現れるのである。
そしてこのような禁欲的《ストイック》な緊張感が旅中の経験を媒介として形象化されるとき、作品は厳しく引き締った内的リズムを形成する。

晦日《みそか》月なし千歳《ちとせ》の杉を抱《だ》く嵐《あらし》（一九七）
草枕犬も時雨《しぐ》るるか夜《よる》の雨（三四）
水取りや氷の僧の沓《くつ》の音（三三）

その他随所に、これがさまざまのバリエーションをもって現れているのを見るであろう。それもとくに旅の前半期に著しいのは、この時期が季節的に心身の緊張感を刺戟《しげき》する秋・冬であったことと必ずしも無関係でないとしても、やはりこの旅に賭けた初一念の緊張感が、最初の往路においてもっとも烈しく動いていたことを無視することはできないのである。

しかし芭蕉の場合に限らず、文学の形象作用を単なる精神主義で割り切るのは不当である。芸術はしょせん、術すなわち技術を不可欠の要件とするものであり、文学、中でも詩においては、表現法の問題が格別大きな比重をしめる。ましてや、言語遊戯俳諧の絶望的なゆきづまりの渦中で年来その転換を志してきた芭蕉の場合、表現法の問題はまさに焦眉《しょうび》の急務に属していたはずである。それについて象徴的なのは、旅中の貞享二年正月、郷里伊賀の門人半残《はんざん》に与えた書簡の文言であった。

江戸句帳など、なま鍛へなる句、あるいは言ひ足らぬ句ども多く見え候《さうらふ》を、もし手本《てほん》と思《おぼ》し召し、御句作なされ候はば、聊《いささか》ちがひ御座あるべく候《さうら》。『みなし栗』なども沙汰の限りなる句ども多く見え申し候。ただ李・杜・定家・西行などの御作など御手本と御心得なさるべく候。

中でも注目すべきは、『みなし栗』中「沙汰の限りなる（全く論外の）句ども多く」と断じ切っている言葉である。一年半前の天和三年六月、新進気鋭の其角が江戸蕉門の勢力を結集して編んだこの集は、漢詩文調・破調その他のいわゆる天和調の先端をゆく風調を積極的に盛りこみ、低迷する俳壇に江戸蕉門の健在を誇示した観のある、初期蕉門の代表的撰集で、芭蕉自身もこれを賛美する跋文《ばつぶん》を与えていた。

その『みなし栗』調を芭蕉はすでに完全に否定する境地に立っていたのである。「なま鍛へ」「言ひ足らぬ」はいうまでもなく表現に関する語である。李白・杜甫・定家・西行の作を手本とせよというのも、その精神はもちろんのこととして、ここではその表現法を学べとの心で言っているのであって、そこには『みなし栗』調の基底を依然として強く支配していた宗因風の寓言的無心所着をはじめとする言語遊戯性の否定が当然の大前提となっている。

　ここで旅中作の表現法上の新境地を検証してみるに、まず形態的な面で目につくのは、破調句が依然として多い点であろう。

手に取らば消えん・涙ぞ熱き・秋の霜　（三〇一）
海暮れて・鴨《かも》の声・ほのかに白し　（三二七）

など、とくに字余り句は顕著である。これはいうまでもなく天和調を急には否定しきれないでいた状況を示すものであるが、しかし破調がすべて句勢と情感を盛り上げるための活路として無駄なく生かされていることに注目せざるをえない。三〇一は亡母を悲しむ慟哭の情を初五の字余りに強く響かせて成功している。三二七の屈折した不安定な破調のリズムは、薄明の奥に鳴く鴨の声をほの白しと感ずる幻想的な感覚と微妙な調和を奏でている、等々。しかも最後にはこうした破調さえ捨てて定型に復帰する志向を持っていたことが、旅の後半に至っては三六四以外にとくに破調というほどの作を見ないこと、一九六のように初め「馬上落ちんとして」と九音に余した初五を、後に「馬に寝て」と定型に改案していることなどからはっきりと認められるのであって、芭蕉はこの旅中に定型への復帰を果したといえるのである。

　つぎに注目すべきは本歌本説取りに新たな境地を切り開いたことである。たとえば、

碪《きぬた》打ちて我に聞かせよや坊が妻　（三〇五）
秋風や藪《やぶ》も畠《はたけ》も不《ふ》破《は》の関《せき》　（三一〇）

これらは直接古歌の文句を裁《た》ち入れる、いわゆる本歌取りではもはやなくなっているが、しかも古歌の伝統的美感を背景に深く沈め（各頭注参照）、これに宿坊の妻女や藪・畠といった通俗卑近の世界をオーバーラップさせることによって、雅の中に俗を生かす、あるいは俗の中に雅を生かすという、重層的構造の新たな俳諧美を構築するに至っている。詩の表現法としてすこぶる次元の高いこの手法は、もじり俳諧のゆきづまりに端を発して『次韻』時代から模索してきた「古語古歌にかかはらぬ」風がようやく完成の域に達したものと見るべく、以後、芭蕉文学の性格を色どる重要な手法として定着することとなる。

しかし『野ざらし紀行』に付した俳友素堂の序文に、旅中作の多くを賞美する中でも、とくに「山路来ての菫、道ばたの木槿こそ、この吟行の秀逸なるべけれ」と激賞しているのは、

道の辺《べ》の木槿《むくげ》は馬に喰《く》はれけり　（一九五）
山路《やまぢ》来て何やらゆかし菫《すみれ》草《ぐさ》　（二三九）

のような作が、時代的に、なかんずく高く評価されるべき新しみを持っていたことを物語るであろう。その新しみとは、言語遊戯俳諧の抜きがたい弊としてこの時期に至ってもなお俳壇に支配的だった言葉や観念の知巧、理屈をすっきりと洗い流し、眼前あるがままの事象を、何の奇もない平明な文体の中に吟じ込め、しかもそれぞれに独特の印象と風韻を含蓄させているところにあった。これに類する作調の句として、「辛崎《からさき》の松は花より朧《おぼろ》にて」（二四〇）なども逸しがたいものがある。この句は句尾を「にて」と和らげることによって琵琶《びわ》湖の春の漂渺《ひょうびょう》たる情趣を捉えたところに、表現上の新しい工夫がこらされているが、その句境については芭蕉みずから「予《よ》が方寸《はうすん》（胸中）に分別《ふんべつ》なし」「ただ眼前なるは！」と、自然感情のありのままの発露であることを強調しているのが注目される（其角著『雑《ざう》

談《たん》集』)。

要するにこれらの作は、言語遊戯俳諧に長くついてまわった言葉や観念の技巧的作意から脱皮しようとする意識が格別特徴的に打ち出されたものだったのである。直門の許六《きよりく》が後年、「道の辺」の句をもって「談林を見破り、正風体《しやうふうてい》を見届け」た最初の作として賞揚している(『歴代滑稽伝』)のも、実はこの辺の事情を物語っている。正風体とは宗因風の寓言的無心所着体と正反対の、和歌連歌的な温雅な文体をさす用語であった。右の三句はこれを格別強く意識した作として注目されるのだけれども、しかしひるがえって見渡してみるならば、野ざらしの旅中作のほとんどはすでに正風体に帰している。天和調の破調趣味を定型に復帰する志向も見られた。このようにして芭蕉は、旅中の実作をとおして寓言の宗因風とも晦渋《かいじゆう》な天和調ともほぼ完全に決別し、正風体の中に新たな俳諧の方向を見出だすに至ったのである。

貞享ぶり――超俗唯美の句境　　本文二五九～三二九番句

野ざらしの旅を終えたあと、貞享四年十月ふたたび近畿の旅に赴くまでの約二年半、すなわち貞享中期の芭蕉は野ざらしの旅で得た句境にさらに磨きをかけ、その芸術的深化を求めて思索と実践を繰り返す。その間に到達した芸境を最もよく象徴するのは、けだし、貞享三年正月、芭蕉以下江戸蕉門十七名が一座して巻いた百韻連句、世にいう「丙寅初懐紙《へいいんはつかいし》」であろう。一般に俳風の特質は発句よりも連句において格段にあざやかに現れるが、この巻も例外でなく、芭蕉帰庵後八箇月、その新指導理念の薫陶を受けた江戸蕉門の修練が見事な結晶となって現れている。殊に前半五十句には芭蕉みずから評注を加えており、これによって当時の芭蕉の芸術的見解を具体的に知ることもできる。

日の春をさすがに鶴の歩み哉《かな》　其角
砌《みぎり》に高き去《こ》年《ぞ》の桐の実　文鱗
雪《せつ》村《そん》が柳見にゆく棹さして　枳《き》風
酒の幌《とばり》に入《いり》相《あひ》の月　コ斎
秋の山手《た》束《つか》の弓の鳥売らん　芳重
炭竈こねて冬のこしらへ　杉風
里《さと》々《さと》の麦ほのかなる群《むら》緑《みどり》　仙化
わが乗る駒に雨《あま》覆《おほ》ひせよ　李下

巻頭八句。連句で表《おもて》八句と呼ぶが、いずれも静かな詩美にあふれた句々である。発句の芭蕉評注に「元朝の日の花やかにさし出《い》でて長閑《のどか》に幽玄なる気色《けしき》を、鶴の歩みにかけて言ひつらね侍《はべ》る。祝言《しうげん》、言外にあらはす」とある。元日の朝日の花やかにさす中を、見るから高貴を感じさせる鶴が悠揚せまらざる姿で歩いている。「日の春」という独特な語序の効果、「さすがに」という措辞の的確さ。一字一句みな言葉の妙をえて、たしかに元日のめでたい気分が言外にあふれている。脇（二句目）は発句の背景をなす風物。軒近くひときわ高くそびえる桐の梢《こずえ》。冬の木枯しに落ち残った梢の実の朝日に映える情景が印象的である。第三（三句目）は脇句の場所から柳見に出るところ。評注に「雪村（室町末期の画僧）は画の名筆なり。柳を書くべき時節、その柳を見て書かんと、みづから舟に棹さして出でたる狂《きやう》者《じや》の体《てい》、珍重《ちんちよう》なり」とある。狂者は超俗風狂の人物の意で、芭蕉野ざらし行脚の好尚が門人の間にも浸透し、作風を超俗的な方向に導く一つの基本的要因となったのである。四句目は前句の人物が柳見の帰るさ、夕月も出るころ、酒店の暖簾《のれん》をくぐる情景。風狂の人物の体をよく受けている。つぎは狩人が秋山で獲《と》った鳥を売ろうと居酒屋に入る場面に転じ、六句目は前句《まえく》と合わせて「猟師は鳥を狩り、山賤《やまがつ》は炭竈をこしらへて冬を待つ体」で、冬を迎える山家の人々のわびしいなりわいのさまを描き出す。七句目は炭焼く山から見わたす初冬ごろの眺望で、村々の畠に萌え出した麦の緑がさわやかに目を射る。最後の句は前句「里々」の語感から旅行く人をイメージし、緑のみずみずしい感触から雨気を感じとった作で、静かな山合いの道でにわかな時雨に出合った騎乗の武士などの、供の者に雨覆いを命ずる場面が的確に形象されている。「雨覆ひせよ」の切迫した語感がにわかな雨に急《せ》くその人の動作まで浮びあがらせる。付句《つけく》の呼吸、句々の措辞、描き出された世界。いずれも確かな手腕で高度の詩美に直結しているといえるであろう。

ここでは天和の生硬な漢詩文調や晦渋《かいじゅう》さはもはや全く影をひそめ、温雅な文体に託された、美的なるもの、超俗的な詩境へのひたすらな志向があるばかりである。そうしたいわば唯美主義的な風がこのころの芭蕉と蕉門の芸境として定着していたのである。また芭蕉評注ではよく「新しみ」について触れているが、それはもはや、奇異な用語や観念の知巧にのみ新しみを求めた天和調とは全く類を異にしたもので、物を見る目の新しさ、自然や人生に内在する未開拓の真実の新しい洞察といった方向に焦点が集中されるに至っている。それは芭蕉俳諧が本格的な芸術の段階に入ったことを明確に示すものであった。

指導者たる芭蕉の発句が以上のような風調と同じ基底の上に立っていたのはいうまでもない。注目されることのひとつは右の脇句や七句目のような叙景句、すなわち作者の主観的心情をまじえない描写型の発句が現れはじめたことである。

鸛《こふ》の巣に嵐《あらし》の外《ほか》の桜哉（三九三）

花の雲鐘は上野か浅草か　(二九四)

月はやし梢《こずゑ》は雨を持ちながら　(三一四)

等々、こうした実景描写的な作品は言語遊戯俳諧の中では決して育つはずがなく、正風体にしてはじめて可能になったものといえる。その萌芽《ほうが》は『野ざらし紀行』中の「辛崎の松」などわずかに見られるにすぎなかったが、ここに至ってようやく成長しはじめた観があった。むろん叙景の方法は古典和歌にすでにあり、中世歌学以来これを景気《けいき》・見様体《みるようてい》あるいは景曲《けいきよく》体などと称し、『新古今集』にはとりわけその特色が著しかった。芭蕉がこの中世歌学に学ぶところ大であったことは疑いを容れる余地もないが、それを可能にしたのはやはり俳諧の正風体化である。もっとも、純粋に客観的な叙景句となると存外少ないが、これが今後の作調の重大な基盤となることに留意しなければならないのである。

しかしこの時期なかんずく注目すべきはつぎのような傾向の作品であった。

よく見れば薺《なづな》花咲く垣根かな　(三六三)

物皆自得

花に遊ぶ虻《あぶ》な喰《くら》ひそ友雀　(二九一)

原中《はらなか》やものにもつかず啼《な》く雲雀　(二九六)

痩《や》せながらわりなき菊のつぼみ哉　(三一九)

「物皆自得」は『荘子』哲学の自然観を象徴する語で、万物は皆それぞれの本然の天性に従い、その分に安んじて楽しんで生きているとの意であるが、その背景は、天地の間にある森羅万象の一切を宇宙の根源的な「道」(大自然の理法)のおのずからなる現れと見、従って人間も美しい花も鳥も、醜い虫けらも路傍の雑草や石ころも、この道の前では一切が平等の価値を有し、万物はそれぞれに道すなわち大自然の真理を内に宿しているとする『荘子』哲学の最も本質的な哲理に支えられている。
芭蕉が当時この「物皆自得」の自然観に格別深い関心をよせていたことは、同じ貞享四年作の「蓑虫説跋」という文章でふたたびこの語を繰り返しているところからも想像にかたくないが、右の四句はいずれもこの目をもって自然の様態、中でも何げなく見える身近の自然現象を深く凝視し、その奥にひそむ自然の摂理の隠微さをつかもうとする姿勢において、一致した傾向を示している。のみならず、同じような自然観察が二七六・二九五・二九八・三一八などでも繰り返し試みられているのを見れば、このころの芭蕉が『荘子』の自然観を自家薬籠中の物とすべく、いかに真剣に取り組んでいたかがわかるであろう。

芭蕉はこうした実験と思索の中で自己の芸術的信条を固めて行った。その到達点をもっとも端的に示すものは、「風雅におけるもの、造化（大自然の理法）に順ひて四時《しいじ》（四季）を友とす」「造化に順ひ造化に帰れ」（『笈の小文』）という大自然随順の精神であった。この文自体は元禄三年ごろの執筆と見られるが、この信条の骨格はいまいう貞享期の思索の中ですでに十分確立されていたと見てよい。またこの根本精神をより具体的に、経験の法則に近づけて説いたかたちの「松の事は松に習へ、竹の事は竹に習へ」（『三冊子』）という言葉も、研ぎ澄まされた詩人の目を感じさせる「物の見えたる光、いまだ心に消えざるうちに言ひ止めよ（言葉に繋ぎとめよ）」（同）という言葉も、やはり以上のような自然凝視の体験からにじみ出て来た詩的信条なのであった。

『三冊子』の土芳が、「松の事は…」の師説の根本精神は「私意を離れよ」との心であるとし、さらにこれを敷衍《ふえん》して「習へといふは、物に入りて、その微《び》の顕れて、情感ずるや句となるところなり。たとへ物あらはに言ひ出でても、その物より自然《じねん》に出づる情にあらざれば、物我二つになりて、その情誠に至らず。私意のなす作意なり」と説くところは、「詩と真実」の問題に深く触れ、「誠の俳諧」の何であるかを鋭く解き明かした至言といっても過言でないが、それはとりもなおさず芭蕉の真意を代弁したものにほかならなかった。

貞享中期の芭蕉はこのようにして〝詩〟の根本問題に沈思の日々を送ったが、同時に〝俳諧という詩〟の在り方についても考えを深めていった。言語遊戯の堕俗的な洒落俳諧を否定して典雅な正風体に帰し、純潔を求めて唯美的句境をおし進めてゆく中では、俳諧は連歌と区別できなくなる危険を温存していた。たとえば「咲く日より車数《かぞ》ゆる花の陰」(「丙寅初懐紙」中の付句《つけく》)のような句はすべて雅語で、内容的にも連歌と選ぶところがない。芭蕉自身の句にしても、「古巣ただあはれなるべき隣かな」(三六八)といった作になるといわゆる俳言《はいごん》もなく、どこに俳諧性があるのかという微妙な問題も起ってくる。事実、俳壇には「去年《こぞ》一昨年《をととし》よりの句の風《ふり》、世上挙《こぞ》りてやすらかに好み流行《はやり》ぬれば、その優美ならんとするに長じて、大方一巻《ひとまき》の三つが一つは(連句一巻のうち三句に一句は)連歌の片腕なく、和歌の足短かきなんどの類ひこそあれ」(貞享四年刊『丁卯集』)といった批判も抬頭《たいとう》しつつあった。しかしこうした批判の有無にかかわらず、新しい正風体の上でいかにして俳諧性を確保すべきかは、芭蕉にとって新しい、大きな課題になっていたはずである。次に示すのはそうした課題への思索を積み重ねる中で到達した俳諧観である。

春雨の柳は全体連歌なり。田螺《たにし》取る鳥は全く俳諧なり。「五月雨に鳰《にほ》の浮巣を見にゆかん」といふ句は詞《ことば》に俳諧なし。「浮巣を見にゆかん」といふ所、俳なり。また「霜月や鴻《こふ》のつくつく並び居て」といふ発句に、「冬の朝日のあはれなりけり」といふ脇は、心・詞ともに俳なし。発句を受けて一首の(和歌の)ごとく仕なしたる所、俳諧なり。詞にあり、心にあり。その外この句

（冬の朝日）の類ひ、作意にあり。拠《よ》るところ、一筋に思ふべからず。（『三冊子』）

すなわち一つには詞（素材・対象）の問題である。たとえば同じ春の情景でも、春雨にけむる柳の優美な風情は伝統的に連歌の世界のものとされてきたのに対して、俳諧の世界は、田圃《たんぼ》で田螺をほじくる鳥といった、通俗卑近なものの中に宿る独特の通俗美に求められなければならないというのである。むろん通俗それ自体は俳諧発生期以来の特質であり、貞門ではすでに連歌に俳言《はいごん》を加えれば俳諧になると説かれた。しかし芭蕉がここでいう「詞」がそんな形式主義をはるかに超越した、内容本位のものになっているのはいうまでもない。あくまで通俗が通俗自体として持つ美の独自性を掘り起すところに俳諧の文学的本質があるとするのである。

その実作例はむろん枚挙にいとまないが、

古畑やなづな摘みゆく男ども　（二六二）

古池や蛙《かはづ》飛びこむ水の音　（二七〇）

などはそれをかなり強く意識した作といえようか。

「古畑」の句は、美しく着飾った都上臈《みやこじようろう》の優雅な遊びとして古典和歌以来のイメージをもつ薺《なずな》摘み（若菜摘み）を打ち返して、武骨な男どもが、しかも荒れさびた畑で無雑作に薺を摘み取ってゆくところに、卑近な庶民の薺摘みの持つ新しい詩情を探った作である。

「蛙」はまた、「花に鳴く鶯《うぐひす》、水に住む蛙の声を聞けば、生きとし生けるものいづれか歌を詠まざりける」（『古今集』序）というように、和歌・連歌ではもっぱら「水に住む」もの、歌う、または鳴くものとしてのみ扱われ、不思議なことに、飛ぶという蛙の本性はまったく詩材として取り上げられることがなかった。芭蕉の句はその和歌・連歌の優美の概念に漏れたところ、伝統から疎外されたところに新しい俳諧的素材をみとめ、ポチャッというややユーモラスな音に荒れた「古池」を配することによって、そこに独特の枯淡閑寂の卑俗美を打ち出しているのである。

『三冊子』の土芳が「詩歌連俳はともに風雅なり。上《うへ》三つのものに余す所も、その余す所まで、俳は至らずといふ所なし。……見るにあり、聞くにあり。作者感ずるや句となるところは、すなはち俳諧の誠なり」というのは、やはり芭蕉の信条の祖述にほかならないが、ここには俳諧を伝統的権威ある漢詩・和歌・連歌と比肩すべき風雅（風流を志す詩）だとする気概がある。のみならず、この三ジャンルでは雅をもっぱらとして用語素材が伝統的に著しく制約、固定化され、俗の世界を対象とする自由がまったく奪われているのに対して、俳諧はすべてが自由であり、見るもの聞くもの俳諧の種ならざるはない、俳諧の文学的可能性は無限であるという、俳諧の価値の根本的見直しがここにはあった。芭蕉は俳諧の在り方をあらためて沈思する中で、このようにして通俗の持つ意味の深さ、俳諧というジャンルの幅の広さを見破ることとなった。

　しかし芭蕉は、俳諧性を素材の通俗さだけに限定すべきではなく、作者の心にも求められなければならないと考える。「五月雨に鳰の浮巣を見にゆかん」（三〇二）についていえば、「五月雨」も「鳰の浮巣」もそれ自体は和歌連歌以来の雅語であって、句中に俳言は皆無だが、この古典的な「鳰の浮巣」を見たいばかりに、降りしきる五月雨の中をわざわざ江戸から遠い琵琶湖まで出かけようという酔狂な心のおかしみが、とりもなおさず俳諧だというのである。

　いうところの主旨は俳諧における滑稽性の問題にあった。滑稽は通俗とともに俳諧の欠くべからざる本質だったはずであるが、言語遊戯の猥雑な諧謔を否定して正風体の唯美的句風をおし進める中では、素材はとかく通俗から遠ざかりがちとなった。そんな中で俳諧本来の特質をどう生かしてゆくべきか。その問題を芭蕉は「心の俳諧」――心のおかしみによって解決したのである。

念のために付け加えるならば、「心の俳諧」はむろん雅語だけの作品に限って要求されるわけではない。芭蕉が「鴫の浮巣」を選んだのは、俳言のない句ですら心のいかんによっては俳諧になるのだという意を強調するためにほかならず、詞の俳諧と心の俳諧の両立はむしろ当然のことでなければならなかった。貞享中期の実作例でいえば、二七七・二八六などは俳言のない心のおかしみの句といえるだろうし、俳言があって心のおかしみの濃い句となると、二七三（座頭が俳言）・二八二（雪まるげが俳言）その他種々様々、枚挙にいとまないほどある。

芭蕉俳諧といえば古来、さび・しおり・ほそみというペーソス的な側面だけが強調されがちだったが、芭蕉にとってはむしろ滑稽の方が俳諧の基本として、より本質的な問題なのであった。むろんそれが言語遊戯の猥雑な滑稽と次元を異にするものであったことは言をまたない。土芳も「詞いやしからず、心戯《ざ》れたるを上《じやう》の句とす」（『三冊子』）というとおり、温雅な正風体で、しかも心に滑稽ある作が芭蕉俳諧の理想的な在り方となったのであり、ここにおいて滑稽は猥雑な知的滑稽《コミック》からほのぼのと心をやわらげる情的滑稽《ユーモア》の文学へと昇華するに至るのである。その芽生えはすでに天和の模索期にあり（一四一などが好例）、野ざらしの旅中作で成長し、この貞享中期において理念的に確立したものといえる。

三つめの説は連句の付け方を例に引くが、その根本主旨は、詞の通俗にも心の滑稽にもよらず、作者の作意そのもの、例えば自由な機転あるセンスが俳諧性を生みだすこともあるというにあり、芭蕉が俳諧性なるものをかなり広く自由に考えようとしていたことを示す。これを発句に移していえば挨拶の発句における当意即妙の興趣などが該当するであろう。

貞享中期の芭蕉は以上のようにして『荘子』の自然観、ひいてはその人生観に深く沈潜しつつみずからの芸術哲学を築き、ひたすら風雅三昧《ざんまい》の生活に徹して俳諧を真正の純粋詩へと高めるべく、思索と実践を繰り返した。いわゆる「誠の俳諧」としての芭蕉俳諧の基盤はこの時期においてほとんど完成の域に達したと言っても過言ではなかった。

旅と貞享ぶり――『笈の小文』『更科紀行』のころ

本文三二〇〜四七三番句

芭蕉はここでふたたび東海・近畿の行脚に旅立つ。貞享四年十月に江戸を発って翌五年四月須磨・明石に至るまでの『笈の小文』の旅（三二〇〜四一二）と、帰路、木曾路を経てその年八月末に江戸にもどるまでの『更科紀行』の旅（四四五〜四五七）がそれである。

この旅に臨んだ芭蕉の心境にはすこぶる静安で明朗なものが見られる。文学的にも人間的にもなお模索中の不安を懐いて出発した野ざらしの旅とはちがって、芭蕉はすでに俳諧という詩の窮極的に拠って立つべき芸術哲学を胸中に確立し、俳諧的表現のあるべき姿についても十分煎《せん》じつめて確信をもてる理念に達している。旅はその理念をさらに大きく展開すべき新たな吟行の場として、芭蕉には期待にはやる心さえあったかのごとくである。出立吟「旅人と我が名呼ばれん初時雨」（三二〇）について芭蕉は、「心の勇ましきを句のふりに振り出《いだ》して、「呼ばれん初時雨」とは言ひし」と土芳に語ったという（『三冊子』）が、そこにも自信にみちた今回の旅の心境を彷彿《ほうふつ》させるものがあった。

旅中作は総じて江戸の二年半に築き上げた唯美的風調の基盤に立っている。その意味でこれは「貞享ぶり」の一環と見るべきだが、いうまでもなく多くのバリエーションが試みられた。代表的な佳句を十句に限ってあげるとならば、つぎのような作をこれに当てることができよう。

何《なに》の木の花とは知らず匂ひ哉（三六四）
春の夜や籠《こも》り人《ど》ゆかし堂の隅《すみ》（三八〇）
雲雀《ひばり》より空にやすらふ峠哉（三八一）
花の陰謡《うたひ》に似たる旅寝哉（三八四）
ほろほろと山吹散るか滝の音（三八七）
草臥《くたび》れて宿借《か》るころや藤の花（四〇〇）
蛸壺《たこつぼ》やはかなき夢を夏の月（四一〇）
おもしろうてやがて悲しき鵜《う》舟《ぶね》哉（四三一）
俤《おもかげ》や姨《をば》ひとり泣く月の友（四五二）
吹き飛ばす石は浅間《あさま》の野分《のわき》哉（四五七）

こうした佳句になると、それぞれに含蓄するものの深さにおいて、形象化の完熟度の高さにおいて、貞享中期の句境をしのぐものがある。

だが反面、芭蕉は今回の旅で十分の充足感をもつことができなかったようである。そのことは旅後、江戸から須磨・明石までの旅を紀行文（すなわち『笈の小文』）にまとめようとして容易に熟さず、『おくのほそ道』の旅を終えた元禄三、四年ごろふたたび手を加えて完成を志しながらなお満足した結果が得られず、ついに未定稿のまま放棄した事情によって裏付けられる。事情とはすなわち、この東海・近畿の旅の道筋に前回の野ざらしの旅と重なる所が多く、題材が重複して新鮮感に欠けたこと、行くさきざきで名士として迎えられ、いきおい社交的作品が多くなったこと、期待された吉野行脚を頂点とする伊賀から須磨・明石・京までの旅（三七七〜四一四）が、不遇に沈む杜国（三三〇頭注）を同伴してこれを慰める配慮からやや観光旅行的に終ったこと、等々により、精神の高揚に欠けるところがあったということである。その間の旅中作が過半、ひと通りのものに終っているのもそのせいであろう。

　こうした中にあって、木曾路の険難をゆく帰路の旅は緊張感の連続で、山深い信州の秋のあわれは殊に芭蕉の心にしみるものがあったようである。その感動は非常にふかいもので、貞享五年八月末（九月、元禄と改元）深川帰庵後、年改まった元禄二年閏《うるう》正月に至ってもなお、「去秋は越人（四七〇頭注）といふ痴《し》れ者（風狂者を）木曾路を伴ひ、桟《かけはし》の危ふき命、姨捨《をばすて》の慰みがたき折、砧《きぬた》・引板《ひた》（鹿威《しかおど》しの鳴子）の音、鹿追ふ姿、哀れも見尽して、年明けてもなほ旅の心地やまず」（猿雖《えんすい》宛書簡）という心境にあり――その紀行文『更科紀行』は帰庵後まもなく書きあげている――、芸術の道はこのような旅の境涯に没入するところにあると改めて痛感したもののごとくに、帰庵まもない元年の冬ごろには早くも未知の遠国、奥羽・北陸へ向けての旅を思い立つのである。その旅に臨む気構えもまた「一鉢《いっぱつ》の境涯（托鉢の鉢一つ持っての旅の境地を望み）、「乞食《こつじき》の身こそ尊けれ」と歌ひて侘びし貴僧（増賀聖《ぞうがひじり》・三四頭注）の跡もなつかしく、なほ今年の旅はやつしやつして薦《こも》（乞食の着る）かぶるべき心懸けに御座候」（同上）というきびしさに満ちたものであった。

新たなる転生――『おくのほそ道』から『猿蓑』へ

本文四七四～七五一番句

　芭蕉がそうした捨身《しゃしん》の求道心に身を責めて奥羽の旅に期待したものは、『おくのほそ道』にみずから「耳にふれていまだ目に見ぬ境（を見て）、もし生きて帰らば……」というとおり、話に聞き古歌文章で知るにすぎなかった僻遠の地の歌枕――みちのくは歌枕の宝庫であった――を現地で確かめ、古典の世界に肌で触れることによって詩嚢《しのう》を肥やすためにほかならなかった。その関心の強さは同行の門人曾良《そら》に奥羽・北陸の名所旧跡・歌枕・神社仏閣などをあらかじめ克明にメモさせている（『曾良旅日記』）ところにも明らかである。

『おくのほそ道』の旅は元禄二年三月末に江戸を出発、四月二十日に白河の関を越えて、みちみち歌枕を尋ねながら仙台・松島・平泉を限りに奥羽山脈を横ぎって五月半ば出羽（山形県）に入り、尾花沢・大石田・出羽三山・酒田と日を重ねて、象潟《きさがた》を北限として北陸道を南下し、加賀金沢で初秋を迎え、越前敦賀《つるが》で仲秋の名月に会い、八月の下旬ごろ美濃大垣に至るまでの、行程六百余里、まる五箇月におよぶ長途の旅となった（四八三〜五八六）。

この旅の体験が芭蕉に与えたものはすこぶる大きかった。それは単に個々の作品の中に生涯の絶唱というに値する秀吟をいくつも残したという意味だけではなかった。芭蕉は、限りなく変化に富んだ松島の自然に『荘子』のいう〝造化の秘密〟をまざまざと観察する感動も味わった（五一四）。中でも心をふかく刺したのは、奈良時代の天平宝字六年に建立された仙台郊外多賀城趾の「壺《つぼ》の碑《いしぶみ》」や五百年来の中尊寺の光堂（五一六）が悠久の姿を保っている反面で、多くの歌枕や史跡が歳月の重みの中でさだかな跡もとどめなくなっている現実であった。その痛感のふかさは、「昔より詠み置ける歌枕、多く語り伝ふといへども、山崩れ、川流れて、道あらたまり、石は埋もれて土に隠れ（五〇九）、木は老いて若木に変れば（五一一）、時移り代《よ》変じてその跡たしかならぬ事のみを、ここ（壺の碑）に至りて疑ひなき千歳《ちとせ》の記念《かたみ》、いま眼前に古人の心を閲《けみ》す。行脚の一徳、存命の悦び、羇旅《きりよ》の疲れもわすれて涙も落つるばかりなり」（『おくのほそ道』壺の碑の章）という一文を見るだけで明らかであろう。芭蕉はそこに悠久なるものと変化流転するものとの交錯する自然と人生の相を観じ、これが自己の芸術にも共通するところの多いことに目覚める。そして重要なことは、ここから詩の真実というものをこれまでより遥《はる》かに高い次元に立って高所から捉《とら》えなおした芸術観、すなわち「不易流行」の思想に到達し、いわゆる貞享ぶりを脱皮して俳諧に新たな転生の道をきりひらくに至ったことである。

「不易流行」の思想とは、芸術作品に永遠（不易）の生命を与えるものはあくまで深く自然や人生の実相に迫ろうとする真実探究の精神（風雅の誠）によって掘り起された詩的真実であるとする一方、真実探究の精神が本物であればあるほど、物を見る目もその表現方法も、いつまでも同じ状態にとどまっていられるはずがなく、おのずから新しい境地に向って一歩を進め変化流行してゆかざるをえず、しかもそのように変化流行して新しい真実を追い求めてゆく自覚的なプロセスにおいてのみ、鮮烈な生命が作品の内部に躍動してくる、とする芸術観である。つまり一見矛盾するかにみえる不易（変らない）と流行（変る）は同じ「風雅の誠」の両面にほかならず、不易を欠くときは真実性が失われて空疎化し、流行を欠いて動かないときは停滞に陥って陳腐化するという、絶対的な相互補完関係にあり、従って作品の永遠不易性を保証するためには常に流行が求められなければならない、「千変万化するものは自然《じねん》の理《ことわり》なり」（『三冊子』）、という考え方である。この考え方の原質は『荘子』の宇宙哲学に見られるものだったが、芭蕉はそれを自己の文学体験、直接的には奥羽行脚の体験と思索の中で詩の本質論として発酵させたのである。

それまでの芭蕉にはどちらかといえば、俳諧には最後に到達すべき理想の風《ふう》、つまり不易的なものがあると考えていたようなところがある。天和の混沌期以来の苦心はじつにその境地を求めるためのものであった。従って旧風の殻《から》を完全に切りぬけて貞享ぶりを築き上げるに至って、ついに到達すべきところに到達したという解決感にひたっていた観もあった。が、『笈の小文』の旅でその停滞を予感するところあり、のみならず、この風調が滔々《とうとう》として俳壇に支配的になってゆく中で、とらわれた唯美主義の弊害がようやく顕著になりはじめていた。「不易流行」論はじつはそういう現状認識に立脚して考案されたものであって、従ってそれは詩の本質論であったと同時に、風調の一所固定を否とし、現状を打破して新機軸を打ち出すべきことに力点を置いた、時務的色彩の濃い論でもあったことに注意しなければならない。

すなわち、芭蕉は『おくのほそ道』の旅を終えたあともまる二年間にわたって近畿にとどまり（兲八七〜七三〇）、主として伊賀・京都・湖南（大津・膳所《ぜぜ》）の三地区を交互に行き戻りしながら門人との交流を深めるのであるが、その初頭、元禄二年の冬に、まずもって「不易流行」の考えを門人たちに説き聞かせるとともに、滞在二年間の努力はもっぱら俳諧の新しい転換、新たに進むべき方向を確立することに注がれたと言ってよかったのである。

その消息は「この冬（元禄二年）、初めて不易流行の教へを説き給へり」（『去来抄』）といい、「故翁（芭蕉）、奥羽の行脚より都へ越え給ひける、当門の俳諧すでに一変す。わが輩《ともがら》、笈《おひ》を幻住庵に荷負ひ、杖を落柿舎《らくししゃ》に受けて、ほぼその趣きを得たり。『ひさご』『猿蓑』これなり」（『俳諧問答』）という去来の言葉からも知られるが、これを芭蕉自身の言葉に徴すれば、「世間ともに古び候により少々愚案（俳風上の自分の行き方）工夫《くふう》これあり候ひて、心を尽くし申し候」（元禄三年七月牧童宛書簡）、「俳諧（連句）・発句、重くれず持つて回らざるやうに御工案なさるべく候」（同四月此筋《しきん》・千川《せんせん》宛）、「新意を志す」（元禄四年三月去来宛）等々が当時の芭蕉の志向を鮮明に印象づけてくれるであろう。

では芭蕉のいう「古び」あるいは「新意」とは具体的に何を意味したか。一口にいえば「古び」とは貞享ぶりのマンネリ化、すなわち、唯美主義的風調の流行に付随して過度の美化意識が一般化し、その結果実《じつ》のない虚飾的表現が横行するようになった状況をいうのであり、そうした悪弊を乗り越えるための具体的方法をさぐるところに「新意」のねらいがあった。さらに具体的にいえば、「当時（現在）の俳諧は梨子地《なしぢ》の器《うつはもの》に高蒔絵《たかまきゑ》書きたるがごとし。丁寧《ていねい》、美《び》尽くせりといへども、やうやくこれに飽く。予が門人は桐の器を柿合《かきあは》せ（柿渋塗りの器）に塗りたらんがごとく、ざんぐりと荒びて句《く》作《さく》すべし」（不玉宛去来書簡）という芭蕉の言葉に明快に示されているように、唯美主義のマンネリ化に由来する虚飾的作意過剰の技巧を排して、あっさりした淡白な表現を志すことが「新意」の俳諧のねらいであった。虚飾的表現とは例えば、

君が春蚊帳《かや》は萌黄《もよぎ》に極《きは》まりぬ　越人

のような作をさす。この句は聖天子の御代のいつまでも変らぬ栄えを寿いだ歳旦句なのだが、その慶意を直接的な言葉で表さず、蚊帳の色がふつう萌黄色（薄緑）に決っていて変ることがないという比喩を持ち出して間接的に表現しようとしている。作者にしてみれば余人の気づきそうもない新しい比喩を探り出して表現を高級化し、芸達者なところを見せようと大いに美化意識を働かせたつもりなのだが、その美化意識の隙間に安易な、不自然な知的はからいが介入し、結局、句は理に落ち、真実味のない虚飾を残すだけに終っている。しかも当時の俳壇にはこの種の傾向が滔々《とうとう》として一般化しつつあったのである。

このころの芭蕉は、このような観念的な作意や趣向をこととし、気取った表現をして芸の高さと錯覚する傾向に、言語芸術というものの生来的に陥りがちな大きな落し穴があるという深い危機感をいだき、そうした作意や表現を「重み」「重くれ」、あるいは「心のねばり」「糊気」といった言葉でしきりに批判しつつその是正にこれ努めている。前出「俳諧・発句、重くれず持つて回らざるやう」というのもその一端をよく示す言葉であったが、芭蕉はまたその「重み」にとって代る「新意」の俳諧

を「かるみ」という言葉でも表した。

「かるみ」の語が芭蕉の口からもれた最初は元禄三年の春、伊賀で巻いた歌仙の発句、

　木 の も と に 汁《しる》 も 膾《なます》 も 桜 か な　（六一五）

について、「花見の句のかかり（風情）を少し心得て、軽みをしたり」（『三冊子』）と自句自評したときであった。この句のどこが「かるみ」かといえば、ことさらな技巧も気取った言葉も用いず、ただ「汁も膾も」という慣用的な俗語であっさりと詠んだだけで、しかも花見の酒席の何もかもが花まぶれの庶民的な花下遊宴の場面をあますところなく形象化したところにあったのである。

「かるみ」はこのように「重み」すなわち観念的な作意や技巧を排除しようとする新意の俳諧を代弁する用語として用いられるようになったもので、従ってそれ自体、本来的には表現態度の問題、つまり技術的な範疇に属する概念だったはずであるが、しかし芭蕉はこの「重み」を生むそもそもの基盤が唯美主義的風調の中で扱われた詩材の問題と表裏一体の関係にあることをも見逃さなかった。すなわちそこでは古典的世界への接近をはじめ、とかく作者の実体験を離れた観念的虚構の世界が詩材として多く求められた。そうした虚構の詩も、ある種の真実に根ざすかぎりにおいて高度の美的感動を生み出すことがあるが、その真実を堅く維持しないかぎり作品はたちまち真実味のないこしらえもの、つまりは虚飾に堕する危険をはらんでいる。しかも実際にはこの病弊が俳壇にようやく顕著に現れてきていたのである。

　かくて芭蕉は新意の「かるみ」の在り方をさぐる中で必然的に詩材の問題に突き当り、観念的虚構の世界を離れた、もっと実《じつ》のあるもの、事実に根ざしを持つものの中に真実の詩を求めはじめる。芭蕉文学の詩材はここにおいて、唯美主義時代の反俗的・古典主義的・虚構的なものへの志向から、日

常生活的・現実的・写実主義的なものへとその流れを大きく変えはじめるのである。

さきの「木のもとに」の句もそれであったが、その他、例えば、

川風や薄柿《うすがき》着たる夕涼み　（六三九）

桐《きり》の木に鶉《うづら》鳴くなる塀《へい》の内　（六五一）

しぐるるや田の新株《あらかぶ》の黒むほど　（六五九）

乾鮭《からざけ》も空也《くうや》の痩《やせ》も寒《かん》の中《うち》　（六七〇）

山里は万歳《まんざい》遅し梅の花　（六八三）

月待《つきまち》や梅かたげ行《ゆ》く小山伏《こやまぶし》　（六八四）

等々にみられるような、卑近な現実に根をおろした形象力豊かな写実句が急速に主流の色を強めて行くところに、この時代の芭蕉文学の著しい特色を認めることができる。そして去来もいうように（三八九頁）、この風を最もよく具現したのが『ひさご』『猿蓑』の二集であった。

『笈の小文』旅中の「何の木の」（三六四）、「春の夜や」（三八〇）などは古歌・古典のイメージをオーバーラップさせて成功したすぐれた作品であったが、この時期になると、そういう古歌・古典の借景的効果をねらう行き方は特別な作句環境以外にはほとんど影をひそめてくる。

月見する座に美しき顔もなし　（六四九）

の一句はそうした方向転換を推敲《すいこう》過程において象徴する作品ともいえようか（釈注参照）。この句のねらいは琵琶《びわ》湖の名月の賞美にあるが、芭蕉は最初、謡曲の世界を背景に月下の寺児《てらちご》の幻想美を演出し、ついで再案では小野小町の七変化《へんげ》に託して、月の移行につれてさまざまに景趣を変幻させる琵琶湖の美しさを幻想的に描き出しながら、ついにその境地に満足できず、最後は一転して自分のまわりで月

見する門人たちの現実の素顔に焦点をあて、湖水の名月をさりげなくたたえることでようやく成案に達している。ここに、観念的なものにあきたらず、実在的なものの手ごたえをひたすら探りつつあった、当時の芭蕉の姿をかいまみることができるのである。

以上のような次第で、芭蕉は『おくのほそ道』の旅を境目としてその俳諧の文学的傾向を大きく転換させた。端的にいえばそれは観念的理想主義から経験的現実主義への転換ともいうべき本質的な転換だったのであり、芭蕉自身においてもこの方向をつかんだとき、はじめて真の意味における〝文学〟の在りようが目に見えてきたのであろうか、これ以後はほとんど迷うことなく、死に至るまでひたすら「かるみ」の唱導を繰り返しつつ、その境地を極限まで深めて行くことになるのである。

庶民詩の創造――かるみの深化　　本文七五二～九二三番句

芭蕉は元禄四年九月末に近畿の漂泊を切り上げ、途中、東海道筋の各地に門人を訪ねながら一箇月後の十月末、奥羽行脚発足以来約二年半ぶりに江戸にもどるが、それ以後の芭蕉の俳諧生活はただひたすら「かるみ」の唱導に明け暮れるふうであった。その様子は、一例をあげれば、元禄五年五月の去来宛書簡の次のような言葉からもうかがうことができる。

この方《はう》（江戸の）俳諧の体《てい》、屋敷町・裏屋・背戸《せど》屋・辻番・寺方《てらかた》まで点取りはやり候。尤《もつと》も点者どものためには悦《よろこ》びにて御座あるべく候《さうら》へども、さてさて浅ましくなり下がり候。なかなか新しみなどかろみの詮議《せんぎ》（吟味）思ひもよらず、随分耳に立つこと、むつかしき手帳をこしらへ、……或《ある》は古き姿に手重く、句作り一円（全く）聞かれぬ（聞くにたえぬ）ことにて候。

ここでは「かるみ」が「古び」や「重み」を否定して「新しみ」を追求するための表現（句作り）

上の理念であることを、芭蕉の口から直接聞くことができる。「手帳」とは殊さらな趣向・作意を凝らし持って回ったこしらえもののような句作を巧む意で、これも芭蕉のしばしば使う言葉であった。そして書簡の口ぶりに、芭蕉と去来の間に「かるみ」についての共通認識がすでに十分できあがっていたことをうかがわせるものがあるのは、近畿滞在の二年間「かるみ」の指導を繰り返してきたことを裏づけてもいる。が、それはともかく、このころ芭蕉は年々点取俳諧が勢力を強める中で俳風がいよいよ瑣末《さまつ》な技巧主義に落ちてゆく江戸俳壇の現状を嘆くにつけても、これを常ひごろ主張しつづける「かるみ」の観点に引きつけて説かざるをえないという心境になっていたことを、この文面は示しているのである。

　これより少し前の同年二月初め、芭蕉は江戸のパトロン杉風宛の書簡に、近作「鶯《うぐひす》や餅に糞《ふん》する縁《えん》の先《さき》」（七五四）を報じ、これにわざわざ「日頃工夫《くふう》の所にて御座候」と書き添えているが、「日頃工夫の所」とはもちろん「かるみ」であった。句は縁先に乾し並べてある正月の残り餅に庭の鶯が可憐な糞をしかけて行くという、日常生活のある日に見た卑近な題材を見たまま描いて、しかも単なる平面描写に終らず、正月気分の余韻もまだ残る明るい陽春の情趣まで深くつかんでいる。

　芭蕉はその素材と表現法が「かるみ」の理念に合致しえたことを喜び、杉風も手本として学ぶようにと注意を喚起しているわけだが、帰東後の芭蕉はこのように、平凡な日常卑近の生活相の中に詩材を求めることにおいて、近畿滞在のころよりさらに一歩を進め、表現法においては技巧・作意の介入をいっそう厳しく排除してますます枯淡の芸境を深めるようになる。

　それらの詳細について芭蕉自身は一向に筆に残そうとしなかったが、元禄七年五月、最期《さいご》の近畿行脚に旅立つ前に、志深い者があれば申し聞かせよと言って杉風に言い残した次の言葉は、最晩年の芭蕉の芸風をきわめてリアルにうかがわせるものがある。これは芭蕉の没後間もない元禄八年の六月、杉風から甲州谷村《やむら》藩の家老で芭蕉の熱心な門人だった高山麋塒《びじ》に伝達された文面である。

一、翁《をう》（芭蕉）近年申し候は、「俳諧（は）和歌の道なれば、とかく直なるやうに致し候《さうら》へ。……」

一、「段々句の姿重く、理にはまり、むつかしき句の道理いりほが（穿《うが》ち過ぎ）に罷《まか》りなり候へば、皆只今《ただいま》の句体《くてい》打ち捨て、軽くやすらかに、不断の言葉ばかりにて致すべし。ここをもつて直《すぐ》なり」と申され候。……

一、「古事来歴致すべからず。一向己《いつかうおのれ》の作なし」と申し置き候。……

一、「古人も賀《が》の歌そのほか作法の歌に面白きことなし。山賤《やまがつ》・田家《でんか》・山家の景気《けいき》（景色）ならでは哀れ深き歌なし。俳諧もそのごとし。賤《しづ》のうはさ（庶民に関する話題）、田家・山家の景気専らに仕《つかまつ》るべし。景気、俳諧には多し。諸事の物に情《じやう》あり、気を付けて致すべし。不断の所に昔より言ひ残したる情山々《やまやま》あり」と申し置き候。

一、翁、「近年の俳諧（かるみの俳諧）、世人知らず。古きと見えし（かるみを古いと誤解する）門人どもに（かるみの句の）見様《みやう》申し聞かせ候。一遍《いつぺん》見てはただかるく、埒《らち》もなく、不断の言葉にて、古き（ありふれて古くさい）やうに見え申すべし。二遍見申しては、前句《まへく》への付けやう合点《がてん》いき申すまじく候。三遍見候《さうら》はば、句の姿（句柄《くがら》）変りたるところ見え申すべし。四遍見申し候はば、言葉古きやうにて句の新しきところ見え申すべし。五遍見候はば、句は軽くても意味深きところ見え申すべし。……これにて大方合点致すべし」と申され候。

一、翁近年の俳諧合点仕り候者（よく理解できる者）、江戸・上方《かみがた》の門人どもの中に人数三十人ばかりも御座あるべく候。そのほかは前句付《まへくづけ》、また点取りばかり仕り候《さうら》へば、その者どもには少しも（かるみの法を翁は）伝へ申されず候。「総じて江戸中、上方ともに十年先《さき》の寅《とら》の年（貞享三年）の俳諧の替り目のところにとどまり罷《まか》りあり候。その時よりは悪しく御座候」よし、翁申され候。……

いうところはすべて「かるみ」にかかわる言説である。最後の部分、芭蕉が野ざらしの旅からもどった翌貞享三年を「俳諧の替り目」、すなわち唯美主義的な風調への大きな転換期と見、それ以来世上の俳風は元禄七年の現在まで停滞して動かず、むしろ趣向・作意の過剰さがかえって俳諧を悪くしていると指摘するところは、芭蕉の同時代史観としてきわめて示唆に富むものだが、芭蕉を刺戟して「かるみ」の具現に情熱を傾けさせたものが何であったかも、そこにおのずから物語られている。

ところでその「かるみ」について、「不断の言葉（日常の俗語）ばかりにて」、「不断の所（日常卑近の場―人生や人間や風物）に昔より言ひ残したる」新しみを探るにありとし、表現はあっさりと「軽くても」繰り返し玩味《がんみ》すればするほど、その「新しみ」や「意味深きところ」がいよいよ深く見えてくるような作なのだ、と芭蕉はいう。つまるところそれは、俗語にも通俗卑近の世界にもそれ自体として本来的に備わる独自の美を発掘し、古来の和歌連歌ではかつて発見されたことのない、俗語と通俗の中で眠りつづけてきた詩性を呼び起して、通俗のみの持つ独自の詩――庶民詩を創造しようということにほかならなかった。

「古事来歴」云々《うんぬん》は、ここでは連句の付句《つけく》を案出するに当って古典文学などの古事来歴にすがった付け方をしては作者の独創性は生れないというのだが、連句におけるこのような古典離れの姿勢は当然発句にも強く波及している。もちろん作品の世界は多様性が要求され、この期においても「郭公声横《ほととぎすこゑよこ》たふや水の上」（七九七）その他七三八・八〇四・八一六・八二六・八三七以下十句余りの故事・古典をふまえた作があるが、それはもはや時にとっての興にすぎなくなっており、大勢はすでに滔々《とうとう》として通俗卑近なるものに向って流れているのである。それらの中でとくに形象力豊かな、「かるみ」の典型というべき作品若干をサンプルとして掲げてみる。

炉開《ろびら》きや左官《さくわん》老い行《ゆ》く鬢《びん》の霜《しも》　（七七七）
塩鯛《しほだひ》の歯ぐきも寒し魚《うを》の店《たな》　（七八〇）
鞍壺《くらつぼ》に小坊主《こばうず》乗るや大根引《だいこひき》　（八二八）
煤掃《すすはき》は己《おの》が棚《たな》つる大工かな　（八三六）
梅が香にのっと日の出る山路《やまぢ》哉　（八四二）

七七七・八二八・八三六はそれぞれ左官・農民・大工という庶民に焦点を当てて軽いタッチで描きながら、しかもそこに人生の寂しさや、安らぎや、ちょっとした仕合せの瞬間がふかぶかと流露して、高度の人生詩になりえているのを見るであろう。七八〇について其角は、下五「魚の店」という一見あまりにも平凡な素材の働きによってこの句が「幽深玄遠」、筆舌に尽しがたい深みのある作になっていると激賞し、これによって「活語の妙」を知ったと感服しているが、それがまた芭蕉の志す「かるみ」の境地でもあったのである。「梅が香」（八四二）の句は「のっと」という俗語の絶妙の働きによって早春の山路のさわやかな夜明けを描いて、和歌連歌ではいえない新しい俳諧美を創造している。

　これらは江戸での作だったが、元禄七年五月江戸を発って近畿に赴いた最期《さいご》の旅では、「かるみ」具現への情熱はいよいよ高揚したかのごとく、門人宛の書簡に「かるみ」を説く調子も一段と高まっているが、自作にも生涯の絶唱ともいうべき秀吟を立てつづけに多く残している。

六月《ろくぐわつ》や峰に雲置く嵐山《あらしやま》　（八七四）

夏の夜や崩れて明けし冷し物　（八八〇）

名月に麓《ふもと》の霧や田の曇り　（八九八）

名月の花かと見えて綿畠《わたばたけ》　（八九九）

びいと啼《な》く尻《しり》声《ごゑ》悲し夜《よる》の鹿《しか》　（九〇六）

菊の香《か》や奈良には古き仏《ほとけ》達《たち》　（九〇七）

秋の夜を打ち崩したる咄《はなし》かな　（九一四）

この道や行く人なしに秋の暮　（九一六）

この秋は何《なん》で年寄る雲に鳥　（九一八）

秋深き隣は何をする人ぞ　（九二一）

炎天下の嵐山の風景を豪快なタッチで描破した八七四、さわやかな名月の伊賀盆地の夜景を描いた八九八・八九九の叙景句、「びい」という肉声に秋の鹿の新しいリアリティーを探った九〇六や、菊の香と古都の古仏との間に微妙に通い合う匂いを感合させて古雅な詩的世界を創造した九〇七。あるいは夏の夜の酒宴に歓楽尽きて忍び寄る深い哀感を、暑苦しく崩れた冷し物の残骸で象徴的に描き出した八八〇。中でも死のいよいよ近くなったころに詠んだ最後の四句には、芸術を人生とし、人間と人生の探究に後半生のすべてを捧げたともいえる人生詩人のふかぶかとした人生詩を読みとることができる。

付録

松尾芭蕉略年譜

一、各事項毎に改行を施した。芭蕉作品の入集する俳書には▽印を付して、一般項目と区別した。その際、生存中の入集俳書は洩れなく掲げた。「句入集」と略記したものは、発句の入集数である。
一、原則として年月日順に配列したが、日付不明のものは可能な限り推定し、月の上旬・中旬・下旬・上中旬・中下旬等として掲げた。それらの推定が困難な場合は、月・季節の順に従って配列した。
一、（ ）内の平体漢数字は、該当する本文の作品番号である。

正保元年（一六四四）甲申　**一歳**
伊賀上野（三重県上野市）赤坂町で松尾与左衛門の次男として生れる。幼名金作。長じて通称を甚七郎、別に忠右衛門とも称し（但し異説もある）、宗房を名乗る。
父与左衛門は伊賀国阿拝郡柘植《つげ》郷の出身。平家の末流といわれる当地の土豪柘植七党の内の松尾氏の流れを汲むが、主流松尾に比べて家格の劣る支流松尾の一族と見られる。身分としては無足人《むそくにん》（地侍級の農民）に準ずる程度の階級らしい。母は伊賀名張《なばり》から嫁したと伝える。長兄、半左衛門。ほかに一姉三妹があった。

明暦二年（一六五六）丙申　**十三歳**
二月十八日、父没す。上野の愛染院に葬る。
法名「松白浄恵信士」。享年不詳。

寛文二年（一六六二）壬寅　**十九歳**
このころ藤堂新七郎家（藤堂藩伊賀城付き侍大将、食禄五千石）に召し抱えられたか（但し異説も多い）。勤務の地位は当主良精《よしきよ》の子息主計《かずえ》良忠《よしただ》（俳号蟬吟《せんぎん》、当年二十一歳）の近習役とも伝えるが、実は台所用人とか料理人とかの身分だったと見られる。
この年、「春や来し」（一）の句成る。

寛文四年（一六六四）甲辰　**二十一歳**
▽九月刊、松江重頼撰『佐《さ》夜中山《よのなかやま》集』に「伊賀上野松尾宗房」として発句二句入集。

寛文五年（一六六五）乙巳　**二十二歳**
十一月十三日、藤堂蟬吟主催の「貞徳翁十三回忌追善百韻俳諧」に窪田正好・保川一笑・松木一以ら先輩俳人と一座。

寛文六年（一六六六）丙午　**二十三歳**
四月二十五日、蟬吟享年二十五歳で没す。
▽この年、内藤風虎《ふうこ》撰『夜の錦』に「伊賀上野松尾宗房」として四句以上入集（『詞林金玉集』による）。

寛文七年（一六六七）丁未　**二十四歳**
▽十月刊、北村季吟監修・湖春撰『続山井《ぞくやまのい》』に「伊賀上野松尾宗房」として発句二十八・付句《つけく》三入集。
▽この年、今西正盛撰『耳無草』に一句以上入集（『詞林金玉集』による）。

寛文九年（一六六九）己酉　**二十六歳**
▽この年秋成立の荻野安静撰『如意宝珠《にょいほうじゅ》』（刊行は延宝二年）に「伊賀上野宗房」として六句入集。

寛文十年（一六七〇）庚戌　**二十七歳**
▽六月下旬刊、岡村正辰撰『大和順礼』に「伊賀上野宗房」として二句入集。

寛文十一年（一六七一）辛亥　**二十八歳**
▽六月刊、吉田友次撰『誹諧藪香物《やぶにこうのもの》』に「伊賀上野宗房」として一句入集。

寛文十二年（一六七二）壬子　**二十九歳**
一月二十五日、自ら三十番俳諧発句合『貝おほひ』を撰し、郷土上野の鎮守、菅原社に奉納（三九・四〇）。
春、江戸に下る。移住当初の住所は不明。
▽三月上旬刊、松江維舟撰『誹諧時勢粧《いまようすがた》』に「伊賀上野宗房」として一句入集。
▽十二月刊、高瀬梅盛撰『山下水』に「伊賀宗房」として一句以上入集。

延宝二年（一六七四）甲寅　**三十一歳**
北村季吟から俳諧伝書『埋木《うもれぎ》』の書写を許され、三月十七日付の奥書を与えられる。
移住当初、一時、高野幽山《ゆうざん》の執筆《しゅひつ》役を勤めた（『真澄の鏡』）のはこの前後であろう。
▽五月刊、蘭秀撰『後撰犬筑波集』に「宗房」として一句入集（三〇）。
▽十一月刊、素閑撰『伊勢躍音頭集』に「伊賀上野松尾宗房」として一句入集（在郷中の作と推定される）。

延宝三年（一六七五）乙卯　**三十二歳**
五月、東下中の西山宗因歓迎百韻が大徳院蹤《しょう》画《か》亭で催され、これに「桃青」号で幽山・似春《じしゅん》・信章《しんしょう》（後の素堂《そどう》）らの親交グループとともに一座。直接宗因に親炙《しんしゃ》の機を得る。
▽九月中旬刊、広岡宗信撰『千宜理記《ちぎりき》』に「伊州上野宗房」として六句入集（すべて在郷中の作と推定される）。
この年、内藤露沾《ろせん》判『五十番句合』に二句をもって参加。当時著名な文学大名内藤風虎（奥州岩城平藩主。露沾はその子息）の江戸溜池葵橋の藩邸サロンに出入りしていたことが注目される。

このころすでに其角・杉風・嵐蘭らの門人があった。

延宝四年（一六七六）丙辰　**三十三歳**
▽三月、信章と両吟の天満宮奉納二百韻（五九）を『江戸両吟集』の題で出版。新興花やかなりし宗因風への熱烈な傾倒の情を示す。
夏、俳諧師として自立する目算ができたためか、初めて帰郷。六月二十日頃より七月二日まで伊賀に滞在（六五〜六七）。この間京に出て季吟に面会。

帰東の際、甥桃印《おいとういん》を連れて下り、以後義父として面倒を見ることとなる。
▽七月刊、蝶々子撰『誹諧当世男《いまようおとこ》』に発句三・付句三入集。
▽十一月刊、季吟撰『続連珠《ぞくれんじゅ》』に発句六・付句四入集。

延宝五年（一六七七）丁巳　**三十四歳**
内藤風虎主催、任口・維舟・季吟等判の『六百番誹諧発句合』（同年冬成る）に二十句をもって参加。成績は勝九、負五、持《じ》六。
この年か、この前後、小田原町の小沢太郎兵衛（大船町の名主・俳号卜尺）の貸家に住居を定める。
卜尺の斡旋により、以後四年間、副業として上水工事の書記役を兼業。

冬、京の信徳《しんとく》を迎えて信章と三吟百韻を興行（九〇）。

延宝六年（一六七八）戊午　**三十五歳**

この年、初めて歳旦帳を出したと伝える（採《さい》茶庵《とあん》梅人『桃青伝』による）。

春、信徳・信章と三吟百韻二巻を興行。

▽三月中旬、『俳諧江戸三吟』刊。信徳・信章との三吟三百韻を収む。

▽右と相前後して『桃青三百韻附・両吟二百韻』刊（『俳諧江戸三吟』・『江戸両吟集』の合刻本）。

七月、二葉子亭で紀子・卜尺と「実にや月」（一〇〇）の四吟歌仙を巻く。

▽同下旬刊、二葉子撰『俳諧江戸通り町』に発句五・付句五・一座の歌仙一入集。

▽八月上旬刊、言水撰『江戸新道』に三句入集。

秋、京の春澄《はるずみ》を迎え、似春と三吟で「塩にしても」（一〇一）の歌仙等、歌仙三巻興行。

▽秋刊、不卜撰『俳諧江戸広小路』に発句十七・付句二十入集。

十月、某氏作「十八番句合」に判詞を加える。跋《ばつ》に「坐興庵桃青」と署名、「素宣」の印を押す。

冬、信徳が千春《ちはる》同道で再び東下、「忘れ草」（一〇三）の三吟歌仙を巻く。このところ京俳人との東西交歓しきりなるものがある。

この年または次年、正式の俳諧宗匠立机《りつき》披露のための俳諧万句興行。

▽十一月中旬刊、春澄撰『俳諧江戸十歌仙』に歌仙三入集。

延宝七年（一六七九）己未　**三十六歳**

▽三月刊、千春撰『仮舞台』に「忘れ草」（一〇三）歌仙入集。

▽五月上旬刊、言水撰『誹諧江戸蛇之《じゃの》鮓《すし》』に三句入集。

▽八月二十五日成立、桑折《こおり》宗臣撰『詞林金玉集』に寛文年中の発句十一句再録される。

▽九月刊、蝶々子撰『誹諧玉手箱』に一句入集。

秋、似春・四友両名の上方旅行に際し、四友亭で送留別三吟百韻二巻興行（一〇九）。

▽十一月刊、伊勢山田の杉村西治撰『二葉集』に付句四入集。

▽十二月下旬刊、才丸撰『誹諧坂東《ばんどう》太郎』に四句入集。

延宝八年（一六八〇）庚申　**三十七歳**

四月、『桃青門弟独吟二十歌仙』を刊行。杉風・嵐蘭・其角・嵐雪・卜尺・嵐竹・北鯤・揚水子など、二十一名の門人の独吟を揃え、新興蕉門の存在と一門団結の意気を世に問う。

八月、其角の二十五番自句合『田舎句合《いなかのくあわせ》』に判詞を与え、跋に「栩々斎《くくさい》主桃青」と自署す。

九月、杉風の二十五番自句合『常盤屋句合《ときわやのくあわせ》』に判詞を与え、跋に「華桃園」と署す。この二冊を姉妹編として刊行。蕉門の意気あがる。

冬、小田原町より隅田川のほとり、深川に居を移す（一三三）。当初、杜甫の詩「窓ニハ含ム西嶺千秋ノ雪、門ニハ泊ス東呉万里船」により、庵号を泊船堂とする。

▽この年刊、不卜撰『俳諧向之岡《むかいのおか》』に九句入集。

延宝年間

▽浅井正村撰『堺絹《さかいぎぬ》』に一句入集。

天和元年（一六八一）辛酉　**三十八歳**

春、門人李下から芭蕉の株を贈られ、草庵の庭に植える（一四一）。やがてこの株がよく繁茂して草庵の名物となり、人々から「芭蕉庵」と呼び習わされる。
▽三月刊、高政撰『ほのぼの立』に当風の範として「枯朶に烏」(三二)の句を掲げらる。
▽六月中旬刊、言水撰『誹諧東日記《あずまのにき》』に十五句入集。
七月、美濃《みの》大垣の谷木因《ぼくいん》を迎え、素堂とともにしばしば俳交を重ねる。

同下旬、京の信徳一派の『七百五十韻』(正月刊)に呼応して、『俳諧次韻』二百五十句を刊行、談林脱皮の意欲を示す。
▽同月刊、清風撰『おくれ双六《すごろく》』に一句入集。
▽似春撰『芝肴《しばざかな》』(この年刊か)に百韻二巻入集。

天和二年(一六八二)壬戌　**三十九歳**
▽一月刊、板木屋《はんぎや》又兵衛版『歳旦発句牒』の巻頭に「暮れ暮れて」(一五一)が掲げられ、江戸俳壇における芭蕉の地位を窺《うかが》わせる。
▽同上旬刊、茅屋子《ぼうおくし》撰『俳諧関相撲』に芭蕉批点の歌仙を収録。同書に三都トップクラスの点者十八名中の一人として載る。
春、京の千春、再び東下して蕉門一派と交流。三月上旬、その成果を『武蔵曲《むさしぶり》』と題し、北村季吟の序文を得て京版で出版。殆ど蕉門の書の観あり。
▽右の集で初めて「芭蕉」号を用い、発句六・一座の百韻一入集。
▽四月刊、大坂の如扶撰『誹諧三ヶ津』に一句入集。
▽同月刊、大坂の風黒撰『高名集』に一句入集。
▽五月刊、仙台の三千風撰『松島眺望集』に一句入集。
八月十四日、素堂・京の信徳とともに高山麋《び》峙《じ》亭の月見に参会(一五八)。

十二月二十八日、駒込大円寺から出火した江戸大火のため芭蕉庵が類焼。

天和三年(一六八三)癸亥　**四十歳**
夏、芳賀一晶同伴で、甲斐《かい》国谷村《のやむら》(都留《つる》市)秋元藩家老麋峙邸に流寓。「馬ぼくぼく」(一六九)三吟歌仙などの作あり。
五月、江戸に帰り、『虚栗《みなしぐり》』の跋文を草す。
▽六月中旬刊、其角撰『虚栗』(芭蕉跋)に発句十三・漢句一・一座の歌仙三入集。
同二十日、母郷里で没し、愛染院に葬られる。法名「梅月妙松信女」。享年不詳。

九月、其角・一晶が音頭をとり、素堂が「芭蕉庵再建勧進簿」を作り、門人知友五十二名からの寄金で芭蕉庵再建に乗り出す。

冬、深川元番所、森田惣左衛門所有の長屋に入居(一七〇)。これが第二次芭蕉庵である。


貞享元年(一六八四)甲子　**四十一歳**
八月中旬、門人千里《ちり》を伴い、『野ざらし紀行』の旅に出立(一九〇・一九二)。

同二十日過ぎ、佐夜の中山を通過(一九六)。

同月末、伊勢山田に到着。松葉屋風瀑を訪ねて約十日間滞在。雷枝・勝延・盧牧らとも風交あり。

同晦日、外宮参拝(一九七)。

九月八日、伊賀上野に帰郷。四、五日逗留。去夏死去した母の霊を弔う(二〇二)。

同中旬、大和竹内《たけのうち》村の千里の実家に至り数日逗留(二〇三・二〇四)。その後当麻寺に詣で(二〇三)、次いで秋の吉野山に遊ぶ(二〇五~二〇八)。

同下旬、大和から山城《やましろ》・近江《おうみ》とたどり、美濃に入って今須《います》・山中《やまなか》を経、常盤御前《ときわごぜん》の塚(二〇九)、不破《ふわ》の関址(二一〇)などを見て、大垣に谷木因を訪ねる(二一二)。滞在中、如行《じょこう》・嗒山《とうざん》らとも風交あり(二一三)。

十月、木因同道して大垣から舟路揖斐《いび》川を下り、桑名に至る。本統寺琢恵《たくえ》上人をも訪う(二二六)。

桑名より海上熱田に渡り(二二八)、林桐葉《とうよう》を訪ねて十二月下旬頃まで逗留。亭主以下東《とう》藤《とう》・叩端《こうたん》・工山《こうざん》・閑水らの俳人と風交を重ね、熱田神宮にも参詣(二三一)。

この間、十一月頃、名古屋に荷兮《かけい》・野水《やすい》・杜国・重五・正平・羽笠のグループを訪う。「狂句木枯の」(二三二)を巻頭とする『冬の日 尾張五歌仙』成る。

十二月二十五日、郷里伊賀に戻って越年。

貞享二年(一六八五)乙丑　**四十二歳**

二月中旬、伊賀を出て奈良興福寺の薪能《たきぎのう》、二月堂のお水取りを見物(二三三)。その前後再び大和竹内《たけのうち》村にも遊ぶ(二三四・二三五)。

同下旬～三月上旬頃、京都に遊び、鳴滝の三井秋風の別荘に約半月逗留(二三六・二三七)。

同、伏見の西岸寺に任口上人を訪う(二三八)。

三月上中旬頃、大津に入る。尚白《しょうはく》・千那《せんな》・青《せい》亜《あ》ら相携えて入門。

同中旬、大津から東海道筋を下り、水口宿《みなくちじゅく》で服部土芳《とほう》と邂逅《かいこう》、四、五日逗留す(二四三)。

同下旬、桑名本統寺琢恵方に三日逗留。

同二十五、六日頃、熱田再訪、四月八日まで滞在。

同二十七日、白鳥山法持寺で桐葉・叩端と歌仙を興行(二三九)。

四月四日、鳴海の知足亭で桐葉・菐言《ぼくげん》・自笑・如風らと九吟二十四句興行(二四六)。

同九日、鳴海、如風亭で歌仙興行。

同十日、知足亭から帰東の途に就く。

同月末、木曾路・甲州路経由で江戸帰着。

▽夏刊、風瀑撰『弌楼賦《いちろうふ》』に一句入集。

▽夏刊、其角撰『新山家』に一句入集。

貞享三年(一六八六)丙寅　**四十三歳**

▽一月、其角歳旦帖(井筒屋版)に歳旦(二六一)ならびに歳暮吟(二六〇)入る。

同月、江戸蕉門十七人の「鶴の歩み」百韻に一座。その前半五十韻に評注(『初懐紙評注』という)を加えて貞享風の在り方を示す。

三月二十日、出羽の鈴木清風の江戸の仮寓で、其角・嵐雪・曾良その他と七吟歌仙を巻く(二六七)。

▽同下旬刊、大坂の西吟撰『庵桜』に一句入集。

春、芭蕉庵で衆議判による蛙《かわず》の句の二十番句合を興行。「古池や」(二七〇)の句を出す。

▽閏三月、右の句合が仙化撰『蛙合《かわずあわせ》』として出版される。

▽六月中旬刊、風瀑著『丙寅《へいいん》紀行』に発句一・端物《はもの》連句一入集。

八月十五日、芭蕉庵で月見の会を催し、其角・仙化・吼雲《こううん》らと隅田川に舟を浮べる(二七三)。

▽同下旬刊、荷兮撰『春の日』に三句入集。

秋、去来作『伊勢紀行』に跋を与える(二七二)。

▽九月刊、清風撰『誹諧一橋』に歌仙一入集。

秋、句文「四山瓢《しざんのひさご》」成る(二七四)。

十二月十八日、「初雪や幸ひ庵」(二七九)成る。

冬、訪庵の曾良に「雪まるげ」(二八二)の句を与える。

この冬、句文「閑居ノ箴《しん》」(二八一)成るか。

貞享四年(一六八七)丁卯　**四十四歳**

春、東下中の去来を囲み、其角・嵐雪とで四吟歌仙あり。

同、鳴海の知足に頼まれ、笠寺《かさでら》奉納の発句(二九七)を送り、且つ夏中に西上の予定を告ぐ。

▽三月二十五日刊、尚白撰『孤松《ひとつまつ》』に十七句入集。
五月十二日、其角の母妙務尼の五七日追善俳諧に列席（二九九）。

八月十四日、曾良・宗波を同伴、常陸《ひたち》鹿島の月見に赴く。深川より舟便で行徳《ぎょうとく》へ、行徳より北総台地を横断して利根川畔布佐《ふさ》に至り、布佐より夜舟で鹿島に着く（三一〇〜三一三）。

同十五日、鹿島神宮に詣で、根本寺《こんぽん》の前住職、参禅の師仏頂和尚を訪ねて一泊。名月、雨に逢う。帰路、行徳で神職を勤める小西自準（旧号似春）を訪ねて俳交あり。

同二十五日、紀行『鹿島詣』成る（「貞享丁卯仲秋末五日」と奥書）。同じ頃、「貞享丁卯仲秋」と奥書した別の清書本を杉風に贈る。

秋、両三年来の発句三十四章を精撰して一巻となす（「あつめ句」または「貞享丁卯秋詠草」と呼ぶ）。

九月、内藤露沾《ろせん》邸で芭蕉帰郷に餞する連句会あり、露沾「時は秋吉野をこめし旅の苞《つと》」以下の七吟歌仙成る。

十月十一日、其角亭で送別句会あり、「旅人と」（三二〇）以下、由之・其角・嵐雪ほか十一吟世吉《よよし》成る。

同月、右二巻のほか、身辺の門友から贈られた餞別の詩・歌・発句・連句を芭蕉自ら編して『伊賀餞別』一冊を成す。

同二十五日、江戸を出立。東海道を帰郷の途に就く（いわゆる『笈《おい》の小文』の旅）。

十一月四日、尾張鳴海の知足亭に到着。七日まで、業言・如風・安信・自笑・重信ら鳴海常連と連日俳諧興行あり。同八日、熱田桐葉亭に一泊、九日知足亭に戻る。

同十日、越人を伴い、三河伊良湖崎畑村に蟄《ちっ》居《きょ》中の杜国慰問の旅に出立。十二、十三両日面談、伊良湖崎にも遊ぶ（三二四〜三三四）。
▽同十三日刊、其角撰『続虚栗』に発句二十四・世吉一・三物《みつもの》一入集。
同十六日、知足亭に戻り、二十日まで逗留、鳴海常連とほぼ連日俳諧あり。

同二十一日、熱田桐葉亭に移り、四日間逗留。二十四日、熱田神宮に詣で、桐葉と「磨ぎなほす」（三三七）の両吟歌仙成る。この頃、持病や風邪を患い、医師起倒子の投薬を受ける（三三六）。

同二十五日、名古屋荷兮亭に移り、十二月中旬頃まで逗留。俳会頻繁（三三八〜三四四）。

十二月中旬、伊賀に向い、途中、杖突坂で落馬する（三四五）。

同下旬、伊賀に帰郷、越年（三四六）。

元禄元年（一六八八）戊辰　**四十五歳**

一月元日、昼まで寝過して発句あり（三五七）。

二月四日、伊勢神宮参拝。以後、伊勢山田俳人と風交を重ね、十七日、山田を去る（三六四〜三七四）。

同十八日、伊賀の実家に戻り、この日、亡父与左衛門の三十三回忌法要に連なる。

同十九日、三河の杜国、江戸の宗波来訪。

同月末頃より、約二旬の間、岡本苔蘇の瓢竹庵で杜国とともに閑を養う。

この間、旧主家藤堂探丸の別邸の花見に招かれ、芭蕉発句（三七六）に探丸脇の応酬がある。
▽同月刊、不卜撰『続《つづき》の原』に発句四・芭蕉判「十二番句合」入集。
三月中旬、土芳の新庵を訪い、面壁の図に「蓑虫《みのむし》」（三七七）の句を書き与える。これにより蓑虫庵の称が生れる。

同十九日、瓢竹庵を出、万菊丸《まんぎくまる》（杜国の戯号）を伴って吉野行脚に赴く（三七七〜三七九）。

吉野見物、高野山参詣の後、三月末和歌浦に至る（三八〇〜三九五）。

▽春刊、嵐雪撰『若水』に二句入集。

四月上旬、奈良で唐招提寺など見物（三九七～三九九）。伊賀から来り会した猿雖《えんすい》・卓袋らの饗応を受ける。

四月十一日、奈良を出立。大和八木《やぎ》（四〇〇）・今市・当麻寺・南河内を経て、十三日大坂に入る。大坂で、郷里の旧友一笑を訪問。

同十九日、大坂より兵庫（神戸市）、二十日、兵庫より須磨・明石と名所旧跡を巡覧、須磨に一泊。以上『笈の小文』の旅。

同二十一日、兵庫を経て山崎街道を京へ向い、山崎宗鑑屋敷ほか名所旧跡を見物。

同二十三日、京に入り、しばらく逗留。去来をも訪う。杜国は京から伊賀に向う。

六月五日、大津、奇香亭で「鼓子花《ひるがほ》の」（四三二）の十吟歌仙興行。尚白・千那ら一座。

同六日、大津出立。七日、大堀を通過。

同八日、岐阜に入り、同月末ごろまで逗留（四二六～四三三）。落梧・己百・鷗歩・関の素牛（後号惟然）らの入門あり、岐阜蕉門が成立。

七月三日、名古屋城西、円頓寺に滞在（四三四）。

同七日、名古屋より鳴海の知足亭に移り、十三日まで滞在（四三七・四四〇）。

同十四日、鳴海より再び名古屋に移り、更科《さらしな》の月見に備えて八月上旬まで逗留。

八月十一日、更科の名月を賞すべく、越人同伴で岐阜を出立、木曾路に入る。

同十五日、更科到着。十六日坂城《さかき》に宿る。

同中旬、長野の善光寺に参詣後、浅間山麓を通過。以上『更科紀行』の旅。

同下旬、越人同道で江戸に帰着。素堂、「芭蕉翁、庵に帰るを喜びて寄する詞」を綴って無事帰庵を賀す。

九月十日、素堂亭残菊の宴に列す（四五八）。

同十三日、芭蕉庵で十三夜月見の会を催す（四五九）。素堂・杉風・越人・友五・岱水・路通・宗波・夕菊・蚊足ら参会。

十月、越人名古屋に帰る。

十二月十七日、芭蕉庵で「深川八貧」の句会あり（四七二）。依水・岱水・泥芹・夕菊・友五・曾良・路通ら参会。旅から帰庵後はこれら深川常連のみを相手にひそやかな句会をすることが多かった。

元禄二年（一六八九）己巳　**四十六歳**

一月十七日付、兄半左衛門宛書簡に北国行脚の予定を告げる。

閏一月末頃、伊賀の猿雖宛書簡に三月節供過ぎ奥羽行脚発足の予定を告げる。

▽二月刊、言水撰『誹諧前後園』に四句入集。

三月初め、芭蕉庵を人に譲渡し、同じ深川の杉風の別墅《べつしよ》採茶《さいと》庵に移る（四八三）。

同月、荷兮撰『阿羅野』の序文を執筆。

▽同月刊、如泉著『誹諧番匠童』に一句入集。

同二十日、曾良を伴い奥羽行脚の途に就く。この日、深川より隅田川を舟で千住に至る（四八四）。

同二十七日、千住を発足。粕壁《かすかべ》泊り。

四月一日、正午頃日光着、東照宮参拝（四九〇）。

同二日、裏見の滝・含満《かんまん》ヶ淵など見物。昼、那須黒羽を目指して日光を発つ。

同四日～十六日、那須余瀬・黒羽逗留（四九三～八）。

同十九日、湯本で温泉《ゆぜん》神社参詣、殺生石を見物（五〇一・五〇二）。

同二十日、芦野で遊行《ゆぎよう》の柳を見物（五〇三）、白河の関を越えて奥羽に入る（五〇四）。

同二十二日、須賀川に等躬を訪ねて七泊。

五月一日福島、二日飯坂温泉、三日白石泊。

同四日～七日仙台泊。八日塩竈、九日松島、十日石巻、十一日登米、十二日一ノ関泊。

同十三日、平泉見物（五一五～五一七）。一ノ関泊り。

同十五日、鳴子を経て尿前《しとまえ》の関越えに出羽新庄領に入り、堺田の庄屋新右衛門の兄宅に泊る（五一八）。十六日、大雨のため同所滞留。

同十七日、尾花沢着。鈴木清風亭などに二十六日まで逗留（五一九・五二〇）。

同二十七日、尾花沢を発ち、山寺（立石寺）に参詣、宿坊に一泊（五二二）。

同二十八日、大石田着。高野一英宅に三泊。（五二三）。

六月一日、新庄着。渋谷風流亭に二泊。

同三日、最上川を舟下り、羽黒手向《とうげ》村近藤呂丸の手引きで、羽黒山別当代会覚《えがくあ》阿闍梨《じゃり》を南谷別院に訪ねて六泊（五二六〜五三一）。

同十日、羽黒山を下山、鶴岡城下に藩士長山重行を訪問、三泊（五三二）。

同十三日、酒田に至り二泊。十四日、同所寺島彦助亭で七吟連句一巡あり（五三三）。

同十五日、酒田発、象潟《きさがた》に向う。吹浦《ふくうら》一泊、十六・十七日象潟見物（五三四〜五三六）。

同十八日、酒田に戻り、不玉亭に六泊（五三七）。二十三日、玉志亭会（五三八）。

同二十五日、酒田発。七月二日新潟一泊。

七月四日、出雲崎《いずも》に泊る（五四〇）。

同十二日、市振《いちぶり》に一泊。翌日越中に入る。

同十五日、倶利伽羅《くりから》峠越えで加賀に入り、金沢城下に至る。九泊（五四六〜五四八）。

同二十四日、金沢の北枝の案内で小松着、三泊（五四九〜五五二）。

同二十七日、山中温泉に至り、八泊。和泉屋を宿とす（五五三〜五五六）。北枝同伴。

八月五日、曾良と別れ（五五七）、那谷《なた》寺を経て（五五八）、小松を再訪。北枝同伴。

同上旬、加賀大聖寺城下の全昌寺に一泊（五五九）。

同上中旬、松岡で北枝と別れる（五六〇）。

同中旬、福井に洞哉《とうさい》を訪ねて二泊。

同十四日、洞哉同道で敦賀《つるが》に着く。滞在中、『芭蕉翁月一夜十五句』等成る（五六一〜五七七）。

同二十日前後、美濃大垣に至り、九月五日まで逗留（五七八〜五八五）。『おくのほそ道』の旅は当地大垣が終点となる。
▽同月刊、挙白撰『四季千句』に五句入集。
九月六日、曾良・路通を伴って大垣から揖斐《いび》川下りで伊勢に向う（五八六）。伊勢長島の大智院に三泊（五八七）後、津・久居に各一泊。

同十一日、伊勢山田に到着。十二日より同西河原の島崎又玄《ゆうげん》方を宿所とす（五八八）。十三日、外宮遷宮式を奉拝（五八九）。中下旬頃、二見浦を見物（五九一）。

同月末、伊勢より伊賀上野に帰郷。山越えの途中「猿も小蓑」（五九四）の吟あり。以後、十一月末まで郷里に逗留。

十一月一日、良品亭で六吟歌仙興行（六〇〇）。

同三日、半残亭で、沢雉《たくち》・卓袋・木白・松久・氷固・配力・一夢・梅額・尾頭・猿雖・式之・土芳・梅軒ら伊賀蕉門大寄せの十五吟五十韻俳諧あり。

同二十二日、土芳の蓑虫庵で九吟五十韻俳諧あり。園風・梅額・半残・良品・風麦・木白・配力らと一座。

十〜十一月、配力亭で「人々を」（五九五）以下の表六句あり。

同、西島百歳以下、式之・夢牛・村鼓・槐市・梅額らと七吟歌仙を巻く。

同月末、路通同道で奈良へ出（六〇二）、春日若宮の御祭《おんまつり》（二十七日）を見物。

十二月二十四日、京都、去来宅で鉢叩《たた》きを聞く（六〇三）。

同月末、大津に赴き（六〇四）、膳所《ぜぜ》で越年。
▽この年刊、等躬撰『忍摺《しのぶずり》』に発句四・三物《みつもの》二・歌仙一入集。
▽同、名古屋横船撰『続阿波手集』に一句入

集。
▽同、荷兮撰『阿羅野』に発句三十四・歌仙一入集。

元禄三年（一六九〇）庚午　**四十七歳**

正月三日、膳所より伊賀上野に帰り、三月中下旬ごろまで逗留。

同四日、旧主藤堂探丸より招待を受ける。風邪のため六日ごろ伺候する。

二月六日、西島百歳亭で「鶯の笠」（六一〇）以下九吟歌仙興行。式之・槐市ら同席。

三月二日、風麦亭で「木のもとに」（六一五）以下八吟四十句興行。土芳・半残・良品・木白ら同席。

同十一日、荒木村白髭《しらひげ》神社で半歌仙興行。

同中下旬頃、再び膳所に出る。

四月一日、石山寺参詣、源氏の間を見物（六三七）。

同六日、国分山《こくぶやま》の幻住庵に入る（六三九）。そのころ杜国（三月二十日没）の訃報に接す。
▽同十五日刊、其角撰『いつを昔』に十二句入集。
▽同月刊、和及撰『雀の森』に一句入集。
▽五月一日刊、言水撰『新撰都曲《みやこぶり》』に四句入集。
六月上旬、京都に出、同十八日まで逗留（六三八～六四〇）。この折、去来・凡兆と「猿蓑」出版の内相談がある。

同十九日、幻住庵に帰庵。二十八日、珍碩同道で唐崎《からさき》明神に詣で、堅田本福寺に千那を訪う。
▽同月刊、嵐雪撰『其袋《そのふくろ》』に八句入集。
七月下旬、「幻住庵記」初稿成る。

同二十三日、幻住庵を引き払い大津に移る。
▽同下旬刊、其角撰『花摘』に十三句入集。
八月初め、義仲寺《ぎちゅうじ》の草庵に入り、以後約二箇月閑居（六四八～六五三）。
▽同十三日刊、芭蕉監修・珍碩撰『ひさご』に歌仙一入集。
同十五日、義仲寺草庵で門人らと月見の会を催す（六四九）。この頃持病に苦しむ。

同月、「幻住庵記」成稿成る。

九月十三日、堅田に赴き、同二十五日帰庵（六五四～六五七）。

同二十七日、京に出（六五八）、二十八日帰庵。

同月末、伊賀に帰郷。二箇月余り逗留。
▽十月十日刊、之道撰『江鮭子《あめご》』に一句入集。
▽同二十八日刊、団水撰『秋津島』に一句入集。
▽十一月二十一日刊、順水撰『破暁集』に一句入集。
十二月初め、京に出る。滞在中に、上御霊《かみごりょう》神社における九吟歌仙（六六九）に出座。

歳末、大津に出、乙州の新宅で越年（六七八）。
▽この年刊、秋風撰『吐綬鶏《とじゅけい》』に四句入集。

元禄四年（一六九一）辛未　**四十八歳**

大津で新年を迎える（六七九）。上旬、乙州江戸下向の餞別俳諧（六八一）興行。同じ頃、膳所義仲寺で「木曾塚」を題とする句会あり（六八〇）。

一月上旬、伊賀に帰郷、三月末まで逗留。

同月、橋木亭句会・卓袋亭月待句会あり。

二月上中旬頃、奈良の薪能《たきぎのう》見物に赴く。
▽三月十六日刊、順水撰『渡し舟』に三句入集。
同二十三日、伊賀万乎《まんこ》亭で半歌仙（六八七）。

同月末、奈良経由、京もしくは大津に出る。
▽春刊、松笛撰『帆懸船』に一句入集。
▽春刊、江水撰『元禄百人一句』に一句入集。
四月十八日、洛西嵯峨《さが》の落柿舎《らくししゃ》に入り、五月四日まで閑居す。『嵯峨日記』成る（六九四～七〇三）。

五月五日より、京都、凡兆亭に逗留。

同十七日、去来・凡兆夫婦・曾良・丈草・史邦らと芝居見物。二十三日再び芝居見物。

同二十六日、深更まで『猿蓑』編集会議。
▽同日刊、北枝撰『卯辰集《うたつしゅう》』に十九句入集。
▽同日刊、路通撰『俳諧勧進牒』に発句十二・歌仙一入集。
同二十九日、曾良・史邦・丈草・芦文らと八坂神社御輿《みこし》洗いの神事を見物。

六月一日、曾良・去来・丈草と洛北一乗寺村の石川丈山詩仙堂を見物（七〇五）。

同八日、病気甚だしく吐瀉《としゃ》あり。
▽同十六日刊、琴風撰『瓜作《うりつくり》』に三句入集。
同二十五日、京より大津に出、のち膳所の義仲寺に移る。
▽同月刊、轍士撰『我が庵』に一句入集。
▽七月三日、芭蕉監修、去来・凡兆撰『猿蓑』刊。発句四十・歌仙四・「幻住庵記」・「几右日記」等入集。
同中下旬、一時出京（七二〇・七二一）。
▽同月刊、友琴撰『色杉原』に一句入集。
▽同月刊、和及撰『ひこばえ』に一句入集。
八月十四日、大津、楚江亭で待宵《まつよい》の句会。

同十五日、義仲寺で仲秋の観月句会を主催（七二四・七二五）。

同十六日、人々と舟で堅田に遊び、成秀亭の既望《いざよい》の観月句会に臨む（七一六〜七一八）。
▽同二十五日刊、好春撰『新花鳥』に一句入集。
▽閏八月十五日刊、江水撰『柏原集』に一句入集。
同十八日、支考らと石山寺参詣（七三〇）。
▽同二十日刊、賀子撰『蓮の実』に四句入集。
▽同月刊、只丸《しがん》撰『こまつばら』に一句入集。
九月十三日、之道《しどう》らと石山寺参詣（七三六）。

秋、曲水亭で「夜寒」の題句会（七三九）。

同二十八日、義仲寺を出て帰東の途に就く。桃隣を同伴。この夜、大津の智月・乙州母子方に一泊。「幻住庵記」と自画像を贈る。

十月初め、彦根平田の明照寺に李由を訪う（七三二・七三三）。その後、美濃垂井《たるい》（七三四・七三五）・大垣（七三六・七三七）を歴訪。

同二十日頃、尾張熱田に三泊（七三八）。湖南を遅れて出発した支考とここで合流、以後支考・桃隣を同道。

同下旬、三河新城《しんしろ》に太田白雪を訪い（七三九〜七四一）、鳳来寺《ほうらいじ》に参詣（七四二・七四三）。

同下旬、駿河《するが》島田宿に塚本如舟を訪う（七四四・七四五）。

同二十九日、湖南出発後三十二日目で江戸に到着。日本橋橘町、彦右衛門方の借家を当分の仮寓とする（七四七）。
▽十一月十一日刊、丿松《べつしょう》撰『西の雲』に七句入集。
▽同二十一日刊、文十撰『よるひる』に一句入集。
歳末、素堂亭の忘年句会に嵐蘭・文考と列席（七五二）。

元禄五年（一六九二）壬申　**四十九歳**

橘町の借家で新年を迎える。
▽一月成立、尚白撰『忘梅』に五句入集。
▽同月刊、幸賢撰『河内羽二重』に一句入集。
▽同月刊、遠舟撰『すがた哉《かな》』に一句入集。
▽同月刊、春色撰『移徙抄《わたましよう》』に一句入集。
▽同月刊、鷺水撰『春の物』に一句入集。
同月末頃、「鶯や」（七五四）歌仙を支考と両吟で巻く。

二月十日、支考奥羽行脚餞別の句会（七五五）。
▽同十五日刊、季範撰『きさらぎ』に二句入集。
同十八日、曲水宛に長文の書簡（いわゆる「風雅三等之文」）を執筆。

同月、俳文「栖去之《せいきょの》弁《べん》」を書く。
▽同月刊、其角撰『雑談《ぞうたん》集』に十一句入集。
▽同月刊、撰者未詳『七瀬川』に二句入集。
四月初め、杉風・枳風《きふう》出資、曾良・岱水《たいすい》設計により、旧住深川に芭蕉庵再建工事始まる。

五月中旬、芭蕉庵完成。橘町より移る。
▽同十五日刊、句空撰『北の山』に二句入集。
六月中下旬頃、文考奥羽行脚より戻り、芭蕉を訪う。『葛の松原』出版の相談にのる。
▽同月刊、轍士撰『誹諧白眼《はくがん》』に一句入集。
七月七日、素堂亭で、素堂の母七十七歳祝賀句会あり。杉風・嵐蘭・其角・曾良・沾徳と列席（七六五）。

八月九日、彦根藩士森川許六、桃隣の手引きにより入門。

同月、新庵訪問の人々の月の句を録して『芭蕉庵三日月日記』を編す。自句二（七六七・七六九）・「芭蕉を移す詞」（七六八）・素堂との両吟和漢俳諧（七六四）を収める。

同月末頃、出羽の図司近藤呂丸が来訪。
▽同月刊、句空撰『柞原集《ははそはら》』に三句入集。
▽同月刊、助叟《ぜぜ》撰『釿始《ちょうなはじめ》』に一句入集。
九月初め、膳所の珍碩、俳道修行のため来庵して食客となる。翌年一月末まで滞在。

同八日、去来宛に、上京する呂丸の紹介状を書く。

同上中旬、「青くても」（七七二）以下、珍碩・嵐蘭・岱水と四吟歌仙を巻く。

同二十九日、珍碩と小名木沢の桐渓を訪ね、「秋に添うて」（七七三）の主客三物《みつもの》あり。
▽同下旬刊、沾徳撰『誹林《はいりん》一字幽蘭集』に八句入集。
▽同月刊、車庸撰『己《おの》が光《ひ》』に発句十七・歌仙一入集。
▽同月刊、友琴撰『鶴来酒《つるきざけ》』に一句入集。
▽秋刊、嵐蘭撰『罌粟合《けしあわせ》』に二句入集。
十月三日、赤坂御門外の彦根藩邸に許六を訪ね、珍碩・岱水・嵐蘭と「今日ばかり」（七七六）の五吟歌仙を巻く。

同月中、「口切に」（七七八）の八吟歌仙を興行。

冬中、曲水を江戸藩邸に訪ねる（七八三）。

十二月三日、伊賀の猿雖《えんすい》宛書簡に、猿雖の別荘に東麓庵・西麓庵の号を与える旨を記す。

同八日付、許六宛書簡に、許六から指導を受けつつあった絵の件について記す。

同二十日、彫棠亭で六吟歌仙興行（七八四）。

同月末、素堂亭で忘年句会あり（七八六）。
▽この年刊、示右撰『俳諧八重桜集』に歌仙一入集（六六九）。
▽同、支考著『葛の松原』に十五句入集。
▽同、不玉撰『継尾集《つぎお》』に発句四・歌仙一・脇句一入集。

元禄六年（一六九三）癸酉　**五十歳**

一月七日、七種《ななくさ》に当り「蒟蒻《こんにゃく》に」の句（七八九）を得る。

同十一日、旗本小出淡路守邸に伺候。

同中旬、許六亭を訪ね、四、五日逗留。

同下旬、嵐蘭が一子を伴って訪庵。その子に嵐戎《らんじゅう》の号を与える（悼嵐蘭詞）。

同下旬、寄寓中の珍碩が上方に戻る。
▽同下旬刊、常牧撰『この華』に三句入集。
同月中、大垣藩邸で七吟歌仙を興行。

二月八日、曲水宛に、金子一両二分の借用を嘆願。結核で芭蕉庵に療養中の甥《おい》桃印が重態に陥り、重なる療養費に窮したためである。
▽同下旬刊、休計撰『浪華置火燵《なにわおきごたつ》』に一句入集。
同月中、其角の僕是橘《ぜきつ》の医門に入るを祝す（七九四）。
▽同月刊、洒堂（珍碩改め）撰『俳諧深川』に発句一・歌仙三・端物連句二入集。

▽同月刊、撰者不詳『彼これ集』に発句一・付句四入集。
三月四日、洒堂よりの書状で、出羽の呂丸が京都で急死したことを知る(七九三)。

同五日、江戸詰め中の鶴岡藩士岸本公羽に、同郷の呂丸の客死を急報。以後三回にわたり、京都からの情報を得次第、つぶさに公羽に報ずる。

同上旬、僧専吟の伊勢・熊野行脚出立に際し、「僧専吟餞別之詞」を与える(七九五)。
▽同月上旬成立、六々庵撰『猿丸宮集』に一句入集。
同下旬、甥桃印が芭蕉庵で没す。行年三十三歳。深刻な精神的打撃をうける。

同二十九日より四月三～四日まで、再び許六亭に逗留。

四月上中旬、芭蕉庵で十吟歌仙興行。

同中下旬、大垣藩邸の句会に臨み、「篠の露」(七九六)の八吟歌仙興行。

同下旬、許六に「柴門《さいもん》ノ辞」を贈る。

同二十九日、荊口宛書簡に、桃印の病中、死後、断腸の思いで暮した嘆きを訴える。

同三十日、伊賀上野司城職、藤堂采女《うねめ》の江戸邸に伺候し、一泊。

五月五日、帰国の途に就く許六に送別の句文(七九九・八〇〇)を贈る。
▽同中旬刊、大坂の遠舟撰『しらぬ翁』に一句入集。
同晦日、内藤露沾《ろせん》邸で六吟歌仙興行。
▽同月刊、兀峰《こつぽう》撰『桃の実』に発句三・歌仙一入集。
七月七日、「吊㆓初秋七日雨星㆒」句文(八〇四)成る。

同上中旬、京の史邦《ふみくに》が東下、以後江戸蕉門の一員となる。「初茸《はつたけ》や」(八〇六)の歌仙はじめ、芭蕉との交渉が頻繁となる。

同中旬より約一箇月、当夏の酷暑に衰弱して、病気保養のため人々との対面を絶つ。この間「閉関之説」(八〇七)成る。

八月十六日、「十六夜は」(八一二)歌仙興行。

同二十七日、嵐蘭急死。翌二十八日松倉文左衛門(嵐蘭の弟)から急報を得、これに痛恨の返書を送る。

同二十九日、其角の父東順没す。追悼文「東順伝」(八一四)を綴る。

八月刊、其角撰『萩の露』に一句入集。

九月三日、嵐蘭初七日に墓参(八一三)。この前後「悼㆓松倉嵐蘭㆒」(八一三)の文を綴る。

同十三日、濁子・曾良・史邦・杉風・岱水・凉葉と七吟歌仙興行。
▽同月刊、壺中撰『俳風弓』に二句入集。
秋、沾圃らと「老の名の」(八一六)の三吟連句興行。

同、岱水亭の影待に招かれる(八一七)。
▽同、虚白庵紅雪撰『佐郎山《さらやま》』に二句入集。
十月上旬、野坡・利牛・孤屋と「金屏の松」(八二二)四吟歌仙興行。

同九日、素堂亭の残菊の宴に列す(八二三)。

同二十日、深川で野坡・孤屋・利牛と「振売の鴈」(八二二)四吟歌仙興行。
▽同下旬刊、雲鼓撰『花圃《はなばたけ》』に一句入集。
▽同月刊、露川撰『流川集《ながれがわ》』に五句入集。
十一月上旬、大垣藩邸で濁子・涼葉と「芹焼や」(八二三)三吟歌仙を興行。
▽同上旬刊、荷兮撰『曠野後集《あらの》』に四句入集。
▽冬、藤井巴水撰『鷹獅子集《こもじし》』に十二句入集。
同、芭蕉庵で野坡と両吟で「寒菊や」(八二四)歌仙未満連句を巻く。

同、藤堂玄虎の江戸藩邸に招かれ、「もののふの大根」(八三〇)三吟半歌仙を巻く。

元禄七年(一六九四)甲戌　**五十一歳**
一月上旬、其角主催の歳旦句会に、介我・岩翁・枳風《きふう》・彫棠・横几・仙化らと一座。

同二十日、伊賀の猿雖宛書簡に、春中に西上したい旨の希望的予測を告げる。
▽同月刊、助叟撰『遠帆集』に一句入集。
春、野坡と「梅が香」(八四二)両吟歌仙興行。

同、濁子・涼葉・野坡・利牛・宗波・曾良・岱水と「傘に」(八四六)八吟歌仙興行。

同、沾圃・馬《ば》莧《けん》・里圃と「八九間雨柳」(八四七)四吟歌仙興行。

同、藤堂玄虎の江戸藩邸に招かる(八五〇)。

四月七日、乙州宛書簡に「持病快気次第発足」と、西上の旅の迫ったことを報ずる。

同月中、『おくのほそ道』素龍清書本成る。これに自筆の題簽《だいせん》を付し、自らの所持本とす。

五月上旬、子珊亭の別座敷で芭蕉送別句会が催され、杉風・桃隣・八桑一座で「紫陽草や」(八五六)五吟歌仙成る。
▽同上旬刊、素牛撰『藤の実』に九句入集。
同十一日、寿貞尼の子二郎兵衛を伴い、帰郷の途に就く(八五七)。

同十三日、東海道三島宿《じゅく》の飛脚宿沼津屋九郎兵衛宅に一泊。

同十五日、島田着。塚本如舟宅に泊る。その夜の大雨風で大井川の渡しが止り、三日間足止めに会う(八六三〜八六五)。

同二十二日、名古屋着、荷兮亭に三泊。野水・越人ら諸方にも招かる(八六六・八六七)。

同二十五日、露川・素覧同行して佐屋に回り、隠士山田庄右衛門亭に一泊(八六八)。二十六日長島の大智院、二十七日久居に各一泊。

同二十八日、伊賀上野に到着。
▽同月刊、杉風・桃隣後援、子珊撰、芭蕉餞別句集『別座敷』に発句五・歌仙一入集。
▽同月刊、友琴撰『卯花山』に一句入集。
▽同月刊、順水撰『童子教』に二句入集。
閏五月十一日、雪芝《せつし》亭で「涼しさや」(八六九)の歌仙を興行。

同十六日、上野を発ち、同夜、江戸の肉親猪兵衛の実家、山城加茂の平兵衛宅に泊る。

同十七日、大津の乙州亭に一泊。

同十八日、膳所《ぜぜ》に移り、曲水亭に四泊。

同二十二日、膳所を出、洛西嵯峨《さが》の落柿《らくし》舎《しゃ》に入る。大坂より洒堂来訪、去来・支考・丈草・素牛らと「柳行李」(八七二)歌仙興行。

同下旬、去来の手引きにより、東本願寺十六世一如上人の弟、浪化上人の入門を許す。

同下旬、大坂の之道を落柿舎に迎え、去来・素牛・丈草・支考・野明・野童らと歌仙二巻を巻く。

六月八日、江戸の猪兵衛より寿貞尼死亡の急報あり。返事に「寿貞不《ふ》仕合《しあはせ》者…何事も何事も夢幻の世界、一言理屈は無之《これなく》」と嘆き、死後の処置、遺児まさ・おふう等の世話を頼む。また法要のため二郎兵衛を一時江戸に帰す。

同十五日、京より膳所に戻り、七月五日まで義仲寺内の無名庵を本拠とする。

同十六日、曲水亭で夜遊の宴あり、臥高・支考・素牛ら一座で「夏の夜」(八八〇)歌仙あり。

同二十一日、大津の木節亭で素牛・支考同席、「秋近き」(八八三)歌仙を巻く。

同中下旬、膳所の能太夫游刀亭、大津の能太夫本間丹野亭などに遊ぶ(八八四〜八八八)。

同二十四日、杉風宛書簡に『俳諧別座敷』の「軽み」が上方で大好評の由を告げる。
▽同二十八日刊、野坡・利牛・孤屋撰『炭俵』に発句十四・歌仙四入集。
▽同月刊、南水・安之撰『熊野烏』に二句入集。
▽同月刊、不角撰『芦分船』に一句入集。
▽夏刊、洒堂撰『市の庵』に発句一・歌仙一入集。
七月上旬、大津の木節亭に遊ぶ(八八九)。

同五日、義仲寺無名庵を出て京都桃花坊の去来亭に移り、十日すぎまで滞在。

同十日、曾良宛書簡に『俳諧別座敷』『炭俵』の「軽み」が上方で好反響のことを喜ぶ。

同中旬、伊賀上野に帰郷。

同十五日、実家で盆会を営み（八九二）、また寿貞尼の霊に追善句を手向ける（八九三）。

同二十八日、猿雖亭で配力・望翠・土芳・卓袋・苔蘇と七吟歌仙あり。この前後同亭に土芳と一泊、「稲妻や」（八九四）の吟あり。

▽同月刊、友鷗撰『芳里袋《はりぶくろ》』に四句入集。

秋、藤堂玄虎邸に遊ぶ（八九五）。

同、雪芝・土芳・風麦・玄虎・苔蘇と六吟歌仙（未満）を巻く。

▽八月五日刊、其角撰『句兄弟』に発句三・歌仙一・俳文一入集。

同七日、望翠亭夜会で歌仙あり（八九六）。

同九日、猿雖亭で土芳同席三吟表六句。

同十四日、大津、智月尼方より、南蛮酒一樽・麩《ふ》二十本・菓子など届く（智月宛書簡）。

同十五日、実家の裏庭の新庵で月見の会を主催し、門人多数を招く（八九八〜九〇〇）。新庵は伊賀門人らの出資による贈物であった。

▽同日刊、荷兮撰『昼寝の種』に五句入集。

同中旬、尾張熱田より鷗白来訪。

同二十三日、猿雖亭で素牛・土芳と四吟歌仙あり。

同二十四日、望翠・素牛・土芳・雪芝・猿雖・卓袋・九節と八吟歌仙あり。

同月中、新庵にあって「軽み」の理念をふまえつつ、『続猿蓑』の投稿句の撰に当る。

九月三日、支考が斗従を伴って伊勢から来訪（九〇四）。

同四日、猿雖亭で支考・雪芝・素牛・卓袋・望翠ら一座、七吟五十韻を興行。

同日、夜、旧作「松茸や」（七二八）を発句に、文代（斗従か）・支考・雪芝・猿雖・望翠・素牛・卓袋・荻子と九吟歌仙あり。

同五日、元説亭で半歌仙あり（九〇五）。

同上旬、猿雖亭に遊び「新藁」（九〇三）の句成る。

同上旬、支考を相談相手に『続猿蓑』をほぼ完成させる。

同八日、支考・素牛・二郎兵衛・又右衛門に付き添われ、病衰を押して伊賀を出立、大坂に向う。この夜、奈良に一泊（九〇六）。

同九日、朝、奈良を出立（九〇七〜九〇九）。宵の頃大坂着（九一〇）、高津の宮の洒堂亭を宿とす。

同十日、晩方より悪寒・頭痛に襲われ、この症状が二十日頃まで毎晩繰り返す。

同十三日、住吉神社の「宝の市」を見物中、病気不快の状態に陥る。

同十四日、長谷川畦止亭で素牛・洒堂・支考・之道・青流一座で歌仙あり（九一二）。

同十九日、其柳亭夜会。支考・洒堂・游刀・素牛・車庸・之道一座で歌仙興行（九一三）。

同二十一日、車庸亭夜会。洒堂・游刀・之道・素牛・支考一座して半歌仙あり（九一四）。

同二十六日、大坂新清水の料亭浮瀬《うかむせ》で泥足主催の句会あり。「この道や」（九一六）を発句に、支考・游刀・之道・車庸・洒堂・畦止・素牛・其柳らと十吟半歌仙を巻く。

同二十七日、園女《そのめ》亭で九吟歌仙（九一九）。

同二十八日、畦止亭夜会。洒堂・支考・素牛・泥足・之道らと七人、「七種の恋」の題で各々即興句あり（九二〇）。

同二十九日、夜、烈しい下痢を催し、以後日を追って容態悪化。

▽同月末、泥足撰『其便《そのたより》』成る。発句七・半歌仙一入集。

▽同月刊、嵐雪撰『或時集』に一句入集。

十月五日、南御堂前、花屋仁右衛門方の貸座

敷に病床が移され、支考・素牛・之道・舎羅・呑舟《どんしゅう》・二郎兵衛らが看護に当る。各地門人に危篤急報せらる。

同八日、深更八ッ時分（九日午前二時頃）、看病中の呑舟に墨をすらせ「旅に病んで」（九三）の「病中吟」を認《したた》めさせる。

同十日、暮方より容態急変。支考に筆を取らせて門人知友宛の遺書三通を書かせ、別に自筆で兄半左衛門宛の遺書を認める。

同十一日、夕刻、上方旅行中の其角が師の急を聞いて馳せ参じる。

同十二日、申《さる》の刻（午後四時頃）没す。遺言により遺骸を膳所の義仲寺に葬るため、夜、淀川舟で伏見へ上り、十三日昼過ぎ義仲寺へ到着。遺骸に従った者、去来・其角・乙州・支考・丈草・素牛・正秀・木節・呑舟・二郎兵衛の十名。

同十四日、子《ね》の刻（午前零時）、義仲寺境内に埋葬。導師、同寺直愚上人。門人焼香者八十名。会葬者三百余人。

出典一覧㈠　俳書一覧

一、本文の出典欄と頭注欄に挙げた俳書を表音式五十音順に配列し、次の要領で簡潔な解説を加えた。
一、各書に編著者名、序跋者名、成立・刊行年次を示し、必要に応じて若干の説明を付記した。
一、成立刊行年次は、芭蕉生存中の書においては詳しく記し、没後の書については簡略を旨とした。
一、写本・稿本・自筆本等と記した以外の書はすべて刊本である。

秋の日　暮雨巷暁台撰。也有序。安永元年十二月刊。
あさくのみ　桃々坊舎羅撰。正秀序。自跋。元禄十二年刊。
麻生《あそう》　而已舎范孚撰。菊阿仏許六跋。元禄十七年二月中旬吾仲校。
熱田三歌仙　暁台撰。安永四年五月自序。
熱田皺筥《しわばこ》物語　扇川堂東藤撰。元禄八年八月九衢斎梅人跋。元禄九年刊。
あつめ句　芭蕉自筆詠草。一巻。貞享丁卯（四年）秋筆。自句三十四章を収める。
江鮭子《あめご》　槐《かいし》之道《どう》撰。元禄三年九月上旬自序。同十月十日刊。
荒小田《あらおだ》　舎羅撰。自序。仏兄《さとえ》（鬼貫）跋。元禄十四年卯月五日刊。
阿羅野《あらの》　山本荷兮撰。元禄二年三月芭蕉桃青序。俳諧七部集の第三。
有磯海《ありそうみ》　浪化撰。二冊（下巻は「となみ山」）。去来・其角後見。丈草序。元禄八年三月刊。
粟津文庫抄　「粟津義仲寺蔵書、野坡自筆」として伝わる写本。年次未詳。
伊賀産湯《うぶゆ》　猩々撰。鞭石序。自序。棹下斎跋。享保十二年刊。芭蕉三十三回忌追善。
衣裳塚　竹市撰。自序。宝暦六年刊。
伊勢躍音頭集　我等庵素閑撰。寛文十三年仲秋（八月）、三保序。延宝二年十一月刊。
伊勢紀行　向井去来作。貞享三年秋成立。芭蕉跋。刊行は嘉永三年、惺庵西馬撰『去来伊勢紀行』。
市の庵《いおり》　洒堂撰。元禄甲戌（七年）夏自序。
いつを昔　其角撰。去来序。湖春跋。元禄三年四月十五日刊。
射水川《いみずがわ》　十丈撰。自序。北枝跋。元禄十四年刊。
色杉原　山茶花友琴撰。元禄四年七月原田賁直序。同七月刊。
韻塞《いんふたぎ》　李由・許六撰。元禄九年十二月李由自序。千那跋。許六奥。同十年刊。
浮世の北　可吟撰。元禄九年春、獅子庵支考序。
卯辰集《うたつ》　北枝撰。桑門句空序。元禄四年四月北枝自奥。同五月二十六日刊。
宇陀法師《うだのほうし》　李由・許六撰。元禄十五年刊。俳論作法書。
末若葉《うらわかば》　其角撰。自序。元禄十年刊。
禹柳《うりゅう》伊勢紀行　禹柳撰。桐谷序。紫芝跋。安永三年刊。
江戸新道《しんみち》　紫藤軒言水撰。延宝六年八月上旬刊。
江戸両吟集　桃青・信章著。延宝四年三月

刊。天満宮奉納両吟百韻二巻を収める。

笈日記《おいにっき》　各務支考撰。元禄八年七月十五日自序。同八月十五日刊。諸国蕉門の発句・連句集。特に諸国に残る芭蕉句を多く収め死去前後の状況を詳述する。

笈の小文《こぶみ》　芭蕉著・乙州撰。砂石子序。乙州跋。貞享四年十月江戸発足より翌年四月須磨明石見物までの紀行文。巻末に「更科紀行」を付載。宝永六年刊。

奥羽の日記　南嶺庵梅至著。自筆本。自序。宝暦七年似風斎如雲跋。

桜下《おうか》文集　谷木因著。自筆稿本二冊、他筆写本一冊、計三冊。木因個人の文集。

おくのほそ道　芭蕉著。升型本一冊。元禄七年初夏素龍跋。素龍清書本。（のち元禄十五年京都井筒屋庄兵衛により、素龍清書本どおり模刻出版された）。

おくれ馳《ばせ》集　四方郎朱拙撰。風国序。自跋。元禄十一年刊。

己《おの》が光《ひ》　車庸撰。元禄五年壬申夏日自序。

貝おほひ　松尾宗房（芭蕉）撰。一冊。寛文十二年正月二十五日自序。横月跋。宗房判の三十番俳諧発句合《ほっくあわせ》。延宝初年ごろ刊。

鹿子《かこ》の渡《わたり》　一如軒旦海撰。鬼貫序。千山跋。享保七年刊。

かしま紀行　採茶庵梅人撰。寛政二年刊。次項の芭蕉自筆巻子本《かんすぼん》を原本どおり模刻出版したもの。後半に、芭蕉やその同時代人の発句・連句、撰者とその同時代人の発句・連句を付録する。

鹿島詣《かしまもうで》　芭蕉自筆巻子本。一巻。巻末に「貞享丁卯仲秋」の奥書がある。杉山杉風に書き与えたと推定され、杉風家に伝来。天理図書館善本叢書10『芭蕉紀行文集』に写真版所収。

花声《かせい》集　郁賀等撰。随斎成美跋。文化四年刊。

堅田集　歌雄等撰。堅田某等序。竹巣月居跋。寛政十年刊。

記念題《かたみのだい》　松星・夾始撰。元禄十一年三月露川序。同四月松星跋。

鎌倉街道　千梅林亜靖撰。佐角序。自序。享保十年刊。

彼これ集　撰者不詳。元禄六癸酉仲春（二月）日、摂州隠士序。

夏炉一路《かろいちろ》　百明房鳥酔撰。宝暦七年刊。

蛙合《かわずあわせ》　青蟾堂仙化撰。貞享三年閏三月刊。蛙の句の二十番句合。

河内羽二重　麻野幸賢撰。元禄四年未仲冬日自序。曳尾堂万海跋。元禄五年一月刊。

其角《きかく》歳旦帖　井筒屋版歳旦帖『引付貞享三年』に「丙寅歳正朝」の見出しで載る。

菊の香《か》　風国撰。元禄十丁丑重陽（十年九月）自序。同九月刊。

菊の塵《ちり》　園女撰。自序。素堂跋。宝永三年刊か。

きさらぎ　雙楡軒季範撰。元禄五年きさらぎ序。同二月十五日刊。

木曽の谿《たに》　岱水撰。宝永元年九月野紗帽（野坡）序。

北の山　桑門句空撰。自序。元禄五年四月十五日刊。

義仲寺　錫馬撰。稿本。義仲寺無名庵主山住興雲が享保十七年に志した「無名庵再興勧進帳」を収める。

今日の昔　四方郎朱拙撰。自序。元禄十二己卯正月刊。

去来抄　向井去来著。俳論書。元禄十五～七年頃成る。安永四年刊。

去来文《ぶみ》　岸芷撰。蘭更序。自序。寛政三年刊。向井去来筆俳諧評論。後半に「よとぎの詞」所収。

句兄弟　其角撰。元禄七年八月五日自序。沾徳跋。

岬《くき》の道　西田宇鹿・村田紗柳撰。元禄十三辰年藤紗帽野坡序。

葛《くず》の松原　野盤子支考著。元禄五年五月十五日自奥。同年秋頃刊。俳諧論書。
元禄四年俳諧三物尽《みつものづくし》　京都井筒屋庄兵衛版。歳旦集。
鯉屋伝来横物　鯉屋杉山杉風家伝来品三十五点中の一。筆者不明だが素堂寿母七十七賀句会当時のものとみられる。『蕉影余韻』に図版所載。
木がらし　壺中・芦角撰。元禄七甲戌初冬（十月）序。同八年六月刊。芭蕉追善集。
五十四郡　沾竹撰。自序。沾州跋。宝永元年刊か。
五十番句合《くあわせ》　延宝三年、内藤露沾判。原本は所在不明だが、月院社何丸《なにまる》著『芭蕉翁句解参考』（文政十年刊）にこの句合から本文三五～六番句を引く。
西華集《さいか》　西華坊支考撰。自序。元禄己卯（十二年）九月刊。
宰陀稿本《さいだ》　苗村宰陀撰。類題句集。享保四年跋。自筆稿本。
堺絹《さかいぎぬ》　正村撰。零本一冊。延宝末年刊か。
嵯峨日記《さが》　芭蕉著。自筆本一巻。『芭蕉図録』等に図版所載。
佐夜中山集《さよのなかやま》　松江重頼撰。寛文四年九月二十六日自跋。
更科紀行《さらしな》　芭蕉著。『木曾の谿』所収のものと『笈の小文』（別項）巻末に付載するものと二種伝わる。本文は後者による。
更科紀行真蹟草稿　芭蕉自筆草稿一巻。三重県上野市沖森文庫蔵。同文庫より複製出版。
佐郎山《さらやま》　虚白庵紅雪撰・芳水補撰。元禄五年十一月紅雪序。芳水序。同六年秋刊。
猿丸宮集　六々庵三十六撰。元禄六年三月上旬自序。友琴跋。
猿蓑　去来・凡兆撰、芭蕉監修。元禄辛未（四年）五月下旬其角序。丈草跋。同七月三日刊。俳諧七部集の第五。
三山雅集　文珠院呂笳撰。宝永七年刊。出羽三山の名所を解説した地誌。
三冊子　服部土芳著。元禄十五、六年頃成立。俳論書。写本数種のほか安永五年の刊本（三冊）がある。
四季千句　挙白撰。自序。元禄二己巳歳八月自奥。
旨原百歌仙《しげん》　百万坊旨原撰。宝暦六年刊。
芝肴　小西似春撰。延宝八～九年頃刊。
鵲尾冠《しゃくびかん》　越人撰。小出侗斎序。自序。享保二年刊。
蕉翁句集　服部土芳撰。写本。宝永六年成る。作年代別の芭蕉発句集。
蕉翁句集草稿　土芳撰。自筆稿本。前項の編集準備過程の草稿。
蕉翁全伝　藤堂元甫企画、川口竹人稿。写本。宝暦十二年七月奥。土芳稿「蕉翁全伝」（仮称）によるところ多かったと思われる。
蕉翁全伝附録　元甫企画『蕉翁全伝』の別冊付録。芭蕉真蹟二十七点の模写を収録。
蕉翁文集　土芳撰。写本。
蕉句後拾遺　尾崎康工撰。自序。安永三年刊。
焦尾琴《しょうびきん》　其角撰。自序。午寂跋。元禄十四年刊。
如行子《じょこうし》　近藤如行撰。写本。貞享四年冬尾張滞在中の芭蕉俳諧を中心にした書留。
初稿本野ざらし紀行　芭蕉自筆本一巻。天理図書館善本叢書10『芭蕉紀行文集』等に写真版所収。
詞林金玉集《しりんきんぎょく》　桑折宗臣撰。写本十九冊。延宝七年八月自序。江戸初頭以来の俳書九十七部から約二万句を抜粋したもの。
新修大垣市史　（史料編）　大垣市編。昭和四十三年四月刊。
新撰都曲《みやこぶり》　言水撰。春澄序。元禄三年二月自跋。同五月一日刊。
新みなし栗　㭙庵麦水撰。八水跋。自跋。安永六年刊。

随斎諧話　随斎成美著。久臧《きゅうぞう》ら校。文政二年刊。

杉丸太　伊藤佐越撰。元禄十六年野坡序。宝永二年仲秋自跋。

頭陀袋《ずだぶくろ》　竹夫撰。推柳序。藤渓士跋。宝永元年刊。

砂燕《すなつばめ》　寸虎撰。獅子庵支考序。涼菟跋。元禄十四年刊。

炭俵　野坡・孤屋・利牛撰。素龍序。元禄七年甲戌六月二十八日刊。俳諧七部集の第六。

住吉物語　竹堂青流撰。一時軒惟中序。元禄八～九年頃刊。

銭龍賦《せんりょうふ》　雷堂百里撰。綏々跋。宝永二年刊。

雑談《ぞうたん》集　其角著。元禄辛未（四年）歳内立春日（十二月十九日）自奥。粛山跋。元禄五年二月刊。

続有磯海《ありそ》　浪化撰。自序。元禄戊寅（十一年）仲冬上旬刊。

続寒菊　杏廬撰。風律序。安永九年刊。

続句空日記　雪袋撰。自筆本。幕末頃成る。

続猿蓑　沾圃撰、芭蕉補撰。元禄七年九月初め芭蕉が伊賀で撰了。同十一年刊。俳諧七部集の第七。

続深川集　採茶庵梅人撰。亀文・蝶夢序。自跋。東旭跋。寛政三年刊。

続別座敷　子珊撰。元禄十一年暮秋自序。同十二年初冬杉風跋。同十三年仲夏刊。

続虚栗《みなしぐり》　其角撰。素堂序。貞享丁卯歳（四年）霜月仲三（十三）日刊。

続山井《やまのい》　北村季吟監修。同湖春撰。自跋。寛文七年五月成る。同十月十五日刊。

続連珠　北村季吟撰。延宝四年霜月十八日刊。

其木枯《そのこがらし》　淡斎撰。自序。太虚跋。元禄十四年刊。

其便《そのたより》　泥足撰。元禄七年雁来南洲日其角序。嵐雪跋。九月末成る。同冬刊か。

その浜ゆふ　三世素丸《そまる》撰。自序。石漱序。宇呂庵跋。寛政五年刊。

其袋　嵐雪撰。元禄三年庚午六月自序。

岨《そば》の古畑　轟々坊梅員撰。自序。元禄十六年刊。

曾良書留　河合曾良稿。芭蕉の奥の細道の旅に同伴して各地での俳諧作品を記録した自筆本。「旅日記」のあとに合綴。

曾良旅日記　曾良稿。右の折毎日の行動を詳細に記した自筆本。別称『曾良奥の細道随行日記』。

曾良本おくのほそ道　曾良が『おくのほそ道』の芭蕉草稿本を筆写したもの。定稿成立以前の『ほそ道』の姿を伝える。定稿成立後、定稿に基づき補訂を加えてある。

宝の市　鬼睡撰。路通序。宝永五年刊。

千宜理記《ちぎりき》　広岡宗信撰。自序。伊勢村悔酔跋。延宝三年九月中旬法橋維舟跋。

智周《ちしゅう》発句集　洞秋・未塵撰。藤堂元甫序。撰者序。竹人跋。宝暦八年成る。写本。

知足《ちそく》書留　尾張鳴海、下里知足自筆の書留。石田元季著『俳文学考説』所収「知足斎日々記抄《ひにっき》」中に紹介。

知足斎日々記　下里知足の日記。下里家に伝来する。

知足写江戸衆歳旦　下里知足自筆「延宝七己未名古屋歳旦板行写シ」に併録した、同年の江戸俳人歳旦集。

知足伝来書留稿　下里知足家に伝来したもの。現在天理図書館蔵。

茶の草子　雪丸・桃先撰。路通序。元禄十二年二月刊。

継尾《つぎお》集　伊東不玉撰。図司呂丸序。元禄五年刊。

続《つづき》の原　一柳軒不卜撰。元禄元年戊辰二月自序。

つのもじ　巽窓湖十撰。自序。午寂序。圃信鳥跋。元文四年刊。

天和二年歳旦発句牒　江戸板木屋又兵衛版。

東西夜話　支考撰。元禄十四年十月汶邨・許六校。同十五年刊。

冬扇一路　百明房鳥酔撰。一釜翁跋。宝暦八年刊。

年々艸《としどしぐさ》　天野桃隣自筆稿本。享保六年成る。

土芳本蕉翁全伝　服部土芳著。郷里伊賀における俳事を主として記した芭蕉伝記。題は「蓑虫翁（土芳）直筆之写」（遠藤曰人筆）として伝わる転写本の仮称。

鳥の道　素觴子玄梅撰。游刀跋。元禄十年刊。

流川集《ながれがわ》　露川撰。丈草序。元禄六年癸酉初冬（十月）刊。

七柏集《ななかしわ》　蓼太撰。南畝題。三駱凡例。月巣序。天明元年刊。

西の雲　小杉ノ松《べつしょう》撰。水傍蓮子序。向井去来序。元禄四年辛未十月中旬、原田蒼直跋。十一月十一日刊。小杉一笑追善集。

如意宝珠《にょいほうじゅ》　荻田安静撰。柳葉軒似船序。寛文九年秋成立。延宝二甲寅年五月刊。

庭竈集《にわかまど》　越人撰。享保十二年刊。

猫の耳　越人撰。罔両子序。機石跋。享保十四年刊。

合歓《ねむ》のいびき　千代倉蝶羅撰。蓼太序。蘿隠跋。明和六年刊。

野ざらし紀行　芭蕉著。別名「甲子《かっし》吟行」。自筆に初稿本（その項参照）と成稿本（自画自筆画巻一巻）がある。中間の推敲《すいこう》過程を示す本に『泊船集』所収本と小泉孤屋の写本（孤屋本）がある。本文は自筆成稿本を底本とした。

野ざらし紀行画巻　一巻。右の成稿本を門人中川濁子《じょくし》が清書した画巻。芭蕉跋を付す。

後の旅　近藤如行撰。自序。一鼎子跋。元禄八年正月刊。芭蕉百ケ日追善集。

誹諧東日記《あずまのにっき》　紫藤軒言水撰。延宝九年夏、才麿序。同年林鐘（六月）中旬自奥。

俳諧雨の日数　矢部石失等撰。元文二年刊。

誹諧粟津原　太白堂桃翁（桃隣）撰。自序。震龍斎跋。宝永七年刊。芭蕉十七回追善集。

俳諧石摺巻物　松栄軒偲芝撰。一巻。天保十二、十三年月舟跋。芭蕉その他有名俳人諸家の真蹟模刻集。別版に『俳諧真蹟集覧』がある。

俳諧一葉集《いちよう》　古学庵仏兮、幻窓湖中撰。仙波僧正序。湖中序。久臧校。文政十年刊。総合的な芭蕉全集。

誹諧当世男《いまようおとこ》　花楽軒蝶々子撰。延宝四年文月（七月）初め自序。太田宗伴跋。

俳諧伊良胡《いらご》崎　其節坊子礼撰。自序。去角跋。宝暦九年刊。

俳諧瓜作《うりつくり》　白鵠堂琴風撰。元禄四年六月十六日、伝庵海部柳序。自跋。

誹諧漆島《うるしじま》　漆島軒白川撰。自序。松濤使帆跋。宝永三年刊。

俳諧江戸三吟　伊藤信徳撰。延宝六年三月中旬刊。信徳・桃青・信章の三吟三百韻集。

俳諧江戸十歌仙　青木春澄撰。延宝六戊午歳霜月仲浣（十一月中旬）刊。

誹諧江戸蛇之鮓《じゃのすし》　池西言水撰。延宝七年五月上旬刊。

俳諧江戸通り町《ちょう》　松花軒二葉子撰。紀子序。延宝六年午七月下旬自跋。

俳諧江戸広小路　岡村不卜撰。自序。延宝六年秋刊。

誹諧翁艸《おきなぐさ》　柵松軒里圃撰。元禄八年沾圃序。同九年三月上旬自奥。

誹諧おくれ双六《すごろく》　出羽尾花沢、残月軒鈴木清風撰。延宝九年初秋日自序。

俳諧勧進牒《かんじんちょう》　路通撰。自序。元禄四年春、狂而堂其角跋。同五月二十六日刊。

俳諧古選　三宅嘯山撰。敬雄序。自序。北門子跋。宝暦十三年刊。

俳諧駒挽《こまざらえ》　永田芙雀撰。桃々坊舎羅序。自跋。元禄十五年六月刊。

俳諧鷹獅子《こもじし》集　加賀金沢、巴水撰。元禄六年冬、自序。

俳諧葱摺《しのぶずり》　奥州須賀川、相楽等躬撰。元禄元年孟冬（十月）自奥。元禄二年補、同年刊。

俳諧四幅対《しふくつい》　桂下園東恕撰。自序。享保四年三月刊。

誹諧前後園　池西言水撰。元禄二年二月序。同年刊。

誹諧草庵集　句空撰。元禄庚辰（十三年）春自序。

誹諧曾我　大田白雪撰。元禄己卯（十二年）閏九月自序。

俳諧伊達衣《だてごろも》　乍単斎等躬撰。自序。和英跋。元禄十二年刊。

誹諧玉手箱　花楽軒蝶々子撰。延宝七年九月刊。

俳諧千鳥掛《ちどりかけ》　知足撰、蝶羽補。正徳壬辰林鐘（二年六月）素堂序。

誹諧白眼《はくがん》　東鮒巷轍士撰。湛散人序。梁文代跋。元禄五年六月刊。

誹諧箱伝授　貞佐撰。自序。宝永三年刊。

俳諧芭蕉盥《たらい》　朱拙・有隣撰。各自序。有隣跋。享保九年刊。

誹諧坂東《ばんどう》太郎　松笠軒才丸撰。延宝七年十二月下旬紫藤軒言水序。

誹諧一橋《ひとつばし》　鈴木清風撰。貞享三年九月六日友静序。

俳諧深川　洒堂撰。元禄六年二月自序。

俳諧別座敷《べつざしき》　子珊撰。自序。元禄七年仲夏八日素龍筆「贈芭蕉餞別辞」付載。同年五月中または閏五月刊。芭蕉帰郷餞別集。

俳諧反古《ほうご》集　珍著堂遊林撰。自序。元禄九年刊。

俳諧真澄《ますみ》の鏡　守徹白亥撰。心足序。安政六年刊。

俳諧向之岡《むかいのおか》　一柳軒不卜撰。自序。延宝八年刊。

俳諧掬塚《むすびづか》集　丈日堂市山撰。田螺庵猪路序。自跋。元文五年刊。

俳諧蒙求《もうぎゅう》　岡西惟中著。延宝三年乙卯孟夏刊。西岸寺任口跋。談林の俳論書。

俳諧八重桜集　示右撰。自序。元禄五年刊。

誹諧藪香物《やぶにこうのもの》　吉田友次撰。寛文辛亥（十一年）春清水春流序。同年林鐘（六月）刊。

俳諧世中《よのなか》百韻　松籟庵麦阿著。自序。元文二年刊。

俳諧類船集　高瀬梅盛著。自序。延宝五年十二月刊。俳諧語彙・付合《つけあい》語辞典。

誹林一字幽蘭集　沾徳撰。内藤露沾序。素堂序。元禄壬申年九月下浣（五年九月下旬）刊。

萩の露　其角撰。元禄六年刊。

泊船集　風国撰。元禄十一戊寅年初秋自序。同年十一月刊。芭蕉発句全集の嚆矢《こうし》。巻頭に「芭蕉翁道の紀」（『野ざらし紀行』再稿本）を収める。

泊船集書入　右刊本『泊船集』の誤記誤植箇所に、森川許六が正誤追補したもの。

白馬《はくば》　洒堂・正秀撰。元禄十五年三月洒堂序。正秀跋。

刷毛序《はけついで》　美濃、藪流下巴静撰。自序。宝永三年刊。

橋守《はしもり》　荷兮撰。元禄十年閏二月下旬刊。

芭蕉庵小文庫　史邦《ふみくに》撰。自序。元禄九丙子歳三月刊。

芭蕉庵春秋　素蓮撰。自筆稿本。嘉永六年成る。芭蕉伝記。『如意宝珠』のうち現在逸失の巻五より本文三番句を引用紹介。

芭蕉庵三日月日記　芭蕉自撰。元禄五年八月自筆稿本。一巻。享保十五年、『三日月日記』（支考撰）と題して刊行。

芭蕉翁行状記　路通撰。元禄七年冬成る。翌八年刊。芭蕉追善集。

芭蕉翁真跡集　桃鏡撰。明和元年十月十二日雪中庵蓼太序。芭蕉真蹟の模刻集。

芭蕉翁真蹟拾遺　池永大虫撰。写本。諸家の所蔵する芭蕉真蹟を写し集めたもの。

芭蕉翁真跡展観録　天保十三年蟠槑山人高橋江撰。写本。義仲寺における芭蕉百五十回遠忌追善・芭蕉展出陳真蹟の書留集。

芭蕉翁月一夜十五句　路通序。芭蕉が元禄二年八月十五日敦賀《つるが》で一夜に詠んだ十五句。大垣、宮崎荊口自筆『荊口句帳』所載。但し一句欠。

芭蕉翁発句集　五升庵蝶夢撰。安永三年刊。

芭蕉翁略伝　幻窓湖中撰。一具序。重厚序。弘化二年刊。

ばせを翁略伝　遠藤貞松著。写本。寛政十年七月自奥。

芭蕉句選　華雀撰。自序。元文四年刊。

芭蕉句選拾遺　寛治撰。千梅白翁序。自序。可風跋。宝暦六年刊。

芭蕉句選年考　石河《いしこ》積翠著。寛政年間稿。芭蕉発句の考証的注釈書。

芭蕉杉風両吟百韻　寛美撰。天明六年刊。標題の百韻の芭蕉真蹟を模刻出版。

柱暦《はしらごよみ》　鶴声撰。荷兮序。元禄十年刊。

裸麦　曾米撰。東武野生蕉下利牛序。滄浪客正秀跋。元禄十三年刊。

初蟬　風国撰。鳥落人惟然序。自跋。元禄九年重陽日（九月九日）刊。

初茄子《なすび》　呉天撰。吾仲序。黄鸝主仙里紅跋。享保十三年刊。

放鳥《はなしどり》集　寺崎晩柳撰。朱拙序。自跋。元禄十四年刊。

花摘　宝井其角撰。自序。山田笥深跋。元禄庚午歳（三年）七月下旬刊。

花膾《なます》　濤観若人撰。自序。梅寮正阿跋。天保五年刊。

花の市　壁銭堂寸木撰。自序。泉石跋。正徳二年刊。

花のちり　支淵撰。髭風序。瓦全跋。寛政五年刊。

柞原《ははそはら》集　桑門句空撰。元禄五年仲秋日（八月）自奥。

芳里袋《はりぶくろ》　紙小庵友鷗撰。竹季跋。松月堂不角跋。元禄七年七月三千風跋。

春の日　荷兮撰。貞享三丙寅年仲秋（八月）下旬刊。俳諧七部集の第二。

ひさご　珍碩撰。元禄三年六月越智越人序。同八月十三日刊。俳諧七部集の第四。

孤松《ひとつまつ》　尚白撰。貞享四年三月自序。同三月二十五日刊。

昼寝の種　荷兮撰。元禄甲戌中律望日（七年八月十五日）自序。

藤の実　素牛（惟然）撰。正秀序。元禄甲戌（七年）五月上旬、洛陽西川長親跋。

船庫《ふなぐら》集　東推撰。自序。宝永二年刊。

冬の日　荷兮撰。貞享甲子歳（元年）奥。翌二年初頭刊か。俳諧七部集の第一。

丙寅《へいいん》紀行　風瀑著。貞享三年林鐘（六月）中旬刊。

篇突《へんつき》　四梅廬李由・五老井許六撰。松居汶村序。元禄十一年刊。

奉納集　木節・貞普・陸之撰。宝永元年刊。

本朝文鑑　文考撰。自序。吾仲跋。享保三年刊。

摩詰庵入《まきつあんいり》日記　摩詰庵雲鈴著。自序。五老井許六跋。元禄十六年刊。

松島眺望集　大淀三千風撰。落葉軒樵子序。自跋。河島大益跋。天和二壬戌年仲夏刊。

まつのなみ　車庸撰。鳥落人惟然序。雁木序。如牛跋。元禄十五年刊。

水の友　窪田松琵撰。月空居士露川序。自序・跋。水田正秀追善集。享保九年刊。

三つの顔　越人撰。百葉堂風扇跋。享保十一年刊。

三津和久美《みつわぐみ》　一風撰。三斎跋。天保四年刊。

巳年《みどし》歳旦　太田白雪撰。元禄十四年刊。三河新城《しんしろ》歳旦帳。

虚栗《みなしぐり》　晋其角撰。天和三癸亥年仲夏日（五月）芭蕉洞桃青跋。自跋。天和三年林鐘（六月）中旬刊。芭蕉門最初の発句・連句撰集。

耳無草《みみなぐさ》　今西正盛撰。寛文年間刊。但し原本散逸し、所収の一部が『詞林金玉集』（その項参照）に再録されて伝わるのみ。

武蔵曲《むさしぶり》　蘇鉄林千春撰。天和二年三月北村季吟序。同弥生上旬刊。

陸奥鵆《むつちどり》　太白堂桃隣撰。自序。元禄十年八月素堂跋。

藻塩袋　俳諧注解雑書。菊岡沾涼著。自序。吏登跋。寛保三年刊。

桃舐集《ももねぶり》　路通撰。白川長水序。元禄九年刊。

桃の白実　車蓋撰。嘉言序。自跋。天明八年刊。

桃の実　兀峰撰。水口芥舟跋。元禄六癸酉歳五月刊。

茂々代草《ももよぐさ》　問津庵其流等撰。清秋序。其香跋。寛政九年刊。芭蕉真蹟を模刻紹介。

守武《もりたけ》千句　荒木田守武著。天文九年作。史上初の俳諧千句。慶安五年刊。

茂路津葉左《もろつばさ》　堀田木吾著。安永三年作。稿本。俳諧紀行。

やどりの松　仏誉助給（雲鼓）撰。自序。芭蕉庵下小路通跋。宝永二年刊。

矢矧《やはぎ》堤　睡闇撰。元禄乙亥林鐘（八年六月）尾陽巴丈序。

山下水《やましたみず》　高瀬梅盛撰。寛文十二年十二月刊。

大和順礼　岡村正辰撰。寛文十年庚戌林鐘（六月）下旬刊。

夜話ぐるひ　加賀小松、寂保斎宇中撰。元禄癸未（十六年）十一月自序。

夕顔の歌　宰陀・円入撰。千那序。自跋。享保七年刊。尚白追善集。

幽蘭集　暮雨巷暁台撰。臥央校。朱樹士朗序。寛政十一年刊。芭蕉連句全集。

雪の尾花　樗舎遊五撰。角上・風律序。自跋。延享元年刊。芭蕉五十回忌追善集。

雪の棟　井上寒瓜撰。寛保三年自序。瞬匕亭角上跋。延享元年刊。芭蕉五十回忌集。

雪まるげ　曾良撰、信州周徳校。稿本。寛保三年貴渓序。元文丁巳孟冬（二年十月）自跋。

夜の錦　内藤風虎撰。寛文六年成る。但し原本散逸し、所収句の一部が『詞林金玉集』（その項参照）に再録されて伝わるのみ。

六芸《りくげい》　淡々撰。風鈴子序。自跋。正徳五年刊。

旅舘日記　許六自筆句稿。元禄五、六年江戸参勤中の句を記す。

類柑子《るいこうじ》　沾州・秋色・青流撰。同三者連名で跋。宝永四年刊。其角遺稿集。

連歌至宝抄　里村紹巴著。天正十三年成る。連歌作法書。江戸初期刊。

六百番誹諧発句合《ほっくあわせ》　内藤風虎主催。西岸寺任口・北村季吟・松江維舟等判。延宝五年十一～閏十二月成る。写本四冊。

和漢文操　支考撰。自序。享保十二年刊。俳文集。

忘梅　江左尚白撰。元禄五年孟春日（正月）千那序。安永六年刊。江左車跋。

渡鳥集　去来・卯七撰。元禄十五年丈草序。竹節堂正秀跋。宝永元年刊。

出典一覧(二)　真蹟図版所収文献一覧

本文の出典欄に挙げた芭蕉真蹟類の図版を収める主な文献を、次の要領で示した。

一、最初に本文の句番号を漢数字で掲げ、次に真蹟の形態（短冊・色紙・懐紙・画賛・自画賛・扇面・句切・草稿・竪幅・大短冊・歌仙巻・書簡等）を示し、以下にその真蹟の図版を収める文献を、略称で列挙した。

一、各文献に付した算用数字は、それぞれの文献で採用するその図版の一連番号である。一連番号を付さない文献は、その頁数によった。但し、「蕉影」「続蕉」「余光」の各書は番号も頁付けもないので、校注者において仮りに一連番号を与えた。口絵写真として収めるものには数字を付さない。

一、一句形につき真蹟が二種以上ある場合は、別々に掲げた。

一、異句形がある際には、句番号の下に(二)・(三)・(四)等の数字を付して区別した。(二)は本位句の次の句形、(三)はその次の句形を意味する。例えば、一二一番句の場合、本位句を記する真蹟は、短冊・自画賛・画賛・懐紙が各一種あるほか、「烏のとまりたるや」(二)の句形を記す自画賛と短冊が各一種、「烏とまりたるや」(三)の句形を記す短冊が一種あることを示す。

一、同じ句形に同一形態の真蹟が二種以上ある場合は、短冊一・短冊二などと記して区別した。例えば二七〇番句の場合、懐紙が三種、短冊三種、自画賛が二種あることを示す。句切は一種のみ。

一、形態を示す文字に「懐紙」などと傍線が付されているものは、その真蹟に複数の芭蕉句が記されていることを表す。但し、傍線は句番号の最も若いものだけに止め、他の句には、→印の下に右の句番号を付記して、その番号の句と一紙に記されていることを示した。例えば、一四九・一五〇・一五一番句の文献名のあとに、

→一二六(二)

とあるのは、これらの句が一二六(二)の懐紙にともに列記されていることを示す。

一、（未）とあるものは、その真蹟がまだ図版として紹介されていないことを示す。

一、図版所収文献の略称は、文献一覧のあとにまとめて掲げる。

一　短冊　図説12、日本15、筆蹟5、漂泊9

四四　短冊　遺芳29、蕉翁24、図録59、筆蹟6

八四　短冊　書画9、図説18、筆蹟7、漂泊12

一〇六　短冊　筆蹟9

一一四(二)　句切　校本一、漂泊25

一一八　画賛　遺芳33、書画2、全集67、

一九〇 草稿 連俳二五
一九一 草稿 連俳二五 ↓一九〇
一九四(二) 草稿 前項に同じ
一九五 自画 遺墨68、観魚25、書画1、図説47、筆蹟125、漂泊37
短冊一 書画34
短冊二 二六〇年忌展
一九六 懐紙 蕉影56
自画 漂泊38、連俳六二
同 (四) 草稿 連俳二五 ↓一九〇
一九七 懐紙 蕉翁22
一九八 草稿 連俳二五 ↓一九〇
一九九 句切 義仲寺一〇九
二〇二 懐紙 筆蹟23
二〇八 懐紙 図説48、文人5
短冊 漂泊39、文人6
二一四 短冊一 観魚43、書画36
短冊二 書画112
自画 図録21
二一七 短冊 図説49、筆蹟25、漂泊40、文人7
二二四 短冊 観魚42、書画37、筆蹟31、文人8
二二九 短冊 遺墨6、遺芳32、蕉影23、図録60、全集39
二三四 懐紙 阿部俳文

二三六 懐紙一 筆蹟26、漂泊41、文人9
懐紙二 図録28
二三七 懐紙一 筆蹟26、漂泊41、文人9
↓二三六懐紙一
懐紙二 図録28 ↓二三六懐紙二
二三八 懐紙 前項に同じ
二三九 懐紙 蕉影13
二四〇 短冊一 漂泊42
短冊二 遺墨15、観魚4
二四二 伝画賛 遺墨17、日本
二四八 懐紙 連俳四九
二五四(二) 懐紙 遺墨33、書画38、図録29、筆蹟27、漂泊44、文人10
二五八 懐紙 図録31、続蕉21
同 (二) 懐紙 漂泊45、連俳五三
二五九 懐紙 漂泊45、連俳五三 ↓二五八(二)
二六〇 懐紙一 遺墨85、蕉翁35、図説58、筆蹟30
懐紙二 全集59
二六六 懐紙 遺墨16、蕉影33、図録30、筆蹟37、漂泊46
二六七 懐紙一 図録31、続蕉21 ↓二五八
懐紙二 蕉影13 ↓二三九
扇面 遺墨18、観魚5、書画40
二七〇 懐紙一 蕉影13 ↓二三九
懐紙二 図録31、続蕉21 ↓二五八

懐紙三 観魚3、筆蹟34
短冊一 遺墨9、観魚2、書画44
短冊二 書画43、図説56、筆蹟36、漂泊47
短冊三 遺墨22
自画一 遺芳11、蕉影52、図説54、図録10、全集9、筆蹟35、漂泊155、文人13
自画二 蕉翁4
二七一 句切 図説55
懐紙 芭蕉研究三
二七五 自画 図録15、続蕉23、筆蹟42
二七六 短冊 書画18
二七八 懐紙 図録31、続蕉21 ↓二五八
二八〇 懐紙 前項に同じ
色紙 蕉影40、漂泊49
自画 書画41、図説195、筆蹟133、漂泊48
二八二 色紙 書画42、漂泊49、文人12
二八五 短冊 蕉影29、筆蹟32
二八六 短冊 遺芳32、遺墨6、蕉影23、図録60
二八八 短冊 出光美術8
懐紙一 蕉影13 ↓二三九
二九四 懐紙二 漂泊50
短冊一 筆蹟38

短冊二　書画45、漂泊51
短冊三　定本大成
扇面　書画46、漂泊52
二九五　懐紙　観魚3、筆蹟34　→二七〇懐紙三
二九六　短冊一　遺墨30、観魚6
短冊二　連俳二六
二九七　書簡　遺芳40、図録78、全集107、筆蹟33
二九八　懐紙　遺芳53、蕉影27、全集51
三〇〇　懐紙　遺芳53、蕉影27、全集51　→二九八
三〇一　懐紙　前項に同じ
三〇二　懐紙　図録31、続蕉21　→二五八
三〇五　短冊　座の文学288
三〇六　懐紙　図録31、続蕉21　→二五八
三一四　色紙　書画49、筆蹟41、漂泊53、文人14
三一七　自画一　遺墨58、観魚26、書画48、図説188、筆蹟131、漂泊54
自画二　（未）
画賛　遺芳18、蕉影21、書画50、図録11、全集19、筆蹟43
懐紙　図録31、続蕉21　→二五八
三二〇　懐紙　勉誠社41
自画　書画51、図説65、漂泊57

画賛　遺墨89、書画53、図録13、日本66、筆蹟45、漂泊58、文人15
色紙　遺墨93、蕉翁51、書画52、日本61
三二三　自画　図録12、全集69、筆蹟44
短冊　蕉翁23
三二四(二)　懐紙　連俳三七
三二六(四)　懐紙　連俳三七　→三二四(二)
三二七　懐紙　前項に同じ
三二八　懐紙　前項に同じ
三二九　懐紙　図説67
三三二　懐紙　連俳三七　→三二四(二)
同(二)　懐紙　漂泊59
三三三　懐紙　図説67　→三三九
三三九(三)　懐紙　遺芳32、蕉翁41、漂泊60
三四四　書簡　連俳五四
三四五　懐紙　漂泊61
三四六　懐紙　石川美術6
句切　遺墨94、蕉翁48、図説69、筆蹟50、漂泊62、文人16
三四七　画賛　（未）
三四八　画巻　遺芳75、図説46、全集183
三五七　懐紙　石川美術6　→三四六
三六三(二)　懐紙　（未）
三六四　懐紙一　観魚9、図説72、筆蹟47、文人17
懐紙二　遺芳34、図録32
懐紙三　（未）　→三六三(二)
三六五(二)　懐紙　前項に同じ
三六六　懐紙　前項に同じ
三六七　懐紙　前項に同じ
三六八(二)　色紙　遺墨7、筆蹟48
懐紙　（未）　→三六三(二)
三六九(二)　懐紙　前項に同じ
三七〇(二)　懐紙　前項に同じ
三七一(二)　真蹟　（未）
三七二(二)　懐紙　（未）　→三六三(二)
三七三　懐紙　前項に同じ
三七四　懐紙一　観魚9、図説72、筆蹟47、文人17　→三六四懐紙一
懐紙二　遺芳34、図録32　→三六四懐紙二
三七六　懐紙一　図説74、日本17
懐紙二　はせを135
三七七　懐紙　漂泊63
三七八　懐紙　漂泊63　→三七七
三七九　短冊　遺芳33
三八一　短冊　書画114、図説78
三八四　懐紙　図説80
三八七　自画　遺芳21、蕉翁9
画賛　遺芳12、遺墨26、蕉影17、

図説82、図録23、全集17、
筆蹟1、漂泊64
懐紙 蕉影13 →三九
三八九(二) 懐紙 連俳四九
三九三 自画 漂泊65、文人19
懐紙一 図説76、文人18
懐紙二 遺墨34、蕉影63、図録33
三九六 懐紙 観魚14、続蕉29
同 (二) 短冊 遺芳3、遺墨38、蕉影16、
図説3、図録3、全集3、
日本68、漂泊5
三九九(二) 画賛 大芭蕉四
四〇一 懐紙写 俳文芸
四〇二 懐紙写 (未)
四〇四(二) 懐紙 図録34
四一〇 懐紙 蕉翁2、勉誠16
四一五 短冊 蕉影59
四二一 短冊 勉誠社47
四二六 懐紙 書画55
四二九 懐紙 書画56
四三一 懐紙一 観魚16
懐紙二 集英芭蕉
短冊 遺墨51
四三二 懐紙 観魚16 →四三一懐紙一
懐紙 前項に同じ
四三三 短冊一 定本大成
短冊二 全集45
四三四(三) 色紙 (未)
四三七 懐紙 (未)
草稿 ビブリア三
同 (二) 自画 (未)
四三八(二) 歌仙巻 漂泊68、連俳三五
四四八 画賛 文人38
四五三 短冊 漂泊69、文人20
四六四 書簡 校本八87
四六五 書簡 校本八87 →四六四
四七四 懐紙 図録16
四七七 歌仙巻一 図説92、漂泊71
歌仙巻二 遺芳74
表六句 蕉翁27、図録56
句切 筆蹟58、文人22
色紙 遺墨19
四七八 書簡 筆蹟57
四七九 自画 図説166
文台一 遺芳66、遺墨108、全集153、
筆蹟119
文台二 遺芳64、遺墨109、観魚13、
書画96、図説165、全集157、
筆蹟119
四八三(二) 短冊 書画57、筆蹟59、漂泊77、
文人23
四八九 色紙 観魚10、書画58、筆蹟60
四九〇(二) 懐紙 図説94、筆蹟61、文人24
四九五 懐紙 筆蹟62、文人25
四九九 短冊 書画59、全集49
句切 観魚17、書画61
五〇〇 懐紙一 遺墨41、図録37、日本77、
筆蹟63、文人26
懐紙二 続蕉9
五〇四 書簡 観魚18、図説96、筆蹟64
五〇五 短冊 書画60
五〇六(二) 歌仙巻 書画62、漂泊78
五〇七 書簡 観魚18、図説96、筆蹟64
→五〇四
五〇九(二) 懐紙一 日本80、筆蹟65
懐紙二 遺墨48
懐紙三 遺芳27、全集71
懐紙四 蕉翁5
懐紙五 書画63、漂泊79、文人27
扇面 遺芳27、遺墨47、全集97
句切 遺芳27
五一二(二) 懐紙一 図説98、日本84、筆蹟66、
漂泊80
懐紙二 遺墨44、蕉翁36
懐紙三 書画64、続蕉40
懐紙四 連俳二四
五二一 懐紙 蕉影62、書画65、図説105、
筆蹟68

五二三(二)　懐紙写　書画66
歌仙巻　図説108、図録38、筆蹟69、
漂泊81、文人28
五二七(二)　短冊　遺芳28、遺墨40、書画67、
図説109、図録66、全集47、
筆蹟71、漂泊82、文人30
五二八　短冊　前項に同じ
五二九　短冊　前項に同じ
五三〇　懐紙　書画70、図録39、筆蹟70、
文人29
五三一　画賛　毎日新聞
五三四(二)　懐紙一　日本103、漂泊83
懐紙二　書画72、図説113、日本104、
筆蹟72、漂泊84
五三五　懐紙一　日本103、漂泊83　→五三四(二)
懐紙一
懐紙二　書画72、図説113、日本104、
筆蹟72、漂泊84　→五三四(二)
懐紙二
五三六(二)　懐紙　日本103、漂泊84　→五三四(二)
懐紙一
五三八　懐紙　図説115、図録40、筆蹟73
五三九　懐紙　書画76、図説116、文人33
五四〇　短冊　(未)
懐紙一　書画76、図説116、文人33
→五三九
懐紙二　書画71、漂泊86、文人32
懐紙三　ほそ道
懐紙四　(未)
色紙　遺芳24、図録41
草稿　図説118、日本106、筆蹟75、
漂泊85
五四二　懐紙　書画74、文人31
五四四　懐紙一　書画76、図説116、文人33
→五三九
懐紙二　全集73、筆蹟76、漂泊88
懐紙三　文人35
懐紙四　漂泊92
同　(二)　草稿　図説118、日本106、筆蹟75、
漂泊85　→五四〇草稿
五四六　自画一　遺芳16、蕉影20、図説121、
全集29、日本111、筆蹟5
自画二　遺墨62、図録16、筆蹟126
竪幅　筆蹟77
懐紙　観魚29、書画77、筆蹟78
画賛　続蕉19
五四八　懐紙　書画75、日本110、筆蹟74、
漂泊90
五四九　懐紙一　全集73、筆蹟76、漂泊88
→五四四懐紙二
懐紙二　文人35　→五四四懐紙三
五五〇　懐紙　前項に同じ
五五一(二)　懐紙　全集73、筆蹟76、漂泊88
→五四四懐紙二
五五二(二)　懐紙一　遺芳38、蕉翁10、書画78、
図説122、筆蹟79、漂泊91、
文人36
懐紙二　漂泊92　→五四四懐紙四
五五八　懐紙　遺芳37、蕉翁11、日本114、
筆蹟80
五六九　懐紙　筆蹟(解説編89)
同　(三)　短冊　書画80、図説124、日本117、
筆蹟81
五七一　短冊　書画79、図説125、全集45、
日本118、筆蹟82、文人37
五八〇　懐紙　観魚31、筆蹟83
五八六　懐紙一　図説127、日本124、筆蹟84、
漂泊93、余光4
懐紙二　資料と考証四83
同　(二)　書簡　遺芳43、漂泊94、文人39
五八七　色紙　図説130、日本138
五八八　懐紙　図録42、続蕉31
五八九　懐紙　資料と考証四83　→五八六懐紙二
五九一　書簡　遺芳43、漂泊94、文人39
→五八六(二)
五九四　懐紙　遺墨98
色紙　遺芳25、蕉翁14、書画82、

七七六 自画 書画97、日本151、漂泊121
短冊 観魚45
七八一 自画 遺芳19、蕉影57、図説181、
全集33、筆蹟130
七八七 自画 筆蹟132
七八八 懐紙 全集53
七八九(二) 懐紙 全集53 →七八八
七九〇 自画一 書画107、図録19
自画二 遺墨5、蕉翁38、書画104、
漂泊126
自画三 遺墨28
自画四 全集15
画賛一 蕉翁8、書画105
画賛二 漂泊125、連俳五三
七九七 書簡 遺芳51、全集138、漂泊128
同(二) 書簡 前項に同じ
同(三) 書簡 前項に同じ
八〇二(二) 短冊 遺墨52、観魚19、書画115、
日本152、文人50
八〇四 懐紙 遺芳26、蕉影28、図説191、
全集93、漂泊129
八〇五 自画一 書画98、図説194、図録20、
日本154
自画二 遺芳22
八〇七 自画 遺墨60、観魚35、蕉翁29、
書画99、日本153

八一六 書簡 蕉影73、図録73
八二一 書簡 蕉影73、図録73 →八一六
八二三 扇面 遺芳23、全集99
八二四 画賛 (未)
短冊 (未)
八二五 書簡 校本八212
八二八 書簡 校本八212 →八二五
八三〇 懐紙 定本大成
八三七 自画 遺芳14、蕉翁42、図録26
八三九 自画 遺芳14、蕉翁42、図録26
→八三七
画賛 遺芳13、遺墨3、全集11、
筆蹟110
短冊 遺芳32、遺墨6、蕉影23、
図説196、図録60、全集39、
筆蹟109
八四一 短冊 遺墨8、全集49、日本155
八四二 書簡 (未)
八四七 草稿 遺芳73、遺墨27、蕉翁20、
図録58、全集148
八四九 小色紙写 俳文芸二
八五七 懐紙 余光8
八六二 懐紙一 出光美術
懐紙二 蕉翁40
八六三 懐紙 出光美術 →八六二懐紙一
八六四 懐紙一 前項に同じ

八六五 懐紙二 蕉翁40 →八六二懐紙二
自画一 全集21、筆蹟134
自画二 観魚46、書画103
画賛 蕉翁8、書画106
八六六 懐紙 蕉翁40 →八六二懐紙二
八六八 懐紙 前項に同じ
八七一 書簡 漂泊134
八七四 書簡 遺墨42、観魚21、蕉翁32、
図説201、図録68
八七五(二) 書簡 前項に同じ
八七六 書簡 前項に同じ
八七七(二) 書簡 前項に同じ
八八〇 書簡 前項に同じ
八八六 短冊 遺墨43、観魚20、筆蹟116、
文人53
八八七 短冊 遺墨43、観魚20、筆蹟117
九〇六 書簡 観魚36、書画108
九〇七 書簡 観魚36、書画108 →九〇六
自画 観魚39、書画109、図説206、
筆蹟135
九〇八 書簡 観魚36、書画108 →九〇六
九一一(二) 書簡 遺墨63、観魚37、全集134、
筆蹟118
九一二 書簡 前項に同じ
九一四 書簡 観魚38、図説209、日本161
九一六(二) 書簡 観魚38、図説209、日本161

↓九四
九一九(二)　草稿　図説210
九二三　扇面　遺墨20、観魚8、書画54
九二四　画賛　遺芳17、全集31
九二五　自画一　蕉翁12
　自画二　蕉翁13
同　(二)　画賛　集英芭蕉

九二六　懐紙　蕉影54、図録47、筆蹟99
同　(二)　懐紙　定本大成
九二七　自画　余光5
　扇面　図説162
同　(二)　自画　遺墨82、観魚33、蕉翁33、
　書画95
九二八　短冊　漂泊124

九四四　懐紙一　図録49、続蕉15、筆蹟101
　懐紙二　遺墨69、観魚32、蕉翁31、
　書画102
　大短冊一　遺墨70
　大短冊二　遺墨71

〔真蹟図版所収文献の略称〕

以下の十五書に収める図版は、明らかな偽物と認めたもの以外はすべて掲出した。

遺芳　『芭蕉翁遺芳』勝峯晋風編、昭和5年、春陽堂
遺墨　『芭蕉翁遺墨集』天野雨山編、昭和18年、東京美術会館
観魚　『観魚荘蒐集展観図録』岡田利兵衛等編、上野市役所
蕉影　『蕉影余韻』伊藤松宇編、昭和5年、菊本直次郎
蕉翁　『蕉翁遺芳』同編集委員会編、昭和54年、同朋社
書画　『俳人の書画美術2・芭蕉』井本農一編、昭和54年、集英社
図説　『図説芭蕉』岡田利兵衛編、昭和47年、角川書店
図録　『芭蕉図録』藤井乙男等編、昭和18年、靖文社
全集　『俳人真蹟全集3・芭蕉』幸田露伴編、昭和5年、平凡社
続蕉　『続蕉影余韻』伊藤松宇編、昭和10年、菊本直次郎
日本　『日本を創った人びと18・松尾芭蕉』尾形仂編、昭和53年、平凡社
筆蹟　『芭蕉の筆蹟』岡田利兵衛編、昭和43年、春秋社
漂泊　『漂泊の詩人・芭蕉展図録』俳文学会編、昭和56年
文人　『文人書譜10・芭蕉』井本農一等編、昭和54年、淡交社
余光　『俳聖余光』伊藤松宇編、昭和17年、菊本直次郎

前項の文献に収められていない真蹟で、他の文献に収められているものは、随時これを採録した。その略称は以下のとおり。略称に付した平体漢数字は、雑誌の号数・全集等の巻数を示す。

阿部俳文　『芭蕉俳文集』阿部喜三男著、昭和30年、河出書房
石川美術　『芭蕉展図録』石川県美術館、昭和35年
出光美術　『芭蕉』出光美術館
解釈と鑑賞　『国文学・解釈と鑑賞』昭和34年2月号、至文堂
角川俳句　『俳句』角川書店、昭和29年6月号
義仲寺　『義仲寺』101号、義仲寺史蹟保存会、昭和51年2月
校本　『校本芭蕉全集』昭和37〜39年、角川書店
座の文学　『座の文学』尾形仂著、昭和48年、角川書店
詩人選　『日本詩人選17・松尾芭蕉』尾形仂著、昭和46年、筑摩書房

集英芭蕉　古典俳文学大系『芭蕉集・全』昭和45年、集英社
資料と考証　『近世文芸資料と考証』昭和40～53年、七人社
創元講座　『芭蕉講座』第四巻、昭和34年、創元社
大芭蕉　『大芭蕉全集』第四巻、昭和10年、大観堂書店
高岡美術　高岡市美術館『俳諧資料展図録』、昭和38年、俳文学会
定本大成　『定本芭蕉大成』尾形仂編、昭和37年、三省堂
二六〇年忌展　俳文学会主催・俳聖芭蕉展覧会パンフレット、昭和28年
俳文芸　『俳文芸』昭和49～53年、俳文芸研究会
はせを　『はせを』菊山当年男著、昭和15年、宝雲舎

芭蕉研究　『芭蕉研究』第三輯、昭和22年、靖文社
芭蕉の世界　『NHK放送ライブラリー19・芭蕉の世界(上)』、尾形仂著、昭和53年
芭蕉論攷　『芭蕉論攷』松尾靖秋著、昭和45年、桜楓社
ビブリア　『ビブリア』第三号、昭和30年、天理図書館
勉誠社　『芭蕉・蕪村』逸翁美術館編、昭和51年、勉誠社
ほそ道　『おくのほそ道・芭蕉展』目録、昭和35年、俳文学会
毎日新聞　『毎日新聞』昭和36年10月17日
連俳　『連歌俳諧研究』昭和26～56年、俳文学会

一、本書に収録された発句の初句を表音式五十音順に配列し、検索の便をはかった。平体漢数字は作品番号である。
一、初句を同じくするものが二句以上ある場合は、第二句（稀に第三句）まで掲げて区別した。

初句索引

あ

は

ひ

新潮日本古典集成〈新装版〉

芭《ば》蕉《しょう》句《く》集《しゅう》

令和元年六月二十五日　発行

校注者　今《こん》栄《えい》蔵《ぞう》

発行者　佐藤隆信

発行所　株式会社　新潮社

〒一六二―八七一一　東京都新宿区矢来町七一

電話　〇三―三二六六―五四一一（編集部）

〇三―三二六六―五一一一（読者係）

https://www.shinchosha.co.jp

印刷所　大日本印刷株式会社

製本所　加藤製本株式会社

装画　佐多芳郎／装幀　新潮社装幀室

組版　株式会社ＤＮＰメディア・アート

ISBN978-4-10-620871-3　C0392

新潮日本古典集成

- 古事記　西宮一民
- 萬葉集　一〜五　青木生子・井手至・伊藤博・清水克彦・橋本四郎
- 日本霊異記　小泉道
- 竹取物語　野口元大
- 伊勢物語　渡辺実
- 古今和歌集　奥村恆哉
- 土佐日記　貫之集　木村正中
- 蜻蛉日記　犬養廉
- 落窪物語　稲賀敬二
- 枕草子　上・下　萩谷朴
- 和泉式部日記　和泉式部集　野村精一
- 紫式部日記　紫式部集　山本利達
- 源氏物語　一〜八　石田穣二・清水好子
- 和漢朗詠集　大曽根章介・堀内秀晃
- 更級日記　秋山虔
- 狭衣物語　上・下　鈴木一雄
- 堤中納言物語　塚原鉄雄
- 大鏡　石川徹
- 今昔物語集　本朝世俗部　一〜四　阪倉篤義・本田義憲・川端善明
- 梁塵秘抄　榎克朗
- 山家集　後藤重郎
- 無名草子　桑原博史
- 宇治拾遺物語　大島建彦
- 新古今和歌集　上・下　久保田淳
- 方丈記　発心集　三木紀人
- 平家物語　上・中・下　水原一
- 金槐和歌集　樋口芳麻呂
- 建礼門院右京大夫集　糸賀きみ江
- 古今著聞集　上・下　西尾光一・小林保治
- 歎異抄　三帖和讃　伊藤博之
- とはずがたり　福田秀一
- 徒然草　木藤才蔵
- 太平記　一〜五　山下宏明
- 謡曲集　上・中・下　伊藤正義
- 世阿弥芸術論集　田中裕
- 連歌集　島津忠夫
- 竹馬狂吟集　新撰犬筑波集　木村三四吾・井口壽
- 閑吟集　宗安小歌集　北川忠彦
- 御伽草子集　松本隆信
- 説経集　室木弥太郎
- 好色一代男　松田修
- 好色一代女　村田穆
- 日本永代蔵　村田穆
- 世間胸算用　金井寅之助・松原秀江
- 芭蕉句集　今栄蔵
- 芭蕉文集　富山奏
- 近松門左衛門集　信多純一
- 浄瑠璃集　土田衞
- 雨月物語　癇癖談　浅野三平
- 春雨物語　書初機嫌海　美山靖
- 與謝蕪村集　清水孝之
- 本居宣長集　日野龍夫
- 誹風柳多留　宮田正信
- 浮世床　四十八癖　本田康雄
- 東海道四谷怪談　郡司正勝
- 三人吉三廓初買　今尾哲也